勇气

胆量

果敢

"哈利·波特"系列作品

哈利·波特与魔法石

哈利·波特与密室

哈利·波特与阿兹卡班囚徒

哈利·波特与火焰杯

哈利·波特与凤凰社

哈利·波特与"混血王子"

哈利·波特与死亡圣器

哈利·波特与被诅咒的孩子

"哈利·波特"衍生作品

（霍格沃茨图书馆系列）

神奇的魁地奇球

神奇动物在哪里

诗翁彼豆故事集

J.K. ROWLING

哈利·波特与死亡圣器

〔英〕J.K. 罗琳 / 著   马爱农 马爱新 / 译

人民文学出版社
PEOPLE'S LITERATURE PUBLISHING HOUSE

著作权合同登记号　图字 01-2024-1021

Harry Potter and the Deathly Hallows
First published in Great Britain in 2007 by Bloomsbury Publishing Plc
Copyright © 2007 by J.K. Rowling
Cover and interior illustrations by Levi Pinfold © Bloomsbury Publishing Plc 2021
Chapter illustrations by Mary GrandPré © 2007 by Warner Bros.
Publishing and Theatrical Rights © J.K. Rowling
All characters and elements © and TM Warner Bros. Entertainment Inc.
All rights reserved.
All characters and events in this publication, other than those clearly in the public domain, are fictitious and any resemblance to real persons, living or dead, is purely coincidental

图书在版编目（CIP）数据

哈利·波特与死亡圣器. 格兰芬多 / （英）J.K.罗琳著 ; 马爱农, 马爱新译. -- 北京 : 人民文学出版社, 2024. -- ISBN 978-7-02-018910-6

Ⅰ. I561.84

中国国家版本馆CIP数据核字第20242YE064号

责任编辑	翟　灿　朱茗然
美术编辑	刘　静
责任印制	苏文强
出版发行	人民文学出版社
社　　址	北京市朝内大街166号
邮政编码	100705
印　　刷	北京盛通印刷股份有限公司
经　　销	全国新华书店等
字　　数	522千字
开　　本	830毫米×1092毫米　1/32
印　　张	21
版　　次	2024年10月北京第1版
印　　次	2024年10月第1次印刷
书　　号	978-7-02-018910-6
定　　价	98.00元

如有印装质量问题，请与本社图书销售中心调换。电话：010-65233595

本书

　作为

　　献礼

　分成

　七份，

献给：

尼尔，

　杰西卡，

　戴维，

　　肯琦，

　　　戴，

　　安妮，

　还有你——

如果你

　始终

　　忠于

　　　哈利

　　　　直到

　　　最后的

　　最后。

戈德里克·格兰芬多

目　录

格兰芬多学院简介　　　　　　　　　　　　viii

霍格沃茨魔法学校地图　　　　　　　　　　x

哈利·波特与死亡圣器

　第一章至第三十六章　　　　　　　　　　1

　尾声　十九年后　　　　　　　　　　　　644

格兰芬多：一份测试题　　　　　　　　　　652

男女勇士 —— 格兰芬多　　　　　　　　　655

由李维·平菲尔德绘制学院插画

格兰芬多

♦ 学院简介 ♦

你也许属于格兰芬多，
那里有埋藏在心底的勇敢，
他们的胆识、气魄和侠义，
使格兰芬多出类拔萃。

——分院帽

海格用一双大手把哈利从森林的地面上抱起，轻轻地搂在怀中。他们的关系，似乎又回到了当初海格把襁褓中的哈利送到德思礼家门口的时候。强迫这个被俘的混血巨人把哈利的尸体送到学校，并宣布哈利已经死亡，这是恶贯满盈的伏地魔的又一个卑劣行径。这位以迫害麻瓜为乐的暴君手里攥着传说中的老魔杖，以为自己已胜券在握。

然而事实是，此时此刻的哈利·波特前所未有地强大。他完成了几个世纪以来无数人都未能完成的任务——包括阿不思·邓布利多，他年轻时和他的朋友盖勒特·格林德沃都曾抱有这样的雄心壮志。哈利从得知传说中的死亡圣器的那一刻起，就也被这个想法深深吸引，他相信自己拥有一个圣器，而且他可能是伊格诺图斯·佩弗利尔的后裔，伊格诺图斯的坟墓就在戈德里克山谷。哈利利用复活石来实现自我牺牲，表明他完全有资格拥有最初属于他祖先的那些圣器。

经过九个月的艰苦搜寻，其间有许多大无畏的行为和无数次的死里逃生，哈利·波特终于来到了最后关头。在挚友罗恩和赫敏的陪伴下，他揭开了死亡圣器的神秘面纱，追寻并摧毁了伏地魔的所有魂器——只剩下了最后一个。他发现，有一种魔法比伏地魔卑鄙的世界观所知的魔法更为强大——那也是伟大的巫师阿不思·邓布利多和西弗勒斯·斯内普在世期间所理解的魔法。

当纳威·隆巴顿从燃烧着的分院帽里拔出银光闪闪的格兰芬多宝剑，一刀砍下巨蛇纳吉尼的脑袋时，伏地魔站在了失败的悬崖边，哈利·波特即将实现那个预言，预言的第一句话是："有能力战胜黑魔头的人走近了……"

霍格莫德

供飞行课使用的平坦草坪

魁地奇球场

扫帚棚

霍格沃茨魔法学校

禁林

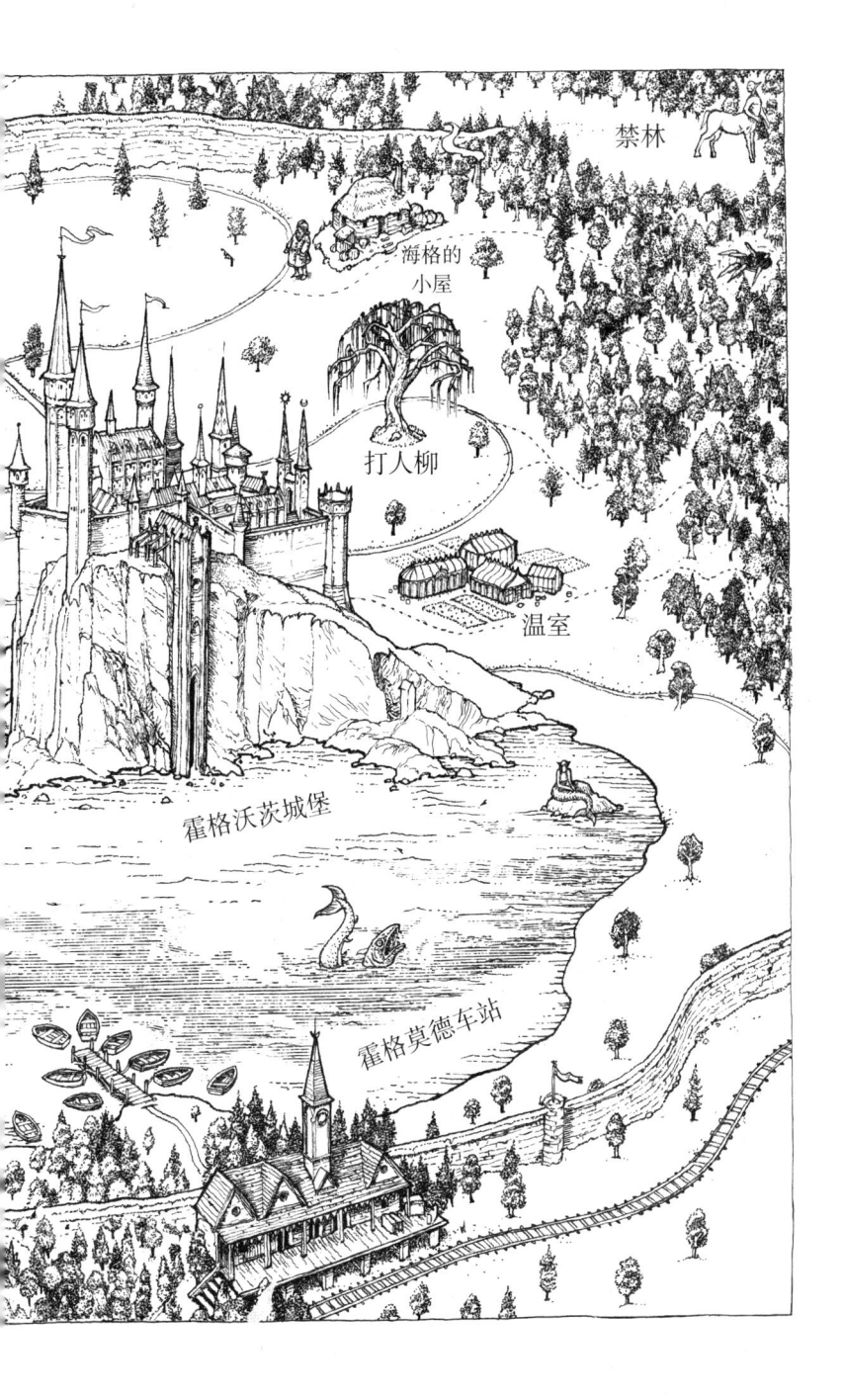

海格的
小屋

打人柳

温室

霍格沃茨城堡

霍格莫德车站

哦，那与生俱来的痛苦和折磨，
　　那死亡之际刺耳的尖叫，
　　　　还有那正中血脉的一击，
　　那无法止住的鲜血流淌，那悲伤，
还有那无人能够承受的诅咒。

但是家里可以疗伤，
　　而不是家外的地方，不是，
　　　　无人能够相助，唯有他们，
他们的血泪奋争。我们向你们歌唱，
大地下的黑暗神祇。

听啊，你这大地下的极乐力量——
　　回应召唤，送来助襄。
庇佑孩子，赐他们以胜利和希望。

——《奠酒人》，埃斯库罗斯

死亡只是穿越世界，如同朋友远渡重洋。他们仍活在彼此的心中。他们必须存在，那份爱与生活无处不在。在这面神圣的镜子里，他们面对面相视，自由地交谈，坦诚而纯真。这就是朋友的安慰，尽管据说他们都要走向死亡，但他们的友谊和陪伴将因为不朽而永存。

——《再谈孤独的果实》，威廉·佩恩

第1章

黑魔头崛起

两个男人从虚空中突然现身,在月光映照的窄巷里相隔几米。他们一动不动地站立了一秒钟,用魔杖指着对方的胸口。接着,两人互相认了出来,便把魔杖塞进斗篷下面,朝同一方向快步走去。

"有消息吗?"个子高一些的那人问。

"再好不过了。"西弗勒斯·斯内普回答。

小巷左边是杂乱生长的低矮的荆棘丛,右边是修剪得整整齐齐的高高的树篱。两人大步行走,长长的斗篷拍打着他们的脚脖子。

"我还以为迟到了呢,"亚克斯利说,头顶上低悬的树枝不时地遮挡住月光,他轮廓不分明的脸显得忽明忽暗,"没想到事情这么棘手,不过我希望他会满意。听你的口气,你好像相信自己会受到欢迎?"

斯内普点点头,但没有细说。他们往右一转,离开小巷,进入一条宽宽的汽车道。高高的树篱也跟着拐了个弯,向远处延伸,两扇气派非凡的锻铁大门挡住了两人的去路。他们谁也没有停住脚步,而是像行礼一样默默地抬起左臂,径直穿了过去，就好像那黑色的锻铁不过是烟雾一般。

紫杉树篱使两人的脚步声听上去发闷。右边什么地方传来沙沙的响声，亚克斯利又抽出魔杖，举过同伴的头顶，结果发现弄出声音的是一只白孔雀，在树篱顶上仪态万方地走着。

"这个卢修斯，总是搞得这么讲究。孔雀……"亚克斯利哼了一声，把魔杖塞回斗篷下面。

笔直的车道尽头，一幢非常体面的宅邸赫然出现在黑暗中，底层窗户的菱形玻璃射出闪亮的灯光。在树篱后面黑黢黢的花园里，什么地方有个喷泉在喷水。斯内普和亚克斯利吱嘎吱嘎地踩着沙砾路朝正门走去，刚走到跟前，不见有人开门，门却自动朝里打开了。

门厅很大，光线昏暗，布置得十分豪华，一条华贵的地毯几乎覆盖了整个石头地面。斯内普和亚克斯利大步走过时，墙上那些脸色苍白的肖像用目光跟随着他们。两人在一扇通向另一房间的沉重木门前停下脚步，迟疑了一下，斯内普转动了青铜把手。

客厅里满是沉默不语的人，都坐在一张装潢考究的长桌旁边。房间里平常用的家具被胡乱地推到墙边。华丽的大理石壁炉里燃着熊熊旺火，火光照着屋子，壁炉上方是一面镀金的镜子。斯内普和亚克斯利在门口停留了一会儿，等适应了昏暗的光线后，他们的目光被长桌上方一幕最奇怪的景象吸引住了：一具神志明显不清的人体头朝下悬在桌子上方，像是被一根无形的绳子吊着，慢慢旋转，身影映在镜子里，映在空荡荡的、打磨得锃亮的桌面上。在座的那些人谁也没去看这奇异的景象，只有一个差不多正好位于它下方的脸色惨白的年轻人除外。他似乎无法克制自己，不时地往上扫一眼。

"亚克斯利，斯内普，"桌首响起一个高亢、清晰的声音，"你

第1章 黑魔头崛起

们差点就迟到了。"

说话的人坐在壁炉正前方,亚克斯利和斯内普一开始只能隐约分辨他的轮廓。等他们走近了,那人的脸才从阴影里闪现出来:没有头发,像蛇一样,两道细长的鼻孔,一双闪闪发亮的红眼睛,瞳孔是垂直的。他的肤色十分苍白,似乎发出一种珍珠般的光。

"西弗勒斯,坐在这里吧,"伏地魔指了指紧挨他右边的那个座位,"亚克斯利——坐在多洛霍夫旁边。"

两人在指定的位置上坐了下来。桌旁大多数人的目光都跟着斯内普,伏地魔也首先对他说话:

"怎么样?"

"主人,凤凰社打算下个星期六傍晚把哈利·波特从现在的安全住所转移出去。"

桌旁的人明显来了兴趣:有的挺直了身子,有的好像坐不住了,都用眼睛盯着斯内普和伏地魔。

"星期六……傍晚。"伏地魔重复了一句。他的红眼睛死死盯着斯内普的黑眼睛,目光如此锐利,旁边有几个人赶紧望向别处,似乎担心那凶残的目光会灼伤自己。斯内普却不动声色地望着伏地魔的脸,片刻之后,伏地魔那没有唇的嘴扭曲成一个古怪的笑容。

"好,很好。这个情报来自——"

"来自我们谈论过的那个出处。"斯内普说。

"主人。"

亚克斯利探身望着长桌那头的伏地魔和斯内普。大家都把脸转向了他。

"主人,我听到了不同的情报。"

亚克斯利等了等,但伏地魔没有说话,他就继续往下说道:

"德力士，就是那个傲罗，他无意中透露，波特要到三十号，也就是他满十七岁前的那个晚上才转移呢。"

斯内普微微一笑。

"向我提供消息的人告诉我，他们计划散布一些虚假情报，这肯定就是了。毫无疑问，德力士中了混淆咒。这不是第一次了，他意志薄弱是出了名的。"

"我向您保证，主人，德力士看上去很有把握。"亚克斯利说。

"如果中了混淆咒，他自然很有把握，"斯内普说，"我向你保证，亚克斯利，傲罗办公室在掩护哈利·波特的行动中不再起任何作用。凤凰社相信我们的人已经打入魔法部。"

"如此看来，凤凰社总算弄对了一件事，嗯？"坐在离亚克斯利不远处的一个矮胖男人说。他呼哧带喘地笑了几声，长桌旁有几个人也跟着笑了起来。

伏地魔没有笑。他将目光转向头顶上那具慢慢旋转的人体，似乎陷入了沉思。

"主人，"亚克斯利继续说，"德力士相信所有的傲罗都要参加转移那个男孩——"

伏地魔举起一只苍白的大手，亚克斯利立刻不作声了，怨恨地看着伏地魔把目光又转向了斯内普。

"接下来他们打算把那男孩藏在哪儿？"

"藏在某个凤凰社成员的家里。"斯内普说，"据情报说，那个地方已经采取了凤凰社和魔法部所能提供的各种保护措施。我认为，一旦他到了那里，就很难有机会抓住他了。当然啦，除非魔法部在下个星期六之前垮台，主人，那样我们或许有机会发现和解除一些魔咒，继而突破其他魔咒。"

"怎么样，亚克斯利？"伏地魔朝桌子那头大声问，火光

第1章 黑魔头崛起

在他的红眼睛里发出诡异的光芒,"魔法部到下个星期六会垮台吗?"

大家又一次把脑袋都转了过来。亚克斯利挺起胸膛。

"主人,这方面我有好消息。我 —— 克服重重困难,经过种种努力 —— 成功地给皮尔斯·辛克尼斯施了夺魂咒。"

亚克斯利周围的许多人露出钦佩的神情。坐在他旁边的多洛霍夫 —— 一个长着一张扭曲的长脸的男人,拍了拍他的后背。

"算是个开始,"伏地魔说,"但辛克尼斯只是一个人。在我行动之前,斯克林杰周围必须全是我们的人。暗杀部长的努力一旦失败,我们就会前功尽弃。"

"是的 —— 主人,的确如此 —— 可是您知道,辛克尼斯是魔法法律执行司的司长,他不仅与部长本人,而且与魔法部各司的司长都有频繁接触。我想,我们要是把这样一位高级官员控制住了,再去制服别人就容易了,然后他们可以一起努力,把斯克林杰赶下台去。"

"但愿我们的朋友辛克尼斯在改造别人前不要暴露身份,"伏地魔说,"不管怎样,魔法部不可能在下个星期六之前就听命于我。既然不能在那男孩到达目的地以后抓他,我们就必须趁他在路上的时候动手。"

"主人,这方面我们有一个优势,"亚克斯利说,他似乎打定主意要得到一些夸奖,"我们已经在魔法交通司里安插了几个人。如果波特幻影移形或使用飞路网,我们立刻就会知道。"

"他不会这么做的,"斯内普说,"凤凰社会避开任何受魔法部控制和管理的交通方式。凡是和魔法部有关的,他们都不相信。"

"这样更好,"伏地魔说,"他只好在露天转移,要抓住他就容易多了。"

伏地魔又抬起目光，望着那具慢慢旋转的人体，一边继续说道："我要亲自对付那个男孩。在哈利·波特的问题上，失误太多了。有些是我自己的失误。波特能活到今天，更多是由于我的失误，而不是他的成功。"

长桌旁的人战战兢兢地注视着伏地魔，从他们的表情看，似乎每个人都担心自己会因为哈利·波特仍然活着而受到责难。不过，伏地魔不像是针对他们某一个人，而更像是自言自语，他的目光仍然对着上方那具昏迷的人体。

"我过去太大意了，所以被糟糕的运气和偶然因素挫败，只有最周密的计划才不会被这些破坏。现在我明白多了。我明白了一些以前不明白的东西。杀死哈利·波特的必须是我，也必定是我。"

伏地魔的话音刚落，突然传来一声痛苦的哀号，拖得长长的，凄惨无比，像是在回答他的话。桌旁的许多人都大惊失色地往下看去，因为那声音似乎是从他们脚下发出来的。

"虫尾巴，"伏地魔那平静的、若有所思的声音毫无变化，目光也没有离开上面那具旋转的人体，"我没有跟你说过吗？让我们的俘虏保持安静！"

"是，主——主人。"桌子中间一个矮个子男人结结巴巴地说。他整个人缩在椅子上，猛一眼看去，还以为椅子上没有人。他慌慌张张地从椅子上爬下来，匆忙离开了房间，身后只留下一道奇怪的银光。

"我刚才说了，"伏地魔又看着自己的追随者们紧张的面孔，继续说道，"我现在明白多了。比如，我需要从你们某个人手里借一根魔杖，再去干掉波特。"

周围的人满脸惊愕，就好像他刚才宣布要借他们一条胳膊似的。

第1章　黑魔头崛起

"没有人自愿？"伏地魔说，"让我想想……卢修斯，我看你没有理由再拿着魔杖了。"

卢修斯·马尔福抬起头。在火光的映照下，他的皮肤显得蜡黄蜡黄的，一双眼睛深陷下去，神色忧郁，说话声音沙哑。

"主人？"

"你的魔杖，卢修斯。我要你的魔杖。"

"我……"

马尔福侧眼望了望妻子。她呆呆地目视着前方，脸色和他一样苍白，长长的金黄色头发披散在背后，可是在桌子底下，她用细长的手指轻轻握了握马尔福的手腕。马尔福感觉到了她的触摸，便把手伸进长袍，抽出一根魔杖，递给了伏地魔。伏地魔把魔杖举到他的红眼睛前面，仔细端详。

"是什么做的？"

"榆木，主人。"马尔福小声说。

"杖芯呢？"

"火龙——火龙的心脏神经。"

"很好。"伏地魔说。他抽出自己的魔杖，比较着长短。

卢修斯·马尔福不由自主地动弹了一下，刹那间，他似乎指望伏地魔用自己的魔杖换他的那根。伏地魔注意到了他的表现，恶毒地睁大了眼睛。

"把我的魔杖给你，卢修斯？我的魔杖？"

有几个人发出了窃笑。

"我给了你自由，卢修斯，这对你来说还不够吗？但我注意到，你和你的家人最近好像不太高兴……我待在你家里，有什么让你们不愉快的吗，卢修斯？"

"没有——没有，主人！"

"全是撒谎，卢修斯……"

他冷酷的嘴已经不动了，但低低的咝咝声似乎还在响着。这声音越来越大，一两个巫师忍不住打了个寒战，只听见桌子底下的地板上有个沉重的东西在爬。

巨蛇探出身，慢慢爬上伏地魔的椅子。它越攀越高，似乎永无止境，然后把身子搭在伏地魔的肩膀上。它的身体和人的大腿一样粗，眼睛一眨不眨，瞳孔垂直。伏地魔用细长的手指漫不经心地抚摸着巨蛇，眼睛仍然望着卢修斯·马尔福。

"为什么马尔福一家对他们的境况表现得这么不高兴呢？这么多年来，他们不是一直口口声声地宣称希望我复出，希望我东山再起吗？"

"那是当然，主人。"卢修斯·马尔福说，他用颤抖的手擦去嘴唇上边的汗，"我们确实是这样——现在也是。"

在马尔福的左边，他的妻子纳西莎古怪而僵硬地点点头，眼睛躲避着伏地魔和那条蛇。他的右边是儿子德拉科，刚才一直盯着长桌上方那具毫无生气的人体，此刻迅速扫了一眼伏地魔，又赶紧移开目光，不敢跟他对视。

"主人，"说话的是坐在桌子中间的一个黑皮肤女人，她激动得声音发紧，"您待在我们家里是我们的荣幸，没有比这更令人高兴的了。"

贝拉特里克斯坐在她妹妹旁边。她黑头发，肿眼泡，模样不像她妹妹，举止神情也完全不同。纳西莎僵硬地坐在那里，面无表情，贝拉特里克斯则朝伏地魔探过身子，似乎语言不足以表达她渴望与他接近的意愿。

"没有比这更令人高兴的了。"伏地魔学着她的话，把脑袋微微偏向一边，打量着贝拉特里克斯，"这话从你嘴里说出来，可是意义非凡哪，贝拉特里克斯。"

贝拉特里克斯顿时脸涨得通红，眼睛里盈满喜悦的泪水。

第1章 黑魔头崛起

"主人知道我说的都是真心话!"

"没有比这更令人高兴的了……跟我听说的你们家这星期发生的那件喜事相比呢?"

贝拉特里克斯呆呆地望着他,嘴唇微微张着,似乎被弄糊涂了。

"我不明白您的意思,主人。"

"我说的是你的外甥女,贝拉特里克斯。也是你们的外甥女,卢修斯和纳西莎。她刚刚嫁给了狼人莱姆斯·卢平。你们肯定骄傲得很吧?"

桌子周围爆发出一片讥笑声。许多人探身向前,互相交换着愉快的目光,有几个还用拳头擂起了桌子。巨蛇不喜欢这样的骚动,气呼呼地张大嘴巴,发出咝咝的声音。可是食死徒们没有听见,贝拉特里克斯和马尔福一家受到羞辱,这令他们太开心了。贝拉特里克斯刚才还幸福得满脸通红,可此刻脸上红一块、白一块的,难看极了。

"主人,她不是我们的外甥女。"她在闹哄哄的欢笑声中大声喊道,"自从我们的姐妹嫁给那个泥巴种之后,我们——纳西莎和我——从来都没有正眼瞧过她。那个孩子,还有她嫁的那个畜生,都跟我们没有任何关系。"

"德拉科,你说呢?"伏地魔问,他的声音虽然很轻,却清晰地盖过了尖叫声和嘲笑声,"你会去照料那些小狼崽子吗?"

场面更热闹了。德拉科·马尔福惊恐地望着父亲,他的父亲低头盯着自己的膝盖,接着他碰到了母亲的目光。他的母亲几乎不易察觉地摇摇头,然后又面无表情地盯着对面的墙壁。

"够了,"伏地魔抚摸着生气的巨蛇,说道,"够了。"

笑声立刻平息了。

"长期以来,我们的许多最古老的家族变得有点病态了。"

他说。贝拉特里克斯屏住呼吸，恳切地盯着他。"你们必须修剪枝叶，让它保持健康，不是吗？砍掉那些威胁到整体健康的部分。"

"是的，主人，"贝拉特里克斯小声说，眼里又盈满了感激的泪水，"只要有机会！"

"会有机会的，"伏地魔说，"在你们家族里，在整个世界上……我们都要剃去那些侵害我们的烂疮，直到只剩下血统纯正的巫师……"

伏地魔举起卢修斯·马尔福的魔杖，对准悬在桌子上方微微旋转的人体，轻轻一挥。那人呻吟着醒了过来，开始拼命挣脱那些看不见的绳索。

"你认得出我们的客人吗，西弗勒斯？"伏地魔问。

斯内普抬起眼睛望着那张颠倒的脸。此刻，所有的食死徒都抬头看着这个被俘的人，好像他们得到批准，可以表现出自己的好奇心了。那女人旋转着面对炉火时，用沙哑而恐惧的声音说："西弗勒斯！救救我！"

"噢，认出来了。"斯内普说，俘虏又缓缓地转过去了。

"你呢，德拉科？"伏地魔用那只没拿魔杖的手抚摸着巨蛇的吻部，问道。德拉科猛地摇了一下脑袋。现在女人醒了，他倒似乎不敢再看她了。

"不过你大概没有上过她的课，"伏地魔说，"有些人可能不认识她，我来告诉你们吧，今晚光临我们这里的是凯瑞迪·布巴吉，她此前一直在霍格沃茨魔法学校教书。"

桌子周围发出轻轻的、恍然大悟的声音。一个宽肩膀、驼背、牙齿尖尖的女人咯咯地笑了起来。

"对……布巴吉教授教巫师们的孩子学习关于麻瓜的各种知识……说麻瓜和我们并没有多少差别……"

第1章　黑魔头崛起

一个食死徒朝地下吐了口唾沫。凯瑞迪·布巴吉又转过来面对着斯内普。

"西弗勒斯……求求你……求求你……"

"安静。"伏地魔说着又轻轻一抖马尔福的魔杖，凯瑞迪像被堵住了嘴，立刻不作声了，"布巴吉教授不满足于腐蚀毒化巫师孩子的头脑，上个星期还在《预言家日报》上写了篇文章，慷慨激昂地为泥巴种辩护。她说，巫师必须容忍那些人盗窃他们的知识和魔法。布巴吉教授说，纯血统巫师人数的减少是一种极为可喜的现象……她希望我们都跟麻瓜……毫无疑问，还有狼人……通婚……"

这次没有人笑。毫无疑问，伏地魔的声音里透着愤怒和轻蔑。凯瑞迪·布巴吉第三次转过来面对着斯内普。泪水从她的眼睛涌出，流进了头发里。斯内普一脸冷漠地望着她，慢慢地，她又转了过去。

"阿瓦达索命。"

一道绿光照亮了房间的每个角落。轰隆一声，凯瑞迪落到桌面上，震得桌子颤抖着发出嘎吱声。几个食死徒惊得缩进椅子里。德拉科从座位滑到了地板上。

"用餐吧，纳吉尼。"伏地魔轻声说，巨蛇晃晃悠悠地离开了他的肩头，慢慢爬向光滑的木头桌面。

第2章

回　忆

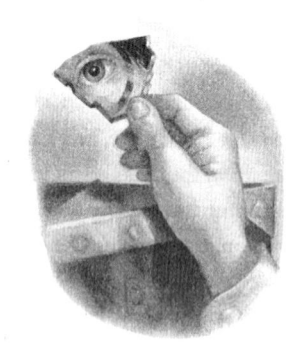

哈利在流血。他左手捏住右手，嘴里不出声地骂着，用肩膀推开卧室的门。脚下突然发出瓷器碎裂的嘎吱声：一杯凉茶放在他卧室门外的地上，他一脚踩了上去。

"怎么——？"

哈利四下张望，女贞路4号的楼梯平台上空无一人。这杯茶大概是达力自作聪明，想给他搞个恶作剧吧。哈利高举着流血的手，用另一只手捡起茶杯的碎片，扔进卧室门后那个已经满满当当的垃圾筒里。然后他穿过房间走进浴室，把手指放在水龙头下冲洗。

还有四天不能使用魔法，这真是荒唐，毫无道理，令人恼火……但他不得不承认，有了手指上这个锯齿状的伤口，他肯定不能得心应手。他从来没学会怎样修复创伤，现在想来——特别是想到他的下一步计划——这似乎是他魔法教育中的一个严重缺陷。他一边决定下次一定要向赫敏请教这个问题，一边拿一大团手纸尽量擦去地板上的茶渍，然后回到卧室，重重地关上了门。

早上，哈利彻底清空了他上学用的箱子，这是他六年前

第 2 章 回　忆

装箱以来的第一次。以前每次开学，他都是把箱子上面四分之三的东西替换、更新一下，箱底一直留着一层乱七八糟的杂物——旧的羽毛笔、枯干的甲虫眼睛、早已穿不下的配不成对的袜子。几分钟前，哈利把手伸进这层杂物，右手的无名指突然一阵钻心的剧痛，抽出来一看，已经血流如注。

现在他的动作比较谨慎了。他重新跪在箱子旁边，在箱底小心摸索，掏出一个破旧的徽章，上面交替闪烁着支持**塞德里克·迪戈里**和**波特臭大粪**的淡淡字样；接着他又掏出一个破旧开裂的窥镜和一个金挂坠盒，盒里藏着一张签名为 R.A.B. 的字条，最后发现了划伤他手指的利刃。他立刻认了出来，是已故教父小天狼星送给他的魔镜碎片，有两英寸长。哈利把它放在一边，小心翼翼地在箱子里寻找其他残片，可是教父的最后一件礼物只剩下了星星点点的玻璃碎屑，粘在箱子的最底层，像亮晶晶的粗沙粒。

哈利直起身子，仔细端详着那块划伤他手指、边缘不齐的碎片，在里面只看见自己的一双明亮的绿眼睛。他把破镜片放在床上那份早晨刚送到、还没有看过的《预言家日报》上，转身去对付箱子里剩下的垃圾，想以此遏制突然涌上心头的痛苦回忆，那些由破碎的镜片引起的揪心的悔恨和思念。

他又花了一小时才把箱子彻底清空，扔掉没用的东西，剩下的根据以后是否需要分成了几堆。校袍、魁地奇队服、坩埚、羊皮纸、羽毛笔以及大多数课本都堆在一个墙角，准备留在这里。不知道姨妈姨父会怎么处理它们，没准是半夜三更一把火烧掉，就好像它们是某种滔天大罪的证据。他的麻瓜衣服、隐形衣、配制魔药的用具、几本书，还有海格以前送给他的那本相册、一沓信件和魔杖则放进了一只旧背包里。背包的前兜里塞着活点地图和装着 R.A.B. 签名字条的金挂坠盒。把挂坠盒放在这么重要的位置，不是因为它有多么珍贵——按常理说，它毫无价值——而是因为获取它所付出的代价。

现在，只剩下桌上他的雪枭海德薇旁边那一大堆报纸了：哈利在女贞路过暑假，每天都有一份。

他从地上站起来，伸了个懒腰，朝书桌走去。他飞快地翻看着报纸，把它们一份份扔到那堆垃圾上，海德薇在旁边一动不动。猫头鹰睡着了，也许是在装睡。它在生哈利的气，因为这段时间让它出笼的时间太少了。

那堆报纸快要见底的时候，哈利的速度慢了下来，他在寻找他回女贞路过暑假后不久送来的某一期报纸。他记得头版有一小条关于霍格沃茨学校的麻瓜研究课教师凯瑞迪·布巴吉辞职的消息。好，终于找到了。他翻到第10版，坐在书桌前的椅子上，再次阅读他一直在寻找的那篇文章。

怀念阿不思·邓布利多

埃非亚斯·多吉

我是进入霍格沃茨的那天认识阿不思·邓布利多的，当时我十一岁。我们之所以相互吸引，无疑是因为都觉得自己不太合群。我入学前不久染上了龙痘疮，虽然不再传染，但满脸痘痕，肤色发青，没有多少人愿意接近我。阿不思呢，他是顶着恶名的压力来到霍格沃茨的。就在不到一年前，他父亲珀西瓦尔凶残地袭击了三个年轻麻瓜，事情闹得沸沸扬扬。

阿不思从不试图否认他父亲（在阿兹卡班终身监禁）犯

第 2 章 回 忆

有这桩罪行。相反，当我鼓起勇气问他时，他向我明确表示他知道父亲有罪。除此之外，邓布利多拒绝谈论这件令人伤心的事，虽然有许多人想套他的话，有人甚至津津乐道地赞扬他父亲的行为，并断定阿不思也是个仇视麻瓜的人。但是他们大错特错了。凡是认识阿不思的人都可以证明，他从未表露出丝毫反麻瓜倾向。事实上，他日后坚决维护麻瓜权益的做法为他树敌不少。

几个月后，阿不思的名声就开始超过他父亲。第一学年快结束时，人们不再把他看作一个仇视麻瓜者的儿子，而是看作学校里一个前所未有的最聪明的学生。我们有幸成为他朋友的人，以他为榜样获益匪浅，更不用说他总是毫不吝啬地给我们以帮助和鼓励。他多年之后向我坦言，他当时就知道他最大的乐趣在教书上。

他不仅赢得了学校颁发的各种重要奖项，而且很快就和当时最有名的魔法大师保持频繁的通信联系，包括著名炼金术士尼克·勒梅，知名历史学家巴希达·巴沙特，以及魔法理论家阿德贝·沃夫林。他的几篇论文刊登在《今日变形术》《魔咒创新》和《实用魔药大师》等学术刊物上。邓布利多的前途似乎一片辉煌，唯一的问题就是他什么时候出任魔法部长。在后来的日子里，虽然经常有人预言他将要担任这个职务，他却从未有当部长的野心。

我们入学三年后，阿不思的弟弟阿不福思也来到了霍格沃茨。兄弟两个不像。阿不福思从来不爱读书，而且，他喜欢决斗，不喜欢通过理性的协商来解决问题，这点也不像阿不思。不过，有人说兄弟俩关系不好，这也不符合事实。他们虽然性格迥异，相处还算和睦。替阿不福思说句公道话，必须承认生活在阿不思的阴影里不是件特别舒服的事。作为他的朋友，总是被他比得黯然失色，实在有伤士气；作为一个弟弟，肯定也不会愉快多少。

阿不思和我离开霍格沃茨后，打算按当时的传统结伴周游世界，拜访和观察国外的巫师，然后再追求各自的事业。然而，悲剧从天而降。就在我们出发的前一天，阿不思的母亲坎德拉过世，阿不思成了一家之主，成了挣钱养家的顶梁柱。我推迟动身，参加了坎德拉的葬礼，然后一个人踏上了孤独的旅途。阿不思要照顾一对年幼的弟妹，家里生活拮据，他不可能和我结伴旅行了。

在我们的一生中，那段时间接触最少。我给阿不思写信，描绘旅途中的奇特见闻，从侥幸逃脱希腊的客迈拉，到参观埃及炼金术士们的实验。我这么做也许太不善解人意了。他的信里很少提及他的日常生活，我猜想对于他这样一位出色的巫师来说，那肯定乏味得令人沮丧。我沉浸在自己的游历中，一年的旅行快要结束时，悲剧再次降临邓布利多家中：他的妹妹阿利安娜死了。我听了万分震惊。

虽说阿利安娜长期体弱多病，但母亲刚去世不久又遭此打击，阿利安娜的两个哥哥久久难以释怀。所有与阿不思亲近的人——我自己也有幸算在内——一致认为，阿利安娜的死，以及阿不思觉得自己对此事所负的责任（当然了，他实际上并无罪责），成为了他终生无法摆脱的阴影。

我回国后，看到的是一个年轻人经历了与他年龄不相称的痛苦。阿不思比以前更加沉默寡言，心思也重了许多。更令他痛苦的是，阿利安娜的死不仅没有使阿不思和阿不福思的关系更加紧密，反而使他们变得疏远了。（这种疏远逐渐改善——后来他们重新建立了关系，即使不算亲密，

第2章 回 忆

无疑还算友好。)然而，从那以后，阿不思很少谈及他的父母和阿利安娜，他的朋友们也避免谈论他们。

此后那些年，他的辉煌成就自会有人去描述。邓布利多对巫术知识宝库所做的巨大贡献，包括发现火龙血的十二种用途，还有他担任威森加摩首席魔法师时在许多判决中所展示的智慧，都会使后人受益。人们还说，没有一场巫师决斗能比得上一九四五年邓布利多与格林德沃之间的较量。很多目睹过这两位非凡巫师展开决战的人都曾撰文描述他们当时所感受到的恐惧和敬畏。邓布利多的胜利，及其对巫师界产生的影响，被看作是魔法历史上的一个转折点，堪与《国际保密法》的出台和神秘人的垮台相提并论。

阿不思·邓布利多从不恃才傲物，追求虚荣。他总能发现别人身上值得珍视的东西，不管那个人表面看去多么落魄和不起眼。我相信，是他早年痛失亲人的经历，赋予了他博大的仁慈和悲悯之心。我将无比怀念他的友情，然而，跟整个巫师界相比，我个人的损失实在不算什么。毫无疑问，他是霍格沃茨历届校长中最有影响力、最受人爱戴的一位，无论活着时还是死去时，总是在为更崇高的利益而工作，直到生命的最后一刻；就像我第一次见到他的那天，他向一个患龙痘疮的小男孩友好地伸出了手。

哈利读完了，但仍然凝视着讣文旁的那张照片。邓布利多脸上带着那种熟悉的、慈祥的微笑，但从半月形镜片上望过来的目光——虽然是印在报纸上的，却仿佛正用X光审视着哈利，使哈利觉得又伤心，又有一种羞愧感。

他曾经以为自己很了解邓布利多，可是读了这篇讣文，他不得不承认他对邓布利多几乎一无所知。他从来没有想象过邓布利多的童年和青年时代，似乎邓布利多一下子就变成了哈利认识他的那个样子，年高德劭，须发银白。想到少年时期的邓布利多，总使人感觉很怪异，就如同要想象一个头脑迟钝的赫敏，或想象一只待人友善的炸尾螺。

他从来没想过问问邓布利多的过去。当然啦，那么做会显得有点别扭，甚至冒昧，但是邓布利多参加了与格林德沃的那场传奇般的决斗，这是尽人皆知的事实，而哈利居然没有想到向邓布利多问问当时的情景，也没有向他问问他的其他著名成就。没有，他们总是在谈论哈利，哈利的过去，哈利的未来，哈利的计划……而现在哈利感觉到，尽管他的未来确实危机四伏，前途未卜，但他失去的机会再也无法挽回：他没有向邓布利多询问有关他自己的更多情况，而他向校长提出的唯一一个私人问题，也是他怀疑邓布利多唯一没有诚实回答的问题：

"你照魔镜的时候，看见了什么？"

"我？我看见自己拿着一双厚厚的羊毛袜。"

哈利沉思了几分钟，把讣文从《预言家日报》上撕下来，仔细折叠，夹在了《实用防御魔法及其对抗黑魔法的应用》第一册里。他把剩下来的报纸扔在垃圾堆上，转身望着房间。房间里整洁多了。唯一放得不是地方的是当天的《预言家日报》，仍然摊在床上，上面压着那块破碎的镜片。

哈利走过去，把碎镜片从当天的《预言家日报》上抖落，然后展开了报纸。早晨他从猫头鹰邮差那里接过卷成筒状的报纸时，匆匆扫了一眼标题，发现没有伏地魔的消息，就把它扔到了一边。哈利相信是魔法部给《预言家日报》施加了压力，要求封锁关于伏地魔的消息。直到这时，他才发现自己漏掉了什么。

第 2 章 回 忆

在报纸头版的下半页,有一幅邓布利多神色匆匆、大步行走的照片,上面略小一点的标题是:

邓布利多 —— 终于真相大白?

一部令人震惊的传记下周问世,主角是那位有缺陷的天才,许多人认为他是他所属的时代最伟大的巫师。丽塔·斯基特剥去那个深受大家喜爱的须发银白、神色安详的智者形象的外衣,揭露了邓布利多动荡的童年和混乱的青春时代、他终生的仇敌,以及他带入坟墓的那些罪恶的秘密。**为什么**这个有望成为魔法部部长的人仅满足于当一名校长?那个名为凤凰社的秘密组织的真正目的是**什么**?邓布利多究竟是**怎么**死的?

这些以及更多问题的答案,都在丽塔·斯基特最新出版的爆炸性传记《阿不思·邓布利多的生平与谎言》中做了探究,贝蒂·布雷思韦特对传记作者做了独家采访,见本报第13版。

哈利扯开报纸,找到第13版。文章上面有幅照片,又是一张熟悉的脸:一个女人戴着一副镶着珠宝的眼镜,一头金发弄成精致的大卷儿,牙齿露着,绽开一个显然自以为很迷人的笑容,手指张开朝哈利摆动。哈利尽量不去看这令人恶心的照片,继续往下读。

丽塔·斯基特的文笔以犀利著称,但她本人却热情随和得多。在她那温暖舒适的家中,她在门厅里迎接了我,把我直接领进厨房,享用一杯茶、一片重奶油蛋糕,当然啦,还有刚出锅的、热气腾腾的八卦秘闻。

"不用说，邓布利多是一个传记作家梦寐以求的人物，"斯基特说，"这么漫长而丰富的一生。我的书是第一本，我相信后面会有许多许多。"

斯基特无疑是个快手。这本长达九百页的传记仅在邓布利多六月份神秘死亡的四个星期后就完成了。我问她是怎么做到如此神速的。

"噢，如果你像我一样做了这么多年的记者，抢时间就成了第二天性。我知道巫师界如饥似渴地想要一本完整的传记，我希望第一个满足这种需要。"

我提到最近广为流传的埃非亚斯·多吉的评论，他是威森加摩的特别顾问，也是阿不思·邓布利多长期的朋友，他说"斯基特书里所包含的事实，还不如一张巧克力蛙画片"。

斯基特仰天大笑。

"可爱的老滑头①！我记得我几年前为了人鱼权益的问题采访过他，老天保佑他吧。整个儿一个老糊涂，他好像以为我们坐在温德米尔湖的湖底，不停地叫我提防鲑鱼。"

可是，许多人都在附和埃非亚斯·多吉指责传记错误百出的话。难道斯基特真的觉得短短四个星期就足以充分描绘邓布利多漫长而极不平凡的一生吗？

"哦，亲爱的，"斯基特笑容满面地说，一边亲切地拍拍我的手，"你和我一样清楚，有了一袋沉甸甸的金加隆，一股打破砂锅问到底的劲头，还有一支漂亮而锋利的速记羽毛笔，就能套出多少情报来呀！而且，人们都排着队要说邓布利多的闲话呢。你知道，并不是人人都认为他有那么

---

① 英语里多吉（Doge）与滑头（Dodgy）读音相近。

第 2 章 回　忆

出色——他得罪了太多的重要人物。不过，老滑头多吉可以从他高高在上的鹰头马身有翼兽上下来了，因为我找到了大多数记者愿意用魔杖交换的消息来源，此人以前从未当众发表过讲话，却在邓布利多极其动荡不安的青年时代与他关系密切。"

斯基特这部传记的新书广告明确提出，对于那些相信邓布利多一生白璧无瑕的人们来说，等待他们的将是强烈的震惊。那么，她发现的最令人惊诧的秘密是什么呢？

"行啦，别说了，贝蒂，在大家买到书前，我是不会把最精彩的内容透露出来的！"斯基特大笑着说，"不过我可以保证，凡是仍然认为邓布利多像他的胡须一样清白的人，都会猛然从梦中惊醒！比如，那些听说他对神秘人义愤填膺的人，做梦也不会想到他本人年轻时就曾涉足黑魔法！他晚年呼吁宽容，年轻时却心胸狭隘！是的，阿不思·邓布利多有一个极其不可告人的过去，更不用说他那个非常可疑的家庭，对此他想尽办法，百般遮掩。"

我问斯基特是不是指邓布利多的弟弟阿不福思，十五年前他因滥用魔法被威森加摩定罪，成为当时的一个小小的丑闻。

"噢，阿不福思只是粪堆的一角。"斯基特笑着说，"不是，不是，我谈论的事情比一个喜欢捉弄山羊的弟弟严重得多，甚至比那个残害麻瓜的父亲还要严重——他们都受到过威森加摩的指控，所以邓布利多不可能把这两件事遮掩住。不，激起我好奇心的是他的母亲和妹妹，我稍加挖掘，发现了一连串肮脏的往事——不过，我说过了，欲知详情，你需要阅读第九章到第十二章。我现在所能说的是，怪不得邓布利多从来闭口不谈他的鼻子是怎么断的。"

尽管有这些家丑，难道斯基特能够否认邓布利多做出重大魔法发现的出色才华吗？

"他脑子不笨，"斯基特承认，"不过现在许多人提出质疑：他的那些所谓成就是否真的都归功于他。我在第十六章中透露，伊凡·迪隆斯比声称，当时邓布利多把他的论文'借走'时，他已经发现了火龙血的八种用途。"

可是邓布利多某些成就的重要性是无法否认的，我冒昧提出。他战胜格林德沃的那场著名的较量呢？

"噢，我真高兴你提到了格林德沃，"斯基特露出一个意味深长的微笑说，"那些轻信邓布利多取得辉煌胜利的人们恐怕要做好准备，迎接一个炸弹——说不定是个粪弹呢。非常肮脏的交易。我只想说，千万别相信真有那场传奇般的惊人决斗。人们读了我的书，便不得不认定格林德沃只是从魔杖尖上变出一块白手帕，就偃旗息鼓了！"

关于这个令人感兴趣的话题，斯基特不肯透露更多的内容，于是我们转向那个无疑最能吸引读者的二人关系。

"噢，没错，"斯基特连连点头说，"我用整整一章详细描写了波特和邓布利多之间的关系。这种关系可以说是不健康的，甚至是邪恶的。读者也需要购买我的书才能知道全部故事，但是毫无疑问，邓布利多从一开始就对波特有一种不正常的兴趣。究竟是不是真的为了那个男孩考虑——咳，等着瞧吧。波特的青春期极为混乱动荡，这无疑已是一个公开的秘密。"

我问斯基特是否还跟哈利·波特有联系，她去年对哈利·波特的采访尽人皆知：一篇突破性的文章，独家披露了波特宣称他确信神秘人已经回来。

"噢，是的，我们建立了很密切的关系。"斯基特说，"可

第2章 回 忆

怜的波特没有几个真正的朋友，我和他是在他人生最艰难的时刻——三强争霸赛期间相识的。我可以说是世上仅有的几个堪称真正了解哈利·波特的人之一吧。"

话题自然而然地转向了围绕邓布利多最后时刻的许多传言。斯基特相信邓布利多死的时候波特在场吗？

"哦，我不想说得太多——书里都写着呢——可是霍格沃茨城堡里的目击者看到，在邓布利多或失足跌落、或自己跳楼、或被人推下去的片刻之后，波特匆匆从现场逃离。波特后来做证说西弗勒斯·斯内普是凶手，众所周知，他对此人一直怀恨在心。一切都像表面上那样吗？且让巫师界自己做出判断吧——在读完我的书后。"

她说完这句吊人胃口的话，我就告辞了。毫无疑问，斯基特的书立刻就会畅销。而邓布利多的大批崇拜者大概会怕得发抖，不知他们心目中的英雄会有什么事将被披露出来。

哈利看完文章，眼睛仍然呆呆地望着报纸，心头的厌恶和愤怒直往上翻。他把报纸揉成一团，使劲往墙上砸去，报纸落在满得溢出来的垃圾筒周围的废物堆里。

他开始漫无目的地在房间里走来走去，拉开空抽屉，拿起几本书看看，又把它们放回原处，几乎不知道自己在做什么，丽塔文章里的片言只语在他脑海里回响：用整整一章详细描写了波特和邓布利多之间的关系……这种关系可以说是不健康的，甚至是邪恶的。……他本人年轻时就曾涉足黑魔法……我找到了大多数记者愿意用魔杖交换的消息来源……

"谎言！"哈利吼道，窗外，他看见停下来发动割草机的隔壁邻居不安地抬头张望。

哈利一屁股坐在床上,破碎的镜片从他身边弹开。他拿起镜片,捏在手指间翻看,陷入了沉思,他想到了邓布利多,想到了丽塔·斯基特诽谤他的那些不实之词……

一道明亮的蓝光一闪。哈利怔住了,受伤的手指又滑过不齐的镜片边缘。错觉,肯定是错觉。他扭头看看,墙纸是佩妮姨妈挑选的令人恶心的桃色,并没有蓝色的东西让镜片反射蓝光。他又朝碎镜片里望去,只看见自己的一双亮晶晶的绿眼睛。

准是错觉,没有别的解释。因为他一直想着已故的校长,才产生了这样的错觉。要说有一点是肯定的,那就是阿不思·邓布利多那双明亮的蓝眼睛再也不会犀利地盯着他了。

第3章

德思礼一家离开

前门重重关上的声音传到楼上,一个人高喊道:"喂!你!"

哈利十六年来都被这样呼来喝去。他知道姨父在喊谁,但他没有立刻回答。他仍然凝视着破碎的镜片,刚才一刹那间,他恍惚在里面看见了邓布利多的眼睛。直到姨父怒吼一声"小子!"哈利才慢吞吞地站起身,朝卧室门口走去,半路停下来把破碎的镜片塞进背包,那里面已经装满了他打算带走的东西。

"磨蹭什么?"弗农·德思礼看到哈利出现在楼梯口,又气呼呼地吼道,"快下来,我有话要说!"

哈利双手插在牛仔裤的口袋里,慢慢地走下楼梯。他来到客厅,发现德思礼一家三口都在。他们一副出远门的打扮:弗农姨父穿着浅黄褐色的拉链夹克,佩妮姨妈穿着一件式样简洁的浅橙色外套,哈利那位大块头、金头发、肌肉发达的表哥达力,穿着皮夹克。

"有事吗?"哈利问。

"坐下!"弗农姨父说。哈利扬起眉毛。"请!"弗农姨父赶紧找补道,一边皱了皱眉头,似乎这个字刺着了他的喉咙。

哈利坐下了。他似乎猜到了是什么事。姨父开始在房间里踱来踱去，佩妮姨妈和达力用目光追随着姨父，一副忧心忡忡的样子。最后，弗农姨父在哈利面前停下脚步，绛紫色的大脸膛皱成一团，开口说话了。

"我改主意了。"他说。

"真让人吃惊。"哈利说。

"不许用那种口气——"佩妮姨妈尖声嚷了起来，弗农姨父挥挥手叫她闭嘴。

"都是些骗人的鬼话，"弗农姨父用一双小猪眼睛盯着哈利，"我决定一个字也不相信。我们不走，哪儿也不去。"

哈利抬头看着姨父，觉得又气恼又好笑。在过去的四个星期里，弗农·德思礼每二十四小时改变一次主意，每次改变主意都要折腾一番，把行李搬上车、搬下车、再搬上车。哈利觉得最可笑的是有一回弗农姨父想把行李重新拎进汽车后备厢，却不知道达力这次把哑铃装进了行李，结果被坠得摔倒在地，又气又疼，破口大骂。

"照你说来，"这会儿弗农·德思礼说着，又在客厅里踱起步来，"我们——佩妮、达力和我——都有危险。危险来自——来自——"

"'我们那类'里的一些人，没错。"哈利说。

"哼，我不相信。"弗农姨父又说了一遍，再次在哈利面前停住脚步，"我昨天半夜没睡，盘算着这个事情，肯定是阴谋，想霸占房子。"

"房子？"哈利问，"什么房子？"

"这所房子！"弗农姨父尖声叫道，额头上的血管开始突突地跳动，"我们的房子！这附近的房价涨得厉害！你想把我们支走，然后搞点儿鬼把戏，不等我们明白过来，房契上的名字

第3章　德思礼一家离开

就成了你的——"

"你糊涂了吗？"哈利问，"密谋霸占这所房子？难道你真像你的模样一样傻吗？"

"你怎么敢——！"佩妮姨妈尖叫起来，弗农又一次挥手叫她闭嘴，似乎跟他所识破的危险相比，相貌遭到一些侮辱算不得什么。

"恐怕你是忘了，"哈利说，"我已经有了一所房子，我教父留给我的。我还要这所房子干什么？为了所有那些愉快的往事？"

沉默。哈利认为这番话把姨父给镇住了。

"你声称，"弗农姨父说着，又开始踱步，"这个魔王——"

"——伏地魔，"哈利不耐烦地说，"这件事我们已经讨论过一百遍了。不是声称，是事实，邓布利多去年就告诉过你，金斯莱和韦斯莱先生——"

弗农·德思礼气呼呼地弓起肩膀，哈利猜想姨父是想摆脱那段回忆。当时哈利刚放暑假没几天，两位成年巫师突然来访。金斯莱·沙克尔和亚瑟·韦斯莱出现在门口，给德思礼一家带来了极不愉快的惊吓。哈利不得不承认，韦斯莱先生曾经把半个客厅捣成了废墟，他的再次露面肯定不会让弗农姨父感到高兴。

"——金斯莱和韦斯莱先生也解释过了，"哈利不为所动地继续说道，"我一满十七岁，保护我安全的咒语就会解除，我和你们就会暴露。凤凰社相信伏地魔会把目标锁定你们，或者折磨你们，拷问我的下落，或者以为把你们扣为人质我就会赶去援救。"

弗农姨父和哈利的目光相遇了。这一刻，哈利相信两人心里产生了同样的疑问。然后，弗农姨父又开始踱步，哈利接着说道："你们必须躲起来，凤凰社愿意帮忙，给你们提供最好的、最严密的保护。"

弗农姨父没说话，继续踱来踱去。外面，太阳低低地悬在女贞树篱上。隔壁邻居家的割草机又熄火了。

"不是有个魔法部吗？"弗农·德思礼突然问道。

"不错。"哈利感到意外。

"那么，他们为什么不能保护我们？在我看来，我们作为无辜的受害者，除了收养了一个被盯上的人外，没干过任何坏事，应该得到政府的保护！"

哈利笑出了声。他忍不住要笑。姨父就是这样，总是把希望寄托于权势部门，即使在那个他敌视和不信任的世界里也不例外。

"你听见了韦斯莱先生和金斯莱说的话，"哈利回答，"我们认为魔法部混进了坏人。"

弗农姨父大步踱到壁炉前又返回来，呼哧呼哧地喘着粗气，浓密的黑色八字胡也跟着波动起伏，大脸膛仍然涨成紫红色。

"好吧，"他说，再次停在了哈利面前，"好吧，姑且这么说吧，我们接受这种保护。但我还是不明白为什么不能让那个大个子金斯莱保护我们。"

哈利使劲忍了忍，才没有翻白眼。这个问题也已经提过六七遍了。

"我告诉过你，"哈利咬着牙说，"金斯莱在保护麻——我是说你们的首相。"

"这就对了——他是最棒的！"弗农姨父指着空白的电视屏幕说。德思礼一家在新闻里见过金斯莱，他在麻瓜首相访问医院时悄悄地跟在后面。凭这一点，还有金斯莱掌握了麻瓜的穿衣窍门，更重要的是他那低沉、缓慢的声音里有某种令人宽慰

第3章　德思礼一家离开

的东西，使德思礼一家在巫师中独独对金斯莱另眼相看。不过呢，他们从来没见过金斯莱戴耳环的样子。

"他已经有任务了，"哈利说，"海丝佳·琼斯和德达洛·迪歌完全能够胜任这项工作——"

"哪怕让我们看看简历……"弗农姨父话没说完，哈利就失去了耐心。他腾地站起来，走到姨父面前，也用手指着电视机。

"这些事故都不是事故——爆炸、飞机坠毁、火车出轨，还有我们上次看新闻之后发生的所有事情。有人失踪、死亡，这一切的背后都是他——伏地魔。我跟你说过不知多少遍了，他以屠杀麻瓜为乐。就连那大雾——也是摄魂怪弄出来的，如果你想不起摄魂怪是什么，就问问你儿子吧！"

达力猛地抬手捂住嘴巴。看到父母和哈利都盯着他，他慢慢把手放下，问道："它们……还有更多？"

"还有更多？"哈利笑了起来，"你是说，除了上次攻击我们的那两个之外？当然有，有好几百，现在说不定有好几千了，因为它们靠恐惧和绝望活着——"

"行了，行了，"弗农·德思礼咆哮道，"你已经说清楚了——"

"希望如此，"哈利说，"因为我一满十七岁，所有那些家伙——食死徒、摄魂怪，说不定还有阴尸——就是被黑巫师施了魔法的死尸——都能够找到你们，而且肯定会对你们下手。如果你还记得你上次跟巫师较量的情景，我想你会承认你们需要帮助。"

片刻的沉默，海格打烂一扇木门的声音，似乎隔着这么多年的岁月远远传来。佩妮姨妈看着弗农姨父；达力瞪着哈利。最后，弗农姨父突然说道："可是我的工作怎么办？达力的学校怎么办？我想，一帮游手好闲的巫师是不会管这些事情的——"

"你还不明白吗？"哈利喊道，"他们会折磨你们，杀死你们，就像对我的父母那样！"

"爸爸，"达力大声说，"爸爸——我要跟凤凰社的那些人走。"

"达力，"哈利说，"你这辈子第一次说了句明白话。"

他知道胜局已定。既然达力吓得愿意接受凤凰社的帮助，他的父母肯定会陪着他：他们怎么可能离开他们的小宝贝达达呢？哈利看了看壁炉台上的旅行钟。

"再有五分钟左右他们就来了。"他说，德思礼一家谁也没有回答，他便离开了客厅。想到他和姨妈、姨父、表哥就此分离——也许永不再见——他的心头不无欢喜，但气氛还是有些尴尬。在十六年的极度厌恶之后，互相之间还能说什么呢？

回到卧室，哈利漫无目的地摆弄着他的背包，又往海德薇的笼子里塞了几粒猫头鹰食。它们噗噗落在笼子底部，海德薇没有理睬。

"我们很快就要离开了，真的很快，"哈利告诉它，"那时你就又可以飞了。"

门铃响了。哈利犹豫了一下，离开房间，走下楼来。要指望海丝佳和德达洛单独对付德思礼一家，恐怕有点不切实际。

"哈利·波特！"哈利刚打开门，一个激动的声音就尖叫起来。一位头戴淡紫色高顶礼帽的小个子男人朝他深深鞠了一躬。"不胜荣幸！"

"谢谢，德达洛，"哈利说着，朝黑头发的海丝佳尴尬地微微一笑，"你们能来真是太好了……他们就在这儿，我的姨妈、姨父和表哥……"

"你们好，哈利·波特的亲戚们！"德达洛一边大步走进客厅，一边乐呵呵地说。德思礼一家听到这样的称呼似乎一点儿也不高兴。哈利隐约担心他们又要改变主意。达力看到这两个男女巫师，吓得又往妈妈跟前缩了缩。

第3章　德思礼一家离开

"你们收拾了东西，做好了准备。太好了！计划很简单，就像哈利告诉你们的一样，"德达洛说着，从马甲里掏出一块巨大的怀表看了看，"我们先走，哈利后走。由于在你们家里使用魔法有危险——哈利还没成年，这会使魔法部有借口逮捕他——我们先把车开出去大概十英里左右，然后再幻影移形，到我们为你们选择的安全地方去。我想，您会开车吧？"他很有礼貌地问弗农姨父。

"会开——？我当然会他妈的开车！"弗农姨父急吼吼地说。

"您真聪明，先生，真聪明，我一看到那么多按键和旋钮就彻底糊涂了。"德达洛说。他显然以为是在恭维弗农·德思礼，而德思礼对计划的信心，显然随着德达洛说的每一句话而逐渐丧失。

"连车都不会开。"他低声嘟囔，气得胡子直抖，幸好德达洛和海丝佳好像都没听见。

"你，哈利，"德达洛继续说，"在这里等你的警卫。安排上有了点小小的变化——"

"你说什么？"哈利立刻说，"我记得疯眼汉要来带我随从显形的呀。"

"不成了，"海丝佳生硬地说，"疯眼汉会解释的。"

德思礼一家满脸疑惑地听着这些对话，突然一个声音尖叫起来："快点！"他们吓了一跳。哈利在客厅里左右张望，才发现声音是德达洛的怀表发出来的。

"不错，我们时间很紧，"德达洛朝他的怀表点点头，又把它塞进马甲里，"我们打算，哈利，你在你的家人幻影移形的同时离开这所房子。这样，咒语破除时，你们都奔向了安全的地方。"他转向德思礼一家，"怎么样，行李都收拾好了吗？我们准备走吧？"

没人回答。弗农姨父仍然胆战心惊地盯着德达洛马甲口袋里的那个鼓包。

"也许我们应该在外面厅里等，德达洛。"海丝佳低声说。她显然觉得哈利和德思礼一家要温情脉脉，说不定还要热泪盈眶地互相告别，他们留在屋里不合适。

"不必了。"哈利嘟囔道。弗农姨父的话使更多的解释变得没有必要，他大声说道："得，这就告别了，小子。"

他把右胳膊往前一伸，想跟哈利握手，但在最后一刻似乎无法面对，便把手握成拳头，像节拍器一样前后摆动。

"准备好了，达达？"佩妮姨妈问，一边没事找事地检查手包的搭扣，为的是根本不看哈利。

达力没有回答，他站在那里，嘴巴微微张着，这使哈利隐约想起了巨人格洛普。

"快走吧。"弗农姨父说。

他已经走到客厅门口了，忽听达力嘟囔道："我不明白。"

"有什么不明白的，宝贝？"佩妮姨妈抬头看着儿子问。

达力举起一只火腿般粗胖的手指着哈利。

"他为什么不跟我们一起走？"

弗农姨父和佩妮姨妈怔在原地，呆呆地望着达力，就好像达力刚刚表示想当一名芭蕾舞演员。

"什么？"弗农姨父大声问。

"他为什么不一起走？"达力问。

"噢，他——他不想走，"弗农姨父说完，转脸瞪着哈利问道，"你不想走，对不对？"

"一点儿也不想。"哈利说。

"这下行了吧，"弗农姨父对达力说，"好了，我们走吧。"

弗农姨父大步走出客厅。屋里的人听见前门打开的声音，

第3章 德思礼一家离开

可是达力没有动弹,佩妮姨妈跟跟跄跄地走了几步,也停下了。

"又怎么啦?"弗农姨父又出现在门口,咆哮着问。

达力好像在努力对付一些难以用语言表达的思想。经过片刻看似很痛苦的内心挣扎之后,他说:"可是他去哪儿呢?"

佩妮姨妈和弗农姨父面面相觑。显然,达力把他们吓坏了。海丝佳·琼斯打破了沉默。

"可是……你们当然知道你们的外甥要去哪儿,不是吗?"她一脸迷惑地问。

"我们当然知道。"弗农·德思礼说,"他跟你们那类的几个人走,不是吗?好了,达力,我们快上车吧,你听见那个人说了,时间很紧。"

弗农·德思礼又一次大步流星地走到前门,可是达力并没有跟上去。

"跟我们这类的几个人走?"

海丝佳好像被惹恼了。哈利以前也碰到过这种态度。巫师们看到与大名鼎鼎的哈利·波特关系最近的亲戚对他这样漠不关心,似乎都很震惊。

"算了,"哈利劝解道,"没什么,真的没什么。"

"没什么?"海丝佳跟着说了一句,声音提得很高,透着不祥,"这些人知不知道你经历了什么?知不知道你面临着什么危险?知不知道你在反伏地魔运动的核心中所处的独特位置?"

"呃——不知道,他们不知道。"哈利说,"实际上,他们以为我是废物一个,不过我也习惯了——"

"我不认为你是废物。"

如果不是看到达力的嘴唇在动,哈利大概不会相信。他瞪了达力几秒钟,才终于承认刚才是达力在说话,至少他看见达力的脸涨得通红。哈利自己也是又尴尬又诧异。

"噢……嗯……谢谢你,达力。"

达力似乎又在对付一些难以表达的思想,最后喃喃地说:"你救过我的命。"

"不能这么说,"哈利说,"摄魂怪要掳走的是你的灵魂……"

他好奇地打量着表哥。这个暑假和上个暑假,他们几乎没有什么接触,哈利回到女贞路的时间很短,而且总是待在自己的房间里。哈利这才隐约明白过来,那天早晨他踩到的那杯凉茶也许根本不是什么恶作剧。他虽然很感动,但看到达力表达感情的能力似乎已经消耗殆尽,他还是感到松了口气。达力张了张嘴,满脸通红,没再说话。

佩妮姨妈哭了起来。海丝佳·琼斯赞许地看着她,没想到佩妮姨妈冲过来搂抱的不是哈利,而是达力,海丝佳顿时怒容满面。

"真——真乖,达达……"她贴着达力宽阔的胸脯哭起来,"多——多么可爱的孩——孩子……会——会说谢谢……"

"他根本没说谢谢!"海丝佳气愤地说,"他只说了他认为哈利不是废物!"

"是啊,不过这话从达力嘴里说出来,就像'我爱你'一样了。"哈利说,佩妮姨妈继续紧紧地搂住达力,好像达力刚把哈利从一座着火的房子里救出来一样,哈利看着不禁又气恼又好笑。

"我们还走不走啊?"弗农姨父又一次出现在客厅门口,粗声吼道,"不是时间很紧吗!"

"对——对,"德达洛·迪歌说,他刚才一头雾水地看着这些场景,这会儿才似乎回过神来,"我们真的得走了。哈利——"

他匆匆上前,用两只手紧紧攥住哈利的手。

"——祝你好运。希望我们后会有期。巫师界的希望就落在

第3章　德思礼一家离开

你的肩上了。"

"噢，"哈利说，"好的，谢谢了。"

"再见，哈利，"海丝佳也紧紧地拉住他的手说，"我们会挂念你的。"

"希望一切顺利。"哈利说着，看了一眼佩妮姨妈和达力。

"哦，我相信我们会成为好朋友的。"迪歌愉快地说，挥挥帽子，离开了客厅。海丝佳也跟了出去。

达力轻轻挣脱母亲的搂抱，朝哈利走来。哈利不得不克制住想用魔法威胁他的冲动。达力伸出他那只肥大的、粉红色的手。

"天哪，达力，"哈利的声音盖过佩妮姨妈重新响起的啜泣，"难道摄魂怪给你灌输了另一种性格吗？"

"不知道。"达力低声说，"再见，哈利。"

"好的……"哈利说着握了握达力的手，"也许吧。保重，D哥。"

达力几乎是笑了笑，然后蹒跚地走出客厅。哈利听见他沉重的脚步踏在砾石车道上，然后砰的一声，车门关上了。

听见这声音，一直把脸埋在手帕里的佩妮姨妈抬头张望。她似乎没有料到自己会和哈利单独待在一起。她匆匆把湿漉漉的手帕塞进口袋，说了声："好了——再见吧。"然后看也不看哈利，就大步朝门口走去。

"再见。"哈利说。

佩妮姨妈停住脚步，回过头来。一时间，哈利有一种特别奇怪的感觉，好像佩妮姨妈想对他说点什么：她用古怪而胆怯的目光看看他，似乎迟疑着想说话，可随即猛地把头一摆，冲出房门，追她的丈夫和儿子去了。

第4章

七个波特

哈利跑回楼上自己的卧室，冲到窗前，正好看见德思礼家的汽车拐过车道，上了马路，后座上德达洛的高顶礼帽位于佩妮姨妈和达力中间。汽车到了女贞路尽头往右一拐，车窗在西斜的太阳照耀下射出火一般的红光，然后就不见了。

哈利拎起海德薇的笼子，拿起他的火弩箭和背包，最后扫了一眼整洁得有些反常的卧室，然后歪歪斜斜地下楼来到客厅，把鸟笼、扫帚和背包放在楼梯脚旁。光线很快变暗，客厅在暮色中显得阴影重重。四下里一片寂静，哈利站在这里，知道自己将要永远离开这所房子，感觉真是特别异样。很久以前，德思礼一家出去玩乐，把他一个人留在家里，那几个小时独处的时光是一种难得的享受：从冰箱里快速偷些好吃的东西，然后冲到楼上，玩玩达力的电脑，或打开电视，随心所欲地选择频道。想起那些时光，他内心里泛起一种莫名的惆怅，如同想起一个已经失去的小弟弟。

"你不想最后一次看看这个地方吗？"他问海德薇。猫头鹰仍然把脑袋藏在翅膀底下生闷气。"我们再也不会到这里来了。

第4章 七个波特

你不想回忆回忆所有那些快乐的时光吗？我是说，看看门口这块擦鞋垫。想想往事……我把达力从摄魂怪手里救出来后，他在这块垫子上吐了……想不到他还是知道感恩的，你相信吗？……还有去年夏天，邓布利多穿过那道前门……"

哈利的思路断了，海德薇并没有帮他找回，仍把脑袋藏在翅膀底下不动。哈利从前门那儿转过身来。

"在这下面，海德薇——"哈利拉开楼梯下面的一扇门，"——就是我以前睡觉的地方！那时你还不认识我呢——天哪，真小啊，我都不记得了……"

哈利看看那一堆堆的鞋子和雨伞，想起当年每天早晨醒来，抬眼看着楼梯底侧，那里总会吊着一两只蜘蛛。那些日子，他还对自己的真实身份一无所知，还没有弄清父母是怎么死的，也不明白为什么经常会有那些奇怪的事情在他周围发生。哈利仍然记得那些当年就纠缠着他的梦境：乱梦颠倒，绿光闪烁，还有一次——哈利说起这个梦时，弗农姨父差点儿撞了车——居然梦见一辆会飞的摩托车……

突然，附近什么地方传来震耳欲聋的吼声。哈利猛地直起身，头顶砰的一声撞在低矮的门框上。他顿了顿，用弗农姨父最喜欢的粗话骂了几句，然后跌跌撞撞地走回厨房，手捂着脑袋，朝窗外的后花园望去。

黑暗似乎泛起了涟漪，空气本身也在颤动。接着，随着幻身咒的解除，一个个人影开始显现出来。最显眼的是海格，戴着头盔和护目镜，骑在一辆巨大的、带黑色挎斗的摩托车上。在他周围，其他人纷纷从飞天扫帚上下来，还有两个是从瘦骨嶙峋的、带翅膀的黑马身上下来的。

哈利打开后门，一下子蹿到他们中间。四下里一片问候声，赫敏张开双臂把他搂住，罗恩拍着他的后背。海格说："怎么样，哈利？准备离开了？"

"当然，"哈利说，笑眯眯地看着大家，"没想到你们来了这么多人！"

"计划变了。"疯眼汉粗声粗气地说，他提着两个鼓鼓囊囊的巨大口袋，那只魔眼嗖嗖地扫视着逐渐变暗的天空、房屋和花园，速度快得令人眩晕，"我们先掩护起来，再跟你细说。"

哈利把他们都领进了厨房，大家嘻嘻哈哈、谈笑风生地坐在椅子上，坐在佩妮姨妈光洁锃亮的厨房操作台上，或靠在她一尘不染的各种电器上。罗恩，又瘦又高；赫敏，浓密的头发在脑后编成了一根长辫子；弗雷德和乔治，一模一样地咧嘴笑着；比尔，满脸伤痕，留着长发；韦斯莱先生，慈眉善目，秃顶，眼镜戴得有点儿歪；疯眼汉，久经沙场，只有一条腿，那只亮晶晶的蓝色魔眼在眼窝里嗖嗖地转个不停；唐克斯，一头短发是她最喜欢的亮粉色；卢平，更加憔悴、瘦削；芙蓉，美丽苗条，长长的银白色秀发；金斯莱，秃头、宽肩膀，皮肤黝黑；海格，头发胡子蓬乱茂密，弓着腰站在那里，生怕脑袋撞到天花板；蒙顿格斯·弗莱奇，小个子，邋里邋遢，一副猥琐样，眼皮像短腿猎狗那样耷拉着，头发蓬乱纠结。此情此景，令哈利心花怒放，开心极了：他真喜欢他们大家啊，就连蒙顿格斯他也喜欢上了，而上次见面时，哈利还想掐死他呢。

"金斯莱，你不是在照顾麻瓜首相吗？"他朝屋子那头喊道。

"一个晚上没有我，他对付得了，"金斯莱说，"你更重要啊。"

"哈利，你猜怎么着？"唐克斯坐在洗衣机上，朝哈利晃动着她的左手：一枚戒指闪闪发光。

"你们结婚了？"哈利叫道，看看她，又看看卢平。

"对不起，你没能参加，哈利，我们没怎么声张。"

第4章 七个波特

"太棒了,祝贺——"

"好了,好了,以后有时间好好聊个痛快!"穆迪在一片喧闹声中吼道,厨房里顿时安静下来。穆迪把口袋扔在脚下,转向哈利:"德达洛大概已经跟你说了,我们不得不放弃第一套计划。皮尔斯·辛克尼斯叛变了,给我们带来了很大麻烦。他把许多做法都归为犯法行为,抓住就要坐牢,比如:让这所房子跟飞路网连接,在这里放一个门钥匙,或者幻影显形进进出出。还说这么做都是为了保护你,为了不让神秘人抓住你。纯属无稽之谈,你母亲的咒语已经做到了这点。辛克尼斯所做的实际上是阻止你安全地离开这里。

"第二个难题:你还没有成年,这意味着你身上仍然带有踪丝。"

"我不明白——"

"踪丝,踪丝!"疯眼汉不耐烦地说,"探测十七岁以下的巫师进行魔法活动的咒语,魔法部通过它来发现未成年者使用魔法!如果你,或者你周围的什么人,念一个咒语让你离开这里,辛克尼斯就会知道,食死徒也会知道。

"我们不能等踪丝消失,因为你一满十七岁,就会失去你母亲给你的全部保护。简单地说:皮尔斯·辛克尼斯认为你已经彻底走投无路了。"

哈利忍不住赞同这位素不相识的辛克尼斯。

"那我们怎么办呢?"

"我们只能使用这几种交通工具:飞天扫帚、夜骐和海格的摩托,只有它们是踪丝无法探测的,因为不需要念咒语。"

哈利看到了这个计划里的漏洞,但他忍住没说,让疯眼汉自己有机会处理。

"你母亲的咒语在两种条件下会破除:你成年了,或者——"

穆迪指了指一尘不染的厨房，"—— 你不再管这个地方叫家。今晚，你和你的姨妈姨父分道扬镳，彼此都明白你们今后再也不会共同生活了，对不对？"

哈利点点头。

"所以，这次你一离开就再也不会回来，咒语会在你走出它的范围时破除。我们选择提早打破它，因为神秘人很可能会在你满十七岁时过来抓你。

"我们有一个优势，就是神秘人不知道我们今晚要来转移你。我们给魔法部透露了一个假情报：他们以为你三十号才会离开。不过，我们的对手是神秘人，光指望他把日子搞错是不够的；他肯定会让两个食死徒在这个地区的上空巡视，以防万一。所以，我们对整整一打房屋采取了最好的保护措施。它们看上去都像是我们准备藏你的地方，都和凤凰社有某种联系：我的房子、金斯莱家、莫丽的穆丽尔姨妈①家 —— 你明白这意思吧？"

"明白。"哈利没有完全说实话，他仍然看出计划里有个很大的漏洞。

"你去唐克斯的父母家。一旦进入我们给房子设置的保护魔咒的范围，你就可以利用一个门钥匙转移到陋居去。有问题吗？"

"呃 —— 有，"哈利说，"也许他们一开始并不知道我要去那十二处安全房子中的哪一处，可是 ——"他快速清点了一下人数，"—— 我们十四个人飞向唐克斯的父母家，这不一下子就完全暴露了吗？"

"啊，"穆迪说，"关键的一点我忘记说了。我们十四个人并

---

① 从这时候开始，我们才知道穆丽尔是莫丽的姨妈，孩子们的姨婆，本册第八章中第一次出现 Great-Aunt Muriel 这个词。

第4章 七个波特

不都飞往唐克斯的父母家。今晚将有七个哈利·波特在天上飞,每个都有人陪伴,每一组都飞往一处不同的安全房屋。"

穆迪从斗篷里掏出一瓶泥浆般的东西。不用他再说一个字,哈利立刻明白了整个计划。

"不!"他大声说,声音在厨房里回荡,"不行!"

"我告诉过你们他会是这种反应吧。"赫敏有点儿得意地说。

"如果你们认为我会让六个人冒着生命危险——!"

"——因为这对我们来说都是第一次呢。"罗恩说。

"这次不一样,假装成我——"

"咳,其实我们谁都不喜欢,哈利。"弗雷德一本正经地说,"想象一下吧,如果出了故障,我们变不回去,就要永远成为戴着眼镜、皮包骨头的小笨蛋了。"

哈利没有笑。

"如果我不配合,你们就办不成,你们需要我贡献几根头发。"

"是啊,这么一来,整个计划可就泡汤了。"乔治说,"如果你不配合,我们显然根本不可能弄到你的一点儿头发。"

"没错,十三个对付一个,而那一个还不能使用魔法。我们真是一点胜算也没有啊。"弗雷德说。

"荒唐,"哈利说,"真是太可笑了。"

"如果需要动用武力,那就来吧。"穆迪吼道,他瞪着哈利,魔眼在眼窝里微微颤抖,"这里的每个人都到了法定年龄,波特,他们都准备冒此风险。"

蒙顿格斯耸耸肩膀,做了个鬼脸。穆迪的魔眼嗖地一转,从脑袋一侧狠狠瞪着他。

"别再争执了,时间有限。我需要你几根头发,孩子,快。"

"可是这太荒唐了,没有必要——"

"没有必要！"穆迪厉声吼道，"外面有神秘人，还有半个魔法部都和他站在一边！波特，如果我们运气好，他会相信那个假情报，计划在三十号打你一个埋伏，但他肯定会安排一两个食死徒监视你，除非他脑子坏了，换了我也会这么做。有你母亲的咒语在，他们大概还不能拿你或这所房子怎么样，但咒语很快就要失效，而他们知道房子的大致位置。我们唯一的机会就是使用替身。就连神秘人也不可能把自己分成七份。"

哈利碰到赫敏的目光，赶紧望向别处。

"所以，波特——劳驾，给几根头发。"

哈利看了看罗恩，罗恩朝他做了个鬼脸，仿佛是说"你就照办吧"。

"快！"穆迪咆哮道。

在众目睽睽之下，哈利伸手揪住头顶的一撮头发，拔了几根下来。

"很好，"穆迪说着一瘸一拐地走上前，一边拔出魔药瓶的塞子，"劳驾，放在这里面。"

哈利把头发丢进泥浆般的液体中。头发刚一接触液体表面，魔药就开始起泡、冒烟，一眨眼就变成了清澈的金黄色。

"哟，哈利，你的味道看上去比克拉布和高尔好多了。"赫敏说，她看见罗恩扬起眉毛，微微红了红脸又说，"噢，你知道我的意思——高尔的药剂活像干鼻屎。"

"好了好了，劳驾，假波特在这里排队。"穆迪说。

罗恩、赫敏、弗雷德、乔治和芙蓉在佩妮姨妈那闪闪发亮的洗涤槽前站成一排。

"还少一个。"卢平说。

"这儿。"海格粗声粗气地说，提着蒙顿格斯的后颈把他扔在芙蓉身边。芙蓉明显皱了皱鼻子，走过去站在弗雷德和乔治

第4章 七个波特

中间。

"我告诉过你，我宁愿当保镖。"蒙顿格斯说。

"闭嘴，"穆迪吼道，"你这个没有骨头的爬虫，我对你说过，不管我们碰到的是哪些食死徒，他们的目标都是抓住波特，而不是杀死他。邓布利多总是说神秘人想要亲手结果波特。最需要担心的是保镖，食死徒见了保镖不留活口。"

蒙顿格斯似乎并没有完全放心，但穆迪已经从斗篷里掏出六只蛋杯大小的玻璃杯，分给大家，然后往每个杯子里倒了一点儿复方汤剂。

"预备——喝……"

罗恩、赫敏、弗雷德、乔治、芙蓉和蒙顿格斯同时喝下。魔药刚一咽下，一个个便立刻大口喘气，龇牙咧嘴。顿时，他们的五官像烤热的蜡一样开始蠕动、变形。赫敏和蒙顿格斯噌噌往上长，罗恩、弗雷德和乔治则越缩越矮。他们的头发变黑了，赫敏和芙蓉的头发似乎在迅速蹿回头皮里。

穆迪对这一幕漠不关心，正在解开他带来的两个大口袋的带子。等他直起身来时，面前是呼哧呼哧喘粗气的六个哈利·波特。

弗雷德和乔治转脸看着对方，同时说道："哇——我们一模一样！"

"难说，我觉得还是我更好看一点儿。"弗雷德拿烧水壶当镜子照了照，说道。

"哎哟，"芙蓉对着微波炉门打量着自己，"比尔，别看我——我丑死了。"

"谁的衣服嫌大，我这里有小的，"穆迪指指第一个口袋说，"嫌小的，我这里有大的。别忘记眼镜，侧面口袋里有六副眼镜。等你们穿戴好了，另一个口袋里有行李。"

真哈利觉得，虽然他见识过一些极其古怪的事情，但眼前这一幕大概是他见过的最怪异的了。他注视着自己的六个替身在口袋里翻找，掏出一套套衣服，戴上眼镜，把他们自己的东西塞到一边。他真想请求他们略微尊重一点他的隐私，因为他们都开始毫无顾忌地脱衣服，显然是满不在乎地展示他的身体，他们对待自己的身体肯定不会这样。

"我就知道金妮说你有文身是在说谎。"罗恩低头看着赤裸的胸脯说。

"哈利，你的视力真是糟糕透了。"赫敏戴上眼镜说。

假哈利们穿戴好了，又从第二个口袋里掏出背包和猫头鹰笼子，每个笼子里都有一只剥制的雪鸮标本。

"很好，"穆迪看到面前终于站着七个衣冠整齐、戴着眼镜、提着行李的哈利，便说，"分组的情况是这样的：蒙顿格斯和我一起，骑扫帚——"

"我为什么和你一起？"离后门最近的那个哈利嘟囔道。

"因为只有你需要监视。"穆迪吼道，确实，他接着说话时那只魔眼一直没有离开蒙顿格斯，"亚瑟和弗雷德——"

"我是乔治，"双胞胎中穆迪所指的那个说道，"怎么我们变成哈利了，你还分不出我们谁是谁呀？"

"对不起，乔治——"

"跟你开个玩笑，其实我是弗雷德——"

"别再胡闹了！"穆迪气恼地咆哮道，"另一个——弗雷德，乔治，不管是谁——跟莱姆斯走。德拉库尔小姐——"

"我带芙蓉骑夜骐，"比尔说，"她不太喜欢飞天扫帚。"

芙蓉走过去站在比尔身边，用含情脉脉、小鸟依人的目光看着他，哈利从心底里希望这种眼神以后永远别在他脸上出现。

"格兰杰小姐和金斯莱，也骑夜骐——"

第4章 七个波特

赫敏向笑眯眯的金斯莱回以微笑，似乎心里很踏实。哈利知道赫敏也对骑飞天扫帚缺乏信心。

"就剩下你和我了，罗恩！"唐克斯愉快地说，她朝罗恩一挥手，打翻了一个杯子架。

罗恩看上去可不像赫敏那样高兴。

"你跟着我，哈利。行吗？"海格显得有点担心地说，"我们骑摩托车，扫帚和夜骐都吃不住我的重量。可是我往摩托车上一坐，就没有多少地方了，所以你坐在挎斗里。"

"太好了。"哈利并没有完全说心里话。

"我们推测，食死徒会以为你是骑扫帚的。"穆迪似乎猜到了哈利的感觉，说道，"斯内普有大量的时间把他以前没有提起的你的情况都告诉他们，所以，万一碰到食死徒，我们估计他们肯定会选择那个骑扫帚特别熟练的波特。好了，"他把装着假波特衣服的口袋系紧，领着大家朝门口走去，一边继续说道，"我们三分钟内离开。后门不用锁，食死徒要过来搜查，锁是挡不住他们的……来吧……"

哈利赶紧跑到门厅里去拿他的背包、火弩箭和海德薇的笼子，然后跟大家一起来到黑黢黢的后花园里。在他身边，一把把扫帚跳到人的手中，赫敏已经在金斯莱的搀扶下坐到一匹巨大的黑色夜骐的背上，比尔扶着芙蓉骑上了另一匹夜骐。海格戴着护目镜，站在摩托车旁，准备出发。

"就是它吗？这就是小天狼星的摩托车？"

"就是这辆，"海格笑眯眯地低头看着哈利说，"哈利，你上次坐它的时候，我一个巴掌就能把你托起来！"

哈利钻进挎斗，忍不住觉得有点儿丢脸。这样一来，他就比别人矮了好几头：罗恩看到哈利像小孩子坐在碰碰车里一样，不禁笑了起来。哈利把背包和扫帚塞在脚边，又把海德薇的笼子夹在双膝间。这真是太不舒服了。

"亚瑟做了些修修补补。"海格似乎没有注意到哈利的不适，只管说道，他跨上摩托车，摩托车发出吱吱嘎嘎的响声，往地里陷了几寸，"现在它的把手上有几个机关。这玩意儿是我的主意。"

他用粗粗的手指点着仪表盘旁边的一个紫色按钮。

"千万留神，海格，"韦斯莱先生抓着他的扫帚站在他们身边，说道，"我仍然拿不准这是不是明智，必须万不得已的时候才用。"

"好了好了，"穆迪说，"每个人都做好准备。我要求大家在同一时间离开，不然整个牵制战术就失败了。"

每个人都骑上了扫帚。

"抱紧点儿，罗恩。"唐克斯说，哈利看见罗恩心虚地偷偷瞥了卢平一眼，然后双手搂住唐克斯的腰。海格用脚一踢，发动了摩托车。车子像火龙一样吼叫起来，挎斗也跟着抖动。

"祝大家好运！"穆迪喊道，"一小时左右在陋居见。我数到三。一……二……三。"

摩托车发出惊天动地的吼声，哈利感到挎斗危险地倾向一侧。他在夜空中飞速穿行，眼睛微微流泪，头发被吹向脑后。在他周围，一把把扫帚也腾空升起，一匹夜骐的黑色长尾巴嗖地掠过。挎斗里，他的两条腿被海德薇的笼子和他的背包挤着，已经隐隐作痛，开始发麻。他太难受了，几乎忘了最后再看一眼女贞路4号。等他从挎斗边缘放眼望去，已经辨认不出是哪座房子了。他们在空中越飞越高——

然后，神不知鬼不觉地，他们被包围了。至少三十个戴兜帽的人影悬在空中，组成一个巨大的圆圈，凤凰社的成员们浑然不觉地飞入了他们的包围圈——

第4章 七个波特

到处都是尖叫声和耀眼的绿光。海格大吼一声,摩托车翻了个身。哈利不知道自己身在何处:头顶上是街灯,周围是喊叫声。他死死地抓住挎斗,海德薇的笼子、火弩箭和他的背包从他的膝盖底下滑落——

"不——**海德薇!**"

飞天扫帚打着旋儿往地面落去,就在摩托车重新扳正过来的一刹那,哈利及时抓住了背包带子和鸟笼顶部。他刚松一口气,又是一道绿光射来,猫头鹰尖叫一声,倒在笼底。

"不——不!"

摩托车隆隆地往前驶去。海格迅疾地冲破包围圈,哈利看见戴兜帽的食死徒们四散逃开。

"*海德薇——海德薇——*"

然而猫头鹰像个玩具一样,可怜巴巴地躺在鸟笼底部一动不动。哈利无法接受这个现实,心里更加担忧其他人的安危。他扭头望去,看见一大群人在移动,一道道绿光来回发射,两组骑扫帚的人迅速飞向远处,但看不清他们是谁——

"海格,我们得回去,我们得回去!"他喊道,盖过了马达的轰鸣声,一边抽出魔杖,把海德薇的笼子胡乱塞到挎斗底部,不愿意相信它已经死了,"海格,**转回去!**"

"我的任务是把你安全送到,哈利!"海格大吼一声,加大了油门。

"停下——**停下!**"哈利喊道,他再次回头的时候,两道绿光从他左耳边嗖嗖掠过:四个食死徒离开包围圈,对着海格宽阔的后背施恶咒。海格突然转向,但是食死徒跟着摩托车紧追不放。后面又有魔咒射来,哈利不得不把身子缩进挎斗里躲避。他扭过身喊道:"**昏昏倒地!**"一道红光从他自己的魔杖里射出,那四个追来的食死徒急忙躲避,闪出一个空当。

"坐稳了，哈利，这一下准叫他们完蛋！"海格咆哮道，哈利一抬头，正好看见海格用粗粗的手指使劲一摁燃油表旁边的一个绿色按钮。

一道墙，一道结结实实的砖墙，从排气管里喷了出来。哈利扭过脖子，看见砖墙在空中延伸、成形。三个食死徒急忙转身躲开，第四个就没那么幸运了。他消失不见了，然后像大石头一样从砖墙后面掉下去，扫帚散成了碎片。他的一个同伙放慢脚步去救他，海格弯腰伏在把手上加速前进，那两个食死徒和空中砖墙就都被黑暗吞没了。

剩下两个食死徒的魔杖里继续射出杀戮咒，嗖嗖地从哈利头顶掠过。它们是冲着海格来的。哈利又用昏迷咒去反击。红光、绿光在空中相撞，喷射出五颜六色的火星，哈利不着边际地想到了烟花，想到了下面不知道怎么回事的麻瓜们——

"我们又来了，哈利，坐稳了！"海格嚷道，猛地一戳第二个按钮。这次摩托车排气管里喷出的是一张巨大的网，可是食死徒早有防备。他们不仅闪身避开了，而且刚才那个放慢脚步去救不省人事的同伙的食死徒，此刻也赶了上来。他突然从黑暗中现身，现在他们三个都在追赶摩托车，都在不停地射出魔咒。

"这下他们准完蛋，哈利，坐稳了！"海格大吼，哈利看见他把整个手掌拍向仪表盘旁边的紫色按钮。

随着一阵绝对震耳欲聋的轰鸣，排气管中喷出了白热的蓝色龙火，摩托车像子弹一样冲向前去，发出金属扭曲的声音。哈利看见食死徒为了躲避致命的火焰，闪身不见了，同时他感到挎斗不祥地摇晃起来：在加速的冲力下，挎斗和摩托车的金属连接断裂了。

"没关系，哈利！"海格咆哮道，速度太快，他被迫仰身躺

第4章 七个波特

倒。此刻已经无人驾驶,挎斗在气流的冲击下开始剧烈扭动。

"有我呢,哈利,别担心!"海格喊道,从外衣口袋里抽出他那把粉红色的花伞。

"海格!不!让我来!"

"恢复如初!"

一声震耳欲聋的巨响,挎斗彻底跟摩托车脱开了:哈利在飞驰的摩托车的冲力下急速向前飞去,然后,挎斗开始往下降落——

绝望中,哈利用魔杖指着挎斗,大喊一声:"羽加迪姆 勒维奥萨!"

挎斗像瓶塞一样蹿了上去,虽然无法操控,但至少还悬在空中。哈利刚松口气,又有魔咒嗖嗖地从他身边飞过:三个食死徒围了上来。

"我来了,哈利!"海格在黑暗中喊道,但哈利感觉到挎斗又开始下沉。他尽量把身子缩得低低的,瞄准那几个追过来的身影,大声喊道:"障碍重重!"

魔咒击中了中间那个食死徒的胸口,顿时,那人怪模怪样地张开四肢悬在空中,就像撞上了一道看不见的屏障,他的一个伙伴差点撞在他身上——

这时,挎斗真的开始下降了,剩下的那个食死徒射出的一个魔咒离哈利太近,他只好赶紧低头,躲到挎斗边缘的下面,结果一颗牙齿在座位上磕掉了——

"我来了,哈利,我来了!"

一只大手揪住哈利长袍的后背,把他拽出了急速下降的挎斗。哈利拖着背包,奋力骑上摩托车的座位,发现自己与海格背靠着背。他们越飞越高,甩掉了剩下的两个食死徒。哈利吐出嘴里的血,用魔杖指着下落的挎斗,喊了声:"霹雳爆炸!"

挎斗爆炸时，他为海德薇感到一阵剧烈的、撕心裂肺般的痛苦。靠近挎斗的那个食死徒被炸得从扫帚上摔下去，不见了踪影。他的同伙落在后面，也消失了。

"哈利，对不起，对不起，"海格难过地低声说，"我不应该自己修补挎斗——现在你没有地方坐了——"

"没关系，尽管飞吧！"哈利大声回答，这时又有两个食死徒从黑暗中冒了出来，越逼越近。

魔咒又隔着夜空发射过来。海格不停地左转右拐，绕来绕去，哈利知道海格不敢再使用那个龙火按钮了，因为哈利坐得很不稳当。哈利朝追逐者们射出一个又一个昏迷咒，却没能把他们击退。哈利又对他们发出一个阻挡咒语：最近的那个食死徒闪身躲避，他的兜帽滑了下来，在下一个昏迷咒的红光映照下，哈利看到了斯坦·桑帕克那张古怪的、毫无表情的脸——斯坦——

"除你武器！"哈利大喊一声。

"是他，是他，这个是真的！"

戴兜帽的食死徒的喊声甚至盖过摩托车马达的轰鸣，传到了哈利耳朵里。接着，两个追逐者落到后面，消失不见了。

"哈利，怎么回事？"海格粗声大气地问，"他们哪儿去啦？"

"不知道！"

可是哈利很担心：刚才那个戴兜帽的食死徒喊了声"这个是真的！"他怎么会知道的？哈利凝视着看上去空无一人的黑夜，感觉到了威胁。他们在哪儿呢？

他费力地在座位上转过身，面朝前方，抓住海格的上衣后襟。

"海格，再来一遍那个龙火，我们赶紧离开这儿！"

"那你可坐稳了，哈利！"

第4章 七个波特

又是一阵震耳欲聋的尖锐的轰鸣，蓝白色的火焰从排气管喷射出来：哈利挤在那逼仄得可怜的座位上，感到自己向后滑去，海格仰倒在他身上，勉强抓住把手——

"我想我们甩掉他们了，哈利，我想我们成功了！"海格喊道。

可是哈利不能确信。他左右张望寻找追逐者，知道他们肯定会来，他心里泛起一阵阵的恐惧……他们为什么退回去？其中一个还拿着魔杖呢……是他……这个是真的……他刚想给斯坦施缴械咒，他们就说了这话……

"快到了，哈利，我们就要成功了！"海格大声嚷。

哈利觉得摩托车下降了一些，但地面的灯光看上去仍然像星星一样遥远。

突然，哈利额头上的伤疤火烧火燎地痛了起来。摩托车两边各出现了一个食死徒，两个杀戮咒从后面射来，只差一毫米就击中了哈利——

接着，哈利看见了他。伏地魔像烟一样乘风飞翔，没有扫帚，也没有夜骐，那张蛇脸在黑暗中闪着亮光，苍白的手指又举起了魔杖——

海格惊恐地大吼一声，驾驶摩托车垂直降落。哈利一边拼命稳住身子，一边对着旋转的黑夜胡乱发射昏迷咒。他看见一个身体从旁边飞过，知道自己击中了一个，可是接着听见一声巨响，看见马达迸出火花。摩托车在空中打着旋儿，完全失控——

又是一道道绿光射过。哈利已经分辨不出上下左右。伤疤仍然火辣辣地疼。他以为自己随时都会死去。一个戴兜帽的身影骑在扫帚上，离他只有几步远，哈利看见他举起了手臂——

"不！"

海格怒吼一声，纵身跳出摩托车，朝那个食死徒扑去。哈利惊恐地看见海格和食死徒都坠落下去，不见了踪影，飞天扫帚吃不住他们两个加起来的重量——

哈利用膝盖勉强钩住急速下降的摩托车，只听伏地魔叫道："我的！"

完了！他看不见也听不到伏地魔在哪里。他只瞥见另一个食死徒突然闪到一边，然后听见："阿瓦达——"

伤疤的剧痛逼得哈利闭上眼睛，他的魔杖自己采取了行动。哈利感觉魔杖像有某种巨大的磁力般把他的手拽向一边，他半闭着的眼睛看见一道金色的火焰喷射出来，接着听见一声爆响和一声愤怒的尖叫。剩下的那个食死徒在大嚷，伏地魔在尖叫："不！"不知怎么一来，哈利发现自己的鼻子离那个龙火按钮只有一寸。他用没拿魔杖的那只手使劲一砸按钮，摩托车又朝空中喷射出火焰，同时径直朝地面坠落下去。

"海格！"哈利死死抓住摩托车，大声喊道，"海格——海格飞来！"

摩托车在加速，似乎是被吸引着坠向地面。哈利的脸与把手平行，只能看见远处的灯光越来越近。他肯定要摔死了，可是除了坐以待毙之外没有别的办法。身后又传来一声喊叫：

"你的魔杖，塞尔温，把你的魔杖给我！"

他还没有看见伏地魔就已经感觉到了他。哈利往旁边一看，正撞上那双红红的眼睛，它们肯定是他这辈子看到的最后一样东西了：伏地魔正准备再次对他念咒——

突然，伏地魔消失了。哈利低头一看，海格四仰八叉地躺在下面的地上。哈利使劲拉动把手以免撞到海格，然后摸索着去踩刹车，可是随着一声震耳欲聋、惊天动地的巨响，他一头栽进了一个泥潭。

第5章

坠落的勇士

"海格?"

哈利费力地从一堆金属和皮革碎片中挣脱出来;他使劲想站起身,可双手在泥潭里又陷了几寸。他不明白伏地魔上哪儿去了,以为他随时会从黑暗中突然冲出来。一股热热的、湿湿的东西从他的下巴和额头上流淌下来。他爬出泥潭,跌跌撞撞地走向躺在地上的那个黑乎乎的庞然大物 —— 海格。

"海格? 海格,跟我说话 ——"

可是黑乎乎的庞然大物一动不动。

"谁在那儿? 是波特? 你是哈利·波特吗?"

哈利没有听出那个男人是谁。接着一个女人喊道:"他们掉下来了,泰德! 掉在花园里了!"

哈利脑袋发晕。

"海格。"他愣愣地又喊了一声,便双膝一软。

哈利苏醒过来时,感到自己仰面躺在一堆靠垫般的东西上,肋骨和右臂有一种火烧火燎的感觉,那颗撞掉的牙齿已经长出来了,额头上的伤疤仍然一跳一跳地疼。

"海格?"

哈利睁开眼睛，发现自己躺在一间陌生的、点着灯的客厅的沙发上。他的背包放在不远处的地板上，湿漉漉的，沾满泥浆。一个金色头发、大肚子的男人正担忧地注视着他。

"海格没事儿，孩子，"那人说，"我妻子在照顾他呢。你感觉怎么样？还有什么地方断了吗？我给你修补好了肋骨、牙齿和胳膊。对了，我是泰德，泰德·唐克斯——朵拉①的父亲。"

哈利猛地坐起来，眼前直冒金星，觉得恶心、眩晕。

"伏地魔——"

"别着急。"泰德·唐克斯说着，一只手放在哈利的肩头把他推回到靠垫上，"你们刚才摔得可够惨的。到底怎么回事？摩托车出故障了？亚瑟·韦斯莱又做过头了吧？他倒腾的那些麻瓜新奇玩意儿？"

"不是，"哈利说，伤疤像裸露的伤口一样疼，突突直跳，"食死徒，一大群食死徒——他们追赶我们——"

"食死徒？"泰德警惕地说，"你说什么，食死徒？我还以为他们不知道你今晚转移，我还以为——"

"他们知道。"哈利说。

泰德·唐克斯抬头望着天花板，似乎能透过天花板望到上面的天空。

"不过，这下我们就知道防护咒是有效的，对吗？他们从任何方向都不能进入这方圆一百米以内。"

哈利这才明白伏地魔为什么消失了。当时摩托车正好穿过凤凰社魔咒的屏障。但愿这些魔咒能继续生效。他想象着，就在他们此刻说话的当儿，伏地魔正在他们头顶一百米的上空，绞尽脑汁地想穿透哈利幻想中的那个透明的大肥皂泡。

---

① 朵拉，即尼法朵拉·唐克斯。

第5章 坠落的勇士

哈利两腿一甩离开了沙发,他需要亲眼看看海格,才能相信他还活着。他刚起身,门就开了,海格挤了进来,满脸都是泥浆和血污,腿有点儿瘸,却还奇迹般地活着。

"哈利!"

海格撞倒了两张精致的桌子和一棵蜘蛛抱蛋,两步就冲了过来,把哈利紧紧搂在怀里,差点挤断了哈利刚刚修复的肋骨,"天哪,哈利,你是怎么死里逃生的?我还以为我们都完蛋了呢。"

"是啊,我也是。真不敢相信——"

哈利突然住了口:他刚注意到那个跟在海格身后走进房间的女人。

"你!"他大喊一声,伸手到口袋里去掏魔杖,但口袋是空的。

"你的魔杖在这儿,孩子,"泰德说着,用魔杖轻轻敲了敲哈利的胳膊,"正好落在你身边,我就捡起来了。你是在冲我妻子嚷嚷呢。"

"噢,我——我很抱歉。"

唐克斯夫人又往屋里走了几步,模样就不那么像她姐姐贝拉特里克斯了。她的头发是柔和的浅褐色,眼睛更大、更慈祥。不过,听到哈利的惊叫,她显得有点儿矜持。

"我们的女儿怎么样了?"她问,"海格说你们遭了埋伏。尼法朵拉呢?"

"不知道,"哈利说,"我们也不知道其他人怎么样了。"

她和泰德交换了一下目光。哈利看到他们的表情,心里又是担忧又是内疚。如果其他人中间有谁死了,那便是他的错,全是他的错。是他同意了那个计划,给出了自己的头发……

"门钥匙。"他说,一下子全想起来了,"我们必须回陋居弄清情况——然后就能给你们捎信，或者——或者唐克斯自己给你们捎信，一旦她——"

"朵拉不会有事的，多米达①，"泰德说，"她能力足够，她和傲罗们一起经历了许多危险的场面。门钥匙就在这儿，"他又对哈利说，"如果你们想用它，应该是三分钟内出发。"

"好的，我们用它。"哈利说，他抓起背包，背到肩上，"我——"

他看着唐克斯夫人，想说一句道歉的话，因为是他让她处于这种忧心忡忡的状态，他认为自己负有不可推卸的责任，可是他又觉得说什么都显得空洞、虚伪。

"我会叫唐克斯——朵拉——给你们送信，等她……感谢你们救了我们，感谢一切。我——"

他离开房间后才松了口气，跟着泰德·唐克斯穿过一条短短的过道，进入了一间卧室。海格也跟来了，身子弯得低低的，以免脑袋撞到门框。

"你们走吧，孩子。那是门钥匙。"

唐克斯先生指着梳妆台上一把小小的银背发刷。

"谢谢。"哈利探身把一个手指放在上面，准备离开。

"等等，"海格四处张望着说，"哈利，海德薇呢？"

"它……它被击中了。"哈利说。

哈利猛然认清了这个事实，他为自己感到羞愧，泪水火辣辣地刺痛了他的眼睛。猫头鹰是他的伴侣，是他每次被迫返回德思礼家后与魔法世界的一个重要联系。

海格伸出一只大手，沉痛地拍了拍他的肩膀。

"别难过，"他用粗哑的声音说，"别难过。它这辈子过得可

---

① 多米达，即安多米达·布莱克。

第 5 章 坠落的勇士

不平凡——"

"海格!"泰德·唐克斯提醒道,发刷已经放射出耀眼的蓝光,海格赶紧把食指按在它上面,差一点就来不及了——

说时迟那时快,似乎肚脐眼后面有一个无形的钩子猛地向前一钩,哈利和海格忽地一下离开了唐克斯先生,被拽着飞入虚空。哈利无法控制地旋转着,手指紧紧粘在门钥匙上。几秒钟后,哈利的双脚重重地砸在坚硬的地面上,四肢着地摔在了陋居的院子里。他听见了尖叫声。他把不再闪光的发刷扔到一边,晃晃悠悠地站起身,看见韦斯莱夫人和金妮从后门跑下台阶。海格也摔得瘫倒在地,正十分吃力地爬起来。

"哈利? 你是真的哈利? 出什么事了? 其他人呢?"韦斯莱夫人大声问。

"你说什么? 别人都没回来吗?"哈利喘着粗气问。

答案清清楚楚地刻在韦斯莱夫人苍白的脸上。

"食死徒就等着我们呢,"哈利告诉她,"我们一出发就被包围了——他们知道是今晚——我不知道别人怎么样了,有四个食死徒追我们,我们只能拼命摆脱,后来伏地魔追上来了——"

哈利听出自己的口气里有替自己辩解的意思,似乎在恳求韦斯莱夫人理解他为什么不知道她儿子们的情况,可是——

"谢天谢地,你平安就好。"韦斯莱夫人说着,把哈利拉到怀里搂了一下,哈利觉得十分羞愧。

"莫丽,有白兰地吗?"海格声音有点发抖地问,"当药用的?"

韦斯莱夫人完全可以用魔法把酒召来,但她匆匆地朝歪歪斜斜的房子走去。哈利知道她是不想让别人看见她的脸。哈利转向金妮,金妮立刻回答了他没有说出口的询问。

"罗恩和唐克斯应该第一批回来的,但他们错过了门钥匙,门钥匙自己回来了。"金妮说着,指了指旁边地上一个锈迹斑斑的油罐,"还有那个,"她又指了指一只破旧的运动鞋,"是爸爸和弗雷德的,他们应该第二批到达。你和海格是第三批,然后,"她看了看表,"如果不出意外,乔治和卢平应该在一分钟内回来。"

韦斯莱夫人拿着一瓶白兰地回来了,她把酒递给海格。海格拔出瓶塞,一口就喝干了。

"妈妈!"金妮指着几步开外的一个地方喊道。

黑暗中突然有了一点蓝光:越来越大,越来越亮,接着卢平和乔治出现了,嗖嗖旋转着落到地上。哈利立刻知道出事了:卢平架着乔治,乔治满脸是血,不省人事。

哈利跑过去抓住乔治的腿。他和卢平一起抬着乔治走进房子,穿过厨房来到客厅,把他放在沙发上。灯光照在乔治的脑袋上,金妮倒吸了一口冷气,哈利心里猛地抽了一下。乔治的一只耳朵不见了。他脑袋一侧和脖子里满是殷红的、触目惊心的鲜血。

韦斯莱夫人刚俯下身去查看儿子,卢平就一把抓住哈利的胳膊,颇为粗暴地把他拉进厨房,海格还在努力把他那庞大的身躯挤进后门。

"喂!"海格气愤地说,"放开他!放开哈利!"

卢平没理睬他。

"哈利·波特第一次到我在霍格沃茨的办公室时,墙角那里有个什么动物?"他轻轻摇晃了一下哈利说,"快回答!"

"是——一个格林迪洛,关在水箱里,对吗?"

卢平松开了哈利,仰身靠在厨房的碗柜上。

"这是搞什么鬼?"海格吼道。

第5章　坠落的勇士

"对不起，哈利，但我得核实一下。"卢平生硬地说，"有人叛变了。伏地魔知道我们今晚转移，只有直接参与制订计划的人才会向他通风报信。你很可能是个冒牌货。"

"那你干吗不来核实我？"海格气喘吁吁地问，仍然挣扎着想把身子挤进门框。

"你是混血巨人，"卢平抬头看着海格说，"复方汤剂只是给普通人用的。"

"凤凰社的人谁也不会告诉伏地魔我们今晚转移。"哈利说。这种想法太可怕了，他不能相信他们中间的任何人会这么做。"伏地魔是最后才来追我的，他一开始并不知道哪个是我。如果他掌握了整个计划，一上来就会知道跟着海格的那个是我。"

"伏地魔追上你们了？"卢平警惕地问，"后来呢？你们是怎么逃脱的？"

哈利简单解释了一下，说追赶他们的食死徒认出了他是真哈利，他们突然放弃追赶，准是去向伏地魔报告了，伏地魔刚一出现，他和海格就到达了唐克斯父母家的安全区。

"他们认出了你？怎么会呢？你做了什么？"

"我……"哈利努力回忆着，整个旅程都是一片模糊不清的紧张和混乱，"我看见了斯坦·桑帕克……你知道吧？就是骑士公共汽车上的那个售票员。我想给他施个缴械咒，而不是——唉，他根本不知道自己在做什么，是不是？他肯定中了夺魂咒！"

卢平一脸惊愕。

"哈利，缴械咒的时代已经过去了！这些人想要抓住你、干掉你！即使你没有准备好杀人，至少也得用昏迷咒啊！"

"我们当时在几百米的高空！斯坦又是糊涂状态，如果我把他击昏，他肯定会掉下去，就像我对他施了阿瓦达索命咒一样必死无疑！两年前，除你武器曾让我从伏地魔手里死里逃生。"哈利倔强地说。卢平使他想起了赫奇帕奇学院那个爱讥笑人的扎卡赖斯·史密斯，他当时就嘲笑哈利想教邓布利多军的成员学习缴械咒。

"是啊，哈利，"卢平努力克制着自己说，"有一大批食死徒目睹了当时的情景！请原谅，但是在生死攸关的紧急关头，这种举动是十分反常的。食死徒都目睹或听说过你的那次行为，今晚你在他们面前故伎重演，简直等于自杀！"

"那你认为我应该杀死斯坦·桑帕克？"哈利气愤地说。

"当然不是，"卢平说，"但是食死徒——坦白地说，大多数人！——都以为你会出手反击！除你武器是一个很有用的咒语，哈利，但食死徒似乎把它看成你的标志性行为，我强烈要求你别让这种印象成真！"

卢平的话使哈利觉得自己像个傻瓜，但是他心里仍有点儿不服气。

"我不能无缘无故地把挡我路的人咒死，"哈利说，"那是伏地魔的做法。"

卢平无言以对。海格终于成功地挤进门来，跌跌撞撞地走到椅子前坐下。椅子在他的重压下坍塌了。哈利没有理睬海格的咒骂和道歉，又对卢平说：

"乔治不会有事吧？"

听到这话，卢平对哈利的恼怒似乎顿时烟消云散。

"我想不会，但他的耳朵不可能修复了，是被咒语击掉的——"

外面传来一阵乱哄哄的声音。卢平立刻朝后门口冲去，哈利跳过海格的腿，迅速奔到院子里。

院子里出现了两个人影，哈利飞跑过去，认出是赫敏——

第 5 章　坠落的勇士

正在恢复她自己的相貌——和金斯莱，两人都抓着一只弯了的挂衣架。赫敏一头扑进哈利怀里，金斯莱看见他们却没有露出一丝喜悦。哈利从赫敏肩头上看见他举起魔杖，对准卢平的胸口。

"阿不思·邓布利多对我们俩说的最后一句话？"

"'哈利是我们最宝贵的希望。相信他。'"卢平平静地说。

金斯莱又把魔杖转向哈利，卢平说："是他，我检查过了！"

"好吧，好吧！"金斯莱说着把魔杖重新塞进长袍，"但是有人叛变了！他们知道了，他们知道是今晚！"

"好像是的，"卢平回答，"但看来他们不知道会有七个哈利。"

"那也好不了多少。"金斯莱恶声恶气地说，"还有谁回来了？"

"只有哈利、海格、乔治和我。"

赫敏用手捂着嘴，低低地呜咽了一声。

"你们怎么样？"卢平问金斯莱。

"五个人追，伤了两个，大概死了一个。"金斯莱一口气地说，"我们也看见神秘人了，他在一半的时候加入进来，可是很快就消失了。莱姆斯，他会——"

"会飞，"哈利插嘴道，"我也看见了，他来追海格和我。"

"怪不得他跑了，原来是去追你们了！"金斯莱说，"我还想不通他为什么消失呢。可是他为什么会改变目标呢？"

"哈利对斯坦·桑帕克表现得太仁慈了点儿。"卢平说。

"斯坦？"赫敏重复了一次，"他不是在阿兹卡班吗？"

金斯莱悲哀地笑了一声。

"赫敏，显然发生了集体越狱，但魔法部封锁了消息。我给特拉弗斯念咒时，他的兜帽掉了。他也应该关在牢里的。你们怎么样，莱姆斯？乔治呢？"

"他丢了一只耳朵。"卢平说。

"丢了一只——？"赫敏尖声重复。

"斯内普干的。"卢平说。

"斯内普？"哈利叫了起来，"你不会是说——"

"他在追赶中兜帽滑掉了。神锋无影咒一直是斯内普的拿手功夫。我真希望当时以牙还牙地报复他，可是乔治受伤后，我只能尽力扶着他待在扫帚上，他失血太多了。"

沉默中，四个人抬头望着天空。四下里没有一点儿动静。星星瞪着一眨不眨的眼睛，那样冷漠，没有被朋友们飞翔的身影遮掩。罗恩在哪里？弗雷德和韦斯莱先生在哪里？比尔、芙蓉、唐克斯、疯眼汉和蒙顿格斯又在哪里？

"哈利，帮我一把！"海格又卡在门框里了，粗声喊道。哈利巴不得有点事情做做，就过去把他拉了出来，然后穿过空无一人的厨房回到客厅。韦斯莱夫人和金妮还在照料乔治。韦斯莱夫人已经给他止住了血，哈利就着灯光，看见乔治的耳朵不见了，只留下一个裂开的大洞。

"他怎么样？"

韦斯莱夫人转过头来说道："我没法让它重新长出来，是被黑魔法弄掉的。但是不幸中的大幸……他还活着。"

"是啊，"哈利说，"感谢上帝。"

"我好像听见院子里还有别人？"金妮问。

"赫敏和金斯莱。"哈利说。

"谢天谢地。"金妮小声说。他们互相望着对方。哈利真想搂住她，搂得紧紧的不松手，他甚至不在乎韦斯莱夫人就在旁边。可是没等他一时冲动做出什么，厨房里突然传来哗啦一声巨响。

第 5 章 坠落的勇士

"我会证明我是谁的,金斯莱,但我要先看看我的儿子,你要知趣就赶紧闪开!"

哈利从没听见韦斯莱先生这样喊叫过。只见韦斯莱先生冲进客厅,秃脑袋上汗珠闪亮,眼镜歪斜着,弗雷德跟在他身后,两人都脸色苍白,但并未受伤。

"亚瑟!"韦斯莱夫人啜泣着说,"哦,感谢上天!"

"他怎么样?"

韦斯莱先生扑通一声跪倒在乔治身边。哈利认识弗雷德到现在,第一次看到他说不出话来。弗雷德从沙发背后目瞪口呆地望着双胞胎兄弟的伤口,似乎不敢相信自己的眼睛。

也许是听见了弗雷德和父亲到来的声音,乔治动了动。

"你感觉怎么样,乔治?"韦斯莱夫人轻声问道。

乔治用手指摸索着脑袋的一侧。

"动听啊。"他喃喃地说。

"他怎么啦?"弗雷德惊恐地哑声问道,"他脑子也受伤了?"

"动听啊,"乔治又说了一遍,抬眼望着他的兄弟,"你看……我有个洞。洞听啊,弗雷德,明白了吗?"

韦斯莱夫人哭得更伤心了。弗雷德苍白的脸上顿时泛出血色。

"差劲,"他对乔治说,"真差劲!整个大千世界跟耳朵有关的幽默都摆在你面前,你就挑了个'洞听'?"

"这下好了,"乔治笑着对泪流满面的母亲说,"妈妈,你总算可以把我们俩分出来了。"

他看看四周。

"嘿,哈利——你是哈利吧?"

"对,我是。"哈利说着挪到沙发跟前。

"嘿，至少我们把你平安弄回来了。"乔治说，"罗恩和比尔怎么没有挤在我的病榻周围？"

"他们还没回来呢，乔治。"韦斯莱夫人说。乔治脸上的笑容不见了。哈利看了看金妮，示意她跟他到外面去。穿过厨房时，金妮压低声音说："罗恩和唐克斯现在应该回来了。他们路不远。穆丽尔姨婆家离这里挺近的。"

哈利什么也没说。来到陋居后，他一直拼命控制内心的恐惧，此刻却完全被恐惧包围。恐惧似乎在他的皮肤上蠕动，在他的胸膛里跳动，并且哽住了他的咽喉。他们走下屋后的台阶进入黑漆漆的后院时，金妮抓住了他的手。

金斯莱大踏步地踱来踱去，每次转身时都抬头扫一眼天空。这使哈利想起弗农姨父在客厅里踱步的情景，那仿佛是一百万年前的事了。海格、赫敏和卢平并肩站在那里，默不作声地抬头凝视。哈利和金妮走过去和他们一起默默守候，他们谁也没有转头望一望。

时间一分一秒地过去，感觉有许多年那么漫长。稍有风吹草动，大家就惊跳起来，转向沙沙作响的树丛和灌木丛，希望能看到某个失踪的凤凰社成员安然无恙地从树叶间一跃而出——

突然，一把扫帚在他们头顶上显出形状，朝地面疾驰而来——

"是他们！"赫敏叫道。

唐克斯落地时滑出很远，蹭得泥土和卵石四处飞溅。

"莱姆斯！"随着一声喊叫，唐克斯跌跌撞撞地下了扫帚，扑进卢平怀里。卢平神情严峻，脸色苍白，似乎说不出话来。罗恩晕头晕脑地朝哈利和赫敏跑过来。

"你们都没事吧。"罗恩喃喃地说，赫敏奔过去紧紧搂住

第5章 坠落的勇士

了他。

"我还以为——我还以为——"

"我没事儿，"罗恩拍着赫敏的后背说，"我挺好。"

"罗恩真了不起，"唐克斯不情不愿地松开卢平，兴奋地说，"太棒了。击昏了一个食死徒，正好击中脑袋；要从飞行的扫帚上瞄准一个移动目标——"

"真的？"赫敏说，仍用双臂搂着罗恩的脖子，一边抬头看着他。

"老是用这种惊讶的口吻。"罗恩有点气呼呼地说，挣脱了赫敏，"我们是最后回来的？"

"不是，"金妮说，"我们还在等比尔、芙蓉、疯眼汉和蒙顿格斯。罗恩，我去告诉爸爸妈妈你没事儿——"

她跑进了屋里。

"你们怎么耽搁了？出什么事了？"卢平听起来简直在生唐克斯的气。

"贝拉特里克斯，"唐克斯说，"她不顾一切地想抓我，就像想抓哈利一样，莱姆斯。她千方百计想要我的命。我真希望当时击中她，我应该击中贝拉特里克斯的。不过我们肯定击伤了罗道夫斯……后来到了罗恩的穆丽尔姨婆家，却错过了门钥匙，她把我们好一顿埋怨——"

卢平下巴上的一块肌肉在跳动。他点点头，但似乎再也说不出话来。

"你们大家情况怎么样？"唐克斯转向哈利、赫敏和金斯莱问。

他们各自讲述了旅途上的遭遇，可是比尔、芙蓉、疯眼汉和蒙顿格斯一直没有回来，这事实像严霜一样压在他们心头，冰冷的寒意越来越叫人无法忍受。

"我得回唐宁街了，一小时前就应该到那儿的。"金斯莱最后扫了一眼天空，说道，"他们一回来就告诉我。"

卢平点点头。金斯莱朝大家挥了挥手，穿过黑暗朝大门口走去。哈利隐约听见噗的一声轻响，金斯莱一出陋居的范围就幻影移形了。

韦斯莱夫妇快速奔下后门台阶，后面跟着金妮。夫妇俩搂了搂罗恩，又转向卢平和唐克斯。

"谢谢你们，"韦斯莱夫人说，"为了我们的儿子，谢谢你们。"

"别说傻话了，莫丽。"唐克斯立刻说。

"乔治怎么样？"卢平问。

"他怎么啦？"罗恩尖声问。

"他失去了——"

韦斯莱夫人后面的话被一片高喊声淹没了。一匹夜骐赫然出现在天空，降落在离他们几步远的地方。比尔和芙蓉从夜骐背上滑下来，头发被风吹得乱蓬蓬的，但并没有受伤。

"比尔！谢天谢地，谢天谢地——"

韦斯莱夫人跑上前去，但比尔只是草草地搂了她一下，便直视着父亲说："疯眼汉死了。"

没有人说话，没有人动弹。哈利觉得内心的某种东西在坠落、坠落，坠入地下，永远地离他而去。

"我们看见了。"比尔说，芙蓉点点头，在厨房窗口的灯光映照下，她面颊上的泪痕闪闪发亮，"我们刚刚突破包围圈，事情就发生了。疯眼汉和顿格就在我们近旁，也是在往北飞。伏地魔——他会飞——直接就去追他们了。顿格吓坏了，我听见他高声大叫，疯眼汉想让他住嘴，没想到他幻影移形了。伏地魔的咒语不偏不倚地击中了疯眼汉的脸，疯眼汉朝后一倒，

第 5 章 坠落的勇士

从扫帚上摔了下去——我们在一旁眼睁睁地看着,毫无办法,有六七个人在后面追我们——"

比尔说不下去了。

"你们当然没有办法。"卢平说。

大家站在那里面面相觑。哈利不能完全理解。疯眼汉死了,这不可能……疯眼汉,那么强悍,那么勇敢,久经死亡的考验……

最后,大家虽然没有说出口,但也明白再在院子里等待已经毫无意义,于是都默默地跟着韦斯莱夫妇返回陋居,走进客厅,弗雷德和乔治正在那里哈哈大笑。

"怎么啦?"弗雷德在他们进去时看了看他们的脸,问道,"出什么事了?谁——?"

"疯眼汉,"韦斯莱先生说,"死了。"

双胞胎兄弟脸上的笑容变成了惊愕。一时间似乎谁也不知道该怎么办。唐克斯用手帕捂着脸默默哭泣。哈利知道她跟疯眼汉一直很亲密,是疯眼汉在魔法部里最好的朋友,深受疯眼汉的关照。海格席地坐在几乎被他占满的墙角,用他桌布那么大的手帕擦着眼泪。

比尔走到餐具柜前,拿出一瓶火焰威士忌和几个玻璃杯。

"来,"他一挥魔杖,让十二个斟满酒的玻璃杯飞到屋里每个人手中,然后自己高举起第十三个杯子,"敬疯眼汉。"

"敬疯眼汉。"大家齐声说道,举杯饮酒。

"敬疯眼汉。"海格打了个嗝儿,比别人慢了一拍,像是回声。

火焰威士忌灼痛了哈利的喉咙,似乎驱散了麻木和不真实感,使他在烧灼中重新有了感觉,有了某种类似于勇气的东西。

"这么说,蒙顿格斯消失了?"卢平一口喝干他杯里的酒,说道。

气氛立刻变了。每个人都神色紧张地望着卢平。在哈利看来，大家既希望他说下去，又有点害怕将会听到的话。

"我知道你在想什么，"比尔说，"在回这里的路上，我也有过那样的怀疑，因为他们似乎知道我们要来，不是吗？但告密的不可能是蒙顿格斯。他们不知道会有七个哈利，我们一出现，就把他们搞糊涂了。也许你已经忘了，这个替身的点子就是蒙顿格斯提出来的，他为什么不把最关键的一点告诉他们呢？我认为顿格当时是紧张了，仅此而已。他本来就不想来，是疯眼汉强迫他的，神秘人直接朝他们追去，换了谁都会惊慌失措。"

"神秘人的做法跟疯眼汉预料的完全一样。"唐克斯抽噎着说，"疯眼汉说，神秘人肯定以为真的哈利会跟最强悍、最有经验的傲罗在一起。他首先去追疯眼汉，等蒙顿格斯露了馅，他才回身去追金斯莱……"

"是啊，那都没有问题，"芙蓉毫不客气地说，"可是仍然无法解释他们怎么知道我们今晚转移哈利，不是吗？肯定有人大意了。有人不小心把日期透露给了外人。这样才能解释他们只知道日期但不知道整个计划。"

她默默地瞪着大家，看有谁提出反驳，她美丽的脸上仍然印着泪痕。没有人说话，只有海格大手帕后面的打嗝儿声打破沉默。哈利看着刚才冒着生命危险救了自己的海格——海格，他爱戴和信任的海格，曾经为了换取一个火龙蛋，受人哄骗，把重要情报泄露给了伏地魔……

"不会。"哈利大声说道，大家都吃惊地望着他。火焰威士忌似乎使他声音放大了。"我的意思是……即使有人不小心犯了错误，"哈利继续说，"泄露了消息，我知道他们肯定不是故意的，不能怪他们。"他说话的声音还是比平常大一些，"我们

第 5 章 坠落的勇士

必须彼此信任。我信任你们大家,我认为这个房间里的人谁也不会把我出卖给伏地魔。"

他说完后又是一阵沉默。大家都看着他。哈利又觉得有点儿燥热,为了找点事做,他又喝了几口火焰威士忌,一边喝,一边想着疯眼汉。疯眼汉以前总是责骂邓布利多轻易相信别人。

"说得好,哈利。"弗雷德出人意料地说。

"没错,说得好,说得好。"乔治瞥了瞥弗雷德,弗雷德的嘴角在抽动。

卢平看着哈利,脸上的表情很古怪,简直近乎怜悯。

"你认为我是个傻瓜?"哈利质问道。

"不,我看你真像詹姆,"卢平说,"他认为不信任朋友是最最可耻的事情。"

哈利知道卢平指的是什么。父亲就是被他的朋友小矮星彼得出卖的。哈利觉得又气又恼。他想反驳,可是卢平已经转过身,把杯子放在靠墙的一张桌子上,对比尔说:"还有活儿要干呢。我可以问问金斯莱——"

"不,"比尔立刻说道,"我来,我来干。"

"你们去哪儿?"唐克斯和芙蓉异口同声地问。

"疯眼汉的遗体,"卢平说,"我们必须把它找到。"

"就不能——?"韦斯莱夫人恳求地望着比尔,问道。

"等一等?"比尔打断了她,"除非你想让它落到食死徒手里。"

谁也没有说话。卢平和比尔告辞离开了。

其他人纷纷坐到椅子上,只有哈利还站着。突如其来的、真真切切的死亡,像看得见的东西一样陪伴着他们,挥之不去。

"我也得走。"哈利说。

十双惊愕的眼睛齐刷刷地看着他。

"别傻了，哈利，"韦斯莱夫人说，"你在说什么呀？"

"我不能待在这儿。"

他揉了揉前额。那里又在刺痛，已经有一年多没有这么痛过了。

"我在这儿，你们都有危险。我不想——"

"别说这种傻话！"韦斯莱夫人说，"今晚唯一关键的就是把你安全地转移到这里，谢天谢地我们成功了。芙蓉同意不在法国而在这里结婚，我们一切都安排好了，好让大家都可以聚在一起来照顾你——"

她不理解。哈利听了她的话反而更难受了。

"如果伏地魔发现我在这儿——"

"但他怎么会发现呢？"韦斯莱夫人问。

"你现在有可能在十几个地方呢，哈利，"韦斯莱先生说，"他不可能知道你到底藏在哪座安全的房子里。"

"我不是为自己担心！"哈利说。

"我们知道，"韦斯莱先生轻声说，"但如果你离开，我们今晚的努力就毫无意义了。"

"你哪儿也不能去。"海格粗暴地嘟囔道，"天哪，哈利，我们经历了千辛万苦才把你弄到这儿，你还要走？"

"是啊，我那只倒霉的耳朵怎么办？"乔治从靠垫上支起身子说。

"我知道——"

"疯眼汉也不会愿意——"

"**我知道！**"哈利大吼一声。

他觉得大家都在围攻他、逼迫他。难道他们以为他不知道他们为他做的一切吗？难道他们不理解他正是因为这个才打算现在离开，免得他们为了他遭受更多的灾难吗？一阵漫长而令

第 5 章　坠落的勇士

人尴尬的沉默，他的伤疤仍在刺痛、跳动。最后韦斯莱夫人打破了沉默。

"海德薇呢，哈利？"她柔声问道，"我们可以让它跟小猪待在一起，喂它点儿吃的。"

哈利的五脏六腑像拳头一样攥紧了。他没办法把实情告诉她。为了逃避回答，他喝光了最后一点儿火焰威士忌。

"哈利，等消息传出去，让他们瞧瞧，你又一次大难不死，"海格说，"逃脱了他的魔爪。当时他就在你上面，你却把他击退了！"

"不是我，"哈利淡淡地说，"是我的魔杖。我的魔杖自己采取了行动。"

过了片刻，赫敏委婉地说："但那是不可能的，哈利。其实你的意思是你在无意识中施了魔法，你本能地做出了反应。"

"不，"哈利说，"当时摩托车在坠落，我也弄不清伏地魔在哪儿，但我的魔杖在我手里转了个圈，对准了他，朝他射出一个魔咒，我连那是什么魔咒都不知道。我以前从没弄出过金色的火焰。"

"形势紧急的时候，"韦斯莱先生说，"一个人经常会施出他做梦也没想到过的魔法。没受过训练的小孩子经常发现——"

"不是那样的。"哈利咬着牙说。伤疤火辣辣地疼，他觉得又生气又沮丧。他不愿意他们都想象他有力量对抗伏地魔。

谁也没有吭声。哈利知道他们不相信他的话。现在想来，他确实没听说过一根魔杖会自己施魔法。

伤疤火烧火燎地疼起来。他用全部力气克制着不要大声呻吟。他嘟囔着说要呼吸点新鲜空气，就放下杯子离开了房间。

穿过黑漆漆的院子时，那匹巨大而消瘦的夜骐抬头看看他，将蝙蝠般的大翅膀哗啦啦地扑扇几下，就又埋头吃草了。哈利在通向花园的门口停住脚步，望着那些疯长的植物，揉着一阵阵剧痛的额头，想起了邓布利多。

他知道邓布利多一定会相信他。邓布利多肯定理解哈利的魔杖会自己采取行动，而且明白是为什么，因为邓布利多总是知道答案。他精通魔杖，曾向哈利解释过哈利的魔杖和伏地魔的魔杖之间存在的奇特联系……可是邓布利多像疯眼汉，像小天狼星，像他的父母，像他可怜的猫头鹰一样，都去了一个哈利永远不能与他们交谈的地方。他觉得嗓子眼儿里火辣辣的，却与火焰威士忌没有关系……

就在这时，突如其来地，伤疤的疼痛达到了顶峰。他抓住前额，闭上眼睛，一个声音在他脑海里尖叫：

"你告诉过我，只要用了别人的魔杖，问题就解决了！"

哈利脑海里突然浮现出一个瘦弱憔悴的老头儿，衣衫褴褛，躺在石头地面上，发出一声可怕的、长长的尖叫，声音里透着无法忍受的痛苦……

"不！不！我求求您，我求求您……"

"你竟敢欺骗伏地魔，奥利凡德！"

"我没有……我发誓我没有……"

"你想帮助波特，你想帮助波特从我手里逃走！"

"我发誓我没有……我以为换一根魔杖就会管用……"

"那你就解释解释这件事吧。卢修斯的魔杖被毁掉了！"

"我不明白……那种联系……只存在于……你们的两根魔杖之间……"

"撒谎！"

"求求您……我求求您……"

哈利看到那只白色的手举起魔杖，感觉到伏地魔狂暴的怒火，看见那个虚弱的老头儿在地上痛苦地蠕动——

第5章　坠落的勇士

"哈利？"

一切又突然消失了。哈利站在黑暗中瑟瑟发抖，双手攥着花园的门，心脏怦怦狂跳。伤疤仍然一刺一刺地疼。过了片刻，他才意识到罗恩和赫敏在他身边。

"哈利，回屋里去吧。"赫敏小声说，"你不会还在想着离开吧？"

"是啊，你一定要留下来，伙计。"罗恩用拳头擂着哈利的后背说。

"你没事儿吧？"赫敏凑近了，端详着哈利的脸，"你的脸色好可怕！"

"没事儿，"哈利声音发抖地说，"我的脸色大概要比奥利凡德的好些……"

他把刚才看到的一幕原原本本告诉了他们，罗恩显得十分惊恐，赫敏则完全吓坏了。

"可是这应该停止了！你的伤疤——它不应该再这样了！你绝不能让那种联系再接通——邓布利多希望你封闭你的大脑！"

看到哈利没有回答，赫敏抓住了他的胳膊。

"哈利，他已经占领了魔法部、报纸和半个魔法界！别让他再占领你的大脑了！"

第6章

穿睡衣的食尸鬼

接下来的几天里,失去疯眼汉的震惊依然在整座房子里停留不去。哈利总忍不住期待疯眼汉会像那些进进出出、传递消息的其他凤凰社成员一样,迈着沉重的脚步从后门走进来。哈利觉得只有行动才能减轻他的悲伤和负罪感,他觉得自己应该出发去完成使命,去尽快找到和摧毁魂器。

"唉,你还不满十七岁,不能去对付——"罗恩用口型说出魂器这个词,"——你身上还带着踪丝呢。我们完全可以在这里制订计划嘛,是不是?或者,"他把声音压得低低的,"你是不是已经知道那些东西在哪儿了?"

"不知道。"哈利老老实实地承认。

"赫敏好像在做一些研究,"罗恩说,"她说要等你来了再说。"

这会儿他们正坐在桌旁吃早饭,韦斯莱先生和比尔刚刚上班去了。韦斯莱夫人上楼去叫赫敏和金妮起床,芙蓉迈着轻盈的步子去洗澡了。

"三十一号那天踪丝就消失了,"哈利说,"也就是说,我只需要在这里待四天,然后就可以——"

第 6 章　穿睡衣的食尸鬼

"五天,"罗恩认真地纠正他,"我们还得留下来参加婚礼呢。不然她们准会杀了我们。"

哈利明白"她们"指的是芙蓉和韦斯莱夫人。

"只多一天嘛。"罗恩看到哈利要发脾气,赶紧说道。

"她们难道不知道这有多重要 ——?"

"当然不知道,"罗恩说,"她们什么都不知道。既然你提到这点,我一直想跟你好好谈谈。"

罗恩透过房门朝大厅扫了一眼,确认韦斯莱夫人还没有回来,便凑到哈利跟前说:

"妈妈一直想套赫敏和我的话,想弄清我们要做什么。她接下来就会找你了,做好准备吧。爸爸和卢平也问过我们,但我们说邓布利多叫你除了我们不告诉任何人,他们就不再问了。但妈妈不同,她是不会罢休的。"

不出几个小时,罗恩的预言就变成了现实。快要吃午饭了,韦斯莱夫人把哈利从别人身边支走,叫他帮着辨认一只配不成对的男袜,她猜想可能是从他背包里掉出来的。韦斯莱夫人刚把哈利堵在厨房那头的小洗涤室里,审问就开始了。

"罗恩和赫敏说,你们三个好像打算从霍格沃茨退学?"她用轻松随意的口气问道。

"哦,"哈利说,"是啊,没错。"

墙角的绞干机自己转动起来,绞干了一件衣服,看着像是韦斯莱先生的马甲。

"我可以问问你们为什么要放弃学业吗?"韦斯莱夫人说。

"是这样,邓布利多留给我 …… 一些事情要做,"哈利含混地说,"罗恩和赫敏知道了,他们也想去。"

"什么样的'事情'?"

"对不起,我不能 ——"

"好吧，坦白地说，我认为亚瑟和我有权知道，而且我相信格兰杰夫妇也会赞同！"韦斯莱夫人说。哈利早就担心"家长"的杀手锏。他强迫自己直盯着韦斯莱夫人的眼睛，却发现它们是和金妮的眼睛完全一样的褐色。这让他更感到心慌。

"邓布利多不想让别的任何人知道，韦斯莱夫人。对不起。罗恩和赫敏用不着去的，那是他们自己的选择——"

"我认为你也用不着去！"她厉声说道，一下子卸掉了所有的伪装，"你们还不够年龄呢，你们谁也不够！全是一派胡言，如果邓布利多有工作需要完成，整个凤凰社都由他随意调遣！哈利，你肯定弄错他的意思了。他大概是告诉你他希望完成的事情，结果你就以为他是想让你——"

"我没有弄错他的意思，"哈利面无表情地说，"肯定是我。"

他把要他辨认的那只袜子递还给韦斯莱夫人，上面的图案是金色的宽叶香蒲。

"这不是我的，我不是普德米尔联队的球迷。"

"噢，当然不是，"韦斯莱夫人突然又恢复了她那轻松随意的口气，令哈利感到不知所措，"我应该想到的。好了，哈利，既然你还待在我们这里，你不会反对帮着操办一下比尔和芙蓉的婚礼吧？要做的事情还很多呢。"

"行——我——当然没问题。"哈利说，韦斯莱夫人突然改变话题使他有些慌乱。

"真懂事。"她回答，然后笑眯眯地离开了洗涤室。

从那时候起，韦斯莱夫人就让哈利、罗恩和赫敏为筹备婚礼忙得团团转，几乎没有时间想事情。对这种行为最宽容的解释是，韦斯莱夫人想分散他们的注意力，不让他们想着疯眼汉和最近那次恐怖的旅行。经过两天没完没了地擦洗餐具，给礼品、丝带和鲜花搭配颜色，清除花园里的地精，又帮韦斯莱夫

第6章 穿睡衣的食尸鬼

人做了一大堆开胃薄饼,哈利开始怀疑她另有动机。她分派的活计似乎都让他、罗恩和赫敏互相分开。自从第一天夜里哈利告诉罗恩和赫敏伏地魔在折磨奥利凡德之后,便再也没有机会与他们俩单独说话。

"我想,妈妈以为只要不让你们三个凑在一起商量计划,就能推迟你们离开的时间。"金妮压低声音对哈利说,这已经是哈利待在这里的第三天晚上,他们正摆桌子准备吃晚饭。

"那她认为会怎么样呢?"哈利小声嘟囔道,"她把我们拴在这里做酥皮馅饼时,会有另外的人去干掉伏地魔吗?"

他不假思索地说出这句话,便看见金妮的脸白了。

"这么说是真的喽?"她问,"这就是你们打算做的事情?"

"我 —— 不是 —— 我开玩笑呢。"哈利闪烁其词地说。

他们互相望着对方,金妮的表情里除了惊愕,还有些别的东西。突然,哈利意识到自从他们在霍格沃茨操场的僻静角落里偷偷约会以后,这还是他第一次和她单独在一起。他可以肯定金妮也想起了那些时光。就在这时,门开了,韦斯莱先生、金斯莱和比尔走了进来,把他们俩吓了一跳。

现在,经常有凤凰社的其他成员来吃晚饭,因为陋居已经取代格里莫广场12号成了总部。韦斯莱先生解释说,自从保密人邓布利多死后,凡是邓布利多向其透露过格里莫广场位置的人,统统都变成了保密人。

"我们大概有二十个人,这就大大削弱了赤胆忠心咒的力量。食死徒就有二十倍的机会从某人嘴里套出秘密。所以我们不能指望这个秘密能保持多久。"

"可是斯内普肯定已经把地址告诉食死徒了呀?"哈利问。

"噢,疯眼汉给斯内普预备了几个魔咒,以防他再在那里露面。我们希望这些咒语很厉害,既能把斯内普挡在门外,又能捆住他的舌头，使他不能说起那个地方，但我们没有把握。现在那里的防范措施这么不稳定，再把它当成总部可就太不明智了。"

那天晚上，厨房里挤满了人，使用刀叉都很困难。哈利发现自己挤在金妮旁边。刚才两人之间欲言又止的话，使他希望能有几个人坐在中间把他们俩隔开。他特别当心不要碰到金妮的胳膊，简直都没法切鸡肉了。

"有疯眼汉的消息吗？"哈利问比尔。

"没有。"比尔回答。

他们没能为穆迪举行葬礼，因为比尔和卢平没有找到他的遗体。当时天很黑，双方一场混战，很难弄清他坠落到什么地方了。

"《预言家日报》只字没提他的死，也没提找到遗体，"比尔继续说，"不过这也说明不了什么。最近报纸对许多事情都保持沉默。"

"他们还没有因为我在逃脱食死徒时使用的那些未成年魔法传我受审吗？"哈利隔着桌子大声问韦斯莱先生，韦斯莱先生摇了摇头。"他们是知道我别无选择，还是不想让我告诉大家伏地魔袭击了我？"

"我认为是后一种。斯克林杰不愿意承认神秘人已经和他势均力敌，也不愿意承认阿兹卡班发生了集体越狱。"

"就是，何必对公众说实话呢？"哈利说，他紧紧攥住手里的餐刀，右手背上淡淡的伤痕在皮肤上白得那么显眼：我不可以说谎。

"魔法部就没有人准备抵抗他吗？"罗恩生气地说。

"当然有，罗恩，但是人们很害怕，"韦斯莱先生回答，"害怕自己成为下一个失踪者，害怕下一个遭到袭击的就是自己的

第6章 穿睡衣的食尸鬼

孩子！可怕的谣言四处流传。比如，我就不相信霍格沃茨的麻瓜研究课教师是辞职了。她已经好几个星期不见踪影。这段时间，斯克林杰整天把自己关在办公室里，我真希望他在制订方案。"

一时间没有人说话，韦斯莱夫人用魔法把空盘子收到一边，然后端出了苹果馅饼。

"我们必须决定一下你化装成什么样儿，哈利，"芙蓉在大家都分到馅饼后说，"参加婚礼。"看到哈利一脸迷惑，她又说道，"当然啦，我们的客人里可没有食死徒，但不能保证他们喝了香槟酒之后不走漏消息啊。"

听了这话，哈利猜想她仍在怀疑海格。

"对，有道理。"韦斯莱夫人坐在桌首说，她的眼镜架在鼻子尖上，正在浏览她草草记在一张很长的羊皮纸上的一大堆工作，"我说，罗恩，你的屋子打扫了没有？"

"干吗？"罗恩叫了起来，重重地放下勺子，气呼呼地瞪着母亲，"我的屋子干吗要打扫？哈利和我在里面待得很舒服！"

"再过几天，我们这里就要举办你哥哥的婚礼了，年轻人——"

"难道他们是在我的卧室里结婚吗？"罗恩气愤地问道，"不是！那么看在梅林那老鬼——"

"不许对你妈妈这么说话。"韦斯莱先生不容置疑地说，"照她说的去做。"

罗恩气恼地瞪着父母，然后拿起勺子，朝他的最后几口苹果馅饼发起了进攻。

"我可以帮忙，有些东西是我的。"哈利对罗恩说，可是韦斯莱夫人打断了他。

"不，哈利，亲爱的，我希望你去帮亚瑟打扫鸡棚；赫敏，劳驾你去给德拉库尔夫妇换一下床单，你知道他们明天上午十一点就到了。"

结果，鸡棚里并没有多少事情可做。

"你用不着，嗯，用不着告诉莫丽，"韦斯莱先生挡住正向鸡笼走去的哈利，说道，"就是，嗯，泰德·唐克斯把小天狼星那辆摩托车的大部分残骸给我送来了，嗯，我把它藏在——我是说收在这里了。这东西太奇妙了：有一个排气垫，我相信是叫这个名字，有威力无比的电瓶，而且给了我一个难得的机会弄清刹车是怎么工作的。趁莫丽不在——我是说趁我有时间，我要试着把它重新组装起来。"

他们回到家里，没有看见韦斯莱夫人，哈利就偷偷爬到阁楼上罗恩的房间里。

"我在打扫，在打扫呢——！噢，是你啊。"罗恩看见哈利走进房间，松了口气说。罗恩重新躺到床上，看样子他是刚从床上起来。房间里还和整个星期以来一样乱糟糟的。唯一的变化是赫敏坐在那边的墙角里，把图书分成了两大堆，其中有几本书哈利认出是他的。赫敏那只毛茸茸的姜黄色猫克鲁克山蹲在她的脚边。

"你好，哈利。"哈利在他的行军床上坐下时，赫敏说道。

"你是怎么溜号的？"

"噢，罗恩的妈妈忘记她昨天已经叫金妮和我换过床单了。"赫敏说，她把《数字占卜与图形》扔到一堆书上，《黑魔法的兴衰》扔到另一堆上。

"我们刚才在谈疯眼汉，"罗恩对哈利说，"我猜想他大概没有死。"

"可是比尔亲眼看见他中了杀戮咒。"哈利说。

"没错，但比尔当时也正遭到袭击，"罗恩说，"他怎么能肯

第6章 穿睡衣的食尸鬼

定没有看错?"

"即使杀戮咒没有击中疯眼汉,他也从几百米的高处摔了下去啊。"赫敏说,她在掂量手里那本《不列颠和爱尔兰的魁地奇球队》。

"他可以使用铁甲咒啊——"

"芙蓉说他的魔杖从手里炸飞了。"哈利说。

"好吧,好吧,既然你们偏要让他死。"罗恩没好气地说,一边把他的枕头拍成更舒服的形状。

"我们当然不希望他死!"赫敏一脸惊愕地说,"他的死太可怕了!但我们要面对现实!"

哈利第一次想象疯眼汉的遗体,它像邓布利多的遗体一样残缺不全,但那只眼睛仍然在眼窝里嗖嗖地转个不停。哈利感到一阵恶心,又有一种莫名其妙的想笑的感觉。

"食死徒们大概清理过战场了,所以谁也找不到他。"罗恩挺明智地说。

"是啊,"哈利说,"就像巴蒂·克劳奇,变成了一块骨头,埋在海格屋前的院子里。他们大概给穆迪变了形,把他塞在——"

"别说了!"赫敏尖叫起来。哈利惊讶地抬起眼,正好看见她对着她那本《魔法字音表》哭了起来。

"哦,不,"哈利说,一边挣扎着想从旧行军床上爬起来,"赫敏,我不想让你难过——"

但是随着生锈的弹簧床吱嘎吱嘎一阵乱响,罗恩从床上一跃而起,抢先赶了过去。他用胳膊搂住赫敏,从牛仔裤口袋里掏出一条看着脏兮兮的手帕,他先前曾用它擦过烤炉。他匆匆抽出魔杖,指着那块破布说了句:"旋风扫净。"

魔杖吸走了大部分油渍。罗恩似乎对自己很满意,把微微冒烟的手帕递给了赫敏。

"哦……谢谢，罗恩……真对不起……"赫敏擤擤鼻子，抽噎着说，"只是太——太可怕了，不是吗？邓——邓布利多刚死不久……我真——真想象不到疯眼汉会死，他看上去那么强大！"

"是啊，我知道，"罗恩搂了搂她，说道，"如果他在这儿，你知道他会对我们说什么吗？"

"'时——时刻保持警惕。'"赫敏擦着眼泪说。

"对，"罗恩点点头说，"他会告诉我们要从他的遭遇中吸取教训。我得到的教训是，千万不要相信那个胆小如鼠的废物，蒙顿格斯。"

赫敏声音颤抖地笑了笑，又探身捡起两本书。一秒钟后，罗恩猛地从赫敏肩膀上抽回了胳膊；赫敏把《妖怪们的妖怪书》掉在他脚上了。书挣脱了捆住它的皮带，凶狠地咬着罗恩的脚脖子。

"对不起，对不起！"赫敏喊道，哈利赶紧把书从罗恩腿上拽过来，重新捆好。

"你倒腾这些书干什么呀？"罗恩一瘸一拐地走回他的床边，问道。

"决定一下我们出去找魂器时要带哪些书。"赫敏说。

"噢，对了，"罗恩用手一拍脑门说，"我忘了我们是在流动图书馆里追踪伏地魔呢。"

"哈哈，"赫敏低头看着《魔法字音表》说，"我拿不准了……我们会需要翻译如尼文吗？有可能……为了保险起见，还是带着它吧。"

她把字音表扔到那较大的一堆书上，又拿起《霍格沃茨：一段校史》。

第6章 穿睡衣的食尸鬼

"听我说。"哈利说。

他坐直了身子。罗恩和赫敏望着他,脸上的表情一模一样,既有无奈的顺从,又有些不以为然。

"我知道,邓布利多的葬礼之后,你们说过要跟我一起去。"哈利这么说道。

"他这就开始了。"罗恩翻着眼珠对赫敏说。

"早就知道他会这样,"赫敏叹了口气,转身面对着那些书,"你们知道,我想我还是带着《霍格沃茨:一段校史》吧。虽说我们不再回去上学了,但如果不带上它,我恐怕会觉得不适应——"

"听我说!"哈利又说。

"不,哈利,你听我说,"赫敏说,"我们要和你一起去。这是几个月前——确切地说是几年前就决定了的。"

"可是——"

"你就闭嘴吧。"罗恩打断了他的话。

"——你们真的仔细考虑过了?"哈利追问道。

"怎么说呢,"赫敏说着,一边狠狠地把《与巨怪同行》扔到那堆不要的书上,"这些天来我一直在收拾行李,随时准备说走就走。告诉你吧,为此我施了几个蛮有难度的魔法,更不用说在罗恩妈妈鼻子底下把疯眼汉储藏的那些复方汤剂都偷了出来。

"我还修改了我父母的记忆,让他们相信他们实际上名叫温德尔和莫尼卡·威尔金斯,平生最大的愿望是移居澳大利亚,现在他们已经去了。这样伏地魔就不太容易找到他们,向他们盘问我——或者你的下落,因为很不幸,我跟他们谈过不少你的情况。

"假如我们找到魂器之后我还活着,我就找到爸爸妈妈,给他们解除魔法。如果我不在了——唉,我想我已经给他们施了足够强大的魔法，保证他们一辈子平安、快乐。温德尔和莫尼卡·威尔金斯不知道他们曾经有个女儿，明白了吧。"

赫敏的眼睛里又盈满了泪水。罗恩赶紧从床上下来，再次用胳膊搂住赫敏，并朝哈利皱着眉头，似乎在责怪他不注意策略。哈利不知道该说什么，居然由罗恩来教别人注意策略，这简直太不真实了。

"我——赫敏，对不起——我没——"

"你没想到罗恩和我完全清楚跟着你会有什么结果？告诉你吧，我们清楚。罗恩，让哈利看看你干的事情。"

"别，他刚吃过饭。"罗恩说。

"快去，他需要知道！"

"噢，好吧。哈利，过来。"

罗恩第二次把胳膊从赫敏肩头抽回来，脚步笨重地朝门口走去。

"快来。"

"干吗？"哈利问，他跟着罗恩走出房门，来到小小的楼梯平台上。

"应声落地。"罗恩用魔杖指着低矮的天花板低声念道。一个活板门在他们头顶上打开了，一把梯子滑到他们脚下，方方的洞口里传来一种可怕的、半是吮吸半是呻吟的声音，还伴随着类似阴沟里散发的难闻气味。

"那是你们家的食尸鬼，对吗？"哈利问，他实际上从没碰见过这个有时在静夜里搅扰人们的家伙。

"对，没错，"罗恩一边说，一边顺着梯子往上爬，"来看看吧。"

哈利跟着罗恩爬了几级，把身子探进了狭小的阁楼里。他的脑袋和肩膀进入阁楼后，便看见那家伙蜷缩在离他几步远的

第6章 穿睡衣的食尸鬼

地方,张着大嘴,正在阴影里呼呼大睡。

"可是……可是它的样子……食尸鬼一般都穿着睡衣吗?"

"不是,"罗恩说,"它们一般也不长着红头发和那么多脓疱。"

哈利注视着那个家伙,觉得有点儿恶心。它的形状、大小都和人类一样,现在哈利的眼睛已经适应了这里昏暗的光线,看清它身上穿的显然是罗恩的一套旧睡衣。而且,哈利相信食尸鬼一般都是黏糊糊的、没有毛发,绝不是这样头发浓密,身上布满红得发紫的水疱。

"它是我,明白吗?"罗恩说。

"不,"哈利说,"不明白。"

"我回屋再跟你解释,这气味真让我受不了。"罗恩说。他们顺着梯子下来,然后罗恩把梯子放回天花板上,他们回到仍在挑书的赫敏身边。

"我们一走,这个食尸鬼就下来住在我的房间里,"罗恩说,"我想它正巴不得呢——不容易确定,因为它只会哼哼、流口水——不过听到这个建议就不停点头。反正,它就是患了散花痘的我。怎么样,嗯?"

哈利只是一脸茫然。

"很棒啊!"罗恩说,显然对哈利没能理解这个绝妙的计划而感到失望,"你看,我们三个不再出现在霍格沃茨,每个人都会认为赫敏和我肯定跟你在一起,对吧?这就意味着食死徒会直接来找我们的家人,看他们是不是知道你的下落。"

"但愿他们会以为我和爸爸妈妈一起走了。目前许多麻瓜出身的人都在谈论避难呢。"赫敏说。

"我们全家不可能都藏起来,那样太可疑,而且他们不可能都不工作呀，"罗恩说，"所以我们要放出风去，说我患了严重的散花痘，不能回学校了。如果有人上门调查，爸爸或妈妈可以让他们看我床上满脸脓疱的食尸鬼。散花痘传染性很强，他们肯定不愿意靠近它。它不会说话也不要紧，因为真菌蔓延到了小舌头上，肯定说不出话来。"

"你爸爸妈妈知道这个计划吗？"哈利问。

"爸爸知道。他帮弗雷德和乔治给食尸鬼变了形。妈妈……唉，你见过她是什么样儿。不到我们走了，她是不会接受的。"

屋里一片沉默，只有赫敏把一本本书扔到这堆或那堆上，发出啪啪的轻响。罗恩坐在那里望着她，哈利轮番望着他们两个，什么话也说不出来。他们采取的这些保护家人的措施，使他格外强烈地意识到他们真的要和他一起去，而且他们清楚地知道将会有怎样的危险。他想告诉他们这对他意味着什么，但他就是想不出够分量的话来。

沉默中，隐隐传来四层楼以下韦斯莱夫人的喊叫声。

"大概金妮在一个该死的餐巾环上留了点灰尘。"罗恩说，"真不明白德拉库尔一家干吗要在婚礼前两天就来。"

"芙蓉的妹妹是伴娘，她需要来排演一下，可她年纪太小，自己一个人来不了。"赫敏说，一边对着《与女鬼决裂》拿不定主意。

"唉，客人来了也缓解不了妈妈的压力指数。"罗恩说。

"我们真正需要决定的，"赫敏说着，不假思索地把《魔法防御理论》扔进垃圾箱里，拿起《欧洲魔法教育评估》，"是我们离开这里之后到哪里去。哈利，我知道你说过你想先去戈德里克山谷，我也明白是为什么，可是……我是说……我们不是应该首先考虑魂器吗？"

"如果我们知道某个魂器的下落，我也会同意你的意见。"

第6章　穿睡衣的食尸鬼

哈利说，他相信赫敏并不真的理解他想回戈德里克山谷的意愿。父母的坟墓对他的吸引只占一部分。他有一种虽然无法解释却很强烈的感觉，似乎那个地方有答案在等待着他。也许只是因为那里是他从伏地魔的杀戮咒下死里逃生的地方，现在他又面临挑战，需要重复这一壮举，哈利被那个地方吸引着，想去弄个究竟。

"你难道不认为伏地魔可能派人监视戈德里克山谷吗？"赫敏问，"他大概猜得到你一旦行动自由，首先就会去祭拜父母的坟墓，不是吗？"

这倒是哈利没想到的。他努力想找话反驳时，罗恩说话了，显然是循着自己的思路。

"这个叫R.A.B.的人，"他说，"知道吗，就是偷了真挂坠盒的那个人？"

赫敏点点头。

"他在字条里说要把它毁掉，对吗？"

哈利拉过背包，掏出那个假魂器，R.A.B.的那张字条仍然叠放在里面。

"我偷走了真正的魂器，并打算尽快销毁它。"哈利大声念道。

"是啊，如果他已经把它毁了呢？"罗恩说。

"说不定这人是个女的呢。"赫敏插嘴说。

"不管是谁，"罗恩说，"我们的任务都少了一个！"

"是啊，但我们还是要争取找到真正的挂坠盒，不是吗？"赫敏说，"弄清它是不是真的被毁掉了。"

"那么，如果我们弄到了一个魂器，怎么把它毁掉呢？"罗恩问。

"这个嘛，"赫敏说，"我一直在研究。"

"怎么研究？"哈利问，"我记得图书馆里好像没有关于魂器的书啊？"

"确实没有，"赫敏微微红了红脸，说道，"邓布利多把这些书都转移走了，但他——他并没有把它们销毁。"

罗恩腾地坐直身子，睁大了眼睛。

"看在梅林裤子的分儿上，你是怎么弄到那些魂器书的？"

"我——我没有偷！"赫敏说着，恳求般地看看哈利又看看罗恩，"它们还是图书馆的书，虽然邓布利多把它们从架子上拿走了。如果他真的不想让人得到它们，我相信他会设置更大的障碍——"

"说重点！"罗恩说。

"其实……其实挺简单的，"赫敏声音小小地说，"我只施了一个召唤咒。你们知道——就是飞来飞去。然后——它们就从邓布利多书房的窗户直接飞进了女生宿舍。"

"你是什么时候做这件事的？"哈利既钦佩又不敢相信地看着赫敏，问道。

"就在他——邓布利多——的葬礼后不久，"赫敏的声音更小了，"就在我们决定离开学校去找魂器之后。我上楼拿我的东西，我——我突然想到，我们对魂器了解得越多就越有利……当时宿舍里就我一个人……我试了试……没想到竟然成了。它们直接从敞开的窗口飞了进来，我——我就把它们收进了行李。"

她咽了口唾沫，又恳求地说："我相信邓布利多不会生气的，我们又不是要利用这些知识去制造魂器，不是吗？"

"你听到我们怪你了吗？"罗恩说，"好啦好啦，那些书究竟在哪儿？"

赫敏翻找了一会儿，从那堆书里抽出一本褪色的黑皮面大

第6章 穿睡衣的食尸鬼

部头。她露出厌恶的神情，小心翼翼地把书递过来，就好像那是某种刚刚死去的东西。

"这本书里详细讲述了如何制造魂器。《尖端黑魔法揭秘》——是一本很吓人的书，非常可怕，里面全是邪恶的魔法。我不知道邓布利多是什么时候把它从图书馆里拿走的……如果是在他当了校长之后，我敢说伏地魔已经从里面得到了他需要的所有知识。"

"如果他已经读过这本书，他为什么还要问斯拉格霍恩怎么制造魂器呢？"罗恩问。

"他接近斯拉格霍恩只是为了弄清把灵魂分裂成七份后会怎么样。"哈利说，"邓布利多相信，里德尔向斯拉格霍恩打听这些的时候已经知道怎么制造魂器。我想你是对的，赫敏，他很可能就是从这里得到的知识。"

"关于魂器的内容，"赫敏说，"我越读越觉得可怕，真不敢相信他居然弄了六个。这本书里警告说，分裂灵魂会使你的灵魂变得很不稳定，而那还只是制造一个魂器！"

哈利想起邓布利多曾经说过伏地魔已经超出了"一般邪恶"的范围。

"还有办法让自己重新变得完整吗？"罗恩问。

"有，"赫敏干巴巴地笑了笑说，"但那是极其痛苦的。"

"为什么？要怎么做呢？"哈利问。

"忏悔，"赫敏说，"必须真正感受你的所作所为。书里有个注解，显然这种痛苦就能把你摧毁。我看伏地魔并没有打算这么做，你们说呢？"

"对。"罗恩抢在哈利前面说，"那么书里有没有说怎么毁掉魂器呢？"

"说了。"赫敏一边说，一边翻动松脆的书页，就像在检查腐烂的内脏似的,"因为书里提醒了黑巫师,他们必须让魂器上的魔咒多么强大才行。从我读到的内容看,哈利对付里德尔那本日记的做法,就是少数几种绝对可靠的摧毁魂器的方式。"

"什么,用蛇怪的毒牙刺它?"哈利问。

"嗬,好啊,幸亏我们有这么多蛇怪的毒牙,"罗恩说,"我还发愁拿它们怎么办呢。"

"并不一定是蛇怪的毒牙,"赫敏耐心地说,"必须是破坏力极强的东西,使魂器再也不能修复。蛇怪的毒牙只有一种解药,是极为稀罕的——"

"——凤凰的眼泪。"哈利点着头说。

"对极了。"赫敏说,"我们的问题是,像蛇怪毒牙那样破坏性极强的东西很少,而且带在身边十分危险。这个问题必须解决,因为把魂器撕碎、砸烂、碾成粉末都不管用。你必须使它再也无法用魔法修复。"

"可是,就算我们毁掉了它寄居的东西,"罗恩说,"它里面的灵魂碎片就不能跑出来住到别的东西里吗?"

"因为魂器和人的灵魂正好相反。"

看到哈利和罗恩脸上不解的神情,赫敏急忙继续说道:"比如,罗恩,我现在拿起一把宝剑,刺穿你的身体,你的灵魂还是安然无恙。"

"那可真是不幸中的万幸。"罗恩说。

哈利笑了起来。

"确实,应该是!但我想说的是,不管你的身体发生了什么事,你的灵魂都会毫无损伤地继续活着。"赫敏说,"但是魂器正好相反。它里面的灵魂碎片之所以存活,完全依赖于它的容器,依赖于它那施了魔法的载体,不然它就无法生存。"

"我刺中那本日记,它好像就死去了。"哈利想起墨水像鲜

第6章 穿睡衣的食尸鬼

血一样从被刺穿的书页里喷出来,还有伏地魔的灵魂碎片消失时的尖叫。

"日记一旦被彻底毁掉,关在里面的灵魂碎片也就不能继续存活。在你之前,金妮也试过摆脱这本日记,把它扔在马桶里冲掉,但显然它又完好无损地回来了。"

"且慢,"罗恩皱着眉头说,"那本日记里的灵魂碎片把金妮控制住了,对吗?那又是怎么回事呢?"

"只要魔法容器完好,它里面的灵魂碎片就能在接近容器的某个人的体内飞进飞出。我指的不是把它拿在手里很长时间,这跟身体接触没有关系,"她不等罗恩开口就继续说道,"我指的是感情上的接近。金妮把她的情感全部倾注于那本日记,就使自己变得非常容易受到支配。如果你过于喜欢或依赖魂器,就有麻烦了。"

"真不知道邓布利多是怎么毁掉那枚戒指的,"哈利说,"我为什么没有问问他呢?我从来没有真正……"

他的声音低了下去。他想起了有那么多事情应该问邓布利多,想起了自从校长死后,他觉得自己在邓布利多活着时浪费了那么多机会,没有弄清更多的事情……弄清一切……

沉默突然被打得粉碎,卧室的门被猛地撞开,震得墙壁发抖。赫敏尖叫一声,《尖端黑魔法揭秘》掉在地上。克鲁克山哧溜蹿到床底下,气咻咻地嘶嘶叫着。罗恩从床上猛跳起来,脚踩在一张巧克力蛙糖纸上一滑,脑袋重重地撞在对面墙上。哈利本能地去拔魔杖,随即发现站在他面前的是韦斯莱夫人,她头发凌乱,脸都气歪了。

"真抱歉,打搅了这场亲密的小聚会。"她声音发抖地说,"我相信你们都需要休息……可是我房间里堆着婚礼用的礼品需要分类,我好像记得你们答应要来帮忙的。"

"噢，是的，"赫敏惊慌失措地一下子站起来，书散落得到处都是，"我们会的……真对不起……"

赫敏痛苦地看了一眼哈利和罗恩，跟着韦斯莱夫人匆匆离开了房间。

"简直像个家养小精灵了，"罗恩压低声音说，一边揉着脑袋，和哈利一起跟了出去，"只是没有工作成就感。我真巴不得这场婚礼赶快结束。"

"是啊，"哈利说，"然后我们就什么也不用做，专门去找魂器了……听着简直像过节一样呢，是不是？"

罗恩刚想大笑，突然看见在韦斯莱夫人的房间里，等着他们分类的结婚礼品堆积如山，他立刻不笑了。

第二天上午十一点，德拉库尔一家三口来了。到这时候，哈利、罗恩、赫敏和金妮对芙蓉的家人已经是一肚子怨气了。罗恩满不情愿地嘟嘟走上楼去穿上配对的袜子，哈利很不乐意地试图把头发压平。好了，终于认为打扮得够体面了，他们排着队来到阳光照耀的院子里，迎候客人。

哈利从没见过院子显得这么整洁。平常散落在后门台阶上的锈坩埚和旧雨靴都不见了，取而代之的是两株新栽在大盆里的振翅灌木，门的两边各放一盆。虽然没有风，但叶子懒洋洋地舞动着，形成一种迷人的、微波涟漪的效果。鸡都关起来了，院子也清扫过了，近旁的花园都修剪装扮一新。其实哈利还是喜欢它蓬勃疯长的状态，觉得少了平常那些跳来跳去的地精，显得怪冷清的。

他已经弄不清凤凰社和魔法部究竟给陋居施了多少安全魔咒，只知道任何人都不可能再凭借魔法直接来到这里。所以，韦斯莱先生到附近一座山顶上去迎接通过门钥匙到达那里的德拉库尔一家。客人到来时，人们首先听到的是一声尖得反常的

第6章 穿睡衣的食尸鬼

大笑，原来却是韦斯莱先生发出来的。片刻之后他出现在门口，提着沉重的行李，领着一位穿着叶绿色长袍的美丽的金发女人，她无疑便是芙蓉的母亲。

"妈妈！"芙蓉大喊一声，冲过去拥抱她，"爸爸！"

德拉库尔先生远不及妻子那么迷人。他比妻子矮一头，胖墩墩的，留着尖尖的小黑胡子。不过，看上去他脾气倒是很好。他踩着高跟靴子快步走到韦斯莱夫人跟前，在她两边腮帮子上各吻了两下，韦斯莱夫人受宠若惊。

"真是太麻烦你们了，"他用低沉的声音说，"芙蓉告诉我们，你们一直在辛苦忙碌。"

"哦，那没什么，没什么！"韦斯莱夫人声音颤颤地说，"一点儿也不麻烦！"

罗恩为了解恨，对准一个在一盆新栽的振翅灌木后面探头探脑的地精踢了一脚。

"亲爱的夫人！"德拉库尔先生说，他满脸带笑，两只胖乎乎的手仍然握着韦斯莱夫人的手，"对于我们两家即将联姻，我们感到万分荣幸！请允许我介绍一下我的妻子，阿波琳。"

德拉库尔夫人脚步轻盈地走上去，也俯身亲吻了韦斯莱夫人。

"您好[①]，"她说，"您丈夫给我们讲的故事真有趣！"

韦斯莱先生发出神经质的笑声，韦斯莱夫人朝他横了一眼，他立刻不吭声了，脸上露出像是坐在好友病床边的表情。

"不用说，你们已经见过我的小女儿加布丽了！"德拉库尔先生说。加布丽是芙蓉的小型翻版，十一岁，一头齐腰的纯银色长发，她朝韦斯莱夫人露出一个灿烂的笑容，拥抱了她一下，

[①] 原文为法语。

然后用放电的眼睛看着哈利,眼睫毛扑闪扑闪。金妮大声清了清嗓子。

"好了,进来吧!"韦斯莱夫人愉快地说,把德拉库尔一家让进房间,嘴里不停地说着"不,您请!""您在前!"和"没有什么!"

大家很快发现,德拉库尔一家是令人愉快的客人,非常乐于助人。他们对一切都很满意,而且积极帮忙筹备婚礼。从座次安排,到伴娘的鞋子,德拉库尔先生一概表示"太可爱了①!"德拉库尔夫人在家务咒语方面真是一把好手,一眨眼工夫就把烤炉擦得干干净净。加布丽像小尾巴一样跟着姐姐,一边尽力帮点儿忙,一边用法语叽叽喳喳地说个不停。

美中不足的是,陋居的结构容纳不了这么多人。韦斯莱夫妇用大声嚷嚷压倒德拉库尔夫妇的反对,坚持让客人睡在他们的卧室,他们自己则睡客厅。加布丽和芙蓉一起睡在珀西以前的房间里,伴郎查理从罗马尼亚回来后,将和比尔合住一屋。这样一来,哈利、罗恩和赫敏根本就不可能凑在一起商量计划了。情急之下,他们为了避开过分拥挤的房子,主动跑去喂鸡。

"她还是不让我们单独待着!"罗恩咆哮道,刚才他们第二次想在院子里碰头,韦斯莱夫人提着一大篮洗好的衣服出现了,挫败了他们的计划。

"噢,很好,你们喂了鸡,"她走过来大声说,"我们最好把鸡再关起来,明天有人要来……为婚礼搭帐篷。"她停下来靠在鸡棚上解释说,神情显得很疲惫,"米拉芒的魔法帐篷……美妙极了,比尔陪他们一起过来……哈利,他们在这里的时候,你最好待在屋里。唉,周围弄了这么多安全魔咒,办一场婚礼

---

① 原文为法语。

第 6 章 穿睡衣的食尸鬼

变得真复杂啊。"

"对不起。"哈利过意不去地说。

"哦,别说傻话,亲爱的!"韦斯莱夫人立刻说道,"我不是那个意思 —— 唉,你的安全才是顶顶重要的!对了,我一直想问你希望怎么庆祝你的生日,哈利。十七岁啊,这毕竟是个重要的日子……"

"我不想兴师动众,"哈利设想这事会给他们增加压力,赶紧说道,"真的,韦斯莱夫人,一顿平平常常的晚餐就行了……就在婚礼的前一天……"

"哦,好吧,亲爱的,如果你真这样想。我邀请莱姆斯和唐克斯,好吗?海格呢?"

"那太棒了,"哈利说,"可是千万别太麻烦了。"

"没有,没有……一点儿也不麻烦……"

她用探究的目光久久地望着哈利,然后有点凄楚地笑笑,直起身子走开了。哈利注视着她在晾衣绳旁挥舞魔杖,那些湿衣服自动飞到空中挂了起来。他突然感到一阵强烈的悔恨,他给韦斯莱夫人带来的麻烦和痛苦太多了。

第7章

阿不思·邓布利多的遗嘱

拂晓时空气凉爽，晨光熹微，哈利走在一条山路上。下面裹在浓雾里的是一座朦朦胧胧的小镇。他寻找的那个人在下面吗？他迫切地、不顾一切地需要那个人，那个人知道答案，知道他那个问题的答案……

"喂，醒醒。"

哈利睁开眼睛。他还是躺在罗恩昏暗脏乱的阁楼间的行军床上。太阳还没有升起，屋里仍然很暗。小猪把脑袋埋在小翅膀底下睡得正香。哈利额头上的伤疤一刺一刺地疼。

"你说梦话了。"

"是吗？"

"是啊。'格里戈维奇。'你一直在说'格里戈维奇'。"

哈利没戴眼镜，罗恩的脸看上去模糊不清。

"谁是格里戈维奇？"

"我怎么知道？说梦话的是你啊。"

哈利揉着额头，陷入了沉思。他隐约觉得以前听过这个名字，但想不起来是在什么地方。

"我想伏地魔是在找他。"

第 7 章　阿不思·邓布利多的遗嘱

"可怜的家伙。"罗恩激动地说。

哈利坐起身子，仍然揉着伤疤，现在完全清醒了。他努力回忆刚才梦中见到的情景，却只能想起一片连绵的群山和位于深深峡谷里的小村庄的轮廓。

"我想他是在国外。"

"谁？格里戈维奇？"

"伏地魔。我想他是在国外某个地方寻找格里戈维奇。看样子不像是在英国。"

"你认为你又在窥探他的思想？"

罗恩的声音里透着担忧。

"行行好，别告诉赫敏，"哈利说，"她那么希望我别在梦里再看到那些东西……"

他抬头望着小猪的笼子，继续思索……为什么"格里戈维奇"这个名字听着耳熟呢？

"我想，"他慢悠悠地说，"他大概跟魁地奇有关。这中间有某种联系，但我——我想不起来是什么了。"

"魁地奇？"罗恩问，"你该不会是想到高尔格维奇了吧？"

"谁？"

"德拉戈米尔·高尔格维奇，追球手，两年前转到查德里火炮队，转会费破了纪录。他保持了单赛季里投鬼飞球最多的纪录。"

"不是，"哈利说，"我想的肯定不是高尔格维奇。"

"我也尽量不想他。"罗恩说，"好了，祝你生日快乐吧。"

"哇——对了，我怎么忘了！我十七岁了！"

哈利抓起行军床旁边的魔杖，指着他放眼镜的乱糟糟的书桌，说了声："眼镜飞来！"虽然眼镜离他只有一尺来远，但看着它嗖地朝他飞来，还是给他带来了巨大的满足。不过好景不长：眼镜飞过来戳了他的眼睛。

"真不赖。"罗恩哼了一声。

哈利陶醉在踪丝消失的喜悦中，他让罗恩的东西在房间里到处乱飞，让小猪醒来在笼子里兴奋地扑扇翅膀。哈利还试着用魔法给运动鞋系鞋带（结果用手花了好几分钟才把那个疙瘩解开），然后，纯粹是为了取乐，他把罗恩那些查德里火炮队海报上的橘黄色队服变成了鲜蓝色。

"我要空手对付你的裤子拉链。"罗恩警告哈利，哈利赶紧查看，罗恩在一旁咯咯笑出了声，"这是给你的礼物，就在这儿拆吧。可不能给我妈妈看见。"

"一本书？"哈利接过那个长方形的包裹，说道，"有点告别传统了，是不是？"

"这可不是一般的书，"罗恩说，"是沉甸甸的金子啊：《迷倒女巫的十二个制胜法宝》，解释了你需要知道的关于女孩子的所有事情。我去年要是有这本书就好了，我就会知道怎么甩掉拉文德，也会知道怎么接近……咳，弗雷德和乔治给了我一本，我弄懂了许多东西。你会大吃一惊的，而且并不都需要使用魔杖。"

他们来到厨房，发现桌上有一大堆礼物在等哈利。比尔和德拉库尔先生快吃完早饭了，韦斯莱夫人站在煎锅前跟他们聊天。

"哈利，亚瑟叫我祝你十七岁生日快乐。"韦斯莱夫人笑眯眯地看着他说，"他必须早早地去上班，但会赶回来吃晚饭的。我们的礼物在最顶上。"

哈利坐下来，拿起韦斯莱夫人指的那个方形包裹，拆了开来。里面是一块手表，跟罗恩十七岁时韦斯莱夫妇送给他的那块很像。质地是金的，表盘上没有指针，只有几颗星星在跑动。

第7章 阿不思·邓布利多的遗嘱

"巫师成年时送他一块手表,这是一种传统。"韦斯莱夫人说着,在厨灶旁不安地注视着哈利,"这块手表恐怕不如罗恩的那块那么新,实际上它以前是我哥哥费比安的,他用东西不太仔细,表的背面有点不平了,但——"

她的话没说完,哈利已经站起来紧紧搂住了她。哈利想把许多没有说出口的意思都倾注在这个拥抱里,韦斯莱夫人大概理解了。哈利松开她时,她不自然地拍拍哈利的面颊,然后有点杂乱无章地挥舞她的魔杖,弄得一半熏咸肉都从煎锅里跳出来,掉在地板上。

"生日快乐,哈利!"赫敏匆匆走进厨房说道,把她的一份礼物放在那堆礼物的最上面,"不是很贵重,但愿你会喜欢。你给他准备了什么?"她又问罗恩,罗恩假装没有听见。

"来吧,快打开赫敏的!"罗恩说。

赫敏给他买了个新的窥镜。另外几个包裹里有比尔和芙蓉送的一把魔术剃须刀("没错,这会让你剃须时感到前所未有的光滑舒服,"德拉库尔先生向他保证,"但你必须把你的想法清清楚楚地告诉它……不然你可能会发现你的头发有点太少了……"),有德拉库尔夫妇送的巧克力,还有弗雷德和乔治送的一大盒韦斯莱魔法把戏坊的最新商品。

哈利、罗恩和赫敏没有在桌边逗留,因为德拉库尔夫人、芙蓉和加布丽来了,厨房里显得拥挤不堪。

"我帮你把它们收拾起来。"赫敏愉快地说,从哈利怀里接过那些礼物,三人一起朝楼上走去,"我差不多快整理完了,罗恩,就等你的另外几条内裤洗出来——"

二楼平台上的一扇门突然打开,打断了罗恩急赤白脸的抗议。

"哈利,你能进来一下?"

是金妮。罗恩猛地停住脚步，但赫敏抓住他的胳膊肘，拉着他继续往楼上走。哈利有点忐忑不安地跟着金妮走进她的房间。

他以前从没有进来过。房间不大，但很明亮，一面墙上贴着古怪姐妹演唱组的大幅海报，另一面墙上贴着女巫魁地奇球队霍利黑德哈比队的队长格韦诺格·琼斯的照片，一张书桌对着敞开的窗户。窗外是果园，他和金妮曾在那里跟罗恩和赫敏玩过两人对两人的魁地奇，现在那里扎了个很大的、乳白色的帐篷。帐篷顶上的金色旗子正好跟金妮的窗户一样高。

金妮抬头望着哈利的脸，深深吸了口气，说："十七岁快乐。"

"嗯……谢谢。"

她目不转睛地盯着他，他却觉得很难与她的目光对视，就像不敢凝视耀眼的亮光一样。

"风景不错。"他指着窗外，小声地说。

金妮没有接话。他不能怪她。

"我想不好送给你什么。"金妮说。

"你用不着送我什么。"

金妮还是没有接话。

"我不知道什么东西有用。不能太大，不然你没法随身带着。"

哈利鼓足勇气看了她一眼。她没有哭，这是金妮许多了不起的地方之一，她很少哭。哈利有时候想，上面有六个哥哥肯定把她磨炼得坚强了。

金妮朝他走近一步。

"所以，我希望你有一件能够想起我的东西，我是说，万一你在外面做事的时候碰到了某个媚娃。"

第 7 章　阿不思·邓布利多的遗嘱

"说句实话，我认为那时候谈情说爱的机会很少很少。"

"我正希望能有这么点儿安慰。"她低声说，然后她吻住了他，以前所未有的方式吻住了他，哈利也回吻着她。他飘飘欲仙，脑子里一片空白，比火焰威士忌的感觉还好。她是世界上唯一真实的东西，金妮，她给他的感觉。他一只手搂在她的背上，一只手抚着她长长的、散发着淡淡香味的秀发——

身后的门突然被撞开，两人赶紧分开。

"噢，"罗恩尖刻地说，"对不起。"

"罗恩！"赫敏跟在他后面，跑得上气不接下气。沉默中气氛紧张，然后金妮用平淡的口气小声说："好了，哈利，祝你生日快乐吧。"

罗恩耳朵通红，赫敏显得忐忑不安。哈利真想对着他们把门砰地关上，可是刚才门一打开，仿佛有一股冷风刮进屋来，使他那辉煌的瞬间像肥皂泡一样爆裂了。与金妮断绝关系、尽量疏远金妮的种种理由，似乎跟着罗恩一起钻进屋来，使所有忘怀一切的幸福都消失了。

他看着金妮，想说几句话——其实并不知道说什么好，但是金妮已经把身子转过去了。哈利心想这次她大概终于忍不住哭了。当着罗恩的面，他没有任何办法安慰她。

"待会儿见。"他说，便跟着罗恩和赫敏走出了卧室。

罗恩大步走下楼梯，穿过仍然拥挤的厨房走进院子，哈利一路尾随着他，赫敏小跑着跟在他们后面，神色惊慌。

刚来到新剪过的草坪的僻静处，罗恩就转身朝哈利发难了。

"你把她给甩了，现在又想干什么，勾引她？"

"我没有勾引她。"哈利说，这时赫敏也赶了上来。

"罗恩——"

罗恩举起一只手让她闭嘴。

"当初你提出一刀两断,她心都碎了——"

"我也是。你知道我为什么要终止,我也不想那么做。"

"是啊,可是现在你跟她勾勾搭搭,又让她重新燃起希望——"

"她不是傻瓜,她知道这不可能,她并不指望我们——最后结婚,或者——"

哈利说着,脑海里浮现出一幅逼真的画面:金妮一袭白衣,嫁给一个面目不清、不招人喜欢的高个子陌生男子。在这一瞬间,他仿佛被击中了:金妮的未来自由自在、无牵无挂,而他……他的前面除了伏地魔什么也没有。

"如果你一逮住机会就跟她调情——"

"再也不会了。"哈利生硬地说。天空蔚蓝无云,他却似乎觉得太阳被乌云遮住了。"满意了吗?"

罗恩看上去又是愤恨又有点局促不安,他把身子前后摇晃了一会儿,说:"好吧,那就……好吧。"

在这天剩下来的时间里,金妮没有再找机会跟哈利单独在一起。从她的神情举止上,也看不出他们曾在她房间里有过超越礼貌的交谈。不过,查理的到来给了哈利些许安慰。韦斯莱夫人逼着查理坐在椅子上,气势汹汹地举起魔杖,大声说要给他好好剪剪头发,哈利在一旁看着,忘记了自己的烦恼。

查理、卢平、唐克斯和海格还没到来之前,哈利的生日宴就把陋居厨房挤得快要爆炸了,于是大家就在花园里拼了几张桌子。弗雷德和乔治用魔法变出一大批紫色的灯笼,悬挂在客人们的头顶上。灯笼上闪着耀眼醒目的数字:"17"。多亏韦斯莱夫人的精心照料,乔治的伤口已变得光滑平整,但哈利还是不习惯他脑袋侧面那个黑乎乎的洞口,尽管双胞胎兄弟拿它开了许多玩笑。

第7章 阿不思·邓布利多的遗嘱

赫敏从她的魔杖顶上喷出紫色和金色的横幅，很有艺术性地悬挂在树上和灌木丛上。

"真好，"罗恩看着赫敏最后一挥魔杖，把沙果树的树叶变成了金色，不禁赞叹道，"你在这方面真有品位。"

"谢谢你，罗恩！"赫敏说，显得既高兴又有点困惑。哈利转过身暗自发笑。他有一种奇怪的想法：等他有时间浏览那本《迷倒女巫的十二个制胜法宝》，准会发现有一章是专门讲如何奉承人的。他碰到了金妮的目光，对她报以微笑，却突然想起自己对罗恩的承诺，便赶紧跟德拉库尔先生聊起天来。

"让开，让开！"韦斯莱夫人用唱歌般的语调说着走进了花园的门，一个沙滩球那么大的金色飞贼在她面前飘浮。几秒钟后，哈利才意识到那是他的生日蛋糕。韦斯莱夫人用魔杖让蛋糕悬在半空，而不是冒险端着它走过坑洼不平的地面。蛋糕终于落到桌子中央，哈利说道："真是太棒了，韦斯莱夫人。"

"哦，没什么，亲爱的。"韦斯莱夫人慈爱地说。罗恩在她身后朝哈利竖起两个大拇指，用口型说：好样的。

七点钟，客人们都来了，弗雷德和乔治站在小路尽头迎候，把他们领进屋子。海格为了表示重视，穿上了他最好的那件毛茸茸的褐色西服，难看极了。卢平跟哈利握手时虽然面带微笑，但哈利却觉得他似乎很不高兴。这可真奇怪。他身边的唐克斯看上去简直光彩照人。

"生日快乐，哈利。"唐克斯说着，紧紧地搂抱了他一下。

"十七了，是不？"海格一边从弗雷德手里接过小桶那么大的一杯酒，一边说，"六年前的今天我们俩相见，哈利，你还记得吗？"

"有点印象，"哈利笑嘻嘻地抬头看着他说，"你是不是撞烂了大门，给了达力一条猪尾巴，还对我说我是个巫师？"

"具体细节我记不清了。"海格咯咯笑着,"怎么样啊,罗恩,赫敏?"

"挺好的。"赫敏说,"你呢?"

"哦,还行。忙着呢,我们有了几只刚生下来的独角兽,等你们回去了我让你们看——"哈利躲避着罗恩和赫敏的目光。海格在他的口袋里翻找着什么。"给,哈利——想不出送你什么好,后来我想起了这个。"他掏出一个有点毛茸茸的拉绳小袋子,袋子上拴着一根长长的带子,显然是为了挂在脖子上的。"驴皮的。不管把什么东西藏在里面,只有主人自己才拿得出来。挺稀罕的,这玩意儿。"

"海格,太谢谢了!"

"没什么。"海格挥了挥垃圾桶盖那么大的手,"哟,查理来了!我一向喜欢他——喂!查理!"

查理一边走过来,一边无可奈何地摸着自己新剪的、短得惨不忍睹的头发。他个子比罗恩矮,体格粗壮,肌肉结实的胳膊上满是灼伤和挠伤的痕迹。

"你好,海格,一切都好吧?"

"早就想给你写信。诺伯怎么样了?"

"诺伯?"查理笑了起来,"那条挪威脊背龙?我们现在叫它诺贝塔了。"

"什么——诺伯是个姑娘?"

"是啊。"查理说。

"怎么能看出来呢?"赫敏问。

"母的要凶恶得多。"查理说。他扭头看看,压低了声音:"真希望爸爸赶紧回来,妈妈开始烦躁了。"

他们都朝韦斯莱夫人望去,只见她一边打起精神跟德拉库尔夫人说话,一边不住地朝大门口张望。

第7章 阿不思·邓布利多的遗嘱

过了片刻,她对着花园大声说:"我想,我们最好别等亚瑟了,现在就开始吧,他准是有事耽搁了——哦!"

大家同时看到:一道光掠过院子,蹿到桌上,变成了一只明亮的银色鼬鼠,它后腿直立,用韦斯莱先生的声音说话了。

"魔法部部长和我一起来了。"

守护神突然不见了踪影,芙蓉一家人惊愕地盯着它消失的地方。

"我们不应该在这儿,"卢平立刻说道,"哈利——抱歉了——我下次再解释——"

他抓住唐克斯的手腕把她拉走。他们跑到栅栏前,翻过去不见了。韦斯莱夫人一脸迷惑。

"部长——可是为什么——? 我不明白——"

没有时间讨论这个问题了,一秒钟后,韦斯莱先生在大门口突然出现,身边跟着鲁弗斯·斯克林杰,他那头花白浓密的长发使人一眼就能认出来。

刚到的两个人大步穿过院子,朝花园和点着灯笼的桌子走来,桌旁的每个人都默默无语,看着他们一步步走近。斯克林杰走到灯笼的亮光里,哈利发现他比他们上次见面时苍老了许多,消瘦憔悴,神色严峻。

"抱歉,打扰了,"斯克林杰一瘸一拐地走到桌旁停下,说道,"而且我发现我擅自闯入了一个晚会。"

他的目光在巨大的飞贼蛋糕上停留了片刻。

"祝你长命百岁。"

"谢谢。"哈利说。

"我想和你单独谈谈,"斯克林杰继续说,"还有罗恩·韦斯莱先生和赫敏·格兰杰小姐。"

"我们?"罗恩说,声音里透着惊讶,"叫我们干吗?"

"等我们找到更隐蔽的地方，我会告诉你们的。"斯克林杰说，"有这样的地方吗？"他问韦斯莱先生。

"有，当然有。"韦斯莱先生说，显得有点紧张，"嗯，客厅，客厅不就可以嘛。"

"你在前面走。"斯克林杰对罗恩说，"亚瑟，你就不用陪着我们了。"

同罗恩和赫敏站起来的时候，哈利看见韦斯莱先生和韦斯莱夫人交换了一个不安的眼神。三个人一声不吭地向房子里走去，哈利知道另外两个人心里的想法和他一样：斯克林杰肯定不知从哪儿得知他们三个打算从霍格沃茨退学了。

四个人穿过杂乱的厨房，进入陋居的客厅，斯克林杰一直没有说话。花园里映着柔和的金色晚霞，但客厅里已经很暗了。哈利进屋时朝那些油灯挥了挥魔杖，它们便放出光来，照亮了这个破旧但舒适的房间。斯克林杰在韦斯莱先生平常坐的那把松软凹陷的扶手椅上坐了下来，哈利、罗恩和赫敏只好一个挨一个挤坐在沙发上。他们刚一坐定，斯克林杰就说话了。

"我有几个问题要问你们三个，我想最好一个一个地问。你们俩——"他指着哈利和赫敏，"——到楼上去等着，我先跟罗恩谈谈。"

"我们哪儿也不去。"哈利说，赫敏也在一旁拼命点头，"要么跟我们三个谈，要么一个也别谈。"

斯克林杰用冷冷的、审视的目光看着哈利。哈利觉得部长似乎在考虑是否值得这么早就把敌意公开。

"好吧，那就一起谈。"他耸耸肩说，然后清了清嗓子，"我相信你们知道，我是为了阿不思·邓布利多的遗嘱来的。"

哈利、罗恩和赫敏面面相觑。

"看来很意外啊！难道你们没有意识到邓布利多给你们留了

第7章 阿不思·邓布利多的遗嘱

东西？"

"我——我们都有？"罗恩说,"我和赫敏也有？"

"对,你们都有——"

但哈利打断了他的话。

"邓布利多死了一个多月了,为什么这么长时间才把他留给我们的东西给我们？"

"这还用说吗？"没等斯克林杰回答,赫敏就说道,"他们要检查他留给我们的东西。你没有权利这么做!"她说,声音微微有点发抖。

"我当然有权利,"斯克林杰轻蔑地说,"根据《正当没收物资法》,魔法部有权没收遗嘱所涉及的东西——"

"那个法律是为了阻止巫师转移黑魔法用品才制定的,"赫敏说,"魔法部必须有确凿证据证明死者的东西是非法的才能没收它们! 难道你是说你认为邓布利多想留给我们一些邪恶的东西？"

"你打算将来从事魔法法律的职业吗,格兰杰小姐？"斯克林杰问。

"不是,"赫敏反唇相讥,"我希望在世上做些好事!"

罗恩笑出声来。斯克林杰的目光朝他扫了一下,又挪开了,因为哈利说话了。

"现在你怎么又决定让我们拿到我们的东西了？ 找不到借口扣留它们了？"

"不,是因为三十一天的期限到了,"赫敏立刻说道,"他们扣留的时间不能超过这个期限,除非能证明东西是危险的。对吗？"

"你能说你和邓布利多很亲密吗,罗恩？"斯克林杰没有理睬赫敏,说道。罗恩显得很吃惊。

"我？不——不太亲密……一向都是哈利……"

罗恩转脸看看哈利和赫敏,却见赫敏朝他丢了个"赶紧闭嘴!"的眼神,但是危害已经造成:斯克林杰似乎听到了他所期待和需要的话。他像猛禽扑食似的扑向罗恩的回答。

"如果你和邓布利多并不十分亲密,又怎么解释他在遗嘱里给你留下礼物呢?他专门给几个人遗赠了东西。他的大部分财物——他的私人藏书室、他的魔法仪器和其他个人财产——都留给了霍格沃茨。你认为他为什么对你另眼相看呢?"

"我……不知道,"罗恩说,"我……我刚才说我们不太亲密……其实我是说我觉得他挺喜欢我……"

"你太谦虚了,罗恩,"赫敏说,"邓布利多非常喜欢你。"

这其实是夸大事实了。据哈利所知,罗恩和邓布利多从来没有单独在一起待过,他们之间的直接接触少得可怜。然而,斯克林杰似乎并没在听。他把手伸进斗篷里掏出一个拉绳小袋,比海格送给哈利的那个大得多。他从里面抽出一卷羊皮纸,展开来大声读道:

"阿不思·珀西瓦尔·伍尔弗里克·布赖恩·邓布利多的遗嘱……对,在这里……我的熄灯器留给罗恩·比利尔斯·韦斯莱,希望他使用时能想起我。"

斯克林杰从袋子里掏出一个哈利以前见过的东西:看上去像银质的打火机,但哈利知道只要轻轻一弹,它就能把一个地方的所有灯光都吸走,然后再重新点亮。斯克林杰探身把熄灯器递给罗恩,罗恩接过来拿在手里翻看着,一副目瞪口呆的样子。

"这是一件很有价值的东西,"斯克林杰注视着罗恩说,"甚至可能是独一无二的。肯定是邓布利多自己设计的。他为什么要把这么稀罕的东西留给你呢?"

罗恩摇摇头,一脸茫然。

第7章 阿不思·邓布利多的遗嘱

"邓布利多教过的学生准有好几千，"斯克林杰固执地追问，"但他在遗嘱里只给你们三个留了礼物，这是为什么呢？韦斯莱先生，他认为你会拿他的熄灯器做什么用呢？"

"大概是把灯熄灭吧。"罗恩喃喃地说，"我还能拿它做什么用？"

斯克林杰显然也提不出什么想法。他眯着眼睛看了罗恩一会儿，又转向邓布利多的遗嘱。

"我的《诗翁彼豆故事集》留给赫敏·简·格兰杰小姐，希望她会觉得这本书有趣而有教益。"

斯克林杰又从袋子里掏出一本小书，看上去跟楼上那本《尖端黑魔法揭秘》一样破旧，封皮上斑斑点点，好几处都剥落了。赫敏一言不发地从斯克林杰手里接过书，放在膝盖上，低头望着。哈利看见书名是用如尼文写的，他从来没学会认如尼文。他看着看着，一颗泪珠啪地落在那些凸出的符号上。

"你认为邓布利多为什么要把这本书留给你，格兰杰小姐？"斯克林杰问。

"他……他知道我喜欢书。"赫敏声音嘶哑地说，用袖子擦了擦眼睛。

"但为什么是这本书呢？"

"不知道，他肯定认为我会喜欢。"

"你跟邓布利多谈论过密码和其他传递秘密情报的方式吗？"

"没有，"赫敏仍然用袖子擦着眼睛说，"如果魔法部三十一天都没能发现这本书里藏着密码，恐怕我也不能。"

她忍住一声啜泣。三个人挤坐得太紧了，罗恩很难把胳膊抽出来搂住赫敏的肩膀。斯克林杰又转向遗嘱。

"我留给哈利·詹姆·波特的，"他念道，哈利一下子兴奋得五脏六腑都抽紧了，"是他在霍格沃茨第一次参加魁地奇比赛时抓到的金色飞贼，以提醒他记住毅力和技巧的报偿。"

斯克林杰掏出那个胡桃大的小小金球，它的一对银翅膀有气无力地扇动着，哈利看了不禁一阵扫兴。

"邓布利多为什么要把这个飞贼留给你呢？"斯克林杰问。

"不知道，"哈利说，"大概是为了你刚才念的那些理由吧……提醒我只要有毅力，还有那什么……就能得到怎样的收获。"

"这么说，你认为这只是一个有象征意义的纪念品？"

"我想是吧，"哈利说，"还会是什么呢？"

"我在问你呢。"斯克林杰把椅子挪得离沙发更近了一点儿。外面暮色真的降临了，窗外的大帐篷高耸在树篱上方，白得令人害怕。

"我注意到你的生日蛋糕是一个飞贼的形状，"斯克林杰对哈利说，"为什么？"

赫敏大声发出嘲笑。

"哦，不可能是指哈利是个出色的找球手，那太明显了。"她说，"但糖霜里肯定藏着邓布利多的一条秘密情报！"

"我倒不认为糖霜里藏着什么东西，"斯克林杰说，"飞贼本身就是个藏小东西的绝妙所在。我相信你们知道为什么吧？"

哈利耸耸肩膀，赫敏却做出了回答。哈利觉得，正确回答问题是赫敏的一种根深蒂固的习惯，她无法克制这种欲望。

"因为飞贼有肉体记忆。"她说。

"什么？"哈利和罗恩同时问。他们都以为赫敏的魁地奇知识少得可怜。

"正确，"斯克林杰说，"飞贼被放出来前，没有被裸露的皮肤触摸过，就连制造者也没有摸过，他们都戴着手套。飞贼身

第7章 阿不思·邓布利多的遗嘱

上带有一种魔法,它能辨认第一个用手触摸它的人,以防抓球时产生争议。这个飞贼——"他举起小小的金球,"——会记得你的触摸,波特。我突然想起,邓布利多虽然有这样那样的缺点,但魔法技艺却十分高超,他大概给这个飞贼施了魔法,只有你才能打开。"

哈利的心怦怦狂跳。他相信斯克林杰的分析是对的。他怎么能避免当着部长的面徒手接过飞贼呢?

"你什么话也不说,"斯克林杰说,"难道你已经知道飞贼里藏着什么了?"

"不知道。"哈利说,仍然在想怎样才能假装碰到飞贼、实际上并不真的接触它。如果他知道并且精通摄神取念咒就好了,就能读到赫敏的思想。他简直可以听见赫敏的大脑在他旁边呼呼旋转。

"拿着。"斯克林杰轻声说。

哈利碰上了部长的一双黄眼睛,知道除了服从别无选择。他伸出手去,斯克林杰又俯身向前,把飞贼慢慢地、慎重地放在哈利的手心里。

什么也没发生。哈利用手指团住飞贼,飞贼疲倦的翅膀扑扇几下,就不动了。斯克林杰、罗恩和赫敏继续用急切的目光盯着被哈利握住的金球,似乎仍然希望它会有所变化。

"很有戏剧性。"哈利冷冷地说。罗恩和赫敏都笑了起来。

"完事儿了吧?"赫敏问,挣扎着想从沙发上站起来。

"还没完呢,"斯克林杰说,他此刻显得有点烦躁了,"邓布利多还遗赠给你一件东西,波特。"

"是什么?"哈利问,心情再一次激动起来。

斯克林杰这次没有去看遗嘱。

"戈德里克·格兰芬多的宝剑。"他说。

赫敏和罗恩都呆住了。哈利扭头寻找那镶着红宝石的剑柄，但斯克林杰并没有从皮袋里抽出宝剑，而且皮袋子太小，根本不可能装得下宝剑。

"在哪儿呢？"哈利怀疑地问。

"很不幸，"斯克林杰说，"邓布利多没有权利把宝剑赠送给他人。戈德里克·格兰芬多的宝剑是一件重要的历史文物，它属于——"

"它属于哈利！"赫敏激动地说，"它选择了哈利，是哈利发现了它，它从分院帽里出来找哈利——"

"根据可靠的历史资料，"斯克林杰说，"宝剑会呈现在每一个出色的格兰芬多学生面前。"斯克林杰说，"那并不能使它成为波特先生的个人财产，不管邓布利多怎么决定。"斯克林杰挠了挠没剃干净的面颊，审视着哈利，"你说为什么——"

"——邓布利多想把宝剑给我？"哈利说，拼命克制着自己的火气，"他大概认为宝剑挂在我的墙上会很好看吧。"

"这不是开玩笑，波特！"斯克林杰咆哮道，"是不是邓布利多相信只有戈德里克·格兰芬多的宝剑才能打败斯莱特林的继承人？波特，他希望把宝剑给你，是不是因为他像许多人一样，相信你注定要消灭那个连名字都不能提的人？"

"有趣的理论，"哈利说，"有人试过用宝剑去刺伏地魔吗？也许魔法部应该安排一些人去做这件事，而不是整天把时间浪费在拆熄灯器和封锁阿兹卡班越狱的消息上。原来你是在干这个，部长，把自己关在办公室里，绞尽脑汁想打开一个飞贼？到处都在死人——我差点儿也死了——伏地魔追着我过了三个郡，他杀死了疯眼汉，可是魔法部对这些事情只字不提，不是吗？你还指望我们跟你合作？！"

"你太过分了！"斯克林杰大喊一声站了起来。哈利也一跃

第 7 章　阿不思·邓布利多的遗嘱

而起。斯克林杰一瘸一拐地跳到哈利跟前，用他的魔杖尖狠狠戳了戳哈利的胸口：魔杖像点燃的香烟一样在哈利的 T 恤衫上烧了个洞。

"嘿！"罗恩大叫，跳起来举起自己的魔杖，可是哈利说："别！你想让他有借口逮捕我们吗？"

"你想起了不是在学校，对吗？"斯克林杰说，他粗重的呼吸喷到哈利的脸上，"想起了我不是邓布利多，不会原谅你的无礼和放肆，对吗？你可以把那道伤疤当成王冠，波特，但是还轮不到一个十七岁的毛孩子来告诉我怎么干我的工作！你应该学会尊重别人！"

"你应该学会赢得别人的尊重！"哈利说。

地板在颤抖，传来了奔跑的脚步声，接着客厅的门突然打开，韦斯莱夫妇冲了进来。

"我们——我们好像听见——"韦斯莱先生看到哈利和部长几乎鼻尖碰着鼻尖，一下子惊呆了。

"——听见高声喧哗。"韦斯莱夫人气喘吁吁地说。

斯克林杰从哈利面前退后几步，扫了一眼他在哈利 T 恤衫上烧出的那个小洞，似乎为自己的失态感到懊悔。

"没——没什么，"他粗声粗气地说，"我……我为你的态度感到遗憾。"他又一次盯着哈利的脸说道，"你好像以为魔法部的愿望和你的——邓布利多的——愿望不一样。我们应该共同合作。"

"我不喜欢你的方式，部长，"哈利说，"记得吗？"

他第二次举起右手，给斯克林杰看他手背上那些泛白的伤痕：我不可以说谎。斯克林杰的表情僵住了。他一言不发地转过身，一瘸一拐地走出了房间。韦斯莱夫人急忙跟了过去。哈利听见她在后门口停住脚步。过了一分钟左右，她喊道："他走了！"

"他想做什么？"韦斯莱先生问，转头看着哈利、罗恩和赫敏，这时韦斯莱夫人又匆匆回到他们身边。

"把邓布利多留给我们的东西交给我们。"哈利说，"他们刚把他遗赠的东西拿出来。"

来到外面的花园里，在晚餐桌上，斯克林杰给他们的那三样东西从一人手里递到另一个人手里。每个人都为熄灯器和《诗翁彼豆故事集》发出惊叫，都为斯克林杰不肯把宝剑传给哈利而感到遗憾，但是，至于邓布利多为什么要送给哈利一个旧的飞贼，谁也说不出所以然来。韦斯莱先生三番五次地仔细端详熄灯器时，韦斯莱夫人试探地说："哈利，亲爱的，大家都饿坏了，我们不愿意在你缺席的时候开始……现在我可以上菜了吗？"

大家都吃得很匆忙，然后草草唱了一首《祝你生日快乐》，三口两口地吃完了蛋糕，晚会就散了。海格被邀请参加第二天的婚礼，但他块头实在太大，在已经挤得满满当当的陋居里睡不下，只好自己在旁边的田地里搭了个帐篷。

"到楼上找我们，"他们帮韦斯莱夫人把花园恢复原样时，哈利小声对赫敏说，"等大家都睡了以后。"

在阁楼间里，罗恩研究着他的熄灯器，哈利把海格送给他的那个驴皮袋装满，装的不是金子，而是他最珍贵的几样东西，虽然有些看上去没有什么价值：活点地图、小天狼星魔镜的碎片、R.A.B.的挂坠盒。他扎紧带子，把皮袋挂在脖子上，然后拿着旧飞贼坐了下来，注视着飞贼有气无力地扑扇翅膀。终于，赫敏在门上敲了敲，踮着脚尖走了进来。

"闭耳塞听。"她用魔杖朝楼梯的方向挥了挥，小声说道。

"你好像不赞成那个咒语的呀？"罗恩说。

"此一时彼一时嘛。"赫敏说，"来，给我们看看熄灯器。"

第7章 阿不思·邓布利多的遗嘱

罗恩立刻照办。他把熄灯器举在面前,咔嗒一声,他们刚才点亮的那盏孤灯立刻熄灭了。

"问题是,"赫敏在黑暗中小声说,"我们用秘鲁隐身烟幕弹也能办到。"

随着轻微的咔嗒一声,那盏灯里的光球飞到天花板上,一下子把他们都照亮了。

"它还是挺酷的,"罗恩有点替自己辩护,"而且他们说这是邓布利多自己发明的!"

"我知道,但他在遗嘱里单独把你挑出来,肯定不会就为了让你帮我们灭灯吧!"

"你们说,他是不是知道魔法部会没收他的遗嘱,检查他留给我们的每一样东西?"哈利问。

"肯定知道,"赫敏说,"他不能在遗嘱里告诉我们为什么留给我们这些东西,但那仍然不能解释……"

"……他为什么没在活着的时候给我们一点暗示,对吗?"罗恩问。

"对啊,"赫敏翻着《诗翁彼豆故事集》说,"如果这些东西非常重要,必须在魔法部的鼻子底下传给我们,至少他应该让我们知道为什么呀……除非他认为这是明摆着的?"

"他的认为错了,不是吗?"罗恩说,"我总说他脑子坏了。聪明智慧,那没说的,但疯疯癫癫。留给哈利一个旧飞贼——这到底是怎么回事儿呀?"

"不知道。"赫敏说,"哈利,斯克林杰叫你接过它时,我以为肯定会发生什么事情呢!"

"是啊,不过,"哈利说,他用手指托起飞贼,脉搏突然加快了,"当着斯克林杰的面,我可不能太使劲尝试,对不?"

"什么意思?"赫敏问。

"我第一次参加魁地奇比赛抓住的飞贼?"哈利说,"你们不记得了吗?"

赫敏看上去一头雾水。罗恩激动得喘不过气来,他胡乱地指指哈利,指指飞贼,又指指哈利,然后才说出话来。

"就是你差点吞下去的那个!"

"正是。"哈利说,他把嘴贴向飞贼,心怦怦地狂跳。

飞贼没有打开。哈利内心一阵失望和沮丧。他放下金球,赫敏却突然叫了起来。

"有字!球上有字,快,快看!"

哈利既惊讶又激动,差点把球掉在地上。赫敏说得对。光溜溜的金球表面刻着几个刚才还没有的字,细细的,歪向一边,哈利认出是邓布利多的笔迹:

我在结束时打开。

他刚念完,字迹又消失了。

"我在结束时打开……这是什么意思呢?"

赫敏和罗恩都摇摇头,一脸茫然。

"我在结束时打开……结束时……结束时打开……"

他们变着各种腔调把这几个字念了许多遍,还是琢磨不出更多的意思。

"还有那把宝剑,"当他们终于放弃了猜测飞贼上文字的意思时,罗恩说道,"他为什么希望哈利得到宝剑呢?"

"他为什么不能直接告诉我呢?"哈利轻声地说,"我们去年有过那么多次谈话,宝剑就在那儿,挂在他办公室的墙上!如果他想让我得到它,为什么当时不直接给我呢?"

哈利觉得自己像在进行考试,面对一个他应该能够回答的

第 7 章　阿不思·邓布利多的遗嘱

问题,而他的大脑却反应迟钝。他是否忽略了去年与邓布利多几次长谈中的什么内容? 他是否应该知道所有这一切的意思? 邓布利多是否指望他能够理解?

"还有这本书,"赫敏说,"《诗翁彼豆故事集》……我连听都没听过!"

"你没听说过《诗翁彼豆故事集》?"罗恩不敢相信地说,"你是在开玩笑吧?"

"没有啊!"赫敏吃惊地说,"难道你知道?"

"嘿,我当然知道!"

哈利被吸引住了,抬起头来。罗恩居然读过一本赫敏没读过的书,这真是前所未有的稀罕事儿。罗恩却被他们的惊讶弄糊涂了。

"哦,别逗了! 小孩子听的老故事据说都是彼豆写的,不是吗?《好运泉》……《巫师和跳跳埚》……《兔子巴比蒂和她的呱呱树桩》……"

"对不起,"赫敏咯咯笑着说,"最后一个是什么?"

"得了得了!"罗恩说,他不相信地看看哈利又看看赫敏,"你们肯定听过兔子巴比蒂——"

"罗恩,你完全清楚哈利和我都是由麻瓜带大的!"赫敏说,"小时候没听过那样的故事,我们听的是《白雪公主》和《灰姑娘》——"

"那是什么,一种病吗?"罗恩问。

"这么说,这些都是儿童故事?"赫敏问,又埋头研究那些如尼文。

"是啊,"罗恩不能肯定地说,"反正我听说所有的老故事都是彼豆写的,但我不知道它们最初的版本是什么样的。"

"可我不明白为什么邓布利多认为我应该读这些故事呢?"

楼下传来吱吱嘎嘎的声音。

"大概是查理,趁妈妈睡着了偷偷摸摸地让头发再长出来。"罗恩紧张地说。

"不管怎样,我们应该睡觉了。"赫敏小声说,"明天可不能睡过头。"

"绝对不能,"罗恩同意道,"新郎的母亲残忍杀死三人,会使整个婚礼有点煞风景的。我来关灯。"

赫敏离开房间时,他又咔嗒按下了熄灯器。

第 8 章

婚 礼

第二天下午三点，哈利、罗恩、弗雷德、乔治站在果园里巨大的白色帐篷外，恭候前来参加婚礼的客人们。哈利喝了大剂量的复方汤剂，现在成了当地奥特里·圣卡奇波尔村里一个红头发麻瓜男孩的模样，弗雷德用召唤咒偷了那个男孩的几根头发。他们计划向客人介绍哈利是"堂弟巴尼"，反正韦斯莱家亲戚众多，但愿能把他掩护住。

四个人手里都捏着座次表，可以帮着指点客人坐到合适的座位上。一小时前，来了一群穿白色长袍的侍者和一支穿金黄色上衣的乐队，此刻这些巫师都坐在不远处的一棵树下，抽着烟斗。哈利可以看见那里袅袅升起一片青色的烟雾。

在哈利身后，大帐篷的入口里面铺着一条长长的紫色地毯，两边放着一排排精致纤巧的金色椅子。柱子上缠绕着白色和金色的鲜花。弗雷德和乔治把一大串金色气球拴在比尔和芙蓉即将举行结婚仪式的地点上空。外面，蜜蜂和蝴蝶懒洋洋地在草丛和灌木树篱上飞舞。哈利感到很不舒服。他冒充的那个麻瓜男孩比他稍胖一些，在夏天火辣辣的太阳底下，他感觉他的礼服长袍又热又紧。

"等我结婚的时候，"弗雷德一边扯着他长袍的领子，一边说道，"我才不搞这些讨厌的名堂呢。你们爱穿什么就穿什么，我要给妈妈来一个全身束缚咒，一直到事情办完。"

"不过，她今天上午表现还可以，"乔治说，"为珀西不能来哭了一鼻子，其实谁稀罕他来呢？哦，天哪，做好准备——他们来了，看。"

在院子的最远端，一个又一个色彩鲜艳的身影凭空出现。几分钟后就形成了一支队伍，开始蜿蜒穿过花园，朝大帐篷走来。奇异的花朵和带魔法的小鸟在女巫们的帽子上颤动，珍贵的宝石在许多巫师的领结上闪闪发光。这群人离帐篷越来越近，兴奋的、喊喊喳喳的说话声越来越响，淹没了蜜蜂的嗡嗡声。

"太棒了，我好像看见了几个媚娃表妹。"乔治说，伸长脖子想看得更清楚些，"需要有人帮助她们了解英国习俗，我去照应她们……"

"不用这么着急嘛，洞听。"弗雷德说着，冲过队伍前面那群吵闹的中年女巫，抢先对两个漂亮的法国姑娘说道，"嘿——请允许我为你们服务①。"法国姑娘咯咯笑着，让他陪她们进去了。剩下乔治去对付那些中年女巫，罗恩负责招呼韦斯莱先生在魔法部的老同事珀金斯，而落到哈利手里的，是一对耳朵很背的老夫妻。

"你好哇。"他刚走出帐篷就听到一个熟悉的声音，接着看见唐克斯和卢平站在队伍前面。唐克斯专门把头发变成了金黄色。"亚瑟告诉我说你是卷头发的那个。昨晚真是抱歉，"哈利领他们走过通道时，她压低声音说，"魔法部目前对狼人镇压得很厉害，我们认为我们在场恐怕会给你们惹麻烦。"

---

① 原文为法语。

第8章 婚　礼

"没关系，我理解。"哈利更多是对卢平说的。卢平迅速朝他笑了笑，但他们转过身去时，哈利看见卢平的脸又变得阴郁愁苦起来。哈利很不理解，但没有时间琢磨这件事了：海格制造了一场大混乱。他把弗雷德指点的位置搞错了，没有坐在后排专门给他用魔法增大、加固的那个座位上，而是一屁股坐在了五把椅子上，现在那些散了架的椅子就像一大堆金色的火柴棍儿。

韦斯莱先生在修复那些破烂，海格大声对每个肯听他说话的人道歉，哈利匆匆回到入口处，发现罗恩正与一个模样十分古怪的巫师面对面站着。那人有点对眼儿，棉花糖一般的白发蓬在肩头，帽子上的穗儿直垂到鼻子前面，身上穿着一件蛋黄色长袍，颜色耀眼刺目。他脖子上挂着一根金链子，上面闪着一个古怪的符号，很像一只三角形的眼睛。

"我是谢诺菲留斯·洛夫古德。"他朝哈利伸出一只手说，"我和我女儿就住在山那边，善良的韦斯莱夫妇好心邀请了我们。我想你认识我们家卢娜吧？"后面这句话是对罗恩说的。

"认识，"罗恩说，"她没跟你一起来吗？"

"她在那个迷人的小花园里，跟地精们打招呼呢，它们遍地都是，真是讨人喜欢哪！很少有巫师明白我们能从聪明的小地精那儿学到多少东西——哦，它们准确的名字是，花园工兵精。"

"我们的地精知道许多绝妙的骂人话，"罗恩说，"但我想是弗雷德和乔治教它们的。"

哈利领着一群男巫走进大帐篷，这时卢娜跑了过来。

"你好，哈利！"她说。

"呃——我叫巴尼。"哈利慌乱地说。

"哦，你连名字也变了？"卢娜愉快地问。

"你怎么知道——？"

"噢,从你的表情看出来的。"她说。

卢娜像她父亲一样,穿着鲜艳的黄色长袍,头发上还配了一朵大大的向日葵。一旦适应了这些明亮的色彩,你会觉得整体效果其实还是挺赏心悦目的,至少她耳朵上没再挂着小萝卜。

谢诺菲留斯正和一个熟人谈得投机,没有听见卢娜和哈利之间的对话。他跟那个巫师道了别,转脸看着女儿,卢娜举起一根手指说:"爸爸,看——一只地精居然咬了我!"

"太棒了! 地精的唾液特别有用!"洛夫古德先生说着,抓住卢娜伸出的手指,仔细打量那个出血点,"卢娜,我亲爱的,如果你今天觉得有什么才华冒头——也许是一种突如其来的冲动,想唱歌剧,想用人鱼的语言朗诵——千万不要抑制它! 那可能是工兵精赠予你的才华!"

罗恩与他们擦肩而过,从鼻子里响亮地哼了一声。

"罗恩尽管笑吧,"卢娜平静地说,这时哈利领着她和谢诺菲留斯走向他们的座位,"但我父亲在工兵精魔法方面做了大量研究。"

"真的?"哈利说,他早就决定不要对卢娜和她父亲的奇特观点提出质疑,"可是,你真的不需要在那伤口上涂点什么吗?"

"哦,没关系。"卢娜说,她像做梦一样吮着手指,上上下下地打量着哈利,"你看着真精神。我对爸爸说大多数人可能都会穿礼服长袍,但他相信出席婚礼应该穿太阳色的衣服,为了讨个彩头,你知道的。"

她飘飘然地跟着父亲走了。罗恩又出现了,一个年迈的女巫紧紧抓着他的胳膊。老女巫鹰钩鼻,红眼圈,还戴着一顶粉红色的羽毛帽子,看上去活像一只坏脾气的火烈鸟。

"……你的头发太长了,罗恩,刚才我还以为你是金妮呢。

第8章 婚　礼

我的老天，谢诺菲留斯·洛夫古德穿的那是什么呀？他看着真像一块煎蛋饼。你是谁呀？"她朝哈利大声问。

"哦，穆丽尔姨婆，这是我们的堂弟巴尼。"

"又是韦斯莱家的？你们繁殖得像地精一样快。哈利·波特不在这儿吗？我还以为能见到他呢。罗恩，我好像记得他是你的朋友，那也许只是你自己吹牛吧？"

"不——他不能来——"

"嗨，找借口，是吗？看来他倒不像报纸照片上那样没头脑。我刚才一直在教新娘怎么戴我的头饰才最好看。"她嚷嚷着对哈利说，"妖精做的，知道吗，在我们家流传了好几个世纪。她倒是个漂亮姑娘，不过到底是个——法国人。好了，好了，快给我找个好座位，罗恩，我都一百零七岁了，最好别站得太久。"

罗恩意味深长地看了哈利一眼，走了过去，很长时间没再露面。当他们在入口处再次碰见时，哈利已经又领十几个客人找到座位。帐篷里差不多坐满了，外面总算不再排队。

"穆丽尔简直是个噩梦，"罗恩用袖子擦着脑门说，"她以前每年都来过圣诞节，后来，谢天谢地，她生气了，因为吃饭时弗雷德和乔治在她椅子底下放了个粪弹。爸爸总说她在遗嘱里不会赠给他们俩任何东西——他们才不稀罕呢，以后家里谁也赶不上他们俩有钱，估计他们会……哇，"他快速地眨巴眼睛，看着赫敏匆匆朝他们走来，"你的样子太棒了！"

"总是这副吃惊的口气。"赫敏说，不过脸上还是笑着。她穿着一件飘逸的丁香紫色长裙，脚下是配套的高跟鞋，头发光滑、柔顺。"你的姨婆穆丽尔可不这么认为，刚才我在楼上碰到她在给芙蓉送头饰。她说：'噢，天哪，这就是那个麻瓜出身的？'然后又说，'姿势不美，踝骨太突出。'"

"别往心里去，她对谁都不客气。"罗恩说。

"是说穆丽尔吗?"乔治和弗雷德一起从大帐篷里钻出来,问道,"是啊,她刚才还说我的耳朵不对称,这个老太婆!唉,我真希望比尔斯叔叔还在。他在婚礼上可是个活宝。"

"就是看到'不祥'后二十四小时就死掉的那个?"赫敏问。

"是啊,他最后变得有点古怪。"乔治承认。

"但他在发疯前,可是每次聚会的生命和灵魂哪。"弗雷德说,"他经常一气灌下整整一瓶火焰威士忌,然后跑到舞池里,撩起长袍,掏出一束又一束鲜花,就从他的——"

"是啊,听上去他真是个可爱的人。"赫敏说,哈利哈哈大笑起来。

"一辈子没结婚,不知为什么。"罗恩说。

"真让我吃惊。"赫敏说。

他们笑得太厉害了,谁也没有注意到新来的人,那是个黑头发的年轻人,大鹰钩鼻子,两道黑黑的浓眉。最后他把请柬递到罗恩面前,眼睛盯着赫敏,说道:"你看上去太美了。"

"威克多尔!"赫敏尖叫一声,砰,她的串珠小包掉在地上,发出与它的体积不相称的一声巨响。她红着脸慌乱地捡起包,说道:"我不知道你也——天哪——见到你真是太好了——你怎么样?"

罗恩的耳朵又变得通红。他扫了一眼克鲁姆的请柬,似乎对上面的字一个也不相信,然后粗声大气地问:"你怎么会来这儿?"

"芙蓉邀请我的。"克鲁姆扬起眉毛说。

哈利对克鲁姆并无恶感,跟他握了握手。他觉得还是让克鲁姆离开罗恩身边比较明智,就主动领他去找座位。

"你的朋友看到我不太高兴嘛。"他们走进已经挤满了人的大帐篷时,克鲁姆说,"还是说,他是你的亲戚?"他扫了一眼

第8章 婚　礼

哈利的红色鬈发，又问了一句。

"堂哥。"哈利嘟囔了一句，但克鲁姆并没有听。他的出现引起了一片骚动，特别是在那些媚娃表姐妹当中：他毕竟是一位赫赫有名的魁地奇球星呀。就在人们还伸着脖子看他时，罗恩、赫敏、弗雷德和乔治匆匆从过道上走来。

"该坐下了，"弗雷德对哈利说，"不然就要被新娘撞上了。"

哈利、罗恩和赫敏在弗雷德和乔治后面的第二排落座。赫敏脸色绯红，罗恩的耳朵仍然红得耀眼。过了一会儿，他小声对哈利说："你有没有看见，他留了个傻乎乎的小胡子？"

哈利不置可否地嘟囔了一声。

温暖的帐篷里充满了紧张不安的期待，嗡嗡的说话声不时被兴奋的大笑声打断。韦斯莱夫妇顺着通道慢慢走来，笑吟吟地朝亲戚们招手致意。韦斯莱夫人穿了件崭新的紫色长袍，戴着配套的帽子。

片刻之后，比尔和查理站在了大帐篷的前面，两人都穿着礼服长袍，纽扣眼里插着大朵的白玫瑰。弗雷德挑逗地吹起了口哨，那群媚娃表姐妹们顿时咯咯笑成一片。接着响起了音乐，似乎是从那些金色气球里飘出来的。人群安静下来。

"噢！"赫敏在座位里转过身看着入口处说。

德拉库尔先生和芙蓉顺着通道走来时，聚集在帐篷里的巫师们异口同声地发出叹息。芙蓉步态轻盈，德拉库尔先生连蹦带跳，满脸笑容。芙蓉穿着一件非常简单的白色连衣裙，周身似乎散发出一种强烈的银光。平常，光彩照人的她总是把别人比得黯然失色，但今天这银光却把每个人照得更加美丽。金妮和加布丽都穿着金黄色的连衣裙，看上去比平常还要漂亮。芙蓉走到比尔面前，顿时，比尔看上去就像从未遭到芬里尔·格雷伯克的毒手似的。

"女士们先生们,"一个抑扬顿挫的声音说,哈利微微吃惊地看到主持邓布利多葬礼的那个头发浓密的小个子巫师,此刻站在了比尔和芙蓉面前,"今天我们聚集在这里,庆祝两个忠贞的灵魂彼此结合……"

"没错,我的头饰使她整个人更漂亮了,"穆丽尔姨婆用传得很远的低语声说,"可是我得说一句,金妮的裙子开口太低了。"

金妮扭过脸笑笑,朝哈利眨了眨眼睛,又赶紧面朝前方。哈利的思绪飘离了帐篷,回到他和金妮在学校操场上独处的那些下午。那似乎是很久很久以前的事了。他总是觉得那些下午太过美好,不像是真的,就好像他从一个普通人——一个额头上没有闪电形伤疤的人的生命里偷来了一些幸福时光……

"威廉姆·亚瑟,你愿意娶芙蓉·伊萨贝尔……?"

坐在前排的韦斯莱夫人和德拉库尔夫人都用花边帕子捂着脸小声哭泣。大帐篷后面传来了吹喇叭似的声音,大家便知道海格掏出了他的桌布大的手帕。赫敏转脸微笑地看着哈利,眼里也满是泪水。

"……我宣布你们结为终身伴侣。"

头发浓密的巫师在比尔和芙蓉头顶上高高挥舞魔杖,一大片银色的星星落在他们身上,绕着他们此刻紧紧相拥的身体旋转。弗雷德和乔治领头鼓掌喝彩,头顶上金色的气球炸开了:极乐鸟和小金铃铛从里面飞出来,飘浮在半空,于是,全场的喧闹声中又增添了鸟叫声和铃铛声。

"女士们先生们!"头发浓密的巫师大声说,"请起立!"

大家都站了起来,穆丽尔姨婆嘟嘟囔囔地大声抱怨了几句。巫师又挥起了魔杖。所有的座位都轻盈优雅地升到半空,大帐篷的帆布消失了,他们站在由金柱子支撑的天棚下面,放眼看去是阳光灿烂的果园和环绕的乡村,景致美丽极了。接着,一

第8章 婚 礼

摊熔化的金子从帐篷中央铺散开来,形成了一个金光闪闪的舞池。那些飘浮在半空的椅子自动聚集在铺着白桌布的小桌子旁边,一同轻盈优雅地飘回舞池周围的地面上,穿金黄色上衣的乐队齐步走向演出台。

"绝了。"罗恩赞叹道。侍者从四面八方冒出来,有的托着银色托盘,上面是南瓜汁、黄油啤酒和火焰威士忌;有的托着一大堆摇摇欲坠的馅饼和三明治。

"我们应该过去向他们表示祝贺!"赫敏说着,踮着脚尖看向比尔和芙蓉,他们已被祝福的人群淹没。

"待会儿会有时间的。"罗恩耸耸肩膀说,从旁边经过的一个托盘上抓了三杯黄油啤酒,递了一杯给哈利,"赫敏,拿着,我们先去找一张桌子……别在那儿!离穆丽尔远点儿——"

罗恩打头走过空荡荡的舞池,边走边左右张望。哈利知道他肯定是在提防克鲁姆。他们来到大帐篷的另一边,发现大多数桌子旁都坐满了人,最空的就数卢娜独坐的那张桌子了。

"我们和你坐在一起好吗?"罗恩问。

"好啊,"卢娜高兴地说,"爸爸刚去把我们的礼物送给比尔和芙蓉。"

"是什么?向他们终身提供戈迪根?"罗恩问。

赫敏在桌子底下踢他一脚,不料却踢到了哈利。哈利疼得眼泪直流,一时间都听不见他们在说什么了。

乐队开始演奏。比尔和芙蓉首先步入舞池,赢得大家的热烈喝彩。过了一会儿,韦斯莱先生领着德拉库尔夫人走向舞池,后面跟着韦斯莱夫人和芙蓉的父亲。

"我喜欢这首歌。"卢娜说,她和着类似华尔兹乐曲的节奏轻轻摇摆。几秒钟后,她站起身,脚步轻盈地滑向舞池,在那里独自一人原地旋转,闭着眼睛,摆着双臂。

"她可真棒，是不是？"罗恩赞叹地说，"总是很有趣。"

可是他脸上的笑容突然隐去了：威克多尔·克鲁姆坐在了卢娜空出来的座位上。赫敏看上去既高兴又慌乱，但这次克鲁姆可不是来恭维她的。他皱着眉头说："穿黄衣服的那个男人是谁？"

"谢诺菲留斯·洛夫古德，是我们一个朋友的父亲。"罗恩说。他口气里火药味很浓，表明他们并不打算嘲笑谢诺菲留斯，尽管克鲁姆明显语带挑衅。"跳舞去吧。"他很突兀地对赫敏说。

赫敏显得很吃惊但也很高兴，立刻站了起来。他们一起消失在舞池里越来越拥挤的人群中。

"啊，他们俩好上了？"克鲁姆问，一时有点走神。

"嗯——就算是吧。"哈利说。

"你是谁？"

"巴尼·韦斯莱。"

他们握了握手。

"巴尼——你熟悉这个姓洛夫古德的人吗？"

"不熟悉，我今天第一次见到他。怎么啦？"

克鲁姆端着酒杯，怒气冲冲地盯着谢诺菲留斯在舞池另一边跟几个男巫聊天。

"因为，"克鲁姆说，"他要不是芙蓉请来的客人，我就要跟他当场决斗，他居然在胸口戴着那个邪恶的标志。"

"标志？"哈利说着，也朝谢诺菲留斯望去。那个奇怪的三角形眼睛在他胸口闪闪发亮。"怎么啦？有什么不对吗？"

"格林德沃。那是格林德沃的标志。"

"格林德沃……就是邓布利多打败的那个黑巫师？"

"没错。"

克鲁姆下巴上肌肉蠕动，好像在咀嚼什么东西，然后他说：

第8章 婚 礼

"格林德沃杀害了许多人,我祖父就是其中一个。当然,他在这个国家一直没什么势力,他们说他害怕邓布利多——说得不错,看他最后的下场!可是,这个——"他用手指指着谢诺菲留斯,"——是他的符号,我一眼就认出来了。格林德沃在德姆斯特朗读书时,把它刻在了一面墙上。有些傻瓜把这符号复制在课本上、衣服上,想用它吓唬别人,使自己显得了不起——后来,我们这些因格林德沃而失去亲人的人给了他们一些教训。"

克鲁姆气势汹汹地把指关节按得啪啪响,狠狠地瞪着谢诺菲留斯。哈利觉得很不理解。卢娜的父亲是黑魔法的支持者?这实在令人难以置信,而且,帐篷里的其他人似乎都没认出那个如尼文般的三角形标志。

"你——嗯——你真的肯定那是格林德沃的——?"

"我不会弄错的,"克鲁姆冷冷地说,"几年来我几乎天天经过那个标志,对它了如指掌。"

"嗯,"哈利说,"说不定谢诺菲留斯并不知道那个符号的意思。洛夫古德家的人都很……不同寻常。他可能无意中在什么地方看见了它,以为是弯角鼾兽之类的横切面图。"

"什么的横切面图?"

"咳,我也不知道是什么,但他和他女儿放假时好像在找这东西……"

哈利觉得自己没把卢娜和她父亲介绍清楚。

"那就是他女儿。"他指着卢娜说。卢娜还在独自跳舞,双臂在脑袋周围舞动,就像试图赶走蚊虫一样。

"她干吗那样?"克鲁姆问。

"大概想摆脱一只骚扰虻吧。"哈利认出了这种表现,说道。

克鲁姆似乎弄不清哈利是不是在捉弄他。他从长袍里抽出魔杖,恶狠狠地用它敲着大腿,杖尖冒出金星。

"格里戈维奇！"哈利大声说，克鲁姆一惊，但哈利太兴奋了，没有注意到。看到克鲁姆的魔杖，他想起了过去的一幕：在三强争霸赛前，奥利凡德曾接过这根魔杖仔细端详。

"他怎么啦？"克鲁姆怀疑地问。

"他是个制作魔杖的人！"

"这我知道。"克鲁姆说。

"你的魔杖就是他做的！所以我想——魁地奇——"

克鲁姆似乎越来越疑心了。

"你怎么知道我的魔杖是格里戈维奇做的？"

"我……我大概是从什么地方看来的，"哈利说，"在——在球迷杂志上吧。"他信口胡编，克鲁姆的怒容似乎缓和了。

"我不记得我跟球迷谈过我的魔杖。"他说。

"那么……嗯……格里戈维奇最近在哪儿？"

克鲁姆一脸困惑。

"他几年前就退休了。我是最后一批购买格里戈维奇魔杖的人之一。它们是最棒的——不过我知道，你们英国人看重的是奥利凡德的魔杖。"

哈利没有回答。他假装像克鲁姆一样看别人跳舞，心里却在苦苦思索。这么说伏地魔寻找的是一位著名的魔杖制作人，哈利觉得这个原因倒不难理解：肯定是因为伏地魔在空中追他的那天夜里哈利魔杖的所作所为。冬青木和凤凰羽毛的魔杖征服了那根借来的魔杖，这是奥利凡德没有料到和不能理解的。格里戈维奇是不是知道更多？他真的比奥利凡德技术高明，他真的知道奥利凡德不知道的魔杖秘密吗？

"这姑娘很漂亮。"克鲁姆的话把哈利拉回到眼前的场景中，克鲁姆指的是金妮，她来到卢娜身边和她一起跳舞，"她也是你们家亲戚？"

第8章 婚 礼

"对,"哈利说,心头突然烦躁起来,"她有男朋友了。那家伙块头挺大,爱吃醋。你可千万别惹他。"

克鲁姆不满地嘟哝着。

"唉,"他喝干杯里的酒,重又站起身来,"所有的漂亮姑娘都名花有主,做一个国际球星又有什么用呢?"

他大步走开了,哈利从旁边走过的侍者手里拿过一块三明治,在拥挤的舞池边缘穿行。他想找到罗恩,跟他说说格里戈维奇的事,可是罗恩正在舞池中央跟赫敏跳舞呢。哈利靠在一根金柱子上注视着金妮,她现在正跟弗雷德和乔治的朋友李·乔丹一起翩翩起舞,哈利努力不让自己因为对罗恩许了诺言而心生怨恨。

他以前从没参加过婚礼,所以没法判断巫师的仪式和麻瓜们有什么不同,不过他知道麻瓜婚礼上肯定不会有一瓶瓶香槟酒在人群中悬空飘浮,也不会有这样的结婚蛋糕:顶上有两只凤凰模型,蛋糕一切开它们就展翅起飞。夜幕降临,浮在半空的金色灯笼照亮了天棚,蛾子开始在天棚下成群飞舞,狂欢的气氛越来越浓,越来越没有节制。弗雷德和乔治早就跟芙蓉的一对表姐妹消失在了黑暗里。查理、海格和一个戴紫色馅饼式男帽的矮胖巫师在墙角高唱《英雄奥多》。

罗恩的一个叔叔喝醉了酒,弄不清哈利到底是不是他儿子。哈利为了躲避他,在人群里胡乱地穿行,突然看见一个老巫师独自坐在一张桌子旁。他的白头发毛茸茸的,使他看上去活像一个年迈的蒲公英茸毛头,头顶上还戴着一顶被虫蛀了的土耳其帽。哈利觉得他有点眼熟,使劲儿想了想,突然想起这是埃非亚斯·多吉,凤凰社成员,邓布利多那篇讣文的作者。

哈利朝他走去。

"我可以坐下吗?"

"当然，当然。"多吉说，他的声音非常尖细，呼哧带喘。

哈利探过身去。

"多吉先生，我是哈利·波特。"

多吉倒抽了口冷气。

"我亲爱的孩子！亚瑟告诉我说你在这儿，化了装……我太高兴了，太荣幸了！"

多吉又是紧张又是高兴，手忙脚乱地给哈利倒了杯香槟。

"我早就想给你写信，"他小声说，"邓布利多死后……那种震惊……我相信对你来说……"

多吉的小眼睛里突然充满泪水。

"我看了你给《预言家日报》写的那篇讣文，"哈利说，"没想到你对邓布利多教授这么熟悉。"

"并不比别人更熟悉。"多吉说着，用一块餐巾擦了擦眼睛，"当然啦，我认识他的时间最长，如果不算阿不福思——不知怎么，人们好像确实从不算上阿不福思。"

"说到《预言家日报》……多吉先生，我不知道你有没有看到——？"

"哦，就叫我埃非亚斯吧，亲爱的孩子。"

"埃非亚斯，不知道你有没有看到丽塔·斯基特关于邓布利多的那篇专访？"

多吉的脸顿时气得通红。

"看到了，哈利，我看到了。那个女人，叫她秃老雕恐怕更合适些，她竟然缠着我跟她说话。说来惭愧，我当时态度也很粗野，骂她是爱管闲事的讨厌婆娘，结果，你大概也看到了，她给我泼脏水，诽谤我神志不清。"

"嗯，在那篇专访里，"哈利继续说，"丽塔·斯基特暗示说邓布利多教授年轻时接触过黑魔法。"

第 8 章 婚　礼

"一个字儿也别信！"多吉立刻说道，"一个字儿也别信，哈利！别让任何东西玷污你记忆中的阿不思·邓布利多！"

哈利凝视着多吉那张真诚而痛苦的脸，心里并没有得到安慰，反而觉得失望。难道多吉真的以为事情那么简单，哈利只要选择不去相信就行了吗？难道多吉不明白哈利需要弄个水落石出，需要知道一切？

多吉大概觉察到了哈利的感受，他露出担忧的神情，急忙又说道："哈利，丽塔·斯基特是个非常讨厌的——"

一声刺耳的嘎嘎尖笑打断了他的话。

"丽塔·斯基特？哦，我喜欢她，总是读她写的东西！"

哈利和多吉抬头一看，面前站着穆丽尔姨婆，她帽子上的羽毛上下翻飞，手里端着一杯香槟。"知道吗，她写了一本关于邓布利多的书！"

"你好，穆丽尔，"多吉说，"是啊，我们正在谈论——"

"那边的！把你的椅子给我，我都一百零七岁了！"

韦斯莱家的另一个红头发堂哥惊慌失措地从椅子上跳起来，穆丽尔姨婆用惊人的力气把椅子转了个圈，放在多吉和哈利中间，然后扑通坐了下去。

"又见到你了，巴利①，不管你叫什么名字吧。"她对哈利说，"好了，埃非亚斯，你们刚才在说丽塔·斯基特什么？知道她写了一本邓布利多的传记吗？我迫不及待地想读呢，我得记着在丽痕书店订购一本。"

听了这话，多吉沉下脸，表情僵硬，可是穆丽尔姨婆一口喝干杯里的酒，用瘦骨嶙峋的手朝旁边一位侍者打了个响指，要求斟满。她又喝下一大口香槟，打了个响嗝儿，才说道："没

---

① 巴利，穆丽尔姨婆对哈利化装后所用的名字巴尼的误称。

必要看上去像两只青蛙标本似的！阿不思在变得这么德高望重、受人尊敬之前，曾经有过一些非常滑稽的谣传呢！"

"无中生有的诽谤。"多吉说，脸又变得像萝卜一样通红。

"随你怎么说吧，埃非亚斯，"穆丽尔姨婆咯咯笑着说，"我注意到你那篇讣文把不好处理的地方一带而过！"

"很遗憾你这么想。"多吉口气更加冷淡地说，"我向你保证，我写的都是发自内心的话。"

"噢，我们都知道你崇拜邓布利多。我敢说你一直都把他看成圣人，即使后来发现他真的杀死了他的哑炮妹妹！"

"穆丽尔！"多吉惊叫。

一股与冰镇香槟酒无关的寒意穿过哈利的胸膛。

"你说什么？"他问穆丽尔，"谁说他妹妹是个哑炮？她不是身体有病吗？"

"那你可就错了，巴利！"穆丽尔姨婆说，似乎对她制造的效果非常满意，"是啊，你怎么可能知道这件事呢？亲爱的，事情发生的时候，你连影子都没有呢，事实上，我们这些当时活着的人也根本不清楚到底是怎么回事。所以我才等不及要看看斯基特挖掘出了什么！邓布利多很长时间都只字不提他那个妹妹！"

"不实之词！"多吉气呼呼地说，"纯粹是不实之词！"

"他从没对我说过他妹妹是个哑炮。"哈利的话脱口而出，心里仍然充满寒意。

"他凭什么要对你说？"穆丽尔尖声说道，在椅子上摇晃着身子，想把目光对准哈利的脸。

"阿不思从来不提阿利安娜，"埃非亚斯用激动得发紧的声音说，"其中的原因我想是很明显的。妹妹的死让他伤心欲绝——"

"为什么从来没有人见过阿利安娜，埃非亚斯？"穆丽尔粗

第 8 章 婚 礼

声大气地问,"为什么我们一半的人甚至都不知道有她这个人存在,直到他们从房子里抬出棺材,为她举行葬礼?阿利安娜被关在地窖里的时候,圣人阿不思在哪儿呢?他在霍格沃茨大出风头呢,根本不关心自己家里发生的事儿!"

"你说什么,'关在地窖里'?"哈利问,"这是怎么回事?"

多吉显出痛苦的样子。穆丽尔姨婆又咯咯大笑一阵,然后回答了哈利。

"邓布利多的母亲是个可怕的女人,非常可怕,麻瓜出身,但我听说她谎称自己不是——"

"她从来没有谎称过那样的事!坎德拉是个很好的女人。"多吉可怜巴巴地小声说,但穆丽尔姨婆根本不理他。

"—— 非常骄傲,盛气凌人,那种女巫生下一个哑炮,肯定觉得大丢面子——"

"阿利安娜不是哑炮!"多吉喘着气说。

"这是你的看法,埃非亚斯,那请你解释一下,她为什么一直没上霍格沃茨?"穆丽尔姨婆说,然后她又转向哈利,"在我们那个年代,家里有个哑炮经常要遮掩起来,但是做得那么过分,竟然把一个小姑娘囚禁在家里,假装她不存在——"

"我告诉你,根本就没有那回事!"多吉说,但穆丽尔姨婆继续势不可挡地往下说,仍然冲着哈利。

"一般是把哑炮送到麻瓜学校,鼓励他们融入麻瓜社会……这要比给他们在巫师界找个位置仁慈得多,因为他们在巫师界永远只能是二等公民。可是,当然啦,坎德拉·邓布利多做梦也不想把女儿送进一所麻瓜学校——"

"阿利安娜身体不好!"多吉绝望地说,"她健康状况很差,不能——"

"—— 不能离开家门?"穆丽尔咯咯笑着说,"她从来不去圣芒戈医院，也没有请治疗师上门看她！"

"说真的，穆丽尔，你怎么可能知道是不是——"

"告诉你吧，埃非亚斯，我的亲戚兰斯洛特当时就是圣芒戈医院的治疗师，他非常机密地告诉我们家人，他们从没看见阿利安娜去过医院。兰斯洛特认为这十分可疑！"

多吉看上去快要哭了。穆丽尔姨婆似乎开心极了，又打着响指要香槟。哈利呆呆地想着德思礼一家曾经把他关起来、锁起来、不让别人看见他，就因为他是个巫师。难道邓布利多的妹妹由于相反的原因遭受过同样的命运：因为不会魔法而被囚禁？难道邓布利多真的对她的命运不闻不问，只管在霍格沃茨证明自己有多么优秀，多么才华横溢？

"咳，要不是坎德拉死在前面，"穆丽尔又说道，"我都怀疑是她干掉了阿利安娜——"

"你怎么能这么说，穆丽尔？"多吉哀叹着说，"一个母亲杀死自己的亲生女儿？你想想你都在说些什么！"

"如果这位母亲能够多年囚禁自己的女儿，还有什么做不出来的？"穆丽尔姨婆耸耸肩膀说，"不过我说了，这不成立，因为坎德拉死在阿利安娜之前——怎么死的，似乎谁都说不准——"

"哦，肯定是阿利安娜谋杀了她，"多吉勇敢地做出讥笑的神情说，"有什么做不出来的？"

"对，阿利安娜可能为了自由拼死反抗，在搏斗中杀死了坎德拉。"穆丽尔姨婆若有所思地说，"你就尽管摇头吧，埃非亚斯！你当时也参加了阿利安娜的葬礼，不是吗？"

"是啊，"多吉嘴唇颤抖地说，"这是我记忆中最令人伤心的场面。阿不思的心都碎了——"

"碎的不只是他的心。葬礼举行到一半的时候，阿不福思是

第 8 章 婚 礼

不是打断了阿不思的鼻子？"

如果说刚才多吉显出的神情是惊恐，那跟他此刻的神情相比简直不算什么，他就好像被穆丽尔一刀刺中了似的。穆丽尔姨婆哈哈大笑，又喝了一大口香槟，酒顺着下巴滴滴答答地流下来。

"你怎么——？"多吉哑着嗓子问。

"我母亲跟老巴希达·巴沙特关系很好，"穆丽尔姨婆兴高采烈地说，"巴希达跟我母亲讲述了整个事情，我在门口听见了。棺材边的争斗！巴希达说，阿不福思大声嚷嚷说阿利安娜的死都怪阿不思，然后一拳砸在阿不思脸上。巴希达说，阿不思甚至都没有抵挡一下，这本身就够奇怪的，阿不思即使两只手捆在背后跟阿不福思决斗，也能把他干掉。"

穆丽尔又大口喝了一些香槟。讲述这些昔日的丑闻把多吉吓得不轻，她自己却兴致盎然。哈利不知道该怎么想，该相信什么：他希望了解事实，可多吉只是坐在那里用颤抖的声音有气无力地说阿利安娜体弱多病。如果邓布利多家里真的发生了这样惨无人道的事，哈利相信他绝不会听之任之，然而这故事里无疑存在着一些蹊跷之处。

"我再告诉你一件事吧，"穆丽尔姨婆放下酒杯，轻轻打着嗝儿说，"我猜想是巴希达向丽塔·斯基特透露了秘密。斯基特的那篇专访暗示说，有一位与邓布利多一家关系密切的人提供了重要消息——老天做证，巴希达从头到尾目睹了阿利安娜的事情，肯定是她！"

"巴希达绝不会跟丽塔·斯基特说话！"多吉低声说。

"巴希达·巴沙特？"哈利说，"《魔法史》的作者？"

这个名字印在哈利一本教科书的封面上，不过必须承认，那本书他读得并不认真。

"是啊,"多吉说,他一把抓住哈利的问题,就像一个快要淹死的人抓住救生带一样,"一位非常有天分的魔法历史学家,也是阿不思的老朋友。"

"听说最近糊涂得厉害。"穆丽尔姨婆开心地说。

"如果是这样,斯基特利用她就更可耻了。"多吉说,"巴希达说的任何东西都不可信!"

"哦,有许多办法可以唤回记忆,我相信丽塔·斯基特对它们都很精通。"穆丽尔姨婆说,"就算巴希达成了彻头彻尾的老傻瓜,她肯定还会有老照片,甚至以前的信件。她认识邓布利多一家好多年……没错,完全值得去一趟戈德里克山谷。"

哈利正在喝黄油啤酒,突然呛住了,多吉使劲拍他的后背。哈利一边咳嗽,一边用泪汪汪的眼睛看着穆丽尔姨婆。他刚找回自己的声音就问道:"巴希达·巴沙特住在戈德里克山谷?"

"是啊,一直住在那儿!邓布利多一家在珀西瓦尔坐牢后搬到了那儿,巴希达是他们的邻居。"

"邓布利多一家住在戈德里克山谷?"

"是啊,巴利,我刚才已经说了。"穆丽尔姨婆不耐烦地说。

哈利觉得心里一下子被抽空了。六年来,邓布利多一次也没有告诉过哈利,他们都曾在戈德里克山谷生活过,都在那里失去过自己的亲人。为什么?莉莉和詹姆是不是就埋在邓布利多的母亲和妹妹旁边?邓布利多扫墓时,是不是要经过莉莉和詹姆的坟墓?而他一次也没有告诉过哈利……从来没说过……

为什么这一点如此重要,哈利自己也无法解释,但他觉得,邓布利多对他只字不提他们共同拥有这个地方和这些经历,就等于是在欺骗。他呆呆地望着前面,几乎没有注意到周围的动静,直到赫敏搬了把椅子坐到他身边,他才发现她已经从人群

第8章 婚　礼

里出来了。

"我实在不能再跳了。"赫敏喘着气说,她脱掉一只鞋子,揉着脚底,"罗恩去找黄油啤酒了。真是怪事,我刚才看见威克多尔怒气冲冲地从卢娜父亲的身边走开,好像他们吵架了——"她放低声音,望着哈利,"哈利,你没事吧?"

哈利不知从何说起,但已经没有关系了。就在这时,一个银色的大家伙穿透舞池上方的天棚掉了下来。这只猞猁姿态优雅、闪闪发光,轻盈地落在大惊失色的跳舞者中间。人们纷纷扭过头,离它最近的一些人滑稽地僵住了,还保持着跳舞的动作。守护神把嘴张得大大的,用金斯莱·沙克尔那响亮、浑厚而缓慢的声音说话了。

"魔法部垮台了。斯克林杰死了。他们来了。"

第9章

藏身之处

一切都显得那么缓慢、模糊不清。哈利和赫敏一跃而起,抽出魔杖。许多人刚意识到发生了变故;银色的猞猁消失了,人们仍然扭头望着那里。沉默像冰冷的河水,从守护神降落的地方一波一波向外扩展。接着有人尖叫起来。

哈利和赫敏冲进惊慌失措的人群。宾客向四面八方逃窜,许多人在幻影移形。陋居周围的保护魔咒已被破坏。

"罗恩!"赫敏叫道,"罗恩,你在哪儿?"

他们穿过拥挤的舞池时,哈利看见人群里出现了一些穿斗篷、戴面具的身影。然后他发现了卢平和唐克斯,两人都举着魔杖,还听见他们同时大喊:"盔甲护身!"声音在四处回荡——

"罗恩!罗恩!"赫敏带着哭腔喊,她和哈利被惊恐的宾客撞得东倒西歪。哈利抓住她的手,确保两人不被冲散,这时他们的头顶上嗖地掠过一道光,不知是防护咒,还是某种更加凶险的东西——

罗恩出现了。他抓住赫敏的另一只胳膊,哈利感觉到赫敏原地转了个身。黑暗向他袭来,眼前一片模糊,声音也听不见了,唯一感觉到的就是赫敏的手,他被挤压着穿越时空,离开了陋

第9章　藏身之处

居，离开了那些从天而降的食死徒，或许还有伏地魔本人……

"我们在哪儿？"罗恩的声音问。

哈利睁开眼睛，恍惚间以为他们并没有离开婚礼现场：周围似乎还是挤满了人。

"托腾汉宫路。"赫敏喘着气说，"走，快走，需要找个地方让你们换换衣服。"

哈利照她说的做了。他们在黑黢黢的宽阔街道上连走带跑，街上满是深夜纵酒狂欢的人，两边是打烊的店铺，头顶上群星闪烁。一辆双层公共汽车隆隆驶过，一群饮酒作乐的人走过时直盯着他们看。哈利和罗恩身上仍然穿着礼服长袍。

"赫敏，我们没有带替换的衣服。"罗恩对赫敏说。这时，一个年轻女人看见他的样子，发出粗野的大笑。

"我为什么不检查一下，把隐形衣带上呢？"哈利暗自责备自己的愚蠢，"去年我一直带在身上的——"

"没关系，隐形衣我拿着了，我还给你们俩都带了衣服。"赫敏说，"表现得自然一点，等我们——这里就行。"

她把他们领进一条小街，又领进一条阴影里的僻静窄巷。

"你说你带了隐形衣，还带了衣服……"哈利皱着眉头对赫敏说，赫敏只带着她那只串珠小包，此刻正在里面翻找。

"有了，在这儿。"赫敏说着掏出一条牛仔裤、一件运动衫、几只酱紫色的袜子，最后是那件银色的隐形衣，哈利和罗恩看得目瞪口呆。

"真是活见鬼了！你怎么——"

"无痕伸展咒，"赫敏说，"很不好弄，但我相信我是弄成了，反正我把我们需要的东西都放了进去。"她拎起那只看上去很精巧的小包抖了抖，里面发出很大的动静，就好像一大堆沉重的东西在货舱里滚动。"哟，该死，肯定是书。"赫敏朝小包里看了看,"我把它们分门别类归成几堆……好了……哈利,你最好穿上隐形衣。罗恩,快换衣服……"

"这是你什么时候干的?"哈利问,罗恩在一旁脱去长袍。

"我在陋居就告诉过你们,这些天来我一直在收拾必需用品,以备我们说走就走。哈利,今天早晨你换好衣服后,我整理了你的背包,把它放了进去……我当时就有种预感……"

"你真是太了不起了。"罗恩说着,把卷成一团的长袍递给赫敏。

"谢谢。"赫敏说,脸上勉强挤出一点笑容,把长袍塞进了包里,"哈利,快把隐形衣穿上!"

哈利把隐形衣披在肩头,从后面拉上来盖住脑袋,整个人便消失不见了。他这才开始反应过来刚才发生的一切。

"其他人——参加婚礼的每个人——"

"现在顾不上那么多了。"赫敏小声说,"他们追的是你,哈利,如果我们回去,只会让大家的处境更危险。"

"她说得对,"罗恩虽然看不见哈利的脸,但似乎知道哈利要反驳,"大多数凤凰社成员都在那儿,他们会照顾大家的。"

哈利点点头,接着才想起他们看不见他,于是说:"是啊。"可一想起金妮,他立刻感到一种揪心的恐惧。

"快走,我认为我们不应该停下。"赫敏说。

他们重新走过那条小街,回到大马路上,对面一群男人唱着歌在人行道上歪歪扭扭地走着。

"我只是觉得有趣,为什么是托腾汉宫路呢?"罗恩问赫敏。

"不知道,脑子里突然冒出这个地名,但我相信我们在麻瓜世界里更安全些,他们想不到我们会在这儿。"

"不错,"罗恩说着看了看四周,"但你不觉得有点儿——太暴露了吗?"

第9章 藏身之处

"除了这儿还有哪儿？"赫敏问，这时马路对面的男人开始吹口哨挑逗她，她吓得缩成一团，"总不能在破釜酒吧订几个房间吧？至于格里莫广场，如果斯内普能进得去，肯定也不行……我想我们可以到我父母家去试试，不过他们恐怕也会去那里搜查的……哦，我真希望这帮人能闭嘴！"

"怎么样，宝贝儿？"对面人行道上一个醉得最厉害的男人喊道，"想喝点儿吗？甩了那个红头发的，过来喝一杯吧！"

"我们找个地方坐下来吧。"赫敏看到罗恩张嘴要冲马路对面嚷嚷，赶紧说道，"看，这儿就行，进去吧！"

这是一间昼夜营业的破破烂烂的小咖啡馆。塑料贴面的桌子上粘着一层薄薄的油腻，但至少还算清静。哈利首先坐进一个卡座，罗恩坐在他旁边面对赫敏。赫敏背朝门口，很不自在，不时地扭头看看，像害了抽动症似的。哈利不喜欢坐着不动，刚才走路给了他一个错觉，好像他们有个目标。隐形衣下，他感到复方汤剂的最后一点效果也在消失，他的手恢复了正常的大小和形状。他从口袋里掏出眼镜戴上。

过了一两分钟，罗恩说："其实，我们离破釜酒吧并不远，它就在查令十字——"

"罗恩，我们不能！"赫敏立刻说。

"不是要住在那里，是去弄清发生了什么事！"

"我们知道发生了什么事！伏地魔占领了魔法部，还有什么需要知道的呢？"

"好了，好了，我只是那么一想！"

他们气呼呼地重新陷入了沉默。嚼着口香糖的女侍者懒洋洋地走过来，赫敏要了两杯卡布奇诺。哈利是隐形的，如果给他要一杯会显得很反常。这时，两个膀大腰圆的工人走进咖啡馆，挤进了旁边的卡座里。赫敏把声音压得低低的。

"要我说，我们找个安静的地方幻影移形到乡村去，然后可以给凤凰社送个信。"

"你也能变出那种会说话的守护神？"罗恩问。

"我一直在练习，应该没问题。"赫敏说。

"好吧，只要不给他们惹麻烦，不过他们大概都已经被抓起来了。天哪，真恶心。"罗恩喝了口泛着泡沫的灰乎乎的咖啡，说了一句。女侍者听见了，朝罗恩狠狠瞪了一眼，懒洋洋地走过去招待新来的顾客。现在哈利看清了，两个工人里块头较大的那个一头金发，身材魁梧，他挥挥手叫女侍者走开。女侍者瞪着他，像是受了冒犯。

"我们走吧，我不想喝这垃圾。"罗恩说，"赫敏，你有麻瓜钱付账吗？"

"有，我到陋居去之前把我建房互助会①的所有存款都取出来了。零钱肯定都放在包底。"赫敏叹了口气，伸手去拿她的串珠小包。

突然，两个工人不约而同地行动起来，哈利不假思索地迅速做出反应：三个人都拔出了魔杖。罗恩几秒钟后才明白发生了什么事，隔着桌子扑过去，把赫敏推倒在她的座位上。食死徒咒语的力量震碎了砖墙，真悬，罗恩的脑袋刚才就在那里。仍然隐身的哈利大喊一声："昏昏倒地！"

一道红光闪过，击中了那个金发大块头食死徒的脸：他往旁边一倒，昏了过去。他的同伴看不见是谁念的咒语，又朝罗恩射出一咒：杖尖飞出亮闪闪的黑绳子，把罗恩从头到脚捆得结结实实——女侍者尖叫着跑向门口——哈利又朝那个捆绑罗恩

---

① 建房互助会，英国的一种机构，接受会员存款并贷款给准备建房或购房的会员。

第9章 藏身之处

的歪脸食死徒发了个昏迷咒，可是偏了，弹到窗户上，击中了女侍者，她立刻瘫倒在门口。

"飞沙走石！"食死徒大吼一声，哈利面前的一张桌子突然炸飞，爆炸的冲力把他推到墙上，他觉得魔杖脱了手，隐形衣也从身上滑落。

"统统石化！"赫敏在看不见的地方尖叫一声。食死徒向前一扑，像雕塑一样重重摔在瓷器、桌子和咖啡的残渣碎片上，发出嘎吱吱的响声。赫敏从座位底下钻出来，抖掉头发里烟灰缸的玻璃碎片，浑身发抖。

"四——四分五裂。"她用魔杖指着罗恩说，不料划破了罗恩牛仔裤的膝部，留下一道深深的伤口，罗恩痛得大叫起来。"哎哟，对不起，罗恩，我的手在发抖！四分五裂！"

割断的绳索掉了下来，罗恩站起身，晃晃胳膊恢复知觉。哈利捡起自己的魔杖，在一片狼藉中爬向那个瘫倒在座位上的金发大块头食死徒。

"我应该认出他来的，邓布利多死的那天夜里他也在。"哈利说完，用脚把那个皮肤较黑的食死徒踢得翻过身来，那人的目光在哈利、罗恩、赫敏之间来回移动。

"是多洛霍夫，"罗恩说，"我以前在通缉布告上见过他。我想这个大个子准是多尔芬·罗尔。"

"别管他们叫什么名字了！"赫敏有点儿歇斯底里地说，"他们怎么会找到我们的？我们怎么办呢？"

不知怎的，她的紧张倒使哈利头脑清醒了。

"把门锁上。"他对赫敏说，"罗恩，把灯灭了。"

他低头看着全身瘫痪的多洛霍夫，脑子飞快地思索着。门咔嗒一声锁上了，罗恩用熄灯器使整个咖啡馆陷入了黑暗。哈利听见刚才挑逗赫敏的那帮人在远处冲另一个姑娘叫嚷着。

"我们拿他们怎么办呢？"罗恩在黑暗中小声问哈利，然后又把声音压得更低地说，"把他们干掉？不然他们会杀死我们的。刚才就差点得手了。"

赫敏打了个寒战，朝后退了一步。哈利摇了摇头。

"我们只需要抹去他们的记忆，"哈利说，"这样更好，这样他们就没有线索了。如果把他们杀死，会暴露我们来过这里。"

"还是你厉害。"罗恩说，显然松了口气，"可是我从来没学过遗忘咒。"

"我也没有，"赫敏说，"但我知道原理。"

她深吸一口气，让自己平静下来，然后用魔杖指着多洛霍夫的脑门说："一忘皆空！"

多洛霍夫的眼睛立刻就变得茫然、呆滞了。

"太棒了！"哈利拍拍赫敏的后背说，"另一个家伙和女侍者也交给你了，我和罗恩清理战场。"

"清理战场？"罗恩望着几乎被毁掉一半的咖啡馆说，"为什么要清理？"

"你想，他们醒过来，发现自己待在一个像被炮弹轰炸过的地方，不会感到纳闷吗？"

"噢，是啊……"

罗恩费了好大劲儿，才从口袋里抽出魔杖。

"怪不得拔不出来呢，赫敏，你带的是我的旧牛仔裤，太紧了。"

"噢，对不起。"赫敏咬着牙说，她把女侍者从窗户边拖开时，哈利听见她低声建议罗恩把魔杖插在另外一个地方。

咖啡馆又恢复了先前的模样，他们把两个食死徒扶回到卡座上，让他们面对面坐在那里。

"他们是怎么发现我们的？"赫敏轮流看着这两个傻呆呆的

第9章 藏身之处

人,问道,"他们怎么会知道我们在哪儿呢?"

她转向哈利。

"你——你说,你身上是不是还带着踪丝呢,哈利?"

"不可能,"罗恩说,"十七岁踪丝就消失了,这是巫师法规定的,成年人不可能有踪丝。"

"那只是你了解的信息。"赫敏说,"如果食死徒有办法让十七岁的人还保留踪丝怎么办呢?"

"可是在过去的二十四小时里,哈利并没有靠近过一个食死徒。谁会把踪丝放回他身上呢?"

赫敏没有回答,哈利却觉得自己被玷污了,不纯净了:难道食死徒真是通过这个发现他们的?

"我不能用魔法,你们在我身边也不能用魔法,不然就会暴露我们的位置——"他说。

"我们不能分开!"赫敏坚决地打断了他。

"需要一个安全的藏身之处,"罗恩说,"让我们有时间把事情想想清楚。"

"格里莫广场。"哈利说。

另外两人惊讶得瞪大眼睛。

"别说傻话了,哈利,斯内普也能进得去!"

"罗恩的爸爸说他们弄了些恶咒专门对付他——即使不管用,"他看到赫敏要张嘴反驳,便赶紧往下说,"那又怎么样?我发誓,我还巴不得会一会斯内普呢!"

"可是——"

"赫敏,除此之外还有哪儿?这是我们最好的去处了。斯内普只是一个食死徒。如果我身上还带着踪丝,不管我们走到哪儿,都会有一大群食死徒把我们包围。"

赫敏无言以对,但看上去心里并不服气。她打开咖啡馆的锁，罗恩咔嗒一按熄灯器，把咖啡馆里的灯光释放出来。然后，哈利数到三，他们给那三个人解除了魔咒。女侍者和两个食死徒迷迷糊糊地刚开始动弹，哈利、罗恩和赫敏就原地转了个身，再次消失在压迫得人喘不过气来的黑暗中。

几秒钟后，哈利的肺终于得到舒展，他睁开眼睛。他们站在一个熟悉的、破败的小广场中央。四面都是高高的摇摇欲坠的破旧房屋。他们三个人都能看见12号，因为保密人邓布利多把它的存在告诉过他们。他们朝那幢房子跑去，每跑几码就检查一下是否有人跟踪或监视。跑上石头台阶，哈利用魔杖敲了一下前门，只听见一连串响亮的金属撞击声，还有像链条发出的哗啦哗啦声，然后门吱吱呀呀地开了，他们赶紧跨过门槛。

哈利关上身后的门，老式的汽灯一下子都亮了起来，闪烁不定的灯光照着长长的门厅。门厅还是哈利记忆中的样子：诡谲怪异，蛛网密布，墙上那些家养小精灵的脑袋在楼梯上投下古怪的阴影，长长的深色帷幔遮住了小天狼星母亲的肖像。唯一不对劲儿的是那个用巨怪断腿做成的大伞架，它倒在地上，好像唐克斯又把它撞倒了似的。

"我认为有人来过这里。"赫敏指着它小声说。

"可能是凤凰社离开时弄倒的。"罗恩喃喃地回答。

"他们搞的那些专门对付斯内普的恶咒呢？"哈利问。

"大概只有他露面时才起作用？"罗恩猜测道。

但他们还是靠拢了站在门垫上，背靠着门，不敢再往房子里走。

"我说，我们不能永远站在这儿啊。"哈利说着，往前迈了一步。

"西弗勒斯·斯内普？"

黑暗中轻轻传来疯眼汉的声音，吓得他们三个人都往后一

第9章 藏身之处

跳。"我们不是斯内普!"哈利用沙哑的嗓音说,紧接着什么东西像冷风一样朝他扑来,他舌头向后卷缩,再也说不出话来。没等他来得及用手去嘴里掏摸,他的舌头又舒展开了。

另外两个人似乎也经历了这种令人不快的遭遇。罗恩嘴里发出干呕的声音,赫敏说起话来结结巴巴:"那——那准是疯——疯眼汉为斯——斯内普准备的结舌咒!"

哈利小心翼翼地又往前迈了一步。门厅尽头的阴影里有什么东西在动。没等他们说出话来,地毯上突然蹿起一个身影,高高的,土灰色,模样狰狞。赫敏惊叫起来,布莱克夫人也尖声大叫:她的帷幔掀起来了。那个灰色身影朝他们飘来,越来越快,拖到腰部的头发和胡须在身后飘飘荡荡,脸颊凹陷,瘦骨嶙峋,眼窝里空洞洞的。这身影熟悉得可怕,又有令人恐怖的变化,它举起一只枯槁的手指着哈利。

"不!"哈利大喊,他虽然举起了魔杖,却想不出一个咒语,"不!不是我们!我们没有杀死你——"

听到"杀死"这个词,那身影突然爆炸,腾起一大团尘雾。哈利连连咳嗽,泪眼模糊。他回头看见赫敏蹲在门边的地上,用胳膊捂着脑袋,罗恩从头到脚都在发抖,笨拙地拍着赫敏的肩膀,说道:"没——没事了……它——它不见了……"

在汽灯的蓝光下,灰尘像烟雾一样在哈利周围旋舞。布莱克夫人还在那里尖叫。

"泥巴种,脏货,败类,竟敢玷污我祖上的家宅——"

"**闭嘴**!"哈利大吼一声,用魔杖朝她一指,砰的一声,魔杖迸出红色的火星,帷幔忽地合拢,她不作声了。

"那……那是……"赫敏呜咽着说,罗恩扶她站了起来。

"对,"哈利说,"但并不真的是他,对不?只是为了吓唬斯内普的。"

它起作用了吗，或者斯内普满不在乎地炸开了那个可怕的身影，就像他杀死真正的邓布利多那样简单？哈利暗自思索。他惊魂未定地领着另外两个人走过门厅，随时提防着还有新的恐怖出现，但是除了一只老鼠沿着壁脚板一蹿而过，什么动静也没有。

"我想，我们最好检查一下再往前走。"赫敏说，她举起魔杖，念了声："人形显身！"

没有动静。

"没关系，你刚才受的惊吓不轻。"罗恩好意地说，"这本来应该起什么作用？"

"该起的作用已经起了！"赫敏没好气地说，"这是个让人显形的咒语，这里除了我们没有别人！"

"还有灰尘老鬼。"罗恩说着，扫了一眼地毯上冒出骷髅的地方。

"我们上去吧。"赫敏心有余悸地也看了看那个地方，领头踩着吱嘎作响的楼梯走向二楼的客厅。

赫敏一挥魔杖，点亮了老式的汽灯，屋里有穿堂风，她微微发抖地在沙发上坐下，双臂紧紧地抱住身子。罗恩走到窗户前，把厚重的天鹅绒窗帘拉开了一条缝。

"外面一个人也看不见。"他报告说，"如果哈利身上仍然有踪丝，他们肯定会跟踪到这里来的，对吧？我知道他们进不了房子，可是——怎么啦，哈利？"

哈利痛苦地叫了一声：什么东西闪过他的脑海，就像一道强光掠过水面，他的伤疤又剧烈地灼痛起来。他看见一片很大的阴影，并感到一种不属于他的怒火在心头腾腾烧过，像电击一样强烈，转瞬即逝。

"你看见什么了？"罗恩朝哈利走去，问道，"是不是看见他

第9章　藏身之处

在我家里？"

"不，我只是感到生气——他气得要命——"

"但很可能是在陋居。"罗恩大声说，"还有什么？你看见什么没有？他是不是在给人施咒？"

"不，我只是感到生气——我不清楚——"

哈利觉得烦躁，不知所措，赫敏的话也没给他多少帮助。赫敏战战兢兢地说："你的伤疤？又疼了？怎么回事呀？我还以为那种联系已经断了呢！"

"确实断过一阵子，"哈利低声说，伤疤仍然在疼，他无法集中思想，"我——我想，他一失去自控就又连接上了，以前就是这样——"

"那你必须封闭你的大脑！"赫敏尖声说道，"哈利，邓布利多不希望你使用那种联系，他希望你把它断掉，所以才让你用大脑封闭术！不然伏地魔就会把虚假的想法放进你的头脑，你还记得——"

"我记得，多谢你了。"哈利咬紧牙关说。他不需要赫敏提醒他伏地魔曾利用他们之间的这种联系，把他诱入一个陷阱，最后导致了小天狼星的死亡。他真希望自己没有把他看到的和感觉到的东西告诉他们俩，因为这样一来，伏地魔的威胁显得更逼近了，似乎他就在这个房间的窗外虎视眈眈。伤疤的疼痛还在加剧，哈利拼命忍着，就像拼命忍着恶心的感觉。

他转过去背朝罗恩和赫敏，假装端详墙上绘着布莱克家谱图的旧挂毯。突然赫敏尖叫起来，哈利又拔出魔杖，急忙转过身来，却见一个银色的守护神穿过客厅的窗户，落到他们面前的地板上，变成了银色的鼬鼠，用罗恩父亲的声音说话了。

"家人平安，不用回复，我们被监视了。"

守护神消失得无影无踪。罗恩发出又像呜咽又像呻吟的声音，跌坐在沙发上，赫敏靠过去抓住他的胳膊。

"他们都没事儿，他们都没事儿！"赫敏小声说，罗恩似笑非笑了一声，紧紧地搂了搂她。

"哈利，"他从赫敏的肩头说，"我——"

"没关系，"哈利说，脑袋的疼痛使他一阵阵恶心，"是你的家人，你当然要担心。换了我也会担心，"他想起了金妮，"我确实也很担心。"

伤疤的疼痛达到了顶峰，就像那天在陋居花园里一样火烧火燎。他隐隐约约听见赫敏说："我不想一个人待着。我们今晚能不能用我带来的睡袋就睡在这里？"

他听见罗恩同意了。他再也抵挡不住剧痛，不得不缴械投降。

"去趟卫生间。"他嘟囔一句，尽快走出了房间。

他刚用颤抖的手把身后的门插上，就一把捂住突突剧痛的脑袋，摔倒在地。在压倒一切的痛楚中，他感到那种不属于他的愤怒占据了他的灵魂。他看见一个仅由火光照亮的长长的房间，那个大块头金发食死徒在地板上惨叫、挣扎，一个较为瘦弱的身影举着魔杖站在他旁边，哈利用高亢的、冷漠无情的声音说话了。

"罗尔，是再来一些，还是到此为止，拿你去喂纳吉尼？伏地魔不能保证这次是不是原谅你……你把我召回来就为了这个，就为了告诉我哈利·波特又逃跑了？德拉科，再让罗尔感受一下我们的不满……快，不然就让你尝尝我的愤怒！"

一段木头落在炉火里，烈焰腾起，火光照着一张惊恐万状的、苍白的尖脸——哈利如同从深水里浮出来一样，大口喘着粗气，睁开了眼睛。

他四肢摊开躺在冰冷的黑色大理石地面上，鼻子离支撑大

第 9 章 藏身之处

浴缸的银蛇尾巴只有几寸。他坐起身来。马尔福那张憔悴、惊恐的脸似乎深深刻在了他的脑海里。刚才看到的一幕,以及伏地魔现在让德拉科充当的角色,都使哈利感到恶心。

突然有人重重地敲门,哈利猛吃一惊,只听赫敏的声音响亮地传来。

"哈利,你要牙刷吗? 我带着呢。"

"要,太好了,谢谢。"哈利努力使自己的声音听上去若无其事,起身开门让赫敏进来。

第 10 章

克利切的故事

哈利第二天清晨醒来,裹着睡袋躺在客厅地板上。厚厚的窗帘间漏出一线天空,像冲淡的蓝墨水一般凉爽清澈,是那种介于夜晚与黎明之间的颜色。周围静悄悄的,只听到罗恩和赫敏缓慢深长的呼吸。哈利望着他们在他旁边地板上的身影。罗恩昨晚一时大显绅士风度,坚持让赫敏睡在沙发垫子上,所以她的身影比罗恩的高,胳膊弯着搭在地板上,手指离罗恩的只有几英寸。哈利猜测他们或许是手拉手睡着的,这想法让他感到莫名的孤独。

他仰望着昏暗的天花板、结着蛛网的枝形吊灯。不到二十四小时前,他还站在阳光下,在大帐篷门口接待参加婚礼的嘉宾,这会儿想起来恍若隔世。现在会发生什么呢? 他躺在地板上,想着魂器,想着邓布利多留给他的艰难而复杂的使命……邓布利多……

邓布利多死后一直笼罩在他心头的那种悲伤现在感觉不同了。婚礼上穆丽尔姨婆的非议仿佛病菌寄生在他脑子里,侵蚀着他原来心目中的偶像。邓布利多会让那种事发生吗? 他会像达力那样,只要不影响到自己,就对冷落和虐待袖手旁观吗?

第10章 克利切的故事

他会对一个被禁闭、被隐藏的亲妹妹置之不理吗？

哈利又想到戈德里克山谷，想到邓布利多从没提过的坟墓，想到邓布利多遗嘱中那些未加解释的神秘赠物。怨恨在黑暗中翻涌。邓布利多为什么不告诉他？为什么没有解释？邓布利多真正关心哈利吗？还是只把哈利当成一个需要磨砺的工具，但不信任他，从来不会向他倾吐秘密？

哈利再也无法忍受躺在那里，只有怨恨的念头相伴。必须找点事情做，分分心。他钻出睡袋，捡起自己的魔杖，蹑手蹑脚地走出房间。到了楼梯口，他悄悄说了声"荧光闪烁"，用魔杖照着上楼。

第二个楼梯口是他和罗恩上次住过的那间卧室，他往里看了一眼，衣柜敞着，床单也拉开了。哈利想起楼下翻倒的巨怪断腿。凤凰社离开后有人搜查过这个房间。是斯内普吗？还是蒙顿格斯？那家伙在小天狼星生前和死后从这所宅子里偷走了许多东西。哈利的目光移到那幅有时可看到菲尼亚斯·奈杰勒斯·布莱克的肖像上，然而此时相框中空空荡荡，只有一片浑浊的背景。小天狼星的这位高祖显然是在霍格沃茨的校长书房里过夜了。

哈利继续往楼上走，一直走到最高层楼梯口，那里只有两扇门，正对着他的那扇门上有块牌子写着小天狼星。哈利以前从未进过他教父的卧室。他推开门，高举魔杖，尽量照得远一点。

屋里很宽敞，以前肯定是相当漂亮的。有一张床头雕花的大床，高窗上遮着长长的天鹅绒帷幔，枝形吊灯上积着厚厚的灰尘，蜡烛头还留在插座里，凝固的烛泪像冰晶一样滴垂着。墙上的图画和床头板上也蒙着一层薄灰，一张蜘蛛网从枝形吊灯拉到木质的大衣柜顶部。哈利往屋子中间走时，听到有老鼠逃窜的声音。

少年小天狼星在墙上贴了这么多的招贴画和照片，原来银灰色的缎面墙壁几乎全被遮住了。哈利只能猜测小天狼星的父母无法消除墙上的永久粘贴咒，他相信他们不会欣赏大儿子的装饰品位。小天狼星似乎想方设法要惹父母生气，屋里有几面大大的格兰芬多旗帜，已经褪了色，强调他与这个斯莱特林家族中的其他人有多么不同，金红的旗子已经褪色。还有许多麻瓜摩托车的图片，甚至有几张身着比基尼的麻瓜女孩招贴画（哈利不得不佩服小天狼星的勇气）。之所以看出是麻瓜女孩，是因为她们在画上一动不动，褪色的笑容和凝固在纸上的目光，与墙上唯一的一张巫师照片形成对比，那是四个霍格沃茨学生挽着手臂站在一起，冲着镜头呵呵地笑。

哈利的心欢跳起来，他认出了自己的父亲，不服帖的黑发像哈利的一样在脑后支棱着，而且也戴着眼镜。他旁边是小天狼星，英俊而洒脱不羁，稍带高傲的面庞比哈利见过的任何时候都更加年轻快乐。小天狼星的右边站着小矮星，比他矮一个头还多，胖乎乎的，眼睛湿润，为自己能加入这最拉风的一群，与詹姆和小天狼星这样受人钦佩的叛逆者结交而兴奋不已。詹姆的左边是卢平，他甚至那时候就显得有一点邋遢，但也带着那种惊讶而快乐的神情，发现自己被喜欢，被接纳……莫非只是因为哈利知道了内情，才会在照片中看出这些东西？他想把它从墙上摘下来，反正这照片属于他了——小天狼星把一切都留给了他。可是他拿不下来，小天狼星为了不让自己的父母改变这间屋子的装饰，真是无所不用其极。

哈利扫视地面，外面天色亮了起来，一道光线照出地毯上凌乱的纸片、书籍和零碎物品。显然小天狼星的卧室也被搜过了，不过里面的东西似乎被认为大都无用——或全部无用。有几本书被粗暴地抖过，封皮都掉了，书页散落在地上。

第 10 章 克利切的故事

哈利弯下腰，捡起几张纸看了看，认出有一张是巴希达·巴沙特所著《魔法史》的老版本散页，还有一张是摩托车维修手册里的；第三张是手写的字条，揉皱了，他把它抹平来看。

亲爱的大脚板：

谢谢你，谢谢你送给哈利的生日礼物！这是他最喜欢的玩具了。才一岁就已经能骑着玩具扫帚飞来飞去，他看上去多得意啊。我附上一张照片给你看看。你知道小扫帚只能离地两英尺，但哈利差点撞死了小猫，还差点打碎了一只难看的花瓶，那是佩妮送给我的圣诞礼物（不是抱怨）。当然，詹姆觉得非常好玩，说这孩子会成为一个魁地奇明星，但我们不得不把所有的装饰品都收起来，并且在他飞的时候一直看着他。

我们搞了一个很低调的生日茶会，只有老巴希达在场，她一直对我们很好，也特别宠爱哈利。很遗憾你不能来，但凤凰社是第一位的，再说哈利这么小也不懂过生日的事！关在这里詹姆有些憋闷，他尽量不表现出来，可是我看得出——隐形衣还在邓布利多那里，所以没有机会出去。如果你能来，他会多么高兴啊。小虫上周末来过了，我觉得他情绪低落，但也许是因为麦金农夫妇的消息吧。我听到后也哭了一夜。

巴希达经常过来，她是个有趣的老太太，讲了好些邓布利多的故事，真是想象不到。我不知道他本人听到会不会高兴！说实在的，我不知道该相信多少，很难相信邓布利多

哈利的四肢似乎麻木了，他静立在那里，失去知觉的手指举着那张神奇的纸片，心里却像经历了一场无声的火山喷发。

喜悦与悲伤等量地在血管中涌动。他摇摇晃晃地走到床边，坐了下来。

他又读了一遍信，却不能比第一次读懂更多的含义，于是便只是盯着纸上的笔迹。母亲写字母 g 的方式与他一样。他在信中寻找每一个这样的字母，每一个都像透过面纱看到的温柔的挥手。这封信是一件不可思议的珍宝，证明莉莉·波特存在过，真正存在过。她温暖的手曾经在这张羊皮纸上移动，将墨水注入这些字母，这些词句，写的是他，哈利，她的儿子。

他急切地抹去眼中的泪花，重新读起信来，这次专心体会含义，就像聆听一个似曾相识的声音。

他们有一只猫……它也许像他父母一样，死在戈德里克山谷……也可能因为没人喂养而离开了……小天狼星给他买了第一把飞天扫帚……他父母认识巴希达·巴沙特，是邓布利多介绍的吗？隐形衣还在邓布利多那里……这儿有点蹊跷……

哈利停下来，琢磨着母亲的话。邓布利多为什么拿走詹姆的隐形衣呢？哈利清楚地记得校长多年前对他说过："我不用隐形衣就能隐身。"也许某个法力较弱的凤凰社成员需要用它，邓布利多帮着借一下？哈利又往下读……

小虫来过……小矮星，那个叛徒，显得"情绪低落"？他是否知道这是最后一次见到詹姆和莉莉？

最后又是巴希达，讲了关于邓布利多的惊人故事：很难相信邓布利多——

很难相信邓布利多什么呢？可是邓布利多的许多事情都会令人难以相信呀：比如，他有一次在变形课上得了最低分，还有像阿不福思一样对山羊念咒……

哈利站起来在地面搜寻：也许缺失的信纸还在屋里。他抓起一张张纸片，性急之中，像前一位搜索者那样不顾一切，翻抽屉，

第10章 克利切的故事

抖书页，站在椅子上摸衣柜顶部，钻到床肚里和扶手椅下寻找。

终于，他趴在地上，在一个五斗橱底下看到了一张破纸，抽出来之后，发现是莉莉信中提到的那张照片的大部分。一个黑头发的婴儿骑着小扫帚飞进飞出，咯咯欢笑，还有两条腿（想必是詹姆的）在追他。哈利把照片和莉莉的信一起塞进衣袋，继续寻找第二页信纸。

又过了一刻钟，他不得不承认母亲这封信的后面部分不在了。它是在从那时到现在这十六年中遗失的，还是被搜屋子的人拿走的呢？哈利又读了读第一页，这次仔细寻找着能使第二页有价值的线索。他的玩具扫帚不大会引起食死徒的兴趣……唯一可能有用的就是关于邓布利多的内容，很难相信邓布利多——什么呢？

"哈利？哈利！哈利！"

"我在这儿！"他喊道，"什么事？"

门外一阵急促的脚步声，赫敏冲了进来。

"我们醒来不知道你去哪儿了！"她气喘吁吁地说，又扭头叫道，"罗恩！我找到他了！"

罗恩恼火的声音从几层楼下面远远传来。

"好！告诉他，我骂他是混蛋！"

"哈利，求求你不要失踪，我们都吓坏了！你上这儿来干什么？"她打量着翻得乱糟糟的房间，"你在做什么？"

"瞧，我找到了什么。"

他举起母亲的信。赫敏接过去读了起来，哈利注视着她。读到末尾，赫敏抬起头看着哈利。

"哦，哈利……"

"还有这个。"

他又递过撕破的照片，赫敏冲着那个骑玩具扫帚飞出飞进的婴儿微笑。

"我在找缺掉的信纸,"哈利说,"可是找不到。"

赫敏环顾四周。

"这全是你翻乱的吗,还是你进来时就已经乱了?"

"有人在我之前翻过了。"哈利说。

"我猜也是。我上来时看到每间屋子都有点乱,你认为他们在找什么呢?"

"关于凤凰社的消息,如果是斯内普的话。"

"但他不是都已经知道了吗,我是说,他曾经是凤凰社成员,不是吗?"

"那么,"哈利急于讨论他的推想,"关于邓布利多的消息呢?比如这封信的第二页。我妈妈提到的这个巴希达,你知道她是谁吗?"

"谁?"

"巴希达·巴沙特,写过——"

"《魔法史》。"赫敏说,看上去来了兴趣,"你爸爸妈妈认识她?她是一位了不起的魔法史专家。"

"她还活着,"哈利说,"住在戈德里克山谷。罗恩的穆丽尔姨婆在婚礼上讲到过她。她还认识邓布利多一家,跟她聊聊会很有意思,是不是?"

赫敏的笑容中包含着过多的理解和同情,哈利觉得不大自在。他收回信纸和照片,塞进挂在脖子上的袋子里,避免与她对视,泄露自己的心思。

"我明白你为什么想跟她聊聊你的爸爸妈妈,还有邓布利多,"赫敏说,"可这对我们寻找魂器没多大帮助,是不是?"哈利没有回答,她一口气说下去,"哈利,我知道你真的想去戈德里克山谷,可我害怕……昨天食死徒那么容易就发现了我们,

第10章 克利切的故事

我很害怕。这让我更觉得应该避开你父母长眠的地方,我相信他们会猜到你要去的。"

"不光是那样,"哈利说,仍然不敢看她,"穆丽尔在婚礼上提到了邓布利多的一些事,我想知道真相……"

他把穆丽尔讲的事全部告诉了赫敏,赫敏听完后说:"当然,我能理解这为什么让你心烦意乱,哈利——"

"——我没有心烦意乱,"他撒了个谎,"只是想知道真假——"

"哈利,你真以为能从穆丽尔这样恶毒的老太婆和丽塔·斯基特那里得到真相吗?你怎么能相信她们呢?你了解邓布利多!"

"我以为我了解。"他嘟囔道。

"可是你知道丽塔写你的那些文章里有多少真实性!多吉说得对,你怎么能让这些人玷污你对邓布利多的记忆呢?"

他看着别处,努力不泄露内心的恼恨。又是这样:选择相信什么。他要的是真相。为什么所有的人都坚决不让他了解呢?

"下楼到厨房去吧?"赫敏沉默片刻后说道,"弄点早饭吃?"

他同意了,但很不情愿,跟着她走到楼梯口,从另一扇门前经过。刚才在黑暗中没注意到,门上有块小牌子,下面的油漆有深深的划痕。他停在楼梯口细看,这是一块气派十足的小牌子,工整的手写字母,很像珀西·韦斯莱会钉在卧室门上的东西:

未经本人明示允许

禁止入内

雷古勒斯·阿克图勒斯·布莱克

一阵兴奋传遍哈利的全身,可他并没有马上意识到为什么。

他又读了一遍牌子，赫敏已经下了一段楼梯。

"赫敏，"哈利说，他为自己的声音如此平静而感到惊讶，"上来。"

"怎么啦？"

"R.A.B.，我想我找到他了。"

一声惊叫，赫敏奔上楼梯。

"在你妈妈的信里？可我没看见——"

哈利摇摇头，指着雷古勒斯的牌子。赫敏看后紧紧抓住哈利的胳膊，疼得他直咧嘴。

"小天狼星的弟弟？"她低声问。

"是个食死徒，"哈利说，"小天狼星跟我说过，年轻时候加入的，后来害怕了，想要退出——他们就杀死了他。"

"对得上啊！"赫敏叫道，"如果他是食死徒，就能接触伏地魔，他后来悔悟了，就有可能想打败伏地魔！"

她放开哈利，伏在栏杆上尖叫道："罗恩！**罗恩！**快来啊！"

一分钟后，罗恩出现了，举着魔杖，气喘吁吁。

"搞什么名堂？如果又是巨蜘蛛，我可要先吃早饭——"

赫敏静静地指着门上雷古勒斯的牌子，罗恩皱眉端详着。

"什么呀？这是小天狼星的弟弟，对不对？雷古勒斯·阿克图勒斯……雷古勒斯……R.A.B.！挂坠盒——你们不会认为——？"

"我们来查个明白。"哈利说。他推了推门，是锁着的。赫敏用魔杖指着门把手说："阿拉霍洞开。"咔嗒一声，门开了。

三人跨过门槛，打量四周，雷古勒斯的卧室比小天狼星的小一点儿，但也同样可以感受到先前的富丽。小天狼星希望表现自己与家中其他成员不同，雷古勒斯强调的则正好相反。斯

第10章 克利切的故事

莱特林的银色和绿色随处可见，覆盖着床、墙壁和窗户。布莱克家族饰章和永远纯洁①的格言精心描绘在床头上方，下面有许多泛黄的剪报，粘成不规则的拼贴画。赫敏走过去看了看。

"都是关于伏地魔的。"她说，"雷古勒斯似乎是当了几年崇拜者之后成为食死徒的……"

她坐下来读剪报，床罩上扬起一小股灰尘。哈利则注意到一张照片，一支霍格沃茨魁地奇球队在相框中微笑挥手。他凑近一些，看到了球员胸前的蛇形图案，是斯莱特林队。他一眼就找到了雷古勒斯，坐在前排中间：黑头发和略带高傲的表情，和他哥哥一样，但体型瘦小一些，不如小天狼星那么英俊。

"他是找球手。"哈利说。

"什么？"赫敏茫然地问，还沉浸在伏地魔的剪报中。

"他坐在前排中间，那是找球手的……没什么。"哈利意识到没人在听：罗恩趴在地上查看衣柜底下。哈利环顾房间寻找着可能藏东西的地方，走到桌边。然而，这里也有人搜过了，抽屉里的东西不久前被翻动过，灰尘被搅乱了。可是看不到什么有价值的东西，旧羽毛笔、看上去被粗鲁翻动过的老课本，还有一只不久前打破的墨水瓶，黏稠的墨汁沾得抽屉里到处都是。

"有个轻巧的办法，"看见哈利把沾了墨汁的手往牛仔裤上擦，赫敏说。她举起魔杖念道："挂坠盒飞来！"

没有动静。罗恩刚才在褪色的窗帘褶缝中搜寻，见状一脸失望。

"那就完了？不在这儿？"

"哦，它可能还在这儿，但被施了抵御咒，"赫敏说，"防止被咒语召出，你知道。"

---

① 原文为法语。

"就像伏地魔对岩洞中的石盆施的那种。"哈利说,想起了他无法召出假挂坠盒。

"那我们怎么能找到它呢?"罗恩问。

"用手搜。"赫敏说。

"好主意。"罗恩翻了翻白眼,继续检查他的窗帘。

他们花了一个多小时,找遍了屋里的每一寸角落,最后被迫得出结论:挂坠盒不在这里。

太阳已经升起,隔着楼梯口污浊的窗玻璃仍然光芒刺眼。

"不过,它有可能在宅子里的其他地方。"下楼时,赫敏用鼓劲的语气说。哈利和罗恩有些气馁,她却似乎更坚定了。"那个人不管是否摧毁了挂坠盒,都不会希望伏地魔发现它,是不是?记得我们上次来的时候有那么多可怕的机关吗?朝每个人发射螺栓的老爷钟,还有要把罗恩勒死的旧袍子。也许都是雷古勒斯用来掩护挂坠盒的,尽管我们当时没有意……意……"

哈利和罗恩都望着赫敏,她一只脚悬在空中,表情好像刚刚被施了消除记忆咒,连眼神都散了。

"……意识到。"她耳语般地说。

"怎么回事?"罗恩问。

"确实有个挂坠盒。"

"什么?"哈利和罗恩齐声叫道。

"在客厅的柜子里,没人打得开,我们……我们……"

哈利感到一块砖头从胸口坠到肚子里。他记起来了:他还摸过一下呢,当时大家传看那个东西,轮流尝试想把它撬开。后来它被丢进了一个垃圾袋,那里面还有装着肉瘤粉的鼻烟盒和让每个人打瞌睡的音乐盒……

"克利切从我们这里偷走了许多东西。"哈利说,这是最后的可能性,他们的最后一线希望,他要紧紧抓住,直到不得不

第10章 克利切的故事

放手,"他在厨房碗柜里藏了一大堆宝贝。来吧。"

他一步两级地跑下楼梯,两个朋友噔噔噔地跟在后面。声音那么大,跑过走廊时,把小天狼星母亲的肖像都吵醒了。

"脏货!泥巴种!渣滓!"她在后面尖叫。三个人冲进地下的厨房,把门重重地关上。

哈利冲过房间,在克利切的碗柜前打着滑刹住脚,拽开了柜门。家养小精灵睡过的那堆肮脏的旧毯子还在,可是不再闪闪发光地缀满克利切救回来的小摆设。只有一本旧版的《生而高贵:巫师家谱》。哈利不愿相信自己的眼睛,抓起毯子抖了又抖。一只死老鼠掉了出来,惨兮兮地滚到了一边。罗恩呻吟了一声,倒在一把椅子上。赫敏闭上了眼睛。

"还没有完。"哈利说,他提高嗓门叫道,"克利切!"

啪的一声,哈利极不情愿地从小天狼星名下继承的家养小精灵出现了。他站在冷冰冰、空荡荡的壁炉前:瘦瘦小小,只有半人高,苍白的皮肤打着褶垂下来,蝙蝠般的耳朵里冒出大量白毛。他仍穿着他们第一次见他时穿的那块肮脏的抹布,投向哈利的轻蔑眼神表明,他对换主人的态度也和穿衣风格一样没有改变。

"主人,"克利切牛蛙般的嗓子嘶哑地说,他低低地鞠了一躬,对着膝盖嘀咕,"回到我女主人的老宅,带着败类韦斯莱和泥巴种——"

"我禁止你叫任何人'败类'或'泥巴种'。"哈利吼道,就算这家养小精灵没有把小天狼星出卖给伏地魔,他也会觉得克利切那难看的大鼻子和充血的眼睛讨厌之极。

"我有话问你,"哈利说,他低头望着小精灵,心跳加快了,"我命令你如实回答,明白吗?"

"是,主人。"克利切说,又低低地鞠了一躬。哈利看到他的嘴唇在无声地蠕动，无疑是在默念现在禁止他说的侮辱性的话语。

"两年前，"哈利说道，心脏咚咚地撞击着肋骨，"楼上客厅里有一个挺大的金挂坠盒，被我们扔掉了，你有没有把它捡回来？"

片刻的沉默，克利切直起身子注视着哈利的面庞，然后说："捡回来了。"

"它现在在哪儿？"哈利高兴地问道，罗恩和赫敏也露出了喜色。

克利切闭上眼睛，似乎不敢看到他们对他下一个词的反应。

"没了。"

"没了？"哈利失声叫道，喜悦一下子退去，"你说什么，挂坠盒没了？"

小精灵哆嗦着，摇摇晃晃。

"克利切，"哈利厉声说，"我命令你——"

"蒙顿格斯·弗莱奇，"小精灵嘶声说，仍然紧闭双眼，"都被蒙顿格斯·弗莱奇偷走了：贝拉小姐和西茜小姐的照片、我女主人的手套、一级梅林勋章、有家族饰章的高脚杯，还有，还有——"

克利切大口喘气，干瘪的胸脯急剧起伏，然后他睁开眼睛，发出一声令人血液凝固的尖叫。

"——还有挂坠盒，雷古勒斯少爷的挂坠盒，克利切犯了错误，克利切没能执行少爷的命令！"

哈利本能地做出反应：当克利切冲向立在炉边的拨火棍时，他扑到小精灵身上，把他压住。赫敏的尖叫和克利切的哭喊混在一起，但哈利的吼声比它们都响："克利切，我命令你不许动！"

第10章　克利切的故事

他感到小精灵僵住了，才放开手。克利切直挺挺地躺在冰冷的石板地上，泪水从凹陷的眼窝里哗哗涌出。

"哈利，让他起来！"赫敏悄声说。

"好让他用拨火棍痛打自己？"哈利不以为然地说，在小精灵旁边跪坐起来，"我可不想。好了，克利切，我要听真话：你怎么知道蒙顿格斯·弗莱奇偷走了挂坠盒？"

"克利切看到的！"小精灵抽噎地说，泪水顺着他的长鼻子流进咧开的嘴巴里，可以看到一口发灰的牙齿，"克利切看到他从克利切的碗柜里钻出来，捧的全是克利切的宝贝，克利切叫那个窃贼站住，可是蒙顿格斯·弗莱奇哈哈大笑，跑——跑……"

"你说那挂坠盒是'雷古勒斯少爷的'，"哈利说，"为什么？它是哪儿来的？雷古勒斯跟它有什么关系？克利切，坐起来，把你所知道的一切告诉我，关于那个挂坠盒，还有雷古勒斯跟它的关系！"

小精灵坐了起来，蜷成一团，把潮湿的面孔夹在膝盖之间，开始前后摇晃。他开口说话时，声音低沉发闷，但在安静的、有回音的厨房里听得相当清楚。

"小天狼星少爷逃走了，走了倒好，因为他是个坏孩子，他那些不上规矩的行为让我的女主人伤透了心。但雷古勒斯少爷有自尊心，他知道布莱克这个姓氏和他纯正的血统意味着什么。许多年里他经常谈到黑魔王，黑魔王要让巫师不必再躲躲藏藏，而能出来统治麻瓜和麻瓜出身的巫师……雷古勒斯少爷十六岁时，加入了黑魔王的组织，他那么自豪，那么自豪，那么快乐，能够效力于……

"一年之后，有一天，雷古勒斯少爷到厨房里来看望克利切。雷古勒斯少爷一直都喜欢克利切。雷古勒斯少爷说……

他说……"

年迈的小精灵摇晃得更快了。

"……他说黑魔王要一个小精灵。"

"伏地魔要一个小精灵?"哈利问道,回头看看罗恩和赫敏,他们俩也和他一样困惑。

"哦,是的,"克利切痛苦地说,"雷古勒斯少爷贡献了克利切。这是一种荣耀,雷古勒斯少爷说,是他本人和克利切的荣耀。克利切必须去做黑魔王要他做的一切事情……然后回——回家。"

克利切摇晃得更快了,呼吸变成了抽泣。

"于是克利切到了黑魔王那里。黑魔王没有告诉克利切要干什么,而是把克利切带到海边的一个山洞里。那是个大岩洞,洞中有一片黑色的大湖……"

哈利颈后的汗毛竖了起来,克利切嘶哑的声音似乎是从那黑色的水面上传来的。他看到了当时的情景,就像亲身经历的一样。

"……有一条船……"

当然有一条船,哈利知道那条船,幽灵般的绿色小船,被施了魔法,只能带一名巫师和一个牺牲品到湖心小岛。那么,伏地魔就是这样测试魂器的保护措施的:借助一个无足轻重的生命,一个家养小精灵……

"岛上有一个石——石盆,盛满魔药。黑——黑魔王让克利切喝……"

小精灵浑身发抖。

"克利切喝了,喝的时候看到好多恐怖的景象……克利切的五脏六腑都着火了……克利切喊雷古勒斯少爷救救他,喊女主人,可是黑魔王只是大笑……他逼克利切喝光了魔药……

第10章 克利切的故事

他把一个挂坠盒丢进空盆……又在盆里加满魔药。

"然后黑魔王上船走了,把克利切留在岛上……"

哈利能看到那一幕。他看到伏地魔苍白的蛇脸消失在黑暗中,红红的眼睛冷酷地盯着那个痛苦打滚的小精灵。小精灵几分钟后就会死亡,他抵抗不住那魔药烧心造成的极度干渴……但是到了这里,哈利的想象进行不下去了,因为他想不通克利切是怎么逃出来的。

"克利切需要水,他爬到小岛边缘,去喝黑湖里的水……许多手,死人的手,从水里伸出来把克利切拖了下去……"

"你是怎么逃脱的?"哈利问道,听到自己声音像耳语,他并不感到奇怪。

克利切抬起他那丑陋的脑袋,用充血的大眼睛望着哈利。

"雷古勒斯少爷说过要克利切回家。"他说。

"我知道——可是你怎么摆脱阴尸的呢?"

克利切似乎听不懂。

"雷古勒斯少爷说过要克利切回家。"他重复道。

"我知道,可是——"

"哎呀,很明显是不是,哈利?"罗恩说,"他幻影移形了!"

"可是……你没法通过幻影显形进出那个岩洞,"哈利说,"不然邓布利多——"

"小精灵的魔法与巫师的魔法不同,是不是?"罗恩说,"我是说,他们可以在霍格沃茨幻影显形或移形,而我们不能。"

一阵静默,哈利回味着这句话。伏地魔怎么会犯这样的错误? 他刚想到这里时,赫敏说话了,声音冰冷。

"当然啦,伏地魔对家养小精灵的行为是不屑一顾的,就像所有把小精灵当畜生的纯血统巫师那样……他永远不会想到小精灵也许具备他所没有的魔法。"

"家养小精灵的最高法律就是主人的命令,"克利切庄重地说,"主人叫克利切回家,克利切就回家了……"

"那么,你做了主人命令你做的事,不是吗?"赫敏温和地说,"一点也没有违反命令!"

克利切点点头,摇晃得更快了。

"那你回来之后发生了什么?"哈利问,"当你把事情告诉主人之后,雷古勒斯怎么说?"

"雷古勒斯少爷非常担心,非常担心。"克利切嘶声叫道,"雷古勒斯叫克利切躲起来,不要离开家门。然后……过了一阵子……一天夜里,雷古勒斯少爷到碗柜来找克利切。雷古勒斯少爷显得很奇怪,不像平常的样子,克利切看得出他心里很乱……少爷叫克利切带他到岩洞去,就是克利切跟黑魔王去过的那个岩洞……"

于是他们就出发了,哈利能清楚地想象出,一个惊恐万分的衰老的小精灵,和那个精瘦黝黑、与小天狼星如此相像的找球手……克利切知道怎样打开地下岩洞的秘密入口,知道怎样让小船浮上来,这次是跟他热爱的雷古勒斯一起驶向那盛有魔药的小岛……

"他让你喝了魔药?"哈利反感地问。

克利切摇摇头,痛哭失声。赫敏捂住了嘴巴:她似乎猜到了什么。

"雷——雷古勒斯少爷从口袋里掏出一个挂坠盒,跟黑魔王的那个一样。"克利切说,泪水顺着他的长鼻子两边哗哗地流淌,"他叫克利切拿着它,等石盆干了之后,把挂坠盒调换一下……"

克利切的抽泣变得粗重刺耳,哈利必须全神贯注才能听懂他的话。

第10章　克利切的故事

"他命令——克利切离开——不要管他。他叫克利切——回家——不许对女主人说——他做的事——但是必须摧毁——第一个挂坠盒。然后他就喝了——喝干了魔药——克利切调换了挂坠盒——眼睁睁看着……雷古勒斯少爷……被拖到水下……然后……"

"哦，克利切！"赫敏哀叫道，她哭了，跪在小精灵身边，想拥抱他。小精灵马上站了起来，直往后躲，脸上带着明显的厌恶。

"泥巴种碰了克利切，克利切不允许，女主人会怎么说啊？"

"我说过不许叫她'泥巴种'！"哈利吼道，可是小精灵已经在惩罚自己了：他扑倒在地，把头往地板上撞。

"拦住他——拦住他！"赫敏叫起来，"哦，你们现在还看不到这是多么残忍吗，他们只能服从！"

"克利切——停止，停止！"哈利高喊。

小精灵躺在地上，喘着气，浑身发抖，鼻子周围亮晶晶的全是绿色黏液，苍白的额头上已经肿起一个大包，眼睛红肿充血，泪汪汪的。哈利从没见过如此可怜的景象。

"那么，你把挂坠盒带回了家，"他狠狠心继续问，决心要了解全部经过，"试着摧毁它了吗？"

"克利切没法在它上面留下一点痕迹。"小精灵难过地说，"克利切试了所有的办法，所有的办法，可是没有一个，没有一个成功……盒子上有那么多强大的魔法，克利切相信只有从里面才能把它摧毁，可是它打不开……克利切惩罚自己，重新再试，又惩罚自己，重新再试。克利切没能执行命令，克利切摧毁不了挂坠盒！女主人悲伤得发了疯，因为雷古勒斯少爷失踪了，克利切不能告诉她发生了什么，不能，因为雷古勒斯少爷禁——禁止他对家——家里人说岩——岩洞里的事……"

克利切泣不成声，赫敏望着克利切，也泪流满面，可是不敢再碰他。就连对克利切毫无好感的罗恩也显得有些不安。哈利跪坐起来，甩甩头，让脑子清楚一些。

"我搞不懂你，克利切。"他开口道，"伏地魔想害死你，雷古勒斯又为打败伏地魔而死，可你却甘愿把小天狼星出卖给伏地魔？甘愿到纳西莎和贝拉特里克斯那里，给伏地魔通风报信……"

"哈利，克利切不是那么想的，"赫敏用手背擦着眼睛说，"他是个奴隶，家养小精灵受惯了粗鲁的，甚至残暴的待遇。伏地魔对克利切做的事情并没有那么骇人听闻。巫师间的战争对克利切这样的小精灵有什么意义呢？他只是忠于对他好的人，布莱克夫人想必对他不错，雷古勒斯当然也是，所以他心甘情愿为他们效命，并完全接受了他们的信仰。我知道你要说什么，"哈利正待争辩，她已经说道，"雷古勒斯思想转变了……但他似乎并未向克利切解释，是不是？我想我知道为什么。保持纯血统的老观念，克利切和雷古勒斯的家人都会更安全，雷古勒斯是想保护他们。"

"小天狼星——"

"小天狼星对克利切态度很恶劣，哈利。那样看着我也没有用，你知道这是事实。小天狼星住到这里来时，克利切已经独自生活了很长时间，他也许正渴望一点温情，我相信'西茜小姐'和'贝拉小姐'对克利切相当亲切，于是他便愿意帮忙，说出了她们想知道的一切。我一直说巫师要为他们对待家养小精灵的方式付出代价，看，伏地魔付出了代价……还有小天狼星。"

哈利无言以对，看着克利切躺在地上哭泣，他想起邓布利多在小天狼星刚刚去世几小时后说的话：我认为小天狼星从没把

第10章 克利切的故事

克利切看作是跟人类拥有同样敏感情绪的一种生物……

"克利切,"过了一会儿哈利说道,"当你觉得可以的时候,嗯……请坐起来。"

好几分钟后,克利切才打着嗝儿安静下来。他撑着坐起身,像小孩子似的用拳头揉眼睛。

"克利切,我要请你做一件事。"哈利说,他望了望赫敏,希望得到支持。他想把命令说得和蔼些,但又不能假装这不是个命令。不过,他语气的变化似乎赢得了赫敏的赞许,她鼓励地微笑着。

"克利切,我要请你,去找到蒙顿格斯·弗莱奇。我们需要查明那个挂坠盒——雷古勒斯少爷的挂坠盒在哪儿。这真的很重要。我们想完成雷古勒斯少爷未完成的事。我们想——嗯——想确保他没有白死。"

克利切放下拳头,抬头望着哈利。

"找到蒙顿格斯·弗莱奇?"他嘶哑地说。

"把他带到格里莫广场来。"哈利说,"你觉得能为我们办这件事吗?"

克利切点点头,爬了起来。哈利灵机一动,掏出海格送的皮袋子,取出那个假魂器——那个冒牌的挂坠盒,里面有雷古勒斯给伏地魔的字条。

"克利切,我,呃,希望你收下这个,"他把挂坠盒塞进小精灵的手中,"这是雷古勒斯的,我相信他会愿意把它给你,以感谢你——"

"过头了,伙计。"罗恩说。小精灵一看到挂坠盒,发出一声又是吃惊又是痛苦的号叫,再次瘫倒在地。

他们花了近半个小时才使克利切平静下来,小精灵没想到自己竟能得到一件布莱克家族的遗物,激动得膝盖发软,站都站不住了。当他终于能蹒跚几步时,他们陪他走到碗柜前,看着他把挂坠盒仔细地藏在脏毯子里,并向他保证说,他离开期间他们一定会好好保护它。小精灵分别向哈利和罗恩低低地鞠了一躬,甚至朝赫敏滑稽地抽搐了一下,也许是试图行一个礼,随后便在熟悉的啪的一声中幻影移形了。

第11章

贿　赂

既然克利切能摆脱满湖的阴尸，那么哈利相信，克利切抓回蒙顿格斯至多也只要几小时。他一上午都满怀期待地在屋里走来走去。然而，克利切上午没有回来，下午也没有。到了傍晚，哈利感到灰心丧气，焦虑不安，而以发霉面包为主的晚饭也不能让人心情好一点儿，赫敏对它们试了许多变形的魔法，都没有成功。

克利切第二天、第三天也没有回来。倒是有两个穿斗篷的人出现在12号门外的广场上，一直待到夜间，盯着这所他们并不能看见的房子。

"肯定是食死徒。"罗恩说，他和哈利、赫敏一起从客厅窗口向外窥视，"你说他们知道我们在这儿吗？"

"我想不知道吧，"赫敏说，但她显得有些害怕，"要是知道就会派斯内普来抓我们了，是不是？"

"你说他是不是来过，中了穆迪的结舌咒？"罗恩问。

"是的，"赫敏说，"不然他就会告诉那帮人怎么进来了，对不对？但他们也许是在等我们现身，毕竟，他们知道哈利拥有这所房子。"

"他们怎么——"哈利说。

"巫师的遗嘱都要经魔法部检查,记得吗?他们会知道小天狼星把这所房子留给你了。"

外面的食死徒增加了12号宅子中的不祥气氛。从韦斯莱先生的守护神来过之后,他们没有听到格里莫广场以外任何人的音信,压抑感开始表现出来。罗恩烦躁不安,多了个恼人的习惯,爱玩衣袋里的那个熄灯器,这让赫敏大为不满,她一边读《诗翁彼豆故事集》一边等克利切,很是讨厌灯光忽明忽暗。

"你别玩了行不行!"克利切离开后的第三个晚上,客厅的灯光又一次全部被吸走时,赫敏嚷道。

"对不起,对不起!"罗恩咔嗒一摁熄灯器,把灯点亮,"我没意识到自己在做什么!"

"你不能找点有用的事做做吗?"

"什么事?看童话书?"

"这本书是邓布利多留给我的,罗恩——"

"——他把熄灯器留给了我,也许我应该用用它!"

哈利受不了这种斗嘴,悄悄溜出了房间,下楼朝厨房走去。他经常去厨房,因为他相信克利切最有可能在那里出现。但走到通往门厅的楼梯中间时,他听见前门被敲了一下,接着是响亮的金属撞击声以及像链条发出的哗啦哗啦声。

哈利全身的每根神经都紧张起来,他拔出魔杖,躲进那些小精灵脑袋旁边的阴影里等待。门开了,他瞥见了外面路灯照亮的广场,一个穿斗篷的人影闪进门厅,关上了门。来人向前走了一步,穆迪的声音问道:"西弗勒斯·斯内普?"那个土灰色的身影从门厅尽头升起来,举着枯槁的手向来人扑去。

"杀你的不是我,阿不思。"一个镇静的声音说道。

恶咒解除了,土灰色的身影又一次爆炸,灰尘弥漫,看不

第11章 贿　赂

清来人。

哈利用魔杖指着灰尘中间。

"不许动！"

他忘记了布莱克夫人的肖像。他刚喊出声，帷幔马上掀开，那女人尖叫起来："泥巴种，脏货，玷污了我的房子——"

罗恩和赫敏急忙冲下楼，像哈利一样举着魔杖，对准那个不速之客，那人现在举起双手站在楼下门厅中。

"别开火，是我，莱姆斯！"

"哦，谢天谢地。"赫敏虚弱地说，把魔杖转向布莱克夫人，砰的一声，帷幔唰地拉上了，屋里安静下来。罗恩也垂下了魔杖，然而哈利没有。

"让我看见你！"他喊道。

卢平走进灯光中，仍然高举双手，做出投降的姿势。

"我是莱姆斯·约翰·卢平，狼人，有时被称作月亮脸，是活点地图的四位作者之一，太太是尼法朵拉，通常叫唐克斯。我教过你怎样召出守护神，哈利，它是一头牡鹿。"

"哦，没错，"哈利垂下了魔杖，"但我必须核查一下，是不是？"

"作为你的前任黑魔法防御术课教师，我完全同意必须核查。罗恩、赫敏，你们不应该这么快就放松警惕。"

他们向他奔过去。卢平穿着一件厚厚的黑色旅行斗篷，看上去疲惫不堪，但很高兴见到他们。

"没见到西弗勒斯？"他问。

"没有。"哈利说，"怎么样？大家都好吗？"

"都好！"卢平说，"但我们都受到了监视。外面广场上有两个食死徒——"

"——我们知道——"

"——我必须正好幻影显形到前门台阶顶上，才能确保他们不看到我。他们不可能知道你们在这儿，不然肯定会派更多的人来。他们在所有与你有联系的地方都设了岗哨，哈利。到楼下去吧，我有很多事情要告诉你们，也想知道你们离开陋居后发生了什么。"

他们下到厨房里，赫敏用魔杖指了指炉栅，火苗立刻蹿起，在冷硬的石墙上造成舒适的幻觉，把火光映在木质长桌上。卢平从旅行斗篷里掏出几瓶黄油啤酒，四人坐了下来。

"我本来三天前就要来的，可是得甩掉盯梢的食死徒。"卢平说，"那么，婚礼之后你们就直接来这儿了？"

"没有，"哈利说，"是在托腾汉宫路的咖啡馆遭遇两个食死徒之后才来的。"

卢平把大半瓶黄油啤酒洒到了胸前。

"什么？"

他们说了事情的经过，讲完之后，卢平一脸惊骇。

"可是他们怎么会这么快就发现了你们呢？要跟踪幻影显形的人是不可能的，除非你在他消失时抓住他！"

"他们也不大可能恰好那个时候在托腾汉宫路散步，是不是？"哈利说。

"我们想过，"赫敏试探地说，"哈利是不是还带着踪丝？"

"不可能！"卢平说，罗恩露出得意之色，哈利大大松了口气，"首先，如果他还带着踪丝，他们就会确定他在这里，是不是？可是我想不通他们怎么会跟到了托腾汉宫路，这令人担心，真令人担心。"

他显得忧心忡忡，但在哈利看来，这个问题还可以放一放。

"说说我们走后发生的事吧，自从罗恩的爸爸说全家平安之后，我们什么消息也没有。"

第11章 贿　赂

"哦，金斯莱救了我们，"卢平说，"多亏他报信，大多数客人都在那帮人赶到之前幻影移形了。"

"那帮人是食死徒还是魔法部的？"赫敏插进来问。

"都有。他们现在实际上是一回事了。"卢平说，"有十来个人，但他们不知道你在场，哈利。亚瑟听到传言说，他们在杀死斯克林杰之前，曾经给他用刑拷问过你的下落，如果真有此事，他没有出卖你。"

哈利看了看罗恩和赫敏，他们俩的表情反映出跟他一样的震惊与感激。他从来都不怎么喜欢斯克林杰，但如果卢平说的是实情，那斯克林杰最后的行为却是竭力保护哈利。

"食死徒把陋居搜了个底朝天，"卢平接着说，"他们发现了食尸鬼，但不愿靠近——后来又把我们那些没走的审问了几小时。他们想得到你的消息，哈利，但是当然啦，除了凤凰社成员之外，没人知道你曾经在那里。

"在搅乱婚礼的同时，更多的食死徒闯进全国每一户与凤凰社有联系的家庭。没人死亡，"他不等他们询问就忙说，"可是那帮人很粗暴，烧掉了德达洛·迪歌的房子，但你们知道他不在那儿。他们还对唐克斯一家用了钻心咒，也是试图问出你去过他们家之后的下落。他们没事——看上去有些虚弱，但其他都还好。"

"食死徒突破了所有那些防护咒？"哈利问道，想起他坠落在唐克斯父母家花园的那天夜里，那些咒语曾是多么有效。

"你必须明白，哈利，食死徒现在有整个魔法部撑腰了，"卢平说，"他们可以使用残酷的魔法，而不用担心被发现和逮捕。他们突破了我们施的所有防护咒，进来之后，也毫不掩饰他们的来意。"

"他们这样酷刑拷问哈利的下落，给自己找了什么借口吗？"

赫敏问，声音有些尖锐。

"嗯。"卢平犹豫了一下，掏出一张折叠的《预言家日报》。

"看看吧，"他说着，把报纸从桌面推给哈利，"反正你迟早会知道的。这就是他们搜捕你的借口。"

哈利展开报纸，一张他的大照片占满了头版。他看着照片上方的大标题：

通缉追查
阿不思·邓布利多死因

罗恩和赫敏气愤地叫了起来，但哈利没说话。他把报纸推到一边，不想再看。他知道里面会怎么说。除了当时在塔顶的人之外，没有人知道是谁杀死了邓布利多，而且丽塔·斯基特已经告诉魔法界，邓布利多坠楼后不久，便有人看到哈利逃离了现场。

"对不起，哈利。"卢平说。

"这么说，食死徒也控制了《预言家日报》？"赫敏愤怒地问。

卢平点点头。

"可是人们一定知道是怎么回事吧？"

"政变很平稳，几乎无声无息。"卢平说，"斯克林杰遇害的官方说法是他辞职了，接替他的是皮尔斯·辛克尼斯，被施了迷魂咒。"

"伏地魔为什么不自封为魔法部长呢？"罗恩问道。

卢平笑了。

"他用不着，罗恩。他实际上就是部长，何必要坐在部里的办公桌后面呢？他的傀儡辛克尼斯处理日常事务，让伏地魔得以把势力延伸到魔法部之外。

第11章 贿 赂

"许多人自然推测到了发生的事情：几天来魔法部的政策变化太大了，他们私下里说一定是伏地魔在幕后指使。但问题就在这里，他们只是私下里说，不敢互相交心，不知道谁可以相信。他们不敢畅所欲言，生怕万一怀疑的情况属实，家人会受到迫害。伏地魔这一着棋非常聪明。宣布篡位也许会引来公开的反抗，躲在幕后却能造成迷惑、猜疑和恐惧。"

"魔法部政策的显著变化，"哈利说，"也包括让魔法世界都来提防我而不是伏地魔吗？"

"这确实是其中的一部分，"卢平说，"这是一手绝招。邓布利多死后，你——大难不死的男孩——必然会成为反抗伏地魔的象征和号召。而通过暗示你与老英雄之死有干系，伏地魔不仅可以悬赏缉拿你，而且在许多本来可能维护你的人中间撒下了怀疑和恐惧的种子。

"与此同时，魔法部开始排查麻瓜的后代。"

卢平指着《预言家日报》。

"看第二版。"

赫敏翻开报纸，脸上带着看《尖端黑魔法揭秘》时一样厌恶的表情。

"麻瓜出身登记，"她念道，"魔法部正在对所谓'麻瓜出身'进行调查，以便了解他们是如何获得魔法秘密的。

"神秘事务司最新研究显示，魔法只能通过巫师的生育遗传。由此可见，如果没有验证确凿的巫师血统，所谓麻瓜出身的人就可能是通过盗窃或暴力而获取魔法能力的。

"魔法部决心根除这些盗用魔法能力者，为此邀请每一位所谓麻瓜出身的人到新任命的麻瓜出身登记委员会面谈。"

"人们不会允许这种事发生的。"罗恩说。

"它已经发生了，罗恩，"卢平说，"在我们说话的时候，就已经有麻瓜出身的人被抓了。"

"可是他们怎么可能'盗窃'魔法呢?"罗恩问,"真是神经病。要是能盗窃魔法的话,就不会有哑炮了,是不是?"

"我理解,"卢平说,"可是,你必须证明你至少有一位巫师血统的近亲,否则就会被认为是非法获得魔法能力的,就要受到惩罚。"

罗恩看了看赫敏,说道:"如果纯血和混血的巫师发誓说某个麻瓜出身的人是自己的亲戚呢? 我可以对所有的人说赫敏是我表姐——"

赫敏双手拉住罗恩的手,紧紧地握着。

"谢谢你,罗恩,可是我不能让你——"

"你没有选择,"罗恩激动地说,也紧攥着她的手,"我要教你熟悉我的家谱,这样你就不怕提问了。"

赫敏颤声笑了一下。

"罗恩,我想这已经不重要,因为我们在跟全国第一通缉犯哈利·波特一起逃亡。要是我回到学校,情况就不一样了。伏地魔对霍格沃茨有什么计划吗?"她问卢平。

"现在每个少年巫师都必须入学,"他答道,"昨天宣布的。这是一个变化,因为以前从来不是强制性的。当然,几乎所有英国巫师都在霍格沃茨上过学,但父母有权让子女在家自学或到国外留学。而现在这样,伏地魔就能把所有的巫师从小就置于他的监视之下。这也是清除麻瓜出身者的办法之一,因为学生必须持有血统证明——表明他们已向魔法部证明自己的巫师血统,才能获准入学。"

哈利感到恶心而愤怒:此刻有多少十一岁的孩子正在兴高采烈地翻看好多本新买的魔法书,却不知他们永远也见不到霍格沃茨,甚至永远也见不到自己的家人了。

第11章 贿 赂

"这……这……"他语塞了,找不到话能够表达他所感到的恐怖,但卢平轻声说:"我知道。"

卢平迟疑了一下。

"如果你不能证实,我可以理解,哈利,但凤凰社得到的印象是邓布利多给你留下了一个使命。"

"是的,"哈利答道,"罗恩和赫敏也知道,他们要跟我一起去。"

"能不能告诉我这使命是什么?"

哈利望着那张过早刻上皱纹的脸庞,浓密但已花白的头发,希望自己能有别的回答。

"我不能,莱姆斯,对不起。如果邓布利多没有告诉你,我想我也不能说。"

"我猜到你会这么说,"卢平显得有些失望,"但我仍然可以对你有些用处。你知道我的身份和能耐。我可以与你们同行,提供保护。不用对我说你们在干什么。"

哈利犹豫着,这是个非常诱人的提议,虽然他想象不出,如果卢平整天跟着他们,还怎么能对他继续保密。

赫敏却显得有些疑惑。

"唐克斯呢?"她问。

"她怎么啦?"卢平说。

"哎呀,"赫敏皱眉道,"你们结婚了!你要跟我们走,她怎么想呢?"

"唐克斯会很安全的,"卢平说,"住在她父母家。"

卢平的语气有些奇怪,几乎有些冷淡。再说,唐克斯躲在她父母家里也有点不正常,她毕竟是凤凰社成员,据哈利所知,她可能希望投身于积极的行动中。

"莱姆斯,"赫敏试探地说,"一切都好吗……我是说……

你和——"

"一切都好，谢谢你。"卢平刻板地说。

赫敏脸红了，又是一阵沉默，气氛拘束而尴尬，然后，卢平像强迫自己承认一件不愉快的事情那样说道："唐克斯怀孕了。"

"哦，太好了！"赫敏尖叫道。

"真棒！"罗恩热情地说。

"恭喜呀。"哈利说。

卢平不自然地笑了笑，看上去像做了个鬼脸，又说："那么……你们接受我的提议吗？三个人可以变成四个人吗？我不相信邓布利多会反对。毕竟，他曾任命我做你们的黑魔法防御术课老师。我必须告诉你们，我相信此行要面对许多人从没见过也想象不到的邪恶魔法。"

罗恩和赫敏都望着哈利。

"嗯——我想问清楚。"他说，"你想把唐克斯留在她父母家，自己跟我们走？"

"她在那儿非常安全，他们会照料她的。"卢平说，语气坚决得近乎冷漠，"哈利，我相信詹姆也会希望我守护你。"

"嗯，"哈利缓缓地说，"我不这样想。我倒相信我父亲会希望知道你为什么不守护自己的孩子。"

卢平脸上失去了血色。厨房里的温度好像降低了十度。罗恩环顾着这个房间，好像有人命令他要把它记住似的，赫敏的目光在哈利和卢平之间来回移动。

"你不明白。"卢平终于说。

"那就解释一下吧。"哈利说。

卢平咽了口唾沫。

"我——我和唐克斯结婚是个严重的错误，我丧失了理智，

第11章 贿　赂

事后一直非常后悔。"

"噢,"哈利说,"所以你就要抛弃她和孩子,跟我们跑掉?"

卢平跳了起来,椅子都翻倒了。他那样狂暴地瞪着他们,哈利第一次在他那张人脸上看到了狼的影子。

"你不明白我对我妻子和未出生的孩子做了什么吗? 我根本不该和她结婚,我把她变成了被排斥的人!"

卢平一脚踢开被他弄翻的椅子。

"你们看到我都是在凤凰社里,或者是在霍格沃茨,在邓布利多的庇护之下! 你们不知道大多数巫师怎样看待我的同类! 知道我的情况之后,他们几乎都不肯跟我说话! 你们没明白我做了什么吗? 就连她的家人也排斥我们的婚姻,哪个父母愿意自己的独生女儿嫁给狼人呢? 还有孩子 —— 孩子 ——"

卢平揪着自己的头发,他好像精神错乱了。

"我的同类通常是不生育的! 孩子会跟我一样,我知道肯定会的 —— 我怎么能原谅自己? 明知自己的情况却仍然把它遗传给一个无辜的婴儿。即使奇迹发生,孩子不像我这样,那么没有一个永远让他感到羞耻的父亲岂不更好,好一百倍!"

"莱姆斯!"赫敏轻声说,热泪盈眶,"别这么说 —— 怎么会有孩子为你感到羞耻呢?"

"哦,说不准,赫敏,"哈利说,"我就会为他感到羞耻。"

哈利不知自己哪来的火气,他也气得站了起来。卢平的表情好像哈利打了他一样。

"如果新政权认为麻瓜出身都是坏的,"哈利说,"他们又会怎样对待一个父亲是凤凰社成员的狼人混血儿呢? 我父亲是为保护我母亲和我而死的,你觉得他会叫你抛弃你的孩子,去跟我们一起冒险吗?"

"你 —— 你怎么敢?"卢平说,"这不是追求 —— 不是追求冒险或个人出风头——你怎么敢说出这种——"

"我认为你觉得自己英勇无畏，"哈利说，"你幻想步小天狼星的后尘——"

"哈利，别说了！"赫敏恳求道，可是哈利继续瞪着卢平铁青的面孔。

"我真不能相信，"哈利说，"教我打败摄魂怪的人——是个懦夫。"

卢平拔魔杖的动作太快了，哈利刚来得及抓到自己的魔杖，就听砰的一声，同时感到自己像被猛击了一下，身子向后飞去，撞在厨房的墙上，然后滑落在地。他瞥见卢平的斗篷后摆消失在门口。

"莱姆斯，莱姆斯，回来！"赫敏叫道，但卢平没有回答。片刻后，他们听到前门重重地关上了。

"哈利！"赫敏哭着说，"你怎么能这样？"

"有什么不能的。"哈利说着站了起来，感到脑袋撞在墙上的地方正在肿起一个包。他仍然气得浑身发抖。

"别那样看着我！"他没好气地对赫敏说。

"你别又冲她来！"罗恩吼道。

"不要——不要——我们不能吵架！"赫敏冲到他们俩中间说。

"你不应该对卢平说那样的话。"罗恩责备哈利说。

"他自找的。"哈利说。破碎的画面在他脑海中快速闪过：小天狼星穿过帷幔倒下；伤残的邓布利多悬在空中；一道绿光和他母亲哀求的声音……

"身为父母，"哈利说，"不应该离开自己的孩子，除非——除非是迫不得已。"

"哈利——"赫敏伸出一只抚慰的手，但他一耸肩甩掉了，

第11章 贿　赂

走到一边，盯着赫敏变出的火苗。他曾经通过那个壁炉和卢平说过话，希望能恢复对詹姆的信心，卢平给了他安慰。现在，卢平那痛苦、苍白的面容好像在他面前晃动，一阵悔恨涌上心头，他感到非常难受。罗恩和赫敏都没有说话，但哈利觉得他们肯定在他背后面面相觑，无声地交流。

他转过身，看见他们俩慌忙分开了对视的目光。

"我知道我不应该叫他懦夫。"

"你是不应该。"罗恩马上说。

"可他的行为像懦夫。"

"但是……"赫敏说。

"我知道，"哈利说，"但如果这能让他回到唐克斯身边，还是值得的，是不是？"

他无法消除语气中的恳求。赫敏露出同情的样子，罗恩则不置可否。哈利低头看着脚，想着自己的父亲。詹姆会支持哈利对卢平说那样的话吗，还是会因为儿子那样对待他的老朋友而生气呢？

寂静的厨房里似乎回响着刚才那一幕带来的震惊和罗恩、赫敏无言的谴责。卢平带来的《预言家日报》还搁在桌上，哈利的面孔在头版上呆望着天花板。他走过去坐下，随手翻开报纸，假装在读，可是读不进去，脑子里还满是和卢平冲突的场面。他能肯定罗恩和赫敏在报纸的另一面又开始了无声的交流。他很响地翻动报纸，邓布利多的名字跳入了眼帘。他好一会儿才看明白那张照片，是一张全家合影。照片下面写着：邓布利多一家，左起：阿不思、珀西瓦尔（抱着刚出生的阿利安娜）、坎德拉和阿不福思。

这吸引了他的注意。哈利仔细盯着这张照片。邓布利多的父亲珀西瓦尔是个英俊的男子，一双眼睛在这张褪色的老照片上似乎仍闪着光芒。婴儿阿利安娜比一块面包大不了多少，也看不出更多的面部特征。母亲坎德拉乌黑的头发盘成一个高髻，五官有如刀刻一般。尽管她穿着高领缎袍，但那黑眼睛、高颧骨和挺直的鼻梁令哈利联想到了印第安人。阿不思和阿不福思穿着一式的花边领短上衣，留着一式的披肩发。阿不思看上去大几岁，但其他方面两个男孩显得非常相似，因为这是在阿不思鼻梁被打断和开始戴眼镜之前。

一家人看上去相当幸福美满，和普通家庭一样，安详地在报纸上微笑。婴儿阿利安娜的胳膊在襁褓外微微地挥舞着。哈利在照片的上方看到了一行标题：

独家摘录 —— 即将出版的邓布利多传记

丽塔·斯基特　著

哈利心想反正不可能让自己的情绪更糟了，便读了起来：

> 坎德拉·邓布利多个性自尊而高傲，在丈夫珀西瓦尔被逮捕并关入阿兹卡班之事公布于众后，无法忍受继续住在沃土原。于是她决定举家搬到戈德里克山谷，那个村子后来出了名，因为它就是哈利·波特奇迹般逃脱神秘人魔掌的地方。

> 像沃土原一样，戈德里克山谷也聚居了许多巫师家庭，但坎德拉一户也不认识，所以不会像在原来村子里那样总有人对她丈夫的罪行感到好奇。她多次拒绝新巫师邻居们的友好表示，很快就使自己一家与外界隔绝了。

> "我带了一批自己做的坩埚蛋糕过去欢迎她，她当着我的面关上了门。"巴希达·巴沙特说，"他们搬来的第一年，

第11章 贿　赂

我只见过两个男孩。要不是冬天里有一次我在月光下摘悲啼果,看到坎德拉领着阿利安娜走进后花园,我根本不会知道她还有个女儿。她妈妈带她绕草坪走了一圈,一直紧紧抓着她,然后就领回屋里去了。搞不懂是怎么回事。"

坎德拉似乎认为搬到戈德里克山谷是隐藏阿利安娜的良机,这件事她或许已经筹划多年。时机很重要,阿利安娜消失时刚满七岁,许多专家认为七岁是魔法能力应该显露的年龄——如果确实有魔法能力的话。没有一位在世的人记得阿利安娜显示过丝毫的魔法能力。由此可见,坎德拉决定隐瞒女儿的存在,她羞于承认自己生了一个哑炮。当然,离开了认识阿利安娜的朋友和邻居,囚禁她就容易多了。此后知道阿利安娜存在的人屈指可数,都是能保守秘密的,其中包括她的两个哥哥,他们用母亲教的话挡住令人尴尬的问题:"我妹妹身体太弱,上不了学。"

下星期:内容阿不思·邓布利多在霍格沃茨——获奖与假象。

哈利想错了:报上的内容实际上让他情绪更糟。他看着照片上貌似幸福的一家人。是真的吗? 怎么才能知道? 他想去戈德里克山谷,即使巴希达已经不能与他交谈,他也想去看看自己和邓布利多都曾经失去亲人的地方。他正要放下报纸问问罗恩和赫敏的想法,厨房里突然爆出一声震耳欲聋的巨响。

三天来第一次,哈利把克利切忘得干干净净,他的第一个念头是卢平冲回来了。一瞬间,哈利搞不清椅子旁边这团凭空出现的扭打着的胳膊和腿是怎么回事。他急忙站起身。克利切挣脱出来,低低地鞠了一躬,嘶哑地说:"克利切把小偷蒙顿格斯·弗莱奇抓回来了,主人。"

蒙顿格斯挣扎着爬起来，抽出了魔杖。但赫敏比他更快。

"除你武器！"

蒙顿格斯的魔杖飞到空中，被赫敏接住。他疯狂地朝楼梯冲去，罗恩把他撂倒了。蒙顿格斯摔到石板地上，发出一声闷响。

"干吗？"他吼道，扭动身体想挣脱罗恩，"我干什么了？派一个该死的家养小精灵来抓我。你们搞什么鬼，我干什么了，放开我，放开我，不然——"

"你没有资格威胁谁了。"哈利说着把报纸扔到一边，几步走到厨房那头，跪在蒙顿格斯旁边。蒙顿格斯立刻停止了挣扎，表情惊恐。罗恩喘着气爬起来，哈利沉着地用魔杖指着蒙顿格斯的鼻子，这家伙散发着臭烘烘的汗味和烟味，头发纠结，袍子上污渍斑斑。

"克利切道歉，抓小偷回来迟了，主人。"小精灵嘶声说道，"弗莱奇善于躲避抓捕，有许多窝穴和同伙。不过，克利切最后还是堵住了这个小偷。"

"你做得很好，克利切。"哈利说。小精灵低低地鞠躬。

"好，我们有几个问题要问你。"哈利对蒙顿格斯说。这家伙立刻叫了起来："我吓坏了，行了吧？我从来就没想参加。别生气，伙计，可我从来没有自愿为你去死，当时是该死的神秘人朝我飞了过来啊，谁都会逃走的，我一直说我不想干——"

"告诉你吧，我们其他人没有一个幻影移形的。"赫敏说。

"嗯，你们是一帮他娘的英雄，是不是，可我从没假装说我打算搭上性命——"

"我们对你为什么丢下疯眼汉逃跑不感兴趣，"哈利把魔杖凑近蒙顿格斯那双肿胀充血的眼睛，"我们已经知道你是个靠不住的渣滓。"

"那为什么要派家养小精灵来抓我？难道又是那些杯子的事

第11章 贿　赂

儿？我一个也没有了，不然你们可以拿去——"

"也不是那些杯子的事儿，不过有点靠谱了。"哈利说，"闭上嘴巴听着。"

能有点事情做做，能从某人那里问出一点实情，感觉真不错。哈利的魔杖现在离蒙顿格斯的鼻梁如此之近，这家伙的两只眼睛都对上了，他紧盯着哈利的动作。

"当你掳走这所房子里值钱的东西时——"哈利说道，但蒙顿格斯又打断了他。

"小天狼星从来不在意那些垃圾——"

脚板啪啪作响，黄铜的光一闪，响亮的哐当一声，伴着痛苦的号叫：克利切冲过去用长柄锅狠狠敲了一下蒙顿格斯的脑袋。

"叫他住手，叫他住手，应该把他关起来！"蒙顿格斯畏缩着叫道，克利切又举起了那只厚底锅。

"克利切，不要！"哈利高喊道。

克利切的瘦胳膊在沉重的锅子下颤抖，仍然高高地举着。

"再来一下行吗，哈利少爷，讨个彩头？"

罗恩笑了。

"我们需要他神志清楚，克利切，但如果他需要劝导的话，可以由你来执行。"哈利说。

"非常感谢您，主人。"克利切鞠了一躬，退后几步，浅色的大眼睛仍然憎恶地盯着蒙顿格斯。

"当你把这所房子里你能找到的值钱东西掳取一空时，"哈利又说道，"你从厨房碗柜里拿走了一批东西，其中有一个挂坠盒。"哈利突然嘴巴发干，他也能感到罗恩、赫敏的紧张和兴奋，"你把它弄到哪儿去了？"

"怎么？"蒙顿格斯问，"它很值钱吗？"

"它还在你那儿！"赫敏叫道。

"不，不在了，"罗恩一针见血地说，"他在想当时是不是应该卖得更贵一点。"

"更贵？"蒙顿格斯说，"那倒一点也不难……该死的，我不是把它送掉了吗？没法子啊。"

"什么意思？"

"我在对角巷卖货，那女人走过来问我有没有经销魔法制品的执照，该死的搅屎棍，她本来要罚我款，忽然看上了挂坠盒，就说拿那个顶了，放过我这一回，还说算我走运。"

"那女人是谁？"哈利问。

"不知道，魔法部的老女妖。"

蒙顿格斯皱眉想了一会儿。

"小矮个，头顶戴个蝴蝶结。"

他紧蹙着眉头，又加了一句："看上去像只癞蛤蟆。"

哈利的魔杖失手掉下，打中了蒙顿格斯的鼻子，红色火星喷到他的眉毛上，眉毛着了火。

"清水如泉！"赫敏高叫，一股清水从她杖尖流出，浇在蒙顿格斯脸上，但他已呛得连咳带喘。

哈利抬起头，在罗恩和赫敏的脸上也看到了自己的震惊。他右手手背上的伤疤似乎又刺痛起来。

第 12 章

魔法即强权

八月一天天过去了，格里莫广场中间那片荒草在阳光中枯萎，变脆变黄。12号的房客一直没有被周围人家发现，12号本身也不为人所知。格里莫广场的麻瓜住户早已习惯了11号紧挨着13号的可笑错误。

但广场现在吸引了一小批来客，他们好像对这个异常现象很感兴趣。几乎每天都有一两个人来到格里莫广场，没有别的目的（或貌似如此），只为倚在面向11号和13号的栏杆上，凝视两座房子的连接处。每天来的窥视者都与前一天的不同，不过他们似乎都不喜欢正常的服饰。路过这里的伦敦人大都看惯了奇装异服，所以并不留意，只是偶尔有人回头看一眼，奇怪怎么有人在这样的大热天还穿着长斗篷。

窥视者似乎未能从守望中得到什么满足。偶尔有个人兴奋地冲向前去，仿佛终于看到了什么有趣的东西，但又总是失望地退了回来。

九月的第一天，逗留在广场上的人比以前更多。六个穿着长斗篷的男人沉默警惕，像往常一样凝视着11号和13号房子，但他们等待的东西似乎仍无影踪。傍晚来临，意外地带来了几星期里第一场凉飕飕的阵雨。这时，那种神秘时刻又出现了，他们似乎看到了什么有趣的东西。一个歪脸男人指点着，那个离他最近的同伴——一个矮胖而苍白的男人跃向前去，但片刻之后，他们又恢复了先前的静止状态，显得懊丧而失望。

与此同时，在12号房中，哈利刚刚走进门厅。他刚才幻影显形到前门外的台阶顶上时差点失去平衡，心想食死徒可能看到了他一时暴露在外的胳膊肘。他小心地关上前门，脱下隐形衣搭在手臂上，沿着昏暗的走廊匆匆朝通往地下室的门口走去，手里还捏着一份偷来的《预言家日报》。

迎接他的还是那个低低的声音："西弗勒斯·斯内普？"一阵阴风刮过，哈利的舌头卷缩了片刻。

"我没有杀死你。"舌头一松开，他就说道，然后屏住呼吸，土灰色的身影爆炸了。他一直下到通往厨房的楼梯中部，远离了炸出的灰尘，确保布莱克夫人听不见他的声音时，他才叫道："有新闻，你们肯定不会喜欢。"

厨房几乎认不出来了。现在所有东西的表面都焕然一新：铜制锅具擦出了玫瑰色光泽，木头桌面也擦得发亮，晚餐的杯碟已经摆好，在炉火的辉映下闪闪发光，欢乐的火苗上炖着一口大锅。但那快步迎向哈利的家养小精灵的变化比屋里的变化更大，他裹着一条雪白的毛巾，耳朵里的毛像棉絮一般洁白蓬松，雷古勒斯的挂坠盒在他瘦瘦的胸脯上跳动。

"请脱鞋，哈利少爷，洗过手再用晚餐。"克利切用低沉沙哑的声音说，一边抓住隐形衣，疲惫地走过去把它挂到墙上，旁边还挂着好多件新洗的老式袍子。

"有什么情况？"罗恩担心地问。他和赫敏刚才在研究一沓笔记和手绘地图，厨房长桌的一头都摊满了，但现在两人都看着哈利。哈利大步走过去，把报纸丢在他们的那堆散乱的羊皮

第12章 魔法即强权

纸上。

报纸上是一张大照片,一个熟悉的鹰钩鼻、黑头发的男子瞪着他们。上面的标题是:

西弗勒斯·斯内普接任霍格沃茨校长

"不可能!"罗恩和赫敏同时叫道。

赫敏动作最快,她抓起报纸大声念了起来。

"西弗勒斯·斯内普,霍格沃茨魔法学校的资深魔药课教师,今日被任命为校长,该决定系这所古老学校的几项人事变动中最重要的一项。原麻瓜研究课教师已经辞职,将由阿莱克托·卡罗接任,其兄阿米库斯将出任黑魔法防御术课教师。

"我很高兴有机会维护我们最优秀的魔法传统和价值观——就是杀人和割耳朵吧,我想!斯内普,校长!斯内普坐在邓布利多的办公室里——梅林的裤子啊!"她尖声大叫,把哈利和罗恩都吓了一大跳。她从桌边蹦起来,冲出厨房,嘴里喊着:"我马上回来!"

"'梅林的裤子'?"罗恩似乎觉得好笑,"她准是气糊涂了。"他把报纸拉到面前,细看关于斯内普的文章。

"其他教师不会容忍的,麦格、弗立维和斯普劳特都知道真相,知道邓布利多是怎么死的。他们不会同意斯内普做校长的。卡罗兄妹是什么人呀?"

"食死徒,"哈利说,"报纸里面有照片。斯内普杀死邓布利多时他们也在塔顶,所以都是狐朋狗党。而且,"哈利拉过一把椅子,激愤地说,"我看其他教师除了留下任教之外别无选择。如果魔法部和伏地魔都是斯内普的靠山,那么不是留下任教,就是到阿兹卡班蹲几年——这还算是运气好的。我估计他们会留下来设法保护学生。"

克利切端着大汤碗匆匆走到桌旁,把汤舀进洁净的小碗里,一边吹着口哨。

"谢谢,克利切。"哈利说着合上报纸,他不想看到斯内普的面孔,"至少我们现在知道斯内普在哪儿了。"

他开始用勺子喝汤,自从得到雷古勒斯的挂坠盒之后,克利切的厨艺大大提高,今天的法式洋葱汤堪称哈利尝过的最好口味。

"仍然有好多食死徒在监视这幢房子,"他边吃边告诉罗恩,"比平时多,好像指望我们拖着箱子出去乘坐霍格沃茨特快列车似的。"

罗恩看了看表。

"我一整天都在想这事。它六小时前就开走了,不在车上感觉怪怪的,是不是?"

哈利仿佛看到了那列深红色的蒸汽机车,跟他和罗恩在空中追随它的那次一样,闪闪发光地穿行在田野山岭之间,像一条蠕动的红色毛虫。他相信金妮、纳威和卢娜此刻正坐在一起,也许在猜测他、罗恩和赫敏在什么地方,或是在争论怎样才能破坏斯内普的新政权。

"刚才他们差点看见我回来。"哈利说,"我在台阶顶上没站稳,隐形衣滑开了。"

"我每次都这样。哦,她来了。"罗恩扭过头去看赫敏走进厨房,"梅林最肥的三角短裤啊,这到底是怎么回事?"

"我想起了这个。"赫敏气喘吁吁地说。

她抱来个大相框,放到地上,从厨房柜子里抓过她的串珠小包,打开来把画往里塞。虽然相框明显太大,但几秒钟后它竟也像那么多东西一样,消失在小包宽敞无比的肚囊里了。

第12章　魔法即强权

"菲尼亚斯·奈杰勒斯。"赫敏解释道,把小包扔在厨房桌子上,发出平常那种响亮沉重的撞击声。

"什么?"罗恩说,可是哈利懂了。菲尼亚斯·奈杰勒斯·布莱克的肖像能在格里莫广场和霍格沃茨校长办公室的两个相框间来去自由,斯内普现在肯定已坐在塔楼顶上那个圆形的房间里,得意地占据了邓布利多那些精致的银色魔法仪器、石头冥想盆、分院帽,还有格兰芬多的宝剑——如果它未被转移的话。

"斯内普可以派菲尼亚斯·奈杰勒斯到这所房子里来打探情况。"赫敏向罗恩解释着,坐了下来,"现在让他打探去吧,菲尼亚斯·奈杰勒斯只能看到我手提包里的东西。"

"这招儿高啊!"罗恩钦佩地说。

"谢谢。"赫敏微微一笑,把汤碗拉到面前,"哈利,今天还有什么情况?"

"没什么了,"哈利说,"在魔法部门口侦察了七个小时,没发现那女人,但见到了你爸爸,罗恩,他看上去挺好的。"

罗恩点点头对这个消息表示感谢。他们一致认为在韦斯莱先生进出魔法部时跟他联络太危险了,因为他身边总是围着部里的其他人员。不过,能够看到他也是一种安慰,尽管他看上去十分紧张和焦虑。

"爸爸常说部里大多数人都用飞路网上班,"罗恩说,"所以我们没有看到乌姆里奇,她不会走路的,她那么趾高气扬。"

"那个可笑的老女巫和那个穿藏青色袍子的小个子男巫呢?"赫敏问。

"哦,对了,就是魔法维修保养处的那家伙。"罗恩说。

"你怎么知道他在魔法维修保养处工作?"赫敏问,汤勺举在半空。

"爸爸说魔法维修保养处的人都穿藏青色袍子。"

"可你没跟我们说过!"

赫敏放下汤勺,把哈利进来时她和罗恩正在研究的那沓笔记和地图拉到面前。

"这里没提到藏青色袍子,压根儿没提!"她焦急地翻着那些纸片说。

"好啦,真的有关系吗?"

"罗恩,这些都有关系!魔法部现在肯定是戒备森严,如果我们要溜进部里而不被人发现,每个小细节都很重要!我们已经重复了很多遍,可是,侦察这么多趟有什么用,如果你都没告诉我们——"

"我的天哪,赫敏,我只忘记了一件小事——"

"你知不知道,现在对我们来讲,也许全世界再没有哪个地方比魔法部更危——"

"我想我们应该明天就去。"哈利说。

赫敏目瞪口呆。罗恩喝汤呛着了。

"明天?"赫敏问道,"你不是认真的吧,哈利?"

"没开玩笑,"哈利说,"我想,就算我们在魔法部门口再侦察一个月,也不会比现在的准备更充分多少。拖得越久就会离挂坠盒越远。很可能乌姆里奇已经把它扔掉了,那玩意儿打不开。"

"除非,"罗恩说,"她想办法打开了它,现在已经被它附身了。"

"对她来说没什么区别,她本来就够邪恶了。"哈利耸耸肩说。

赫敏咬着嘴唇,在那里沉思。

"我们知道了所有重要的情况,"哈利对赫敏继续说,"他们不再幻影显形出入魔法部,现在只有部里级别最高的人家里才

第12章 魔法即强权

能连接飞路网,这是罗恩听那两个缄默人抱怨时说的。我们大致知道乌姆里奇的办公室在哪儿,因为你听到那个山羊胡对他的同伴说——"

"'我要上一层,多洛雷斯想见我。'"赫敏马上背诵道。

"正是,"哈利说,"而且我们知道进门要用那些可笑的硬币,或是证明币,管它叫什么呢,我看到那个女巫向朋友借了一个——"

"可我们没有呀!"

"如果计划成功,我们就会有的。"哈利平静地说。

"怎么说呢,哈利,怎么说呢……有那么多环节可能出错,那么多地方都要靠运气……"

"即使我们再花三个月准备,也还是如此。"哈利说,"该采取行动了。"

从罗恩和赫敏的表情,哈利看出他们很害怕。他自己也不是那么有信心,然而他相信已经到了该实施计划的时候。

过去的四个星期里,他们轮流穿着隐形衣去魔法部门口侦察,由于韦斯莱先生的关系,罗恩自幼对那里很熟。他们跟踪进去上班的部里人员,偷听人家谈话,并通过仔细观察摸清了哪些人会在每天同一时间单独出现。偶尔有机会从某人公文包里偷一份《预言家日报》。一点一点地,他们积攒成了此刻堆在赫敏面前的草图和笔记。

"好吧,"罗恩慢吞吞地说,"假设我们明天就去……我想应该就哈利跟我两个人。"

"哦,别再提这个了!"赫敏叹着气说,"我想我们都已经说好了。"

"穿着隐形衣在门口侦察是一回事,可现在是另一回事,赫敏。"罗恩用手指戳着一份十天前的《预言家日报》,"你被列入了没去接受审查的麻瓜出身者名单！"

"而你应该在陋居身患散花痘，生命垂危！如果有谁不应该去，那就是哈利，他被悬赏一万加隆——"

"好吧，我留在这儿，"哈利说，"你们要是打败了伏地魔，给我送个信，好不好？"

罗恩和赫敏笑了起来，哈利额上的伤疤突然一阵剧痛，他本能地用手一捂，看到赫敏眯起了眼睛，赶忙捋了捋头发加以掩饰。

"如果三个人都去，就必须分头幻影移形，"罗恩说，"隐形衣已经盖不住我们三个了。"

哈利的伤疤越来越痛，他站起身，克利切立刻奔上前去。

"主人的汤没有喝完，主人是要美味的炖菜，还是要主人非常偏爱的糖浆水果馅饼？"

"谢谢，克利切，我马上就回来——呃——去趟卫生间。"

哈利感觉到赫敏在怀疑地盯着他，急忙上楼经过门厅，到了二楼的楼梯口，冲进卫生间，插上了门。他痛苦地呻吟着，趴到那个蛇嘴形状水龙头的黑盆上，紧闭双眼……

他在一条昏暗的巷子里飘行，两边的房屋都有高高的木板山墙，看上去像姜饼做的房子。

他走近一座房子，看到他自己苍白修长的手指伸到门上，他在敲门，内心越来越兴奋……

门开了：一个女人笑着站在那里，看到哈利的面孔，她一下变了脸色，笑容消失了，取而代之的是恐惧……

"格里戈维奇？"一个高亢、冷酷的声音问。

她摇摇头，想要关门。一只苍白的手牢牢抵住门，不让她把他关在外面……

"我找格里戈维奇。"

第12章　魔法即强权

"他不住这儿了①！"她摇着头喊道,"他不住这儿！他不住这儿！我不认识他！"

她放弃了关门,往黑暗的门厅里退去。哈利跟在后面,无声无息地向她飘过去,长长的手指已经抽出了魔杖。

"他在哪儿？"

"我不知道②！他搬走了！我不知道,我不知道！"

他举起魔杖,女人尖叫起来,两个小孩跑进门厅。她张开双臂想保护他们,一道绿光——

"哈利！**哈利！**"

他睁开眼,发现自己已经倒在地上,赫敏又在捶门。

"哈利,开门！"

自己刚才喊出了声,他知道。他站起来打开门,赫敏一头栽了进来,恢复平衡之后怀疑地打量着四周。罗恩也跟了进来,紧张地用魔杖指着阴冷卫生间里的各个角落。

"你在干什么？"赫敏严厉地问。

"你认为我在干什么？"哈利虚张声势地反问。

"你在里面大喊大叫！"罗恩说。

"哦,是啊……我一定是睡着了,或者——"

"哈利,请不要侮辱我们的智商,"赫敏大口吸着气说,"我们在楼下就知道你的伤疤又疼了,而且你的脸跟纸一样白。"

哈利在浴缸边沿坐了下来。

"好吧,我刚才看到伏地魔杀死了一个女人。现在他可能已经杀死了她的全家。他不需要这么做,又像塞德里克那次一样,只是因为他们在场……"

"哈利,你不应该再让这样的事发生！"赫敏嚷道,回音响

---

①② 原文为德语。

彻卫生间,"邓布利多要你学会大脑封闭术!他认为这种联系是危险的——伏地魔可以利用它,哈利!看他杀人和折磨人有什么好处,有什么用呢?"

"我能知道他在干什么。"哈利说。

"所以你根本不想努力切断这种联系?"

"赫敏,我做不到。你知道我大脑封闭术练得多差,一直找不到诀窍。"

"你从来没有真正努力过!"赫敏激烈地说,"我不明白,哈利——你是不是喜欢有这种特殊的联系,或感应,或——管它叫什么——"

看到哈利的目光,她噎嚅了。哈利站了起来。

"喜欢?"他低声问,"你会喜欢吗?"

"我——不——对不起,哈利,我不是那个意思——"

"我讨厌这联系,我讨厌他闯进我的脑海,讨厌不得不在他最可怕的时候看到他,但是我要利用它。"

"邓布利多——"

"别提邓布利多。这是我的选择,不是其他人的。我想知道他为什么要找格里戈维奇。"

"谁?"

"一个制作魔杖的外国人,"哈利说,"他做了克鲁姆的魔杖,克鲁姆认为他手艺高超。"

"可是你说过,"罗恩说,"伏地魔把奥利凡德关在了什么地方。他既然已经有了一个会做魔杖的,为什么还要再找一个呢?"

"也许他与克鲁姆的看法一样,也许他认为格里戈维奇手艺更好……或者,上次他追我时我魔杖的所作所为,他认为只有格里戈维奇能够解释,而奥利凡德不知道。"

第12章 魔法即强权

哈利朝灰蒙蒙的破镜子里望去，看到罗恩和赫敏在他背后交换着怀疑的眼神。

"哈利，你口口声声说你的魔杖做了什么，"赫敏说，"其实是你使它发生的！你为什么这样坚决不肯为你自己的能力负责呢？"

"因为我知道不是我！伏地魔也知道，赫敏！我和他都知道事实是什么样的！"

两人互相瞪着对方，哈利知道他并未说服赫敏，她脑子里正在搜集论据，要批驳他的魔杖理论，还要批驳他允许自己看到伏地魔的思想。令他庆幸的是，罗恩来调停了。

"算了，"他对赫敏说，"这是他的事。如果明天要去魔法部，你不觉得我们应该温习一下行动计划吗？"

赫敏放开了这个话题，哈利和罗恩看得出她很不情愿，哈利相信她一有机会还要开火。三个人回到地下室的厨房，克利切给他们端上了炖菜和糖浆水果馅饼。

他们一遍遍地温习行动计划，最后背得一字不差，直到深夜才上床睡觉。哈利现在睡在小天狼星的房间，他躺在床上，魔杖的光指着他父亲、小天狼星、卢平和小矮星的那张旧照片，他又叽里咕噜地把计划背了十分钟。但熄灭魔杖时，他想的不是复方汤剂、吐吐糖和魔法维修保养处的藏青色袍子，而是制作魔杖的格里戈维奇，伏地魔如此决意要找到他，不知道他还能躲多久。

黎明追着子夜来临了，似乎匆忙得乱了阵脚。

"你的脸色很难看。"罗恩进来叫醒哈利时说。

"很快就会好的。"哈利打着哈欠回答。

他们在楼下厨房里看到了赫敏，她对着克利切端上的咖啡和热面包卷，脸上是那种有点疯狂的表情，哈利马上联想到考前复习。

"袍子,"她喃喃自语,紧张地朝他们点了下头,继续在她的串珠小包里摸索,"复方汤剂……隐形衣……诱饵炸弹……你们每人要拿两个,以防万一……吐吐糖、鼻血牛轧糖、伸缩耳……"

他们大口吃完早饭,动身上楼,克利切鞠躬相送,并保证做好牛排腰子馅饼等他们回来。

"上帝保佑他,"罗恩感动地说,"想想吧,我还曾经幻想把他脑袋割下来,钉在墙上呢。"

他们小心翼翼地站到前门台阶顶上:可以看到两个肿眼睛的食死徒隔着雾蒙蒙的广场朝这边望。赫敏先跟罗恩幻影移形,然后又回来带哈利。

经过那短暂的黑暗和窒息般的感觉,哈利发现自己站在一条小巷子里,按照计划,行动的第一部分将在这里进行。巷子里空荡荡的,只有两个大垃圾箱。第一批魔法部工作人员至少要到八点才会出现。

"好啦,"赫敏看看手表,"她再过五分钟就该到了,我把她击昏之后——"

"赫敏,我们知道了,"罗恩不高兴地说,"而且,我记得我们应该在她来之前把门打开吧?"

赫敏尖叫一声。

"我差点忘了!闪开——"

她用魔杖一指旁边那扇挂着铁锁、满是涂鸦的防火门,门砰的一声开了。他们通过多次仔细侦察知道,门后黑乎乎的走廊通向一个无人的剧院。赫敏把门拉上,使它看上去还像关着一样。

"现在,"她转过身,对着巷子里的两个同伴说,"我们重新

第12章　魔法即强权

披上隐形衣——"

"——等着。"罗恩接口说完，把隐形衣披到赫敏头上，像用羊毛毯盖住一只虎皮鹦鹉似的，一边朝哈利翻了个白眼。

一分多钟之后，他们听到噗的一声轻响，一个灰发飘飘的小个子魔法部女巫在他们面前几英尺处幻影显形，被突如其来的光亮照得有点睁不开眼睛。太阳刚从一片云后面露出来，可是，她还没来得及享受这意外的温暖，赫敏无声的昏迷咒已经击中她的胸口，她倒了下去。

"干得漂亮，赫敏。"罗恩赞道，从剧院门口的垃圾箱后钻了出来，哈利脱下隐形衣。三人一起把小个子女巫拖进通往后台的黑暗走廊。赫敏从女巫头上拔了几根头发，从串珠小包里拿出一瓶浑浊的复方汤剂，把头发加了进去。罗恩在女巫的手提包里翻找。

"她是马法尔达·霍普柯克。"他念着一张小卡片，被击昏的那人是禁止滥用魔法办公室的一名助理，"你最好拿着这个，赫敏，还有证明币。"

他递给赫敏几枚小小的金色硬币，都印着M.O.M.[①]的凸纹字样，是在那个女巫的钱包里找到的。

复方汤剂已经变成了令人愉快的淡紫色，赫敏把它喝下去，几秒钟后就变成马法尔达·霍普柯克站在他们面前。她摘下马法尔达的眼镜戴上，哈利看了看表。

"我们有点晚了，魔法维修保养处先生就要来了。"

他们赶紧把真马法尔达关在门后，哈利和罗恩披上隐形衣，赫敏仍站在那里等候。几秒钟后，又是噗的一声，一个长得像白鼬的小个子男巫出现在他们面前。

[①]　魔法部的英文首字母缩写。

"哦,你好,马法尔达。"

"你好!"赫敏用发颤的嗓音说,"你今天怎么样?"

"说实话,不大好。"小个子男巫答道,他看上去萎靡不振。

赫敏和男巫朝主街道走去,哈利和罗恩蹑手蹑脚地跟在后面。

"你身体不舒服,我很同情。"小个子男巫想解释他的情况,赫敏坚决地提高嗓门把他的话压了回去,她必须在他走到街上之前拦住他,"给,吃块糖吧。"

"呃? 哦,不用了,谢谢——"

"一定要吃!"赫敏强硬地说,在他面前挥舞那包吐吐糖,小个子男巫似乎被吓着了,就拿了一块。

效果立竿见影。吐吐糖一碰到他的舌头,小个子男巫就剧烈地呕吐起来,甚至没有注意到赫敏从他头顶扯下了一撮头发。

"哦,天哪!"赫敏说,看到他在巷子里吐了一地,"你可能得休息一天了!"

"不——不!"他一边干呕,一边还在往前走,虽然路都走不直了,"我必须——今天——必须去——"

"可这样太愚蠢了!"赫敏惊恐地说,"你这个样子不能上班——我想你应该去圣芒戈医院查一查!"

男巫已经站不起来了,还在一边呕吐,一边试图往街上爬。

"你不能这样去上班!"赫敏喊道。

男巫终于似乎接受了她所讲的事实,抓着一脸嫌恶的赫敏勉强站起来,原地旋转消失了,只留下罗恩在最后一刻从他手中扯下的一个包,和一些飘飞的呕吐物。

"哟嗐,"赫敏拎起袍子下摆,避开吐在地上的那一摊东西,"还不如把他也击昏干净得多。"

"是啊,"罗恩说,拿着男巫的包钻出隐形衣,"但我还是认

第12章 魔法即强权

为一堆昏迷的人更容易引起注意。他倒挺热爱工作的,是不是?把头发和汤剂扔过来吧。"

两分钟后,罗恩站在他们面前,个子矮小,长得像白鼬,跟那个生病的男巫一模一样,并且穿上了叠放在他包里的藏青色袍子。

"奇怪他今天为什么没穿,是不是,既然他那么想上班? 管他呢,我是雷吉·卡特莫尔,衣服背后有名字。"

"在这儿等着,"赫敏对哈利说,此时哈利还披着隐形衣,"我们去给你找几根头发来。"

哈利等了十分钟,但是感觉过了好久,一个人躲在满地都是呕吐物的巷子里,旁边的门里藏着被击昏的马法尔达。终于,罗恩和赫敏回来了。

"不知道他是谁,"赫敏递给哈利几根黑色的鬈发说,"但他已经回家了,鼻血流得一塌糊涂! 他挺高的,你得换件大袍子……"

她抽出一套克利切为他们洗干净的旧袍子,哈利走到一旁开始喝下汤剂、换衣服。

痛苦的变化完成后,他身高六英尺多,从胳膊上的肌肉可以看出体魄十分健壮,下巴上还留着胡须。他把隐形衣和眼镜塞进新换的袍子里,站到另外两人旁边。

"我的天,好吓人哪。"罗恩仰望着铁塔般屹立在他面前的哈利说。

"拿一个马法尔达的证明币。"赫敏跟哈利说,"我们走吧,快九点了。"

三个人一起走出小巷。沿着拥挤的人行道走了约五十米远,那儿有两道黑色尖头栅栏夹护的台阶,一边写着男,一边写着女。

"一会儿见。"赫敏紧张地说,摇摇摆摆地走下标着女字的台阶。哈利和罗恩随着一些衣着古怪的男人走下去,好像来到了一个普通的地下公厕,墙上贴着脏兮兮的黑白瓷砖。

"早上好,雷吉!"一个穿藏青色袍子的男巫叫道,把金色证明币塞入门上的一道狭缝,进了一个小隔间,"真他妈讨厌,是吧?非要我们这样来上班!他们以为会有谁来,哈利·波特?"

那男巫为自己的俏皮话嘎嘎大笑,罗恩勉强笑了两声。

"嘿嘿,"他说,"够蠢的,是不是?"

他和哈利进了相邻的小隔间。

哈利的左右两边都响起冲水声,他猫腰从隔板底下的空隙看过去,刚好看到一双靴子爬进了隔壁的抽水马桶。他又看看左边,只见罗恩正惊愕地冲他眨着眼睛。

"要把自己冲进去?"罗恩小声问。

"看来是这样。"哈利小声回答,他的声音低沉而沙哑。

两人都直起身,哈利爬进抽水马桶,感觉荒谬透顶。

他立刻知道做对了,虽然好像站在水里,但他的鞋、脚和袍子都很干。他伸手一拉链绳,立即疾速地通过一条短短的滑道,从一个壁炉里冲出来,进入了魔法部。

他笨拙地爬起来,身子比平时庞大了许多,不太适应。大厅似乎比哈利记忆中的昏暗一些。原来大厅中央是一个金色喷泉,在光亮的木地板和墙壁上投射出点点光斑。而现在,一座巨大的黑色石像占据了中心位置。看着令人生畏。这样一座巨型石像,一个女巫和一个男巫坐在雕刻华美的宝座上,俯视着从壁炉里滚出来的魔法部工作人员。石像底部刻着几个一英尺高的大字:**魔法即强权**。

哈利的腿后面被重重地撞了一下:一名男巫刚从壁炉里飞

第12章　魔法即强权

出来。

"别挡道,行不——哦,对不起,伦考恩!"

谢顶的男巫显然很惶恐,急忙走开了。看来哈利现在冒充的这个人——伦考恩,是个狠角色。

"嘘!"又一个声音说。哈利回过头,看到一个纤小的女巫和魔法维修保养处那个白鼬似的男巫在雕像旁边向他招手,就赶紧走了过去。

"你顺利地进来了?"赫敏悄声问哈利。

"没有,他还卡在马桶里呢。"罗恩开玩笑说。

"哦,真滑稽……很恐怖,是不是?"赫敏说,看见哈利仍然盯着雕像,"你看到他们坐在什么上面了吗?"

哈利仔细一看,才发现他刚才以为雕刻华美的宝座,实际上是一堆石雕的人体,成百上千赤裸的人体:男人、女人和孩子,相貌都比较呆傻丑陋,肢体扭曲着挤压在一起,支撑着那两个俊美的、穿袍子的巫师。

"麻瓜,"赫敏轻声说,"在他们应该待的地方。快,我们走吧。"

他们汇入了男女巫师的人流,向大厅尽头的金色大门走去,一边尽可能不引人注意地扫视着四周,但没有见到多洛雷斯·乌姆里奇那特征鲜明的身影。他们穿过金色大门来到一个较小的厅里,看见人们在二十部升降梯的金色栅栏门前面排队。他们刚刚排进最近的队伍中,就有一个声音说道:"卡特莫尔!"

他们回过头,哈利胃中一阵痉挛。邓布利多死时在场的一个食死徒迎面大步走来。旁边的魔法部人员都垂下眼睛,不再作声。哈利能感到恐惧正在他们中间弥漫。那人阴沉的、略显残暴的面孔,与他那身镶着金丝的华丽、飘逸的长袍不大相称,升降梯旁的队伍中有人讨好地叫道:"早上好,亚克斯利!"他没有理睬。

"我叫魔法维修保养处的人去给我修办公室了,卡特莫尔,屋里一直在下雨。"

罗恩环顾四周,好像希望有人插话,但没人吭气。

"下雨……在您的办公室?那——那真糟糕,是不是?"

罗恩紧张地笑了一下,亚克斯利瞪圆了眼睛。

"你觉得很好玩,是吗,卡特莫尔?"

两个排队等升降梯的女巫匆匆逃走了。

"不,"罗恩说,"当然不是——"

"你知道我正要下楼去审讯你老婆吧,卡特莫尔?我倒觉得挺意外,你怎么没在那里握着她的手陪她等着?已经要跟她划清界限了吗,啊?这可能是明智之举。下次记着找一个纯血统的。"

赫敏惊恐地轻轻叫了一声。亚克斯利看着她。她忙假装虚弱地咳嗽起来,移开了目光。

"我——我——"罗恩结结巴巴地说。

"我娶的女人绝不会与那些垃圾混为一谈,不过,假设我的老婆被指控为泥巴种,"亚克斯利说,"而魔法法律执行司的头儿有个活要做,我一定会把这活当作头等大事去办,卡特莫尔,你明白我的意思吗?"

"明白。"罗恩低声说。

"那就去办吧,卡特莫尔,如果我的办公室一小时后不能完全干透,你老婆的血统成分就会比现在更成问题了。"

他们面前的金色栅栏门哗啦一声打开,亚克斯利转身朝另一部升降梯走去,临走时朝哈利点了点头,还露出一个令人厌恶的笑容,显然以为哈利会对他这样教训卡特莫尔表示欣赏。哈利、罗恩和赫敏进了他们的升降梯,但没有别人进来,好像

第 12 章　魔法即强权

他们有传染病似的。栅栏门哐当关上,升降梯开始上升。

"我该怎么办?"罗恩马上问两个同伴,好像大难临头一般,"我要是不去,我的老婆——我是说,卡特莫尔的老婆——"

"我们跟你一起去,我们不要分开——"哈利说,但罗恩拼命摇头。

"那真是有病,我们可没多少时间。你们两个去找乌姆里奇,我去修亚克斯利的办公室——可是怎么让它不下雨呢?"

"试试咒立停,"赫敏马上说,"如果是恶咒或咒语造成的下雨,应该会停的。如果停不了,那就是气象咒出了问题,比较麻烦一点,你暂时先用防水防湿咒保护他的东西——"

"再说一遍,慢点儿——"罗恩一边说,一边着急地在口袋里找笔,但这时升降梯震颤着停住了。一个空洞的女声说道:"第四层,神奇动物管理控制司,包含野兽、异类和幽灵办公室、妖精联络处和害虫咨询处。"栅栏门再次打开,放进来两个巫师,还有几架淡紫色的纸飞机,绕着升降梯顶部的灯光飞舞。

"早上好,艾伯特。"一个大胡子男巫笑着对哈利说,然后瞟了罗恩、赫敏一眼。升降梯又吱嘎上升。赫敏在急急地小声给罗恩支着招,那个男巫凑到哈利跟前,冲着他坏笑,低声道:"德克·克莱斯韦,嗯? 妖精联络处的? 干得好,艾伯特。现在,我很有把握会得到他的职位了!"

他眨眨眼睛,哈利微笑了一下,希望这能让对方满意。升降梯停了下来,栅栏门再次打开。

"第二层,魔法法律执行司,包含禁止滥用魔法办公室、傲罗指挥部和威森加摩管理机构。"那个空洞的女声说。

哈利看到赫敏轻轻推了罗恩一把,罗恩匆忙走出升降梯,另外两个巫师也都下了,升降梯里只剩下哈利和赫敏两个。金色栅栏门一关,赫敏就急促地说,"哈利,我想我最好跟着他去,我看他不知所措，如果他被抓住，整个计划——"

"第一层，魔法部长办公室及后勤处。"

金色栅栏门再次拉开，赫敏倒吸一口凉气。四个人站在他们面前，其中两个正在密切交谈：一个长发男巫身穿黑底绣金的华丽长袍，一个矮矮胖胖、长得像癞蛤蟆的女巫，短发上戴着天鹅绒蝴蝶结，胸前抱着个笔记板。

第 13 章

麻瓜出身登记委员会

"啊，马法尔达！"乌姆里奇看着赫敏说，"是特拉弗斯让你来的吧？"

"是——是的，"赫敏细声说。

"好，你会干好的。"乌姆里奇转向那个穿绣金黑袍的男巫说，"这样一来问题就解决了，部长，既然马法尔达能来做记录，我们现在就可以开始。"她看看笔记板，"今天有十个人，其中一个还是魔法部雇员的妻子！啧，啧……就在这儿，魔法部的内部！"她走进升降梯，站在赫敏旁边，另外两个聆听乌姆里奇和部长对话的巫师也跟了进来。"我们直接下去，马法尔达，你要用的东西法庭里都有。早上好，艾伯特，你不出去吗？"

"出去，当然。"哈利用伦考恩那低沉的声音说。

哈利走出升降梯。金色栅栏门在他身后哐当关上。他回过头，看到赫敏焦虑的面孔又降了下去，一边一个高大的男巫，乌姆里奇的天鹅绒蝴蝶结齐到赫敏的肩膀。

"你来这儿有何贵干，伦考恩？"新任魔法部长问道，他黑色的长发和胡须中夹着缕缕银丝，大脑门的阴影遮着闪烁的双眼，使哈利想到一只螃蟹正从岩石底下往外张望。

"要找，"哈利犹豫了零点几秒，"要找亚瑟·韦斯莱说句话。有人说他在一层。"

"啊，"皮尔斯·辛克尼斯说，"有人撞见他跟不良分子说话吗？"

"不，"哈利嗓子发干，"不，不是。"

"啊，哼，那只是时间问题。"辛克尼斯说，"要我说，纯血统的叛徒和泥巴种一样坏。再见，伦考恩。"

"再见，部长。"

哈利目送辛克尼斯在铺着厚地毯的过道里走远。部长刚一消失，哈利就从沉重的黑袍子底下掏出隐形衣，披到身上，朝相反的方向走去。伦考恩个子这么高，哈利不得不弯下身子，确保他的大脚不露出来。

恐惧一阵阵袭上心头，他经过一扇又一扇亮光光的木门，每扇门上都有一块小牌子，写着屋里人的姓名和职务。魔法部的威严、复杂和高深莫测似乎把他给镇住了，使他和罗恩、赫敏四个星期来精心筹划的行动方案显得像可笑的儿戏。他们把全部心思都放在了怎么混进来，却根本没有想过倘若彼此被迫分开怎么办。现在赫敏被困在法庭上，那无疑一拖就是几小时；罗恩在努力尝试一些魔法，而哈利知道它们是超出他能力之外的，但一个女人的自由可能就取决于他的表现；哈利呢，还在顶层游荡，明明知道自己要找的人刚乘升降梯下去了。

他停住脚步，靠在墙上，试图拿定主意该怎么办。寂静压迫着他：这里没有忙碌声、讲话声和匆匆的脚步声，铺着紫红地毯的过道里鸦雀无声，好像被施了闭耳塞听咒一样。

她的办公室一定在这儿，哈利想。

乌姆里奇把珠宝藏在办公室的可能性似乎不大，然而不搜一搜，确定一下，又似乎是愚蠢的。于是他又沿着过道走去，

第13章　麻瓜出身登记委员会

路上只看到一个眉头紧锁的男巫对着一支羽毛笔念念有词地说着什么，那笔悬在他面前的一卷羊皮纸上飞快地写字。

哈利开始注意看门上的名字，转过拐角走了一段后，过道通入一块宽敞的区域。十来个男女巫师坐在一排排小桌子前，那些桌子与课桌相似，只是光滑得多，没有乱涂的痕迹。哈利不由得停下来观看，因为这景象有种催眠的效果。那些巫师动作一致地挥舞和转动魔杖，许多方形彩纸像粉红色的小风筝一样在空中向四面八方飞去。几秒钟后，哈利意识到这是一种有节奏的程序，彩纸的聚散也有一定规律。又过了几秒钟，他意识到自己在观看小册子的制作过程，那些方纸是一页页内容，聚拢折叠，用魔法订牢之后，整齐地摞在每个巫师身边。

哈利轻手轻脚地走近，其实，那些巫师工作得非常专心，他认为他们并不会注意到他因地毯而减弱的脚步声。他从一个年轻女巫身边偷偷取了一份装订好的小册子，拿到隐形衣里来看。粉红色的封面上印着醒目的金字标题：

泥巴种
对祥和的纯血统社会的威胁

下面画着一朵红玫瑰，被一根长着毒牙、一副凶相的绿草紧紧勒住，花瓣中央是一张傻笑的面孔。小册子上没有署名，但哈利右手手背的伤疤在这时又隐隐刺痛起来。这时身旁的女巫证实了他内心的怀疑，她一边挥舞和转动魔杖，一边说道："那老女妖一整天都要在那儿审问泥巴种吗？有谁知道？"

"当心。"她旁边的男巫不安地张望了一下说，他的一张纸滑落到地上。

"怎么，她不光有一只魔眼，现在又有了魔耳不成？"

女巫朝小册子制作者们对面的那扇油亮的红木门瞥了一眼。哈利也向那边看去，一股怒气像毒蛇一样在他胸中蹿起。在麻瓜门上安装门镜的地方，红木中嵌着一只大大的圆眼球，亮蓝色的虹膜，对任何认识阿拉斯托·穆迪的人来说，这个眼球都熟悉得触目惊心。

在那一瞬间，哈利忘记了自己是在哪儿，要来做什么，甚至忘记了他是隐形的。他大步走到门前去看那只眼睛，眼睛不再转动，只是呆滞地望着上方。下面的牌子上写着：

多洛雷斯·乌姆里奇

魔法部高级副部长

底下还有一块亮一点的新牌子：

麻瓜出身登记委员会主任

哈利回头看看那十几个做小册子的巫师，尽管他们都在埋头干活，但如果一间空办公室的门在他们面前打开，很难设想会没人注意到。于是他从衣服里面的口袋里掏出一个形状怪异的东西。它长着摆动的小腿，身体是个球形的橡皮喇叭。哈利在隐形衣里蹲下身，把诱饵炸弹搁到地板上。

诱饵炸弹立刻动起来，疾速地在那群巫师的小腿之间穿行。哈利把手扶在门把手上等着，少顷，便听到一声巨响，大量呛鼻的黑烟从一个角落里涌出。前排那个年轻女巫失声尖叫，她和同伴们都跳了起来，四处寻找混乱的来源，粉红色纸页飞得到处都是。哈利趁机转动门把手，踏进了乌姆里奇的办公室，把门在身后关上。

第13章　麻瓜出身登记委员会

他感觉好像时光倒流了一样,这间屋子与乌姆里奇在霍格沃茨的办公室一模一样:花边帷帘、装饰布垫和干花覆盖了每一处能装饰到的表面,墙上还是那些花盘子,图案都是一只戴着蝴蝶结的色彩鲜艳的大猫,在那里欢跳嬉戏,嗲得令人恶心。桌上盖着一块有荷叶边和花卉装饰的桌布。疯眼汉的眼球后面连着一个望远镜似的装置,使乌姆里奇可以监视门外的员工。哈利凑上去看了一眼,见他们仍围在诱饵炸弹旁边。他把望远镜从门上扯下来,门上留下了一个洞。他拆下魔眼装进兜里,然后转身面向屋内,举起魔杖低声念道:"挂坠盒飞来。"

没有动静,但他也没指望会有,乌姆里奇无疑对防护咒十分精通。他急忙走到办公桌后,拉开一个个抽屉,看到羽毛笔、笔记本和魔法胶带;施有魔法的回形针像蛇一样从抽屉里盘旋钻出,他不得不把它们打回去;还有一个考究的花边小盒子里装满蝴蝶结和发卡;然而就是不见挂坠盒。

桌子后面有个档案柜,哈利过去翻找。它像霍格沃茨管理员费尔奇的那些档案柜一样,装满了文件夹,每个上面都贴有名字。哈利一直搜到最底层抽屉,才看见一样让他分心的东西:韦斯莱先生的档案。

他把它抽出来打开。

亚瑟·韦斯莱

血统:纯血统,但有不可容忍的亲麻瓜倾向。
已知凤凰社成员。
家庭:妻子(纯血统)、七个子女,最小的两个尚在霍格沃茨。
注:小儿子目前重病在家,已由魔法部检查员证实。

安全状况:**跟踪**。一切行动受到监视。

头号不良分子很可能与其联络(曾在韦斯莱家居住)。

"头号不良分子。"哈利轻声嘀咕道,把韦斯莱先生的档案放回去,关上了抽屉。他心里知道指的是谁,果然,当他直起身,搜寻屋内还有什么藏东西的地方时,看到墙上有一幅自己的大肖像,胸口印着**头号不良分子**几个大字。画上还贴了张一角画着小猫的粉红色小笺。哈利走过去看,发现乌姆里奇在上面写了将受处罚几个字。

他更加怒火中烧,在装着干花的花瓶和篮子底部摸索,但没有摸到挂坠盒,他也并不感到意外。他最后扫视了一下这间办公室,突然心脏停跳了一下:桌边的书架上,邓布利多正从一面长方形的小镜子里望着他。

哈利冲过去抓起它,但刚一摸到就发现那不是镜子,邓布利多是在一本书的光亮封皮上沉思微笑。哈利一时没有注意到他帽子上的绿色花体字:阿不思·邓布利多的生平和谎言,也没看到他胸前还有更小的字:出自丽塔·斯基特,畅销书《阿芒多·迪佩特:大师还是白痴?》的作者。

哈利随手把书翻开,看到一页照片,是两个十来岁的男孩,互相搭着肩膀,放肆地大笑。邓布利多头发已长及胳膊肘,还多了一绺淡淡的小胡子,让人想到克鲁姆下巴上让罗恩那么讨厌的细须。在邓布利多旁边无声大笑的那个少年给人一种快乐狂放的感觉,金色的鬈发垂到肩头。哈利猜想他是不是年轻时的多吉,但还没来得及看说明,办公室的门开了。

要不是辛克尼斯进来时扭头望了望外面,哈利都没有时间披上隐形衣。但是,他想辛克尼斯可能还是瞥见了一点动静,

第13章　麻瓜出身登记委员会

因为他有那么一会儿站着一动不动，惊奇地盯着哈利刚刚消失的地方。辛克尼斯或许断定刚才看到的是邓布利多在封面上挠鼻子（哈利已经匆忙把书放回了架子上），他终于走到桌前，用魔杖指着插在墨水瓶里的羽毛笔，它立刻跳出来，开始给乌姆里奇写一张便条。哈利屏住呼吸，慢慢退出办公室，回到那块宽敞的区域。

做小册子的巫师们还围在诱饵炸弹的残骸旁。它冒着烟，仍在微弱地呜呜叫着。哈利快步走入过道，听到年轻女巫说："我猜准是从实验咒语委员会爬过来的，他们那么粗心，还记得那只毒鸭子吗？"

哈利一边匆匆朝升降梯走去，一边考虑自己的选择。本来挂坠盒在魔法部的可能性就不大，而乌姆里奇坐在围满了人的法庭上，用魔法从她那里找到挂坠盒的下落也不会有什么希望。当务之急是在暴露之前撤出魔法部，改天再试。首先要找到罗恩，然后一起想办法把赫敏从法庭里弄出来。

升降梯来了，里面没人。哈利跳进去，在开始下降时扯下了隐形衣。令他万分庆幸的是，升降梯在二层吱嘎停下时，浑身湿透、两眼发直的罗恩跨了进来。

"早——早上好。"他结结巴巴地说，升降梯又开动了。

"罗恩，是我，哈利！"

"哈利！我的天哪，我忘了你长什么样了——赫敏怎么不在？"

"她跟乌姆里奇到楼下法庭去了，没法拒绝，而且——"

哈利还没说完，升降梯又停住了。门一开，韦斯莱先生走了进来，一边还在跟一个老女巫说话，她那金色的发髻高得像蚁丘。

"……我很理解你说的情况，瓦坎达，可是我恐怕不能参与——"

韦斯莱先生突然打住,因为他看到了哈利。被韦斯莱先生那样厌恶地瞪着,真是一种非常陌生的感受。升降梯的门关上了,四个人又呼噜噜地降下去。

"哦,你好,雷吉,"韦斯莱先生听到罗恩袍子不断滴水的声音,回过头来说,"你太太今天不是要出庭吗?我说——你怎么啦?身上这么湿?"

"亚克斯利的办公室在下雨,"罗恩对着韦斯莱先生的肩头说,哈利想他准是害怕如果目光相对,父亲会认出他来,"我止不住,他们让我去找伯尼——皮尔思沃斯,我想他们说——"

"是啊,最近好多办公室都在下雨,"韦斯莱先生说,"你试过云咒撤回吗?布莱奇用了挺灵的。"

"云咒撤回?"罗恩低声说,"没试过,谢谢,老——我是说,谢谢,亚瑟。"

门开了,顶着蚁丘的老女巫走出升降梯,罗恩从她旁边冲过去跑没影了,哈利想跟上他,却被挡住了去路,珀西·韦斯莱跨进升降梯,鼻子都快埋进他正在读的文件里了。

门哐当关上了,珀西才意识到他跟父亲乘了同一部升降梯。他抬起眼睛,看到韦斯莱先生,脸涨成了红萝卜,升降梯门一开就出去了。哈利又想下去,这次却被韦斯莱先生的胳膊挡住了去路。

"等一等,伦考恩。"

升降梯门关了,叮叮当当又下了一层,韦斯莱先生说:"我听说你揭发了德克·克雷斯韦。"

哈利感觉韦斯莱先生的怒气因为碰到珀西而有增无减,他决定最安全的办法是装傻。

"您说什么?"他说。

"别装了,伦考恩,"韦斯莱先生愤然道,"你追捕了那个假

第13章 麻瓜出身登记委员会

造家谱的巫师，是不是？"

"我 —— 是又怎么样？"哈利说。

"怎么样？德克·克雷斯韦作为巫师比你强十倍！"韦斯莱先生低声说，升降梯还在下降，"如果他能从阿兹卡班出来，会找你算账的，更别说他的妻儿和朋友 ——"

"亚瑟，"哈利打断了他，"你知不知道，你正在被跟踪？"

"这是威胁吗，伦考恩？"韦斯莱先生大声说。

"不，"哈利说，"这是事实！他们在监视你的每个行动 ——"

升降梯门开了，他们已经到了大厅。韦斯莱先生严厉地瞪了哈利一眼，拂袖而去。哈利呆立在原地，希望自己冒充的不是伦考恩……升降梯的门哐当关上了。

哈利掏出隐形衣重新披上，罗恩还在对付下雨的办公室，他得一个人想办法去把赫敏解救出来。升降梯的门打开后，他踏入了一条点着火把的石廊，与上层铺着地毯的镶着木板壁的过道截然不同。升降梯当啷当啷开走了，哈利微微打了个寒战，望着远处那扇标着神秘事务司入口的黑门。

他往前走去，目标不是黑门，而是他记忆中左侧的那个门口。那里有段楼梯通向下面的法庭。悄悄下楼时，他脑子里想象着各种可能：他还有两个诱饵炸弹，但也许不如直接敲门，以伦考恩的身份进去要求跟马法尔达说句话？当然，他不知道伦考恩是否有这么大的权力，即使能行，赫敏一直不回去也可能引起搜查，而他们还没来得及撤离魔法部……

想着心事，他没有立刻注意到一股异常的寒气悄悄袭来，使他好像坠入雾中那样，每一步都更冷一分。那寒气灌入他的喉咙，冰彻心肺。他感觉到那种绝望无助侵上心头，蔓延到全身……

摄魂怪，他想。

到了楼梯底部，向右一转，眼前是一幕恐怖的景象。法庭门外的昏暗走廊上，立满了戴着兜帽的高高黑影，面孔完全被遮住了，刺耳的呼吸声是那里唯一的声音。那些被传来出庭的麻瓜出身的巫师恐惧地挤在一堆，在硬木板凳上瑟瑟发抖。大多数人用手捂着脸，也许是本能地想挡开摄魂怪贪婪的大嘴。一些人有家人陪伴，另一些人独自坐着。摄魂怪在他们面前飘来飘去，那寒气，那无助和绝望，如魔咒一般向哈利逼来……

抵抗，他对自己说，但是他知道如果在这里召出守护神，肯定会立刻暴露自己。于是他尽可能悄无声息地往前走去，每走一步，脑子里的麻木便增加一分，但他强迫自己想着赫敏和罗恩，他们需要他。

在那些高大的黑影间穿行极其恐怖：当他走过时，一张张没有眼睛的面孔在兜帽下转过来，他确信它们能感觉到他，或许能感觉到一个人的躯体内仍然存有的一些希望，一些活力……

突然，在冰冻般的沉寂中，过道左边一间法庭的门开了，传出带着回音的高喊。

"不，不，我跟你说过我是混血，我是混血。我父亲是巫师，他是巫师，你们去查，阿基·阿尔德顿，他是出名的飞天扫帚设计师，你们去查呀。我告诉你——别碰我，别碰——"

"这是最后一次警告，"乌姆里奇软声软气地说，声音经过魔法放大，清楚地盖过了那男人绝望的叫喊，"你要是再抵抗，就会得到摄魂怪的亲吻。"

那男人的叫声低了下去，但抽噎声还在过道里回响。

"把他带走。"乌姆里奇说。

两个摄魂怪出现在法庭门口，腐烂结痂的大手抓着一个男巫的上臂，他似乎晕过去了。摄魂怪拖着他在过道里飘远，它们身后的黑暗将他吞没。

"下一个——玛丽·卡特莫尔。"乌姆里奇叫道。

第13章 麻瓜出身登记委员会

一个瘦小的女人浑身发抖着站了起来。她身穿朴素的长袍，黑发在脑后梳成一个圆髻，脸上全无血色。当这女人经过摄魂怪旁边时，哈利看到她哆嗦了一下。

他完全出于冲动，没有任何计划，只是不忍看到她一个人走进法庭：门开始关上时，他跟在她后面溜了进去。

这不是上次以滥用魔法为由审讯他的那个法庭，虽然天花板一样高，但比那间屋子小得多，有一种被困在深井底部那样的恐怖感。

这里有更多的摄魂怪，寒气笼罩了整个房间。它们像没有面孔的哨兵，站在离高高的审讯台最远的角落里。台上栏杆后面坐着乌姆里奇，她的一边是亚克斯利，另一边是脸色像卡特莫尔太太一样苍白的赫敏。一只银亮的长毛大猫在高台底部踱来踱去，哈利意识到它是在那里保护起诉人的，不让他们感受到摄魂怪所散发出来的绝望。绝望是让被告而不是让审讯者感受的。

"坐下。"乌姆里奇用她那甜腻的声音说。

卡特莫尔太太蹒跚地走到台下中央那把孤零零的椅子旁。她刚坐下，扶手便叮叮当当甩出锁链把她固定在那儿。

"你是玛丽·伊丽莎白·卡特莫尔？"乌姆里奇问。

卡特莫尔太太颤巍巍地点了一下头。

"魔法维修保养处雷吉纳尔德·卡特莫尔的妻子？"

卡特莫尔太太哭了起来。

"我不知道他在哪儿，他本来应该在这儿陪我的！"

乌姆里奇不予理睬。

"梅齐、埃莉和阿尔弗雷德·卡特莫尔的母亲？"

卡特莫尔太太哭得更厉害了。

"他们很害怕，担心我可能回不去了——"

"行了，"亚克斯利轻蔑地说，"泥巴种的崽子引不起我们的同情。"

卡特莫尔太太的抽泣掩盖了哈利的脚步声，他小心地朝通向高台的台阶走去。经过银猫守护神走动的地方时，他马上感到了温度的变化：这里温暖而舒适。他敢肯定这守护神是乌姆里奇的，它如此明亮，是因为乌姆里奇在这儿很开心，得其所哉，维护着她参与制定的被扭曲的法律。哈利一点一点地、小心翼翼地在乌姆里奇、亚克斯利和赫敏的后面移动，最后在赫敏身后坐了下来。他担心把赫敏吓一跳，本来想对乌姆里奇和亚克斯利施闭耳塞听咒，但轻声念咒也有可能吓着赫敏。这时乌姆里奇提高嗓门对卡特莫尔太太说话了，哈利抓住了机会。

"我在你后面。"他对赫敏耳语道。

果然不出所料，赫敏猛地一怔，差点打翻了做记录用的墨水瓶。但乌姆里奇和亚克斯利的注意力都在卡特莫尔太太身上，没有察觉。

"你今天到魔法部时，被收走了一根魔杖，卡特莫尔太太，"乌姆里奇说，"八又四分之三英寸，樱桃木，独角兽毛做的杖芯。你确认这一描述吗？"

卡特莫尔太太点点头，用袖子擦着眼睛。

"能否告诉我们，你是从哪位巫师手里夺取这根魔杖的？"

"夺——夺取？"卡特莫尔太太哭泣道，"我没有从谁那里夺——夺取。它是我十一岁的时候买——买的，它——它——它选择了我。"

她哭得更凶了。

乌姆里奇发出一声小姑娘似的娇笑，哈利真想把她痛揍一顿。她身子前倾，为了越过障碍更好地审视她的猎物，一个金色的东西也随之荡到胸前，悬在那里：挂坠盒。

赫敏看见了，轻轻尖叫一声，但乌姆里奇和亚克斯利仍然

第13章 麻瓜出身登记委员会

一心盯着猎物,听不见别的声音。

"不,"乌姆里奇说,"不,我不这么认为,卡特莫尔太太。魔杖只选择巫师,而你不是巫师。我这里有上次发给你的问卷调查表——马法尔达,拿过来。"

乌姆里奇伸出一只小手,她看上去那么像癞蛤蟆,哈利一时很惊讶那短粗的手指之间怎么没有蹼。赫敏的手因为震惊而发抖,她在身边椅子上的一堆文件中摸索了一阵,终于抽出了一卷有卡特莫尔太太名字的羊皮纸。

"那个——那个很漂亮,多洛雷斯。"她指着乌姆里奇上衣褶裥里的那个闪闪发光的坠子。

"什么?"乌姆里奇厉声说,低头看了一眼,"哦,是啊——一件古老的传家宝。"她拍拍贴在她那丰满胸脯上的挂坠盒说,"'S'是塞尔温的缩写……我与塞尔温家族有亲戚关系……实际上,很少有纯血统的家庭跟我没有亲戚关系……可惜,"她翻着卡特莫尔太太的问卷调查表,提高了嗓门说,"你就不能这样说了。父母职业:蔬菜商。"

亚克斯利不屑地大笑。台下,毛茸茸的银猫踱来踱去,摄魂怪立在屋角等候。

乌姆里奇的谎言使哈利血液直冲头顶,忘却了谨慎。她从一个不法小贩那里受贿得来的挂坠盒,现在却拿来证明自己的纯血统身份。哈利甚至没有考虑要继续藏在隐形衣下面,他举起魔杖,喝道:"昏昏倒地!"

红光一闪,乌姆里奇倒了下去,脑袋撞到栏杆边沿,卡特莫尔太太的文件从她腿上滑到了地上,那只来回走动的银猫消失了,冰冷的空气像风一样袭来。亚克斯利莫名其妙,扭头寻找骚乱的来源。他看见一只没有身子的手正拿魔杖指着他,赶紧去拔自己的魔杖,但为时已晚。

"昏昏倒地！"

亚克斯利滑到地上，蜷成一团。

"哈利！"

"赫敏，如果你觉得我会坐在这里看着她假装——"

"哈利，卡特莫尔太太！"

哈利急忙转过身，甩掉了隐形衣。台下，摄魂怪已经从角落里出来，正朝捆在椅子上的女人飘去。不知是因为守护神消失，还是因为感觉到主人已经对场面失去控制，它们似乎变得肆无忌惮。卡特莫尔太太恐怖地尖叫起来，一只黏糊糊的、结痂的大手捏住了她的下巴，把她的脸向后扳去。

"**呼神护卫！**"

银色的牡鹿从哈利的杖尖升起，向摄魂怪跃去，它们纷纷后退，又融进了黑影之中。银鹿在屋里一圈圈地慢跑，它的光芒比那只猫更强、更温暖，充满了整个法庭。

"拿上魂器。"哈利对赫敏说。

他一边把隐形衣塞进包里，一边跑下台阶，来到了卡特莫尔太太身边。

"你？"卡特莫尔太太望着他的脸，低声说，"可是——可是雷吉说是你把我的名字报上去审查的！"

"是吗？"哈利嘟囔道，一边扯动她手臂上的锁链，"哦，我改主意了。四分五裂！"没有反应。"赫敏，怎么去掉这些锁链？"

"等等，我正在做一件事——"

"赫敏，我们周围都是摄魂怪！"

"我知道，哈利，可是如果她醒来发现挂坠盒没了——我必须复制一个……复制成双！好了……这样她应该看不出来了……"

赫敏冲下台阶。

第13章 麻瓜出身登记委员会

"我看看……力松劲泄!"

锁链叮叮当当缩进了椅子扶手里。卡特莫尔太太看上去还是非常害怕。

"我不明白。"她喃喃道。

"你得跟我们离开这儿,"哈利说着把她拉了起来,"回家带上你的孩子们逃走吧,实在不行就逃出国去,化了装逃。你看到了现在是什么情况,你在这儿是得不到公道的。"

"哈利,"赫敏说,"门口那么多摄魂怪,我们怎么出去?"

"守护神。"哈利说,用魔杖指着自己的守护神:银色的牡鹿放慢脚步,依然明亮地闪耀着,向门口走去,"越多越好,把你的也召出来,赫敏。"

"呼神——呼神护卫。"赫敏说,什么也没出现。

"这是唯一对她有点困难的魔咒,"哈利对完全惊呆了的卡特莫尔太太说,"有点不幸……加油,赫敏……"

"呼神护卫!"

一只银色水獭从赫敏的魔杖尖里跳了出来,在空中优雅地游向银色的牡鹿。

"走。"哈利领着赫敏和卡特莫尔太太朝门口走去。

守护神飘出法庭时,等在外面的人群发出惊叫。哈利四下扫了一眼,两边的摄魂怪都在向后退却,融入黑暗中,被银色的灵物驱散了。

"现在决定了,你们都回家去,带着家人躲起来。"哈利对外面那些被守护神的光亮照花了眼,仍然有点畏缩的麻瓜出身的巫师说,"如果可能就到国外去,离魔法部远远的。这是——呃——新的官方立场。现在,只要跟随守护神,你们就能逃出大厅。"

他们一直走到石梯顶上都没有受到阻拦。但向升降梯走去时，哈利担心起来。要是他们跟着一头银色牡鹿和一只银色水獭走进大厅，还带着二十来个人，其中一半都是被指控的麻瓜出身的巫师，这无疑是太引人注目了。正当他得出这个不愉快的结论时，他们面前升降梯的门哐当一声开了。

"雷吉！"卡特莫尔太太叫了起来，扑进罗恩的怀里，"伦考恩把我放出来了，他击昏了乌姆里奇和亚克斯利，还叫我们大家都逃出国去。我想我们应该这么做，雷吉，真的。赶快回家带上孩子——你怎么搞得这么湿？"

"水，"罗恩嘟囔着，挣脱出来，"哈利，他们知道有人闯进魔法部了，好像乌姆里奇办公室门上有个洞。那样的话，我想我们还有五分钟——"

赫敏的守护神噗地消失了，她大惊失色地转向哈利。

"哈利，要是我们被困在这儿——！"

"只要行动迅速就不会。"哈利说。他转向身后那群目瞪口呆地望着他的人。

"谁有魔杖？"

约有一半人举手。

"好，没有魔杖的找个有魔杖的跟着。我们动作要快——抢在被他们堵住之前。上吧。"

大家挤进两部升降梯，哈利的守护神在金色的栅栏门前守着，门关上了，升降梯开始上升。

"第八层，"女巫冷漠的声音说，"正厅。"

哈利立刻知道有麻烦了。正厅里有许多人，在那些壁炉前面走来走去，正在封闭壁炉。

"哈利！"赫敏尖叫道，"我们怎么——？"

"**住手！**"哈利大喝一声，伦考恩有力的声音在正厅中回响，那些封锁壁炉的巫师们都愣住了。"跟我来。"他低声对那些惊

第13章 麻瓜出身登记委员会

恐的麻瓜出身的巫师们说,这群人由罗恩和赫敏领着往前拥去。

"怎么啦,艾伯特?"先前跟着哈利滚出壁炉的那个秃顶男巫问道,他看上去很紧张。

"这些人要在你们封闭出口前离开。"哈利竭力用最威严的语调说。

他面前那帮巫师面面相觑。

"我们奉命封闭所有出口,不许任何人——"

"你在违抗我吗?"哈利气势汹汹地说,"是不是要我调查一下你的家谱,像德克·克莱斯韦那样?"

"对不起!"秃顶男巫吃了一惊,朝后退去,"我没别的意思,艾伯特,只是我想……我想他们是受审讯的……"

"他们的血统很纯正,"哈利说,他低沉的嗓音在大厅中回响,很有震慑力,"我敢说比你们中的许多人都要纯正。走吧。"他高声对那些麻瓜出身的巫师们说,他们急忙钻进壁炉,一对对地消失了。魔法部的巫师迟疑地留在后面,有的一脸困惑,有的惊恐不满。突然——

"玛丽!"

卡特莫尔太太回过头,真正的雷吉·卡特莫尔刚从一部升降梯里跑出来,已经停止了呕吐,但脸色仍然苍白憔悴。

"雷——雷吉?"

她看看丈夫又看看罗恩,后者大声诅咒了一句。

秃顶男巫张大了嘴巴,脑袋在两个雷吉·卡特莫尔之间可笑地转来转去。

"嘿——这是怎么回事?"

"封闭出口!**封闭!**"

亚克斯利从另一部升降梯里冲出来,奔向壁炉旁的人群。这时,那些麻瓜出身的巫师除了卡特莫尔太太之外全都已经从壁炉消失了。秃顶男巫刚举起魔杖,哈利就抡起硕大的拳头,一拳把他打飞出去。

"他在帮麻瓜出身的巫师逃跑,亚克斯利!"哈利喊道。

秃顶男巫的同伴们一片哗然,罗恩趁乱拽住卡特莫尔太太,把她拉进仍然敞开的壁炉里消失了。亚克斯利迷惑地看看哈利,又看看那挨打的男巫,这时真的雷吉·卡特莫尔高叫道:"我太太!跟我太太在一起的那个人是谁?发生了什么事?"

哈利看到亚克斯利转过头来,凶悍的脸上现出一丝醒悟的神情。

"快走!"哈利大声对赫敏说,抓住她的手,两人一起跳进壁炉,亚克斯利的咒语从哈利头顶飞过。他们旋转了几秒钟,从抽水马桶中喷射出来。哈利打开小隔间的门,见罗恩站在水池旁,还跟卡特莫尔太太扭在一起。

"雷吉,我不明白——"

"放开,我不是你丈夫,你必须回家去!"

身后的小隔间里轰隆一响,哈利回过头,亚克斯利刚好跳了出来。

"**我们走!**"哈利高喊,抓住赫敏的手和罗恩的胳膊,疾速旋转。

黑暗吞没了他们,还有那种被带子束紧的感觉,可是有点儿不对劲……赫敏的手似乎要从他手中滑脱……

他怀疑自己要窒息了,他无法呼吸,也看不见,世界上唯一实在的东西就是罗恩的手臂和赫敏的手指,可是她的手指正在慢慢滑落……

然后他看到了格里莫广场12号的大门和那蛇形的门环,但他还没来得及透一口气,就听到一声尖叫,一道紫光一闪,赫敏的手突然变得像钳子一般抓住他,一切重又没入黑暗。

第 14 章

小 偷

哈利睁开眼睛,看到一片炫目的金色和绿色。他不知道发生了什么,只知道自己似乎是躺在树叶和细树枝间。他艰难地吸气,肺像被压瘪了一样。他眨眨眼睛,意识到那耀眼的色彩是透过高高的树冠洒下的阳光。一个东西在他脸旁抽动了一下,他用手撑地跪了起来,以为会看到某种凶猛的小动物,却原来是罗恩的脚。哈利环顾四周,发现他们和赫敏都躺在森林中的地面上,周围应该没有别人。

哈利首先想到的是禁林,有一瞬间,虽然知道他们三人出现在霍格沃茨是多么愚蠢、多么危险,但想到从树林间偷偷溜进海格的小屋,他的心仍然兴奋得怦怦跳起来。这时罗恩低低地呻吟了一声,哈利向他爬过去,很快发现这里不是禁林:树木看上去年轻一些,间距较大,地面也更空旷。

他在罗恩脑袋旁边碰到了赫敏,她也手撑地面跪着。哈利一看见罗恩,就把一切都忘光了,因为罗恩的左半身都浸在血里,枕在泥土和落叶上的脸像死灰一样白。复方汤剂的药性正在消失。罗恩的模样介于卡特莫尔和他自己之间,脸上仅有的一点血色退去的同时,头发却越来越红了。

"他怎么了?"

"分体了。"赫敏说,她的手已经忙着摸索罗恩的袖子,那儿的血渍最湿,颜色最深。

哈利惊恐地看着她撕开罗恩的衬衫,他一直以为分体是滑稽的事情,可这次……赫敏袒露出罗恩的上臂,他的五脏不舒服地搅动起来,那里少了一大块肉,好像被刀子剜走的一般……

"哈利,快,在我包里,有一个小瓶子上面写着白鲜香精——"

"包里——好——"

哈利冲到赫敏降落的地方,抓起那个串珠小包,把手插了进去。立刻,他的手碰到了一件件东西:皮面的书脊、羊毛衫的袖子、鞋跟——

"快啊!"

他从地上抓起魔杖,指着魔法小包里面。

"白鲜飞来!"

一个棕色小瓶从包里飞了出来,他一把抓住,急忙跑回赫敏和罗恩身边。罗恩双眼半睁半闭,上下眼睑间只露出一点眼白。

"他晕过去了。"赫敏也面色苍白,她已不再像马法尔达,尽管头发还有几处发灰,"帮我打开,哈利,我的手在抖。"

哈利揪下瓶塞,赫敏接过瓶子,在流血的伤口上倒了三滴药液。绿烟滚滚升起,当它散去之后,哈利看到血已经止住,伤口看上去好像已经长了几天,刚才暴露着的血肉上面覆了一层新皮。

"哇。"哈利说。

"我只敢做这么多,"赫敏颤抖着说,"有些魔咒可以让他完全恢复,但我不敢用,怕做错了,造成更大的伤害……他已经流了这么多血……"

第14章 小 偷

"他怎么会受伤呢？我是说，"哈利摇摇头，试图理清思路，弄明白所发生的事情，"我们怎么会在这儿？不是回格里莫广场的吗？"

赫敏深深吸了口气，看上去快要哭了。

"哈利，我想我们回不去了。"

"什么——？"

"我们幻影移形时，亚克斯利抓住了我，我甩不掉他，他力气太大了。到格里莫广场时，他还抓着不放，然后——我想他一定看见了那个门，猜到我们要停在那里，所以他手松了一些，我甩开了他，把你们带到这儿来了！"

"可是，他在哪儿？等一等……你不会是说他在格里莫广场吧？他进不去吧？"

赫敏眼眶里闪着泪光，摇了摇头。

"哈利，我想他能。我——我用抽离咒迫使他放手，可是我已经把他带进了赤胆忠心咒的保护范围。邓布利多死后，我们就是保密人了，所以我泄了密，是不是？"

无须掩饰，哈利知道她说的是事实，这是个沉重的打击。如果亚克斯利已经能进那所房子，他们确实是回不去了。现在亚克斯利可能正用幻影显形把其他食死徒带到那里。那所房子虽然阴暗压抑，却曾是他们安全的庇护所，现在克利切已经开心友好得多，那里甚至有几分像家了。想到那家养小精灵还在忙着做哈利、罗恩和赫敏再也吃不到的牛排腰子馅饼，哈利心中一阵难过，但不是为了美食。

"哈利，对不起，对不起！"

"别傻了，这不是你的错！如果要怪的话，应该怪我……"

哈利把手伸进口袋里，掏出了疯眼汉的魔眼，赫敏惊恐地向后退去。

"乌姆里奇把它安在她办公室的门上，监视别人。我不能把它留在那儿……可他们就是这样发现有人混进去的。"

赫敏还没搭腔，罗恩呻吟了一声，睁开眼睛。他依然面色发灰，脸上汗津津的。

"你感觉怎么样？"赫敏轻声问。

"糟透了。"罗恩沙哑地说，摸摸受伤的胳膊，疼得缩了一下，"我们在哪儿？"

"举行魁地奇世界杯的树林里。"赫敏说，"我当时想找个隔绝、隐蔽的地方，这是——"

"——你想到的第一个地方。"哈利替她说完，望望这片似乎无人的林间空地，不禁想起上次他们幻影显形到赫敏想到的第一个地方时发生的事。食死徒是怎么在几分钟内就发现他们的？是摄神取念吗？伏地魔或其党羽是否现在就已知道赫敏把他们带到了哪儿？

"你觉得我们应该转移吗？"罗恩问。哈利从罗恩的表情看出他也在这么想。

"我不知道。"

罗恩依然面色苍白，满脸汗湿。他没有尝试坐起来，似乎没有力气这么做。带他转移难度太大了。

"暂时先待在这儿吧。"哈利说。

赫敏如释重负，跳了起来。

"你去哪儿？"罗恩问。

"如果要待在这儿，就得在周围设一些防护魔法。"赫敏答道，举着魔杖，开始在哈利和罗恩旁边绕着一个大圈走动，嘴里念念有词。哈利看到周围的空气在轻微颤动，仿佛赫敏在空地上方变出了一股热气。

"平安镇守……统统加护……麻瓜驱逐……闭耳塞听……

第14章 小 偷

你可以把帐篷拿出来,哈利……"

"帐篷?"

"在包里!"

"在……当然。"哈利说。

这次他没再费劲去摸,而是又用了个召唤咒。一堆帆布、绳子和杆子飞了出来,大概是因为散发着一股猫味吧,哈利认出这就是他们在魁地奇世界杯那一夜睡的帐篷。

"这不是魔法部那个珀金斯老头儿的吗?"他问,一边开始解开帐篷的钉子。

"他显然不想把它要回去了,他的腰痛那么严重。"赫敏说,此刻她正用魔杖画着复杂的八字形花样,"罗恩的爸爸说可以借给我。竖立成形!"她指着乱糟糟的帆布说。那堆东西立刻升到空中,一眨眼的工夫便全部搭好落在哈利面前的地上,最后一枚钉子从惊讶的哈利手中飞出,噗地钉入支架末端。

"降敌陷阱。"赫敏最后朝天挥舞了一下魔杖,"我只能做到这样了。至少,如果他们来了,我们应该能发觉,可我没法保证这能挡住伏——"

"别说名字!"罗恩厉声打断了她。

哈利和赫敏面面相觑。

"对不起,"罗恩撑起身子看着他们,轻轻呻吟了一声,"那让我感觉像一个——一个恶咒什么的。我们不能叫他神秘人吗,拜托?"

"邓布利多说,对一个名字的恐惧——"哈利说。

"提醒一下,伙计,直呼神秘人的名字并没有给邓布利多带来什么好下场。"罗恩抢白道,"就——就对神秘人表示一点尊重,行不行?"

"尊重?"哈利重复道,赫敏警告地瞥了哈利一眼,显然,在罗恩这样虚弱的情况下，不该与他争论。

哈利和赫敏连拖带抱地把罗恩弄进帐篷。里面和哈利记忆中的一样：一个小套间，配有卫生间和小小的厨房。他推开一把旧扶手椅，小心地把罗恩放到一张双层床的下铺。这短短的路程也已经让罗恩的脸色更加苍白，一被安放到床垫上，他就又闭上眼睛，好一会儿没说话。

"我去煮点茶。"赫敏气喘吁吁地说，从她的小包里掏出水壶和杯子，进厨房去了。

哈利觉得这热茶像疯眼汉牺牲当夜的火焰威士忌一样及时，似乎把他心头悸动的恐惧烫去了一点。过了一两分钟，罗恩打破了沉默。

"你们说卡特莫尔夫妇怎么样了？"

"运气好的话，他们已经逃走了。"赫敏说，紧紧地捧着热茶杯寻求安慰，"只要卡特莫尔先生头脑还清醒，就会用随从显形把他太太带走。他们现在可能正带着孩子逃往国外呢，哈利叫她这么做的。"

"我的天，但愿他们逃走了。"罗恩靠回枕头上说道，热茶似乎让他精神好了些，脸上也恢复了一点血色，"可是，我并不觉得雷吉·卡特莫尔的脑子有那么好使，我冒充他时所有的人对我说话都是那态度。上帝啊，我真希望他们逃走了……要是两个人都因为我们而进了阿兹卡班……"

哈利望望赫敏，到嘴边的问题——卡特莫尔太太没有魔杖会不会妨碍她随丈夫显形——又咽了下去。赫敏注视着为卡特莫尔夫妇的命运而忧心忡忡的罗恩，她的表情如此温柔，哈利觉得就好像看到她在亲吻罗恩一样。

"哎，你拿到没有？"哈利问她，一半是为了提醒她别忘了他的存在。

第14章 小　偷

"拿到——拿到什么？"她有点吃惊。

"我们冒这么大风险干什么去了？挂坠盒啊！挂坠盒在哪儿？"

"你们拿到了？"罗恩大叫，身子从枕头上抬起了一点，"没人跟我说过！我的天哪，你们也该提一下啊！"

"好啦，我们不是要从食死徒手里逃生吗？"赫敏说，"在这儿呢。"

她从袍子口袋里掏出挂坠盒，递给了罗恩。

挂坠盒有鸡蛋那么大，一个华丽的"S"，由多颗小绿宝石嵌成，在帆布帐篷顶透下的微明中闪着暗淡的光芒。

"会不会在克利切之后已经有人把它摧毁了？"罗恩心存侥幸地问，"我是说，能确定它还是魂器吗？"

"我想还是。"赫敏说，把它拿在手里细细查看，"如果用魔法破坏过，上面会有痕迹的。"

她把挂坠盒递给哈利，哈利拿在手上翻来覆去地端详，这玩意儿看上去完好无损、一尘不染。他想到那本残缺不全的日记，还有戒指魂器被邓布利多摧毁时，宝石上出现的裂缝。

"我想克利切说得对，"哈利说，"我们必须想办法打开这个东西，才能把它摧毁。"

说话时，哈利突然意识到他拿着的是什么，那两扇小金门后面藏着的是什么。虽然费尽周折才找到这个挂坠盒，他却有一种强烈的冲动，想把它马上抛掉。他克制住自己，试图用手掰开挂坠盒，然后又试了赫敏打开雷古勒斯卧室房门时用的咒语，都没有用。他又把挂坠盒交给罗恩和赫敏，他们各自使出浑身解数，也都跟他一样不成功。

"可你感觉到了吗？"罗恩把挂坠盒紧紧地捏在手中，小声问。

"什么呀？"

罗恩把魂器递给哈利。过了片刻，哈利明白了罗恩的意思。他感觉到的是自己的脉动，还是挂坠盒中有东西在跳动，像一颗小小的金属心脏？

"我们拿它怎么办呢？"赫敏问。

"妥善保管，直到想出摧毁它的办法。"哈利答道。尽管满不情愿，他还是把链子挂到了自己的脖子上，让挂坠盒落到袍子里面，贴胸挂在海格给他的那个袋子旁边。

"我想我们应该轮流在帐篷外面放哨，"他接着对赫敏说，站起来伸了个懒腰，"而且也需要想想吃饭问题。你待在这儿。"他又坚决地说，因为罗恩挣扎着要坐起来，脸色都发绿了。

哈利生日时赫敏送给他的窥镜被仔细安在帐篷里的桌子上，哈利和赫敏在一天中轮流承担放哨的任务。不过，窥镜一整天都毫无动静，不知是因为赫敏在周围施的防护魔法和麻瓜驱逐咒，还是人们很少到这里来，他们那片树林里始终寂静无人，只有小鸟和松鼠偶尔经过。晚上也没有变化。十点钟，哈利点亮魔杖，跟赫敏换了班，守望着一片空寂，看着蝙蝠在高处盘旋飞舞，掠过宿营地上方那一小块繁星点点的夜空。

他觉得饿了，还有一点头晕。赫敏没有往她的魔法小包里装任何食物，因为她以为晚上要回格里莫广场。他们没什么可吃的，只有一些赫敏从附近的树丛中摘来，放在马口铁罐里煮熟的野蘑菇。吃了两口之后，罗恩就推开了他的那份，显出有点想吐的样子。哈利也只是为了不伤害赫敏的感情才勉强吃了下去。

周围的寂静被奇怪的沙沙声和细枝折断似的声音打破，哈利想那是由动物而不是人引起的，但还是紧握魔杖保持戒备。他吃了那点橡皮似的、不够充饥的蘑菇，肚子已经不大舒服，

第14章 小 偷

现在更是因为紧张而烧灼起来。

他本来以为偷回魂器之后自己会欢欣鼓舞，但不知为什么，他没有这种感觉。坐在那里，望着只被他魔杖照亮了一小片的茫茫黑暗，他感到的只是对未来的担忧，就好像他几个星期、几个月甚至几年都在朝着这个目标冲刺，而现在猛然刹住脚步，无路可走了。

还有几个魂器没有找到，他根本不知道它们可能藏在哪儿，甚至不知道它们分别是什么。而且，他也不知道怎样才能摧毁找到的唯一一个、现在紧贴在他胸口的这个魂器。奇怪的是，它没有吸收他的体温，而是冰凉地贴在他的皮肤上，简直像刚从冰水里捞出来的一样。有时哈利觉得，也许是想象——他能感觉到一个小小的心脏在自己的心脏旁边不规则地跳动。

坐在黑暗中，无数不祥的预感爬上心头。他试图抵御，把它们驱走，但它们还是无情地袭来。两个人不能都活着。罗恩和赫敏在他身后的帐篷里轻声说话，他们如果愿意可以随时离开，而他不能。坐在那努力克服自己的恐惧和疲劳时，哈利感到压在胸口的魂器在滴滴答答，倒数他剩下的时间……愚蠢的念头，他对自己说，别那样想……

伤疤又刺痛起来，他担心是自己的胡思乱想造成的，便试图把思绪引往别处。他想到了可怜的克利切，在家盼着他们回去，不料看到的却是亚克斯利。小精灵会守口如瓶吗？还是会把知道的一切告诉那个食死徒？哈利愿意相信克利切在这一个月里已经被他感化，现在能够保持忠诚了，可是谁又知道会发生什么呢？如果食死徒折磨小精灵呢？可怕的画面涌入哈利脑海，他又努力推开它们，因为他无法为克利切做什么。哈利和赫敏已经商定不召唤小精灵，因为，万一魔法部的人跟来怎么办？亚克斯利就是拽着赫敏的袖子跟到了格里莫广场，他们不能保证小精灵的幻影显形没有类似的缺陷。

哈利的伤疤现在火烧火燎地痛。他想到还有那么多他们不知道的事，卢平说得对，那么多从没见过的和想象不到的魔法。邓布利多为什么不多说一点呢？难道他以为有的是时间，以为他能活许多年，许多个世纪，像他的朋友尼克·勒梅一样？如果那样的话，他想错了……斯内普已经下手……斯内普，那条潜伏的毒蛇，在塔楼顶上发起了攻击……

邓布利多坠落下去……坠落下去……

"把它交给我，格里戈维奇。"

哈利的声音高亢、清晰而冷酷。他的魔杖举在面前，握在一只苍白修长的手里。被魔杖指着的人倒吊在空中，被无形的绳子绑着，荡来荡去，看上去很怪异，他的胳膊紧紧地捆在身体两旁，恐惧的面孔与哈利的脸一样高，因为充血而涨得通红。他头发雪白，还有一把蓬松的大胡子：一个被绑着的圣诞老人。

"我没有，没有了！许多年以前，被偷走了！"

"别对伏地魔说谎，格里戈维奇，他知道……他永远知道。"

由于恐惧，被吊着的人瞳孔放大了。它们似乎在变得越来越大，像两个黑洞，最后把哈利整个人吸了进去——

现在哈利跟在身材矮胖、举着灯笼的格里戈维奇后面，沿着一条黑暗的走廊疾行。格里戈维奇冲进走廊尽头的房间。灯光映照下，这里像是个工作间，木屑和金子在晃动的光圈中闪烁，窗台上栖着一个金发少年，姿态像一只大鸟。在灯笼的光晕照到他的一刹那，哈利看到那张英俊的脸上充满喜悦，然后这位不速之客用魔杖射出一个昏迷咒，飞身跃出窗外，留下一串朗朗的笑声。

哈利从那宽敞的、隧道般的瞳孔中疾速退出，格里戈维奇的脸上现出极度的恐惧。

第14章 小 偷

"那个小偷是谁,格里戈维奇?"高亢、冷酷的声音问。

"我不知道,我一直不知道,一个年轻人——不——求求你——**求求你!**"

一声凄厉的、久久不绝的尖叫,接着是一道绿光——

"哈利!"

他睁开眼睛,喘着气,额头突突地跳疼。他刚才靠在帐篷上失去了知觉,顺着帆布歪着滑下去,现在躺在地上。他抬眼望着赫敏,她浓密的头发遮住了高高的黑色树梢间的一小块天空。

"做梦了,"他赶快坐起来,试图用无辜的表情面对赫敏的瞪视,"准是打了个盹儿,对不起。"

"我知道是你的伤疤!从你的表情就能看出来!你刚才看到了伏——"

"别说他的名字!"罗恩恼火的声音从帐篷深处传来。

"好吧,"赫敏没好气地说,"看到了神秘人的思想!"

"我不是有意的!"哈利说,"是一个梦!你能控制自己做什么梦吗,赫敏?"

"如果你学会用大脑封闭术——"

但哈利不想听训斥,他想讨论刚才看到的事情。

"他找到了格里戈维奇,赫敏,我想他已经杀死了他,但在此之前,他看到了格里戈维奇的思想,我看见——"

"我想还是由我来放哨吧,如果你都累得睡着了的话。"赫敏冷冷地说。

"我能值完这班!"

"不行,你显然累坏了,进去躺着吧。"

赫敏一屁股坐在帐篷口,看来是铁了心。哈利很窝火,但不想吵架,就低头钻进了帐篷。

罗恩仍然苍白的脸从下铺伸出来，哈利爬到他的上铺，躺下来望着黑漆漆的帆布顶棚。过了一阵，罗恩说话了，声音低得传不到蜷缩在门口的赫敏那里。

"神秘人在干什么？"

哈利眯起眼睛，努力回忆每个细节，然后小声对着黑暗说道：

"他找到了格里戈维奇，把老头儿捆在那里拷问。"

"格里戈维奇被捆了起来，还怎么给他做魔杖啊？"

"我不知道……挺怪的，是不是？"

哈利闭上眼睛，想着他的所见所闻，越想越觉得讲不通……伏地魔根本没有提到哈利的魔杖，没有提到孪生杖芯，也没有提到让格里戈维奇做一根更强大的新魔杖来打败哈利……

"他想要格里戈维奇交出一样东西，"哈利说，依然紧闭双眼，"可是格里戈维奇说被偷走了……然后……然后……"

他想起自己，身为伏地魔，似乎穿过格里戈维奇的瞳孔，飞进了他的记忆。

"神秘人看到了格里戈维奇的思想，我看见一个少年坐在窗台上，他朝格里戈维奇发了一个咒语，就跳出去不见了。他偷走了那件东西，他偷走了神秘人要找的东西。而且，我……我想我在哪儿见过他……"

哈利希望能再看一眼那个大笑的少年的面孔。根据格里戈维奇的记忆，这次失窃发生在许多年以前。为什么那个年轻的小偷看上去很面熟呢？

在帐篷里，周围林中的声响减弱了许多，哈利只听到罗恩的呼吸声。过了一会儿，罗恩轻声问："你没看到小偷拿着什么吗？"

"没有……肯定是件小东西。"

第14章 小　偷

"哈利？"

罗恩的床板嘎吱作响，他在床上换了个姿势。

"哈利，你认为神秘人会不会在寻找做魂器的东西？"

"不知道，"哈利缓缓地说，"也许吧。但是再做一个对他来说不是很危险吗？赫敏不是说过他已经把他的灵魂摧残到极限了吗？"

"是啊，但也许他自己不知道。"

"嗯……也许。"哈利说。

他本来认定伏地魔是在找克服孪生杖芯的办法，认定伏地魔想从老魔杖师傅那里找到答案……可是他却把老头儿杀了，好像没有问过任何关于魔杖的问题。

伏地魔想找什么呢？咳，当魔法部和整个巫师界都被他踩在脚下时，他却要到遥远的地方，苦苦寻觅一件格里戈维奇曾经拥有，而被那个不知名的小偷盗走的东西，这是为什么呢？

哈利还能看到那个金发少年的脸，快乐狂放，有一种弗雷德和乔治式的、恶作剧成功的得意神态。他像大鸟一般从窗台上飞了出去，哈利曾经见过他，却想不起是在哪儿……

格里戈维奇已经死了，现在有危险就是那个神采飞扬的小偷了。当罗恩的鼾声从下铺响起，哈利自己的意识也再次渐渐模糊时，他还在想着那个小偷。

第 15 章

妖精的报复

第二天一大早,在另外两人醒来之前,哈利走出帐篷,在周围的林子里找到一棵最苍老虬曲、看上去最坚韧的大树,把疯眼汉穆迪的魔眼埋在树下,用魔杖在树皮上刻了个小十字作为记号。这不算什么,但哈利想疯眼汉会觉得比安在乌姆里奇的门上好得多。他回到帐篷里,等两个伙伴醒来讨论下一步怎么办。

哈利和赫敏认为最好不要在一个地方待太久,罗恩也同意,只提出到了下一个宿营地必须吃到熏咸肉三明治。于是赫敏解除了她在空地上设的防护魔法,哈利和罗恩消去了地上他们宿营过的痕迹,三人幻影移形到了一个小集镇的外围。

他们在一小片幽僻的矮林子里搭好帐篷,又在周围设了新的防护魔法之后,哈利便披着隐形衣去找吃的。但此行并不顺利,他刚进集镇,就感到一阵不正常的寒意,弥漫的雾气和突然的天昏地暗使他僵立在那里。

"但你可以召出非常棒的守护神啊!"当哈利空着手回到帐篷里,气喘吁吁地用口形说出"摄魂怪"时,罗恩不甘心地说。

"我……不行,"他上气不接下气,捂着肋部说,"召不……

第15章 妖精的报复

出来。"

他们震惊和失望的表情让哈利感到羞耻。那是一种噩梦般的感受,眼看着摄魂怪从远处雾中飘出,令人麻木的寒气使他肺部窒息,缥缈的尖叫灌进他的耳朵,却意识到他无法保护自己。哈利用了全部的意志力才拔起腿来,逃出了那个地方,那些没有眼睛的摄魂怪还在麻瓜中间飘行,麻瓜或许看不见它们,但一定也会感觉到它们所到之处散发的绝望。

"这么说我们还是没有吃的。"

"别说了,罗恩。"赫敏厉声说,"哈利,怎么回事?你为什么召不出守护神?你昨天还做得很好啊!"

"我不知道。"

他矮身坐在珀金斯的旧扶手椅上,此刻感觉更加羞耻。他担心自己内心出了什么问题,昨天好像已是很久以前:今天他似乎又回到了十三岁,是唯一一个在霍格沃茨特快列车上昏倒的学生。

罗恩踢了一下椅子腿。

"怎么回事啊?"他对赫敏吼道,"我饿死了!我从差点失血而死到现在,只吃了几块毒蘑菇!"

"那你去抵抗摄魂怪啊。"哈利受了刺激,说道。

"我是想去,可是我胳膊还吊着呢,你可能没注意到!"

"很巧嘛。"

"你这是什么——?"

"对了!"赫敏一拍额头,叫了起来,两人都惊讶地沉默了,"哈利,给我那个挂坠盒!快,"见哈利没有反应,她朝他打着响指,急躁地说,"那个魂器,哈利,你还戴着它呢!"

她伸出双手,哈利把金链子从脑袋上脱下来。那玩意儿一离开他的皮肤,哈利立刻感觉到了自由和出奇的轻松,这才意识到自己刚才已被冷汗黏湿，胃里像压着一块巨石。

"好些了吗？"赫敏问。

"嗯，好多了！"

"哈利，"赫敏在他面前蹲下来，用令他联想到探望危重病人的语气说，"你没有被附身吧？"

"什么？没有！"他辩白道，"我戴着它时做过的事情我都记得，如果被附身了，我是不会记得的，对不对？金妮告诉我说，有些时候她什么都不记得。"

"唔，"赫敏低头看着那个沉甸甸的挂坠盒，"也许我们不应该戴着它，可以把它留在帐篷里。"

"我们不能把魂器随便乱放，"哈利坚决地说，"要是弄丢了，要是被偷走——"

"哦，好吧，好吧，"赫敏说着，把它挂到自己的脖子上，塞进衬衫领子里，"但我们要轮流戴它，谁都不要戴得太久。"

"太好了。"罗恩烦躁地说，"现在问题解决了，能不能搞点吃的啦？"

"好啊，但要到别的地方去找。"赫敏往哈利那边瞟了瞟说，"明知有摄魂怪出没还待在这儿是不明智的。"

最后他们停在一片广阔的田野里过夜，并从那家孤零零的农场搞到了鸡蛋和面包。

"这不是偷，对吧？"三人狼吞虎咽地吃着烤面包夹炒鸡蛋时，赫敏不安地问，"我在鸡笼下面塞了点钱。"

罗恩翻翻白眼，鼓着腮帮子说："赫—敏—，你—想得—太—多—了，放—松—点儿！"

舒舒服服吃饱之后，确实容易放松。关于摄魂怪的争吵在笑声中被遗忘了。晚上分三班放哨，哈利值第一班时，心情很愉快，甚至是乐观的。

第 15 章 妖精的报复

这是他们第一次体会到饱肚子会带来好心情,而空肚子会引起争吵和沮丧。哈利对此最不意外,因为他在德思礼家多次尝过忍饥挨饿的滋味。在那些只能找到浆果或陈饼干的夜晚,赫敏风度还不错,虽然脾气或许比平时急躁一些,沉默时脸色也阴沉一些。罗恩却是习惯了一日三餐都能享用妈妈或霍格沃茨家养小精灵提供的可口饭菜,饥饿使他失去了理智,暴躁易怒。每当缺少吃的又赶上佩戴魂器时,他就变得简直令人讨厌了。

"下面去哪儿?"成了他的口头禅,他自己似乎一点主意也没有,全指望哈利、赫敏拿出计划,而他只坐在那里为食物不足而闷闷不乐。哈利和赫敏长时间地合计去哪儿可能找到其他魂器,讨论如何摧毁已经找到的这一个,但毫无结果。因为得不到新的信息,他们的对话越来越重复单调。

邓布利多对哈利说过,伏地魔可能把魂器藏在对他有重要意义的地方。于是,他们枯燥地反复念叨他们听说过的伏地魔曾经居住或访问的地点。他出生和度过童年的孤儿院,他就读的霍格沃茨,他离校后工作过的博金-博克,还有他流亡多年的阿尔巴尼亚,这些构成了他们推想的依据。

"是啊,去阿尔巴尼亚吧,搜索整个国家只要花一下午。"罗恩讽刺地说。

"那儿不会有什么。他流亡前已经制作了五个魂器,邓布利多断定那条蛇是第六个。"赫敏说,"我们知道那条蛇不在阿尔巴尼亚,它一般都跟伏——"

"我没告诉你不要说那个名字吗?"

"好吧!那条蛇一般都跟神秘人在一起——满意了吧?"

"不大满意。"

"我看他不会在博金-博克藏什么东西。"哈利说,他已经多次表达过这一观点,但又说了一遍,只为打破那不愉快的沉默,"博金和博克都是黑魔法专家,他们一眼就会看出魂器的。"

罗恩有意打了个哈欠,哈利忍住想朝他扔东西的强烈冲动,勉强说下去:"我仍然觉得他可能在霍格沃茨藏了东西。"

赫敏叹了口气。

"但邓布利多会发现的呀,哈利!"

哈利又搬出他为支持这个论点而反复提起的说法。

"邓布利多当面对我说,他从不认为自己知道霍格沃茨的所有秘密,如果有一个地方是伏——"

"喂!"

"好吧,**神秘人**!"哈利吼道,被刺激得忍无可忍,"如果有一个地方真正对神秘人有重要意义,那就是霍格沃茨!"

"哦,得了,"罗恩嘲笑道,"他的学校?"

"对,他的学校!这是他第一个真正的家,一个表明他很特殊的地方,对他来说意味着一切,即使在他离开之后——"

"我们说的是神秘人,对吗?不是在说你吧?"罗恩问道,他在拉扯脖子上魂器的链子。哈利那一刻真想抓住那链子把他勒死。

"你告诉过我们,神秘人离校后曾请求邓布利多给他一份工作。"赫敏说。

"不错。"哈利说。

"邓布利多认为他只是想回来找什么东西,也许是另一个创始人的遗物,用来制作新的魂器,对吗?"

"对。"哈利说。

"可是他没有得到那份工作,是不是?"赫敏说,"所以他没有机会找到创始人的遗物,再把它藏在学校!"

"好吧,那么,"哈利认输地说,"忘掉霍格沃茨吧。"

没有别的线索,他们去了伦敦,披着隐形衣寻找伏地魔住过

第15章 妖精的报复

的那所孤儿院。赫敏溜进一个图书馆，从资料中发现那所孤儿院多年前就拆毁了。他们到原址转了转，发现那里已是办公大楼。

"我们可以试试到地基里挖一挖？"赫敏热情不高地说。

"他不会把魂器藏在这里的。"哈利说。他早就知道：孤儿院是伏地魔决心要逃离的地方，他绝不会把自己灵魂的一部分藏在那儿。邓布利多曾提示哈利，伏地魔选择藏身之处时追求庄严或神秘的气氛。伦敦的这个阴郁灰暗的角落，与霍格沃茨、魔法部或古灵阁巫师银行的金色大门和大理石地面，可以说有天壤之别。

尽管没有新的主意，他们仍然在野外流浪。为安全起见，他们每天晚上都在不同的地方宿营，早晨消去留下的所有痕迹，然后出发去寻找另一个偏僻隐蔽的地方，幻影显形到森林、幽暗的崖缝、紫色的沼地、开满金雀花的山坡，还有一次到了一个隐蔽的卵石小湾。他们轮流佩戴魂器，大约每十二小时一换，好像在玩一种邪恶的、慢动作的击鼓传花游戏，每个人都害怕鼓声停止，因为带来的惩罚是十二个小时更强烈的恐惧和焦虑。

哈利的伤疤经常刺痛。他注意到，当他佩戴魂器时，伤疤痛的次数最多，有时痛得他禁不住有所反应。

"什么？你看见了什么？"每当看到哈利皱紧眉头，罗恩就问。

"一张面孔，"哈利每次都喃喃地说道，"同一张面孔。格里戈维奇家的那个小偷。"

罗恩便转过头去，并不掩饰他的失望。哈利知道罗恩希望听到他家人的消息，或是凤凰社其他成员的消息。可他哈利毕竟不是电视天线，他只能看到伏地魔此时在想什么，而无法做到想调什么频道就能如愿。显然伏地魔在无休止地想着那个神采飞扬的无名少年，想他叫什么，在什么地方。哈利确信伏地魔并不比自己知道得更多。哈利的伤疤继续灼痛，那个快乐的金发少年在他记忆中晃来晃去,让他干着急。他学会了掩饰疼痛或不适,因为两个同伴在他提起那个小偷时表现出的只有不耐烦。他不能完全怪他们,毕竟大家都迫切希望得到一点魂器的线索。

从几天挨到了几星期,哈利开始疑心罗恩和赫敏在背后议论他。有几次,他们俩在哈利走进帐篷时突然停止了交谈。还有两次,他碰见他们俩在不远处紧挨着,脑袋凑在一起,急速地窃窃私语,发现他走近,两人都急忙住口,装作拾柴或打水。

哈利不禁怀疑,他们当初之所以同意参加这一行动,是以为他有什么秘密计划,会在适当的时候透露给他们,而现在感觉这行动像是漫无目标的流浪。罗恩毫不掩饰他的坏情绪,哈利开始担心赫敏也对他的领导能力感到失望。绝望中,他试图猜想其他魂器的地点,可是唯一一个老是想到的地方就是霍格沃茨,而他们俩都认为这根本不可能,他也就不再提了。

秋色在郊外蔓延,他们继续流浪。现在他们把帐篷搭在了满地落叶上。自然的雾气与摄魂怪带来的冷雾混在一起;风雨也给他们增添了困难。赫敏识别食用菌的本领提高了,但这并不能抵消其他方面的消极因素:长期孤独,没有其他人陪伴,而且完全不知道反伏地魔的斗争进展如何。

"我妈妈,"一天晚上,坐在威尔士一处河岸边的帐篷里,罗恩说道,"能凭空变出美味佳肴。"

他忧郁地戳着盘中那几块烧焦的、灰不溜秋的鱼肉。哈利不由得瞟了一眼罗恩的脖子,果然看到魂器的金链子在那里闪烁,便压下了想骂他几句的冲动,知道挂坠盒拿掉后他的态度会稍有好转。

"你妈妈不能凭空变出食物,"赫敏说,"谁也不能。食物是'甘普基本变形法则'的五大例外中的第一项——"

第15章 妖精的报复

"哦,说大白话,行不行?"罗恩说,从牙缝中剔出一根鱼刺。

"不可能凭空变出美味佳肴!如果你知道食物在哪儿,可以把它召来;如果你已经有了一些,可以给它变形,也可以使它增多——"

"——哦,这个就不用增多了,真难吃。"罗恩说。

"哈利抓的鱼,我尽了最大努力!我发现最后总是我去弄吃的,大概因为我是女孩吧!"

"不,因为据说你是最精通魔法的!"罗恩反唇相讥。

赫敏蹦了起来,几小块烤梭子鱼从她的锡盘里滑到地上。

"你明天负责做饭好了,罗恩,你可以去找原料,想办法把它们变成能够下咽的东西,我坐在这儿拉长了脸发牢骚,你可以看到你——"

"住口!"哈利举着双手跳起来说,"马上住口!"

赫敏看上去很愤慨。

"你怎么可以站在他那边,他几乎从来不做饭——"

"赫敏,安静,我听到有人!"

哈利仔细聆听,双手仍然举着,警告他们不要说话。少顷,在旁边黑暗中河水的哗哗声里,他再次听到了说话声。他回头看看窥镜,窥镜一动不动。

"你在我们周围施了闭耳塞听咒,是不是?"他小声问赫敏。

"我什么都用上了,"赫敏小声回答,"闭耳塞听咒、麻瓜驱逐咒和幻身咒,一股脑儿全用上了。不管是什么人,应该不会听到或看到我们。"

沉重的脚步声和摩擦声,还有石头和树枝掉落的声音,告诉他们有几个人正在攀下陡峭多树的山坡,渐渐接近坡下搭着帐篷的狭窄河岸。他们抽出魔杖等待着。在几乎一片漆黑中,防护魔法应该足以挡住麻瓜和一般巫师的注意。如果来的是食死徒，这防护屏障可能就要第一次经受黑魔法的检验。

声音大了一些，还是听不清楚，因为那帮人到了河边。哈利估计说话者离他们不到二十英尺，但在奔流的河水声中不能确定。赫敏抓过串珠小包翻找起来，一会儿便掏出三个伸缩耳，扔给哈利和罗恩一人一个。他们急忙将那肉色的细绳一头塞进耳中，另一头送到帐篷外。

几秒钟后哈利就听到了一个疲惫的男声。

"这儿应该有一些鲑鱼，你说是不是季节还太早？鲑鱼飞来！"

几处泼刺刺的溅水声，接着是鱼撞到皮肤上的啪唧声。有人赞赏地嘟囔着。哈利把伸缩耳往自己耳朵里塞得更深一点，在潺潺的水声中他又听到了一些说话声，但说的不是英语，也不是他听过的任何人类语言。那是一种粗哑刺耳的说话声，一连串嘎嘎的喉音，听起来好像有两个人，一个声音稍微低一些、慢一些。

帐篷的一面帆布外有火焰跳动起来，庞大的黑影在帐篷与火焰之间晃动。烤鲑鱼的香味诱人地飘来，然后传来了盘子上刀叉的叮当声，第一个男声又说话了。

"给，拉环、戈努克。"

妖精！赫敏对哈利做着口型说，哈利点点头。

"谢谢。"两个妖精一齐用英语说。

"这么说，你们三个一直在逃亡，有多久了？"另一个醇厚悦耳的声音说，哈利觉得似乎有点耳熟，他想象出一个大肚子、慈眉善目的男人。

"六个……七个星期……我忘了。"那个疲惫的男声说，"头两天遇到了拉环，不久之后又跟戈努克会合。很高兴有个

第15章 妖精的报复

伴。"片刻的沉默,刀刮盘子的声音,锡杯子被拿起又放回地上。"你怎么出来了,泰德?"那人又问。

"知道他们要来找我。"声音醇厚的泰德答道。哈利突然知道他是谁了:唐克斯的父亲。"听说上星期这个地区有食死徒出现,我决定还是逃走吧。我出于原则拒绝参加麻瓜出身登记,所以,我知道这是迟早的事,终归非走不可。我太太应该没事,她是纯血统。后来我在这儿碰到了迪安,是几天前吧,孩子?"

"是。"又一个声音说。哈利、罗恩和赫敏对视了一下,没有出声但都兴奋极了,他们听出那声音分明是迪安·托马斯,他们在格兰芬多学院的同学。

"麻瓜出身,嗯?"第一个男声问。

"搞不清。"迪安说,"我很小的时候,我爸就离开了我妈,我没有证据证明我爸是巫师。"

一阵沉默,只听到咀嚼的声音,然后泰德又说话了。

"我不得不说,德克,遇见你让我感到意外。很高兴,但也很意外。传闻说你已经被捕了。"

"是的,"德克说,"我在被押往阿兹卡班的路上逃了出来。击昏了德力士,偷了他的飞天扫帚。比想象的容易。我看他当时不大正常,也许被施了混淆咒,如果是那样,我真想跟那位施咒的巫师握握手,等于救了我一命呢。"

又是一阵沉默,火堆噼啪作响,河水汩汩流淌。然后泰德说:"那么,你们两个又是怎么回事? 我 —— 呃 —— 我印象中妖精大体上是支持神秘人的呀。"

"你的印象是错误的,"声音较高的那个妖精说,"我们并不偏向哪一边,这是巫师的战争。"

"那你们为什么要躲藏呢?"

"我认为躲藏是明智的,"声音较低沉的那个妖精说,"在拒绝了我认为无礼的要求后,我可以想见我的人身安全处于危险之中。"

"他们要你做什么?"泰德问。

"与我的种族尊严不相称的事情,"那妖精答道,声音变得更加粗犷,不像人声,"我不是家养小精灵。"

"你呢,拉环?"

"类似的原因。"声音较高的妖精说,"古灵阁不再由我的种族单独控制。我不承认巫师是我的主人。"

他小声用妖精语言叽咕了几句,戈努克大笑起来。

"有什么好笑的?"迪安问。

"他说,"德克答道,"有些事情巫师还蒙在鼓里呢。"

片刻的沉默。

"我不明白。"迪安说。

"我离开前施了一个小小的报复。"拉环用英语说。

"真是好汉 —— 好妖精,我应该说。"泰德连忙更正道,"没有把一个食死徒锁在超级保险的古老金库里吧?"

"即使我锁了,那把剑也不会帮他逃出来。"拉环答道。戈努克又笑起来,德克也干巴巴地笑了两声。

"迪安和我还是有些糊涂。"泰德说。

"西弗勒斯·斯内普也是,但他还不知道。"拉环说,两个妖精恶意地放声狂笑。

帐篷里,哈利的呼吸兴奋而短促。他和赫敏瞪大眼睛对视着,竭力仔细聆听。

"你没有听说吗,泰德?"德克问道,"霍格沃茨那些孩子试图把格兰芬多的宝剑从斯内普办公室偷出去。"

似乎有一股电流传遍了哈利全身,刺激着他的每一根神经。他像生了根一样伫立在原地。

第15章 妖精的报复

"一个字也没听说,"泰德说,"《预言家日报》上没有提吧?"

"不会有的,"德克高声笑道,"是拉环告诉我的。他又是听在银行工作的比尔·韦斯莱说的。偷宝剑的孩子中有一个是比尔的妹妹。"

哈利瞥了一眼赫敏和罗恩,他们俩都紧紧捏着伸缩耳,像抓着救命稻草一般。

"那小姑娘和几个朋友一起溜进斯内普的办公室,砸开了好像是放着宝剑的那个玻璃匣子,正在偷偷把宝剑拿下楼时,被斯内普抓住了。"

"啊,上帝保佑他们。"泰德说,"这帮孩子是怎么想的,以为他们能用这把宝剑去对付神秘人?或对付斯内普本人?"

"哦,不管他们想用它干什么,斯内普断定这把剑放在那里不安全了。"德克说,"几天之后,我想是得到了神秘人的许可,他把它运到伦敦,存在了古灵阁。"

两个妖精又大笑起来。

"我还是看不出有什么好笑的。"泰德说。

"那是赝品。"拉环刺耳地说。

"格兰芬多的宝剑!"

"哦,是的,是仿制品——仿制得非常好,这点不假——但它是巫师制造的。真品是许多世纪以前由妖精铸造的,有一些只有妖精造的武器才具备的特性。不管真正的格兰芬多宝剑在哪儿,反正不在古灵阁银行的金库里。"

"我明白了。"泰德说,"我想你没有去把这告诉食死徒吧?"

"我认为没有必要用这个消息去困扰他们。"拉环洋洋自得地说。现在泰德和迪安也跟着戈努克和德克大笑起来。

帐篷里,哈利闭起眼睛,希望有人问起他想知道的问题。过了一分钟,他感觉像过了十分钟,迪安满足了他的愿望。他

（哈利猛然想起）以前也是金妮的男友。

"金妮和其他人怎么样了？那帮偷宝剑的学生？"

"哦，他们受到了惩罚，残酷的惩罚。"拉环冷淡地说。

"他们没事吧？"泰德马上问，"我想，韦斯莱家可不能再有孩子受伤了，是不是？"

"据我所知，他们没有受什么重伤。"拉环说。

"真幸运。"泰德说，"以斯内普的一贯作风，我认为那帮孩子能活下来就不错了。"

"那么你也相信那个说法了，泰德？"德克问，"你相信是斯内普杀死了邓布利多？"

"我当然相信，"泰德说，"你不会坐在那儿告诉我，你认为波特与这事儿有关系吧？"

"这些日子很难知道该相信什么。"德克咕哝道。

"我认识哈利·波特，"迪安说，"我认为他是真正的——救世之星，或随便你想用什么词。"

"是啊，很多人都愿意相信他是，孩子，"德克说，"包括我在内。可是他在哪儿呢？看样子是跑了。照理说，如果他知道一些我们不知道的事情，或者有什么特殊的能耐，现在就应该挺身而出，率领大家反抗，而不是销声匿迹。你知道，《预言家日报》对他的一些揭露挺有道理——"

"《预言家日报》？"泰德嗤之以鼻，"如果你还在读那种垃圾，被欺骗也是活该，德克。你要想知道事实，去看《唱唱反调》吧。"

突然爆发出一阵咳嗽声和吐东西的声音，还有重重的拍击声，听起来好像德克吞下了一根鱼刺。最后他呛着说："《唱唱反调》？谢诺·洛夫古德的那份疯话连篇的破小报？"

"现在不那么疯话连篇了。"泰德说，"你应该看一看。谢诺

第15章 妖精的报复

发表的是《预言家日报》忽略的一切，上期报纸上一个字没提到弯角鼾兽。注意，他们能容忍他多久，我不知道。但是谢诺在每期的头版都说，反对神秘人的巫师都应该把帮助哈利·波特摆在第一位。"

"要帮助一个从地球上消失的男孩，难哪。"德克说。

"听我说，他们迄今为止还没有抓到他，这本身就是了不起的成绩。"泰德说，"我倒很乐意听听他的诀窍。这正是我们努力在做的——不让自己被抓住，不是吗？"

"是啊，嗯，你这话倒是有道理，"德克沉重地说，"整个魔法部和他们的眼线都在寻找他，我以为他已经被抓到了呢。不过，谁知道他们会不会已经逮捕和杀害了他，只是秘而不宣呢？"

"啊，别那么说，德克。"泰德喃喃道。

长时间的沉默，刀叉叮当作响。当说话声再次响起时，他们开始讨论该睡在河岸上，还是该退回到树多的山坡上。他们认为树荫下更隐蔽些，便把火熄灭了，往坡上爬去，说话声渐渐减弱，听不见了。

哈利、罗恩和赫敏收起伸缩耳。哈利刚才偷听的时间越长，越觉得忍不住要说话，可现在却发现自己只会说："金妮——那把剑——"

"我知道！"赫敏说。

她冲过去抓起串珠小包，这次整个胳膊都伸了进去，直到胳肢窝。

"找……到……了……"她咬着牙说，用力拽着一个显然压在深处的东西。慢慢地，一个华丽相框的边缘露了出来。哈利急忙过去帮她，两个人把菲尼亚斯·奈杰勒斯的空肖像拖出赫敏的小包时，她一直用魔杖指着它，准备随时施出咒语。

"如果有人在邓布利多办公室里用赝品跟真宝剑调包,"他们把相框靠在帐篷壁上时,赫敏喘着气说,"菲尼亚斯·奈杰勒斯会看到的,他就挂在宝剑匣子旁边!"

"除非他睡着了。"哈利说,他仍然屏着呼吸,赫敏跪在空画布面前,用魔杖指着它的中心,清了清嗓子说,"呃——菲尼亚斯?菲尼亚斯·奈杰勒斯?"

没有动静。

"菲尼亚斯·奈杰勒斯?"赫敏又说,"布莱克教授?能请您跟我们谈谈吗?劳驾?"

"'请'总是有用的。"一个冷冰冰的、讥讽的声音说,菲尼亚斯·奈杰勒斯溜进肖像中。赫敏马上叫道:"掩目蔽视!"

一块黑眼罩蒙住了菲尼亚斯·奈杰勒斯那双机敏的黑眼睛,他撞到相框上,痛得嗷嗷叫。

"什么——你们怎么敢——搞什么——?"

"我很抱歉,布莱克教授,"赫敏说,"但这是必要的防备!"

"马上去掉这块脏东西!马上去掉,我说!你们在毁掉一幅伟大的艺术品!我在哪儿?怎么回事?"

"别管我们在哪儿。"哈利说,菲尼亚斯·奈杰勒斯呆住了,不再拉扯那块画上去的眼罩。

"莫非是那位行踪不定的波特同学的声音?"

"也许。"哈利说,知道这会让菲尼亚斯·奈杰勒斯保持兴趣,"我们有几个问题想问您,关于格兰芬多的宝剑。"

"啊,"菲尼亚斯·奈杰勒斯现在把头歪过来扭过去,企图看到哈利,"是的,那个傻丫头此举极不明智——"

"不许这么说我妹妹。"罗恩粗声说。菲尼亚斯·奈杰勒斯扬起高傲的眉毛。

"还有谁在这儿?"他问,脑袋转来转去,"你的口气让我不

第15章　妖精的报复

快！那个丫头和她的朋友们愚蠢透顶，偷校长的东西！"

"他们不是偷，"哈利说，"那把剑不是斯内普的。"

"可它属于斯内普教授的学校，"菲尼亚斯·奈杰勒斯说，"韦斯莱家的丫头有什么权利拿走它？她活该受到惩罚，还有那个白痴隆巴顿和怪物洛夫古德！"

"纳威不是白痴，卢娜也不是怪物！"赫敏说。

"我在哪儿？"菲尼亚斯·奈杰勒斯再次问道，又开始拉扯眼罩，"你们把我弄到了什么地方？为什么把我从我祖先的宅子里搬走？"

"别管那个！斯内普是怎么惩罚金妮、纳威和卢娜的？"哈利迫不及待地问。

"斯内普教授罚他们到禁林里，给那个呆子海格干活。"

"海格不是呆子！"赫敏尖厉地说。

"斯内普也许以为那是惩罚，"哈利说，"但金妮、纳威和卢娜可能跟海格一起开怀大笑呢。禁林……他们经过了多少比禁林更可怕的考验啊，这没什么大不了的！"

他觉得松了口气，他刚才想象得很恐怖，以为至少是钻心咒。

"布莱克教授，我们其实是想知道，有没有人——嗯，把那把剑拿出来过？也许它曾经被拿出去擦拭——什么的？"

菲尼亚斯·奈杰勒斯又停下了解放自己眼睛的努力，哂笑起来。

"你这个麻瓜出身的人，"他说，"妖精造的武器是不需要擦拭的，头脑简单的丫头。妖精的银器能排斥灰尘，只吸收能强化它的东西。"

"不许说赫敏头脑简单。"哈利说。

"我对反驳感到厌倦，"菲尼亚斯·奈杰勒斯说，"也许我该回校长办公室去了？"

仍然蒙着眼睛的他开始在画框侧面摸索，想摸着走出肖像，回到霍格沃茨的那一幅里去。哈利突然灵机一动。

"邓布利多！您能把邓布利多带来吗？"

"什么？"菲尼亚斯·奈杰勒斯问。

"邓布利多教授的肖像——您能把他带来吗，带到您的肖像里？"

菲尼亚斯·奈杰勒斯把脸转向哈利发声的方向。

"显然，无知的不只是麻瓜出身的人，波特。霍格沃茨的肖像可以互相交谈，但不能离开城堡，除非是去访问他们自己在别处的肖像。邓布利多不能跟我来此，而且，在你们手中受到这种待遇之后，我可以向你们保证，本人也不会再来造访！"

哈利有点沮丧，看着菲尼亚斯加倍努力要离开相框。

"布莱克教授，"赫敏说，"劳驾，能不能请您告诉我们，那把剑上一次从匣子里取出是什么时候？我是说，在金妮把它取出之前？"

菲尼亚斯不耐烦地哼了一声。

"我相信，上一次我看见格兰芬多的宝剑离开匣子，是邓布利多用它劈开了一枚戒指。"

赫敏猛然转身望着哈利。当着菲尼亚斯·奈杰勒斯的面，他们都不敢多说。菲尼亚斯终于摸到了出口。

"好吧，祝你们晚安。"他有点暴躁地说，开始退出。当画面上只看得见一点帽檐时，哈利突然大叫一声。

"等等！你把这告诉斯内普了吗？"

菲尼亚斯·奈杰勒斯把蒙着眼罩的脑袋又探进相框。

"斯内普教授有更重要的事去操心，无暇考虑阿不思·邓布利多的种种怪癖行为。再见，波特！"

第15章 妖精的报复

说完，他彻底消失了，只留下一片混浊的背景。

"哈利！"赫敏叫道。

"我知道！"哈利高声说。他无法抑制自己，向空中猛击了一拳：这超过了他敢于期望的最好情况。他在帐篷里大步走来走去，感觉自己能一口气跑上一英里，甚至都不觉得饿了。赫敏正在把菲尼亚斯·奈杰勒斯的肖像塞回串珠小包，扣好搭扣之后，她把小包扔到一边，抬起发亮的面孔望着哈利。

"那把剑能摧毁魂器！妖精造的刀刃只吸收能强化它的东西——哈利，那把剑浸透了蛇怪的毒液！"

"邓布利多没有把它交给我，是因为他还需要它，想用它摧毁挂坠盒——"

"——他一定想到了，如果把宝剑写进了遗嘱，他们就不会让你得到它——"

"——所以他仿制了一把——"

"——然后把真的那把放在……哪儿呢？"

他们瞪着对方，哈利感到答案就悬在他们头顶的空气中，那么近，却就是够不到。为什么邓布利多没有告诉他呢？或者其实告诉过，但哈利当时没意识到？

"想想！"赫敏小声说，"想想！他会把它放在哪儿？"

"不在霍格沃茨。"哈利说，又踱起步来。

"在霍格莫德的什么地方？"赫敏猜道。

"尖叫棚屋？"哈利说，"没人到那儿去。"

"可是斯内普知道怎么进去，那不是有点冒险吗？"

"邓布利多信任斯内普。"哈利提醒她。

"没有信任到告诉他宝剑已经调包。"赫敏说。

"是啊，你说得对！"哈利说，想到邓布利多对斯内普的信任有所保留，感到更加快慰，不管那保留是多么微不足道，"那么，他会不会把宝剑藏在远离霍格莫德的地方呢？你怎么想，罗恩？罗恩？"

哈利回过头，他一时迷惑，以为罗恩已经离开帐篷，随后才发现罗恩躺在下铺的阴影中，像石头一般。

"哦，想起我来啦？"他说。

"什么？"

罗恩哼了一声，盯着上铺的床板。

"你们两个接着聊啊，别让我搅了你们的兴致。"

哈利迷惑不解，求助地看看赫敏。但她摇了摇头，显然也和他一样不知所措。

"出了什么问题？"哈利问。

"问题？没有问题，"罗恩说，仍然不肯看哈利，"至少在你看来。"

头顶的帆布啪嗒啪嗒响了几声，下雨了。

"好吧，你显然有问题。"哈利说，"一吐为快，好不好？"

罗恩把长腿荡下床沿，坐了起来。他看上去很刻薄，简直有点不像他了。

"好，我就一吐为快。别指望我在帐篷里欢呼雀跃，不就是又多了一个该死的东西要找吗。直接把它加到你不知道的东西里去好了。"

"我不知道？"哈利说，"我不知道？"

啪嗒，啪嗒，啪嗒：雨越来越急，越来越大。打在周围落叶覆盖的河岸上，打在黑暗中潺潺的河水上。恐惧浇灭了哈利的欢乐：罗恩说的正是哈利怀疑并害怕他会有的想法。

"我在这儿确实过得有点儿终生难忘，"罗恩说，"你知道，胳膊残了，没东西吃，每天夜里后背都要冻掉。你知道，我只是希望在四处奔波了几个星期后，我们能够有一点成绩。"

第15章 妖精的报复

"罗恩。"赫敏说,但声音如此之低,在噼里啪啦敲在帐篷上的雨声中,罗恩可以假装没有听到。

"我还以为你知道参加的是什么行动呢。"哈利说。

"是啊,我也以为我知道。"

"那么,哪个部分没有符合你的期望呢?"哈利问,恼怒使他开始自卫,"你以为我们会住在五星级酒店里?隔一天就找到一个魂器?你以为圣诞节就能回到妈咪身边吗?"

"我们以为你知道自己在干什么!"罗恩嚷道,站了起来。他的话像滚烫的刀子刺进哈利心中。"我们以为邓布利多告诉过你要干什么,我们以为你有一个像样的计划!"

"罗恩!"赫敏说,这次在帐篷顶上哗哗的雨声中听得很清楚,但罗恩还是没有睬她。

"好吧,对不起,让你们失望了。"哈利说,声音相当平静,其实他感到空洞、底气不足,"我从一开始就对你们直言相告,跟你们讲了邓布利多告诉过我的一切。也许你没注意到,我们已经找到了一个魂器——"

"是啊,我们要毁灭它容易着呢,就跟找到其他几个魂器一样容易——他妈的遥不可及,换句话说。"

"摘下挂坠盒,罗恩,"赫敏说,嗓音高得不正常,"请你把它摘下来。你要不是戴了它一天,是不会说这种话的。"

"不,他会的。"哈利说,他不想为罗恩开脱,"你以为我没有注意到你们两个背着我嘀嘀咕咕吗?你以为我猜不到你们在想这些吗?"

"哈利,我们没有——"

"别撒谎!"罗恩冲她吼道,"你也说了,你说你感到失望,你说你本来以为他有更多的线索——"

"我没有那样说——哈利,我没有!"赫敏哭了。

雨水狂敲着帐篷，泪水从赫敏脸上流下。几分钟前的兴奋消失得无影无踪，好像从未有过一样，如同烟花一般绚丽片刻便熄灭了，留下的是黑暗、潮湿和寒冷。格兰芬多的宝剑不知藏在什么地方，他们只是躲在帐篷里的三个少年，唯一的成绩就是还没死掉。

"那你为什么还在这儿？"哈利问罗恩。

"我不知道。"罗恩说。

"那就回家吧。"哈利说。

"是啊，也许我应该回家了！"罗恩嚷着，朝哈利走了几步，哈利没有后退，"你没听到他们说我妹妹的事吗？但你根本不在乎，是吧，不过是禁林嘛，'我经历过更可怕的'——大英雄哈利·波特才不在乎我妹妹在那儿遇到了什么呢，可我在乎，巨蜘蛛和让人发疯的东西——"

"我只是说——她跟同伴们在一起，跟海格在一起——"

"——是啊，我听懂了，你不在乎！还有我的家人呢，'韦斯莱家可不能再有孩子受伤了'，你听到了吗？"

"听到了，我——"

"没去想那意味着什么吧？"

"罗恩！"赫敏挤到他们中间，"我认为那并不意味着出了什么新的事，我们不知道的事。想一想吧，罗恩，比尔已经留下伤疤，现在许多人一定已看到乔治少了一只耳朵，你又得了散花痘重病不起，我相信指的就是这些——"

"哦，你相信，是吗？好吧，我就不用去想他们了。你们两个觉得没关系，是不是，反正你们的父母都在安全的地方——"

"我的父母死了！"哈利吼道。

"我的父母也可能是同样下场！"罗恩喊了起来。

"那就*走吧*！"哈利咆哮道，"回到他们那儿去，假装你的散

第15章 妖精的报复

花痘好了,妈咪会把你喂得饱饱的——"

罗恩突然动手,哈利迅速反应,但两人的魔杖还没拔出口袋,赫敏已经举起了她的。

"盔甲护身!"她叫道。一道无形的坚壁立刻形成,她和哈利在一边,罗恩在另一边。三人都被魔咒的力量震得倒退了几步。哈利和罗恩隔着透明的屏障怒目而视,好像第一次看清对方一样。哈利对罗恩感到一种带腐蚀性的憎恨:他们之间有某种东西断裂了。

"把魂器留下。"哈利说。

罗恩从头上扯下链子,把挂坠盒丢在旁边的一把椅子上,然后转向赫敏。

"你打算干什么?"

"你说什么?"

"你是留下,还是怎么着?"

"我……"赫敏显得很痛苦,"是——是的,我要留下。罗恩,我们说过要跟哈利一起,我们说过要帮——"

"我明白了,你选择了他。"

"罗恩,不——求求你——回来,回来!"

她被自己施的铁甲咒挡住了,等到把它除去,罗恩已经冲进了夜幕中。哈利呆呆地、默默地站在那儿,听着赫敏在哭泣,在树林中呼唤罗恩的名字。

几分钟后她回来了,头发湿漉漉地贴在脸上。

"他——他——他走了!幻影移形了!"

她扑通坐在椅子上,蜷着身子哭了起来。

哈利心中一片茫然。他俯身捡起魂器,挂在自己的脖子上,又拽下罗恩铺上的毯子,给赫敏披上,然后爬上自己的床铺,盯着黑漆漆的帆布帐篷顶,听着滂沱的雨声。

第 16 章

戈德里克山谷

第二天哈利醒来时，过了几秒钟才想起发生了什么事。他天真地希望那是个梦，希望罗恩还在这儿，没有离开。可是他转过头，看到的是罗恩的空床，像横在路上的尸体那样吸引着他的目光。哈利从自己床上跳下来，不去看罗恩的床铺。赫敏已经在厨房里忙碌，哈利走过时，她没有跟他说早上好，而是急忙扭过头去。

他走了，哈利对自己说。他走了。洗脸穿衣时，他止不住一直这么想，好像重复这句话会使打击减轻一些似的。他走了，不回来了。这是简单的事实，哈利知道，因为他们的防护魔法意味着，只要他们一离开这个地方，罗恩就再也无法找到他们。

他和赫敏在沉默中吃完了早饭。赫敏两眼红肿，看来一夜未睡。两人收拾行装时，赫敏磨磨蹭蹭。哈利知道她为什么希望在河边拖延时间。有几次发现她热切地抬起头，他相信她是自己欺骗自己，以为在大雨中听到了脚步声。然而，并没有红头发的身影出现在树林中。每次哈利像她那样四下张望（他自己也忍不住抱有一点希望），却只看到被雨水冲刷的树林，心中便有一小股怒火在喷发。他能听到罗恩说："我们以为你知道自己

第16章 戈德里克山谷

在干什么!"于是他继续收拾行装,心窝里像堵着一个硬疙瘩。

混浊的河水迅速上涨,很快就会漫上他们这片堤岸。两人比正常应该离开营地的时间多逗留了一个小时。终于,把串珠小包打开又重装三次之后,赫敏似乎再也找不出拖延的理由了,她和哈利手拉手幻影移形,出现在一片石楠丛生、狂风呼啸的山坡上。

一到地方,赫敏就松开哈利的手,从他身边走开,最后坐到一块大石头上,脸埋在膝头,身体发抖。哈利知道她在哭。他望着她,觉得应该去安慰她,但不知什么东西使他定在了原地。他从内到外都冷冰冰、紧绷绷的:仿佛又看到了罗恩脸上轻蔑的表情。哈利在石楠丛中大步走动,以情绪紊乱的赫敏为圆心绕着大圈,一边施着赫敏往常为保护他们安全而施的魔咒。

他们接下来几天都没有谈到罗恩。哈利决心不再提起他的名字,赫敏似乎知道硬要提起也没有用。但有时在夜里,当她以为哈利睡着了的时候,哈利能听到她在偷偷地哭泣。而哈利则开始拿出活点地图,用魔杖照着细看。他在等待标着罗恩的黑点出现在霍格沃茨走廊上,证明他回到了舒适的城堡里,受到他纯血统身份的保护。然而,罗恩没有在地图上出现。过了一段时间,哈利发现自己拿出地图只是为了盯着女生宿舍里金妮的名字,不知道自己热切的目光能不能进入她的梦境,让她感应到他在想念她,愿她一切都好。

白天,他们冥思苦想格兰芬多的宝剑可能在哪里,讨论邓布利多会选择什么地方来藏它。可是越讨论,他们的猜测就越绝望牵强。哈利无论怎么敲脑袋,也想不起邓布利多提过藏东西的地方。有时候他不知道是罗恩还是邓布利多更让他生气。我们以为你知道自己在干什么……我们以为邓布利多告诉过你要干什么……我们以为你有一个像样的计划!

他无法对自己隐瞒：罗恩是对的，邓布利多留给他的几乎是零。他们发现了一个魂器，但没有办法摧毁它，另外几个魂器和以前一样无从寻觅。绝望似乎要将他吞没。哈利现在想想都吃惊，他竟然那么自以为是，让两个朋友来陪自己开始这场漫无目标的旅行。他什么都不知道，也没有主意，他一直痛苦地提防着任何一丝迹象，怕赫敏也会来跟他说她受够了，要走了。

许多个夜晚，他们几乎都是在沉默中度过的，赫敏常把菲尼亚斯·奈杰勒斯的肖像拿出来，支在椅子上，仿佛他能填补罗恩出走留下的巨大空洞似的。菲尼亚斯·奈杰勒斯尽管上次扬言决不再来，却似乎无法抗拒打探哈利情况的机会，所以同意每隔几天蒙着眼睛出现一次。哈利甚至挺高兴见到他，毕竟是个伴儿，虽然是喜欢讥诮讽刺的那种。他们喜欢听发生在霍格沃茨的各种新闻，但菲尼亚斯·奈杰勒斯不是个理想的报告员。他崇敬斯内普——那是自从他本人掌管学校之后第一位斯莱特林出身的校长。哈利他们要小心，不能批评斯内普或提出对他不敬的问题，否则菲尼亚斯·奈杰勒斯就会马上离开画像。

不过，他还是透露了一些片段。斯内普要对付一帮死硬派学生持续不断的低调反抗。金妮被禁止进入霍格莫德。斯内普恢复了乌姆里奇的旧规定，禁止三人以上的学生集会以及任何非正式的学生社团。

从这一切中，哈利推测金妮，可能还有纳威和卢娜跟她一起，在尽力维持邓布利多军。零星的消息使哈利如此渴望见到金妮，几乎想到了胃痛的程度，同时也让他想到了罗恩，想到了邓布利多，想到了霍格沃茨，他对学校的思念几乎和对前女友的思念一样强烈。真的，当菲尼亚斯·奈杰勒斯讲述斯内普的镇压措施时，哈利有过一刹那的疯狂，想象着干脆回学校去参加给斯内普捣乱的行动：有饱饭吃，有软和的床铺睡，有别人

第16章　戈德里克山谷

在负责,似乎是世界上最美妙的生活。但他随即想起自己是头号不良分子,被悬赏一万金加隆通缉,如今走进霍格沃茨就像走进魔法部一样危险。菲尼亚斯·奈杰勒斯无意间强调了这一事实,他常用诱导性的问题探听哈利和赫敏在什么地方。每当这种时候,赫敏便把他塞回串珠小包。在这样粗暴的送行之后,菲尼亚斯·奈杰勒斯总是几天都不肯露面。

天气越来越冷。因为不敢在一个地区待得太久,他们没有留在英国南部(那儿最坏也就是地面结霜而已),而是继续在国内四处迁徙:在寒冷的半山腰,冻雨敲打着帐篷;在广阔平整的沼泽地,冷水灌进帐篷里;在苏格兰的湖心小岛,夜间积雪埋住了半个帐篷。

他们已经从几家客厅窗口看到圣诞树在闪耀,一天晚上,哈利终于决心再次提起在他看来是唯一一条还未探索的路。刚吃完一顿难得的美餐(赫敏穿着隐形衣去了超市,还细心地往收银台抽屉里丢了些钱),肚子里填满了意大利细面条和梨罐头,哈利猜想赫敏这时也许会比平时更容易说动一些。而且他已周密地预先提议歇几个小时不戴魂器,它现在正挂在他身边的床头。

"赫敏?"

"嗯?"赫敏正蜷在一把凹陷的扶手椅里,读《诗翁彼豆故事集》。哈利想象不出她还能从那本书里读出什么新鲜东西,书毕竟不是很厚。但她显然还在破译着什么,因为《魔法字音表》摊在椅子扶手上。

哈利清了清嗓子,感觉就好像几年前,他没能得到德思礼夫妇签字允许,却要问麦格教授他能不能去霍格莫德一样。

"赫敏,我一直在想——"

"哈利,你能帮我个忙吗?"

显然赫敏没有听他说话。她身体前倾，举着那本《诗翁彼豆故事集》。

"看那个符号。"她指着一页的顶端。在估计是故事标题的文字上面（哈利看不懂如尼文，所以不能确定），有一个图形，看上去像只三角眼，瞳孔中间有一道竖线。

"我没上过如尼文课，赫敏。"

"我知道。可那不是如尼文，字音表里也没有。我一直以为是一只眼睛的图案，但现在觉得不是！它是墨水做的记号，看，是有人画上去的，不是书里的内容。想想，你有没有见过它？"

"没有……不，等等。"哈利又仔细看了看，"这不是和卢娜爸爸脖子上戴的一样吗？"

"嗯，我也是这么想的！"

"那就是格林德沃的标志。"

她瞪着他，张大了嘴巴。

"什么？"

"克鲁姆告诉过我……"

他复述了威克多尔·克鲁姆在婚礼上跟他讲的故事。赫敏显得很吃惊。

"格林德沃的标志？"

她来回地看着哈利和那个奇怪的符号，"我从没听说过格林德沃有个标志。我读过的有关资料中都没有提到。"

"我说了，克鲁姆认为那符号刻在德姆斯特朗的墙上，是格林德沃刻上去的。"

赫敏靠到旧扶手椅上，皱起眉头。

"那非常蹊跷。如果它是黑魔法的符号，又怎么会在一本儿童故事书里呢？"

"是啊，挺奇怪的。"哈利说，"而且按理斯克林杰会认出它

第16章 戈德里克山谷

啊。他身为部长，应该是识别黑魔法的专家。"

"我知道 …… 也许他以为这是一只眼睛，就像我刚才那样。其他故事的标题上面都有小图案。"

她不再说话，继续研究那个奇怪的标志。哈利又试了一次。

"赫敏？"

"唔？"

"我一直在想。我——我想去戈德里克山谷。"

她抬头望着他，但眼睛没有聚焦，哈利断定她还在想着书上那个神秘标志。

"是啊，"她说，"是啊，我也在考虑这个事。我真的认为我们应该去。"

"你听清我的话了吗？"他问。

"当然。你想去戈德里克山谷。我同意。我认为我们应该去。我是说，我想不出还有什么地方能找到它。去的话会很危险，但我越想越觉得它可能在那儿。"

"呃——什么可能在那儿？"哈利问。

这下，她看上去像哈利刚才一样困惑。

"那把剑啊，哈利！邓布利多一定知道你会想回那儿看看，何况，戈德里克山谷是戈德里克·格兰芬多的出生地——"

"是吗？格兰芬多出生在戈德里克山谷？"

"哈利，你到底有没有翻开过《魔法史》啊？"

"嗯，"哈利笑了，好像是几个月来第一次微笑，面部肌肉发僵，感觉怪怪的，"我也许翻开过，刚买的时候 …… 就那一次 ……"

"那个村子是以他的名字命名的，我还以为你也许能联系起来呢。"赫敏说，相较她最近的表现，这话大大接近于她往日的风格，哈利几乎等着她宣布要去图书馆了，"《魔法史》中提到过一点那个村子，等等……"

她打开串珠小包，摸了一会儿，终于抽出她的旧课本：巴希达·巴沙特的《魔法史》，翻到了她想找的那一页。

> 《国际保密法》一六八九年签署生效之后，巫师们永久性地转入隐蔽。也许是自然而然地，他们在社区内部形成了自己的小社区。许多小村庄吸引了几户巫师家庭，这几家便团结起来，互相帮助，互相保护。康沃尔郡的丁沃斯、约克郡的上弗莱格利、英格兰南海岸的奥特里·圣卡奇波尔，都有巫师家庭聚居，在宽容的、有时是被施了混淆咒的麻瓜中间生活。在此类半巫师聚居地中，最著名的也许是戈德里克山谷。这个西南部的村庄是伟大的巫师戈德里克·格兰芬多的出生地，也是巫师金匠鲍曼·赖特打造第一个金色飞贼的地方。墓地上刻满古老巫师家族的姓氏，这无疑也是小教堂许多世纪以来鬼故事不断的原因。

"没有提到你和你的父母，"赫敏合上书说，"因为巴沙特教授只写到十九世纪末。可是你看到没有？戈德里克山谷、戈德里克·格兰芬多、格兰芬多的宝剑，你不认为邓布利多会希望你这样联想吗？"

"哦，是啊……"

哈利不想承认，他在提议去戈德里克山谷时其实并没想到宝剑，对他来说，那个村子的吸引力在于他父母的坟墓、他大难不死的房子，还有巴希达·巴沙特这个人。

"记得穆丽尔的话吗？"他最后问道。

"谁？"

"你知道，"他犹豫了一下，不想说罗恩的名字，"金妮的姨

第 16 章　戈德里克山谷

婆，在婚礼上，就是说你踝骨太突出的那个。"

"哦。"赫敏说。

这是一个尴尬的时刻：哈利知道赫敏感觉到了罗恩的名字差点出现。他急忙说下去："她说巴希达·巴沙特还住在戈德里克山谷。"

"巴希达·巴沙特，"赫敏喃喃地说道，食指轻轻抚摸着《魔法史》封面上凸印的作者名字，"嗯，我想——"

她猛地倒吸一口冷气，哈利心里翻腾起来。他拔出魔杖，回头朝帐篷口看去，以为会看到一只手正从门帘上伸进来，然而什么也没有。

"什么呀？"他说，既恼火，又松了口气，"你干吗那样？我还以为你看到食死徒在拉帐篷门呢，至少——"

"哈利，要是巴希达手里有那把剑呢？要是邓布利多把剑托付给了她呢？"

哈利考虑了一下这种可能性。巴希达现在应该是年岁很老的老太太了，而且据穆丽尔说，她还老"糊涂了"。邓布利多会不会把格兰芬多的宝剑藏在她那儿？如果真是那样，哈利觉得未免太冒险了。邓布利多从未透露过他把宝剑调了包，甚至都没有提过跟巴希达的交情。但现在不是怀疑赫敏推理的时候，她正出乎意料地赞同哈利最热切的愿望。

"是啊，有可能！那么，我们去戈德里克山谷吗？"

"去，但必须考虑周密，哈利。"赫敏现在坐正了，哈利看出，又能够有一个计划，使她的心情像他的一样振奋了许多，"首先，我们得练习披着隐形衣一起幻影移形，幻身咒可能也用得上，要么你主张一路都用复方汤剂？那样就得搞到别人的头发。哎，我觉得我们最好去搞一些，哈利，伪装越多越好……"

哈利任她说下去，每当她停顿时便点头附和，但他的心思已经离开谈话，从发现古灵阁那把剑是赝品之后，他第一次兴奋起来。

他要回家了，要回到他有过一个家的地方。如果没有伏地魔的话，他会在戈德里克山谷长大，度过每个假期。他会邀请朋友到家里玩……甚至可能有弟弟妹妹……给他做十七岁生日蛋糕的就会是他的妈妈。想到即将要去访问这一切都被夺走的地方，他所失去的生活从未像此刻这样真切。那天夜里赫敏上床睡觉之后，哈利悄悄从串珠小包里取出他的背包，翻出海格很久以前送给他的那本相册。几个月来，他第一次端详着父母的旧照片，他们在向他微笑招手，他就只剩下这么一点纪念了。

哈利很想第二天就去戈德里克山谷，但赫敏另有主张。她相信伏地魔料到哈利会去父母逝世的地方凭吊，坚持要确保伪装最充分之后再出发。所以，整整过了一个星期——他们从圣诞节前购物的麻瓜身上偷到了头发，又一起在隐形衣下反复练习了幻影显形和移形——赫敏才同意启程。

他们要在黑暗掩护下幻影显形到那个村子，所以黄昏时分两人才喝下复方汤剂，哈利变成了一位秃顶的中年麻瓜，赫敏变成了他那瘦瘦小小，有点像老鼠的妻子。她穿了件扣得严严实实的外衣，串珠小包塞在外衣内侧的口袋里，装着他们全部的家当（除了哈利戴在脖子上的魂器）。哈利把隐形衣披到两人身上，然后便一起旋转着进入了令人窒息的黑暗。

心跳到了喉咙口，哈利睁开双眼。他们俩手拉手站在一条积雪的小巷，头上是深蓝色的苍穹，第一批星星已经闪烁着微光。一些房子立在窄巷两旁，窗户里的圣诞装饰闪闪发亮。前方不远处，金色的街灯显示出那里是村子的中心。

"这么多雪！"赫敏在隐形衣下悄声说，"我们怎么没想到雪

第16章　戈德里克山谷

呢？千算万算，还是会留下脚印！必须把它们销掉——你走前面，我来——"

哈利不愿意像哑剧中双人扮的假马那样进村，身上蒙着东西，边走边用魔法掩去足迹。

"脱掉隐形衣吧。"哈利说，看到赫敏显出害怕的样子，他又说，"哦，没事的，我们变了形，周围又没人。"

他把隐形衣塞进外衣里面，两人没有羁绊地朝前走去。冰冷的空气像针扎在面颊上，沿途经过更多的房子：每一座都可能是詹姆和莉莉曾经住过的，或是巴希达现在住着的。哈利望着那些前门、积雪的屋顶和门廊，自问是否还能记起一二，而内心深处知道这是不可能的，自己才一岁多一点儿就永久地离开了这儿。他甚至不知道还能不能看到那所房子，不知道被施了赤胆忠心咒的人死后会发生什么情况。小巷向左一拐，村子的中心——一个小广场呈现在他们眼前。

广场中央有一个战争纪念碑状的建筑，半掩在被风吹得有些零落的圣诞树后面，周围张挂着彩灯。这里有几家店铺、一个邮局、一家酒吧，还有一座小教堂，彩绘玻璃在广场对面放射着珠宝般的光辉。

地上的雪都压实了：被人们踩了一天的地方硬邦邦、滑溜溜的。村民们在他们面前交叉往来，被街灯短暂地照亮。酒吧门开关时传出片断的笑声和流行音乐声，小教堂里有人唱起了颂歌。

"哈利，我想今天是圣诞前夜！"赫敏说。

"是吗？"

他已经忘记了日期，两人都好几个星期没看报纸了。

"我可以肯定。"赫敏说，眼睛望着教堂，"他们……他们会在那儿，是不是？你的爸爸妈妈？我能看到教堂后面的墓地。"

哈利感到一阵战栗，那不只是激动，更像是恐惧。现在距离这么近，他倒不知道自己究竟想不想看了。也许赫敏了解他的感受，她拉起他的手，第一次在前领路，拉着他往前走。但走到广场中间时，她突然停住了。

"哈利，看！"

她指着那块纪念碑。在他们走过时，纪念碑起了变化，不再是一块刻满名字的方尖石碑，而是变成了三个人的雕像：一个头发蓬乱、戴着眼镜的男人，一个长头发、容貌美丽善良的女人，还有一个坐在妈妈怀中的男婴。雪花落在他们三个人的头顶，像松软的白绒帽。

哈利走到近前，凝望着他父母的面庞。他从没想过会有一座雕塑……多么奇怪，看到石刻的自己，一个快乐的婴儿，头上没有伤疤……

"走吧。"瞻仰够了之后，哈利说道。两人继续朝教堂走去，过街时他回头看了看，雕像又变成了战争纪念碑。

走近教堂，歌声越来越响，哈利嗓子眼里发紧，他如此强烈地想到了霍格沃茨，想到了皮皮鬼从盔甲里胡乱吼唱圣诞颂歌，想到了大礼堂里的十二棵圣诞树，想到了邓布利多戴着拉彩包爆竹赢得的女帽，想到了罗恩穿着手织毛衣……

墓地入口有一道窄门。赫敏尽可能轻轻地推开它，两人钻了进去。通向教堂门口的小径滑溜溜的，两边积雪很深，未经踩踏。他们从雪地上穿过去，小心地贴着明亮窗户下的阴影绕向屋后，身后留下深深的沟印。

教堂后面，一排排积雪的墓碑伫立在浅蓝色的银毯上，耀眼的红色、金色和绿色光斑点缀其间，是彩绘玻璃在雪地上的投影。哈利用手在衣袋里握紧魔杖，朝最近的墓碑走去。

"看这个，姓艾博，说不定是汉娜失散的亲戚！"

第16章 戈德里克山谷

"小点声。"赫敏恳求道。

两人踏着雪往墓地深处走去,雪地上留下深深的黑色踪迹。他们弯腰细看古老墓碑上的铭文,时而向周围的黑暗处张望,确定没有旁人。

"哈利,这儿!"

赫敏在两排墓碑之外,哈利只好费力地返回去,心脏怦怦地撞击着胸口。

"是不是——"

"不是,但你看!"

赫敏指着黑乎乎的碑石,哈利弯下腰,看到在结冰的、地衣斑驳的花岗石上,刻着坎德拉·邓布利多,生卒日期底下是及女儿阿利安娜。还有一句格言:

珍宝在何处,心也在何处

那么,丽塔·斯基特和穆丽尔说对了几分事实。邓布利多一家确实在这儿住过,还有人在这儿去世。

看到这坟墓比听说它时还要难过,哈利不禁心潮起伏,他和邓布利多都有深深的根埋在这片墓地中。邓布利多本该告诉他这一点,却从来没想点破这层关系。他们本可以一起造访这个地方,一瞬间哈利想象着跟邓布利多同来这里,那将是怎样的一种交情,那将对他有多么大的意义。然而对于邓布利多而言,他们的亲人躺在同一块墓地上,似乎只是一个不重要的巧合,或许与他要哈利做的事情毫不相干。

赫敏望着哈利,哈利庆幸自己的脸在暗处。他又读了读墓碑上的字。珍宝在何处,心也在何处。但他不明白这话的意思。这一定是邓布利多选的碑文,母亲去世后他就成了一家之主。

"你确定他从没提过——?"赫敏问。

"没有。"哈利简短地说,"接着找吧。"他转身走开,希望自己没有看到那块石碑。他不想让自己紧张激动的心情被怨恨沾染。

"这儿!"过了一会儿赫敏又在黑暗中叫起来,"哦,不是,对不起!我还以为是波特呢。"

她擦着一块残破的、长满青苔的石碑,低头辨认,微微皱着眉头。

"哈利,回来一下。"

他不想再被打岔,老大不情愿地踏着雪向她走去。

"什么呀?"

"看这个!"

这块墓碑极其古老,已经风化,哈利几乎看不清上面的名字。赫敏指着名字下面的符号。

"哈利,这是书里的那个标志!"

他仔细看去,石碑风化得太厉害,看不清刻着什么,但那几乎无法辨认的名字下面,好像确实有个三角形记号。

"嗯……有可能……"

赫敏点亮魔杖,指着墓碑上的名字。

"伊格——伊格诺图斯,我猜……"

"我接着去找我的父母,好吗?"哈利对她说,声音有一点尖刻,然后便走开了,留下赫敏蹲在古老的墓碑旁。

哈利时不时地认出一个像艾博那样,在霍格沃茨见到过的姓氏。有时同一巫师家族的几代人都列在墓碑上。哈利从年代上看出,这些家庭有的死绝了,有的后代离开了戈德里克山谷。他在墓地中越走越远,每次走近一块墓碑,都感到一阵既害怕又期待的激动。

第16章 戈德里克山谷

黑暗和寂静似乎突然加深了许多。哈利担心地环顾四周,想到了摄魂怪,然后意识到颂歌结束了,杂乱的人声渐渐远去,做礼拜的人们散入广场中。教堂里有人刚把灯熄灭。

赫敏的声音第三次从黑暗中传来,尖锐清晰,在几米之外。

"哈利,在这儿……这边。"

哈利从她的语调中听出,这次是他的父母。他朝赫敏走去,感觉有个东西沉甸甸地压在胸口,就像邓布利多死后他感到的那样,一种真正压迫心肺的悲痛。

墓碑与坎德拉和阿利安娜的只隔了两排,它像邓布利多的坟墓一样是白色大理石的,文字比较容易辨读,因为它似乎在黑暗中闪闪发亮。哈利不用跪下,甚至不用走得很近,就能看清上面的铭文。

詹姆·波特   **莉莉·波特**

生于1960年3月27日   生于1960年1月30日

卒于1981年10月31日   卒于1981年10月31日

最后一个要消灭的敌人是死亡

哈利慢慢地读着这些文字,仿佛只有一次机会读懂它们的含义。他把最后一行念了出来。

"最后一个要消灭的敌人是死亡……"一个可怕的念头突然涌入脑海,伴随而来的是一阵恐慌,"这不是食死徒的想法吗?怎么会在这儿?"

"它指的不是食死徒那种打败死亡的方式,哈利。"赫敏声音温柔地说,"它指的是……你知道……生命超越死亡,虽死犹生。"

可是他们没有生命,哈利想:他们不在了。空洞的文字掩饰不了这个现实，他父母腐烂的尸骸躺在冰雪和石头下面，冷冰冰的，没有知觉。泪水一下子涌了出来，滚烫滚烫，顷刻间冻在脸上，擦拭和掩饰又有什么意义？他任凭泪水纵横，紧闭双唇，低头看着厚厚的积雪，那下面掩盖着莉莉和詹姆的遗体，现在想必只剩下骨殖与泥土，不知道、也不关心他们留在世上的儿子就站在这么近的地方。他的心脏仍在有力地跳动，是他们的牺牲换来的，但他此刻几乎希望自己和他们一起长眠在白雪下面。

赫敏又拉住了他的手，紧紧地握着。他不能看她，但用力回握着，深深地大口吸进夜晚的凉气，努力使自己平静下来。他应该带点什么给他们的，来时没有想到，墓地上的植物都光秃秃的，结了冰。赫敏举起魔杖，在空中画了一个圈，一个圣诞玫瑰花环盛开在他们面前。哈利接过来，摆在父母的坟上。

一站起来，他就想走，觉得再多待一会儿都受不了。他把胳膊搭在赫敏的肩上，她搂着他的腰，两人默默地转身穿过雪地，经过邓布利多的母亲和妹妹的坟墓，朝黑暗的教堂和视线之外的窄门走去。

第17章

巴希达的秘密

"哈利,停下。"

"怎么啦?"

他们刚走到那位不知名的艾博的墓前。

"有人在那儿,有人在看着我们,我能感觉到。那儿,灌木丛旁边。"

他们一动不动地站着,搂在一起,盯着黑森森的墓地边缘。哈利什么也没看见。

"你确定?"

"我看到有东西在动,我可以发誓……"

赫敏挣脱开哈利,腾出握着魔杖的手臂。

"我们外表跟麻瓜一样。"哈利指出。

"刚刚在你父母坟前放了鲜花的麻瓜!哈利,我相信那儿有人!"

哈利想到了《魔法史》,那上面说这片墓地闹鬼:要是——?这时他听到一阵窸窣声,并看见赫敏所指的灌木丛间有一小团雪花的旋涡,鬼是不能让雪移动的。

"是猫,"一两秒钟后,哈利说,"或是小鸟。如果是食死徒的话，我们现在已经死了。不过，还是离开这里吧，然后我们可以穿上隐形衣。"

两人不住地回头看着，往墓地外走去。哈利其实并不像安慰赫敏时假装的那样乐观，走到门口，踏上了滑溜溜的石板路，他才感到松了口气。两人披上了隐形衣。酒吧里的客人比先前多了，许多声音在唱他们之前在教堂附近听到的颂歌。哈利想提议进去躲一躲，但没等他说话，赫敏就悄声说"走这边"，拉着他走上了一条黑暗的街道。它通往村外，与他们进来的路正好相反。哈利能看到房屋消失、小街又转为旷野的地方。他们步子快到不敢再快，经过了更多彩灯闪烁的窗口，窗帘后现出圣诞树的剪影。

"怎么能找到巴希达的房子呢？"赫敏问，她有点哆嗦，时常回头张望，"哈利？你怎么想？哈利？"

她拽了拽哈利的胳膊，但哈利没有注意。他正望着这排房子尽头的一团黑影，接着他加快脚步，拖着赫敏走过去，赫敏在冰上滑了一下。

"哈利——"

"看……看哪，赫敏……"

"我没……哦！"

他看到了。赤胆忠心咒一定是随詹姆和莉莉的死亡而失效了。在海格把哈利从废墟中抱走后的十六年中，树篱已经长得乱七八糟，瓦砾埋藏在齐腰深的荒草间。房子的大部分还立在那里，完全被深黑的常春藤和积雪覆盖，但顶层房间的右侧已被炸毁，哈利想那一定就是咒语弹回的地方。他和赫敏站在门口瞻仰这座废墟，它以前想必和两边的房子一样。

"为什么没有人重修它呢？"赫敏小声说。

"也许没法重修吧？"哈利答道，"也许就像黑魔法造成的那

第17章　巴希达的秘密

种损害，不能修复？"

他从隐形衣下伸出一只手，抓住了锈得厉害的、积雪的铁门，不想打开，只想握住房子的一部分。

"你不会要进去吧？看上去不安全，也许——哦，哈利，看！"

好像是他的手放在门上引起的：一块木牌从他们前面的地上升起，从杂乱的荨麻和野草中钻出，就像某种奇异的、迅速长大的花朵。牌子上的金字写道：

> 1981年10月31日夜里，
> 莉莉和詹姆·波特在这里牺牲
> 他们的儿子哈利是唯一一位
> 中了杀戮咒而幸存的巫师。
> 这所麻瓜看不见的房屋被原样保留，
> 以此废墟纪念波特夫妇，
> 并警示造成他们家破人亡的暴力。

在这些工整的字迹旁边，写满了各种题字，都是来瞻仰"大难不死的男孩"死里逃生之处的巫师写上去的。有的只是用永不褪色的墨水写下了自己的名字，有的在木牌上刻下了名字的首字母，还有的写了留言。最近的那些留言亮闪闪地覆盖了十六年的魔法涂鸦，内容大致相同。

祝你好运，哈利，无论你在哪里。
希望你能读到，哈利，我们都支持你！
哈利·波特万岁。

"他们不应该写在牌子上！"赫敏不满地说。

但哈利朝她粲然一笑。

"很好啊，我很高兴他们这么做，我……"

他顿住了，一个裹得严严实实的人影从小街上蹒跚走来，被远处广场的灯光映出黑色的轮廓。虽然很难判断，但哈利觉得那是个女人。她走得很慢，也许是怕在雪地上滑倒。那佝偻的身子、臃肿的体态、蹒跚的步伐，都给人以年纪很老的印象。他们默默地看着她走近，哈利等着看她是否会拐进路旁哪所小房子里，但又本能地知道不会。最后，她在几米远外停住了，就那样站在冰冻的街道中央，面朝着他们。

不需要赫敏掐他的胳膊，哈利知道这女人是麻瓜的可能性几乎为零：她站在那儿凝视着一座只有巫师才能看见的房子。但就算她是女巫，这也够奇怪的，在这么寒冷的夜晚跑出来，就为看一座老屋的废墟。而且，按照魔法常规来说，她应该根本就看不到他和赫敏。不过，哈利有一种非常奇怪的感觉，好像她知道他们在这儿，而且知道他们是谁。正当他得出这一令人不安的结论时，女人举起一只戴手套的手，招了一下。

赫敏在隐形衣下向哈利靠了靠，手臂紧贴着他的手臂。

"她怎么知道？"

他摇摇头。女人又更起劲地招了招手。哈利能想出许多理由不听从这召唤，但双方在空荡荡的街道上对视时，他对她身份的怀疑越来越强烈了。

她会不会这几个月一直在等待他们的到来？是不是邓布利多叫她在这里等候，说哈利总有一天会来？会不会就是她在墓地里暗中窥视，又尾随到此？而且她能感觉到他们，这一点也令哈利想起某种他从未领略过的、邓布利多式的法力。

终于，哈利说话了，赫敏惊得一跳。

第17章 巴希达的秘密

"你是巴希达吗？"

那个裹得严严实实的人影点点头，又招了招手。

隐形衣下面，哈利和赫敏对视了一下，哈利扬起眉毛，赫敏紧张地微微点了点头。

两人朝那女人走去，她立刻转过身，蹒跚地沿着来路往回走，经过几座房子之后，拐进了一个门口。他们跟着她走入小径，穿过一个几乎跟刚才那个一样荒芜的花园。她拿着钥匙在前门上摸索了一会儿，打开了门，退到一旁让他们进去。

她身上的味道很难闻，也许是她的屋子有怪味儿：他们侧身进门，脱下隐形衣时，哈利皱起了鼻子。他站到她的近旁，发现她是那么矮小，老得都佝偻了，刚刚到他胸口。她关上门，青紫带斑的指节衬在剥落的油漆上，然后她转身注视着哈利的面庞，眼睛深陷在透明的皮肤皱褶中，里面是厚厚的白内障。她的脸上布满支离破碎的血管和老人斑。哈利怀疑老太太能不能看得清，就算能，也只会看见他冒充的那个秃顶麻瓜。

她解开虫蛀的黑头巾，露出一个白发稀疏、头皮清晰可见的脑袋，老年人身上的陈腐味、灰尘味、脏衣服味和变质食品味更加浓烈了。

"巴希达？"哈利又问。

她再次点点头。哈利感觉到挂坠盒贴在他的皮肤上，里面那个有时滴滴答答或轻轻跳动的东西醒来了，他能感到它在冰冷的金壳里面搏动。它是否知道，是否能感觉到，那个能够摧毁它的东西就在附近？

巴希达蹒跚地从他们身边走过，仿佛没看见似的把赫敏挤到一边，走进了一间好像是起居室的屋子。

"哈利，我没有把握。"赫敏悄声说。

"看她的个头，万一不行，我想我们能制服她。"哈利说，"对了，我应该告诉你的，我知道她不大正常，穆丽尔说她老'糊涂'了。"

"过来！"巴希达在隔壁喊道。

赫敏惊跳了一下，抓住哈利的胳膊。

"没事儿。"哈利安慰道，带头走进了起居室。

巴希达蹒跚地走来走去点蜡烛，但屋里仍然很昏暗，更不用说有多脏了。厚厚的灰尘在他们脚下噗噗作响，哈利的鼻子在霉湿的气味下闻到了更恶心的东西，好像是腐肉。他想，不知道上一次是何时有人走进巴希达的屋子，看看她是否还活着。她似乎已经忘记自己会魔法了，在那里笨拙地用手点蜡烛，袖子上的花边随时都有着火的危险。

"我来吧。"哈利说，从她手里接过了火柴。她站在那儿看着他点完屋里各处的蜡烛，它们竖在小碟子里，危险地顶在书堆上或放满发霉的破杯子的小桌上。

哈利看到最后一个放蜡烛的地方，是一个弓形的五斗橱，上面摆着好多照片。火苗跳跃起来后，火光在灰蒙蒙的玻璃和银框中闪动。他看到照片中隐隐有东西在动。巴希达摸索着搬木头生火时，哈利轻轻说了声："旋风扫净。"灰尘从照片上消失了，他立刻看出少了六张照片，都是最大、最华丽的相框中的，不知道是巴希达还是别人把它们拿走了。这时，靠后面的一张照片吸引了他的目光，他把它拿了起来。

是那个神采飞扬的金发小偷，那个栖在格里戈维奇窗台上的少年，在银相框中懒洋洋地冲着哈利微笑。哈利立刻想起他在哪儿见过这个少年：他在《邓布利多的生平和谎言》中，跟少年邓布利多挽着手臂。另外几张失踪的照片一定也都在那儿：在丽塔的书里。

"巴沙特夫人——女士？"他问道，声音微微颤抖，"这

第17章 巴希达的秘密

是谁？"

巴希达站在屋子中央，看着赫敏帮她生火。

"巴沙特女士？"哈利又叫了一声，捧着相框走过去，壁炉中腾起火焰。巴希达听到他的声音抬起头，魂器在他胸口跳得更快了。

"这个人是谁？"哈利问她，把照片递上前去。

她严肃地看了一会儿，然后抬头望着哈利。

"您知道这是谁吗？"哈利又问，声音比平时缓慢、响亮得多，"这个人？您认识他吗？他叫什么名字？"

巴希达表情茫然。哈利感到十分沮丧，丽塔·斯基特是怎样打开巴希达的记忆的呢？

"这个人是谁？"他再次大声问道。

"哈利，你在干吗？"赫敏问。

"这张照片，赫敏，是那个小偷，格里戈维奇家的小偷！请告诉我们！"他对巴希达说，"这个人是谁？"

巴希达只是木然地盯着他。

"您为什么叫我们到这儿来，巴沙特夫人——女士？"赫敏问道，也提高了嗓门，"您想告诉我们什么吗？"

巴希达好像没听见赫敏说话，蹒跚地朝哈利走了几步，头微微一摆，望着外面的过道。

"您想要我们出去？"哈利问。

巴希达重复着那个动作，指指哈利，再指指自己，然后指着天花板。

"哦，好的……赫敏，我想她是要我跟她上楼。"

"好吧，"赫敏说，"我们走。"

但是赫敏刚一动，巴希达就出乎意料地使劲摇头，又指指哈利，指指自己。

"她想要我一个人跟她去。"

"为什么?"赫敏问,声音尖锐清晰,回荡在烛光摇曳的房间里。老太太听到这么响的声音轻轻摇了摇头。

"也许邓布利多叫她把宝剑交给我,只能给我?"

"你真的认为她知道你是谁吗?"

"是的,"哈利说,低头凝视着那双盯着他的混浊的眼睛,"我想她知道。"

"好吧,但要快点,哈利。"

"带路吧。"哈利对巴希达说。

她似乎听懂了,蹒跚地绕过哈利朝门口走去。哈利回头安慰地朝赫敏笑了一下,但不知道她看到没有。赫敏抱着手臂站在烛光中的脏屋子里,望着书架。赫敏和巴希达都没看见,哈利走出房间时,把那个不知名小偷的银相框塞进了外衣里面。

楼梯又陡又窄:哈利几乎想用手顶住臃肿的巴希达的后背,以防她朝后倒下来压到自己,这看上去太有可能了。她有点呼哧带喘,慢慢地爬到了楼梯顶上,马上向右一转,把哈利带进了一间低矮的卧室。

里面漆黑一片,气味很难闻。哈利刚模糊地看出床下突出来一只尿壶,巴希达就关上了门,连那一点点视觉也被黑暗吞没了。

"荧光闪烁。"哈利说,魔杖点亮了,他吓了一跳:在那几秒钟的黑暗中,巴希达已经走到他身边,他都没有听见。

"你是波特?"巴希达悄声问。

"是的。"

她缓缓地、庄严地点了点头。哈利感到魂器在急速跳动,比他自己的心跳还快,那是一种不舒服的、令人焦躁的感觉。

"您有东西要给我吗?"哈利问,但巴希达似乎被他杖尖的

第17章 巴希达的秘密

亮光分了神。

"您有东西要给我吗？"他再问。

巴希达闭上眼睛，几件事情同时发生了：哈利的伤疤针扎一般的痛；魂器颤动着，连他胸前的毛衣都跟着动了起来；黑暗腐臭的房间暂时消失，他感到一阵欣喜，用高亢、冷酷的声音说：看住他！

哈利在原地摇晃了一下：黑暗腐臭的房间似乎又围在了他身边，他不明白刚才发生了什么事。

"您有东西要给我吗？"他第三次问道，声音响多了。

"这边。"巴希达指着角落里小声说。哈利举起魔杖，依稀看见拉着窗帘的窗子底下有一张乱糟糟的梳妆台。

这次巴希达没有领他过去。哈利举着魔杖，侧身移到她和没整理的床铺之间，他不想让目光离开她。

"这是什么？"他问，一边移到梳妆台边，那上面堆得高高的，看着和闻着都像是脏衣服。

"那儿。"巴希达指着那乱糟糟的一堆说。

就在他移开目光，在那堆东西里搜寻一把剑柄和一颗红宝石的一刹那，巴希达古怪地动了动：他从眼角的余光看到了，惊恐地转过身来，吓得浑身瘫软。他看到那衰老的身躯倒了下去，一条大蛇从原来是她脖子的地方喷射出来。

他举起魔杖时，大蛇发起了袭击，在他前臂上猛咬一口，魔杖打着跟头飞向天花板，荧光令人眩晕地在四壁旋转着，熄灭了。紧接着，蛇尾在他腹部重重一扫，击得他透不过气。他向后倒在梳妆台上，摔进臭烘烘的脏衣服堆里——

他往旁边一滚，勉强躲过了扫来的蛇尾，蛇尾啪地打在桌上他一秒钟前所在的位置。哈利滚落在地上，碎玻璃溅了一身，听到楼下赫敏在叫："哈利？"

他肺里吸不进足够的空气来回答，冷不防一个沉重而光滑的东西又将他撞倒在地，他感到蛇从身上滑过，强大，有力——

"不！"他喘息着，被压在地上。

"是，"那声音低低地说，"是……看住你……看住你……"

"魔杖……魔杖飞来……"

可是不起作用。他需要用双手把缠到他身上的大蛇推开，它正挤出他肺里的空气，把魂器紧紧压进他的胸膛，如同一个搏动的冰圈，离他自己狂跳的心脏只有几寸。他的大脑中顿时涌现出一片白色的冷光，所有思维都变成了空白，他的呼吸被淹没了，远处的脚步声，一切都消失了……

一颗金属的心脏在他的胸腔外撞击，此刻他在飞，心中带着胜利的喜悦，不需要飞天扫帚和夜骐……

哈利突然在一股酸腐味的黑暗中醒来，纳吉尼已经把他松开。他急忙爬起来，看到大蛇的轮廓映在楼梯口的微光中：它发起了袭击，赫敏尖叫着往旁边一躲，她的咒语打偏了，把挂着窗帘的窗户击得粉碎，冰冷的空气灌入房中。哈利又闪身躲避阵雨般的碎玻璃，脚踩到了一根铅笔似的东西——他的魔杖——

他弯腰把魔杖捡了起来，但现在大蛇充满了整个房间，不住抽打着尾巴。赫敏不见了，哈利一瞬间想到了最坏的情况，但突然砰的一声，红光一闪，大蛇飞到空中，重重地撞在哈利的脸上，一圈一圈沉重的蛇身升向天花板。哈利举起魔杖，但这时伤疤灼痛得更厉害了，好多年都没有这么痛过。

"他来了！赫敏，他来了！"

当哈利大叫时，大蛇落了下来，疯狂地发出咝咝声。一片混乱：它打翻了墙上的架子，破碎的瓷器四处乱飞，哈利从床上跳过去，抓住了他知道是赫敏的那个黑影——

第17章 巴希达的秘密

赫敏痛得尖叫,被哈利拉回到床这边,大蛇又立了起来,但哈利知道比蛇更可怕的就要来了,也许已经在大门口,他的伤疤痛得脑袋像要裂开——

大蛇猛扑过来,哈利拉着赫敏一个箭步冲出去。在它袭来时,赫敏尖叫一声:"霹雳爆炸!"她的咒语绕着屋子疾飞,炸毁了穿衣镜,在地面和天花板之间蹦跳着朝他们反弹回来,哈利感到咒语的热气烫伤了他的手背。他不顾碎玻璃扎破了面颊,拉着赫敏,从床边跃到梳妆台前,直接从打破的窗户跳入虚空,赫敏的尖叫在夜幕中回响,两人在半空中旋转……

这时哈利的伤疤炸裂了,他是伏地魔,疾步奔过臭烘烘的卧室,细长苍白的手指抓着窗台。他看到那个秃顶男人和小女人旋转着消失,他狂怒地高喊,他的喊声与那女孩的混在一起,回荡在黑暗的花园中,盖过了教堂传来的圣诞节钟声……

他的喊声是哈利的喊声,他的痛苦是哈利的痛苦……竟然会发生在这儿,在已经发生过一次的地方……这儿,能看到那所房子,他曾在那里尝到了死亡的滋味……死亡……那痛苦如此可怕……从自己的身体中撕裂出来……可是,如果他没有身体,为什么头会痛得这么厉害,如果他死了,为什么还会觉得不堪忍受,痛苦不是会随死亡而消失吗,难道没有……

夜晚潮湿多风,两个打扮成南瓜的小孩摇摇摆摆走过广场,商店橱窗上爬满了纸蜘蛛,都是些俗气的麻瓜饰品,装点出一个他们并不相信的世界……他飘然而行,怀着他在这种场合总是油然而生的那种目的感、权力感和正确感……不是愤怒……愤怒是那些比他软弱的灵魂才有的……而是胜利,是的……他一直等着这一刻,盼着这一刻……

"化装得很漂亮,先生!"

一个小男孩跑过来朝斗篷兜帽下一看，笑容迟疑起来，恐惧笼罩了涂着油彩的面孔。那孩子转身跑开……袍子下他的手抓住了魔杖……只要稍稍一动，那孩子就再也跑不到妈妈那儿了……但是没有必要，完全没有必要……

他走在一条新的、更加昏暗的街道上，目的地终于出现在眼前，赤胆忠心咒已经破了，但他们还不知道……他发出的声音比路面上滑动的枯叶还轻，他悄悄走到黑乎乎的树篱前，向里面望去……

他们没有拉上窗帘，他清楚地看到他们正在小小的客厅里，高个子、戴眼镜的黑发男子，在用魔杖喷出一股股彩色的烟雾，逗那穿蓝睡衣的黑发小男孩开心。孩子咯咯地笑着去抓烟雾，捏在小拳头里……

一扇门开了，母亲走进来，说着他听不见的话，她那深红色的长发垂在脸旁。父亲把儿子抱起来交给母亲，然后把魔杖扔到沙发上，伸了个懒腰，打着哈欠……

大门轻轻一响，被他推开了，但詹姆·波特没有听到。苍白的手从斗篷下抽出魔杖，指着房门，门砰然打开。

他跨过门槛时，詹姆冲进门厅，真轻松，太轻松了，詹姆甚至没有捡起魔杖……

"莉莉，带着哈利快走！是他！快走！跑！我来挡住他——"

挡住他，手中都没有魔杖！……他哈哈大笑，然后施出魔咒……

"阿瓦达索命！"

绿光充斥了狭窄的门厅，照亮了靠在墙边的婴儿车，楼梯栏杆像避雷针一样亮得刺眼，詹姆·波特像断了线的木偶一样倒了下去……

他听见女人在楼上尖叫，她已无路可逃，但只要她还有点

第17章 巴希达的秘密

头脑,至少她自己是不用害怕的……他爬上楼梯,听到她试图用东西把自己挡起来,觉得有点好笑……她也没拿魔杖……他们多么愚蠢,多么轻信啊,以为可以把自己的安全托付给朋友,以为可以把武器丢掉哪怕是一小会儿……

他撞开门,懒洋洋地一挥魔杖,就把她匆忙堆在门后的椅子和箱子抛到一边……她站在那儿,怀里抱着那个孩子。一看到他,她就把儿子放进身后的婴儿床里,张开双臂,好像这有什么用似的,好像指望只要把孩子挡住,他就能转而选择她似的……

"别杀哈利,别杀哈利,求求你,别杀哈利!"

"闪开,愚蠢的女人……闪开……"

"别杀哈利,求求你,杀我吧,杀我吧——"

"我最后一次警告——"

"别杀哈利!求求你……发发慈悲……发发慈悲……别杀哈利!别杀哈利!求求你——我什么都可以做——"

"闪开——闪开,女人——"

他本来可以把她从婴儿床旁推走,但斩尽杀绝似乎更保险一些……

绿光在房间里闪过,她像她丈夫一样倒下。那孩子一直没有哭:他能站立了,抓着婴儿床的围栏,兴趣盎然地仰望着闯入者的面孔,也许以为是爸爸藏在斗篷里面,变出更多漂亮的焰火,而妈妈随时会笑着跳起来——

他非常仔细地把魔杖指在小男孩的脸上,他想亲眼看着它发生,看着摧毁这个无法解释的隐患。孩子哭了起来,已经明白他不是詹姆。他不喜欢这哭声,他一向无法忍受孤儿院那帮小孩子的哭哭啼啼——

"阿瓦达索命!"

然后他碎裂了：他什么也不是，只有痛苦和恐惧，他必须躲藏起来，不能躲在这座房子的废墟中，那孩子还困在里面哭喊，必须躲得远远的……远远的……

"不。"他呻吟道。

蛇在肮脏杂乱的地板上沙沙滑行，他杀死了那个男孩，可他就是那个男孩……

"不……"

现在他站在巴希达家被打破的窗户前，沉浸在对自己那次最大失败的回忆中，在他脚边，大蛇从碎瓷器和玻璃片上滑过……他低下头，看到了一件东西……一件不可思议的东西……

"不……"

"哈利，没事，你没事！"

他俯身捡起那张破碎的照片，是他——那个不知名的小偷，他一直在找的那个小偷……

"不……我把它丢了……我把它丢了……"

"哈利，没事，醒醒，醒醒！"

他是哈利……哈利，不是伏地魔……那沙沙作响的东西也不是蛇……

他睁开眼睛。

"哈利，"赫敏小声说，"你觉得还——还好吗？"

"还好。"他没说真话。

他在帐篷里，躺在一张下铺上，盖着一堆毯子。从周围的寂静和帆布顶篷上淡淡的冷光，他知道天快要破晓了。他浑身浸透了汗水，在床单和毯子上能摸出来。

"我们逃出来了。"

"是的，"赫敏说，"我用了一个悬停咒才把你弄到床上，我

第17章　巴希达的秘密

搬不动你。你刚才……嗯，你刚才不大……"

她褐色的眼睛下有紫色的阴影，哈利看到她手中有块小海绵：她刚才在给他擦脸。

"你病了，"她最后说，"病得很厉害。"

"我们逃出来多久了？"

"好几个钟头了，现在都快早晨了。"

"我一直……怎么，昏迷不醒？"

"不完全是，"赫敏不自然地说，"你一会儿大叫，一会儿呻吟，还有……诸如此类的。"她用让哈利觉得不安的语气补充道。他做了什么？像伏地魔那样高喊咒语？像婴儿床里的婴儿那样哭泣？

"我没法把魂器从你身上摘下来，"赫敏说，哈利知道她想转移话题，"它粘上了，粘在你的胸口。给你留下了一个印记，对不起，我不得不用了个切割咒才把它弄了下来。你还被蛇咬了，但我已经清洗了伤口，加了一些白鲜香精……"

哈利扯下身上汗湿的T恤，低头看去。心口上有一个深红的椭圆形，是挂坠盒烙下的痕迹。他还看到前臂上那个已经愈合一半的洞眼。

"你把魂器放在哪儿了？"

"在我包里。我想我们应该把它收起来一段时间。"

哈利躺到枕头上，望着她憔悴、灰暗的面孔。

"我们不该去戈德里克山谷，是我的错，都是我的错，赫敏，对不起。"

"不是你的错，我也想去，我真的以为邓布利多会把剑留在那儿等你去取。"

"是啊，唉……我们猜错了，是不是？"

"发生了什么事，哈利？她带你上楼之后发生了什么？那条蛇是藏在什么地方的吗？它是不是蹿出来咬死了她，又来袭击你？"

"不，"他说，"她就是那条蛇……或者那条蛇就是她……一直都是。"

"什——什么？"

哈利闭上眼睛，闻到自己身上还有巴希达房子里的气味，这使得整个事件真切得可怕。

"巴希达大概是死掉有一段时间了。那条蛇在……在她身体里。神秘人把它留在戈德里克山谷等着。你说得对，他知道我会回来。"

"那条蛇在她身体里？"

他又睁开了眼睛：赫敏好像恶心得要吐了。

"卢平说过会有我们想象不到的魔法。"哈利说，"刚才巴希达不想在你面前说话，因为是蛇佬腔，都是蛇佬腔，我没有意识到。但是当然啦，我听得懂。我们一到楼上那个房间，那条蛇就给神秘人报了信，我在脑子里听到的，我感到神秘人兴奋起来，他说要把我看在那儿……然后……"

他想起那条蛇从巴希达的脖子里蹿出来，赫敏不需要知道这些细节。

"……她变了，变成了那条蛇，发起攻击。"

他低头看着手臂上的洞眼。

"它不会杀死我，只是要把我看住，等神秘人到来。"

他要是能杀死那条蛇，也算是值了，一切没有白费……他心中十分沮丧，坐起来掀开了毯子。

"哈利，不行，你需要休息！"

"是你需要去睡觉。你听了别见怪，你脸色真难看。我没事了，我来放一会儿哨。我的魔杖呢？"

第17章　巴希达的秘密

赫敏没有回答，只是望着他。

"我的魔杖呢，赫敏？"

她咬着嘴唇，泪水在眼眶中打转。

"哈利……"

"我的魔杖呢？"

她伸手到床边，捡起来递给了他。

冬青木和凤凰尾羽魔杖几乎断成了两截。一根脆弱的凤凰羽毛把两截连在一起，木头已经完全断裂。哈利把它捧到手中，好像捧着一个受了重伤的生命一样。他无法思考，脑子里一片慌乱和恐惧。然后他把魔杖递给了赫敏。

"修好它，求求你。"

"哈利，我想不行，断成这样了——"

"求求你，赫敏，试一试！"

"恢——恢复如初。"

晃晃荡荡耷拉着的半截魔杖接好了。哈利把它举起来。

"荧光闪烁！"

魔杖微弱地一亮，又熄灭了。哈利用它指着赫敏。

"除你武器！"

赫敏的魔杖歪了一下，但没有脱手。这无力的尝试已经让哈利的魔杖不能承受，又断成了两截。哈利看着它，吓呆了，不能理解眼前的一幕……这根身经百战的魔杖……

"哈利，"赫敏说，声音轻得他几乎听不到，"我非常，非常抱歉。我想是我弄的。你知道，我们逃走的时候，大蛇正扑过来，所以我施了个爆炸咒，它到处反弹，一定是——一定是打到了——"

"是个意外，"哈利机械地说，他感到心里空落落的，脑袋发蒙，"我们——我们会有办法修好它的。"

"哈利，我想没有办法了。"赫敏说，眼泪流了下来，"记得……记得罗恩吗？他的魔杖在车祸中折断后，就再也没有恢复原样，不得不另买了一根。"

哈利想到了奥利凡德，被伏地魔绑架扣押着，想到了格里戈维奇，已经死了。他如何才能找到一根新魔杖呢？

"哦，"他装出一副平平常常的口气说，"好吧，那我就暂时借你的用一下吧。我去放哨。"

赫敏满脸是泪，递过她的魔杖。哈利留下她一个人坐在床边，他此刻只想离开她。

第18章

阿不思·邓布利多的生平和谎言

太阳正在升起，纯净无色、广袤无垠的天空高悬在头上，对哈利的痛苦无动于衷。他在帐篷口坐下来，深深吸了一口清澈的空气。能活着观看太阳在亮晶晶的、积雪的山坡上升起，这本身应该就是世上最大的财富了吧。然而他却无心欣赏，他的感官被失去魔杖的灾难击伤了。他眺望着白雪皑皑的山谷，远处教堂的钟声穿透了晶光闪烁的寂静。

不知不觉地，他的手指掐进了手臂里，像在抵御剧烈的疼痛。他曾无数次流血；曾有一次失去了右胳膊中所有的骨头；这次旅行已经给他胸口和前臂留下了伤疤，再加上手背和额头上原有的伤疤。可是，直到这一刻之前，他从没感到自己曾被致命地削弱，变得赤裸裸的，易受伤害，仿佛他的魔法能力被剥夺到所剩无几了。他知道如果流露这样的想法，赫敏会怎么说：魔杖再好也好不过巫师。但她错了，他的情况不同。她没有感受过那魔杖像指南针般地旋转，向他的敌人发射金色火焰。他失去了孪生杖芯的保护，现在它不在了，他才意识到自己是多么依赖它。

哈利把那两截魔杖从口袋里掏出来，没有再看一眼，就塞进了脖子上海格送的皮袋。皮袋里已经装满了残破无用的东西，装不下别的了。哈利的手隔着驴皮触到了旧飞贼，有一刻差点忍不住把它掏出来扔掉。无法破解，帮不上忙，没有用处，像邓布利多留下的其他东西一样——

对邓布利多的愤怒像岩浆一样喷发出来，灼烫着哈利的内心，湮灭了所有其他感情。他们纯粹是出于绝望，才说服自己相信了戈德里克山谷藏有答案，相信这都是邓布利多安排的秘密行动路线，示意他们去那里；然而没有地图，没有计划。邓布利多让他们在黑暗中摸索，独自对付未知的、想象不到的恐怖，孤立无援。什么都没解释，什么都没直接提供，他们没有宝剑，现在，哈利又失去了魔杖。他还丢掉了那个小偷的照片，现在伏地魔一定很容易搞清他是谁了……伏地魔拥有了所有的信息……

"哈利？"

赫敏好像害怕哈利用她的魔杖给她施咒似的。她脸上挂着泪痕，在哈利身边蹲下，手里哆哆嗦嗦地端着两杯茶，胳膊下还夹着个大东西。

"谢谢。"哈利说，接过了一只杯子。

"跟你说说话可以吗？"

"可以。"他说，因为不想伤害她的感情。

"哈利，你想知道照片中那个人是谁吗，嗯……我有这本书。"

她怯怯地把书推到哈利的膝上，一本崭新的《阿不思·邓布利多的生平和谎言》。

"在哪儿——怎么——？"

"在巴希达的起居室里，就搁在那儿……顶上露出来这张

第18章　阿不思·邓布利多的生平和谎言

纸条。"

赫敏读出了那几行绿得刺眼的尖体字。

"亲爱的巴蒂，多谢您的帮助，奉上一本新书，希望您喜欢。您说出了一切，尽管您现在已经不记得了。丽塔。我想这大概是真的巴希达还活着时收到的，但也许她已经不能阅读了。"

"是啊，也许吧。"

哈利低头看着邓布利多的脸，感到一阵残忍的快意：邓布利多一直认为不值得告诉他的一切，现在他可以知道了，无论邓布利多想不想让他知道。

"你还很生我的气，是不是？"赫敏问。哈利抬起头，见她眼里又淌出泪水，知道他的愤怒一定表现在脸上。

"不，"他轻轻地说，"不，赫敏。我知道这是意外。你想让我们活着逃出来，你很了不起。要不是你在那儿帮我，我已经死了。"

他努力回应赫敏含泪的微笑，然后把注意力转到书上。书脊坚硬，显然还没有打开过。他在书里寻找照片，几乎一下子就翻到了要找的那张，少年邓布利多和他那英俊的同伴，因为某个久已遗忘的笑话而开怀大笑。哈利的目光落到照片说明上。

　　阿不思·邓布利多，在其母去世后不久，与朋友盖勒特·格林德沃在一起。

哈利瞪着那个名字愣了许久。格林德沃，邓布利多的朋友格林德沃。他瞥向身边的赫敏，她还在看着那个名字，仿佛不能相信自己的眼睛。慢慢地，她抬起头望着哈利。

"格林德沃？"

哈利顾不上看其他照片，只在前后书页中寻找那个致命的名字。他很快便找到了，贪婪地读起来，但一头雾水，必须再往前读才能弄懂。最后，他发现自己翻到了一章的开头，标题是更伟大的利益。他和赫敏一起读了起来：

　　临近十八岁生日时，邓布利多带着耀眼的光环离开了霍格沃茨——男生学生会主席、级长、巴纳布斯·芬克利优异施咒手法奖、威森加摩不列颠青少年代表、开罗国际炼金术大会开拓性贡献金奖。接下来，邓布利多打算与"狗狗"埃非亚斯·多吉——他在学校结识的那个智商不高但忠心耿耿的老朋友一起周游欧洲。

　　两个年轻人住在伦敦的破釜酒吧，准备第二天一早动身去希腊，一只猫头鹰带来了邓布利多母亲的死讯。至于此后发生的事情，"狗狗"多吉已向公众提供了他的煽情描述（但他拒绝接受本书采访），其中把坎德拉之死说成一个悲剧性的打击，把邓布利多决定放弃旅行说成高尚的自我牺牲。

　　当然，邓布利多立刻回到了戈德里克山谷，据说是为了"照顾"弟弟妹妹，但他到底给了他们多少照顾呢？

　　"真够呛，那个阿不福思，"艾妮·斯米克说，她家当时住在戈德里克山谷边缘，"像个野孩子。当然，父母都不在了，本来是怪可怜见的，可他总往我头上扔羊屎。我没觉得阿不思关心过他，反正从没见过他们在一块。"

　　那么，如果不是在安慰他那顽劣的弟弟，阿不思在干什么呢？答案似乎是：在确保继续囚禁他的妹妹。因为，在第一任看守死后，阿利安娜·邓布利多可怜的处境并没有改变。她的存在仍然只有几个外人知道，他们像"狗狗"多吉一样，能够相信她"身体不好"的说法。

第18章　阿不思·邓布利多的生平和谎言

另一个这样容易满足的朋友是巴希达·巴沙特，著名魔法史专家，在戈德里克山谷住了许多年。当然，她第一次来对这家人表示欢迎时，曾被坎德拉拒之门外。但几年之后，这位作家派猫头鹰给在霍格沃茨的阿不思送了封信，表示很欣赏他在《今日变形术》上发表的那篇关于跨物种变形的论文。这初次的接触发展成与邓布利多全家的交情。坎德拉去世之前，巴希达是戈德里克山谷唯一能与邓布利多的母亲说上话的人。

不幸的是，巴希达早年显示出的智慧光辉如今已经黯淡。"火还点着，锅已空了。"伊凡·迪隆斯比对我这样说。或者用艾妮·斯米克的稍稍平实一些的话说："她的脑子像松鼠屎一样松。"不过，利用多种可靠的、经过考验的采访技巧，我还是挖到了足够的事实金块，串起了这个不光彩的故事。

像整个巫师界一样，巴希达把坎德拉早逝的原因归结为咒语走火，这是阿不思和阿不福思多年来一口咬定的版本。巴希达还重复着那家人关于阿利安娜的说法，称她"体弱多病"。但在有一点上，巴希达完全对得起我辛辛苦苦搞来的吐真剂，因为她知道，也只有她知道阿不思·邓布利多一生中最不为人知晓的秘密。现在首次披露，它使崇拜者们对他们所相信的邓布利多的一切都产生了疑问：包括他对黑魔法所谓的憎恶，他反对压迫麻瓜的立场，甚至包括他对家人的关爱。

就在邓布利多作为孤儿和一家之主回到戈德里克山谷的那个夏天，巴希达·巴沙特同意在家里接待她的侄孙盖勒特·格林德沃。

格林德沃的名字自然是十分显赫的：在古今最危险的黑

巫师名录上，他若未能名列榜首，只是因为晚一辈的神秘人后来居上，夺取了王冠。但是由于格林德沃从未将他的恐怖活动延伸到英国，他崛起的详情在此地并不广为人知。

格林德沃就读于德姆斯特朗，一所当时就不幸以宽容黑魔法而闻名的学校，他像邓布利多一样表现出早熟的才华。盖勒特·格林德沃没有把他的才能引向获奖，而是投入了其他追求。格林德沃十六岁时，就连德姆斯特朗也感到无法再对他的邪门试验睁一只眼闭一只眼，他被学校开除了。

迄今为止，对于格林德沃下一段经历的说法都是"到国外游历数月"。现在可以看到，格林德沃是选择到戈德里克山谷的姑婆家去了，并且在那儿结交了一位密友，也许很多人听了会大跌眼镜，这个密友不是别人，正是阿不思·邓布利多。

"他当时在我印象中是个可爱的男孩，"巴希达絮絮叨叨地说，"不管后来如何。自然，我把他介绍给了可怜的阿不思，那孩子正缺少同龄的伙伴。两个男孩子一下就成了好朋友。"

的确如此。巴希达给我看了她保存的一封信，是阿不思·邓布利多在深夜送给盖勒特·格林德沃的。

"是啊，即使在聊了一天之后还要写信——两个才华横溢的少年，他们就像火和锅一样投缘。我有时听到猫头鹰在敲盖勒特的卧室窗户，送来阿不思的信！有时他突然有了灵感，就要马上让盖勒特知道！"

那是怎样的灵感啊。尽管阿不思·邓布利多的崇拜者们会深感震惊，但以下就是他们十七岁的英雄传递给他那位新密友的想法（原信复印件在第463页）。

第18章　阿不思·邓布利多的生平和谎言

盖勒特——

你提到巫师统治是为了**麻瓜自身的利益**——我认为这是关键的一点。是的，我们被赋予能力，是的，这能力赋予我们统治的权力，但它同时包含了对被统治者的责任。我们必须强调这一点，并以此作为事业的基石。遭到反对时（反对是必然会有的），它必须成为我们所有论辩的基础。我们争取统治是为了**更伟大的利益**。因此，如果遇到抵抗，我们只能使用必要的武力，而不能过当。（这就是你在德姆斯特朗犯的错误！但我不该抱怨，因为你要是没被开除，你我就无缘见面了。）

阿不思

许多崇拜者可能会感到惊骇和难以置信，但这封信证明阿不思·邓布利多曾经幻想推翻《保密法》，建立巫师对麻瓜的统治。对于那些一直宣传邓布利多最维护麻瓜出身权益的人来说，这将是多么大的打击！在这个逃避不了的新证据面前，那些维护麻瓜权利的演说显得多么空洞！而阿不思·邓布利多又是多么令人不齿，在本应哀悼亡母、照顾妹妹的时候，他却忙着谋划自己争夺权力！

无疑，那些决意把邓布利多留在残破的碑座上的人会无力地辩解，他毕竟没有把计划付诸实践，他准是经历过思想转变，醒悟过来了。然而，事实似乎更令人震惊。

这段重要的新友谊开始了刚刚两个月，邓布利多和格林德沃便分开了，一直没有再见面，直到两人之间的那场传奇的决斗（参见第22章）。是什么造成了这突然的决裂呢？是邓布利多醒悟了吗？他是否告诉过格林德沃他不想继续参与那计划了？可惜，非也。

"是可怜的小阿利安娜之死引起的，我想。"巴希达说，"此事发生得非常突然，盖勒特当时在他们家。那天他失魂落魄地回到我屋里，跟我说他明天就想回家。盖勒特心情糟透了。于是我弄了个门钥匙把他送走，那是我最后一次见到他。

"阿利安娜死后，阿不思像发了狂一样。兄弟俩失去了所有的亲人，只剩下他们两个，这真是人间惨剧。也难怪他们的火气会大一些。阿不福思怪罪阿不思，你知道，人在这种可怕的情况下经常会如此。不过阿不福思说话总是有一点疯狂，可怜的孩子。但在葬礼上打断阿不思的鼻子也太过分了。坎德拉要是看到两个儿子在女儿遗骨旁大打出手，准会伤心欲绝。可惜盖勒特没能留下来参加葬礼……他对阿不思会是一个安慰，至少……"

这场棺材旁的可怕争斗，只有少数参加阿利安娜·邓布利多的葬礼的人知道。它提出了几个问题。阿不福思·邓布利多究竟为何把妹妹的死怪罪于阿不思呢？是不是真如"巴蒂"所说，只是悲伤过度？他的愤怒会不会有一些更具体的原因呢？曾因袭击同学险出人命而被学校开除的格林德沃，在那女孩死亡后没过几个小时就逃离英国，而阿不思（出于羞耻还是恐惧？）再也没见过他，后来在魔法界多次呼吁之下才被迫与之相会。

邓布利多和格林德沃日后似乎都没有提及这段短暂的少年友谊。然而，邓布利多无疑推迟了大约五年才去挑战盖勒特·格林德沃，世上因此而多了五年的动荡、伤亡和失踪事件。邓布利多为何踌躇不前，是念旧，还是害怕被揭露出昔日的密友关系？邓布利多是否很不情愿去捉拿那

第18章 阿不思·邓布利多的生平和谎言

个他曾经相见恨晚的人？

　　神秘的阿利安娜又是怎么死的？她是否无意中成了某种黑魔仪式的牺牲品？还是当两位年轻男士坐在那里排练如何名扬四海、统治天下时，小姑娘撞见了她不该看到的东西？阿利安娜·邓布利多会不会是"为了更伟大的利益"而牺牲的第一人？

这章到此结束，哈利抬起头来。赫敏比他先读到末尾，似乎有点被他的表情吓着了，将书从哈利手中夺过去，看都没看就合上了，像藏起什么恶心的东西。

"哈利——"

但他摇了摇头。内心的某种信念崩塌了，正像罗恩离开后他感觉到的那样。他一直相信邓布利多，相信他是美德和智慧的化身。一切化为灰烬：他还能失去什么？罗恩、邓布利多、凤凰尾羽魔杖……

"哈利，"赫敏似乎听到了他的想法，"听我说，这——这读起来不大愉快——"

"——是啊，可以这么说——"

"——可是别忘了，哈利，这是丽塔·斯基特写的。"

"你读了给格林德沃的那封信吗？"

"嗯，我——我读了。"她欲言又止，好像心里很乱，把茶杯捧在冰冷的手里，"我想那是最糟糕的一点。我知道巴希达认为那只是说说而已，但'为了更伟大的利益'成了格林德沃的口号，成了他为后来所有暴行辩护的理由。而……从这里……看起来像是邓布利多给了他这个主意。据说'为了更伟大的利益'还刻在纽蒙迦德的入口上方呢。"

"纽蒙迦德是什么？"

"是格林德沃建造的监狱,用来关押反对他的人。后来他被邓布利多抓住之后,自己也被关进去了。不管怎么说,是邓布利多的主意帮助了格林德沃称霸,想起来挺可怕的。可是另一方面,他们的交往只是那年夏天的几个月而已,当时两人都还年少,就连丽塔也无法编造更多——"

"我猜到你会这么说。"哈利说。他不想把自己的愤怒发泄到赫敏头上,但很难使声音保持平静,"我猜到你会说'还年少',可他们跟你我现在一样大。我们在这儿冒着生命危险抵抗黑魔法,而他呢,跟他的新密友凑在一起,谋划着要统治麻瓜。"

他的怒气再也压不住了。他站起身走来走去,努力使怒气消除一些。

"我不是想为邓布利多写的东西辩护,"赫敏说,"那一套'统治权'之类的鬼话,简直又是'魔法即强权'。可是哈利,他母亲刚去世,他一个人待在那所房子里——"

"一个人?他不是一个人!还有弟弟和妹妹,一直被他关着的哑炮妹妹——"

"我不相信,"赫敏说,她也站了起来,"无论那女孩有什么问题,我不认为她是哑炮。我们了解的邓布利多绝不会允许——"

"我们自以为了解的邓布利多不想用武力征服麻瓜!"哈利喊道,声音在空旷的山头回响,几只乌鸦飞起,咕咕叫着在珍珠色的天空下盘旋。

"他转变了,哈利,他转变了!就是这么简单!也许他十七岁时是相信过这些东西,但他后来毕生都与黑魔法做斗争。是邓布利多阻止了格林德沃,是他始终支持保护麻瓜和麻瓜出身者的权益,是他从一开始就在抵抗神秘人,并且最终为打败神秘人而死!"

第18章 阿不思·邓布利多的生平和谎言

丽塔的书躺在他们之间的地上,阿不思·邓布利多的脸苦笑地看着两个人。

"哈利,对不起,我觉得你这么生气的真正原因是,邓布利多从来没有亲口告诉过你这些。"

"也许吧!"哈利吼道,猛然把双臂挡到头上,不知是想控制怒气,还是想抵挡失望的重压,"看看他要我做什么,赫敏!冒生命危险,哈利!一次又一次!别指望我解释一切,只要盲目地相信我,相信我自有把握,相信我,尽管我并不相信你!从来不让你知道全部真相!从来不!"

他激动得声音都变了,两人站在一片白色的空地上对视,哈利感到他们就像苍茫天宇下的昆虫一样渺小。

"他爱你,"赫敏小声说,"我知道他爱你。"

哈利放下了手臂。

"我不知道他爱谁,赫敏,但绝不是我。他留给我的这个烂摊子,这不是爱。他对盖勒特·格林德沃吐露的真实想法,都比告诉我的多得多。"

哈利捡起他掉在雪地上的赫敏的魔杖,坐回到帐篷口。

"谢谢你的茶,我接着放哨,你回去暖和暖和吧。"

赫敏犹豫着,但看出了这是逐客令。她捡起书走进帐篷,但经过哈利身边时用手轻轻抚了抚他的头顶。哈利闭上眼睛,恨自己内心深处还希望她说的是真的:邓布利多真的关心过他。

第 19 章

银色的牝鹿

午夜赫敏来换班时，外面下起了雪。哈利的梦境混乱而不安：纳吉尼游进游出，先是钻过一个巨大的、有裂缝的戒指，然后又钻过一个圣诞玫瑰花环。他一次次惊恐地醒来，相信刚才有人在远处叫他的名字，把风吹打帐篷的声音想象成脚步声或说话声。

终于，他在黑暗中爬起来，走到赫敏身边。她正蜷缩在帐篷口，借着魔杖的光亮看《魔法史》。大雪还在纷纷扬扬地下着，听到哈利提议早点收拾东西转移，她欣然同意。

"是得换个更隐蔽的地方。"她赞同道，一边哆嗦着在睡衣上加了一件运动衫，"我总觉得听到有人在外面走动，有一两次好像还看到了人影。"

正在穿套头衫的哈利停了下来，看了看桌上静悄悄的、纹丝不动的窥镜。

"我相信是幻觉，"赫敏说，显得有点紧张，"黑暗中的雪，容易让人的眼睛产生错觉……但也许我们应该披着隐形衣幻影移形，以防万一，对吗？"

半小时后，帐篷收好了，哈利戴着魂器，赫敏抓着串珠小

第19章 银色的牝鹿

包,一同幻影移形。熟悉的窒息感吞没了他们,哈利的双脚离开了雪地,然后重重地落在地面上,脚下好像是一片覆满落叶的冻土。

"我们在哪儿?"他问,一边打量着这片陌生的林子。赫敏已经打开串珠小包,开始把帐篷杆抽出来。

"迪安森林,"她说,"我来这儿露营过一次,跟爸爸妈妈一起。"

这儿同样冷得够呛,树木也是银装素裹,但至少能挡风。他们大部分时间都躲在帐篷里,蜷在赫敏擅长营造的那些明亮的蓝色火苗旁边取暖。这些火苗非常有用,可以舀起来放在瓶子里随身携带。哈利觉得自己像经历了一场短暂但严重的疾病后在休养康复,赫敏的关怀强化了这种感觉。下午天空中又飘下雪花,连他们所在的这片有遮挡的空地上也撒了一层晶粉。

哈利两夜没怎么睡觉,感官似乎更加警觉了。戈德里克山谷的死里逃生是那么惊险,伏地魔似乎比以前更近,威胁更大了。夜幕再次降临,赫敏提出由自己来放哨,哈利拒绝了,叫她去睡觉。

哈利搬了个旧垫子坐在帐篷口,身上穿着他所有的毛衣,还是冷得直打哆嗦。黑暗越来越浓,浓得几乎无法穿透。他正要取出活点地图看一会儿金妮的黑点,才想起今天是圣诞节,她应该在陋居。

在大森林里,每个细微的动静似乎都被放大了。哈利知道林子里一定有许多动物,但他希望它们都保持安静,免得他把它们无害的奔跑和蹑行声跟其他预示危险的声音混在一起。他想起多年前斗篷在枯叶上滑动的声音,立刻觉得又听到了似的,赶紧抖擞起精神。防护魔法这么多星期来一直有效,现在怎么会不灵呢? 然而他有一种感觉甩不掉:今晚似乎有些异常。

哈利几次猛然坐起,脖子僵硬发痛,因为他不知不觉歪靠在帐篷壁上睡着了。夜色更加深沉,是一种天鹅绒般的浓黑,他仿佛悬在幻影移形和幻影显形之间的境界。他正要把一只手举到面前,试试能否看到五指时,奇事发生了。

一点明亮的银光出现在他的正前方,在树林间穿行。不知道光源是什么,但它的移动无声无息,那银光简直就像在向他飘来。

他跳了起来,举起赫敏的魔杖,声音在嗓子里冻结了。他眯起眼睛,因为那银光已非常耀眼,前面的树丛都成了漆黑的剪影,而那东西还在靠近……

然后那光源从一棵橡树后面飘了出来,是一头银白色的牝鹿,月光般皎洁明亮,优雅地轻踏地面,依然无声无息,细软的白雪上没有留下丝毫蹄印。它朝哈利走来,高昂着美丽的头,大眼睛,长睫毛。

哈利盯着这个灵物,心中充满惊讶,不是因为它的奇异,而是因为它那无法解释的熟悉和亲切。他觉得自己一直在等它,只是一度忘记了,现在才想起他们的约会。他想喊赫敏的冲动刚才还那样强烈,现在一下子消失了。他知道,并可以用生命打赌,它是来找他的,是专门来找他的。

他们对视了良久,然后它转身离去。

"不,"他说,嗓子因为长时间不用而沙哑,"回来!"

牝鹿继续从容不迫地在树林中穿行,很快,明亮的身体便被又粗又黑的树干掩映出一条条阴影。在紧张战栗的一秒钟里,哈利犹豫着,警钟轻轻敲响:这可能是一个诡计,一个诱饵。但是本能,不可抗拒的本能,告诉他这不是黑魔法。他追了上去。

雪在哈利脚下嘎吱作响,但牝鹿无声无息地在林中穿行,因为它只是光。它领着哈利往森林里越走越深。哈利走得很快,

第19章 银色的牝鹿

相信等牝鹿停下时,会让他好好走近它的,然后它还会说话,那声音将说出他需要知道的东西。

终于,牝鹿停了下来,再次把美丽的头转向哈利。哈利急忙奔过去,一个问题在他心中燃烧,但就在他张嘴要问时,牝鹿消失了。

黑暗已将牝鹿整个吞没,但它明亮的形象仍印在哈利的视网膜上,模糊了他的视线。他垂下眼帘时,那形象变得更加明亮,让他辨不清方向。现在,恐惧袭上了他的心头:本来牝鹿的存在意味着安全。

"荧光闪烁!"他轻声说,杖尖发出亮光。

牝鹿的形象随着哈利的每一次眨眼而渐渐消失。他站在那儿,听着森林里的各种声音,远处树枝的折断声,夜雪轻柔的沙沙声。他会受到袭击吗?牝鹿会不会把他引进了一个埋伏圈?好像有人站在魔杖照不到的地方看着他,是他的幻觉吗?

哈利把魔杖举高了一些,没有人朝他冲过来,没有绿光从树后射出。那牝鹿为什么把他带到这儿来呢?

什么东西在魔杖的荧光中一闪,哈利猛然转身,原来只是一个结冰的小池塘。他举高魔杖细看,破裂的黑色表面闪闪发光。

他小心地走上前俯视,冰面映出他变形的影子和魔杖的亮光。但那厚厚的、朦胧的灰色冰盖下还有一个东西在闪亮,一个银色的大十字……

他的心跳到了喉咙口:他在池塘边跪了下来,将魔杖倾斜,让光尽可能照到池底。深红色的光芒一闪……是一把剑,柄上的红宝石闪闪发光……格兰芬多的宝剑躺在森林中的池底。

他几乎停止了呼吸,低头盯着宝剑。这怎么可能呢?它怎么会躺在森林中的池塘里,离他们宿营的地方这么近?难道是什么未知的魔法把赫敏吸引到这里的吗？或者牝鹿是在守卫这个池塘（他本来觉得它是个守护神）？或者宝剑是在他们来了之后才特意被放进池塘的？要是这样，想把宝剑交给哈利的人又是谁呢？他再次用魔杖指着周围的树丛，搜索着一个人影或一只闪烁的眼睛，但没有发现任何人。不过，这一丝新添的恐惧加深了他的兴奋，他把注意力转到了静静躺在冰下池底的那把宝剑上。

他用魔杖指着银色的剑身，轻声念道："宝剑飞来！"

宝剑一动不动，他并没指望它会飞来。要是那么容易的话，宝剑就会躺在地上等他来捡，而不会在结冰的池塘深处了。他开始绕着圆形冰面走动，努力回忆着上次宝剑自动落入他手中的情形，当时他处境危急，正在求救。

"救救我。"他轻声说，但宝剑还是躺在池底，冷冰冰地纹丝不动。

哈利问自己（他又开始走动），上次他拿到宝剑之后邓布利多是怎么说的？"只有真正的格兰芬多人，才能把它从帽子里抽出来。"什么是格兰芬多人特有的品质呢？哈利脑子里有个小声音答道：他们的胆识、气魄和侠义，使格兰芬多出类拔萃。

哈利停住脚步，发出一声长长的叹息，呼出的水雾迅速在寒冷的空气中散开。他知道该干什么，坦白地说，他从看见宝剑躺在冰下的那一刻起就料到是这样了。

他又扫视了一下周围的林子，但现在已确信没有人会来袭击他。要是有人想袭击他的话，在他独自穿过森林时就可以下手，在他察看池塘时也有许多机会。此刻的拖延只有一个原因：要做的事情太不愉快了。

哈利开始用不听使唤的手脱去一层层衣服。这里面有什么可被称作"侠义"的吗，他郁闷地想，除非没叫赫敏来替他做这

第19章 银色的牝鹿

件事也能算"侠义"。

脱衣服时,不知何处有一只猫头鹰叫了起来,他心痛地想起了海德薇。他现在瑟瑟发抖,牙齿咯咯打战,但还是继续脱着,最后身上只剩下内衣内裤,光脚站在雪地里。他把装着自己的魔杖、妈妈的信、小天狼星的镜子碎片和旧飞贼的袋子放到衣服堆上,然后用赫敏的魔杖指着冰面。

"四分五裂。"

一声爆响像子弹划破寂静:冰面裂开了,灰黑色的大冰块在水面上随波晃动。哈利判断,水并不深,但要拿到宝剑,他必须完全没入水中。

想得再多也不会使面前的任务变得容易,也不会让水温变暖。哈利走到池塘边,把赫敏的魔杖放在地上,仍让它亮着。然后,他竭力不去想自己会有多冷,也不去想自己很快会哆嗦成什么样子,一下跳了进去。

他身上的每个毛孔都在尖叫抗议,肺里的空气似乎都冻结了,刺骨的冰水没到了肩膀。他几乎无法呼吸,浑身哆嗦得那么厉害,水都被晃得打到了岸上。他用麻木的双脚寻找剑身,只想潜下去一次。

哈利喘息着、哆嗦着,一秒一秒地推迟着全身浸没的那一刻。最后他对自己说不做不行了,便鼓起全部勇气潜入了水中。

钻心透髓的冷,像火一样煎熬着他。脑子似乎都冻僵了,他在黑暗的冰水中潜到池底,伸出双臂摸索宝剑。他的手指抓到了剑柄,把它往上拔。

忽然,什么东西箍紧了他的脖子。他想到了水草,尽管下潜时他并没碰到什么东西。他抬起没拿宝剑的那只手想把它扯掉,发现并不是水草:魂器的链子收紧了,正在慢慢勒住他的气管。

哈利拼命踢蹬,想把自己推上水面,却只是撞到了池塘的石壁上。他扑打着，呼吸困难，用力扒住越勒越紧的链子，但冻僵的手指怎么也扒不开它。他脑子里开始冒出金星，想着，要淹死了，没希望了，已经无能为力了，抱住他的这双手臂一定是死神的……

他脸埋在雪地里苏醒过来，咳嗽着，干呕着，浑身湿透，从来没有这么冷过。不远处，另一个人在喘气，咳嗽，摇摇晃晃地走动。又是赫敏及时赶到了，就像大蛇袭来时那样……然而听声音不像是她，听那低沉的咳嗽声，那沉重的脚步声……

哈利没有力气抬起头看看救他的是谁。他能做的只是将颤抖的手举到喉咙口，摸一摸刚才挂坠盒紧紧勒进他肉里的地方。挂坠盒没了：有人帮他割断了。这时，一个气喘吁吁的声音在头顶上响起。

"你——你——你有病啊？"

也只有听到这个声音时的震惊能让哈利有力气爬起来。他剧烈地哆嗦着，摇摇晃晃地站起身。他的面前站着罗恩，穿着衣服，但像个落汤鸡，头发贴在脸上，一手拿着格兰芬多的宝剑，一手握着被割断的金链子，魂器还挂在上面。

"真见鬼，"罗恩喘着气举起魂器，它在截短的链子上荡来荡去，有点像模仿催眠术表演，"你跳下去时怎么没把这东西摘下来？"

哈利无法回答。与罗恩重新出现相比，银色的牝鹿已无关紧要，真的无关紧要。他真不敢相信。他冷得瑟瑟发抖，抓起仍然搁在水边的那堆衣服，一件接一件地套到头上，一边盯着罗恩，隐约担心每次一看不见他就会消失。但罗恩应该是真的：他刚才跳进池塘救了自己的命。

"是——是你？"哈利终于说道，牙齿咯咯打架，声音因为刚才差点被勒死而比平时微弱。

第19章 银色的牝鹿

"嗯,是啊。"罗恩说,显得有点困惑。

"你——你召出了那头牝鹿?"

"什么?不是,当然不是!我还以为是你呢!"

"我的守护神是牡鹿。"

"哦,对了,我是觉着长得不大一样,没有角。"

哈利把海格送的皮袋子挂到脖子上,套上最后一件毛衣,弯腰捡起赫敏的魔杖,重新看着罗恩。

"你怎么会在这儿?"

显然,罗恩希望这个问题晚一点提出,或根本不提出。

"嗯,我——你知道——我回来了,如果——"他清了清嗓子,"怎么说呢,如果你们还要我的话。"

一阵沉默,罗恩出走的话题如同一道墙挡在两人之间。但他在这儿,他回来了,他刚刚救了哈利的命。

罗恩低头看看手里的东西,一时似乎很惊讶。

"哦,对了,我把它捞出来了。"他不必要地说,一边把宝剑举给哈利检查,"你就是为这个跳下去的,是吧?"

"是的,"哈利说,"但我不明白,你怎么会到这儿来?你是怎么找到我们的?"

"说来话长。"罗恩说,"我找了你们好几个小时,这森林真大,是不是?我正想在树底下睡一觉,等天亮再说,就看见那头鹿跑了过来,你在后面跟着。"

"你有没有看到别人?"

"没有,"罗恩说,"我——"

他犹豫了,望着几米外两棵挨在一起的树。

"——我好像是看到那边有东西在动,但我正在往池塘边跑,因为你跳下去了,没有上来,所以我不想绕道——嘿!"

哈利已经往罗恩指的地方奔去。两棵橡树长得紧挨在一起,在眼睛那么高的地方有个仅仅几英寸的空隙，是个可以偷窥而不被发现的好地方。但树根周围没有雪，哈利没看见脚印。他走回原地，罗恩站在那儿等着，手里仍然握着宝剑和魂器。

"那儿有东西吗？"罗恩问。

"没有。"哈利说。

"宝剑怎么会在池塘里呢？"

"肯定是召出守护神的那位把它放进去的。"

两人看着精美的银剑，嵌着红宝石的剑柄在赫敏魔杖的荧光中微微闪亮。

"你觉得这把是真的吗？"罗恩问。

"有个办法知道，是不是？"哈利说。

魂器仍在罗恩手中晃荡，挂坠盒微微颤动。哈利知道里面的东西又焦躁不安了，它刚才感到宝剑近在咫尺，便试图勒死哈利，不让他拿到宝剑。现在不是长谈的时候，应该马上彻底摧毁挂坠盒。哈利高举着赫敏的魔杖环顾四周，找到了地方：在一棵悬铃木的树荫下，有一块平坦的大石头。

"跟我来。"他率先走过去，拂去石头上的积雪，伸手拿过魂器。但当罗恩把宝剑也递过去时，哈利摇了摇头。

"不，应该由你来做。"

"我？"罗恩惊愕地说，"为什么？"

"因为是你把宝剑从池塘里捞上来的。我想应该由你来。"

他不是大方或谦让。就像刚才相信牝鹿是无害的一样，他确信必须由罗恩来使这把剑。邓布利多至少教哈利认识到某些类型的魔法，认识到某些行为有不可估量的神力。

"我来打开，"哈利说，"你来刺。一打开就刺，行吗？因为里面的东西会反抗的，日记中的里德尔就曾想杀死我。"

"你怎么打开呢？"罗恩神情惊恐地问。

第19章　银色的牝鹿

"我来叫它打开，用蛇佬腔。"哈利说，这答案如此自然地脱口而出，他觉得好像内心深处一直就知道：也许是最近遭遇了纳吉尼才让他意识到的。他看着那个蛇形的"S"，由闪闪发光的绿宝石嵌成，很容易把它想象成一条小蛇，盘在冰冷的石头上。

"不！"罗恩说，"不，别打开它！真的！"

"为什么不？"哈利问，"我们赶快除掉这该死的东西，已经好几个月——"

"我不行，哈利，真的——你来吧——"

"可是为什么呢？"

"因为这东西对我有害！"罗恩望着石头上的挂坠盒，直往后退，"我对付不了它！我不是在为自己找借口，哈利，但这玩意儿对我的影响比对你和赫敏要大，它让我产生了一些念头，那些念头我原来也有，但它使一切变得更糟。我无法解释，每当把它拿下来，我就会清醒过来，可是接着我又得戴上这该死的东西——我不行，哈利！"

他已经拖着宝剑退到远处，连连摇头。

"你能做到，"哈利说，"你能行的！你刚才捞上了宝剑，我知道应该由你来用它。拜托，除掉它吧，罗恩。"

听到自己的名字好像是一种激励，罗恩咽了口唾沫，走回大石头跟前，长长的鼻子仍然呼吸粗重。

"告诉我什么时候。"他用低沉沙哑的声音说。

"数到三。"哈利低头看着挂坠盒，眯起眼睛盯住字母"S"，想象着一条蛇，而此时挂坠盒里的东西像笼中的蟑螂一样窸窣作响。几乎很容易对它产生怜悯，只是哈利脖子上的伤痕还在火辣辣地痛。

"一……二……三……开。"

最后一个词是一声嘶嘶的咆哮，挂坠盒的小金盖咔嗒一声弹开了。

两扇小玻璃窗后各有一只活的眼睛在眨，黑亮有神，像汤姆·里德尔的，在他的眼球变成红色、瞳孔变成一条线之前。

"刺啊！"哈利说，一边把挂坠盒牢牢地按在石头上。

罗恩用颤抖的双手举起宝剑，剑尖悬在两只疯狂转动的眼睛上面。哈利紧紧地抓着挂坠盒，做好准备，已经想象着鲜血从空了的小窗里喷出来。

这时一个声音从魂器中嘶嘶响起。

"我看到了你的心，它是我的。"

"别听它的！"哈利厉声说，"快刺！"

"我看到了你的梦想，罗恩·韦斯莱，我也看到了你的恐惧。你渴望的都可能发生，但你惧怕的也都可能发生……"

"快刺！"哈利高喊，树林中响着回声。剑尖颤抖着，罗恩盯着里德尔的眼睛。

"一直最不受宠爱，妈妈一直想要女儿……现在也最不受宠爱，那女孩更倾心于你的朋友……总是屈居第二，永远相形见绌……"

"罗恩，赶快刺它！"哈利吼道，他能感到挂坠盒在他手中颤动，很害怕会发生什么。罗恩把宝剑举得更高，里德尔的眼睛变红了。

从挂坠盒的两扇小窗里，从那对眼睛里，冒出了两个怪诞的肥皂泡似的东西，是哈利和赫敏的脑袋，离奇地变了形。

罗恩惊叫一声，倒退几步，两个人形从挂坠盒里升起，胸部，腰部，双腿，最后像两棵同根的树一样站在挂坠盒里，在罗恩和真哈利上方摇摆。哈利已经把手从挂坠盒上缩回，因为它突然变得炽热无比。

第19章　银色的牝鹿

"罗恩！"他喊道，但现在里德尔-哈利用伏地魔的声音说起话来，罗恩像被催眠了一般盯着那张面孔。

"干吗回来？没有你我们更好，更快乐，很高兴你不在……我们嘲笑你的愚蠢、你的懦弱、你的自以为是——"

"自以为是！"里德尔-赫敏重复道，她比真赫敏漂亮，但很可怕：她在罗恩面前摇摆，大笑。罗恩似乎惊恐万分但又无法动弹，宝剑无力地垂在身边。"谁会看你啊，有哈利·波特在旁边，谁会看你一眼？跟'救世之星'比起来，你做过什么？跟'大难不死的男孩'比起来，你算什么？"

"罗恩，刺它，**刺它**！"哈利大喊，但罗恩没有动，他眼睛睁得大大的，里面映出里德尔-哈利和里德尔-赫敏，他们的头发像火焰一般旋舞，眼睛里发着红光，声音升高成邪恶的二重唱。

"你妈妈承认过，"里德尔-哈利讥讽地说，里德尔-赫敏大声嘲笑，"她更喜欢要我当儿子，她很愿意换一换……"

"谁会不更喜欢他呢，哪个女人会选择你呢？跟他比起来，你什么都不是，什么都不是。"里德尔-赫敏轻唱道，身子变得像蛇一样长，缠住里德尔-哈利，与他紧紧拥抱，嘴唇相接。

在他们前面，罗恩的脸上充满痛苦，他高高地举着宝剑，手臂在发抖。

"刺呀，罗恩！"哈利叫道。

罗恩朝他望了望，哈利仿佛看到罗恩眼里有一丝红色。

"罗恩——？"

剑光一闪，宝剑突然刺出，哈利纵身闪开，金属声当啷一响，接着是一声长长的尖叫。哈利急速转身，在雪地上滑了一下，举起魔杖准备自卫，却并没有东西要抵挡。

他自己和赫敏的恐怖幻影不见了，只有罗恩站在那儿，无力地提着宝剑，低头看着平坦的石头上挂坠盒的碎片。

哈利慢慢走回他身边，不知该说些什么，做些什么。罗恩呼吸粗重，眼睛一点也不红，还是原来那样的蓝色，微微有点湿润。

哈利假装没看见，弯腰捡起破碎的魂器。罗恩把两扇小窗的玻璃都刺破了，里德尔的眼睛不见了，挂坠盒满是污痕的彩色丝绸内衬冒出缕缕青烟。活在魂器中的那个东西消失了，折磨罗恩是它的最后一个行为。

宝剑当啷一声从罗恩手里掉下，他跪倒在地，抱着脑袋。他在发抖，哈利知道那不是因为寒冷。哈利把破挂坠盒塞进口袋，跪到罗恩身边，谨慎地把一只手放到他的肩上。没有被甩掉，他觉得是个好兆头。

"你走后，"他低声说，暗自庆幸罗恩的脸被挡住了，"她哭了一个星期，也许更久，只是她不想让我看见。有好些个夜晚，我们都不说话。你不在……"

他说不下去了，现在罗恩回来了，哈利才完全意识到，对他们来说，没有了他是多么大的缺憾。

"她就像我的姐妹，"他继续说，"我像爱姐妹一样爱她，我相信她对我也是这样。一直都是这样，我以为你知道。"

罗恩没有回答，而是扭过脸去，响亮地用衣袖擦了擦鼻子。哈利起身走向几米外罗恩的那只巨大背包，那是罗恩奔向池塘去救他时丢下的。哈利把它扛到背上，走回罗恩身边。罗恩也爬了起来，眼睛充血，但还平静。

"对不起，"他瓮声瓮气地说，"对不起，我不该离开。我知道我是个——是个——"

他在黑暗中环顾四周，仿佛希望一个足够恶毒的词会扑下来认领他。

第19章　银色的牝鹿

"你今晚差不多都补偿了,"哈利说,"捞出宝剑,消灭魂器,还救了我的命。"

"听起来比我本人伟大得多。"罗恩嘟囔道。

"这样的事听起来总是比实际伟大得多,"哈利说,"我这些年一直想告诉你这一点。"

两人同时走上前,抱在一起,哈利抓着罗恩背上仍然潮湿的衣服。

"现在,"他们分开之后哈利说,"我们要做的就是找到帐篷了。"

找到帐篷并不难。虽然跟着牝鹿在黑森林里走的路似乎很长,但有罗恩在身边,回去时用的时间短得令人惊讶。哈利迫不及待地要叫醒赫敏。他兴奋地走进帐篷,罗恩有点迟疑地跟在后面。

与池塘和森林里比起来,这里暖和极了。唯一的光源是那些蓝铃花般的火苗,还在地上的一只碗里闪闪发光。赫敏蜷在毯子里睡得正香,哈利叫了好几遍她才醒过来。

"赫敏!"

她动了一下,迅速坐起来,拨开脸上的头发。

"怎么啦,哈利?你没事吧?"

"没事,一切都好,不只是好,简直是棒极了,这儿有个人。"

"你说什么?谁——?"

她看到了提着剑站在那儿、往破地毯上滴水的罗恩。哈利退到角落的阴影中,取下罗恩的背包,努力与帐篷的帆布墙融为一体。

赫敏下了床,梦游似的朝罗恩走去,眼睛盯着他苍白的面孔。她停在罗恩面前,嘴唇微张,双眼圆睁。罗恩怀着期待无力地笑了一下,半张开手臂。

赫敏往前一冲，开始痛打罗恩身上每一寸她够得到的地方。

"哎哟——嗷——放开！干吗——？赫敏——**嗷**！"

"你这个——大——混蛋——罗恩——韦斯莱！"

她每说一个词都加上一拳。罗恩护着脑袋往后躲，赫敏紧追向前。

"你——爬回——来了？——这么多——这么多——星期——之后——哦，我的魔杖呢？"

她好像要把魔杖从哈利手里夺过去，哈利本能地做出反应。

"盔甲护身！"

无形的坚壁立时将罗恩和赫敏隔开了，那股冲力把赫敏撞得仰面摔倒。她吐着嘴里的头发，又跳了起来。

"赫敏！"哈利说，"冷静——"

"我不会冷静！"她尖叫着。哈利从未见过她如此失控，简直像疯了一样。

"把魔杖还给我！还给我！"

"赫敏，请你——"

"别来指挥我，哈利·波特！"她厉声喊道，"我警告你！快还给我！还有**你**！"

她控诉一般狠狠指着罗恩，好像要下恶咒，哈利觉得不能怪罗恩连退了几步。

"我跑出去追你！我喊你！哀求你回来！"

"我知道，"罗恩说，"赫敏，对不起，我真的——"

"哦，你对不起！"

她大笑起来，那是一种尖厉的、歇斯底里的声音。罗恩求助地看看哈利，但哈利只是苦着脸表示无可奈何。

"你过了这么多星期才回来——这么多星期——你以为说一声对不起就没事了？"

第 19 章　银色的牝鹿

"那我还能说什么？"罗恩喊道，哈利很高兴罗恩开始反抗了。

"哦，我不知道！"赫敏高叫道，带着辛辣的讽刺，"绞尽你的脑汁吧，罗恩，那只需要两秒钟——"

"赫敏，"哈利插嘴道，他认为这是很不厚道的攻击，"他刚才救了我的——"

"我不管！"她尖叫道，"我不管他做了什么！这么多星期，我们说不定都死了——"

"我知道你们没死！"罗恩吼了起来，第一次压过了赫敏的声音，并且隔着铁甲咒尽可能靠上前，"《预言家日报》上成天讲哈利，广播里也是，他们到处找你，有好多谣言和荒谬的故事，我知道你们要是死了我马上就会听说，你们不知道——"

"不知道你是怎么过的？"

赫敏的声音现在这么尖，很快就只有蝙蝠才能听见了。但她已经气愤到了一时说不出话的程度，罗恩抓住了机会。

"我刚一幻影移形就想回来，可是我落在了一群搜捕队员中间，赫敏，根本走不掉！"

"一群什么？"哈利问道。赫敏一屁股坐到椅子上，紧紧抱着胳膊，交叉着双腿，看样子几年都不会松开。

"搜捕队员，"罗恩说，"到处都是，一帮想靠搜捕麻瓜出身的巫师和纯血统的叛徒赚取金子的家伙。每抓到一个人，魔法部都有赏。我独自一人，看上去又像上学的年龄，他们可兴奋了，以为我是逃出来的麻瓜出身的人。我赶紧好说歹说，才没有被拖进魔法部。"

"你是怎么对他们说的？"

"我说我是斯坦·桑帕克，那是我能想到的第一个人。"

"他们相信了？"

"那帮人不怎么聪明。有一个肯定有巨怪血统，身上那味儿……"

罗恩瞥了一眼赫敏，显然希望这个小幽默能使她情绪缓和一些，但是赫敏仍然四肢紧紧地缠结在一起，表情像石板一块。

"总之，他们为我是不是斯坦争吵了起来，说实在的真有点可怜。但他们毕竟是五个对我一个，还抢走了我的魔杖。后来有两个人打了起来，趁其他人分神的时候，我一拳打在抓我的那人肚子上，夺过他的魔杖，对拿我魔杖的家伙使了个缴械咒，就幻影移形了。我做得不大好，又分体了——"罗恩举起右手，少了两个指甲。赫敏冷冷地扬起眉毛。"——显形的地方离你们好远。等我回到原来的河边时……你们已经走了。"

"哎呀，多么惊心动魄的故事，"赫敏说，用了她想伤害别人时惯用的那种高傲语气，"你一定吓坏了吧。而我们去了戈德里克山谷。让我想想，那儿发生了什么，哈利？哦，对了，神秘人的蛇蹿了出来，差点把我们咬死，然后神秘人亲自赶到，只差一秒钟就抓住我们了。"

"什么？"罗恩张大了嘴巴，望望赫敏又望望哈利，但赫敏没有睬他。

"想想看，丢了指甲，哈利！这真能衬出我们遭的罪多么渺小，是不是？"

"赫敏，"哈利低声说，"罗恩刚才救了我的命。"

她好像没有听见。

"不过，我倒想知道一点，"她说，眼睛盯着罗恩头顶上一英尺的地方，"你今晚是怎么找到我们的？这很重要。知道了这个，可以保证以后不再会有我们不想见到的人来打搅。"

罗恩瞪着她，然后从牛仔裤口袋里掏出一个银色的小东西。

"这个。"

第19章 银色的牝鹿

为了看到他拿出的东西,赫敏不得不看了罗恩一眼。

"熄灯器?"她问,惊讶得忘记了摆出冷漠、凶狠的样子。

"它不只是能点灯熄灯,"罗恩说,"我也不知道它怎么会这样,我也不知道为什么偏偏在那一次而不是在其他时候,因为我自从离开之后一直都想回来的呀。那天我在听广播,是圣诞节的一大早,我听到……我听到了你的声音。"

他看着赫敏。

"你在广播里听到了我的声音?"赫敏不相信地问。

"不,我听到你在我的口袋里。你的声音,"他又举起熄灯器,"是从这个里面发出来的。"

"我究竟在说什么?"赫敏问,语调介于怀疑和好奇之间。

"我的名字,'罗恩'。你说到……什么魔杖……"

赫敏脸色变得赤红,哈利想起来了:那是罗恩走后他们第一次说出他的名字。赫敏在说修复哈利的魔杖时提到了他。

"于是我把它拿了出来,"罗恩看着熄灯器继续说,"它看上去没有什么异样,但我很确定我听到了你的声音,所以就摁了一下,我屋里的灯熄灭了,但另一个灯出现在窗外。"

罗恩举起空着的那只手指向前方,眼睛盯着哈利和赫敏都看不见的东西。

"那是一个光球,好像在搏动,蓝莹莹的,就像门钥匙周围的那种光,你们知道吧?"

"嗯。"哈利、赫敏一起不由自主地说。

"我知道这就是了,"罗恩说,"于是赶紧收拾东西,背上背包走进了花园。

"那个小光球停在空中等着我,我出来后,它上下浮动着飘了一段,我跟着它走到小屋后面,然后它……嗯,它飘进了我的身体里。"

"什么?"哈利以为自己没听清。

"它向我飘了过来,"罗恩用食指演示着说,"一直飘到我胸口,然后——它就进去了。在这儿,"他指着心脏附近的一点,"我能感觉到它,热乎乎的。它一进入我体内,我就知道该做什么了,它会带我去我必须去的地方。于是我幻影移形,来到了一个山坡上,到处都是雪……"

"我们去过那儿,"哈利说,"在那儿待了两夜,第二夜我总觉得有人在黑暗中走动、呼喊!"

"嗯,那应该就是我。"罗恩说,"至少,你们的防护咒是有效的,因为我看不见也听不见你们。但我相信你们就在附近,所以最后就钻进了睡袋,等你们哪一个出现。我想你们收帐篷时总会现身的。"

"其实不会,"赫敏说,"为了更加保险,我们都是在隐形衣下幻影移形。而且我们走得很早,因为正如哈利说的,我们听到有人在周围东碰西撞。"

"我在那座山上待了一整天,"罗恩说,"一直希望你们会出现。天黑时,我知道大概错过了,就又摁了一下熄灯器,蓝光出现了,又飘进了我的体内,我幻影移形到了这片林子里。还是看不到你们,我只能希望你们哪一个会出现——哈利出现了。哦,我显然是先看到了那头牝鹿。"

"你看到了什么?"赫敏尖声问。

他们俩讲述了刚才的奇遇。随着银色的牝鹿和池底宝剑故事的展开,赫敏皱着眉头来回看着他们俩,专心得忘记了缠紧四肢。

"但那一定是个守护神!"她说,"你们没看见是谁把它召出来的吗?没看见有人吗?它把你们领到了宝剑那里!真是难以置信!那后来呢?"

第19章 银色的牝鹿

罗恩讲了自己看到哈利跳进池塘,想等他上来,然后意识到出了问题,急忙跳下去救上哈利,又回去捞出那把剑。他一直讲到打开挂坠盒,然后就犹豫了,于是哈利插了进来。

"——罗恩用宝剑刺穿了它。"

"然后……然后它就死了?就这样?"赫敏轻声问。

"哦,它——它尖叫来着。"哈利瞥了瞥罗恩说,"给。"

他把挂坠盒丢到赫敏膝上,赫敏小心翼翼地拿起来,细细查看着被刺破的小窗口。

哈利断定终于安全了,一挥赫敏的魔杖,解除了铁甲咒,又转向罗恩。

"你刚才说,你从搜捕队那儿逃走时还赚了根魔杖?"

"什么?"正在看赫敏检查挂坠盒的罗恩说,"哦——是啊。"

他扯开背包的一个扣带,从口袋里抽出一根短而黑的魔杖。"在这儿呢。我想有根备用总是好的。"

"你说得对,"哈利伸出手说,"我的断了。"

"你开玩笑吧?"罗恩说,但这时赫敏站起身,他又惶恐不安起来。

赫敏把被征服的魂器放进了串珠小包,爬回自己的床上,一言不发地躺下了。

罗恩把新魔杖递给了哈利。

"这就算是最好的情况了,我想。"哈利悄声道。

"是啊,"罗恩说,"还不算最糟,还记得她放出来啄我的那些鸟吗?"

"我还没有排除这个可能。"赫敏闷闷的声音从毯子下传来,但哈利看到罗恩露出一丝微笑,从背包里抽出了他的暗紫红色睡衣。

第20章

谢诺菲留斯·洛夫古德

哈利没指望赫敏的怒气一夜就会消掉,所以第二天早上见她基本上只用阴沉的脸色和尖锐的沉默交流,他并不意外。罗恩在赫敏面前保持着不自然的严肃态度,作为继续忏悔的表现。实际上,当三人在一起时,哈利觉得自己像人数寥寥的葬礼上唯一不在哀悼的人。但在与哈利单独相处的不多时间里(打水、在树丛下找蘑菇时),罗恩就会没皮没脸地快活起来。

"有人帮助我们,"他一直说,"有人派来了那头牝鹿,有人在支持我们。消灭一个魂器了,伙计!"

销毁挂坠盒让他们受到鼓舞,他们开始讨论其他魂器可能在哪儿,尽管以前已讨论过那么多次,但哈利还是感到很乐观,相信第一个胜利会带来更多的突破。赫敏的阴沉破坏不了他欢快的心情:运气的突然转好、神秘牝鹿的出现、格兰芬多宝剑的复得,最重要的还有罗恩的归来,使哈利开心得很难保持一副严肃的面孔。

临近黄昏时,他和罗恩又从凶巴巴的赫敏跟前逃开,一边假装在光秃秃的树篱下寻找不存在的黑莓,一边继续交换新闻。

第20章　谢诺菲留斯·洛夫古德

哈利终于给罗恩讲完了他和赫敏四处流浪的故事，包括戈德里克山谷遇险的全部经过；罗恩正在向哈利报告他这几个星期在巫师界了解到的各种消息。

"……你们怎么发现那个禁忌的？"讲完许多麻瓜出身的巫师仓皇躲避魔法部搜捕的故事后，罗恩问哈利。

"那个什么？"

"你和赫敏不说神秘人的名字了！"

"哦，是啊。那只是我们不知不觉养成的坏习惯，"哈利说，"但我还是不怕叫他伏——"

"**别说！**"罗恩大吼一声，吓得哈利跳到了树篱中，赫敏朝他们皱起眉头（她正在帐篷口埋头看书）。"抱歉，"罗恩把哈利从荆棘丛里拽出来，"可那个名字被施了恶咒，哈利，那是他们盯梢的办法！一说他的名字就会打破防护魔法，造成某种魔法干扰——我们在托腾汉宫路就是这样被发现的！"

"因为说了他的名字？"

"正是！你不得不承认他们这招够绝的，而且也有道理啊，只有真正想抵抗他的人，像邓布利多，才敢说他的名字。现在他们在这名字上设了个禁忌，说它的人都会暴露行踪——这样搜捕凤凰社的成员又快又方便！他们差点抓到了金斯莱——"

"不会吧？"

"真的，一帮食死徒堵住了他，比尔说的，但他奋力冲了出来，现在逃亡在外，像我们一样。"罗恩若有所思地用魔杖尖挠了挠下巴，"你觉得那头鹿会是金斯莱派来的吗？"

"他的守护神是猞猁，我们在婚礼上见过，记得吗？"

"哦，对了……"

他们沿树篱走了一段，离开了帐篷和赫敏。

"哈利……你觉得会是邓布利多吗？"

"邓布利多什么？"

罗恩似乎有些窘，低声说道："邓布利多……那头鹿？我是说，"罗恩用眼角瞟着哈利，"他是最后保管那把真宝剑的，是不是？"

哈利没有笑话罗恩，他太了解这问题背后的渴望：邓布利多找到办法回来了，邓布利多在照看他们，这幻想中有一种难以形容的安慰。他摇了摇头。

"邓布利多死了，"他说，"我亲眼看到的。我看到了尸体。他肯定是走了。再说，他的守护神是凤凰，不是鹿。"

"可守护神会变的，不是吗？"罗恩说，"唐克斯的就变了，不是吗？"

"是的，但如果邓布利多复活了，他为什么不现身呢？为什么不直接把宝剑交给我们呢？"

"我不知道，"罗恩说，"大概跟他为什么在世时没有交给你，为什么留给你旧飞贼，留给赫敏一本儿童故事书，是一样的道理吧？"

"什么道理呢？"哈利转身盯着罗恩的面孔，急于想听到答案。

"我不知道。"罗恩说，"有时候，有点坚持不住时，我就想他是在拿我们寻开心或——或只想给我们增加点困难。但我现在不这么想了。他给我熄灯器是有道理的，对不对？他——嗯，"罗恩耳朵通红，全神贯注地用脚尖踢着脚边的一簇青草，"他一定知道我会离开你们。"

"不，"哈利纠正他说，"他一定知道你一直都想回来。"

罗恩似乎心里很感激，但仍然有点窘。也是为了换个话题，哈利说道："提到邓布利多，你有没有听到斯基特对他的描写？"

"哦，听到了，"罗恩马上说，"人们议论很多。当然，要是

第20章　谢诺菲留斯·洛夫古德

在别的形势下，这会是个特大新闻——邓布利多跟格林德沃曾是好朋友。可是现在，只不过是给了不喜欢邓布利多的人一个笑柄，给了所有认为他多么完美的人一记耳光。我倒觉得没有什么大不了，他那时还很年轻——"

"像我们这么大。"哈利说，就像反驳赫敏那样。他脸上的表情使罗恩决定不再谈论这个话题。

一只大蜘蛛挂在荆棘丛中一张结了霜的蛛网上，哈利用罗恩昨晚给他的魔杖对准了它。赫敏屈尊检查过这根魔杖，断定是黑刺李木的。

"速速变大。"

蜘蛛微微哆嗦了一下，在网上轻轻晃动。哈利又试了一次，这次蜘蛛变大了一点点。

"别这样，"罗恩急道，"我不该说邓布利多当时还年轻，我道歉，行了吧？"

哈利忘记了罗恩讨厌蜘蛛。

"对不起——速速缩小。"

蜘蛛没有缩小。哈利低头看着黑刺李木魔杖。他那天用它施过的每个小魔法似乎都不如用凤凰尾羽魔杖来得有力。新魔杖拿在手里陌生而别扭，就像把别人的手缝到了他的胳膊上。

"你只是需要练习。"赫敏说，她刚才悄悄从后面走过来，焦急地看着哈利努力让蜘蛛变大和缩小，"完全是信心问题，哈利。"

哈利知道赫敏为什么希望魔杖好用：她仍在为弄断了他的魔杖而内疚。哈利咽回已经到嘴边的反驳：她要是觉得没有区别，就会把黑刺李木魔杖拿去，把她自己的换给他。因为热切希望大家重归于好，哈利接受了赫敏的意见。但当罗恩试探地对赫敏笑笑时，赫敏又噔噔噔地走开了，消失在她的书后。

夜幕降临，三人一起回到帐篷里，哈利值第一班。他坐在帐篷口，试着用黑刺李木魔杖让脚边的小石头升起，但魔法好像还是不如以前流畅有力。赫敏躺在床上看书，罗恩不安地瞟了她好多眼之后，从背包里掏出一个小小的木壳收音机，开始调台。

"有一个节目，"他悄声告诉哈利，"播的是真实的新闻。其他电台都倒向神秘人一边，遵循魔法部的路线，但这一个……你听了就知道，精彩极了。只是他们不能每晚都播，怕受到突袭，不得不经常换地方，而且你得知道暗号才能收到……问题是，我上次没听着……"

他用魔杖轻轻敲着收音机顶部，小声念着胡乱想到的词，一边偷偷瞥着赫敏，显然害怕她发作，但赫敏却只当他根本不存在一样。有十分钟左右，罗恩边敲边念，赫敏翻着书页，哈利继续用黑刺李木魔杖练习魔法。

终于，赫敏从她的床上爬了下来，罗恩立刻不敲了。

"如果打搅了你，我就停止。"他紧张地说。

赫敏没有屈尊回答，而是走向了哈利。

"我们需要谈谈。"赫敏说。

哈利看看仍抓在她手里的书，是《阿不思·邓布利多的生平和谎言》。

"谈什么？"他担心地问，迅速想到书里有一章是写他的，不知道自己有没有勇气听听丽塔对他和邓布利多关系的描述。赫敏的回答却完全出乎意料。

"我想去见见谢诺菲留斯·洛夫古德。"

哈利瞪着她。

"什么？"

"谢诺菲留斯·洛夫古德，卢娜的父亲，我想去找他谈谈。"

第20章　谢诺菲留斯·洛夫古德

"呃——为什么？"

赫敏深吸了一口气，像是鼓起勇气，说道，"是那个记号，《诗翁彼豆故事集》里的记号，看这儿！"

她把《阿不思·邓布利多的生平和谎言》塞到哈利不情愿的眼睛底下，哈利看到了邓布利多写给格林德沃那封信的照片，正是邓布利多那熟悉的细长斜体字。他真不愿意看到那些文字真的是邓布利多写的，而不是丽塔的杜撰。

"签名，"赫敏说，"看签名，哈利！"

哈利看了，一时不明白她在说什么，但借着魔杖的荧光细看时，他发现邓布利多签名中阿不思的第一个字母A是个小小的、像《诗翁彼豆故事集》中那样的三角形符号。

"呃——你们在——？"罗恩试探地问，但赫敏一眼就制止了他，又回头转向哈利。

"它不断出现，是不是？"她说，"我知道威克多尔说这是格林德沃的标志，可它又分明刻在戈德里克山谷那座古墓上，墓碑上的年代远在格林德沃之前。现在再加上这个！我想，我们没法问邓布利多或格林德沃它是什么意思——我甚至不知道格林德沃是否还活着，但可以去问洛夫古德先生啊，他在婚礼上戴了那个标志。我相信这很重要，哈利！"

哈利没有立即回答。他注视着赫敏那热切的面孔，然后凝视着外面的黑暗，沉思起来。过了许久，他说："赫敏，我们不要重蹈戈德里克山谷的覆辙了。我们说服自己去了那里，结果——"

"可是它不断出现啊，哈利！邓布利多把《诗翁彼豆故事集》留给了我，你怎么知道我们不应该去搞懂那个记号呢？"

"又来了！"哈利觉得有点烦躁，"我们总想让自己相信邓布利多留下了秘密的记号和线索——"

"熄灯器就挺有用的。"罗恩帮腔道,"我认为赫敏说得对,我们应该去见见洛夫古德。"

哈利瞪了他一眼,相信他支持赫敏与想知道三角形如尼文的含义无关。

"不会像戈德里克山谷那样的。"罗恩又说,"洛夫古德是站在你这一边的,哈利。《唱唱反调》一直都在支持你,总对大家说必须援助你!"

"我相信这很重要!"赫敏认真地说。

"可如果重要的话,你不觉得邓布利多临死前应该告诉我吗?"

"也许……也许这是需要你自己去弄清的东西。"赫敏有点像抓救命稻草似的说。

"是啊,"罗恩拍马屁地说,"有道理。"

"没道理,"赫敏没好气地说,"但我还是觉得应该去找洛夫古德先生谈谈。一个把邓布利多、格林德沃和戈德里克山谷联系在一起的符号是什么意思?哈利,我敢肯定我们应该把它弄明白!"

"我想还是投票表决吧,"罗恩说,"赞成去见洛夫古德的——"

他的手立刻举到了空中,比赫敏还快。赫敏狐疑地颤抖着嘴唇,也举起了手。

"二比一,哈利,对不起。"罗恩拍着他的后背说。

"好吧,"哈利又好气又好笑地说,"不过,见过洛夫古德之后,我们要想办法去找其他魂器,行吗?哎,洛夫古德住在哪儿呢?你们有谁知道?"

"离我家不远。"罗恩说,"我不知道确切的地点,但爸爸妈妈提到他们时总往山上指。应该不难找到。"

第20章　谢诺菲留斯·洛夫古德

赫敏回到床上之后，哈利压低了嗓门。

"你只是为了重新赢得她的好感。"

"在爱情和战争中一切都是合法的，"罗恩得意扬扬地说，"刚才嘛，两者都沾了一点儿。开心点吧，现在是圣诞节期间，卢娜在家！"

次日早晨，他们幻影移形到一个清风习习的山坡上，望见了奥特里·圣卡奇波尔村庄的美丽风光。凭高远眺，村庄像一片玩具小房子，散落在透过云层斜射地面的巨大光束中。他们站在那里手搭凉棚朝陋居望了一会儿，只看见高高的树篱和果园，遮住了那座歪歪扭扭的小房子，麻瓜不会发现。

"感觉真别扭，这么近，却不能回去。"罗恩说。

"哼，你最近又不是没见过他们。你在那儿过了圣诞节。"赫敏冷冷地说。

"我没回陋居！"罗恩惊讶地笑了，"你以为我会回去告诉大家我把你们给甩了？是啊，弗雷德和乔治听了准会很来劲的。还有金妮，她一定非常理解。"

"那你去哪儿了？"赫敏惊讶地问。

"比尔和芙蓉的新家，贝壳小屋。比尔对我一直不错，他——他听说我干的事之后也不以为然，但没有唠叨个没完。他知道我是真心后悔了。家里其他人都不知道我在那儿。比尔跟妈妈讲他和芙蓉不回去过圣诞节了，想两个人自己过。你知道，这是他们婚后的第一个节日。我想芙蓉也不在乎，你知道她多讨厌塞蒂娜·沃贝克。"

罗恩转身背对陋居。

"上去看看。"他带头翻过山顶。

他们走了几个小时，哈利在赫敏的坚持下穿着隐形衣。低矮的山峦间似乎只有一座小木屋，看上去也已无人居住。

"你觉得那会不会就是他家,他们出去过圣诞节了?"赫敏隔着窗户朝一间整洁的小厨房里窥视,窗台上摆着天竺葵。罗恩不以为然地哼了一声。

"听着,我有种感觉,从洛夫古德家窗口应该能看出里面住的是谁。还是到前边山里找找吧。"

他们又往北幻影移形了几英里。

"啊哈!"罗恩叫道,狂风拍打着他们的头发和衣服。罗恩指着上方,他们新到的这座山的山顶上,有一所古怪透顶的房子矗立在蓝天下,像巨大的黑色圆柱,后面有个幽灵般的月亮挂在下午的天空中。"那一定是卢娜的家,还有谁会住在那样的地方? 看上去像个大车!"

"根本不像车。"赫敏皱眉望着那圆楼说。

"我说的是象棋里的车,"罗恩说,"用你的话说就是城堡。"

罗恩腿最长,先跑到了山顶。等哈利和赫敏气喘吁吁、捂着生疼的肋部追上之后,只见他眉开眼笑。

"是他们家,"罗恩说,"看。"

三块手绘的牌子钉在毁坏的院门上。

第一块:《唱唱反调》主编:X.洛夫古德

第二块:请你自己挑一束槲寄生

第三块:别碰飞艇李

院门吱吱嘎嘎地被他们推开了,曲曲折折的小径旁长满了各种奇异的植物,有一丛灌木上结满了卢娜有时当耳环戴的橘红色小萝卜形果实。哈利还仿佛看到了疙瘩藤,赶忙离那枯根

第20章 谢诺菲留斯·洛夫古德

远远的。两棵被风吹弯的老海棠树守卫在前门两侧,叶子已经掉光,但仍然挂满小红果和一蓬蓬缀有白珠的槲寄生花冠。一只脑袋略扁、有点像鹰头的小猫头鹰在一根树枝上朝他们窥视。

"你最好脱下隐形衣,哈利。"赫敏说,"洛夫古德先生想帮的是你,不是我们。"

哈利采纳了建议,把隐形衣交给她塞进串珠小包。赫敏在厚重的黑门上敲了三下,那门上嵌有铁质圆钉,还有一个鹰形门环。

不到十秒钟,门打开了,谢诺菲留斯·洛夫古德站在那儿,光着脚,穿的好像是一件污渍斑斑的长睡衣,长长的、棉花糖似的白发又脏又乱。相比之下,比尔和芙蓉婚礼上的谢诺菲留斯真算是整洁的了。

"什么?什么事?你们是谁?你们要干什么?"他用一种尖锐的、抱怨的声音说,先看看赫敏,又看看罗恩,最后看到了哈利,嘴巴张成了一个圆圆的、可笑的O形。

"您好,洛夫古德先生,"哈利伸出手说,"我是哈利,哈利·波特。"

谢诺菲留斯没有跟哈利握手,但没有贴近鼻梁的那只眼珠一下瞟向了哈利的额头。

"可以进去吗?"哈利问,"我们有点事想请教您。"

"我……我不知道是不是合适。"谢诺菲留斯小声说。他咽了口唾沫,迅速地往花园里扫了一眼。"非常意外……说实话……我……我觉得我恐怕不应该——"

"不需要多久的。"哈利说,对这不大热情的迎接有点失望。

"我——哦,那好吧。进来,快,快!"

三人刚跨进门槛,谢诺菲留斯就把门撞上了。他们站在哈利见过的最奇怪的厨房里。房间是标准的圆形,感觉就像待在一个巨大的胡椒瓶里。所有的东西都做成了弧形，与墙壁相吻合：包括炉子、水池和碗柜，并且都用鲜艳的三原色绘满了花卉、昆虫和鸟类。哈利觉得看到了卢娜的风格：在这样封闭的空间里，效果有点强烈得令人受不了。

在房间中央，一个铸铁的螺旋形楼梯通到楼上。楼上传来咔啦咔啦和乒乓乒乓的响声，哈利心想不知道卢娜在干什么。

"最好上楼吧。"谢诺菲留斯说，仍然显得非常不自在。他在前面带路。

上面的房间似乎既是客厅又是工作间，所以比厨房还要乱。简直有点像有求必应屋那次变成的令人难忘的大迷宫，堆着许多个世纪以来藏进去的东西，只是这个房间小得多，而且是标准的圆形。每一处表面都有一堆堆的书和纸。天花板上吊着精致的动物模型，都是哈利不认识的，在拍着翅膀或动着嘴巴。

卢娜不在。发出那些响声的是一个木头家伙，有许多靠魔法转动的齿轮。看上去像工作台和一堆旧架子杂交出来的怪物，但过了一会儿哈利推测这是一台老式印刷机，因为它在吐出一份份《唱唱反调》。

"请原谅。"谢诺菲留斯大步走到机器跟前，从一大堆书和纸底下拽出一块污秽的桌布，书和纸一齐滚到地上。他把布蒙到印刷机上，盖住了一些乒乓乒乓和咔啦咔啦的响声，然后转向哈利。

"你为什么来这儿？"

哈利刚要说话，赫敏轻轻地惊叫了一声。

"洛夫古德先生——那是什么？"

她指着一只巨大的灰色螺旋形兽角，它与独角兽的有些相似，安在墙上，伸入房间几英尺。

"那是弯角鼾兽的角。"谢诺菲留斯说。

第20章 谢诺菲留斯·洛夫古德

"不是的!"赫敏说。

"赫敏,"哈利尴尬地小声说,"现在不是时候——"

"可是哈利,那是毒角兽的角! 是B级交易物品,放在家里是极其危险的!"

"你怎么知道它是毒角兽的角?"罗恩问,在奇乱无比的房间中尽可能迅速地远离那只角。

"《神奇动物在哪里》上讲过! 洛夫古德先生,您必须马上除掉它,您不知道它轻轻一碰就会爆炸吗?"

"弯角鼾兽,"谢诺菲留斯非常清楚地说,脸上一副顽固的表情,"是一种害羞的、非常神奇的动物,它的角——"

"洛夫古德先生,我认出了根部的槽纹,它确实是毒角兽的角,太危险了——我不知道您是从哪儿弄来的——"

"买来的,"谢诺菲留斯执拗地说,"两星期前,从一个可爱的年轻男巫那儿买的,他知道我喜欢美妙的弯角鼾兽。我想给我的卢娜一个圣诞节的惊喜。好了,"他转向哈利,"你究竟为什么来这儿,波特先生?"

"我们需要一些帮助。"哈利抢在赫敏前面说。

"啊,"谢诺菲留斯说,"帮助,唔。"他那只好眼睛又瞟向哈利的伤疤,似乎既恐惧又着迷,"是啊。问题是……帮助哈利·波特……很危险……"

"您不是一直在告诉大家,首要任务就是帮助哈利吗?"罗恩说,"在您的那份杂志上?"

谢诺菲留斯回头看了一眼蒙着的印刷机,它仍在桌布下面乒乒乓乓、咔啦咔啦地响着。

"呃——是啊,我发表过那个观点。然而——"

"——那是叫别人做的,不包括您自己?"罗恩说。

谢诺菲留斯没有回答,不停地咽着唾沫,目光在三人之间扫来扫去。哈利觉得他内心在进行着某种痛苦的斗争。

"卢娜呢？"赫敏问，"我们看看她是怎么想的。"

谢诺菲留斯噎住了。他似乎在硬下心肠，最后，他用颤抖的、在印刷机的噪音中几乎听不见的声音说："卢娜在下面小溪边捕淡水彩球鱼呢。她……她会高兴见到你们的。我去叫她，然后——嗯，好吧，我会尽量帮助你们。"

他从螺旋形楼梯下去了，接着传来前门开关的声音，三人对视了一下。

"懦弱的老家伙，"罗恩说，"卢娜的胆量是他的十倍。"

"他可能担心如果食死徒发现我来过这儿，他们会有麻烦。"哈利说。

"哼，我同意罗恩的看法。"赫敏说，"讨厌的老伪君子，要求别人去帮助你，自己却往后缩。天哪，千万别靠近那只角。"

哈利走到房间那头的窗口。他望见一条小溪，像一条闪闪发光的细带子躺在远远的山底。他们这里很高，他遥望陋居，可是被另一片青山挡住了看不见，只看见一只小鸟从窗前飞过。金妮在山的那边，自从比尔和芙蓉的婚礼之后，他和她之间的距离从来没有这么近过。但她不可能知道他正在遥望她、思念她。他想也许应该为此庆幸，因为凡是他接触的人都会有危险，谢诺菲留斯的态度证明了这一点。

他转身离开了窗口，目光落在另一件奇异的东西上：一座半身石像立在乱糟糟的弧形柜子上，是一个美丽但面容严厉的女巫。她戴的头饰古怪透顶，两边伸出一对弯弯的、金色助听筒似的东西，一双闪闪发光的蓝色小翅膀插在头顶箍的皮带上，而额头的另一道箍上插着个橘红色的小萝卜。

"看这个。"哈利说。

"真迷人，"罗恩说，"奇怪他怎么没戴到婚礼上去。"

第20章 谢诺菲留斯·洛夫古德

他们听到了关门声,片刻之后,谢诺菲留斯从螺旋形楼梯爬了上来,他的细腿穿上了长统靴,手里用托盘端着几个不配套的茶杯和一只冒着热气的茶壶。

"啊,你们发现了我最可爱的发明。"说着,他把托盘塞进赫敏手里,走到雕像旁的哈利身边,"按照美丽的罗伊纳·拉文克劳的头型塑造的,十分相称。过人的聪明才智是人类最大的财富!"

他指着那助听筒状的东西。

"这是骚扰虹吸管——可将一切干扰从思想者的周围区域排除。这个,"他指着小翅膀,"是比利威格虫的翅膀,可导入高级思维状态,最后,"他指着橘红色的小萝卜,"是飞艇李,可提高接受异常事物的能力。"

谢诺菲留斯走到茶盘前,茶盘被赫敏好不容易搁在堆满东西的柜子上,看上去岌岌可危。

"可以请你们喝一点戈迪根茶吗?"谢诺菲留斯说,"我们自己做的。"他开始倒出一种甜菜汁般深紫色的液体,一边又说:"卢娜在谷底桥那边,知道你们来了非常高兴。她捕到了不少彩球鱼,差不多够给大家熬汤了。她应该很快就会回来。请坐下来加点糖。"

"现在,"他搬掉扶手椅上那一堆高高欲倒的报纸,坐下来跷起穿着长统靴的双腿,"我能帮助你什么呢,波特先生?"

"嗯,"哈利望了一眼赫敏,她鼓励地点点头,"是关于您在比尔和芙蓉婚礼上戴的那个标志,洛夫古德先生。我们想知道它有什么意义。"

谢诺菲留斯扬起眉毛。

"你指的是死亡圣器的标志吗?"

第21章

三兄弟的传说

哈利转身看看罗恩和赫敏，他们俩似乎也听不懂谢诺菲留斯说的话。

"死亡圣器？"

"是的，"谢诺菲留斯说，"你从来没听说过？我不奇怪。只有很少很少的巫师相信这些。记得你哥哥婚礼上那个愣头小伙子，"他冲着罗恩点点头，"还抨击我戴着一位著名黑巫师的标志！真是愚昧。圣器一点也不'黑'——至少不是在那种低级的意义上。人们只是用这个标志向别的信徒展示自己，希望在探求途中得到帮助。"

他放了几块糖在戈迪根茶里，搅了搅，喝了一些。

"对不起，"哈利说，"我还是没有完全明白。"

出于礼貌，他也尝了一口杯子里的饮料，差点吐了出来：那东西很难喝，好像有人把干鼻屎味的比比多味豆榨成了汁。

"是这样，信徒们寻找死亡圣器。"谢诺菲留斯说着咂了咂嘴，显然是表明戈迪根茶的滋味妙不可言。

"但死亡圣器是什么呢？"赫敏问。

谢诺菲留斯把他的空茶杯搁到一边。

第 21 章 三兄弟的传说

"我想你们都熟悉《三兄弟的传说》吧？"

哈利说："不熟悉。"但是罗恩和赫敏都说："熟悉。"

谢诺菲留斯严肃地点了点头。

"好的，好的，波特先生，这一切都始于《三兄弟的传说》……我有这本书……"

他漫不经心地扫视着屋里成堆的羊皮纸和书，但赫敏说："我有一本，洛夫古德先生，就在这里。"

她从串珠小包里掏出了《诗翁彼豆故事集》。

"原文？"谢诺菲留斯一针见血地问道，看到赫敏点头后，他说，"好的，那你为什么不把它读出来呢？这是让大家都弄明白的最好方法。"

"嗯……好的。"赫敏紧张地说道。她翻开书，轻咳了一声，开始读起来，哈利看到他们调查的标志就印在那页的上方。

> 从前，有三兄弟在一条僻静的羊肠小道上赶路。天色已近黄昏——

"是午夜，妈妈一直对我们这样说。"罗恩说道，他伸了个懒腰，双手抱在脑后听着。赫敏气恼地瞪了他一眼。

"对不起，我想如果是午夜会更让人害怕！"罗恩说。

"是啊，我们的生活里的确需要多一点恐惧。"哈利忍不住脱口而出。谢诺菲留斯似乎没太注意，而是一直盯着窗外的天空。"继续讲吧，赫敏。"

> 他们走着走着，来到了一条河边，水太深了，无法蹚过，游过去也太危险。然而，三兄弟精通魔法，一挥魔杖，危险莫测的水上就出现了一座桥。他们走到桥中央时，一个

戴兜帽的身影挡住了他们的去路。

死神对他们说话——

"对不起,"哈利插嘴道,"怎么是死神对他们说话?"

"这是个传说,哈利!"

"哦,对不起。继续。"

死神对他们说话了。死神很生气,他失去了三个新的祭品——因为旅行者通常都会淹死在这条河里。但是死神很狡猾。他假装祝贺兄弟三人的魔法,说他们凭着聪明躲过了死神,每人可以获得一样奖励。

老大是一位好战的男子汉,他要的是一根世间最强大的魔杖:一根在决斗中永远能帮主人获胜的魔杖,一根征服了死神的巫师值得拥有的魔杖!死神就走到岸边一棵接骨木树前,用悬垂的树枝做了一根魔杖,送给了老大。

老二是一位傲慢的男子汉,他决定继续羞辱死神,他想要的是能够让死人复活的能力。死神就从岸上捡起一块石头给了老二,告诉他这块石头有起死回生的能力。

然后死神问最年轻的老三要什么。老三是最谦虚也是最聪明的一个,而且他不相信死神。因此他提出要一件东西,可以让他离开那里而不被死神跟随。死神极不情愿地把自己的隐形衣给了他。

"死神有件隐形衣?"哈利再次打断道。

"这样他可以偷偷摸摸地朝人靠近,"罗恩说,"有时他厌烦了冲过去袭击人们,挥舞着胳膊大声尖叫……对不起,赫敏。"

第 21 章　三兄弟的传说

然后死神站在一边让兄弟三人继续赶路,他们谈论着刚才的奇妙经历,赞赏着死神的礼物,往前走去。

后来兄弟三人分了手,朝着各自的目的地前进。

老大走了一个多星期,来到一个遥远的小山村,找到了一位曾经与他有过争吵的巫师。自然,他用那根接骨木做成的"老魔杖①"作武器,无疑获取了决斗的胜利。对手倒地而亡后,他继续前行,走进了一个小酒馆,大声夸耀自己从死神手上得来的强大魔杖如何战无不胜。

就在那个晚上,老大喝得酩酊大醉后,另一个巫师蹑手蹑脚地来到他床边偷走了魔杖,并且割断了他的喉咙。

就这样,死神取走了老大的命。

与此同时,老二回到了他独自居住的家里,拿出可以起死回生的石头,在手里转了三次。让他惊喜交加的是,他想娶但不幸早逝的女孩立刻出现在他面前。

可是她悲伤而冷漠,他们之间似乎隔着一层纱幕。她尽管返回了人间,却并不真正属于这里,她很痛苦。最终,老二被没有希望的渴望折磨疯了,为了能真正和她在一起而自杀身亡。

就这样,死神取走了老二的命。

但是,死神找了老三好多年,始终没能找到他。老三一直活到很老以后,才最终脱下隐形衣,交给了他的儿子,然后像老朋友见面一样迎接死神,并以平等的身份,高兴地同死神一道,离开了人间。

赫敏合上了书。过了一会儿,谢诺菲留斯似乎才反应过来

---

① 原文 elder wand 有"接骨木魔杖"和"老魔杖"两重意思。

她已经读完了。他把目光从窗外收回,说道:"就是这样。"

"对不起?"赫敏有点困惑地问。

"那些就是死亡圣器。"谢诺菲留斯说。

他从肘边堆满东西的桌上捡起一根羽毛笔,又从书堆中抽出一张破羊皮纸。

"老魔杖。"他在羊皮纸上画了一条竖线。"复活石。"他在竖线上面添了个圆圈。"隐形衣。"他在竖线和圆圈外面画了个三角形,就成了令赫敏如此好奇的那个符号。"合在一起就是——死亡圣器。"

"但故事里没有提到'死亡圣器'这个词呀。"赫敏说。

"是的,当然没有,"谢诺菲留斯说,那自鸣得意的样子令人恼火,"那是个传说,是供人娱乐而不是给人教诲的。我们知道这些事的人,却会看出古老的传说里提到了三件东西,或圣器,它们合在一起,就会使拥有者成为死神的主人。"

片刻的沉默,谢诺菲留斯瞄了一眼窗外。太阳在天空中已经很低。

"卢娜应该很快就捕到足够的彩球鱼了。"他轻声说。

"您说到'死神的主人'——"罗恩说。

"主人,"谢诺菲留斯轻挥了一下手说,"征服者,胜利者,随你喜欢怎么说。"

"那么……您的意思是……"赫敏慢慢地说,哈利能感觉到她努力想使声音中不带有怀疑,"您相信这些东西——这些圣器——确实存在?"

谢诺菲留斯再次扬起了眉毛。

"当然。"

"但是,"赫敏说道,哈利能听得出来她的克制开始崩溃,"洛夫古德先生,您怎么可能相信——?"

第 21 章　三兄弟的传说

"卢娜对我讲过你，姑娘。"谢诺菲留斯说，"我推断，你并不缺乏才智，但遗憾的是太狭隘，眼光短浅，思维封闭。"

"或许你应该试试那顶帽子，赫敏。"罗恩说道，一边朝那滑稽的头饰点点头。他的声音有点发颤，努力忍着笑。

"洛夫古德先生，"赫敏又开始说道，"我们都知道有隐形衣那样的东西。它们很罕见，但确实存在。然而——"

"啊，但第三个圣器是一件真正的隐形衣，格兰杰小姐！我是说，它不是一件施了幻身咒，或带有障眼法，或用隐形兽的毛织成的旅行斗篷，这些一开始能够隐形，但时间长了就会渐渐显出实体。我们说的是一件能让人真真正正、完完全全隐形的斗篷，永久有效，持续隐形，无论用什么咒语都不可破解。像那样的隐形衣你见过几件，格兰杰小姐？"

赫敏张嘴刚想应答，但又把嘴闭上了，看上去困惑无比。她、哈利和罗恩互相看了一眼，哈利知道他们都在想同一件事：就是这么巧，有一件完全符合谢诺菲留斯描述的隐形衣，此刻正在房间里，就在他们身边。

"正是这样，"谢诺菲留斯说，好像他已经在辩论中击败了他们三个，"你们都没见过那样的东西。拥有者将会无比的富有，难道不是吗？"

他再次瞥了一眼窗外，天空染上了一抹最淡的粉红色。

"那好吧，"赫敏说道，显得有点慌乱，"就算隐形衣是存在的……那石头呢，洛夫古德先生？那个您称为复活石的东西呢？"

"怎么啦？"

"嗯，它怎么可能是真的呢？"

"那你证明它不是呀。"谢诺菲留斯说。

赫敏看起来愤愤不平。

"可这——对不起，可这完全是荒唐的！我怎么可能证明它不存在呢？您要我去找到——世界上所有的石子，统统测试一遍？我想，您可以宣称任何东西都是真的，如果相信某个东西存在的基础只是没人能证明它不存在！"

"是的，可以。"谢诺菲留斯说，"我很高兴看到你有点开窍了。"

"那么老魔杖，"哈利在赫敏反驳之前赶快说，"您认为那也是存在的吗？"

"哦，那个就有无数的证据了，"谢诺菲留斯说，"老魔杖是最容易追溯的圣器，因为它传承的方式比较特殊。"

"是怎么回事呢？"哈利问。

"是这样，只有从前一任主人手上缴获这根魔杖，才能成为它真正的主人。"谢诺菲留斯说，"你们一定听说过，恶怪埃格伯特屠杀恶人默瑞克后，获得魔杖的事吧？也听说过，戈德洛特在儿子赫瑞沃德拿走魔杖后，死在了自家地窖里吧？还听说过恐怖的洛希亚斯杀死巴拿巴斯·德弗里尔，抢走了魔杖吧？老魔杖的血腥踪迹溅满了整部魔法史。"

哈利瞥了赫敏一眼。她朝谢诺菲留斯皱着眉头，但没有反驳。

"那么您认为老魔杖如今在哪儿呢？"罗恩问。

"唉，谁知道？"谢诺菲留斯说，眼睛盯着窗外，"谁知道老魔杖藏在哪儿呢？线索到阿库斯和利维亚斯那里就模糊了。谁说得清他们哪个真正地打败了洛希亚斯，又是哪个拿走了魔杖呢？谁说得清又是什么人打败了他们俩呢？历史，唉，没有告诉我们呀。"

一阵沉默。最终赫敏生硬地问道："洛夫古德先生，佩弗利尔家族同死亡圣器有什么关系吗？"

第21章 三兄弟的传说

谢诺菲留斯似乎大吃一惊，此时哈利的记忆深处动了一下，但他没能抓住。佩弗利尔……他听说过这个名字……

"原来你一直在误导我，姑娘！"谢诺菲留斯说，坐得端正多了，两眼瞪着赫敏，"我以为你们对于探求圣器还很陌生呢！我们大部分探求者都相信佩弗利尔家族与圣器大有关系——大有关系！"

"佩弗利尔家族是谁？"罗恩问。

"在戈德里克山谷，有那个标志的墓碑上的名字，"赫敏说，仍望着谢诺菲留斯，"伊格诺图斯·佩弗利尔。"

"完全正确！"谢诺菲留斯说，学究气地扬了扬食指，"伊格诺图斯墓碑上死亡圣器的标志是有力的证据！"

"证明什么？"罗恩问。

"哎，故事里的三兄弟实际上就是佩弗利尔三兄弟，安提俄克、卡德摩斯、伊格诺图斯！他们就是圣器的最初拥有者！"

谢诺菲留斯再次瞥了一眼窗外后，站了起来，拿起托盘，朝螺旋形楼梯走了过去。

"你们留下来吃晚餐吗？"他喊道，又一次消失在楼梯下面，"每个人都问我们要淡水彩球鱼汤的菜谱。"

"可能是为了拿给圣芒戈医院中毒科看的。"罗恩小声地说。

等到能听见谢诺菲留斯在楼下厨房里走动后，哈利才开始说话。

"你怎么想？"他问赫敏。

"哦，哈利，"赫敏倦怠地说，"绝对是一堆胡言乱语，不可能是那个标志的真实含义。这肯定只是他的胡诌而已。真是浪费时间。"

"看来这果然就是带给我们弯角鼾兽的那个人。"罗恩说。

"你也不信？"哈利问他。

"咳，那个故事只是讲来教育小孩子的玩意儿，不是吗？'别惹麻烦，别跟人打架，别乱碰不该碰的东西！埋头干你自己的事就好啦！'细想起来，"罗恩添了一句，"可能这个故事也说明，为什么接骨木魔杖常被认为不吉利。"

"你说什么？"

"那些迷信说法之一，不是吗？'五月生的女巫嫁麻瓜。''恶咒在黄昏，破解在午夜。''接骨木魔杖，决不会兴旺。'你们一定听说过。我妈妈满肚子都是这些。"

"哈利和我都是麻瓜养大的，"赫敏提醒他说，"我们听到的是另一些迷信故事。"此时一股十分刺鼻的气味从厨房飘上来，她深深地叹了口气。对谢诺菲留斯的恼怒能带来一个好处：赫敏似乎忘记了她本来在生罗恩的气。"我认为你是对的，"她对罗恩说，"这只是一个说教故事，一眼就能看出哪一个礼物最好，你会选择哪一个——"

三人同时说出了答案。赫敏说"隐形衣"，罗恩说"老魔杖"，哈利说"复活石"。

他们互相望着，一半是惊讶，一半是好笑。

"本来是应该说隐形衣，"罗恩告诉赫敏，"但如果有了老魔杖的话，你就不必隐形了。一根永不会输的魔杖，赫敏，别傻了！"

"我们已经有隐形衣了。"哈利说。

"并且它帮了我们很多忙，大概你没有注意到吧！"赫敏说，"而那根魔杖注定会招来麻烦——"

"只有当你大声炫耀，"罗恩争辩道，"只有当你傻到拿着它跳来跳去，高高挥舞，还唱着'我拿到永不会输的魔杖啦，你要是有本事就来试试呀'，才会有麻烦。你只要闷声不响——"

"是啊，可你能闷声不响吗？"赫敏一脸怀疑地问，"我看，

第21章 三兄弟的传说

他告诉我们的唯一一个真实情况就是,几百年来一直流传着超强魔杖的故事。"

"是吗?"哈利问。

赫敏看起来被激恼了,她的表情那么熟悉可爱,哈利和罗恩相视一笑。

"死亡棒,命运杖,许多个世纪以来,它们以不同的名称出现,通常被一些黑巫师所拥有,对外吹嘘。宾斯教授提到过一些,但——哦,全是谬论。魔杖再强也强不过巫师。一些巫师就是喜欢炫耀自己的魔杖比别人的更长更好。"

"但是你怎么知道,"哈利说,"那些魔杖——死亡棒和命运杖——不会是同一根魔杖,被冠以不同的名字流传了许多世纪呢?"

"什么,难道它们真的就是死神做的那根接骨木魔杖?"罗恩问。

哈利笑了,他脑子中突发的奇想毕竟太荒唐了。他提醒自己,他的魔杖是冬青木的,不是接骨木的,而且是由奥利凡德制作——不管那个晚上伏地魔在天上追来时这根魔杖做了什么。再说,如果它永不会输的话,怎么会断掉了呢?

"那你又为什么选了石头呢?"罗恩问他。

"嗯,如果能让人复活,就可以让小天狼星……疯眼汉……邓布利多……我父母……"

罗恩和赫敏都没有笑。

"但是据诗翁彼豆说,他们并不想回来,对不对?"哈利说,想着刚刚听过的故事,"我想,关于起死回生的石头的故事不会太多,是吗?"他问赫敏。

"是啊,"赫敏沮丧地答道,"我认为除了洛夫古德先生外,不会有人欺骗自己说这种事真有可能存在。彼豆很可能取材于魔法石的故事，你知道，那是一块让人长生不老的石头，而这是一块起死回生的石头。"

厨房里传来的味道越发浓烈，有点像内裤燃烧的气味。哈利担心，那东西端上来后他能不能吃下几口，弄不好会伤害谢诺菲留斯的感情。

"那么，隐形衣呢？"罗恩慢慢地说，"难道你没有意识到他是对的？我太熟悉哈利的隐形衣了，都没有去想一想它有多好。我从没听说过还有哪件隐形衣像哈利的这样，绝对可靠，穿着它我们从没有被发现过——"

"当然不会——穿上它之后我们是无形的，罗恩！"

"但是他说的关于其他隐形衣的事都是真的，那些也不是一个铜板十件的便宜货，你知道！我以前从没有仔细想过，但是我听说，隐形衣穿久了效力会减弱，或者会被魔咒打穿留下破洞。哈利的隐形衣原先是他爸爸的，所以不算新了，对吧，但它却是……完美无瑕！"

"是的，不错，但是罗恩，复活石……"

他们俩低声争辩着，哈利在屋里走来走去，没有仔细听。走到螺旋形楼梯时，他心不在焉地抬眼朝楼上看了看，突然被吸引住了，他自己的面孔正从上层的天花板上朝他看。

短暂的迷惑之后，他意识到那不是镜子，而是一幅画。出于好奇，他登上了楼梯。

"哈利，你在干什么？他不在，我觉得你不应该四处走动。"

但是哈利已经到了楼上。

卢娜在她卧室的天花板上装饰了五张画得很漂亮的脸：哈利、罗恩、赫敏、金妮、纳威。它们不像霍格沃茨里的肖像那样会动，但也有一定的魔力：哈利觉得它们有呼吸。肖像周围有精细的金链子把它们连在一起。但仔细看了一两分钟后，哈利意

第21章 三兄弟的传说

识到链子实际上都是一个词，用金色墨水写了上千遍：朋友……朋友……朋友……

哈利心头涌上一股对卢娜的好感。他环顾四周，床边有一张很大的照片，是幼年的卢娜和一位与她很像的女士拥抱在一起。照片中的卢娜打扮得比哈利见过的任何一次都漂亮。照片上满是灰尘，这让哈利觉得有点蹊跷，他仔细审视着这个房间。

一定出问题了。淡蓝色的地毯上也落满了灰尘，衣柜门微微开着，柜里没有衣服，床上看起来冷清清的，好像几星期没有人睡过了。一张孤零零的蜘蛛网结在近旁的窗户上，后面是血红色的天空。

"出什么问题了？"当哈利走下楼梯时，赫敏问道。他还没来得及回答，谢诺菲留斯已经从厨房楼梯上来了，手里端着个托盘，里面有几只碗。

"洛夫古德先生，"哈利说，"卢娜在哪儿？"

"什么？"

"卢娜在哪儿？"

谢诺菲留斯停在了最上面一级楼梯上。

"我——我已经告诉你们了。她在下面的谷底桥，正在捕彩球鱼呢。"

"那您托盘里为什么只放四个碗？"

谢诺菲留斯试图说话，但是没有声音出来，只听见印刷机连续的咔啦咔啦声，以及托盘发出的轻微的咯嗒声——他的手在颤抖。

"我看卢娜都好几个星期不在家了，"哈利说，"她的衣服不见了，床也好久没有睡过。她在哪儿？您又为什么一直朝窗外张望？"

托盘从谢诺菲留斯手里滑落，碗弹了几下后摔碎了。哈利、罗恩和赫敏都掏出了魔杖。谢诺菲留斯呆住了，手刚要伸进口袋。就在那一刻，印刷机发出一声巨响，大量的《唱唱反调》杂志从桌布下涌到地板上，印刷机终于没有声息了。

赫敏弯腰捡起一本杂志，魔杖仍指着洛夫古德先生。

"哈利，你瞧这个。"

哈利尽量迅速地从乱糟糟的地上走过去。《唱唱反调》的封面上是他的照片，醒目地写着头号不良分子并注有悬赏金额。

"《唱唱反调》换了一个角度看问题，啊？"哈利冷冷地问，脑子转得飞快，"洛夫古德先生，刚才你去花园，是派猫头鹰给魔法部送信了吧？"

谢诺菲留斯舔了舔嘴唇。

"他们带走了我的卢娜，"他低声说道，"因为我写的东西。他们带走了我的卢娜，我不知道她在哪儿，他们对她做了什么。但他们有可能会把她还给我，只要我—— 只要我——"

"把哈利交给他们？"赫敏替他说完。

"没门儿。"罗恩断然说道，"闪开，我们要走了。"

谢诺菲留斯看起来面如死灰，苍老得像有一百岁，他牵动嘴角，露出一丝严酷的冷笑。

"他们马上就到，我必须救卢娜，我不能没有卢娜，你们不准离开。"

他伸开双臂挡在了楼梯前，此时哈利眼前突然闪现出自己母亲在婴儿床前做的同样动作。

"不要逼我们伤害你，"哈利说，"闪开，洛夫古德先生。"

"**哈利！**"赫敏尖叫道。

骑着飞天扫帚的身影从窗口掠过。趁他们三人朝外看时，谢诺菲留斯拔出了魔杖。哈利及时意识到了错误，他纵身向外一跃，同时猛推了罗恩和赫敏一把，谢诺菲留斯发射的昏迷咒

第21章 三兄弟的传说

呼啸而过,穿过屋子击中了毒角兽的角。

巨大的爆炸声惊天动地,响得似乎把屋子炸开了花,木头、碎纸和石块四处乱飞,伴随着无法穿透的厚厚的白色尘雾。哈利飞了起来,重重地摔在地板上,胳膊护着脑袋,碎片像下雨一样砸在他身上,什么都看不见。他听到了赫敏的尖叫,罗恩的高喊,还有一连串令人发晕的金属撞击声,他知道谢诺菲留斯也被炸飞了,顺着螺旋形楼梯滚了下去。

哈利半个身子被埋在碎石中,他试图站起来。由于灰尘,他几乎不能呼吸或睁眼。半个天花板掉了下来,卢娜的床脚悬在豁口处。拉文克劳的半身石像躺在他身边,少了半张脸,空气里飘浮着羊皮纸碎片,印刷机大部分侧倒过来,堵住了通往厨房的楼梯口。旁边另一个白色的身影动了起来,是赫敏,满身是灰,仿佛一座雕像,一根手指放在嘴唇上。

楼底下的门被撞开了。

"我没告诉过你不用着急吗,特拉弗斯?"一个粗暴的声音说,"我没告诉过你这个疯子又在胡说吗?"

砰的一声,谢诺菲留斯痛苦地尖叫起来。

"不……不……在楼上……波特!"

"上星期我告诉过你,洛夫古德,如果没有可靠的消息,我们是不会来的!还记得上星期的事吗?你想用那个愚蠢的破头饰换回你的女儿?还有上上星期——"砰,又一声惨叫,"——你以为如果你能证明有弯角——"砰,"——鼾兽——"砰,"——我们就会把她还给你吗?"

"不——不——我求求你!"谢诺菲留斯哭诉着,"真的是波特!真的!"

"现在证明了你叫我们来就是想把我们炸死!"食死徒咆哮着,一连串的砰砰声,夹杂着谢诺菲留斯痛苦的尖叫。

"这地方看上去要塌了,塞尔温,"一个冷静的声音从炸坏的楼梯传上来,"楼梯都堵死了,能清通吗？可能会把房子搞塌的。"

"你这撒谎的狗东西,"那个名叫塞尔温的巫师大喊道,"你这辈子从没见过波特,是不是？你想把我们骗过来杀死,是吗？你以为这样会弄回你的女儿？"

"我发誓……我发誓……波特在楼上！"

"人形显身。"楼梯底下的声音说道。

哈利听到赫敏惊叫一声,他有一种奇怪的感觉,有什么东西低低地朝他飞来,把他的身体笼罩在它的影子里。

"上面确实有人,塞尔温。"第二个人急速地说道。

"是波特,我说了,是波特！"谢诺菲留斯呜咽道,"请……请……把卢娜还给我,给我卢娜……"

"你可以要回你的女儿,洛夫古德,"塞尔温说,"如果你到楼上把哈利·波特给带下来的话。但如果这是一个阴谋,一个诡计,如果楼上埋伏着你的帮凶,我们会考虑是否给你一点你女儿的尸骨让你埋葬。"

谢诺菲留斯发出一声充满恐惧和绝望的哀号,然后是急促的脚步声和刨挖声：谢诺菲留斯正在试图穿过楼梯上的废墟。

"快点儿,"哈利悄声道,"我们必须离开这里。"

以谢诺菲留斯在楼梯上弄出的声响为掩护,哈利开始把自己刨出来。罗恩被埋得最深,哈利和赫敏尽可能轻地从废墟中爬到他身边,试图撬开压在他腿上的沉重的五斗橱。谢诺菲留斯的撞击声和刨挖声越来越近,赫敏用悬停咒帮助罗恩脱出身来。

"好了。"赫敏压着嗓子说,此时遮住楼梯口的破印刷机开始摇动,谢诺菲留斯离他们只有几步之遥了。赫敏仍然满身白

第21章 三兄弟的传说

灰。"你相信我吗,哈利?"

哈利点点头。

"那好,"赫敏小声道,"给我隐形衣。罗恩,你穿上它。"

"我? 那哈利——"

"拜托,罗恩!哈利,抓紧我的手,罗恩,抓住我的肩膀。"

哈利用左手抓住了她。罗恩消失在隐形衣下面。堵住楼梯口的印刷机在振动,谢诺菲留斯正试图用悬停咒搬开它。哈利不知道赫敏还在等什么。

"抓紧,"她低语道,"抓紧……随时……"

谢诺菲留斯那纸一般煞白的脸从餐具柜顶上露了出来。

"一忘皆空!"赫敏用魔杖指着他的脸大声喊道,然后指向脚下的地板,"房塌地陷!"

她在起居室的地板上炸开一个洞,他们像大石头一样跌落下去。哈利仍然拼命紧紧抓住她的手。底下一声尖叫,他瞥见两个大汉在慌忙躲闪,大量碎石和破家具从粉碎的天花板上纷纷坠落。赫敏在半空中旋转起来,房屋倒塌的声音回响在哈利耳际,赫敏拉着他,再次消失在黑暗里。

第22章

死亡圣器

哈利喘着粗气跌坐在草地上,又马上爬了起来。时已黄昏,他们似乎落在一块田地的角落,赫敏已经挥动魔杖在他们周围绕圈子奔跑。

"统统加护……平安镇守……"

"那个背信弃义的老家伙!"罗恩喘息着,从隐形衣下钻出来,把它扔给了哈利,"赫敏,你是天才,绝对的天才,真不敢相信我们跑出来了!"

"降敌陷阱……我没有说那是毒角兽的角吗,我没有告诉他吗?现在他的家被炸毁了。"

"活该。"罗恩说,一边检查着撕坏的牛仔裤和腿上的伤口,"你猜他们会怎么处置他?"

"哦,我希望他们不要杀了他!"赫敏呻吟道,"所以我才让食死徒在我们离开时瞥见哈利一眼,这样他们就知道谢诺菲留斯没有撒谎。"

"但是为什么把我藏起来呢?"罗恩问。

"你应该是得了散花痘卧床不起的,罗恩!他们绑架卢娜是因为她爸爸支持哈利!如果他们知道你和哈利在一起,又会怎

第 22 章　死亡圣器

样对待你的家人呢?"

"那你的爸爸妈妈呢?"

"他们在澳大利亚,"赫敏说,"应该没事。他们什么也不知道。"

"你太有才了。"罗恩再次赞叹,满脸敬畏。

"对,没错,赫敏,"哈利热忱地赞同道,"如果没有你,我真不知道我们会怎么办。"

赫敏开颜一笑,但马上又严肃起来。

"卢娜会怎样呢?"

"嗯,如果他们说的是实话,那么她还活着——"罗恩说。

"别那么说,别说了!"赫敏尖叫道,"她一定还活着,一定!"

"那么她会进阿兹卡班的,我猜。"罗恩说,"她是不是能在那里活下来呢……许多人都不能……"

"她会活下来的。"哈利说,他无法忍受去设想别的可能,"卢娜,她很坚强,比你想象的坚强得多。她可能正在给犯人们讲骚扰虻和螨钩呢。"

"我希望你是对的。"赫敏说着,用手擦了一下眼睛,"我本来会为谢诺菲留斯感到很伤心的,如果——"

"——如果他刚才没有试图把我们出卖给食死徒的话,是啊。"罗恩说。

他们搭起帐篷,钻了进去。罗恩给大家泡了茶。惊险逃生后,这个寒冷的、发霉的老地方感觉像家一样:安全、熟悉和温馨。

"哦,我们为什么去那儿?"几分钟的沉默之后,赫敏叹息道,"哈利,还是你说得对,又是一个戈德里克山谷,完全是浪费时间! 死亡圣器……真是胡扯……不过,"她似乎突然冒出了新的想法,"不过这一切可能是他捏造的,不是吗? 他很可能根本不相信死亡圣器，只是为了等食死徒到来，拖着我们不停地说话！"

"我不这么认为。"罗恩说，"在那种紧急关头，现编一套故事要比你想象的困难得多。我是在被搜捕队抓住之后体会到这点的。跟捏造一个新人比起来，冒充斯坦就容易得多，因为我对他有点了解。老洛夫古德当时的压力非常大，要想办法把我们拖住。为了跟我们不停地交谈，我想他对我们讲了真话，或者说他认为那是真的。"

"嗯，我认为这都无关紧要，"赫敏叹了口气，"就算他当时是诚实的，我一生也从来没听过这么多的无稽之谈。"

"等一等，"罗恩说，"密室就曾被当成一个传说，不是吗？"

"但是死亡圣器不可能存在，罗恩！"

"你一直那么说，但是其中一个是可能存在的，"罗恩说，"哈利的隐形衣——"

"三兄弟的传说只是个故事，"赫敏坚定地说，"一个关于人类如何害怕死亡的故事。如果活着仅仅是藏在隐形衣里面那么简单，那我们就已经拥有需要的一切了！"

"这很难说。有一根永不会输的魔杖也不错。"哈利说，一边在手指上转着他不喜欢的那根黑刺李木魔杖。

"没有那样的东西，哈利！"

"你说过曾经有过好多魔杖——死亡棒和别的什么——"

"好了，即使你想骗自己相信老魔杖是真的，那么复活石呢？"赫敏用手指在这个词两边打着引号，声音里透着挖苦的味道，"没有一种魔法可以起死回生，就是这样！"

"当我的魔杖跟神秘人的连接上，我的爸爸妈妈就会出现……还有塞德里克……"

"但是他们并没有真的从阴间回来呀，是不是？"赫敏说，

第22章 死亡圣器

"这些——苍白的代用品并不是真正让人复活。"

"但是她,故事里的那个女孩,也没有真的回来,不是吗?故事说人一旦去世,就属于阴间了。但是,那个老二仍然看到了女孩,和她说话,不是吗?甚至还和她一起生活了一段时间……"

他看见赫敏有点担忧,还有一点不易描述的表情。后来赫敏瞥了一眼罗恩,哈利才意识到那是恐惧:他谈论与死去的人一同生活的话吓着了她。

"埋在戈德里克山谷的那个佩弗利尔,"哈利急忙说,努力使自己听上去头脑清醒,"你对他一点都不了解吗?"

"是啊,"赫敏答道,似乎因转换话题而松了口气,"在他的墓上看到那个标志后,我查过他。如果他有名气或者做过什么重要的事情,一定会出现在我们的某一本书里。但唯一提到过'佩弗利尔'的书是《生而高贵:巫师家谱》,我从克利切那里借的。"看到罗恩扬起了眉毛,她解释道,"那本书里列的都是父系血统已经绝种的纯血统家族。很明显,佩弗利尔家族是最早消失的家族之一。"

"'父系血统已经绝种'?"罗恩重复了一遍。

"就是说那个姓氏没有了,"赫敏说,"佩弗利尔那个姓氏消失有几个世纪了。他们可能仍有后代存在,只不过不再拥有那个姓氏。"

这时,哈利脑海里灵光一闪,被"佩弗利尔"这个名字触动的记忆跳了出来:一个肮脏的老头子,在魔法部官员面前挥舞着一枚丑陋的戒指。哈利大声叫道:"马沃罗·冈特!"

"什么?"罗恩和赫敏一起问。

"马沃罗·冈特!神秘人的外祖父!在冥想盆里!和邓布利多一起!马沃罗·冈特说过他是佩弗利尔的后代!"

罗恩和赫敏看起来都很迷惑。

"戒指，变为魂器的戒指，马沃罗·冈特说上面有佩弗利尔的饰章。我看到他在魔法部官员的面前挥舞着它，差点要碰到那人的鼻梁了！"

"佩弗利尔的饰章？"赫敏忙问，"你看见它是什么样子了吗？"

"其实没有，"哈利说，努力回忆着，"我只看到，上面没有什么花哨的东西，可能有一些刮痕。只是在它被劈开以后，我才靠近看过。"

从赫敏突然瞪大的双眼，哈利看出她顿悟了。罗恩来回看着他们两个，满脸惊讶。

"我的天哪……你认为又是这个标志？圣器的标志？"

"为什么不会呢？"哈利激动地说，"马沃罗·冈特是个愚昧的老饭桶，活得像猪一样，唯一关心的就是他的血统。如果那枚戒指已经传了好几个世纪，他很可能不知道那到底是什么。那个家里没有书，相信我，他不是那种读童话给自己孩子听的人。他肯定很乐意把那石头上的刮痕说成是饰章，因为对他来说，拥有纯血统就意味着身份高贵。"

"对……那是很有趣，"赫敏谨慎地说道，"但是哈利，如果你真的如我所想在转那种念头——"

"为什么不能？为什么不能？"哈利顾不上谨慎了，"它也是块石头，不是吗？"他看着罗恩，希望得到支持，"如果它就是复活石呢？"

罗恩张大了嘴巴："我的天哪——但是被邓布利多打坏了，还会有效吗——？"

"有效？有效？罗恩，它从来就不曾有效过！根本就没有复活石这种东西！"赫敏蹦了起来，又急又怒，"哈利，你是在

第 22 章 死亡圣器

把什么都往死亡圣器的故事里套——"

"往里套？"哈利争辩道，"赫敏，那是自然吻合！我知道那块石头上有死亡圣器的标志！冈特说他是佩弗利尔的后代！"

"一分钟前，你还说你从没真正看清那石头上的标志！"

"你猜那枚戒指这会儿在哪儿？"罗恩问哈利，"邓布利多劈开它后，又把它怎么处置了？"

但是哈利的想象已经飞到前面，远远超过了罗恩和赫敏的思路……

三件东西，或圣器，合在一起，就会使拥有者成为死神的主人……主人……征服者……胜利者……最后一个要消灭的敌人是死亡……

然后他看到自己，死亡圣器的拥有者，面对着伏地魔，他的魂器根本不是对手……两个人不能都活着，只有一个生存下来……这就是答案吗？圣器对魂器？难道有办法保证他最终获胜？如果他是死亡圣器的拥有者，就会安全吗？

"哈利？"

他几乎没有听见赫敏的叫声：他掏出隐形衣，让它从指缝间流过，织物像水一样软，像空气一样轻。哈利在魔法世界生活了快七年，还从没见过与它匹敌的东西。这隐形衣完全符合谢诺菲留斯的描述：一件让人真真正正、完完全全隐身的斗篷，永久有效，持续隐形，无论用什么咒语都不可破解……

这时，他猛吸一口气，记起来了——

"我父母死的那天晚上，隐形衣在邓布利多那里！"

他声音发抖，能感觉到自己脸色发红，但他顾不得了。"我妈妈告诉小天狼星，邓布利多借走了隐形衣！这就是原因！他想研究它，怀疑它就是第三件圣器！伊格诺图斯·佩弗利尔埋在戈德里克山谷……"哈利在帐篷里忘乎所以地走着，感觉壮

365

丽的、全新的真相画卷正在四周展开，"他是我的祖先！我是第三个兄弟的后代！全讲通了！"

他胸中充满信心，对死亡圣器深信不疑，好像只要在脑子里拥有它们就能给他保护。他转过身对着两个同伴，满心喜悦。

"哈利。"赫敏又叫他，但他正忙着打开脖子上的皮袋，手指抖得厉害。

"读一读，"哈利把他母亲的信塞到赫敏手里，"读一读！邓布利多拿了隐形衣，赫敏！还能有什么别的原因呢？他不需要隐形衣，他可以用强大的幻身咒使自己完全隐形的呀！"

有个东西掉在地板上，闪闪发光地滚到了椅子下面：他掏信时带出了金色飞贼。哈利弯腰捡起了它，这时，新打开的神奇的发现之泉又抛给了他一件礼物，他心里又惊又喜，大声喊道：

"**在这儿！他把戒指留给我了——在金色飞贼里！**"

"你——你这么想？"

他不能理解罗恩为什么看起来大吃一惊。哈利觉得这个推测如此顺理成章，如此清晰：一切都相吻合，一切……他的隐形衣是第三件死亡圣器，等到设法打开了金色飞贼，他就会有第二件，然后要做的就是找到第一件圣器，老魔杖，然后——

但是，就像闪亮的舞台突然落下了帷幕一样，所有的激动、所有的希望和幸福在瞬间泯灭，他独自站在黑暗中，辉煌的咒语被打破了。

"那也是他寻找的东西。"

他声音的改变让罗恩和赫敏越发恐惧。

"神秘人在寻找老魔杖。"

他转过身，背朝着他们俩紧张、惊疑的面孔。他知道这就是真相，全都讲通了。伏地魔不是在找一根新魔杖，而是在找一根老魔杖，一根很老很老的魔杖。哈利走到帐篷门口，望着

第22章 死亡圣器

外面的夜幕，完全忘记了罗恩和赫敏，他思考着……

伏地魔是在麻瓜孤儿院长大的，小时候没人会给他讲《诗翁彼豆故事集》，就像哈利一样。几乎没有巫师相信死亡圣器的存在，伏地魔会有可能知道吗？

哈利凝视着黑暗……如果伏地魔听说过死亡圣器，他肯定会寻找它们，不顾一切地去占有它们：三件能让拥有者成为死神的主人的东西？如果他听说过死亡圣器，也许一开始他就不需要魂器了。他得到过一件死亡圣器，却把它变成了魂器，这不正说明他并不知道这最伟大的魔法秘密吗？

也就是说，伏地魔寻找老魔杖，并不知道它的全部功能，并不了解它是三件宝物之一……因为魔杖是最不可能被隐藏的一件圣器，它的存在最广为人知……*老魔杖的血腥踪迹溅满了整部魔法史*……

哈利看着多云的天空，烟灰色和银色的云边滑过月亮的白色面庞。他为自己的发现而惊愕，感到头有点晕。

转身回到帐篷里，令他震惊的是，两个同伴还站在原地，赫敏仍然拿着莉莉的信，罗恩在她旁边，看起来有点担忧。难道他们没有意识到刚才这几分钟里有了多大的进展吗？

"就是这样，"哈利说，努力让同伴跟他一起相信这个惊人而确凿的事实，"这解释了一切，死亡圣器真的存在，我已经有了一件——或许两件——"

他举起金色飞贼。

"——神秘人在追寻第三件，但是他没有意识到……他仅仅认为那是一根强大的魔杖——"

"哈利，"赫敏走了过来，把莉莉的信还给他，"对不起，但是我想你一定是搞错了，全搞错了。"

"但是你看不见吗？一切都吻合——"

"不，不吻合，"她说，"不吻合，哈利，你是激动过了头。请你，"她打断了正要说话的哈利，"请你回答我这个问题。如果死亡圣器真的存在，并且邓布利多知道这些，知道拥有三件圣器就可以成为死神的主人——哈利，他为什么没有告诉你？为什么？"

他已经准备好了答案。

"你说的呀，赫敏！这需要你自己去弄清！这是一种探求！"

"我那么说只是为了说服你去洛夫古德家！"赫敏气得叫了起来，"我并不真正相信！"

哈利没有理会。

"邓布利多通常让我自己去弄清问题。他让我考验自己的力量，去冒险。这似乎也像是他让我做的事情。"

"哈利，这不是游戏，也不是练习。这是真实的事情，并且邓布利多给你留了很清楚的指示：找到并且摧毁魂器！那个符号不代表任何东西，忘了死亡圣器吧，我们经不起再走弯路了——"

哈利几乎没有听她说话。他把金色飞贼拿在手里翻过来转过去，似乎希望它能裂开，露出复活石，向赫敏证明他是正确的，死亡圣器真的存在。

赫敏向罗恩求助。

"你不相信这些，是吧？"

哈利抬头看了一下。罗恩犹豫了。

"我不知……我的意思是……有一点点的地方似乎吻合，"罗恩尴尬地说，"但是当你全盘考虑时……"他深吸了一口气，"我想我们应该去摧毁魂器，哈利。那是邓布利多的嘱托。或许……或许我们应该忘了圣器这回事。"

第22章 死亡圣器

"谢谢你,罗恩。"赫敏说,"我第一个放哨。"

她大步从哈利旁边走过去,坐到了帐篷口,使这次讨论戛然而止。

那晚哈利几乎没有睡着。死亡圣器这个想法萦绕在他心头,激动的思绪在他脑海中回旋,使他无法休息:魔杖、石头和隐形衣,如果他能全部拥有……

我在结束时打开……什么是"结束时"?他为什么不能现在就拿到那块石头?如果有了复活石多好啊,他就可以亲自问邓布利多了……哈利在黑暗中对着飞贼小声念念有词,什么都试了,甚至用上了蛇佬腔,可那个金色小球就是不肯打开……

还有那根魔杖,老魔杖,它藏在哪儿呢?伏地魔此刻在哪儿搜寻呢?哈利希望伤疤会刺痛,让他看到伏地魔的思想,因为这是他第一次和伏地魔同时想要一件东西……赫敏当然不会喜欢这个想法……何况她也不相信……谢诺菲留斯在某种程度上还是对的……狭隘、眼光短浅、思维封闭。事实上赫敏是被"死亡圣器"这个概念吓着了,特别是复活石……哈利把嘴贴在飞贼上,亲吻它,差点把它吞下去,但冷冰冰的金属就是不投降……

快到破晓的时候,他想起了卢娜,独自一人被关在阿兹卡班的监狱里,周围都是摄魂怪。此时他突然感到很羞愧。他只顾狂热地思考圣器而完全忘记了卢娜。要是能把她救出来多好啊,但那么多的摄魂怪几乎是攻不破的。现在哈利想起来了,他还从未试过用黑刺李木魔杖召唤出守护神……早上一定要试一下……

要是有办法弄到一根更好的魔杖就好了……

想着老魔杖、死亡棒,永不会输的无敌魔杖,欲望再一次淹没了他……

第二天早上,他们收起帐篷,在阴凄凄的阵雨中出发了。倾盆大雨一直追到晚上他们搭帐篷的海岸边,然后延续了整个星期。到处都是湿漉漉的景物,让哈利感到阴冷和抑郁。他满脑子里只有死亡圣器,就好像他身体内一个火苗被点燃了,不论是赫敏的坚决不信,还是罗恩的不断怀疑,都不能使它熄灭。可是对圣器的渴望在心中燃烧得越强烈,就越使他不快乐。他怪罪于罗恩和赫敏,他们决意的漠视就像无情的大雨一样令他沮丧,但都不能削弱他的信心,他依然是那么确信无疑。对圣器的信念和渴望占据了哈利的心思,使他觉得跟那两个对魂器着魔的同伴有了很大的隔膜。

"着魔?"赫敏情绪激烈地低声问道——这天晚上,当赫敏责备哈利对寻找魂器缺乏兴趣时,他一不留神说出了那个词,"着魔的不是我们,哈利!我们才是在努力照着邓布利多的要求去做的人!"

但是哈利对于含蓄的批评无动于衷。邓布利多把圣器的标志留给赫敏去破译,他同时也把复活石藏在了金色飞贼里,对此哈利仍然坚信不疑。两个人不能都活着,只有一个生存下来……死神的主人……为什么罗恩和赫敏不明白呢?

"最后一个要消灭的敌人是死亡。"哈利平静地引述道。

"我们要斗的不是神秘人吗?"赫敏反驳道,哈利放弃了与她争论。

就连两个同伴坚持要讨论的银色牝鹿之谜,对哈利来说似乎也不再重要,只是一个比较有趣的插曲罢了。对他来说唯一要紧的另一件事,就是伤疤又开始刺痛了。但他努力掩饰着不让同伴知道。每次疼痛时他都找机会独处,但是看到的东西却令他失望。他和伏地魔共享的图像质量变差了,变得模糊了,好像焦距老是不准。哈利只能看到一个模糊的、头盖骨似的物

第22章 死亡圣器

体,还有似乎是一座山的影子,而以前的图像都是清晰逼真的。这个变化让哈利有点不安,担心自己和伏地魔之间的联系已经被破坏了。不管他对赫敏是怎么说的,他心里其实一直既害怕又珍惜这种联系。不知怎的,哈利觉得之所以图像模糊、不如人意,与他的魔杖损坏有关,似乎都是黑刺李木魔杖的错,使他不再能够像以前一样清楚地看到伏地魔的心思。

一星期又一星期过去了,哈利尽管沉浸在自己新的心事中,却也不能不注意到罗恩似乎正在担负起责任。可能因为决心要弥补自己出走的过错,也可能因为哈利情绪日渐低落而激起了罗恩潜在的领导才能,现在是他在鼓励和敦促另外两个人行动。

"就剩三个魂器了,"他总是说,"我们需要一个行动计划,加油啊!还有哪儿没找过?我们再查一遍,孤儿院……"

对角巷、霍格沃茨、里德尔老宅、博金-博克商店、阿尔巴尼亚,凡是他们知道汤姆·里德尔曾经住过、工作过、造访过或杀过人的地方,罗恩和赫敏又全部梳理了一遍。哈利怕赫敏不依不饶,只好也参加进去。其实他倒乐意一个人默默地坐着,试图读取伏地魔的想法,发现更多有关老魔杖的信息。哈利明白,罗恩坚持寻访一些越来越不可能的地方,仅仅是为了不停下来。

"谁知道呢,"这成了罗恩的口头禅,"上弗莱格利是一个巫师村,他没准儿在那儿住过。我们过去找找。"

如此频繁地涉足巫师的地盘,他们偶尔会撞见搜捕队。

"其中有一些据说和食死徒一样坏,"罗恩说,"我碰到的那批有点蠢得可怜,但是比尔认为有一些十分危险。波特瞭望站说——"

"什么?"哈利说。

"波特瞭望站,我没有告诉过你它叫这个?就是我一直想调到的那个电台,是唯一真实报道当前局势的电台!现在几乎所有的电台都和神秘人保持一致,除了波特瞭望站。我真想让你听一下,但是不容易调到……"

罗恩花了一个又一个晚上,用魔杖在收音机顶上敲出各种节拍,把调谐钮旋来旋去。偶尔能听见几句如何医治龙痘疮的建议,有时是几小节《一埚火热的爱》。罗恩边敲边继续尝试找到正确的暗号,低声念出一串串连蒙带猜的词语。

"一般都是和凤凰社有关的词,"他告诉他们,"比尔猜这个特别快。我肯定早晚也能蒙中一个……"

直到三月,幸运女神才最终垂青了罗恩。当罗恩在帐篷里激动地大喊时,哈利正坐在帐篷口放哨,懒洋洋地瞅着一丛勇敢地钻出寒冷地面的麝香兰。

"我找到了,找到了!暗号是'阿不思'!快进来,哈利!"

多少天来只关心死亡圣器的哈利第一次兴奋起来,他迅速返回到帐篷里,看见罗恩和赫敏正跪在小收音机旁的地板上。刚才无事可做而在擦拭格兰芬多宝剑的赫敏,张嘴坐在那里盯着小小的扬声器,里面正传来一个最熟悉的声音。

"……为我们短暂的停播抱歉,都是因为那些迷人的食死徒,在我们地区搞了多次登门搜查。"

"是李·乔丹呀!"赫敏说。

"我知道!"罗恩笑了笑,"酷吧?"

"……现在我们找到了另一个安全的地方,"李说,"我很高兴地告诉大家,本台两位固定的供稿人今晚也在我旁边。晚上好,小伙子们!"

"嘿!"

"晚上好,老江。"

"老江就是李,"罗恩解释道,"他们都有代号,但你通常可

第22章 死亡圣器

以听出来——"

"嘘!"赫敏说。

"但是在听老帅和老将讲话之前,"李接着说,"让我们先花点时间报道一下'巫师无线新闻联播'和《预言家日报》认为不值得一提的死讯。我们沉痛地通知听众们,泰德·唐克斯和德克·克莱斯韦遭到谋杀。"

哈利感到心猛地往下一沉,三人恐惧地对望着。

"一个名叫戈努克的妖精也被杀了。据信,与唐克斯、克莱斯韦、戈努克同行的麻瓜出身的迪安·托马斯和另一个妖精很可能逃了出来。如果迪安正在收听,或有任何人知道他的下落,请注意,他的父母和姐妹们迫切希望得到他的消息。

"同时,在加德里,有麻瓜一家五口死在家中。麻瓜官方把死因归于煤气泄漏,而凤凰社的成员告诉我们是由于杀戮咒所致——又一个证据,好像证据还不够多似的!这些事件都证明在新政权下,屠杀麻瓜正变成一种娱乐活动。

"最后,我们遗憾地通知听众们,在戈德里克山谷发现了巴希达·巴沙特的遗体,看样子是几个月前去世的。凤凰社告诉我们,她身上有确凿无误的、被黑魔法击中的伤口。

"听众们,现在请跟我们一起,为死难者默哀一分钟:悼念泰德·唐克斯、德克·克莱斯韦、巴希达·巴沙特、戈努克,以及所有无名的被食死徒暗杀的麻瓜们。"

默哀开始,哈利、罗恩和赫敏都肃穆不语。哈利既渴望听到更多,又害怕可能听到的内容。这么久以来,他第一次感觉到和外面的世界紧密相连。

"谢谢大家。"李说道,"现在,我们请固定供稿人老帅给大家讲讲巫师界的新秩序对麻瓜世界的最新影响。"

"谢谢,老江。"一个不可能听错的声音,深沉稳重,令人安心。

"金斯莱！"罗恩大喊道。

"我们知道！"赫敏说，示意他安静。

"麻瓜们继续遭受惨重的伤亡，却还不知道造成他们苦难的原因。"金斯莱说，"不过，我们也不断听到真正鼓舞人心的故事，巫师们冒着危险保护麻瓜朋友和邻居，经常是在麻瓜们不知道的情况下。我想呼吁所有的听众都这样做，可以对你们街上的麻瓜住所施一个防护咒。这些简单的措施可能挽救很多条性命。"

"老帅，对于那些声称在这危险的时代应该'巫师第一'的听众，你会怎么说呢？"李问道。

"我会说'巫师第一'与'纯血统第一'仅有一小步之遥，再往前一步就是'食死徒'。"金斯莱答道，"我们都是人，不是吗？每个人的生命都一样珍贵，都值得保护。"

"讲得太好了，老帅，一旦我们摆脱了这个混乱局面，我就选你做魔法部长。"李说，"现在请听老将带给我们的热门节目：波特之友。"

"谢谢你，老江。"另一个非常熟悉的声音说。罗恩刚要说话，赫敏轻声阻止了他。

"我们知道是卢平！"

"老将，你是不是还和每次来本节目时一样，认为哈利·波特仍然活着？"

"是的，"卢平坚定地说，"我深信不疑，如果他死了，食死徒一定会大肆宣扬，因为这对于抵抗新政权的人将是一个致命的打击。'大难不死的男孩'仍然象征着我们为之奋斗的一切：正义的胜利，纯洁的力量，以及继续抵抗的必要性。"

感激和羞愧一起涌上哈利心头。上次见面时，哈利说过那

第22章 死亡圣器

些伤人的话,难道卢平已经原谅了他?

"如果哈利正在收听的话,老将,你会对他说些什么?"

"我会对他说:我们和你同在。"卢平说,然后稍微犹豫了一下,"还会对他说:跟着你的直觉走,你的直觉都是好的,并且几乎总是正确的。"

哈利看着满眼是泪的赫敏。

"几乎总是正确的。"她重复道。

"哦,我没有告诉你们?"罗恩惊讶地说,"比尔跟我说,卢平和唐克斯又生活在一起了!而且唐克斯的肚子很明显了。"

"……下面照例要问一下,有没有哈利·波特的朋友因为忠诚而受难的新消息?"李说。

"嗯,老听众们都会知道,好几位坦言支持哈利·波特的朋友被捕入狱了,包括《唱唱反调》的主编谢诺菲留斯·洛夫古德——"卢平说。

"至少他还活着!"罗恩低语道。

"几小时前,我们得到消息说鲁伯·海格——"三个人都倒吸了一口气,差点没听到下半句话"——大家熟知的霍格沃茨学校的猎场看守,在校内勉强逃脱了抓捕。抓捕原因是据传他在家中举办了一个'支持哈利·波特'的聚会。但海格没有被拘押,我们相信他在逃亡中。"

"我猜想,在逃避食死徒的追捕时,如果你有个身高十六英尺的同母异父兄弟,应该有点帮助吧?"李问道。

"可能会有一点优势。"卢平严肃地答道,"我们波特瞭望站虽然赞赏海格的精神,但是请允许我补充一句,即使是哈利的最忠诚的拥护者,也切勿学习海格的做法。在当前这种气候下,举办'支持哈利·波特'的聚会是不明智的。"

"确实是的,老将,"李说道,"所以建议大家继续收听波特瞭望站，以表达对带有闪电形伤疤的那个人的热爱！现在来关注一下那位同哈利·波特一样行踪不定的巫师，我们喜欢称他为'头号食死徒'。为了分析关于他的一些比较疯狂的谣言，我要介绍一位新的通讯员：老鼠。"

"老鼠？"一个熟悉的声音说。哈利、罗恩和赫敏同时喊道："弗雷德！"

"不对——是乔治？"

"我认为是弗雷德。"罗恩说，一边靠近了些。不管到底是双胞胎中的哪一个，只听那声音说道："我不是老鼠，绝对不是，我跟你说了我要叫老剑！"

"哦，那好吧。老剑，你能否给我们说说，对于外面流传的有关头号食死徒的各种故事，你是怎么想的？"

"好的，老江。"弗雷德说，"听众朋友只要不是躲在花园池塘底部之类的地方，就会知道，神秘人继续藏在暗处的策略正在造成一点点可爱的恐慌气氛。请注意，如果所有声称见到他的人说的都是真话，我们周围起码有十九个神秘人。"

"这当然很合他的意，"金斯莱说，"神秘的气氛比他亲自现身更加令人恐惧。"

"同意。"弗雷德说，"因此，朋友们，让我们努力镇静一点儿。不要添加虚构的东西，情况已经够糟糕的了。譬如有种新说法认为，被神秘人看一眼就会死。那是蛇怪，听众朋友们。一个简单的鉴别方法：检查一下那个瞪着你的东西是否有脚。如果有，看它的眼睛就是安全的，不过如果真是神秘人，那仍然可能是你做的最后一件事情。"

好多好多个星期以来，哈利第一次大笑：他感到紧张的压力离他而去。

"还有人谣传说经常在国外看到他呢？"李问道。

第22章 死亡圣器

"在奋斗了这么久之后,谁不想有一个小小的、美好的假期呢?"弗雷德问道,"问题是,朋友们,不要以为他出国了,我们就安全了。他可能出国了,也可能没有,但事实是他如果愿意的话,会比西弗勒斯·斯内普见到洗发水时跑得还要快。如果要策划什么冒险行动,别指望他会离得很远很远。我从没想过我会听到自己说出这一番话,不管怎样,安全第一!"

"十分感谢你的这些金玉良言,老剑!"李说,"听众朋友们,又到了本期波特瞭望站和大家说再见的时候了。不知道何时才能再次广播,但是请放心,我们会回来的。请经常转动调谐钮:下一次的暗号是'疯眼汉'。大家注意安全,坚定信心。晚安。"

收音机的调谐钮转动了一下,面板上的指示灯熄灭了。哈利、罗恩和赫敏仍然微笑着。听到熟悉、友善的声音真是令人无比振奋。哈利已与外面的世界隔绝太久,几乎忘记了其他人仍在抵抗伏地魔。他好像刚从一个长觉中醒来。

"不错吧?"罗恩高兴地问。

"太精彩了。"哈利说。

"他们真勇敢,"赫敏赞叹道,"要是被发现了……"

"他们经常换地方,不是吗?"罗恩说,"就像我们。"

"但是你们听到弗雷德说的了吗?"哈利激动地问,广播结束后,他的心思又回到那执着的念头上,"他在国外!他还在寻找那根魔杖,我就知道是这样!"

"哈利——"

"哎呀,赫敏,你为什么这么坚决不肯承认呢?伏——"

"哈利,别说!"

"——地魔在找老魔杖!"

"那个名字是禁忌!"罗恩大吼一声,跳了起来,帐篷外传来一声震耳的爆响,"我告诉过你,哈利,我告诉过你,不能再说它——我们得赶紧修复防护魔法——快——他们就是这样发现——"

罗恩突然住口,哈利知道是为什么。桌上的窥镜亮了,并开始旋转。他们听见说话声越来越近:粗鲁、兴奋的声音。罗恩从口袋里掏出熄灯器摁了一下,灯灭了。

"举起双手,从里面出来!"黑夜里传来刺耳的声音,"我们知道你们在里面!有六七根魔杖正指着你们,我们可不管咒语会打到谁!"

第23章

马尔福庄园

哈利看了一下两个同伴,黑暗中只能看到轮廓。只见赫敏的魔杖指向他的脸,而不是指着外面。砰的一声,一道白光炸裂,他痛得弯下腰,睁不开眼,感觉双手捂着的脸正在迅速胀大,而此时沉重的脚步声已经围住了他。

"起来,害虫!"

陌生的手粗暴地把哈利从地上拉了起来。他还没来得及阻止,就有人搜了他的口袋,拿走了黑刺李木魔杖。哈利紧捂住疼痛难忍的脸颊,感觉手指下的面部已经无法辨认,紧绷绷、胀鼓鼓的,好像发生了严重的过敏反应。他的双眼只剩下了一条缝,几乎看不到外面。眼镜在他被推出帐篷时掉落了,他只能模糊地看到四五个人影和罗恩、赫敏在外面扭打在一起。

"别——碰——她!"罗恩喊道。然后清楚地响起拳头击打身体的声音,罗恩痛得哼了一声,赫敏尖叫:"不!别打他,别打他!"

"如果你男朋友的名字在我的名单上,他会更惨。"一个熟悉得可怕的刺耳声音说道,"香喷喷的小妞儿……多好的美餐呀……我最喜欢细皮嫩肉的……"

哈利胃里面一阵恶心。他知道那是谁了：芬里尔·格雷伯克，那个因为残暴而受雇佣，被允许穿上食死徒袍子的狼人。

"搜搜帐篷里面！"另一个声音说。

哈利被脸朝下扔在地上。一声闷响告诉他，罗恩也被扔到了旁边。他们听见了脚步声和撞击声，那些在帐篷里搜查的人推翻了椅子。

"好了，来看看我们抓到了谁。"格雷伯克得意的声音从头顶传来，哈利被翻过身来。一道魔杖的亮光照在他的脸上，格雷伯克笑了起来。

"看来我要就着黄油啤酒才咽得下这个了。你是怎么搞的，丑八怪？"

哈利没有马上回答。

"问你呢，"格雷伯克冲着哈利的胸前就是一拳，痛得哈利弓起身子，"你是怎么搞的？"

"蜇的，"哈利咕哝道，"被蜇了。"

"对，看起来像。"另一个声音说道。

"你叫什么名字？"格雷伯克吼道。

"达力。"哈利说。

"全名？"

"我——弗农。弗农·达力。"

"查一下名单，斯卡比奥。"格雷伯克说，哈利听见他走到旁边去俯视罗恩，"那么你呢，红毛？"

"斯坦·桑帕克。"罗恩说。

"见你的鬼吧，"那个叫斯卡比奥的说，"我们知道斯坦·桑帕克，他给我们找了点麻烦。"

又是砰的一声。

"我唔巴迪，"罗恩说，哈利听得出他满嘴是血，"巴迪·韦

第23章 马尔福庄园

德莱。"

"韦斯莱?"格雷伯克粗声粗气道,"那么,就算你不是泥巴种,也是和纯血统的叛徒沾亲了。最后一个,美丽的小朋友……"他垂涎欲滴的声音让哈利汗毛直竖。

"慢点,格雷伯克。"在其他人的哄笑声中,斯卡比奥说。

"哦,我现在还不准备咬她呢。我们瞧瞧,她想起自己名字的速度是不是比巴尼快一点儿。你是谁,小妞儿?"

"佩内洛·克里瓦特。"赫敏说,声音中充满恐惧,但还是很可信。

"你的血统呢?"

"混血。"赫敏说。

"容易检查。"斯卡比奥说,"但是他们看起来都还是霍格沃茨的年龄——"

"我们不汪了。"罗恩说。

"不上学了,红毛?"斯卡比奥说,"所以你们决定来露营?然后觉得可以用黑魔王的名字开个玩笑?"

"不唔玩笑,"罗恩说,"呕误。"

"口误?"又是一阵哄笑。

"你知道什么人常说黑魔王的名字吗,韦斯莱?"格雷伯克咆哮道,"凤凰社。和你有关吗?"

"没。"

"哼,他们对黑魔王不够尊敬,所以这个名字被列为禁忌。有些凤凰社成员就是这样被抓到的。走着瞧。把他们和另外两个犯人绑在一起!"

有人揪住哈利的头发把他拽起来,拖着走了一小段路,又把他推坐到地上,跟别人背靠背绑在一起。哈利仍然像个瞎子,肿起的双眼几乎看不到东西。当绑他们的人终于离开后,哈利低声对其他犯人说道：

"谁还有魔杖？"

"没有。"罗恩和赫敏的声音分别从他的两边传来。

"都是我的错。我说了那个名字，对不起——"

"哈利？"

一个新的但是熟悉的声音直接从哈利身后传来，是绑在赫敏左边的那个人发出的。

"迪安？"

"真是你！如果他们发现抓到的是谁——！他们是搜捕队，只是抓逃学的人去卖钱的——"

"这个晚上的收获不赖，"格雷伯克说着，一双大马钉靴走近了哈利，帐篷里传来了更多的撞击声，"一个泥巴种、一个逃跑的妖精和三个逃学的。你在名单上查过他们的名字了吗，斯卡比奥？"他吼道。

"查过了，那上面没有弗农·达力，格雷伯克。"

"有趣，"格雷伯克说，"这倒有趣。"

他在哈利的旁边蹲了下来，哈利透过肿胀的眼皮间极小的缝隙看到了一张脸，乱蓬蓬的灰发和胡须，尖尖的黄牙，嘴角长着口疮。格雷伯克身上散发出一股怪味，和他当时在邓布利多丧生的塔顶上一样：混合着灰尘、汗水、鲜血的气味。

"这么说你不是我们要抓的人喽，弗农？或者你在名单上，但不是这个名字？你上的是霍格沃茨哪个学院？"

"斯莱特林。"哈利想也不想地说。

"滑稽，他们怎么都以为我们想听这个，"斯卡比奥在黑暗中讥笑道，"但是他们没有一个知道公共休息室在哪儿。"

"在地牢里，"哈利清晰地说，"要穿墙进去，里面都是头盖骨之类的东西，而且它在湖底，所以光都是绿色的。"

第23章 马尔福庄园

短暂的静默。

"好的,好的,看来我们的确抓到了一个小斯莱特林。"斯卡比奥说,"你很幸运,弗农,因为没有几个泥巴种的斯莱特林。你爸爸是谁?"

"他在魔法部工作,"哈利扯着谎,知道只要他们稍微调查一下,他的整个故事就会瞬间瓦解,不过,反正他面目一恢复游戏也就结束了,"魔法事故和灾害司。"

"格雷伯克,"斯卡比奥说,"我想那里面是有一个叫达力的。"

哈利几乎不敢呼吸:运气,纯粹的运气,确实会让他们安全逃脱吗?

"好的,好的。"格雷伯克说,哈利从那冷酷的声音里听出了极其细微的颤抖,知道格雷伯克在想自己是否真的殴打并捆绑了魔法部官员的儿子。哈利的心脏怦怦地撞着肋骨周围的绳子,他觉得格雷伯克应该看出来了。"如果你说的是真话,丑八怪,去一趟魔法部也没什么好害怕的。我猜你爸爸会奖励我们送你回去呢。"

"但是,"哈利说,嘴巴发干,"你得让我们——"

"嘿!"帐篷里传来一声大喊,"看看这个,格雷伯克!"

一个黑影奔跑过来,在魔杖的照耀下,哈利看见一道银光,他们找到了格兰芬多的宝剑。

"非——常漂亮,"格雷伯克满意地说,从同伴手里拿过宝剑,"哦,确实是很漂亮。看起来是妖精造的。你们从哪儿弄来的?"

"是我爸爸的,"哈利撒谎道,拼命祈求昏暗中格雷伯克看不到剑柄下方刻的名字,"我们借来砍木柴的——"

"等一下,格雷伯克!看这个,《预言家日报》!"

斯卡比奥说话时，哈利额头上肿胀而绷紧的伤疤猛烈地灼痛起来，眼前出现了一幅画面，比身边的任何东西都要清晰：那是一座乌黑的、令人生畏的高耸建筑，一座阴森的堡垒，伏地魔的思维又突然变得异常清晰：他正飘向那座巨型建筑，目标明确，内心平静而喜悦……

这么近……这么近……

哈利用了巨大的自制力，不再去观看伏地魔的思维，把自己拽回到坐着的地方。他同罗恩、赫敏、迪安和拉环绑在一起，在黑暗中听着格雷伯克和斯卡比奥说话。

"赫敏·格兰杰，"斯卡比奥在说，"据知是与哈利·波特同行的泥巴种。"

哈利的伤疤在寂静中灼痛，但是他用惊人的毅力使自己保持神志清楚，免得滑进伏地魔的思维里。哈利听见了靴子的吱吱响声，格雷伯克蹲到了赫敏面前。

"你知道吗，小妞？这张照片看上去很像你哟。"

"不是！不是我！"

赫敏惊恐的尖叫等于是在招认。

"……据知是与哈利·波特同行……"格雷伯克轻轻又念了一遍。

周围鸦雀无声。哈利的伤疤疼痛难当，他竭尽全力抵御伏地魔思维的吸引。保持神志清楚从来没有像现在这样重要。

"这么说，情况改变了，是不是？"格雷伯克低语道。

没有人说话，哈利感觉到搜捕队的人在一旁呆呆地看着，也感觉到身边赫敏的胳膊在颤抖。格雷伯克站了起来，几步走到哈利面前，再次蹲了下来，仔细地瞅着他变了形的脸。

"你的额头上是什么，弗农？"他轻声问道，把一只肮脏的手指按在哈利紧绷的伤疤上，臭烘烘的呼吸喷进了哈利的鼻孔。

第23章 马尔福庄园

"别碰!"哈利大喊。他控制不住自己,痛得简直要呕吐了。

"我想你是戴眼镜的吧,波特?"格雷伯克轻声说。

"我找到眼镜了!"一个躲在后面的搜捕队员嚷道,"帐篷里有眼镜,格雷伯克,等等——"

几秒钟后,哈利的眼镜被强行架在他的脸上。现在搜捕队的人都走近了,盯着他看。

"是他!"格雷伯克吼道,"我们抓住了波特!"

他们都退了几步,为自己的收获而感到惊讶。而哈利头痛欲裂,仍在努力维持着不走神,却想不出一句可说的话。片断的景象不断从他的脑海中跳出——

……他正在黑色堡垒的高墙周围飘行——

不,他是哈利,被绑着,没有魔杖,处境极其危险——

……仰望着最顶层的窗户,最高的塔楼——

他是哈利,他们正在小声讨论他的命运——

……该起飞了……

"……去魔法部?"

"去个屁魔法部,"格雷伯克吼道,"他们会抢了功劳,让我们看都看不到一眼。依我说,就直接把他交给神秘人吧。"

"你要把他召来?召到这儿?"斯卡比奥充满敬畏和惊恐地说。

"不,"格雷伯克咆哮道,"我还没有——据说他把马尔福家作为基地。我们就把这男孩带到那儿去。"

哈利猜到格雷伯克为什么没有召唤伏地魔。食死徒为了利用狼人,让他穿上了他们的袍子,但只有伏地魔的核心集团才会有黑魔标记,格雷伯克还没有获得这个最高荣誉。

哈利的伤疤又灼痛起来——

……他跃进了黑夜,向上直飞,到了塔楼最高的窗口——

"……肯定是他吗？如果不是的话，格雷伯克，我们就死定了。"

"这里谁是头儿？"格雷伯克咆哮道，掩盖着自己刚才的窘迫，"我说这个就是波特，他加上他的魔杖，一共二十万加隆！如果你们胆小不想去，就都是我的了，而且运气好的话，这个小妞儿还可能送给我。"

……窗户是黑石块上极窄的缝隙，人钻不进去……透过它刚刚能看到一个瘦骨嶙峋的身影，蜷曲在毯子下面……是死了，还是睡着了……？

"好吧！"斯卡比奥说，"好吧，我们跟着你！那么另外几个呢，格雷伯克，怎么处置？"

"一起带上。有两个泥巴种，又是十加隆。把那把剑也给我，如果是红宝石的，又能发一笔小财。"

犯人们被拽了起来。哈利能听到赫敏急促、恐惧的呼吸声。

"抓住，弄紧点。我来对付波特。"格雷伯克说着，一把揪住哈利的头发，哈利感到那长长的黄指甲划破了他的头皮，"数到三！一——二——三——"

他们拽着犯人幻影移形。哈利挣扎着，试图甩开格雷伯克的手，但是毫无希望：罗恩和赫敏被紧紧地挤压在他的两边，他抽不出身。他肺里的空气被挤了出来，伤疤灼痛得更加厉害——

……他像蛇一样挤进窄窄的窗口，轻雾一般飘落到小牢房似的屋子里——

他们降落在一条乡间小路上，犯人们跟跄地撞到一起。哈利仍然肿着双眼。适应了一会儿后，他看到一副锻铁大门，后面似乎是一条长长的车道。他心中微微地松了一口气，最糟糕的事还没有发生，伏地魔不在这里。在哈利努力抵御的那幅画面里，伏地魔还在一个陌生的、堡垒般的地方，一座塔楼的顶

第23章 马尔福庄园

上。至于伏地魔得知哈利在这里后,要多长时间才会赶到,就是另一回事了……

一个搜捕队员大步走上前摇晃铁门。

"我们怎么进去?门是锁着的,格雷伯克,我不能——啊呀!"

他吓得往回一缩手。锻铁正在变形,抽象的卷花图形扭曲成一张可怕的面孔,用回音铿锵的声音说:"说明来访目的。"

"我们抓到了波特!"格雷伯克耀武扬威地咆哮道,"我们逮住了哈利·波特!"

大门立刻打开了。

"跟上!"格雷伯克朝手下说道。犯人们被推过大门,押上了车道,两旁高高的树篱掩住了他们的脚步声。哈利看到他的头顶上空有个幽灵般的白色影子,接着发现那是一只白孔雀。他绊了一下,被格雷伯克拽了起来。他侧着身子跟跟跄跄,和另外四个犯人背靠背地绑在一起。他闭上肿胀的双眼,让伤疤的疼痛暂时战胜自己,想知道伏地魔此刻在做什么,是否已经知道哈利被抓到了——

……薄毯子下面瘦弱的身躯动了一下,转过来朝着他,骷髅般的面孔,眼睛睁开了……那个虚弱的人坐了起来,深陷的双眼盯着他,盯着伏地魔,然后笑了,牙齿几乎掉光……

"你来了。我想你会来的……总有一天。但是你此行毫无意义。我从没拥有过它。"

"你撒谎!"

伏地魔的愤怒在他体内跳动,哈利的伤疤痛得似乎要炸裂了。他把思维猛拉回来,努力维持着不走神,犯人们被推搡着行走在碎石路上。

光线照在所有的人身上。

"怎么回事？"一个妇人冷冷的声音问道。

"我们是来见神秘人的！"格雷伯克粗声回答。

"你是谁？"

"你知道我！"狼人的声音里透露出愤恨，"芬里尔·格雷伯克！我们抓住了哈利·波特！"

格雷伯克揪住哈利，把他拖过来面朝着灯光，迫使别的犯人也跟着转了方位。

"我知道他脸肿了，夫人，但就是他！"斯卡比奥说道，"如果您靠近点看，可以看到他的伤疤。还有这儿，看这个女孩，就是一直跟他同行的那个泥巴种，夫人。毫无疑问就是他，我们还拿到了他的魔杖！在这儿，夫人——"

从肿胀的眼皮的缝隙间，哈利看到纳西莎·马尔福正在查看他肿起的脸。斯卡比奥把黑刺李木魔杖塞给了她。她扬起了眉毛。

"带进来吧。"她说道。

哈利等人被连推带踹地押上宽阔的石阶，进了两边挂着肖像的门厅。

"跟我来。"纳西莎说，领着他们穿过门厅，"我儿子德拉科复活节放假在家。如果真是哈利·波特，他会认得的。"

在外面的黑暗里待久了，客厅里的灯光使人眼花。哈利的眼睛尽管都快闭上了，但也能看得出房间的宽敞气派。天花板上挂着水晶的枝形吊灯，深紫色的墙壁上挂着更多的肖像。犯人们被搜捕队员强行推进去时，两个身影从华丽的大理石壁炉前的座椅上站了起来。

"怎么回事？"

一个熟悉得可怕的懒洋洋的声音钻入了哈利的耳朵，是卢修斯·马尔福。哈利现在惊慌起来，看来是没有出路了。当恐

第23章 马尔福庄园

惧增加时,抵挡伏地魔的思维就变得比较容易了,尽管伤疤还在灼痛。

"他们说抓到了波特,"纳西莎冷冷的声音说,"德拉科,过来。"

哈利不敢正视德拉科,斜着眼看到了他:一个比他稍高的身影从扶手椅上站了起来,淡金色头发下是一张苍白尖细的模糊脸庞。

格雷伯克又推着犯人们转了起来,让哈利站在枝形吊灯的正下方。

"怎么样,男孩?"狼人用刺耳的声音说。

哈利正对着壁炉上的镜子,那是一面镀金大镜,镜框上有精美的涡卷纹饰。透过双眼的缝隙,他看到了镜中的自己,这是自离开格里莫广场后的第一次。

他的脸硕大无比,亮晶晶、红通通的,所有的面部特征都被赫敏的咒语扭曲了。黑发披到了肩膀上,嘴巴周围有一片黑色阴影。若不是知道自己站在这里,哈利可能会纳闷是谁戴着他的眼镜。他下定决心不说话,因为声音肯定会使他暴露。德拉科走近了,哈利仍避免与他目光接触。

"怎么样,德拉科?"卢修斯·马尔福急切地问,"是吗?是哈利·波特吗?"

"我不能 —— 不能确定。"德拉科说。他和格雷伯克保持着一段距离,而且似乎像哈利不敢看他一样不敢看哈利。

"仔细看,看呀! 走近点儿!"

哈利从没见过卢修斯·马尔福如此激动。

"德拉科,如果是我们把波特交给了黑魔王,一切都会被原谅 ——"

"我希望我们不要忘了是谁抓到他的,马尔福先生?"格雷伯克威胁道。

"当然不会，当然不会！"卢修斯不耐烦地说。他自己靠近了哈利，一向没精打采的苍白面孔凑得这么近，哈利从肿眼皮的缝隙中也能清晰地看到那张脸的细部。哈利的肿脸像戴着面具，他觉得自己是在隔着笼子的栅栏外面窥视。

"你对他做了什么？"卢修斯问格雷伯克，"他是怎么搞成这样的？"

"不是我们搞的。"

"我看，很像是蜇人咒。"卢修斯说。

他的灰眼睛扫视着哈利的前额。

"那里有东西，"他小声说，"可能是伤疤，绷得很紧……德拉科，过来，好好看看！你是怎么想的？"

哈利看到德拉科的脸凑到了自己的眼前，在他父亲的面孔旁边。两张脸非常相像，只是父亲激动得难以自制，而德拉科的表情是很不情愿，甚至有点害怕。

"我不知道。"他说，然后朝站在壁炉边观看的妈妈走去。

"我们最好搞清楚，卢修斯，"纳西莎用她那冷冷的声音清楚地对丈夫说，"完全确认是波特之后，再召唤黑魔王……他们说这是他的——"她正在仔细查看黑刺李木魔杖，"——但是它不像奥利凡德描述的……如果我们搞错了，把黑魔王白白叫过来……记得他是怎么对待罗尔和多洛霍夫的吗？"

"那么这个泥巴种呢？"格雷伯克吼道。搜捕队员又把犯人们推得转了过去，让灯光照着赫敏，哈利几乎被拽得摔了一跤。

"等一下，"纳西莎尖叫道，"对——对，她和波特一起去过摩金夫人长袍专卖店！我在《预言家日报》上见过她的照片！德拉科，看，这是那个姓格兰杰的女孩吗？"

"我……可能……是吧。"

第23章 马尔福庄园

"那么,那个就是韦斯莱家的男孩!"卢修斯喊道,大步绕过绑着的犯人,站到罗恩面前,"是他们,波特的朋友们——德拉科,你看,他不是亚瑟·韦斯莱的儿子吗,他叫什么——?"

"嗯,"德拉科又说,背朝着犯人,"可能是吧。"

哈利后面的客厅门打开了。一个妇人的说话声把哈利的恐慌推向了更高点。

"怎么啦?发生什么事了,西茜?"

贝拉特里克斯·莱斯特兰奇绕着犯人们缓缓地走过来,停在哈利的右边,透过她的肿眼皮盯着赫敏看。

"哎哟,"她轻声说,"这不就是那个泥巴种女孩吗?这不就是格兰杰吗?"

"是的,是的,是格兰杰!"卢修斯叫喊道,"我们认为她旁边是波特!波特和他的朋友们,终于抓到了!"

"波特?"贝拉特里克斯尖叫道,退后了几步,上下打量着哈利,"你确定吗?那么,必须马上通知黑魔王!"

她捋起了左袖,哈利看见了手臂上烙进肉里的黑魔标记,知道她就要触摸它,召唤她心爱的主人——

"我刚才正要召唤他!"卢修斯说着,居然一把抓住了贝拉特里克斯的手腕,阻止她触摸黑魔标记,"应该由我来召唤他,贝拉。波特是带到我家的,因此我应该有权利——"

"你有权利!"贝拉特里克斯嘲笑道,试着甩开他的手,"你失去了魔杖,你就没有权利了,卢修斯!你竟敢!把手拿开!"

"这和你没有关系,抓到这男孩的不是你——"

"对不起,马尔福先生,"格雷伯克插话道,"波特是我们抓住的,赏金也应该归我们——"

"赏金!"贝拉特里克斯大笑道,一边仍然试图摆脱妹夫,一边用另一只手在口袋里摸索着魔杖,"拿你的金子吧,肮脏的食腐动物,我要金子干什么？我只追求荣誉——"

她停止了挣扎,一双黑眼睛盯着哈利看不见的东西。卢修斯见她投降了,兴奋地甩开她的手,卷起自己的袖子——

"**住手!**"贝拉特里克斯尖叫道,"别碰它,如果黑魔王现在就来,我们都会死!"

卢修斯愣住了,食指悬在他的黑魔标记上方。贝拉特里克斯大步走出了哈利有限的视线范围。

"那是什么？"他听见她问。

"宝剑。"一个视线外的搜捕队员嘟囔道。

"把它给我。"

"不是你的,夫人,它是我的,是我发现它的。"

砰的一声,伴随着一道红光,哈利知道那个搜捕队员被施了昏迷咒。他的同伙们怒吼起来,斯卡比奥拔出魔杖。

"你以为你在玩什么,娘儿们？"

"昏昏倒地,"贝拉特里克斯尖叫道,"昏昏倒地!"

搜捕队的人根本不是她的对手,尽管他们是四个对她一个。哈利知道她是一个法术高强而且心狠手辣的女巫。其他人都原地倒下了,只有格雷伯克是跪在地上,双臂张开。哈利眼角的余光看到贝拉特里克斯冲向了狼人,她手里紧握着格兰芬多宝剑,脸色蜡白。

"你们是从哪儿拿到这宝剑的？"她低声问格雷伯克,一边从他无力的手中拿走了魔杖。

"你怎么敢？"格雷伯克咆哮道,被迫抬头看着她,只剩下嘴能动了。他龇着尖牙说:"放开我,娘儿们!"

"你们是从哪儿拿到这宝剑的？"贝拉特里克斯又问,在他面前挥了挥宝剑,"斯内普把它送到古灵阁我的金库里了呀!"

第23章　马尔福庄园

"是在他们的帐篷里。"格雷伯克嘶吼道,"放开我,听见没有!"

贝拉特里克斯一挥魔杖,狼人就跳了起来,但似乎心存戒备,不敢靠近她。他走到一把扶手椅后面,用肮脏的、弯曲的指甲抓着椅背。

"德拉科,把这些渣滓弄出去。"贝拉特里克斯说,指着那些昏迷的搜捕队员,"如果你没有胆子干掉他们,就给我先把他们扔在院子里。"

"你竟敢这样对德拉科说话——"纳西莎大怒道,但是贝拉特里克斯尖叫起来,"安静!情况比你想象的严重得多,西茜!我们遇到大麻烦了!"

她站了起来,轻轻喘着气,低头看着宝剑,研究着剑柄,然后转身望着默不作声的犯人们。

"如果他真是波特,就绝不能让他受伤。"她嘟囔道,更像是自言自语,"黑魔王想亲自干掉波特……如果他发现……我必须……我必须知道……"

她再次转向她妹妹。

"必须先把犯人关进地牢,等我想想该怎么办!"

"这是我的家,贝拉,你不能这样发号施令——"

"快干!你根本就不知道我们有多危险!"贝拉特里克斯尖叫道。她看起来恐怖而疯狂,一条细细的火苗蹿出她的魔杖,把地毯烧了一个洞。

纳西莎犹豫了片刻,然后对狼人说:

"把这些犯人带到地牢里去,格雷伯克。"

"等一下,"贝拉特里克斯尖声说道,"除了……除了这个泥巴种。"

格雷伯克满意地哼了一声。

"不！"罗恩大叫道，"可以留下我，留下我！"

贝拉特里克斯一拳砸在他的脸上，击打声在屋里回响。

"如果她在审讯中死了，下一个就是你。"贝拉特里克斯说，"在我的黑名单上，泥巴种下面就是纯血统的叛徒。格雷伯克，把他们带下去，看牢了，但是别动他们——暂时别动。"

贝拉特里克斯把格雷伯克的魔杖扔给了他，然后从袍子底下掏出一把银色的小刀，把赫敏与其他犯人割开，揪着头发把她拉到屋子中央。格雷伯克则押着其他犯人慢慢走向另一道门，进入了一条黑暗的过道。他的魔杖举在前面，发出一股无形的、不可抗拒的力量。

"她审讯完了之后，会把那小妞儿分一点给我吗？"格雷伯克轻声哼道，一边顺着走廊驱赶他们，"我说我会吃上一两口的，你说呢，红毛？"

哈利可以感觉到罗恩在发抖。他们被押着走过一段极陡的楼梯，仍然背靠背地绑着，随时都有可能失足摔断脖子。底下是一扇沉重的门。格雷伯克用魔杖轻轻一敲，打开了门，把他们推进了一个潮湿发霉的房间，里面一片漆黑。牢门重重关上引起的回声还没有完全消失，正上方就传来了一声恐怖的、拖长了的尖叫。

"**赫敏！**"罗恩吼道，拼命扭动想挣开把他们捆在一起的绳索，拽得哈利趔趔趄趄，"**赫敏！**"

"安静！"哈利说，"别出声，罗恩，我们需要想个办法——"

"**赫敏！赫敏！**"

"我们需要一个计划，别喊了——得把绳子解开——"

"哈利？"黑暗中传来一声低语，"罗恩？是你们吗？"

罗恩停止了嘶喊。旁边好像有东西在移动，然后哈利见到一个影子正在靠近。

第23章 马尔福庄园

"哈利？罗恩？"

"卢娜？"

"是，是我！哦，不，我不希望你们被抓到！"

"卢娜，你能帮我们把绳子解开吗？"哈利说。

"哦，我想可以……我们有一个旧钉子可以用来割东西……稍等一下……"

楼上的赫敏又在尖叫了，他们听见贝拉特里克斯也在尖叫，但听不清她在说什么，因为罗恩又喊了起来：**赫敏！赫敏！**

"奥利凡德先生？"哈利听见卢娜在说，"奥利凡德先生，钉子在您那儿吗？您能挪动一点点吗……我想它在水壶旁边……"

几秒钟后，她走了回来。

"你们不要动。"她说。

哈利能感觉到她在戳那结实的绳子，努力把绳结磨断。楼上传来贝拉特里克斯的声音。

"我再问你一次！你们是从哪儿弄到这宝剑的？哪儿？"

"我们捡到的——捡到的——**拜托了！**"赫敏再次尖叫。罗恩比以前更猛烈地挣扎着，锈钉子滑到了哈利的手腕上。

"罗恩，请别动！"卢娜低声说，"我看不见——"

"我的口袋！"罗恩说，"在我口袋里，有熄灯器，它里面有好多灯光！"

几秒钟后，随着咔嗒一声，熄灯器从帐篷里吸走的光球飞进了地牢。由于找不到原来的光源，它们只是悬挂在那里，像一个个小太阳，把地下室照得亮堂堂的。哈利看见了卢娜，苍白的脸上好像只剩下一双眼睛，还看到了魔杖制作人奥利凡德的身影，他一动不动地蜷缩在墙角的地板上。哈利扭头张望，看到了其他难友：迪安和妖精拉环。拉环都快晕过去了，只因为绑在别人身上才没有倒下。

"哦,这就容易多了,谢谢你,罗恩。"卢娜说,一边接着对付绳结,"你好,迪安!"

上面传来贝拉特里克斯的声音。

"你在撒谎,龌龊的泥巴种,我知道!你去过我古灵阁的金库!老实交代,老实交代!"

又是一声恐怖的尖叫——

"赫敏!"

"你们还拿了什么?还拿了什么?老实交代,不然,我发誓我要用这把刀把你刺穿!"

"好了!"

哈利感到绳子掉了,他揉揉手腕转过身,看到罗恩正绕着地牢乱跑,抬头望着低矮的天花板,希望找到一个活板门。满脸青肿和血迹的迪安向卢娜说了声"谢谢",站在那里浑身发抖。拉环则瘫在了地上,似乎头晕目眩辨不清方向,黝黑的脸上满是伤痕。

罗恩正在尝试不用魔杖幻影移形。

"没有出口,罗恩。"卢娜看着他毫无结果的努力,说,"这地牢根本逃不出去。起先我也试过。奥利凡德先生在这儿已经很久了,他什么都试过了。"

赫敏再次尖叫起来,那声音好像刀子捅在哈利身上一般。他几乎已经感觉不到伤疤的剧烈刺痛,也开始绕着地牢跑动,盲目地摸着墙壁,虽然心里知道这毫无用处。

"你们还拿了什么,还有什么?**回答我!钻心剜骨!**"

赫敏的尖叫声在楼上回响,罗恩用拳头砸墙,抽噎着,而哈利绝望中抓住了海格给他的皮袋,在里面摸索着,掏出了邓布利多给他的金色飞贼,摇晃着,希望会发生什么——什么也

第23章 马尔福庄园

没有发生。他挥动着折断的凤凰尾羽魔杖，但它毫无生气——镜子的碎片掉在地上闪闪发光，他看见了一道明亮的蓝光——

邓布利多的眼睛正从镜子里凝视着他。

"救救我们！"他万分绝望地喊道，"我们在马尔福庄园的地牢里，救救我们！"

那眼睛眨了一下，消失了。

哈利甚至不能确定刚才看到过它。他拿着镜子碎片从各个角度看，什么也没有，只有地牢的墙壁和天花板映在里面。楼上赫敏的尖叫声更加惨烈，罗恩在旁边咆哮着："**赫敏！赫敏！**"

"你们是怎么闯进我的金库的？"他们听见贝拉特里克斯尖叫道，"是不是地牢里那个肮脏的小妖精帮助你们的？"

"我们今天晚上才碰到他！"赫敏抽泣道，"我们从没进过你的金库……这不是那把真的宝剑！是仿制品，只是仿制品！"

"仿制品？"贝拉特里克斯尖声喊道，"哼，编得倒像！"

"这很容易查明！"卢修斯说道，"德拉科，把那个妖精抓来，他可以鉴定宝剑是真的还是假的！"

哈利冲到蜷缩在地上的拉环身边。

"拉环，"他对着妖精的尖耳朵低语道，"你必须说宝剑是假的，千万不能让他们知道是真的，拉环，求你了——"

哈利听见有人急速奔下地牢楼梯，随即德拉科颤抖的声音从牢门外传来。

"朝后站，靠墙站成一排，别想轻举妄动，否则就杀了你们！"

他们照办了。当锁孔转动时，罗恩一摁熄灯器，光球迅速飞回了他的口袋里，地牢里重又一片漆黑。门开了，德拉科大步走了进来，魔杖举在身前，看上去脸色苍白而坚决。他抓住拉环的胳膊，拖着小妖精退了出去。牢门重重地关上了，同时啪的一声爆响回荡在地牢里。

罗恩摁了一下熄灯器，三个光球又从口袋里飞到空中，照亮了刚刚幻影显形到他们中间的家养小精灵多比。

"多——！"

哈利打了一下罗恩的手臂，没让他喊出声来。罗恩似乎也为自己的错误而害怕。天花板顶上有脚步声走过，德拉科把拉环押送到贝拉特里克斯跟前。

多比网球般的大眼睛睁得圆圆的，从脚到耳朵尖都在颤抖。他回到了旧主人的家里，显然吓呆了。

"哈利·波特，"他吱吱地发出十分微弱的颤声，"多比救你来了。"

"可你是怎么——？"

一声恐怖的尖叫淹没了哈利的声音：赫敏又在遭受酷刑。他赶快捡最要紧的说。

"你可以幻影移形离开这个地牢吗？"他问，多比点点头，耳朵拍打了几下。

"你可以带人出去吗？"

多比再次点点头。

"好的。多比，我要你带上卢娜、迪安和奥利凡德先生，把他们带到——带到——"

"比尔和芙蓉家，"罗恩说，"丁沃斯郊区的贝壳小屋。"

小精灵第三次点点头。

"然后再回来。"哈利说，"你能做到吗，多比？"

"当然，哈利·波特。"小精灵低语道。他匆匆赶到几乎人事不省的奥利凡德先生面前，抓住了魔杖制作人的手，然后把另一只手伸给了卢娜和迪安，两人都没有动。

"哈利，我们想帮助你！"卢娜轻声说。

第23章 马尔福庄园

"我们不能把你留在这儿。"迪安说。

"快走,你们两个!我们在比尔和芙蓉的家里见。"

哈利说话的时候,他的伤疤前所未有地灼痛起来,有那么几秒钟,他低头看到的不是奥利凡德,而是另一个人,同样苍老,同样瘦削,但却在轻蔑地笑着。

"杀了我吧,伏地魔,我很高兴去死!但是我的死不会带来你所寻找的东西……有很多事情你不明白……"

他感到了伏地魔的愤怒,但赫敏再次尖叫起来,他便不再观看那一幕,回到了地牢和他自己当前的恐怖处境中。

"走吧!"哈利恳求卢娜和迪安,"走吧!我们随后就来,快走!"

他们俩抓住了小精灵伸出的手。又是啪的一声爆响,多比、卢娜、迪安和奥利凡德消失不见了。

"那是什么?"卢修斯·马尔福在上面大喊道,"你们听到了吗?地牢里的那个响声是怎么回事?"

哈利和罗恩惊恐地对视着。

"德拉科——不,叫虫尾巴!让他去检查一下!"

脚步声穿过楼上的房间,然后是一阵沉寂。哈利知道客厅内的人正静听着地牢里再发出声响。

"必须想办法对付他。"他小声对罗恩说。他们别无选择,只要有人走进这个房间发现三个犯人失踪,他们俩就死定了。"不要关灯。"哈利补充道。听到有人从门外的楼梯下来,他们俩分别靠在门两边的墙上。

"靠后站,"门外传来了虫尾巴的声音,"离门远一点儿,我进来了。"

门开了。短暂的一瞬间,虫尾巴凝视着看似空无一人的地牢,三个小太阳耀眼地悬在空中。哈利和罗恩扑了上去,罗恩抓住虫尾巴握着魔杖的手臂，迫使它举向上方，哈利用手捂住他的嘴，不让他出声。三人默默地搏斗，虫尾巴的魔杖发出火花，他那只银手掐住了哈利的喉咙。

"怎么啦，虫尾巴？"卢修斯·马尔福在上面喊道。

"没事！"罗恩大声答道，差强人意地模仿着虫尾巴呼哧呼哧的声音，"一切正常！"

哈利几乎不能呼吸了。

"你要掐死我？"哈利艰难地说，试图掰开那些金属手指，"在我救过你的命之后？你还欠我人情呢，虫尾巴！"

银手指松了一下。哈利没有料到：他一下子挣脱出来，十分诧异，但手仍然捂着虫尾巴的嘴。他看到这老鼠一般的男人水汪汪的小眼睛睁大了，里面满是恐惧和惊讶，似乎和哈利一样诧异于他自己那只手的行为，对它暴露出的那一点点仁慈的冲动感到震惊。他更加猛烈地搏斗，似乎想抵消那一刻软弱造成的后果。

"给我们吧。"罗恩轻声说，拽出了虫尾巴另一只手中的魔杖。

丢了魔杖，无计可施，小矮星的瞳孔因恐惧而张大了。他的目光从哈利的脸上滑向别处，银手无情地移向自己的喉咙。

"不——"

哈利来不及思考，急忙去拉他的手，但没有办法阻止。伏地魔赐予他最怯懦的侍从的银质工具，突然开始攻击那失去武器的无用的主人。小矮星由于他的犹豫，由于那瞬间的怜悯而受到惩罚，他就要在哈利和罗恩眼前被活活地扼死了。

"不！"

罗恩也松开了虫尾巴，他和哈利一同试图拉开那只紧扼着虫尾巴喉咙的金属手指，然而没有用了，小矮星脸色已经变青。

第23章 马尔福庄园

"力松劲泄!"罗恩用魔杖指着银手说,但是毫无效果。小矮星跪倒在地。与此同时,赫敏在上面发出了一声可怕的尖叫。虫尾巴的眼睛向上翻着,脸色发紫,最后他抽搐了一下,一动不动了。

哈利和罗恩对视了一眼,然后把虫尾巴的尸体留在地上,冲上了楼梯,到了通往客厅的昏暗过道里。他们小心地悄悄往前移动,来到了客厅门口。门微开着,现在可以清楚地看到贝拉特里克斯低头看着拉环,后者的长手里正拿着格兰芬多宝剑。赫敏躺在贝拉特里克斯的脚边,几乎不动弹了。

"怎么样?"贝拉特里克斯问拉环,"宝剑是真的吗?"

哈利屏住呼吸,努力抵御着伤疤的刺痛,等着他回答。

"不是,"拉环说,"这是赝品。"

"你有把握?"贝拉特里克斯喘着气问,"真的有把握?"

"对。"妖精说道。

贝拉特里克斯的面孔松弛下来,所有的紧张消失殆尽。

"很好。"她说,随手一挥魔杖,又在那妖精脸上抽了一道深深的口子。他大叫一声倒在她脚边,被她踢开了。"好了,"她说道,胜利的喜悦溢于言表,"我们召唤黑魔王吧!"

她捋起袖子,食指按向了黑魔标记。

顿时,哈利的伤疤好像再次被撕裂。周围真实的景物消失了,他是伏地魔,骨瘦如柴的老巫师对他张口大笑,满嘴无牙。他感觉到了召唤,十分恼怒——他警告过他们,至少要抓到波特才能召唤他,如果他们弄错了……

"杀了我吧!"那个老人要求道,"你不会赢的,你不可能赢的!那根魔杖绝不会,永远不会是你的——"

伏地魔的愤怒爆发了,突然一道绿光充满了牢房,老头虚弱的身体从硬板床上被抛向空中,然后落了下来,毫无生气。

伏地魔返回到窗前,他的愤怒几乎不可控制……如果他们没有充足的理由就把他召唤回去,将统统遭受惩罚……

"我想,"贝拉特里克斯的声音说,"我们可以除掉这个泥巴种了。格雷伯克,你想要就拿去吧。"

"不——!"

罗恩冲进了客厅。贝拉特里克斯吃惊地回过头来,转而把魔杖指向了罗恩的脸——

"除你武器!"罗恩咆哮道,用虫尾巴的魔杖指向贝拉特里克斯,她的魔杖飞向空中,被飞奔在罗恩身后的哈利接住。卢修斯、纳西莎、德拉科和格雷伯克急速转过身,哈利大喊一声:"昏昏倒地!"卢修斯·马尔福倒在了炉边。一道道光束从德拉科、纳西莎和格雷伯克的魔杖里喷出,哈利扑倒在地,滚到一个沙发后面躲避。

"住手,不然就让她死!"

哈利喘着气,从沙发边缘往外望去。贝拉特里克斯正挟着似乎毫无知觉的赫敏,手持小银刀指着赫敏的喉咙。

"放下魔杖,"她轻声说道,"放下,否则我们就看看她的血到底有多脏!"

罗恩拿着虫尾巴的魔杖,呆若木鸡。哈利直起身,手里仍然攥着贝拉特里克斯的魔杖。

"我说了,放下!"贝拉特里克斯尖叫道,把刀刃抵在赫敏的咽喉上,哈利看到血珠冒了出来。

"好吧!"他喊道,把贝拉特里克斯的魔杖丢在了脚边的地上。罗恩也扔下了虫尾巴的魔杖。两人都举起了双手。

"很好!"贝拉特里克斯邪恶地笑着,"德拉科,去捡起来!黑魔王就要来了,哈利·波特!你死到临头了!"

哈利知道这点。伤疤一阵爆裂般的剧痛,他能感觉到伏地

第23章 马尔福庄园

魔正在遥远的地方飞行，越过一片黑色的、波涛汹涌的海洋，很快就要近到可以使用幻影显形了，哈利想不到任何出路。

"现在，"贝拉特里克斯柔声说道，德拉科捡了魔杖匆匆回到她跟前，"西茜，我想我们应该把这些小英雄重新绑起来，让格雷伯克照顾泥巴种小姐。格雷伯克，你今晚功劳这么大，我相信黑魔王不会舍不得给你这个女孩的。"

在她说最后一个词时，她的头顶上传来一种奇异的摩擦声。所有的人都抬起头，看到水晶枝形吊灯在颤抖，随着一阵吱吱声和不祥的叮叮当当声，吊灯开始往下坠落。贝拉特里克斯就在它的正下方，她扔下赫敏，尖叫着扑向一边。枝形吊灯坠落在地板上，水晶和链子噼里啪啦，正砸在赫敏和仍然握着格兰芬多宝剑的妖精身上。闪闪发光的水晶碎片四处飞溅，德拉科弯下腰，双手捂着血淋淋的脸。

罗恩跑过去从一片狼藉中把赫敏拉了出来，哈利也抓住机会，飞身跃过扶手椅，夺过德拉科手中的三根魔杖，全部指向格雷伯克，大喊："昏昏倒地！"狼人被三重咒语抛起，飞向天花板，然后重重地砸在地板上。

纳西莎拉开了德拉科，免得他再次受伤。贝拉特里克斯一跃而起，头发飞扬，挥舞着小银刀，而纳西莎把魔杖指向了门口。

"多比！"她尖叫道，连贝拉特里克斯都呆住了，"你！是你打落了枝形吊灯——？"

小精灵跑进屋，用颤抖的手指点着他以前的女主人。

"你不可以伤害哈利·波特。"他尖叫道。

"杀了他，西茜！"贝拉特里克斯厉声喊道，然而又是啪的一声爆响，纳西莎的魔杖也飞到空中，落在了客厅的另一边。

"你这个肮脏的小猢狲！"贝拉特里克斯叫骂道，"你竟敢夺走女巫的魔杖，你竟敢违抗主人？"

"多比没有主人！"小精灵尖声说道，"多比是一个自由的小精灵，多比是来营救哈利·波特和他的朋友们的！"

哈利的伤疤痛得他眼前发黑。他隐约地知道，伏地魔再有片刻或几秒钟就会出现了。

"罗恩，接着——**快走！**"哈利喊道，扔给罗恩一根魔杖，然后弯腰用力把拉环从枝形吊灯底下拉出来。那妖精呻吟着，仍然紧握着宝剑。哈利把妖精扛到肩上，抓住多比的手，原地旋转着幻影移形。

在进入黑暗前，他最后看了一眼客厅：纳西莎和德拉科凝固的苍白身影，罗恩头发的红色，一道模糊的银光掠过，是贝拉特里克斯的小刀飞向他正在消失的地方——

比尔和芙蓉的家……贝壳小屋……比尔和芙蓉的家……

他消失进未知的空间，所能做的就是一遍遍重复目的地的名字，希望这样能确保把他带到那里。前额剧烈地刺痛着，妖精的体重压在他的身上，格兰芬多宝剑的剑刃撞着他的后背。多比的手在他手里抽动了一下，他猜想小精灵是不是想要掌控，把他们拉到正确的方向，哈利试着捏了一下他的手表示同意……

而后他们落到了坚实的地面上，空气的味道咸咸的。哈利双膝着地，松开了多比的手，轻轻地把拉环放到地上。

妖精动了动，哈利问："你还好吗？"但拉环只是呜咽了一声。

哈利朝黑暗中眯眼张望。广袤的星空下，不远处似乎有一座小屋，他觉得好像看到那边有动静。

"多比，这是贝壳小屋吗？"他轻声问，紧握着从马尔福家抢来的两根魔杖，随时准备战斗，"我们走对了吗？多比？"

他回过头，小精灵站在几步之外。

第23章 马尔福庄园

"多比!"

小精灵微微晃了一下,星星映在他闪亮的大眼睛里。他和哈利同时低头看到了银色的刀柄,插在小精灵起伏的胸口。

"多比 —— 不 —— **救命啊!**"哈利朝着小屋狂喊,朝着那边走动的人们狂喊,"**救命啊!**"

他不知道也不关心那些人是巫师还是麻瓜,是敌还是友。他唯一关心的是一片深色正在多比胸前洇开,小精灵细细的手臂伸向哈利,眼中露出一丝恳求。哈利抱住他,把他侧身放在清凉的草地上。

"多比,不,不要死,不要死 ——"

小精灵的眼睛找到了他,嘴唇颤抖着,努力想说话。

"哈利……波特……"

然后小精灵微微战栗了一下,变得无比的安静,他的眼睛像两个大大的玻璃球,里面映着他再也看不到的闪烁星光。

第24章

魔杖制作人

像是陷入了一个以前的噩梦,一瞬间哈利仿佛又跪在邓布利多的遗体旁边,在霍格沃茨最高的塔楼下面,但现实是他正凝视着蜷曲在草地上的小小身体,被贝拉特里克斯的银刀刺中的身体。哈利的声音仍在叫着:"多比……多比……"尽管他知道小精灵已经逝去,再也叫不回来了。

过了一两分钟,他意识到他们终于走对了地方,比尔和芙蓉、迪安和卢娜都聚在他周围,而他跪在小精灵的旁边。

"赫敏?"他突然问道,"她在哪儿?"

"罗恩带她进屋了,"比尔说,"她会好的。"

哈利又低头看着多比。他伸出一只手,从小精灵的身体里拔出了锋利的刀子,然后脱下自己的外套,把它像毯子一样盖在多比身上。

海水在近处冲击着岩石,哈利聆听着波涛声,其他人在说话,讨论着哈利没有心思去听的事情,做着决定。迪安把受伤的拉环抱进了屋里,芙蓉匆匆跟了进去。比尔提议埋葬小精灵,哈利同意了,其实并没有意识到自己在说什么。他低头凝视着那具小小的身体,伤疤刺痛着,火烧火燎。在脑海中的某个地方,

第 24 章 魔杖制作人

像是从长长的望远镜倒着看过去似的,他看到伏地魔正在惩罚那些留在马尔福庄园的人,狂怒的样子极其恐怖,但是哈利对多比之死的哀伤似乎减轻了那场雷霆大怒的影响,就像一场遥远的风暴隔着辽阔、沉寂的海洋传来。

"我想好好安葬他,"这是哈利完全清醒后说的第一句话,"不用魔法。有铲子吗?"

片刻之后,他独自一人干了起来,在比尔指给的花园尽头的灌木丛中间,开始挖掘墓穴。他有些疯狂地挖着,体验着手工劳动的快慰,为不用魔法而感到自豪。他觉得每一滴汗水,每一个水泡,都是献给拯救了他们生命的小精灵的礼物。

伤疤灼痛着,但他能够战胜疼痛了,虽然仍能感觉到,但有了距离。他最终学会了控制,学会了把伏地魔关在大脑之外,这正是邓布利多要他向斯内普学习的东西。就像哈利为小天狼星悲伤的时候,伏地魔的思维无法控制哈利一样,现在哈利正在哀悼多比,伏地魔的思维也无法穿透哈利。似乎是悲伤把伏地魔赶了出去……邓布利多当然会说那是爱……

哈利在又冷又硬的泥土中越挖越深,化悲痛为汗水,毫不理会伤疤的疼痛。黑暗中,只有他自己的呼吸声与海涛为伴。马尔福家发生的一切一幕幕重现,他又想起了听到的那些事情,他在黑暗中突然醒悟……

手臂的节奏为他的思考打着拍子。圣器……魂器……圣器……魂器……但是他内心不再燃烧着那种怪异的、着迷的渴望。哀悼和恐惧使它熄灭,他好像被一巴掌扇醒了。

墓穴越挖越深,哈利知道伏地魔今晚去了哪儿,知道在纽蒙迦德最高的牢房里被杀的那个人是谁,也知道为什么……

他想到了虫尾巴,只因为一个小小的、无意识的仁慈冲动而丧命……邓布利多预见到了……他还知道些什么呢?

哈利已经没有时间概念，他只知道，当罗恩和迪安回到他身边时，黑暗减了几分。

"赫敏怎么样？"

"好些了，"罗恩说，"芙蓉在照料她。"

如果他们问他为什么不直接用魔杖营造一个完美的墓穴，哈利已经准备好了答案，但是没有用上。他们俩都拿着铲子，跳进了哈利挖的墓穴，一起默默地挖掘，直到墓穴看起来足够深了。

哈利用他的外套把小精灵包裹得更舒适一些。罗恩坐在墓穴边，脱掉鞋袜，给光脚的小精灵穿上。迪安拿出一顶羊毛帽子，哈利小心地把它戴在多比的头上，包住了那对蝙蝠般的耳朵。

"让他瞑目吧。"

哈利没有听见其他人已从黑暗中走了过来。比尔穿着一件旅行斗篷，芙蓉系了条白色的大围裙，兜里插着一个瓶子，哈利认出是生骨灵。赫敏裹在一件借来的晨衣里，脸色苍白，站立不稳，勉强走到罗恩身边，罗恩伸手搂住了她。卢娜蜷缩在芙蓉的外套里，蹲下来，手指温柔地抚着小精灵的眼皮，合上了那双玻璃球般的眼睛。

"好了，"她轻轻地说道，"现在他可以安睡了。"

哈利把小精灵放进了墓穴，摆好纤细的四肢，让他看上去像是在休息一样，然后爬出来，最后一次凝视着他小小的身体。哈利强忍着不让自己崩溃，他想起了邓布利多的葬礼，一排排的金椅子，魔法部长坐在前排，悼词里宣读着邓布利多的成就，白色的大理石坟墓庄严气派。他觉得多比也应该得到那样盛大的葬礼，然而小精灵却躺在灌木丛间一个草草挖掘的土坑里。

"我想我们应该说点什么。"卢娜提议道，"我先来，可以吗？"

第24章 魔杖制作人

大家都看着她，卢娜向墓穴里死去的小精灵致辞。

"十分感谢你，多比，把我从那个地牢里救了出来。你是那么善良和勇敢，却被迫献出生命，这太不公平了。我会永远记得你为我们所做的一切。愿你现在是幸福的。"

她转过身，期待地看着罗恩。罗恩清了清嗓子，声音沙哑地说道："对……谢谢多比。"

"谢谢。"迪安喃喃道。

哈利哽咽了一下。

"别了，多比。"他只能说这么多，好在卢娜已经全替他说了。比尔举起魔杖，墓穴旁的那堆泥土升到空中，又整齐地落下，堆成一个小小的红土丘。

"我在这儿多待一会儿行吗？"哈利问大家。

他们的低语哈利没有听清，他感到有人轻轻拍了拍他的后背，然后他们全都慢步走回了小屋，把他独自留在了小精灵旁边。

他看了一下四周，花圃边沿围着许多被海水冲圆了的白色大石头。他捡了一块大的，像枕头一样安放在多比头部的位置，然后伸手到口袋里去摸魔杖。

魔杖有两根。他已经忘记了，脑子断了片儿，现在已想不起这些是谁的魔杖，只记得仿佛是从某个人手里抢过来的。他选了短的那根，因为拿着舒服一些，然后用它指着那块石头。

在他轻声的指令下，深深的刻痕慢慢出现在石头表面。他知道赫敏可以做得更漂亮，而且可能更麻利，但是他想亲自做，就像他想亲自挖墓穴一样。当哈利站起来时，石头上刻着：

这里安睡着多比，一个自由的小精灵。

他又低头看了一会儿自己的手艺，才转身走开，伤疤仍然有一点刺痛，脑海里净是他在挖墓穴时想到的那些事情，在黑暗中形成的念头，既令人着迷又令人恐惧。

他走进小门厅，众人都坐在起居室里，正在专心地听比尔说话。屋里色彩淡雅，装饰漂亮，一小块海边捡的浮木在壁炉里燃烧，放出明亮的光芒。哈利不想把泥巴弄在地毯上，便站在门口聆听。

"……幸好金妮在放假。如果她在霍格沃茨，很可能没等我们联系上就被抓走了，现在我们知道她也没事。"

他扫视了一圈，发现哈利站在那里。

"我已经把他们都从陋居转移出来，"他解释道，"藏到穆丽尔姨婆家了。现在食死徒知道罗恩和你在一起，肯定会去找我们的家人——不要抱歉，"他看到哈利的表情，补充道，"这只是时间问题，爸爸已经说过好几个月了，我们是最大的纯血统叛徒家族。"

"怎么保护他们的？"哈利问。

"赤胆忠心咒，爸爸是保密人。这所小屋也用了同样的方法，我是这里的保密人。我们谁也不能去上班，但现在这不是最重要的事情了。奥利凡德和拉环康复以后，也会被转移到穆丽尔姨婆家。这里房间不多，但她那儿多的是。拉环的腿正在恢复，芙蓉给他用了生骨灵，他们很快就能转移，也许再过一小时或——"

"不！"哈利说，比尔似乎吃了一惊，"我需要他们俩都在这儿，我要和他们谈谈，这很重要。"

他从自己的声音里听出了威严，带着给多比挖掘墓穴时产生的信念与决心。大家都转过脸来看着他，疑惑不解。

"我去洗洗，"哈利告诉比尔，低头看着自己沾满泥巴和多比

第24章　魔杖制作人

血迹的双手，"然后我需要马上见他们。"

他走进小厨房，水池上方的窗户面临大海，曙光正在冲破地平线，天空是贝壳般的粉红色和朦胧的金色。洗手的时候，他继续顺着在黑暗花园中得到的思路想下去……

多比永远不可能说出是谁派他去地牢的了，但是哈利知道他看到了什么，一只锐利的蓝眼睛从镜子碎片中向外看了一眼，然后帮助就来了。在霍格沃茨，那些请求帮助的人总是能得到帮助的。

哈利擦干了手，顾不上注意窗外的美景和起居室里人们的低语。他凝视着海面，在这个黎明，他感到自己比任何时候都更接近一切的核心。

伤疤仍然刺痛着，他知道伏地魔也想到了。哈利明白了，却又没有明白。他的直觉这样讲，而大脑却那样讲。哈利脑海中的邓布利多微笑着，手指合在一起像是在祈祷，目光越过指尖审视着他。

你给了罗恩熄灯器。你了解他……你给了他一条回来的路……

你也了解虫尾巴……你知道他内心某个地方有一点点忏悔……

既然你了解他们……那么你了解我什么呢，邓布利多？

我是否注定会知道，而不是去谋求？你是否知道我会觉得这有多难？是否正因为如此，你才把它安排得如此困难？让我有时间领悟？

哈利静静地站在那里，目光凝滞地望着远方，太阳的金边正从海平面上升起，明亮耀眼。他低头看着洁净的双手，惊讶地发现手里还拿着擦布。他放下它返回到门厅，感到伤疤愤怒地跳动着，脑海中有什么东西一闪，宛如蜻蜓点水的掠影，是一座他极其熟悉的建筑物的轮廓。

比尔和芙蓉站在楼梯下。

"我需要跟拉环和奥利凡德谈谈。"哈利说。

"不行,"芙蓉说,"你必须等一等,哈利。他们俩都病了,累了——"

"对不起,"哈利心平气和地说,"但是我不能等。我要马上跟他们谈谈。密谈——并且分别谈。很紧急。"

"哈利,究竟发生了什么?"比尔问道,"你带着一个死去的家养小精灵和一个半昏迷的妖精来到这里,赫敏看起来好像被折磨过,罗恩什么也不肯告诉我——"

"我们不能告诉你我们在做什么。"哈利斩钉截铁地说,"你是凤凰社成员,比尔,你知道邓布利多给我们留下一个任务,不许我们告诉任何人。"

芙蓉发出不耐烦的声音,但是比尔没有看她,只是盯着哈利,但他那伤疤很深的脸上表情难以看透。最后,比尔说:"好吧。你想先跟谁谈?"

哈利犹豫了。他知道这决定意味着什么。没有多少时间了,现在就要做出选择:魂器还是圣器?

"拉环,"哈利说,"我先跟拉环谈。"

他心跳得很快,好像他一直在狂奔,刚刚越过一个巨大的障碍。

"那么,上来吧。"比尔说,在前面领路。

哈利爬了几级楼梯后停住了,向身后看了看。

"我也需要你们两个!"他朝偷偷摸摸躲在起居室门口的罗恩和赫敏叫了一声。

两人走到亮处,似乎莫名地松了口气。

"你好吗?"哈利问赫敏,"你真是太神奇了——当她那样

第24章 魔杖制作人

折磨你的时候，还能编出那么一个故事——"

赫敏虚弱地一笑，罗恩用一只胳膊紧搂了她一下。

"我们现在要做什么，哈利？"罗恩问道。

"你们会看到的。快上来。"

哈利、罗恩和赫敏跟着比尔爬上很陡的楼梯，来到一个小平台上。这里有三扇门。

"这边。"比尔打开了他和芙蓉的房间。从这儿也能望见大海，此时的海面在朝阳的照耀下金光斑驳。哈利走到窗前，抱着手臂，背对壮丽的景色等待着，伤疤在刺痛。赫敏坐到梳妆台旁边的椅子里，罗恩坐在椅子扶手上。

比尔抱着小妖精回来了，把他轻轻地放在床上，拉环咕哝了一声谢谢。比尔走出去，关上了房门。

"对不起，把你从床上弄过来了。"哈利说，"你的腿怎么样了？"

"很痛，"妖精回答，"但是在恢复中。"

他仍然紧握着格兰芬多宝剑，脸上的表情很奇怪：有点凶狠，又有点好奇。哈利看到了妖精灰黄的皮肤、细长的手指和黑色的眼睛。他的鞋子已经被芙蓉脱掉了，两只长脚脏兮兮的。他比家养小精灵大不了多少，一颗圆脑袋却比人类的脑袋大得多。

"你可能不记得了——"哈利说道。

"——在你第一次去古灵阁时，就是我领你们去金库的，是不是？"拉环说，"我记得，哈利·波特。即使是在妖精中间，你也是很出名的。"

哈利和妖精对视，互相打量。哈利的伤疤还在刺痛，他想尽快跟拉环谈完，同时又担心一步走错。当他在斟酌怎样提出请求最为明智时，妖精打破了沉默。

"你埋葬了小精灵，"他说，语气里透着令人吃惊的恶意，"我从隔壁卧室的窗户看到的。"

"是的。"哈利说。

拉环用他斜吊的黑眼睛的眼角瞟着他。

"你是个不同一般的巫师,哈利·波特。"

"怎么不同?"哈利问道,下意识地揉着伤疤。

"你挖了墓穴。"

"那又怎么样?"

拉环没有回答,哈利觉得对方是在嘲笑他的行为像个麻瓜。但是拉环是否赞同多比的墓穴已不要紧,哈利集中精力发起进攻。

"拉环,我要问你——"

"你还救了一个妖精。"

"什么?"

"你把我带到这里,救了我。"

"我想你不是感到遗憾吧?"哈利说,有点不耐烦了。

"不是,哈利·波特。"拉环说,一根手指绞着下巴上细细的黑胡须,"但你是一个很奇特的巫师。"

"好吧。"哈利说,"是这样,我需要一些帮助,拉环,你可以提供。"

妖精没有任何表示,而是继续对着哈利皱眉头,似乎从没见过他这样的怪物。

"我需要潜入古灵阁的金库。"

哈利并没有打算这么突兀地说出来。这句话是被挤出来的,因为闪电形的伤疤一阵剧痛,霍格沃茨的轮廓再次闪现。他坚决地关闭了这一幕,首先得对付拉环。罗恩和赫敏瞪着哈利,好像觉得他疯了。

"哈利——"赫敏说,但被拉环打断了。

第 24 章　魔杖制作人

"潜入古灵阁的金库？"妖精说，在床上换了个姿势，痛得缩了一下，"这不可能。"

"不，有可能，"罗恩反驳，"曾经发生过。"

"是的，"哈利说，"在我第一次遇到你的那一天，拉环。是我的生日，七年以前。"

"当时那个金库是空的，"妖精严厉地说，哈利明白了，尽管拉环离开了古灵阁，但想到古灵阁的防御被突破也会令他不快，"所以保卫措施是最低标准的。"

"我们要进去的金库不是空的，我猜保卫措施会很强大。"哈利说，"是莱斯特兰奇家的金库。"

他看到赫敏和罗恩惊讶地对视，没关系，等拉环回答过后，他会有充足的时间来解释。

"你根本没戏，"拉环坚决地说，"根本没戏。如果你想从我们的地下金库取走 / 一份从来不属于你的财富——"

"窃贼啊，你已经受到警告 / 当心——是的，我知道，我记得。"哈利说，"但我不是想为自己谋取任何财富，不是想将任何东西占为己有。你相信吗？"

妖精斜眼看着哈利，哈利前额闪电形的伤疤又刺痛起来，但是他不予理睬，拒绝理会它的疼痛和它的邀请。

"如果我相信有哪个巫师不为自己谋求任何利益，"最后拉环说道，"那就是你，哈利·波特。妖精和小精灵很少得到你今晚给予的保护和尊敬——从带魔杖的人那里。"

"带魔杖的人。"哈利重复了一遍，觉得这个说法听起来很古怪。这时伤疤又在刺痛，伏地魔的思想飘向了北方，哈利迫切地想请教隔壁的奥利凡德。

"带魔杖的权利，"妖精轻声说，"是巫师与妖精争夺已久的。"

"妖精可以不用魔杖而施魔法呀。"罗恩说。

"那不是实质！巫师拒绝让其他魔法生物分享魔杖学问的秘密，不让我们扩大势力！"

"妖精也不肯透露自己的魔法呀，"罗恩说，"你们不会告诉我们如何制作宝剑和盔甲。妖精锻造金属的特殊方法，是巫师从未——"

"这不相干，"哈利说，他注意到拉环面带怒色，"问题不是巫师对妖精或别的魔法生物——"

拉环恶意地笑了一声。

"错了，问题正在这里！当黑魔头变得日益强大，你们的种族更加巩固地凌驾于我们之上！古灵阁被巫师控制了，家养小精灵被屠杀，有哪个带魔杖的人抗议了？"

"我们抗议了！"赫敏说，她身体坐直了，眼睛明亮，"我们抗议了！我和妖精或小精灵一样被搜捕，拉环！我是泥巴种！"

"别叫你自己——"罗恩咕哝道。

"为什么不能？"赫敏说，"我是泥巴种，并为此感到自豪！在这个新秩序下，我的地位不比你高，拉环！在马尔福家，他们挑选了我来折磨！"

她一边说一边拉开晨衣领子，露出咽喉处被贝拉特里克斯刺出的细细的伤口，颜色鲜红。

"你知道是哈利释放了多比吗？"她问道，"你知道我们多年来一直希望解放小精灵吗？"（罗恩在赫敏的椅子扶手上有点坐不住了。）"你不会比我们更希望打败神秘人，拉环！"

妖精注视着赫敏，和刚才打量哈利时一样好奇。

"你们要在莱斯特兰奇家的金库里找什么？"他突然问道，"那里面的宝剑是假的，这把才是真的。"他挨个儿地看着他们，"我以为你们已经知道了。你们还在那儿让我替你们撒了谎。"

第24章 魔杖制作人

"但是那个金库里面不仅有假宝剑,是不是?"哈利问道,"也许你见过里面别的东西?"

他的心跳从没有这样剧烈过。他加倍努力来抵御伤疤的阵阵剧痛。

妖精再次用手指绞着胡须。

"泄露古灵阁里的秘密是违反规定的。我们是巨大财富的守护者,要对看护的东西负责,那些东西往往是我们亲手制造的。"

妖精抚摸着宝剑,黑眼睛滴溜溜地把哈利、赫敏和罗恩看了一遍,又回到哈利身上。

"太年轻了,"他最后说,"可要对抗的东西那么多。"

"你会帮助我们吗?"哈利说,"如果没有妖精帮忙,我们不可能闯进去。你是我们唯一的希望。"

"我会……想一想。"拉环令人恼火地说道。

"但是——"罗恩生气地说,赫敏轻轻捅了他一下。

"谢谢你。"哈利说。

妖精低了一下巨大的圆脑袋接受了谢意,然后活动了一下短短的双腿。

"我想,"他大模大样地在比尔和芙蓉的床上躺了下来,"生骨灵已经发挥完了作用,我终于能睡个觉了。请原谅……"

"好的,当然。"哈利说,离开屋子之前,他欠身从妖精身旁拿走了格兰芬多宝剑。拉环没有抗议,但是哈利在关门时好像看到了妖精眼里的愤恨。

"小坏蛋,"罗恩小声说,"吊我们的胃口,他觉得很开心。"

"哈利,"赫敏低语道,一边把他们俩从门口拉走,回到依然黑暗的平台中央,"你是那个意思吗? 你是说莱斯特兰奇家的金库中有魂器?"

"是的,"哈利说,"贝拉特里克斯一想到我们去过那儿就惊

417

恐万分，简直歇斯底里了。为什么？她以为我们看到了什么？她以为我们还可能拿走了什么？她特别害怕神秘人发现那东西不在了。"

"可是，我原以为要找的是神秘人去过或做过什么重要事情的地方，"罗恩说，看起来有点困惑，"他进过莱斯特兰奇家的金库吗？"

"我不知道他是不是进过古灵阁，"哈利说，"他年轻时从没在那儿存过金子，因为没人给他留下任何东西。但他第一次去对角巷时，可能从外面看见过那家银行。"

哈利的伤疤突突地痛着，但他没去理会。他希望在和奥利凡德交谈之前，能让罗恩和赫敏明白古灵阁的事。

"我想他可能会羡慕有古灵阁金库钥匙的人，他可能认为这是魔法界成员的真正标志。别忘了，他很信任贝拉特里克斯和她丈夫。他们是他倒台前最忠诚的仆人，在他消失后还出去找他。这是他复出的那天晚上说的，我亲耳听见的。"

哈利揉了揉伤疤。

"不过，我认为他不可能告诉贝拉特里克斯那是魂器。他没有对卢修斯·马尔福说过那本日记的真相。他可能告诉贝拉特里克斯那是一件珍贵的宝物，要寄存在她的金库里。海格告诉过我，如果你想藏什么东西，那是世界上最安全的地方……除了霍格沃茨之外。"

哈利说完后，罗恩摇了摇头。

"你真是了解他。"

"了解他的一点点，"哈利说，"一点点……我只希望我也能那样了解邓布利多。等着瞧吧。快——轮到奥利凡德了。"

罗恩和赫敏看起来又困惑又钦佩，跟着他穿过小平台，敲了敲比尔和芙蓉对面房间的门。一声微弱的"请进！"回答了

第 24 章 魔杖制作人

他们。

屋里是一对单人床，魔杖制作人躺在远离窗户的那张床上。他在地牢里关了一年多，哈利还知道他至少有一次惨遭折磨。他很憔悴，脸上的骨头全都突了出来，皮肤蜡黄。银色的大眼睛深陷在眼窝里，显得更加巨大。放在毛毯上的双手像是骷髅的一般。哈利坐在那张空床上，挨着罗恩和赫敏。在这里看不到初升的太阳，这房间朝着悬崖顶上的花园和刚挖的坟墓。

"奥利凡德先生，对不起，打扰您了。"哈利说。

"我亲爱的孩子，"奥利凡德的声音很虚弱，"你解救了我们。我原以为我们会死在那里。我怎么谢你……怎么谢你……也不够啊。"

"我们很高兴能帮您。"

哈利的伤疤突突地痛。他知道，他可以肯定，几乎不可能赶在伏地魔前面，来不及去阻挠他了。他感到一阵惊慌……然而是他决定先跟拉环谈的。他假装很镇定，从脖子上挂的皮袋里摸出那根断成两截的魔杖。

"奥利凡德先生，我需要一些帮助。"

"在所不辞，在所不辞。"魔杖制作人无力地说。

"您能修好这个吗？有可能吗？"

奥利凡德伸出一只颤抖的手，哈利把勉强相连的两截魔杖放到他的掌心里。

"冬青木和凤凰羽毛，"奥利凡德颤巍巍地说，"十一英寸，漂亮，柔韧。"

"是的，"哈利说，"您能——？"

"不能，"奥利凡德轻声说，"我很抱歉，非常抱歉。魔杖遭受了这么严重的损伤，据我所知没有任何办法能够修好。"

哈利已有思想准备，但这话对他还是一个巨大的打击。他拿回断成两截的魔杖，放回脖子上的皮袋里。奥利凡德盯着断魔杖消失的地方，一直没有移开视线，直到哈利从口袋里取出了从马尔福家夺来的两根魔杖。

"您能鉴定一下吗？"哈利问。

魔杖制作人拿起第一根魔杖，举到昏花的老眼前，用他指节突起的手指旋转着，轻轻弯折着。

"胡桃木和火龙的心脏神经，"他说，"十二又四分之三英寸，不易弯曲，这根魔杖是贝拉特里克斯·莱斯特兰奇的。"

"这根呢？"

奥利凡德做了同样的检查。

"山楂木和独角兽毛。刚好十英寸，弹性尚可，这曾是德拉科·马尔福的魔杖。"

"曾是？"哈利重复道，"难道现在不是了？"

"可能不是了，如果被你夺到——"

"——是啊——"

"——那么它就可能是你的了。当然，夺的方式很重要，另外也取决于魔杖本身。通常说来，一根魔杖被赢取后，它效忠的对象就会改变。"

房间里一片沉寂，只听见遥远的海涛声。

"您把魔杖说得好像有感情一样，"哈利说，"好像它们可以自己思考。"

"魔杖选择巫师，"奥利凡德说，"对于我们研究魔杖学问的人来说，这一直是显而易见的。"

"不过，人还是可以使用一根没有选择他的魔杖的吧？"哈利问道。

"哦，是的，只要你是个巫师，就应该差不多能用任何工具表现你的魔法。但最佳效果一定是来自巫师和魔杖间最紧密的

第24章 魔杖制作人

结合。这些联系是复杂的，最初是相互吸引，继而相互探求经验，魔杖向巫师学习，巫师也向魔杖学习。"

潮起潮落，像悲哀的挽歌。

"我是用咒语从德拉科·马尔福手中夺到这根魔杖的，"哈利说，"我可以安全地使用它吗？"

"我想可以。魔杖的所有权遵循精细的规则，但是被征服的魔杖通常会服从新的主人。"

"那么我也能用这根吗？"罗恩说，一边从口袋里拿出虫尾巴的魔杖，递给了奥利凡德。

"栗木和火龙的心脏神经，九又四分之一英寸，质地坚脆，是我被绑架后不久，被迫为小矮星彼得制作的。不错，如果是你赢来的，它会比别的魔杖更愿意执行你的命令，并且执行得很好。"

"所有的魔杖都是这样的，对吗？"哈利问。

"我想是的。"奥利凡德回答，他的凸眼睛盯着哈利的脸，"你问的问题很深奥，波特先生。魔杖学是一门复杂而神秘的魔法学科。"

"那么，要真正拥有一根魔杖，并不一定要杀死它的前任主人，对吗？"哈利问道。

奥利凡德咽了咽口水。

"一定？不，我认为不一定要杀人。"

"但是，有一些传说。"哈利说，心跳加快的同时，伤疤疼得越加厉害。他相信伏地魔已经决定把想法付诸行动。"传说有一根魔杖——或一些魔杖——是通过谋杀而转手的。"

奥利凡德脸色一变。在雪白的枕头上，他面如纸灰，眼睛显得特别大，充血而凸出，似乎充满恐惧。

"只有一根魔杖，我想。"他低声说。

"神秘人对它很感兴趣，对吗？"哈利问。

"我 —— 你是怎么 ——？"奥利凡德用低沉沙哑的声音问，求助地看着罗恩和赫敏，"你是怎么知道这个的？"

"他希望您告诉他，如何克服我们俩魔杖之间的联系。"哈利说。

奥利凡德似乎吓呆了。

"他拷问我，你必须理解！钻心咒，我 —— 我别无选择，只能对他说出我知道的，我猜测的！"

"我理解，"哈利说，"您对他说了孪生杖芯的事吧？您说他只需向别的巫师借一根魔杖？"

奥利凡德没想到哈利知道得这么多，他又害怕又惊诧，慢慢地点点头。

"但是那没有用，"哈利继续说，"我的魔杖仍然打败了他借来的那根魔杖。您知道那是为什么吗？"

奥利凡德慢慢地摇摇头，和刚才点头时一样慢。

"我……从没听说过这样的事。你的魔杖那天晚上的表现很奇特。孪生杖芯的联系极其罕见，然而为什么你的魔杖竟会折断借来的魔杖，我不知道……"

"我们刚才讨论到了另一根魔杖，那根靠谋杀转手的魔杖。当神秘人意识到我的魔杖表现奇特后，他回来问到了那根魔杖，是不是？"

"你是怎么知道的？"

哈利没有回答。

"是的，他问了，"奥利凡德低声说道，"他想知道我能告诉他的一切，关于那根有着不同名称的魔杖 —— 死亡棒、命运杖或老魔杖。"

哈利瞥了一眼旁边的赫敏，她看起来目瞪口呆。

第 24 章　魔杖制作人

"黑魔头,"奥利凡德压低声音恐惧地说,"一直对我给他做的魔杖很满意 —— 紫杉木和凤凰羽毛,十三又二分之一英寸 —— 直到他发现了孪生杖芯之间的联系。现在他要寻找另一根更加强大的魔杖,作为征服你的魔杖的唯一办法。"

"但是,即使他现在还不知道,他也很快会知道我的魔杖坏了,修不好了。"哈利轻声说。

"不!"赫敏惊恐地说,"他不可能知道这个,哈利,他怎么可能 ——?"

"闪回咒。"哈利说,"我们把你的魔杖和黑刺李木魔杖丢在马尔福家了,赫敏。如果他们仔细检查,让它们重现最近施过的咒语,就会看到你的魔杖打断了我的,也会看到你试图修复它而没有成功,然后他们就会想到我从那时起就一直使用黑刺李木魔杖了。"

赫敏来到这里后脸上恢复的一点血色又消失殆尽。罗恩责备地瞥了哈利一眼,说道:"现在别担心那个 ——"

但是奥利凡德先生插话了。

"黑魔头寻找老魔杖,不再仅仅是为了打败你,波特先生。他决心要拥有它,因为他相信老魔杖会让他变得无懈可击。"

"会吗?"

"老魔杖的拥有者总是担心受到攻击,"奥利凡德说,"但是黑魔头拥有死亡棒,我必须承认 …… 这个想法令人生畏。"

哈利突然想起他们第一次见面时,他就不能确定是不是喜欢奥利凡德。现在,即使在被伏地魔拷问和关押之后,老头儿对于黑巫师拥有老魔杖的这件事,似乎仍是既反感又着迷。

"您 —— 您真的认为这根魔杖是存在的吗,奥利凡德先生?"赫敏问道。

"哦,是的,"奥利凡德说,"是的。在历史上完全有踪迹可寻。当然其间会有中断，很长时间的中断，它会从人们的视野里消失，暂时丢失或者隐藏起来，但总会重新出现。它有某些可识别的特征，研究过魔杖学的人会认得出来。有一些书面的记录，有的很隐晦，我和其他魔杖制作人专门研究过。那些记录有一定的真实性。"

"那么您——您不认为它可能是一个传说，或是虚构的故事？"赫敏带着希望问。

"不。"奥利凡德说，"至于它是否需要靠谋杀来转手，我不知道。它的历史是血腥的，但那可能只是因为这样一件如此令人觊觎的器物，在巫师间引起了强烈的欲望。它无比强大，在不适当的人手中会很危险，而对于我们研究魔杖能力的人来说，它是一件有莫大诱惑力的器物。"

"奥利凡德先生，"哈利说，"您告诉了神秘人，老魔杖在格里戈维奇那里，是不是？"

奥利凡德的脸色变得——如果可能的话——更加灰白，看起来像鬼一样，他惊得倒吸了一口气。

"不过你——你是怎么——"

"别管我是怎么知道的。"哈利说，他的伤疤灼痛起来，他稍稍闭了一下眼睛。仅仅几秒钟，他看到了霍格莫德大马路的景象，仍然是黑夜，因为是在很远的北方。"您告诉神秘人老魔杖在格里戈维奇那里，是吗？"

"那是一个谣传，"奥利凡德轻声说，"一个谣传，许多年前，早在你出生以前！我相信是格里戈维奇自己说出去的。你可以想见，如果传说他在研究和复制老魔杖的特性，这对他的生意多么有利啊。"

"是的，可以想见。"哈利说着站了起来，"奥利凡德先生，再问最后一件事，然后我们就让您休息了。关于死亡圣器您知

第24章　魔杖制作人

道些什么？"

"关于——关于什么？"奥利凡德问道，看起来十分困惑。

"死亡圣器。"

"我恐怕不知道你在说些什么，仍然和魔杖有关吗？"

哈利观察了一下那凹陷的面孔，相信奥利凡德没有假装，他不知道圣器的事。

"谢谢您，"哈利说，"非常感谢您。我们这就离开，让您好好休息。"

奥利凡德显得十分痛苦。

"他折磨我！"他气喘吁吁地说，"钻心咒……你是不知道……"

"我知道，"哈利说，"我真的知道。请好好休息。谢谢您告诉我们这一切。"

他领着罗恩和赫敏下了楼，瞥见比尔、芙蓉、卢娜和迪安坐在厨房的桌旁，面前放着茶杯。当哈利走过门口时，他们都抬起头，但他只是点了点头，继续往花园里走，罗恩和赫敏跟在后面。埋着多比的红色土丘就在前方，哈利朝它走去，额头的疼痛愈发剧烈。现在他需要用巨大的毅力来关闭闯入脑海的景象，但他知道只需再忍耐一小会儿，很快他就会放弃，他必须去验证自己的推理是否正确。他必须再坚持片刻，好向罗恩和赫敏解释。

"格里戈维奇得到过老魔杖，在很久以前。"他说，"我看到神秘人在找他，可是找到之后，却发现魔杖已经不在格里戈维奇那里，被格林德沃偷走了。至于格林德沃是怎么知道格里戈维奇有老魔杖的，我就不清楚了——但如果格里戈维奇愚蠢得四处吹嘘，别人应该不难知道吧。"

伏地魔在霍格沃茨的大门口，哈利能看见他站在那里，也能看见灯光在黎明前的空气中浮动，越来越近了。

"格林德沃凭借老魔杖使自己变得强大起来。在他鼎盛的时候，邓布利多知道自己是唯一能够阻止他的人，就去和格林德沃决斗，并且战胜了他，拿走了老魔杖。"

"邓布利多拥有过老魔杖？"罗恩问，"那么——它现在呢？"

"在霍格沃茨。"哈利说，努力控制着，不让自己的思维离开悬崖顶上的花园，离开他们俩。

"那我们去吧！"罗恩急切地说，"哈利，去拿到老魔杖，赶在他之前。"

"已经太迟了，"哈利说，忍不住抱紧了脑袋，试图帮它一起抵御，"他知道老魔杖在哪儿，他已经在那里了。"

"哈利！"罗恩生气地说，"你知道这个多久了——为什么我们一直在浪费时间？为什么你要先跟拉环谈？不然我们已经去了——我们还可以去——"

"不，"哈利说，他跪倒在草地上，"赫敏是对的。邓布利多不希望我拥有它。他不希望我拿走它。他希望我去找魂器。"

"永不会输的魔杖，哈利！"罗恩抱怨道。

"我不应该……我应该去找魂器……"

此刻周围的一切又冷又暗，太阳还没有在地平线上显露，他在斯内普的旁边飘然而行，穿过操场向着湖边飘去。

"稍后我在城堡里和你会合，"他用那高亢、冷酷的声音说道，"现在你去吧。"

斯内普鞠了个躬，沿小路返回，黑色的斗篷在身后飘扬。哈利慢慢走着，等待斯内普的身影消失。不能让斯内普看到他往哪里走，不能让任何人看到。城堡的窗户里没有灯光，而且他可以把自己隐藏起来……他立刻施了一个幻身咒，就连自己

第24章 魔杖制作人

都看不见自己了。

他继续走着，环湖边而行，看着他心爱的城堡的轮廓，他的第一个王国，他与生俱来的权利……

到了，就在湖边，倒映在黑色的湖水里，白色的大理石坟墓，熟悉的风景中一个多余的污点。他再次感到那种有节制的喜悦冲动，那种制造毁灭的振奋感觉。他举起了那根旧的紫杉木魔杖：这将是它的最后一个壮举，多么合适呀。

坟墓从头到脚被劈开，包裹在布中的躯体和生前一样瘦长，他再次举起了魔杖。

包裹布散开了，脸是半透明的，苍白凹陷，然而保存得近乎完美。眼镜还架在弯鼻子上，真是滑稽可笑。邓布利多双手交握在胸前，魔杖就在那儿，抓在手里，同他一道被埋葬了。

这个老傻瓜以为大理石或死亡会保护这根魔杖吗？他以为黑魔王不敢侵犯他的坟墓吗？蜘蛛般的手猛地伸下去，从邓布利多手中抽出魔杖，一大串火花从杖尖迸出，在前主人的尸体上方闪闪发光，老魔杖终于要为一位新主人效劳了。

第25章

贝壳小屋

比尔和芙蓉的小屋孤零零地屹立在悬崖之上，俯视着大海，墙壁是贝壳嵌成的，刷成了白色。这是一个孤独而美丽的地方。哈利在小屋和花园中无论走到哪儿，都能听到持续的潮起潮落的声音，像某个巨大的怪物沉睡时的呼吸。在接下来的几天里，他一直在寻找借口逃离拥挤的小屋，渴望感受悬崖顶上辽阔的天空和宽广空寂的大海，让冰冷的、咸咸的海风吹拂面颊。

没有试图赶在伏地魔的前面去拿老魔杖，这个沉重的决定仍然让哈利心有余悸。他不记得自己以前什么时候选择过不行动。他内心充满怀疑，而每当他和罗恩在一起时，罗恩也总是忍不住会表达出这些怀疑。

"如果邓布利多希望我们及时弄懂那个标志并拿到老魔杖，怎么办？""如果弄懂那个标志就意味着你'有资格'去获取圣器，怎么办？""哈利，如果那真的是老魔杖，我们还有什么办法干掉神秘人呢？"

哈利没有答案：有的时候他在疑惑，没有试图阻止伏地魔砸开坟墓，是不是十分愚蠢的行为。他甚至不能令人满意地解释

第 25 章　贝壳小屋

为什么他决定不去反抗：每一次他试图推想导致他做出决定的内心依据，都觉得它们越来越站不住脚。

奇怪的是，赫敏的支持和罗恩的怀疑同样让他感到困惑。在被迫承认老魔杖真的存在后，赫敏坚持认为它是一个邪恶的东西，认为伏地魔占有它的方式是令人厌恶的，是想都不该想的。

"你绝不会那样做的，哈利，"她说了一遍又一遍，"你绝不可能闯进邓布利多的坟墓。"

但是哈利觉得，比起可能误解邓布利多生前的意图，面对邓布利多的遗体倒并没有那么可怕。他感到自己仍然在黑暗中摸索，选择了一条路却不停地回头看，怀疑是否读错了路标，是否本该走另外一条路。对邓布利多的恼恨不时地再次涌上他的心头，就像小屋下的海水击打悬崖一般强烈，他恼恨邓布利多在去世前没有解释清楚。

"但是他真的死了吗？"在他们抵达小屋三天后，罗恩说。刚才哈利正凝望着花园与悬崖之间的隔墙，两个同伴找到了他。哈利不想加入他们的争辩，满心希望他们没有找来。

"是的，他死了。罗恩，求你不要再说那个啦！"

"看看事实，赫敏，"罗恩隔着哈利说道，哈利继续凝视着天边，"银色的牝鹿。宝剑。哈利在镜子里看到的眼睛——"

"哈利承认眼睛可能是他的错觉！不是吗，哈利？"

"可能是。"哈利说，但没有看赫敏。

"但是你认为不是错觉，对吗？"罗恩问。

"对。"哈利说。

"这就对了！"罗恩赶紧说道，不让赫敏插话，"如果那不是邓布利多，请解释一下多比是怎么知道我们在地牢里的，赫敏？"

"我不能——但是你能解释邓布利多是怎么派多比来救我

们的吗？如果他躺在霍格沃茨的坟墓里的话？"

"我不知道，可能是他的幽灵！"

"邓布利多不会变成幽灵回来的。"哈利说。关于邓布利多，他现在有把握的事已寥寥无几，但这一点他是知道的："他会继续。"

"'继续'是什么意思？"罗恩问。哈利刚要回答，一个声音从后面传来："哈利？"

芙蓉从小屋里出来了，银色的长发在微风中飘舞。

"哈利，拉环想要和你谈谈。他在最小的卧室里。他说不希望有人偷听。"

芙蓉显然很讨厌妖精派她来传递消息，绕着小屋走回去时，她看上去脾气很不好。

正如芙蓉所说，拉环在贝壳小屋三间卧室中最小的一间里等着他们。赫敏和卢娜晚上就睡在这里。妖精拉上了红色棉布窗帘，外面的天空明亮而多云，透过窗帘给房间里映入火红的光，与小屋淡雅的风格很不谐调。

"我已经做出决定，哈利·波特。"妖精跷着脚坐在一张矮椅子上，细长的手指敲打着扶手，"尽管古灵阁的妖精们会认为这是卑鄙的背叛，但我决定帮助你——"

"太棒了！"哈利说，轻松的感觉涌遍全身，"拉环，谢谢你，我们真的——"

"——是有偿的，"妖精坚定地说，"要有报酬。"

哈利有点吃惊，犹豫了。

"你要多少？我有金子。"

"不要金子。"拉环说，"金子我有。"

他的黑眼睛闪闪发光，没有眼白。

"我要宝剑。戈德里克·格兰芬多的宝剑。"

第25章 贝壳小屋

哈利的心猛地沉了下去。

"这个不行,"他说,"对不起。"

"那么,"妖精轻声说,"事情就麻烦了。"

"我们可以给你别的,"罗恩急切地说,"我打赌莱斯特兰奇夫妇有大量的好东西,只要我们进了金库,你可以随便挑。"

他说错了话。拉环气得满脸通红。

"我不是窃贼,小子!我不会图谋我无权占有的财富!"

"宝剑是我们的——"

"不是。"妖精说。

"我们是格兰芬多学院的,而宝剑是戈德里克·格兰芬多的——"

"那么在格兰芬多之前,它是谁的?"妖精坐直了身子质问道。

"没有谁,"罗恩说,"那宝剑是为他定制的,不是吗?"

"不是!"妖精喊道,用长手指点着罗恩,气得毛发竖立,"又是巫师的狂傲自大!那宝剑是莱格纳克一世的,被格兰芬多拿走了!这是一件丢失的宝物,妖精的杰作!它属于妖精!那把宝剑就是雇佣我的代价,不同意就拉倒!"

拉环对他们怒目而视。哈利看看两个同伴,然后说:"拉环,我们需要商量一下。你能给我们几分钟吗?"

妖精阴沉着脸点点头。

到了楼下无人的起居室,哈利走到壁炉前,紧锁眉头,努力想着对策。罗恩在他身后说:"他在开玩笑吧,我们不能让他占有宝剑。"

"是真的吗?"哈利问赫敏,"宝剑是格兰芬多偷来的?"

"我不知道,"赫敏无奈地说,"魔法史常常把巫师对其他魔法种族做的事情一笔带过。据我了解,记载中没有提到格兰芬多偷了宝剑。"

"这又是妖精编的一个故事,"罗恩说,"说巫师总是试图欺骗他们。我想我们应该觉得幸运,他没有要我们的魔杖。"

"妖精有理由讨厌巫师,罗恩,"赫敏说,"他们过去遭受过残酷的待遇。"

"可是,妖精并不是毛茸茸的小兔子,不是吗?"罗恩说,"他们杀死了我们很多人。他们的手段也很卑鄙。"

"但是跟拉环争论哪个种族更阴险残暴,并不会让他更乐意帮助我们,不是吗?"

一阵沉默,三人试图想出解决问题的办法。哈利朝窗外多比的坟墓望去。卢娜正在墓碑旁,把插在果酱瓶里的紫花匙叶草放到那里。

"好吧,"罗恩说,哈利转过来看着他,"这样行不行?告诉拉环我们需要那把宝剑,要等进了金库才能给他。那里面不是有个假货吗?我们悄悄换一下,把假的给他。"

"罗恩,他比我们更能区别真伪!"赫敏说,"他是唯一发现宝剑调包的人!"

"对,但是我们可以在他发现之前溜掉——"

他在赫敏的眼神面前畏缩了。

"那是卑鄙的。"赫敏轻声说,"请求帮助,然后欺骗他?你还奇怪为什么妖精不喜欢巫师吗,罗恩?"

罗恩的耳朵红了。

"好吧,好吧!我只能想到这个主意!那你有什么办法?"

"我们需要给他别的东西,一件同样贵重的东西。"

"妙极了。我再去在咱们那些妖精制作的古老宝剑里头挑一把,你用礼品纸包装一下。"

又是一阵沉默。哈利相信妖精除了那把宝剑,别的什么都不会接受,即使他们能有同样贵重的东西给他。然而,宝剑是

第25章 贝壳小屋

他们对付魂器时必不可少的武器。

他闭了一会儿眼睛,倾听着海浪拍岸的声音。想到格兰芬多有可能偷了宝剑,他心里不大舒服。哈利一直以自己是格兰芬多学院的学生为荣。格兰芬多努力维护麻瓜出身者的权益,曾与迷恋纯血统的斯莱特林有过激烈冲突……

"拉环可能在撒谎,"哈利说,睁开了眼睛,"格兰芬多可能并没有偷那把宝剑。我们怎么知道妖精讲的历史就是真实的呢?"

"这有关系吗?"赫敏问。

"会改变我的感受。"哈利说。

他深吸了一口气。

"我们就对拉环说,等他帮助我们进入金库之后,就可以拥有这把宝剑——但是要说得很小心,别告诉他可以拿到宝剑的确切时间。"

罗恩慢慢地咧嘴一笑,但是赫敏显得很不安。

"哈利,我们不能——"

"拉环可以得到它,"哈利接着说,"在我们用它对付完所有的魂器之后。我保证拉环那时候会得到它。我会守信用的。"

"但那可能是很多年之后!"赫敏说。

"这我知道,但是他不必知道。我不会说谎的……真的。"

哈利倔强而又羞愧地迎视着赫敏的目光,想起刻在纽蒙迦德大门上的那句话:为了更伟大的利益。他抛开了那个念头。他们还有什么选择呢?

"我不喜欢。"赫敏说。

"我也不大喜欢。"哈利承认。

"哦,我认为这主意妙极了。"罗恩说着站起身,"我们去告诉他吧。"

回到那间最小的卧室，哈利答应把宝剑给拉环，他措辞很小心，没有说出移交宝剑的确切时间。他说话的时候，赫敏皱眉看着地板，哈利很是恼火，怕她泄露了秘密。还好，拉环只盯着哈利，没有看别人。

"向我保证，哈利·波特，如果我帮助了你，你会给我格兰芬多的宝剑，是吗？"

"是的。"哈利说。

"那么握手。"妖精说着伸出手来。

哈利握住妖精的手，不知那双黑眼睛是否在他眼中看出了几分疑虑。拉环松开他的手，双手合在一起，说道："那么，我们开始吧！"

就像当初策划潜入魔法部一样，他们在最小的卧室里开始工作。依着拉环的偏好，屋里保持着半黑暗状态。

"我只去过莱斯特兰奇的金库一次，"拉环对他们说，"就是奉命把假宝剑放进去的那次。那是最古老的密室之一。最古老巫师家族的财物储存在最深的一层，那里的金库最大，并且保护最好……"

他们把自己关在衣柜般的小房间里，一待就是好几个小时。渐渐地，几天过去了，几星期过去了，要攻克的难题一个接一个，其中包括复方汤剂快用光了。

"只够一个人用的了。"赫敏说，一边对着灯光斜举着泥浆般浓稠的汤剂。

"那就够了。"哈利说，他正在研究拉环手绘的最深处的过道地图。

贝壳小屋的其他人不可能不发现异常，因为哈利、罗恩和赫敏只在吃饭的时候出现。没有人问起，但哈利经常感觉到比尔在饭桌上端详他们三个，关切而若有所思。

第 25 章　贝壳小屋

在一起的时间越长，哈利越觉得他不太喜欢那个妖精。拉环是出奇的残忍，他把低等物种的痛苦当成笑谈，而对于进入莱斯特兰奇的金库可能需要伤害其他巫师，他似乎津津乐道。哈利看得出来自己的两个同伴也感到厌恶，但是他们没有讨论这个，他们需要拉环。

妖精满不情愿地和其他人一道吃饭。腿伤治好以后，他仍然要求与还很虚弱的奥利凡德一样享受饭菜送到房间的待遇，直到比尔（在芙蓉的愤怒爆发后）上楼告诉他不能再那样安排。从那以后，拉环加入到拥挤的餐桌前，但拒绝吃同样的食物，坚持要吃大块的生肉、根茎和各种蘑菇。

哈利感到自己有责任，毕竟是他坚持让那妖精留在贝壳小屋，以便向他提问的。是他的错误导致了韦斯莱一家被迫隐藏，使比尔、弗雷德、乔治和韦斯莱先生不能继续上班。

"对不起，"在四月一个狂风大作的夜晚，他帮芙蓉准备晚餐时说，"我真不想让你们承受这一切。"

芙蓉刚安排几把刀子自动为拉环和比尔切牛排，比尔自从被格雷伯克咬伤后，也喜欢吃带血的肉了。刀子在身后切着肉，芙蓉有点烦躁的表情缓和了下来。

"哈利，你救过我妹妹的命，我不会忘记的。"

严格说来，那不是真的，但是哈利决定不提醒她加布丽从未真的有过危险。

"不管怎样，"芙蓉接着说，一边用魔杖指着炉子上的一锅调味汁，它马上开始冒泡，"奥利凡德先生今晚就要搬去穆丽尔姨婆家，这样就会方便一些了。那个妖精，"提到拉环时芙蓉微微皱了一下眉头，"可以搬到楼下来，这样你、罗恩和迪安就可以住那间屋了。"

"我们不介意睡在客厅里。"哈利说，他知道拉环要是睡沙发会不痛快,而保持拉环心情愉快对于他们的计划至关重要。"不用担心我们,"看到芙蓉要反对,哈利接着说,"我和罗恩、赫敏很快也要走了,我们不会再待多久。"

"你在说什么呀?"芙蓉皱着眉头对他说,魔杖指着悬在半空中的砂锅,"你们当然不能离开,你们在这儿是安全的!"

她说这话时的样子很像韦斯莱夫人,哈利很高兴后门这时开了,卢娜和迪安走了进来,头发被雨水打湿了,怀里抱满浮木。

"……还有小小的耳朵,"卢娜正说着,"有一点儿像河马的,爸爸说,不过是紫色的,而且有毛。如果你想呼唤它们,必须哼歌,它们喜欢华尔兹,节奏不要太快……"

迪安看起来不大自在,朝哈利耸了耸肩,跟着卢娜走进餐厅兼客厅,罗恩和赫敏正在布置餐桌。哈利抓住机会回避了芙蓉的问题,抄起两壶南瓜汁跟了过去。

"……如果你来我家,我可以给你看那只兽角,爸爸写信告诉我的,我还没有看到呢,因为食死徒把我从霍格沃茨特快列车上带走了,我没能回家过圣诞节。"卢娜说着,和迪安一起把火续上。

"卢娜,我们告诉过你,"赫敏冲她叫道,"那个兽角爆炸了,它是毒角兽的角,不是弯角鼾兽的——"

"不,肯定是鼾兽的角,"卢娜不为所动地说,"爸爸告诉我的。这会儿可能已经变好了,知道吗,它们会自我修复。"

赫敏摇了摇头,继续摆放叉子,这时比尔带着奥利凡德先生走下楼梯。魔杖制作人看起来仍然异常虚弱,紧抓着比尔的手臂,比尔一边扶着他,一边还提着个大箱子。

"我会想念您的,奥利凡德先生。"卢娜走到老人跟前说。

"我也会想念你,亲爱的。"奥利凡德说,拍了拍她的肩膀,"在那个可怕的地方,你对我是一个莫大的安慰。"

第25章　贝壳小屋

"那么，再会①，奥利凡德先生。"芙蓉亲了亲他的双颊说，"不知道您能不能帮我带一个包裹给比尔的穆丽尔姨婆？我还没有把她的头饰还给她呢。"

"很荣幸。"奥利凡德微鞠一躬说，"感谢你的盛情款待，这点回报不足挂齿。"

芙蓉取出一个磨破的天鹅绒箱子，打开来给魔杖制作人看了一下，头饰在低悬的吊灯下闪闪发光。

"月长石和钻石，"拉环刚才悄悄走了进来，哈利没有注意到，"我想是妖精做的吧？"

"巫师花钱买的。"比尔平静地说。妖精迅速看了他一眼，目光鬼祟而含有挑衅意味。

大风刮着小屋的窗户，比尔和奥利凡德朝着黑夜出发了。其他人挤在餐桌周围，开始吃饭，胳膊碰着胳膊，几乎没有空间可以活动。旁边壁炉里的火焰噼啪作响。哈利注意到芙蓉几乎没吃东西，只是不停地拨弄盘中的食物，每隔几分钟就看一眼窗户。还好，他们刚吃完第一道菜，比尔就回来了，长发被风吹得缠在一起。

"一切都好。"他告诉芙蓉，"奥利凡德安顿好了，爸爸妈妈向大家问好，金妮说她爱你们。弗雷德和乔治让穆丽尔姨婆很生气，他们仍然在她的后屋承接猫头鹰订单业务。不过，归还头饰令她很高兴，她说还以为被我们贪污了呢。"

"啊，你的姨婆她很可爱②。"芙蓉气呼呼地说，一边挥舞着魔杖使脏盘子在半空中摞在一起，她接住它们走出了房间。

"我爸爸做了一个头饰，"卢娜说，"噢，实际上更像一个王冠。"

---

①② 原文为法语。

罗恩看到哈利的目光后咧嘴一笑，哈利知道他想起了在谢诺菲留斯家看到的滑稽头饰。

"是的，他在试着重做失踪的拉文克劳冠冕，认为他已经确定了大多数主要成分，加上比利威格虫的翅膀后确实不一样了——"

前门砰的一响，大家都转过头去，芙蓉惊恐地从厨房里跑了出来。比尔一跃而起，用魔杖指着门口。哈利、罗恩和赫敏也是一样。拉环悄悄地钻到了桌子底下。

"是谁？"比尔喊道。

"是我，莱姆斯·卢平！"一个声音在呼啸的风声中喊道。哈利感到一阵心惊肉跳，出什么事了？"我是狼人，我妻子叫尼法朵拉·唐克斯，你是贝壳小屋的保密人，告诉了我这个地址，叫我有紧急情况就过来！"

"卢平。"比尔咕哝道，跑过去拧开了门。

卢平跌进门内，脸色苍白，裹着一件旅行斗篷，灰白的头发被风刮乱了。他站起来，环顾四周，确认屋里有谁，然后大声喊道："是个男孩！我们给他起名叫泰德，用了朵拉父亲的名字！"

赫敏尖叫起来。

"什么——？唐克斯——唐克斯生了？"

"生了，生了！生了小宝宝！"卢平喊道。餐桌周围一片欢呼声和欣慰的叹息声。赫敏和芙蓉都尖叫道："恭喜恭喜！"罗恩说："我的天哪，一个新生儿！"好像以前从没听说过这种事似的。

"是的——是的——是个男孩。"卢平又说了一遍，似乎高兴得飘飘然了。他大步走过来和哈利拥抱，格里莫广场地下室里的那一幕好像从未发生过。

"你愿意当教父吗？"他松开哈利，问道。

"我——我？"哈利结结巴巴地说。

第25章 贝壳小屋

"对,是你,当然——朵拉完全同意,没有人更合适了——"

"我——好的——天哪——"

哈利惊喜交加,激动得不知所措。现在比尔忙着去拿酒,芙蓉劝卢平跟大家一起喝点。

"我不能待得太久,必须回去。"卢平说,冲着大家眉开眼笑,看上去比哈利见过的任何时候都年轻了好几岁,"谢谢你,谢谢你,比尔。"

比尔很快就给所有的酒杯倒满了酒,大家站了起来,高高地举杯庆祝。

"为了泰德·莱姆斯·卢平,"卢平说,"一个正在成长的伟大巫师!"

"他长得像谁?"芙蓉问道。

"我认为他像朵拉,可是朵拉认为像我。头发不多,刚出生时看上去是黑色的,但是我发誓一小时后就变成了红色,很可能到我回去时就是金黄色了。安多米达说唐克斯出生第一天头发就开始变色。"卢平把酒一饮而尽,"哦,再来点,再来一杯。"他笑眯眯地添了一句,比尔又给他加了酒。

狂风吹打着小屋,炉火跳跃着,噼啪作响,比尔很快又打开了一瓶酒。卢平带来的消息似乎让他们都忘记了自我,暂时从被困的状态中释放了出来:新生命诞生的喜讯令人振奋。唯有那个妖精似乎对突如其来的欢庆气氛无动于衷,不一会儿就溜回他现在独住的卧室去了。哈利原以为只有他一个人注意到,忽然发现比尔的目光盯着妖精上了楼梯。

"不……不……我真的必须回去了。"卢平终于说道,谢绝了又一次斟酒。他站起身,将旅行斗篷裹到身上。"再见,再见——过几天我想办法带些照片来——他们知道我见到了你们,都会非常高兴的——"

他系好斗篷后开始道别，和女士们拥抱，和男士们握手，仍然眉开眼笑，返回了狂风呼啸的黑夜里。

"教父，哈利！"比尔说，他们帮着清理餐桌，一起走进了厨房，"真是荣幸啊！恭喜！"

哈利放下端着的空酒杯，比尔顺手拉上了身后的门，把仍在大声说话的其他人隔在外面。尽管卢平已经离开，他们还在继续庆祝。

"哈利，其实我想和你单独谈谈。小屋里人太多，找这么一个机会不容易。"

比尔犹豫了一下。

"哈利，你们和拉环在计划着什么事情。"

这是一个陈述，不是一个问句，哈利也就不必否认。他只是看着比尔，等待下文。

"我了解妖精，"比尔说，"我离开霍格沃茨后就一直为古灵阁工作。如果说巫师和妖精之间能有友谊的话，那么我有妖精朋友——或者至少，有一些我很了解也很喜欢的妖精。"比尔再次犹豫了一下，"哈利，你想从拉环那儿得到什么，你又答应回报他什么？"

"这个我不能告诉你，"哈利说，"对不起，比尔。"

厨房的门开了，芙蓉端着更多的空酒杯要进来。

"等一下，"比尔对她说，"就一会儿。"

芙蓉退了出去，比尔把门重新关上了。

"那么我不得不说一句，"比尔接着说，"如果你和拉环订了任何协议，尤其是如果那协议涉及财宝，你必须格外小心。妖精概念中的所有权、报酬与补偿跟人类的不同。"

哈利感到一阵不安，好像一条小蛇在他体内搅动。

"什么意思？"他问。

第 25 章　贝壳小屋

"我们是在讨论另一种生物。"比尔说,"许多个世纪以来,巫师和妖精间的交往充满矛盾——这些你都可以从魔法史中去了解。双方都曾有过错,我绝不会说巫师清白无辜。然而,一些妖精认为——古灵阁的妖精也许更容易认为:涉及金子和财宝时,巫师就不可信任,并且巫师不尊重妖精的所有权。"

"我尊重——"哈利说,但是比尔摇了摇头。

"你不理解,哈利,没人能够理解,除非和妖精在一起生活过。对于妖精来说,任何一件东西真正且正当的主人都是它的制造者,而不是购买者。凡是妖精制造的东西,在妖精看来,都理当归他们所有。"

"但如果是买来——"

"——妖精们会认为那是付钱者租用的。他们最难接受的,就是妖精制作的东西由巫师传给巫师。当头饰在拉环眼皮下传递时,你看到了他的脸色。他很不满。我相信拉环会像他同类中的极端者一样,认为原来的购买者死后,那东西就应该归还给妖精。他们认为我们这样习惯于占有妖精制造的东西,由巫师传给巫师而不再付钱,比偷窃好不到哪里去。"

哈利现在有了一种不祥的感觉,他怀疑比尔猜到了更多的事情。

"我要说的,"比尔把手伸到厨房的门上,"就是你在对妖精做出承诺时要格外小心,哈利。对一个妖精食言要比闯进古灵阁更危险。"

"好的。"哈利说,比尔打开了门,"好的。谢谢。我会记在心上的。"

跟着比尔回到大家中间时,哈利突然产生了一个怪异的念头,无疑是喝酒引起的。他觉得对于小泰德·卢平来说,自己正要变成一个像小天狼星布莱克一样鲁莽的教父。

第 26 章

古 灵 阁

计划已经定好，准备已经完成，在那间最小卧室的壁炉架上，一根长长的粗糙的黑头发（是从赫敏在马尔福庄园穿的那件毛衣上摘下的）卷缩在一个小玻璃药瓶里。

"你拿着她本人的魔杖，"哈利朝胡桃木魔杖点了点头说，"我想应该是很令人信服的。"

赫敏战战兢兢地拿起魔杖，好像害怕魔杖会蜇她或咬她一样。

"我讨厌这个东西，"她低声说道，"真心讨厌。感觉很糟糕，用起来很不顺手……有点像她的一部分。"

哈利忍不住想起赫敏当初怎样驳斥他对黑刺李木魔杖的嫌恶，当他认为那根魔杖不如自己的好用时，赫敏坚持认为那只是心理作用，对他说只要多加练习就好。然而哈利决定不再重提她当初的建议，在偷袭古灵阁的前夜跟她作对似乎不是时候。

"不过，它可能会帮助你进入角色，"罗恩说，"想想那根魔杖做了些什么吧！"

"这正是我要说的！"赫敏说，"就是这根魔杖摧残过纳威的父母，谁知道还有多少人被它折磨过？就是这根魔杖杀死了小

第26章 古灵阁

天狼星!"

哈利没有想到这一点。他低头看着魔杖,有一种强烈的冲动想把它折断,想用靠在身旁墙上的格兰芬多宝剑把它砍成两截。

"我怀念我的魔杖,"赫敏可怜地说,"真希望奥利凡德先生也给我另外做一根。"

那天早上,奥利凡德先生给卢娜寄来了一根新魔杖。此刻卢娜正在屋后的草坪上,在傍晚的阳光下试验它的性能。迪安的魔杖也被搜捕队夺去了,他在一旁郁闷地看着。

哈利低头注视着曾经属于德拉科·马尔福的山楂木魔杖。他惊讶但庆幸地发现,这根魔杖用起来至少跟赫敏的那根一样顺手。哈利记起了奥利凡德说过的魔杖性能的秘密,他估计赫敏的问题是:她没有战胜胡桃木魔杖效忠的对象,没有直接从贝拉特里克斯的手上夺得它。

卧室的门开了,拉环走了进来。哈利本能地伸手抓住剑柄,把宝剑揽到自己的身边,但马上又后悔了:他能看出妖精注意到了这个动作。为了掩饰刚才的尴尬,哈利说:"我们正在做最后的检查,拉环。我们已经告诉比尔和芙蓉我们明天离开,并且叫他们不要起床送我们。"

他们离开之前,赫敏要化装成贝拉特里克斯,这件事让比尔和芙蓉知道或猜到得越少越好,所以哈利等坚决不要他们送,并讲明了不再返回这里。珀金斯的旧帐篷在遭遇搜捕队的那天晚上弄丢了,比尔又借给他们一个,现在就放在串珠小包里。赫敏那天情急之下,居然把小包塞进袜子里躲过了搜捕队的搜查,哈利得知后十分佩服。

哈利会想念比尔、芙蓉、卢娜以及迪安,更不必说这几个星期来享受到的家的舒适,但他仍然期待着逃离贝壳小屋的禁锢。

他已经厌倦了总要确保他和罗恩、赫敏说话时不会被别人听见，厌倦了把他们自己关在狭小黑暗的卧室里。尤其是他想摆脱拉环。然而，在不交出格兰芬多宝剑的情况下，怎样以及什么时候才能与那个妖精分手，哈利一直想不出答案。妖精很少让哈利、罗恩和赫敏单独待在一起五分钟以上，他们三人不可能商量出办法。"他都可以给我妈妈上上课了。"罗恩埋怨道，因为妖精的长手指不停地出现在门边。有比尔的警告在脑海里，哈利不禁怀疑拉环随时都在提防他们使诈。赫敏强烈反对计划中的骗局，哈利只好放弃了同她商量如何行动。而在难得几次没有拉环的自由时间里，罗恩所能想到的也就是："我们见机行事吧，伙计。"

那个晚上哈利睡得很糟糕。开始几小时一直醒着，回想起潜入魔法部之前那天晚上的感受。记得当时他是满怀决心，几乎是兴奋的，而现在他却感到一阵阵焦虑和痛苦的怀疑，摆脱不掉对于彻底失败的恐惧。他不停地告诉自己计划很周密，对可能遭遇的所有困难都做了充分准备，而且拉环很熟悉情况。可是他心里仍然不踏实，有一两次听到罗恩那边有动静，他断定罗恩也醒着，但他们是和迪安一起睡在起居室里，所以哈利没有说话。

谢天谢地，六点钟到了，他们钻出睡袋，在昏暗中穿上衣服，轻手轻脚地走到花园里，等待同赫敏和拉环会合。黎明很寒冷，但由于是五月了，没有什么风。哈利抬头看着仍在黑色夜空中闪烁微光的星星，听着海水一遍遍冲击峭壁——他将会怀念这声音。

现在，绿色的小嫩芽已经从多比坟上的红土中钻出，一年之后这个土丘将被鲜花覆盖。刻有多比名字的白石头已经有点风化的痕迹。他现在才意识到，再也找不到一个比这里更美丽

第26章 古灵阁

的地方让多比安息了。然而，想到就要离开多比，哈利悲伤得有点心痛。他低头看着坟墓，再次疑惑小精灵是怎么知道去哪里营救他们的。他的手指不经意间伸向挂在脖子上的小皮袋，摸到了边缘不齐的镜子碎片，他曾相信在里面见到了邓布利多的眼睛。这时，开门声一响，他回过头来。

贝拉特里克斯·莱斯特兰奇大步跨过草坪朝他们走来，拉环陪在旁边。贝拉特里克斯穿着一件从格里莫广场带来的旧袍子，边走边把串珠小包塞进袍子里面的口袋。哈利明知道那其实是赫敏，却仍然抑制不住一阵厌恶的战栗。她的个头比他还高，长长的波浪形黑发披在背后，肿眼皮的眼睛轻蔑地看着他。但她说话时，哈利从贝拉特里克斯低沉的声音中听出了赫敏的风格。

"她的味道令人作呕，比戈迪根还难喝！好，罗恩，过来让我给你弄……"

"好吧，但是记住，我不喜欢胡子太长——"

"哦，看在老天爷的分上，这不是好看不好看的问题——"

"不是的，它碍事儿！不过我喜欢我的鼻子变短一点儿，就照你上次弄的那样。"

赫敏叹了口气，开始工作，嘴里喃喃地念着，帮罗恩改变容貌。罗恩被赋予了一个完全是捏造的身份，他们指望贝拉特里克斯那股邪恶的霸气会保护他。哈利和拉环将藏在隐形衣下面。

"好了。"赫敏说，"他看起来怎样，哈利？"

伪装过的罗恩还能勉强辨认出来，但哈利想那仅仅是因为他和罗恩太熟悉了。罗恩现在头发长而拳曲，下巴上有一把浓密的棕色胡须，上唇也留着小胡子，脸上没有了雀斑，眉毛很浓，鼻子又短又宽。

"嗯，不是我喜欢的类型，但是还凑合。"哈利说，"我们可以走了吗？"

三人都回头看了一眼贝壳小屋，它黑乎乎地静卧在渐渐黯淡下去的星星下。他们转身朝外走，只要过了界墙，赤胆忠心咒就不再有效，他们便可以幻影移形了。一出大门，拉环便说话了。

"现在我该爬上了吧，哈利·波特？"

哈利弯下腰，妖精爬到他背上，双手相扣抱住哈利的喉咙口。他并不重，但哈利不喜欢碰到妖精，也不喜欢他那样紧抱着自己，力气大得惊人。赫敏从串珠小包里取出隐形衣盖住了他们俩。

"好极了，"她说道，一边俯身检查哈利的脚，"我什么也看不到。走吧。"

哈利背着拉环原地旋转，拼命集中意念想着破釜酒吧——那是对角巷的入口。当他们进入压得人透不过气来的黑暗时，妖精抱得更紧了。几秒钟后，哈利的双脚踏到了地面，睁眼一看是查令十字街。麻瓜们匆匆走过，带着大清早那种没精打采的表情，丝毫没有意识到小旅馆的存在。

破釜酒吧里几乎没人。汤姆，那个驼背又没牙的老板，正在吧台后面擦拭玻璃杯；几个在远处墙角里窃窃私语的巫师瞥了一眼赫敏，退到了暗处。

"莱斯特兰奇夫人。"汤姆低声说道，当赫敏走过时，他恭敬地低下了头。

"早上好。"赫敏说，在隐形衣下背着拉环轻轻走过的哈利看出汤姆有些惊讶。

"太有礼貌了，"从旅馆进入小小的后院时，哈利对赫敏耳语道，"你对他们要像对待垃圾一样。"

第26章 古灵阁

"好，好！"

赫敏抽出贝拉特里克斯的魔杖，在面前看似普通的墙上轻敲一块砖头。墙砖马上开始旋转，中间的地方出现一个小洞，洞口越变越大，最后形成一个拱洞，通向一条鹅卵石铺砌的狭窄街道，那就是对角巷。

街上静悄悄的，刚到店铺开门的时间，外面几乎还没有顾客。蜿蜒曲折的卵石小巷变化很大，当年哈利初进霍格沃茨之前来这里的时候，小巷中熙熙攘攘，何等热闹。而现在这么多的店铺都用木板封上了，倒是新建了几家经营黑魔法物品的店面，哈利上一次来时还没有呢。哈利自己的面孔从许多窗口张贴的海报上瞪着他，下面写着头号不良分子。

许多衣衫褴褛的人挤坐在各家店铺的门口。哈利听到他们在向寥寥无几的过客哀诉，乞讨金币，并强调自己是真正的巫师。有个男人一只眼睛上蒙着染血的绷带。

当他们沿着街道往前走时，乞丐们瞥见了赫敏，顿时作鸟兽散，都拉起兜帽遮着脸尽快逃离。赫敏好奇地目送他们，直到眼睛上蒙绷带的男人蹒跚地走到她面前。

"我的孩子们！"他指着她咆哮道，声音沙哑刺耳，听起来有点精神错乱，"我的孩子们在哪儿？他把他们怎么样了？你知道的，你知道的！"

"我——我真的——"赫敏结结巴巴地说。

男人突然冲向她，伸手来抓她的喉咙。随着砰的一声和一道红光，他向后摔倒在地，不省人事。罗恩站在那儿，魔杖仍举在手里，胡子后面的脸上满是惊讶。街道两边的窗户里露出了人脸，一小群衣着体面的过路人拉起长袍小跑起来，急于离开现场。

这样进入对角巷实在太惹人注目了，哈利一时犹豫是否现在就撤离，重新再制订一个计划。可是他们还没来得及挪动脚步或商量，就听到身后传来一声叫喊。

"咦，莱斯特兰奇夫人！"

哈利急转过身，拉环把他的脖子抱得更紧了。一个瘦高个的巫师大步向他们走来，一头浓密的灰发，鼻子又长又尖。

"是特拉弗斯。"妖精在哈利耳边嘶嘶地说，但是哈利一时想不起特拉弗斯是谁。赫敏挺直了身子，带着她所能装出来的最大轻蔑问道："你想干吗？"

特拉弗斯停住脚步，显然觉得受到了冒犯。

"他也是食死徒！"拉环耳语道，哈利悄悄靠过去，把这个信息传进了赫敏的耳朵。

"我只是想和你打个招呼，"特拉弗斯冷冷地说道，"但是如果不受欢迎的话……"

哈利现在听出他的声音了，特拉弗斯是被召唤到谢诺菲留斯家的食死徒之一。

"不，不，哪里，特拉弗斯。"赫敏忙说，试图掩盖刚才的错误，"你好吗？"

"嗯，我承认见到你出来走动我很惊讶，贝拉特里克斯。"

"是吗？为什么？"赫敏问。

"嗯，"特拉弗斯咳嗽了一下，"我听说马尔福庄园的人都被禁闭在屋子里了，在那个……啊……逃脱之后。"

哈利祈求赫敏保持镇静。如果这消息是真的，如果贝拉特里克斯不该在公共场合出现——

"黑魔王原谅了那些在过去对他最忠诚的人，"赫敏说，惟妙惟肖地模仿贝拉特里克斯最傲慢时的态度，"也许你在他那里的信用没有我好，特拉弗斯。"

食死徒又好像受到了冒犯，但似乎也少了些怀疑。他低头

第26章 古灵阁

看了一眼刚被罗恩击昏的那个男人。

"这东西怎么得罪了你？"

"没关系，不会再这样了。"赫敏冷冷地说。

"这些没有魔杖的东西有时很麻烦。"特拉弗斯说，"如果他们只是乞讨我倒不介意，但有一个竟然要我到魔法部去为她辩护。'我是个女巫，先生，我是个女巫，让我证明给你看！'"他尖叫着模仿道，"好像我会把我的魔杖给她——可是，"特拉弗斯好奇地说，"你现在用的是谁的魔杖呀，贝拉特里克斯？我听说你自己的被——"

"这就是我自己的魔杖。"赫敏冷冷地说，一边举起贝拉特里克斯的魔杖，"我不知道你听到了什么谣言，特拉弗斯，你似乎被很可悲地误导了。"

特拉弗斯显得有点吃惊，他转向罗恩。

"你的朋友是谁？我不认识他。"

"他是德拉哥米尔·德斯帕德，"赫敏说，他们商议计划时决定，一个虚构的外国名字对于罗恩是最安全的掩护，"他几乎不会说英语，但是很支持黑魔王的目标。他是从特兰西瓦尼亚来观摩我们新政权的。"

"是吗？你好，德拉哥米尔。"

"你好。"罗恩伸出手说。

特拉弗斯伸出两根手指与罗恩握手，似乎担心自己被弄脏似的。

"那么，你和你的——啊——这位支持我们的朋友这么早就到对角巷来有何贵干呀？"特拉弗斯问道。

"我要去古灵阁。"赫敏说。

"哎呀，我也要去。"特拉弗斯说，"金子，肮脏的金子！我们活着离不开它，但是我承认，我很遗憾我必须跟那些长手指的朋友打交道。"

哈利感到拉环的手一时勒紧了他的脖子。

"请吧?"特拉弗斯说着,示意赫敏向前走。

赫敏别无选择,只好跟在他的身边,沿着蜿蜒曲折的鹅卵石街道,朝高高耸立在小店铺之上的那座雪白的建筑——古灵阁走去。罗恩走在他们身旁,哈利和拉环跟在后面。

他们最不希望出现的就是一个警惕的食死徒,最糟糕的是,特拉弗斯陪伴在他以为的贝拉特里克斯身旁,哈利就没有办法同赫敏和罗恩交流了。很快,他们到了通往青铜大门的大理石台阶底部。正如拉环警告过的那样,大门两侧穿制服的妖精已经换成了两个巫师,各持一根细长的金棒。

"啊,诚实探测器,"特拉弗斯夸张地叹了口气,"很原始——但很有效!"

他走上台阶,朝大门左右的巫师点了点头,他们举起金棒在他周身上下移动。哈利知道这种仪器会探测到隐藏的魔咒和暗藏的魔法物件。哈利知道只有几秒钟的机会,他迅速举起德拉科的魔杖点了点两个门卫,低声念了两遍混淆视听。两个门卫被咒语击中,都微微一震,特拉弗斯正看着铜门里面的内厅,没有注意到。

赫敏登上台阶,长长的黑发在身后如波浪般飘荡。

"等一等,夫人。"门卫举起探测器说道。

"你刚刚已经查过了!"赫敏用贝拉特里克斯那傲慢的、盛气凌人的口吻说。特拉弗斯回过头,扬起眉毛。门卫迷惑了,低头盯着细细的金色探测器,然后盯着他的同伴,后者有点茫然地说:"是的,你刚才查过他们了,马里厄斯。"

赫敏大步往前走,罗恩跟在她身边,隐形的哈利和拉环紧随其后。过了门口,哈利回头瞥了一眼:两个巫师都在挠脑袋。

第 26 章　古灵阁

第二道门前站着两个妖精，银质大门上镌刻着窃贼必受恶报的诗句。哈利抬头看着它，突然一个如刀刻般鲜明的记忆浮现在他眼前：他刚满十一岁的那天，他一生中最奇妙的生日那天，就是站在这里，海格在他旁边说："就像我说的，你要是想抢这个银行，那你就是疯了。"那天，古灵阁在他看来是一个神奇的地方，是施了魔法的宝库，里面藏着那么多他根本不知道在他名下的金子。他从没想到过自己会回来偷盗……但几秒钟后，他们已站在了巨大的大理石门厅里。

长长的柜台后面，妖精们坐在高凳上，接待当天的第一批顾客。赫敏、罗恩和特拉弗斯朝着一个年长的妖精走去，他正在透过镜片检查一块厚厚的金币。赫敏借口要向罗恩介绍大厅的特色，让特拉弗斯走在她的前面。

年长的妖精把手里的金币丢到一边，随口说了声"小矮妖"，然后向特拉弗斯问好，接过他递上去的一把小金钥匙，检查过后又还给了他。

赫敏跨步向前。

"莱斯特兰奇夫人！"妖精说道，显然很吃惊，"啊呀！您——今天我能为您做点什么？"

"我想进入我的金库。"赫敏说。

年长的妖精似乎退缩了一下。哈利瞥了一眼四周。不仅特拉弗斯停下来看着她，好几个妖精都抬起头盯着赫敏。

"您有……身份证明吗？"那个妖精问。

"身份证明？我——我——以前从没有向我要过什么身份证明！"赫敏说。

"他们知道了！"拉环在哈利的耳边轻声低语，"他们一定得到警告，说有人会冒名顶替！"

"您的魔杖就可以证明，夫人。"那妖精说着，伸出了微微颤抖的手。哈利突然产生了一个可怕的念头,他意识到古灵阁的妖精们知道贝拉特里克斯的魔杖已经失窃。

"马上动手,马上动手,"拉环耳语道,"用夺魂咒!"

哈利在隐形衣下面举起山楂木魔杖,指向那个年长的妖精,平生第一次轻声念道:"魂魄出窍!"

一种奇特的感觉迅速传入哈利的手臂,一股麻刺刺的暖流似乎从他的脑海里流出,顺着肌肉和血管把他与魔杖和刚施的咒语连接在一起。那个妖精接过贝拉特里克斯的魔杖,仔细检查过后说:"啊,您又做了一根新魔杖,莱斯特兰奇夫人!"

"什么?"赫敏说,"不,不,那是我的——"

"新魔杖?"特拉弗斯又走回柜台前,周围的妖精仍在注视着,"但你是怎么做到的呢?找了哪一位魔杖制作人?"

哈利不假思索地采取行动:他将魔杖指向特拉弗斯,再次低声喝道:"魂魄出窍!"

"哦,是,我看到了,"特拉弗斯低头看着贝拉特里克斯的魔杖说,"是的,很漂亮。好用吗?我一直认为魔杖需要一点时间来磨合,你认为呢?"

赫敏似乎完全被搞糊涂了,但是她一言不发地接受了这些古怪的变化,哈利深深地松了口气。

柜台后面那位年长的妖精拍了一下手,一个年纪稍轻的妖精走了过来。

"我要用叮当片。"年长的妖精对他说,年轻的妖精迅速离去,不一会儿就拿来一个小皮包交给了年长的妖精,小包里似乎装满了叮当作响的金属。"好的,好的!请跟我来吧,莱斯特兰奇夫人,"年长的妖精说着,从凳子上跳下去不见了,"我带您去您的金库。"

他出现在柜台的尽头,很高兴地朝他们跑过来,小皮包里

第26章　古灵阁

的东西仍在叮当作响。特拉弗斯现在很安静地站在那里，嘴巴张得大大的。罗恩困惑地看着特拉弗斯，这等于在吸引别人注意这个怪现象。

"等等——鲍格罗德！"

另一个妖精急忙绕过柜台跑来。

"我们有指示。"他说，同时向赫敏鞠了一躬，"请原谅，莱斯特兰奇夫人。关于莱斯特兰奇的金库，我们得到过特殊的指示。"

他在鲍格罗德的耳边急急地低语了几句，但是被施了夺魂咒的妖精推开了他。

"我知道有指示。莱斯特兰奇夫人希望看看她的金库……很古老的家族……老顾客……这边走，请……"

他仍然叮当作响地匆匆朝大厅的一扇门走去。哈利回头一看，特拉弗斯还像生了根一样站在原地，眼神茫然而不正常。哈利做出决定：轻挥魔杖让特拉弗斯跟了过来。那巫师温顺地紧跟在他们后面，他们穿过那扇门进了粗糙的石廊，里面有燃烧的火把照明。

"有麻烦，他们怀疑了。"当他们身后的那扇门重重地关上后，哈利扯下隐形衣说道。拉环从他背上跳了下来。看到哈利·波特突然出现在他们中间，特拉弗斯和鲍格罗德都没有表现出一点点惊奇，只是呆呆地站在那里。"他们被施了夺魂咒，"哈利解释道，回答赫敏和罗恩困惑的询问，"我想我的魔咒可能不够强，我不知道……"

又一段记忆闪过他的脑海，是真的贝拉特里克斯·莱斯特兰奇，在他第一次尝试使用不可饶恕咒后冲他尖叫："你需要发自内心，波特！"

"我们怎么办？"罗恩问，"趁现在还有可能，赶紧出去吧？"

"有可能吗?"赫敏说,回头看着通往大厅的门,谁知道那扇门后正在发生什么。

"已经到这里了,我看就往前走吧。"哈利说。

"好!"拉环说,"那么,我们需要鲍格罗德来控制小推车,我已经没有这个权限。但是车上没有那个巫师的位置了。"

哈利用魔杖指着特拉弗斯。

"*魂魄出窍!*"

巫师转过身,沿着黑黑的轨道步履轻快地离开了。

"你让他做什么?"

"藏起来。"哈利说,一边将魔杖指向鲍格罗德,那妖精吹了声口哨,一辆小推车从黑暗中沿着轨道滚来。他们爬进小推车,鲍格罗德和拉环在前面,哈利、罗恩和赫敏挤在后排,这时哈利确定他听见了身后大厅里的叫喊声。

小推车猛然启动,速度越来越快:呼啸着超过了特拉弗斯,他正扭动着身体钻进墙上的一个缝隙中。然后小推车开始沿着迷宫似的甬道拐来拐去地向下冲,在轨道上发出咔嗒咔嗒的声音,哈利什么也听不见。他们在钟乳石间不停地急转弯,朝地球深处飞驰。哈利的头发向后飞扬,但他还在不时地回头扫视。他们很可能在身后留下了太多可疑的踪迹。哈利越想越觉得愚蠢,把赫敏化装成贝拉特里克斯,还带着贝拉特里克斯的魔杖,而食死徒已经知道是谁偷走了它——

他们下到哈利以前在古灵阁从没到过的深度,快速拐了一个急弯,只见前面一道瀑布哗哗地冲泻在轨道上。只有几秒钟的反应时间,哈利听见拉环大喊一声:"不!"但是无法刹车,他们飞驰而过。水灌满哈利的眼睛和嘴巴,他不能睁眼,也无法呼吸。突然小推车猛地一斜,翻倒了,他们都被甩出了车外。哈利听见小推车撞在甬道的墙壁上摔成了碎片,又听见赫敏尖

第 26 章 古灵阁

叫了几声，然后感觉自己在滑行，好像没有重量一样飘落到石头地面上，一点也没摔疼。

"减——减震咒。"赫敏呛着说，罗恩把她拉了起来。但哈利惊恐地看到她不再是贝拉特里克斯，站在那里的完全就是赫敏自己，穿着过大的长袍，浑身湿透。罗恩又变成红头发，胡须没有了。他们俩对视之后也意识到了，摸着自己的面颊。

"防贼瀑布！"拉环说，一边爬了起来，回头看着倾注在轨道上的水帘，哈利这才知道那不仅仅是水，"它会洗掉所有的魔咒，所有的魔法伪装！他们知道有人冒名闯入古灵阁，他们已经启动了防卫装置！"

哈利看见赫敏在检查她的串珠小包还在不在，也赶忙把手伸进自己外套里，确认隐形衣有没有丢。他一转身，看见鲍格罗德疑惑地摇着头，防贼瀑布似乎消除了夺魂咒。

"我们需要他，"拉环说，"没有古灵阁的妖精就进不了金库，而且我们需要叮当片！"

"魂魄出窍！"哈利又说道，声音在石头甬道里回响，他再次觉得那使人飘飘然的控制感从脑部流向了他的魔杖。鲍格罗德再次顺从了他的意愿，迷惑的表情变成了一种礼貌的淡漠，罗恩急忙捡起了装有金属工具的小皮包。

"哈利，我好像听见有人来了！"赫敏说，她举起贝拉特里克斯的魔杖指向瀑布喊道，"盔甲护身！"只见铁甲咒沿着甬道飞去，截住了魔法瀑布。

"想得好。"哈利说，"带路，拉环！"

他们急忙跟着妖精走入黑暗中，鲍格罗德像老狗一样喘着气跟在后面。"我们待会儿怎么出去呢？"罗恩问。

"到时候再担心吧。"哈利说，他正努力聆听，好像附近有东西在铿锵作响地走来走去。"拉环，还有多远？"

"不远了，哈利·波特，不远了……"

他们转过一个拐角，眼前所见虽然是哈利已经做好准备应付的，但还是让所有的人猛然止住了脚步。

一条巨大的火龙拴在前面的地上，阻止人们接近那里的四五个最深的金库。由于禁闭在地下太久，巨龙身上的鳞片已经变得苍白松动了，它的眼睛是浑浊的粉红色，两条后腿都戴着沉重的镣铐，上面的粗链子连着深深打进石头地的巨桩。它那带尖刺的巨翅收拢在身体两侧，如果展开将会充满整个地下室。巨龙朝他们转过丑陋的脑袋，发出一声让石头都发抖的巨吼，张开大口喷出一股烈火，逼得他们顺着过道往回跑。

"它的眼睛不行了，"拉环喘息着说，"但这使它更加残暴。不过我们有办法控制它。它已经对叮当片形成了条件反射。拿给我吧。"

罗恩把那个小包递给了拉环，妖精从里面拿出一些小小的金属器具，摇起来发出响亮而清脆的叮当声，就像小铁锤砸在铁砧上。拉环把它们发给大家，鲍格罗德也很温顺地接了过去。

"你们知道要做什么。"拉环告诉哈利、罗恩和赫敏，"它一听到这个声音就会想到疼痛，就会撤退，然后鲍格罗德必须把手掌放在金库的门上。"

他们摇着叮当片再次转过拐角，噪音在石壁间回响，被放大了许多倍，吵得哈利的脑浆似乎都在振动。巨龙又发出一声嘶哑的吼叫，朝后退去。哈利能看到它在颤抖，靠得更近时，他看到了它脸上一道道被劈出来的可怕的伤疤，猜测它是被训练得一听到叮当片响就惧怕火热的宝剑砍来。

"让他把手按在门上！"拉环催促哈利，哈利把他的魔杖再次指向了鲍格罗德。年长的妖精服从了，把手掌按在木头上，金库的门随之消失了，露出一个洞口。洞里从地面到天花板塞

第 26 章 古灵阁

满了金币和金酒杯、银盔甲、长着脊刺或垂着翅膀的各种奇异动物的毛皮、装在宝瓶里的魔药，还有一个仍然戴着王冠的头盖骨。

"快找！"哈利说，他们一起冲进了金库。

他曾向罗恩和赫敏描述过赫奇帕奇的金杯，但如果藏在这个金库里的是别的魂器，他就不知道是什么样子的了。他几乎还没来得及环顾四周，身后就传来一声沉闷的金属撞击声：门重新出现，把他们都封在了金库里，四下一片漆黑。罗恩吃惊地大喊了一声。

"没关系，鲍格罗德能够把我们放出去！"拉环说，"点亮你们的魔杖，行吗？快点，我们只有一点点时间！"

"荧光闪烁！"

哈利用自己点亮的魔杖照着金库四周：荧光照在闪烁的珠宝上，他看见假的格兰芬多宝剑躺在高处架子上的一堆链子中间。罗恩和赫敏也点亮了魔杖，正在检查他们周围成堆的物品。

"哈利，这是不是——？啊！"

赫敏痛得尖叫一声，哈利及时把魔杖照向了她，看到一个嵌有宝石的酒杯从她手中滑落：但它落下时裂开了，变成了好多酒杯，一秒钟之后，随着一连串噼里啪啦的响声，地板上滚满了同样的酒杯，分不出哪个是原来的那个。

"它烫伤了我！"赫敏呻吟道，一边吮吸着起泡的手指。

"他们添加了烈火咒和复制咒！"拉环说，"任何东西你们碰到后都会灼烧和复制，但是复制品毫无价值——如果你们继续触摸财宝，最终会被金子压死！"

"好，不要碰任何东西！"哈利绝望地说，但是就在他提醒时，罗恩的脚无意间触到一个跌落的酒杯，烫得他跳了起来，鞋子被炙热的金属烧掉了一块，而原地又迸出了二十多个酒杯。

"站住,别动!"赫敏说,一边抓住罗恩。

"只用眼睛看!"哈利说,"记住,杯子很小,是金的,上面刻着一只獾,有两个柄——或者找拉文克劳的标志,老鹰——"

他们极其小心地原地转动,把魔杖指向每一个角落、每一道缝隙,然而不碰到任何东西是不可能的。哈利弄得一大堆假加隆瀑布似的洒落在地上,跟酒杯混在一起,现在几乎没有地方落脚了。炽热的金子散发着高温,整个金库感觉就像个火炉。哈利魔杖的光束移过盾牌和妖精制作的头盔,那一层层的架子一直顶到天花板,他的魔杖越举越高,突然照到了一个物体,他的心猛地一跳,手抖了起来。

"在那儿,在上面!"

罗恩和赫敏也将魔杖指向了它,小金杯在三道聚光灯下闪闪发光:那杯子曾经属于赫尔加·赫奇帕奇,后来传到赫普兹巴·史密斯手里,然后被汤姆·里德尔偷去了。

"见鬼,怎么才能上到那儿,而不碰到任何东西呢?"罗恩问。

"金杯飞来!"赫敏喊道,显然是在情急之中忘记了拉环在商议计划时的提醒。

"没有用,没有用!"拉环咆哮道。

"那怎么办呢?"哈利瞪着妖精说道,"如果你要那把宝剑,拉环,就必须帮助我们而不只是——等等!我能用宝剑碰东西吗?赫敏,快拿过来!"

赫敏从袍子里摸出串珠小包,翻找了几秒钟,取出了闪光的宝剑。哈利抓住嵌红宝石的剑柄,用剑尖碰了一下旁边的一个银酒壶,它没有复制。

"要是我只用宝剑穿进杯柄——可是,怎么能上到那里去呢?"

第26章 古灵阁

他们谁也够不着放金杯的架子,连个子最高的罗恩也不行。施有魔法的财宝散发出滚滚热浪,哈利拼命思考着拿杯子的办法,汗水顺着他的面颊和脊背直往下淌。这时他听见了金库门外巨龙的咆哮,叮当声越来越响。

他们现在真的是被困住了:那扇门是出去的唯一通道,然而似乎有一群妖精正在门外靠近。哈利望望罗恩和赫敏,在他们俩的脸上看到了恐慌。

"赫敏,"哈利说,外面的叮当声更响了,"我必须上去,我们必须消灭它——"

赫敏举起魔杖,指着哈利念道:"倒挂金钟。"

哈利被提着脚踝升上空中,碰到了一副盔甲,复制品迸发出来,像一具具白热的躯体,塞满了狭小的空间。罗恩、赫敏和两个妖精被挤得碰到其他物品上,痛得大叫,而被碰到的物品也开始复制。他们几乎半个身子都埋在潮水般上涌的炽热财宝中。他们挣扎着,叫喊着。哈利忙用宝剑插入赫奇帕奇金杯的杯柄,将它挑在剑刃上。

"水火不侵!"赫敏尖叫着,试图保护自己、罗恩和妖精不被炽热的金属烫伤。

突然传来一声最恐怖的尖叫,哈利低头看去:罗恩和赫敏站在齐腰深的财宝中,拼命拽着鲍格罗德不让他整个儿陷进去,但是拉环已经被埋得看不见了,只剩下一点手指尖露在外面。

哈利抓住拉环的手指往外拉,满身水泡的妖精渐渐浮出来,嗷嗷号叫。

"金钟落地!"哈利高喊,他和拉环一起摔在不停膨胀的财宝上面,宝剑脱手飞出。

"抓住它!"哈利忍着滚烫的金属接触皮肤的灼痛大喊道,而拉环再次爬到他背上,一心躲避着越涨越高的炽热物体,"宝剑在哪儿？上面挂着金杯呢！"

门外面的叮当声变得震耳欲聋——来不及了——

"那儿！"

是拉环看到的，拉环突然往前一冲。一刹那间哈利意识到这妖精从没指望过他们信守诺言。妖精一手紧抓着哈利的一撮头发，确保自己不掉进汹涌炽热的金子的海洋，另一只手抓住了宝剑的剑柄，高高扬起不让哈利够到。

剑上挑着的小金杯被抛向了空中，但妖精仍然骑在哈利身上。哈利向下猛扑抓到了金杯，尽管感觉到皮肉被它烫伤，尽管无数的赫奇帕奇金杯从他手中迸出，像雨点一样砸在身上，他都没有松手。就在这时，金库的门打开了，哈利发现自己无法控制地滑行在炽热的金银洪流上，与罗恩、赫敏一起被冲到了金库的外面。

哈利几乎没意识到全身烧伤的灼痛，他一边随着那些不停复制的财宝往外冲，一边把小金杯塞进口袋，伸手想拿回宝剑，但是拉环不见了。他一找到机会就从哈利背上溜了下去，撒腿逃向周围的妖精中间，挥舞着宝剑叫喊道："有贼！有贼！救命啊！有贼！"他转眼消失在涌上前来的那群妖精里，他们都手持短剑，毫无异议地接纳了他。

哈利在炽热的金属上趔趔趄趄，努力站了起来，他知道唯一的出路就是冲过去。

"昏昏倒地！"他大吼道，罗恩和赫敏也大吼起来。一道道红光飞入妖精群中，有些妖精栽倒了，但其余的继续前进，哈利还看到好几个巫师警卫从拐角处跑了过来。

被拴住的巨龙一声怒吼，一股火焰从妖精头上飞过，巫师们弯着身子退了回去。哈利突然来了灵感，或者说产生了一个疯狂的念头。他举起魔杖对着巨兽厚重的脚镣大喊一声："力松

第26章 古灵阁

劲泄!"

随着几声巨响,脚镣断开了。

"这边!"哈利大喊,一边继续向逼近的妖精们发射昏迷咒,一边朝瞎眼的火龙奔去。

"哈利——哈利——你在干什么?"赫敏叫道。

"上来,爬上来,快点儿——"

巨龙还没有意识到它已经自由了。哈利踩着它的后腿弯曲处爬到了龙背上。鳞片硬得像钢铁一样,巨龙似乎都没有感觉到他。哈利伸出一只手臂,赫敏拽着它跃了上去,罗恩也爬上去坐在了他们后面。一秒钟后,巨龙意识到了锁链已经断开。

一声怒吼,巨龙立了起来,张开翅膀,升向了空中。哈利夹紧膝盖,死命地牢牢抓住锯齿状的龙鳞,尖叫着的妖精们像保龄球瓶一样被撞倒在一边。巨龙向甬道出口冲去,哈利、罗恩和赫敏趴在龙背上,身子擦到了甬道顶。追赶的妖精们纷纷向巨龙投掷短剑,一把把短剑擦着它的身体掠过。

"我们根本出不去,它太大了!"赫敏尖叫道,但是巨龙张开大嘴喷出火焰,炸开了隧洞,洞顶碎裂坍塌了。巨龙使用蛮力抓刨着,一路往外冲去。哈利紧闭双眼避开灰尘和热浪,石头的爆裂声和巨龙的吼叫声震耳欲聋。他只能紧紧抓住龙背,担心随时会被甩下去。正在这时,他听见赫敏大喊道:"掘进三尺!"

她在帮助巨龙扩大通道,挖开洞顶,让它冲向上面新鲜的空气里,离开那些尖叫着的叮当作响的妖精。哈利和罗恩也学着她,用更多的挖掘咒来炸开洞顶。他们经过了地下湖,缓缓前进的巨龙咆哮着,似乎感觉到了自由,感觉到了前方的空间,而他们身后的甬道,被巨龙扫动的带尖刺的尾巴、大堆的石块,以及碎裂的巨大钟乳石塞得满满的。妖精们发出的叮当声似乎减弱了，而在前方，巨龙的火焰为他们扫清了道路——

终于，靠着巨龙的蛮力和咒语的作用，他们炸开甬道进入了大理石门厅，妖精和巫师们尖叫着奔逃躲藏。巨龙终于找到了可以展翅的空间，它有角的脑袋转向门口，闻到了外面凉爽的空气。它迈步而出，用力挤出金属门，哈利、罗恩和赫敏仍然紧紧抓着它的后背。变了形的门在铰链上摇摇晃晃，巨龙蹒跚着走进了对角巷，然后腾空而起。

第 27 章

最后的隐藏之处

无法驾驭巨龙,它看不见方向,哈利知道如果巨龙在半空中翻身或急转弯的话,他们就不可能继续抱着它宽阔的后背了。然而,当他们越升越高,伦敦像一张灰绿相间的地图展现在下方时,哈利心中涨满了绝处逢生后的感激之情。他伏在巨龙的颈部,紧紧抓着金属般的龙鳞,凉爽的清风抚慰着他烫起水泡的皮肤,龙的翅膀像风车的叶片拍打着空气。在他背后,不知是由于高兴还是恐惧,罗恩不停地高声诅咒,赫敏则似乎在抽泣。

过了大约五分钟,哈利不再那么担心巨龙会把他们扔下去了,巨龙似乎一心只想远离地牢。但是怎样离开巨龙以及什么时候才能离开的问题仍然十分可怕。他不知道巨龙能持续飞行多久,也不知道这条几乎瞎了的巨龙能不能找到一个好的地方着陆。他不停地扫视四周,隐约感觉到伤疤在刺痛……

伏地魔要过多久才知道他们闯入了莱斯特兰奇家的金库?古灵阁的妖精多快会通知贝拉特里克斯?他们多快会发现被拿走了什么?然后,当他们发现金杯不见了呢?伏地魔最终会知道他们在搜寻魂器……

巨龙似乎渴求更凉爽、更清新的空气。它不断上升，直到飞行在一丝丝寒冷的轻云间，哈利再也看不清进出首都的汽车变成的彩色小点。他们不停地飞呀飞，飞过一片片绿色和棕色交织的乡间，地面上蜿蜒的公路与河流宛如一条条暗淡或光滑的丝带。

"你猜它在找什么？"罗恩大喊道，他们正往北飞得越来越远。

"不知道。"哈利叫道。手冻得都麻木了，但是他紧抓着龙鳞不敢动一下。他已经担心了有一段时间，如果看到海岸线在下面飘移，如果巨龙朝着远海飞去，他们该怎么办？他浑身寒冷发木，更不用说极度饥渴。他不知道巨龙上一次吃东西是什么时候，它肯定要不多久就会需要食物了吧？如果到时候它意识到背上有三个相当可口的活人，又该怎么办？

太阳又滑下去一些，天空变成了靛蓝色。巨龙仍在飞行，它巨大的影子像一大块乌云掠过地面，城市和集镇在他们下方远去。由于一直死命抓着龙背，哈利感到浑身疼痛。

"是我的错觉吗，"在一段长时间的沉默后罗恩喊道，"还是我们真的在下降？"

哈利低头看到了深绿色的山脉和湖泊，在夕阳下泛着紫铜的光泽。他眯眼顺着巨龙的侧面向下看去，地面的景物似乎在变大，并且显出了更多的细节。他怀疑巨龙是由于太阳的反光而感到了湖水的存在。

巨龙飞得越来越低，绕着大圈盘旋下降，似乎对准的是一个较小的湖泊。

"听着，等它飞得够低了我们就跳！"哈利招呼两个同伴，"在它感觉到我们之前，直接跳进水里！"

他们同意了，赫敏答应的声音有点虚弱。现在哈利能看到

第27章　最后的隐藏之处

巨龙宽阔的黄肚皮在水波中晃动。

"跳！"

他从巨龙的侧面滑了下去，脚朝下垂直地向湖面坠落。落水的过程比他想象的猛烈，他重重地击中水面，像一块石头落进了一个冰冷的满是芦苇的绿色世界。他蹬腿游向湖面，浮了上来，喘着粗气，看到大圈的涟漪从罗恩和赫敏落水的地方扩散开来。巨龙似乎什么也没有注意到，它已经在五十英尺外，正俯冲到湖面上用伤疤累累的口鼻饮水。罗恩和赫敏从湖水深处浮上来，吐着水，大口吸气。巨龙接着飞行，猛烈地拍打着翅膀，最后停在了远处的湖岸上。

哈利、罗恩和赫敏使劲游向它的对岸。湖水似乎并不深，他们很快就由游泳变成了在芦苇和淤泥中奋力前行。最后他们喘着粗气跌坐在滑溜溜的草地上，浑身透湿，精疲力竭。

赫敏瘫倒了，咳嗽着，浑身发抖。哈利尽管巴不得幸福地躺下睡一会儿，但还是挣扎着站起来，抽出魔杖，开始在他们周围施布常用的防护咒。

完成之后，他回到了两个同伴身边。这是逃出金库后他第一次细看他们俩。罗恩和赫敏的脸上和手臂上到处都是红肿的烫伤，衣服多处被烧焦。他们正在往数不清的伤处抹白鲜香精，痛得直皱眉头。赫敏把药瓶递给哈利，又掏出她从贝壳小屋带来的三瓶南瓜汁和干净的袍子。三人换了衣服，开始大口地喝南瓜汁。

"我说，好的一面是，"罗恩最后说道，他坐在那里看着手上的皮肤重新长出来，"我们拿到了魂器。坏的一面是——"

"——丢了宝剑。"哈利咬着牙说，一边透过牛仔裤上烧焦的破洞往红肿的烫伤处滴白鲜香精。

"丢了宝剑。"罗恩重复道，"那个骗人的小无赖……"

哈利从他刚脱下的湿外套口袋里掏出那个魂器，放在面前的草地上。它在阳光下闪闪发亮，正在痛饮南瓜汁的罗恩和赫敏被吸引住了。

"至少这回不能戴着它了，把它挂在脖子上会显得有点怪异。"罗恩说，一边用手背擦了擦嘴。

赫敏看了一眼湖对岸，巨龙还在那里饮水。

"你们说，它会怎么样呢？"她问道，"它会有事吗？"

"你说起话来像海格。"罗恩说，"它是一条火龙，赫敏，它能够照料自己的。需要担心的是我们。"

"什么意思？"

"啊，我不知道怎么委婉地告诉你，"罗恩说，"我想那些家伙可能已经发现我们闯进了古灵阁。"

三个人都笑了起来，而且笑得一发不可收拾。哈利饿得头昏眼花，肋骨疼痛，但是他躺在草地上和泛红的天空下一直笑到喉咙发疼。

"那么，我们该干什么呢？"赫敏最后说道，打着嗝严肃起来，"他会知道，不是吗？神秘人会知道我们在了解他的魂器！"

"也许他们会吓得不敢告诉他？"罗恩心存侥幸地说，"也许他们会掩盖——"

天空、湖水的气味、罗恩的说话声突然消失了：疼痛像剑一般刺进哈利的脑袋。他正站在一个灯光昏暗的房间里，巫师们面向他围成半圆，他脚边的地板上跪着一个颤抖的矮小身影。

"你说什么？"他的声音高亢而冷酷，但是愤怒和恐惧在内心灼烧。他畏惧的唯一一件事——但那不可能是真的，他搞不懂怎么会……

那个妖精在发抖，不敢正视高高在上的那双红眼睛。

"再说一遍！"伏地魔嘟囔道，"再说一遍！"

第27章 最后的隐藏之处

"主—主人,"妖精结结巴巴地说,黑眼睛睁得圆圆的,充满了恐惧,"主—主人……我们试—试图阻—阻止他们……冒—冒名顶替者,主人……闯—闯进了—莱斯特兰奇家的金—金库……"

"冒名顶替者?什么冒名顶替者?我以为古灵阁是有办法识别冒名顶替者的,难道不是?他们是谁?"

"是……是……叫波—波特的男—男孩和两—两个同伙……"

"那么他们拿东西了?"他说,声音越来越高,一种可怕的预感攫住了他,"告诉我!他们拿走了什么?"

"一个……一个小金—小金杯,主—主人……"

愤怒与不相信的尖叫声从他口里发出,像是陌生人的声音。他发狂了,暴怒了,这不可能是真的,不可能,没有人知道!那个男孩怎么可能发现他的秘密?

老魔杖猛地从空中劈下,绿光喷射而出,跪着的妖精滚到地上,死了。那些观看的巫师吓得四散而逃。贝拉特里克斯和卢修斯·马尔福拼命冲向门口,把别人都甩在后面。他的魔杖一次一次地劈下,没跑掉的都被杀死了,一个没留,因为他们给他带来了这个消息,因为他得知金杯——

独自站在死尸中间,他暴跳如雷。一切都在他的眼前一一出现:他的珍宝、他的护卫、他长生不死的希望——日记已经被毁,金杯又被偷走。假如,假如,那个男孩还知道别的?他会知道吗?他已经动手了吗?他找到了更多吗?邓布利多是这一切的根源吗?邓布利多,那老家伙总是怀疑他;邓布利多,那老家伙已经按他的指令被杀死,连魔杖都归了他;然而那老家伙却在可鄙的阴间,通过那个男孩来报复,那个男孩——

但是,如果那男孩销毁了他的某个魂器,他,黑魔王伏地魔，肯定会知道，肯定会感觉到的吧？他是世界上最伟大的巫师；他的强大无人能及；他杀死了邓布利多和其他许多无名鼠辈。如果他——他自己，最重要的和最珍贵的自己受到攻击、损伤，他黑魔王伏地魔怎么可能不知道？

是的，日记被毁时他没有感觉，但他一直认为那是由于他当时连幽灵都不如，没有身体来感觉……不，另外几个肯定是安全的……其余的魂器肯定完好无损……

但是他必须知道，他必须确定……他在屋里踱着步，把妖精的尸体踢到一边，他沸腾的脑海里是一幅幅烧灼而模糊的画面：湖、小屋、霍格沃茨——

他暴怒的头脑稍稍冷静了一些：那个男孩怎么可能知道他把戒指藏在冈特小屋？从没有人知道他和冈特家是亲戚，他一直隐瞒着这层关系，对谋杀案的追查从未有线索指向他：戒指肯定是安全的。

那个男孩，或不管是谁，又怎么可能知道那个山洞或穿透它的防护呢？挂坠盒被偷的想法很荒谬……

至于学校，他在霍格沃茨隐藏魂器的地方只有他一个人知道，因为只有他一个人探测到了霍格沃茨最深的秘密……

还有纳吉尼，它现在必须留在身边，时刻处在他的保护之下，不能再被派去执行命令了……

但是为了万无一失，完全万无一失，他必须返回每一个隐藏地点，他必须加固每一个魂器的防护措施……这个任务，像搜寻老魔杖一样，必须由他独自完成……

他应该先去看哪一个呢？哪一个最有危险？一种熟悉的不安在他心头闪现。邓布利多知道他的中间名字……邓布利多也许把他和冈特家联系在一起了……也许废弃的冈特老宅是最不安全的隐藏地点，他首先要去的就是那里……

第27章　最后的隐藏之处

湖，肯定不可能……尽管邓布利多也许有一点儿可能会通过孤儿院知道他过去的一些劣迹。

还有霍格沃茨……但是他知道魂器在那里是安全的。波特进入霍格莫德都不可能不被察觉，更不用说学校了。不过，最好还是警告一下斯内普，说那男孩会设法潜入城堡……当然，告诉斯内普那男孩为什么会回去是不明智的。信任贝拉特里克斯和马尔福就是重大的失误，他们的愚蠢和大意，不是证明了相信别人是多么不明智吗？

那么，他要先去冈特小屋，把纳吉尼带在身边：他不能再和蛇分开了……他大步跨出房间，走出门厅，进入了喷泉声中黑暗的花园。他用蛇佬腔呼叫大蛇，它游了出来，像长长的影子贴向他身边……

哈利突然睁开眼睛，把自己猛拉回当前的现实中。他躺在夕阳下的湖岸上，罗恩和赫敏低头看着他。从他们焦急的表情和伤疤连续的剧痛判断，他们已经注意到他刚才突然闯入了伏地魔的思想。哈利战栗着挣扎起来，发现身上仍然透湿，略微有些惊讶。小金杯看似毫无危险地放在他面前的草丛里，深蓝色的湖面在落日的余晖中金光闪闪。

"他知道了。"在伏地魔的高声尖叫之后，他自己的声音听起来陌生而低沉，"他知道了，而且他要检查另外几个在哪里。最后一个，"他已经站了起来，"在霍格沃茨。我猜到了。我猜到了。"

"什么？"

罗恩冲他张着嘴巴，赫敏跪起身，看起来很担心。

"你看到什么了？你是怎么知道的？"

"我看到了他发现金杯的事，我——我在他的脑海里，他——"哈利想起了那场杀戮，"他气得要命，也吓坏了，他想不通我们怎么知道的,现在他要去检查另外几个是否安全,第一个是戒指。他认为霍格沃茨的那个是最安全的,因为斯内普在那里,我们要混进去很难不被发现。我想他会最后检查那一个,但是他仍然可能在几小时内赶到那里——"

"那你看到在霍格沃茨的什么地方了吗?"罗恩问道,也爬了起来。

"没有,他在考虑要警告斯内普,没有想那东西确切在哪儿——"

"等等,等等!"当罗恩抓起魂器,哈利再次掏出隐形衣时,赫敏大喊道,"不能就这样去,没有一个计划,我们需要——"

"我们需要采取行动。"哈利坚定地说。他本来希望睡一觉,盼着钻进新帐篷,但现在不可能了。"一旦他发现戒指和挂坠盒都不见了,你能想象出他会做什么吗?如果他认为霍格沃茨都不够安全,把魂器转移了怎么办?"

"但是我们怎么进去呢?"

"我们先去霍格莫德,"哈利说,"看看学校周围的警戒是什么样的,然后再想办法。到隐形衣下面来,赫敏,我希望这次我们不要分开。"

"但是它恐怕装不下我们——"

"天快黑了,没人会注意到我们的脚。"

巨翅的拍打声在黑色的湖面上回响:火龙已经喝足了水,飞入空中。他们暂时停止了准备工作,看着它越飞越高,黑色的身影映在迅速暗下来的天空中,直到消失在不远处的山峰后。然后,赫敏走过来站在他们俩中间,哈利把隐形衣尽量往下拉了拉。他们一同原地旋转,进入了压迫身心的黑暗中。

第28章

丢失的镜子

哈利的脚触到了路面。他看见了熟悉得令他心痛的霍格莫德大街：漆黑的店面，村外远处黑黢黢的群山轮廓，前方通往霍格沃茨的弯道，还有三把扫帚酒吧窗户里透出的灯光。他的心猛地抽搐了一下，想起就在差不多一年前，他搀扶着奄奄一息的邓布利多降落在这里，那一幕情景如刀刻一般清晰地留在他的脑海里。所有这些都是在降落的一瞬间感到的——就在他松开罗恩和赫敏的胳膊时，出事了。

一声尖叫划破了夜空，听着像是伏地魔发现金杯被盗时的喊叫，这声音折磨着哈利全身的神经，他立刻明白这是他们引起的。就在他看着隐形衣下的另外两个人时，三把扫帚的门突然打开，十几个穿斗篷、戴兜帽的食死徒高举着魔杖冲到了街上。

罗恩举起魔杖，哈利一把抓住他的手腕。敌人太多，不能使用昏迷咒，就连试一试都会暴露他们的方位。一个食死徒挥了挥魔杖，尖叫声停止了，但仍在远处的群山间回荡不绝。

"隐形衣飞来！"一个食死徒吼道。

哈利揪住斗篷，但它并没有溜走的意思：召唤咒对它不起作用。

"这么说你没包裹着，波特？"念召唤咒的那个食死徒喊道，然后又对同伙说，"小心散开。他就在这儿。"

六个食死徒朝他们跑来，哈利、罗恩和赫敏迅速后退，拐进最近的一条小街，仅差几英寸就被他们撞上了。他们在黑暗中等待着，听着脚步声跑过来跑过去，食死徒举着魔杖搜寻，一道道魔杖的光在街上穿梭扫射。

"我们离开吧！"赫敏小声说，"现在就幻影移形！"

"好主意。"罗恩说。没等哈利回答，一个食死徒就叫了起来："我们知道你在这儿，波特，你逃不了啦！我们会找到你的！"

"他们早有准备，"哈利小声说，"弄了那个咒语，我们一来就发出警报。我想他们肯定也采取了什么办法要把我们留在这里，困在这里——"

"摄魂怪怎么样？"另一个食死徒大声喊道，"把它们放出来吧，它们会很快找到他的！"

"黑魔王想要亲手杀死波特——"

"——摄魂怪不会杀死他的！黑魔王要的是波特的命，不是他的灵魂。如果他先被吻过，再要杀死他就容易了！"

食死徒们嚷嚷着表示同意。哈利心头掠过一阵恐惧：驱散摄魂怪必须召来守护神，那样立刻就会暴露自己。

"只能试试幻影移形了，哈利！"赫敏小声说。

她话音没落，哈利就感到一股不同寻常的寒意从街上袭来。四周的灯光都被吸走了，就连星星也消失了。在伸手不见五指的黑暗中，他感到赫敏抓住了他的胳膊，他们一起原地旋转。

需要穿越的空气似乎变成了坚实的固体：他们不能幻影移形了。食死徒的魔咒还真厉害。寒意一点一点地渗透进哈利的

第28章 丢失的镜子

肌肤。他和罗恩、赫敏在小街上一步一步后退，顺着墙壁摸索，尽量不发出一点声音。接着，摄魂怪在街角出现了，有十多个，无声无息地飘移过来。哈利之所以能看得到它们，是因为它们黑色的斗篷、结痂腐烂的手比周围的黑暗更加深浓。它们能感觉到附近的恐惧吗？哈利知道肯定能。它们现在似乎移动得更快了，发出令他憎恶的那种又长又慢、咯咯作响的呼吸声，品尝着空气里的绝望，围拢过来——

他举起了魔杖。不管后面会发生什么事，他都不能也不愿经受摄魂怪的吻。"呼神护卫！"他小声说，心里想的是罗恩和赫敏。

银色的牡鹿从他的魔杖里奔出来往前冲去。摄魂怪四散逃开，从看不见的地方传来一声得意的叫嚷。

"是他，就在那儿，就在那儿，我看见他的守护神了，是一头牡鹿！"

摄魂怪退去了，星星又开始眨动眼睛，食死徒的脚步声越来越响。情急之下，哈利一时不知如何应对。就在这时，旁边传来门闩吱吱嘎嘎的声音，小街左侧的一扇门打开了，一个粗哑的声音说："波特，快进来，快！"

哈利毫不犹豫地照办，三个人冲进了敞开的门。

"上楼，别脱隐形衣，别出声！"一个高高的身影说，从他们身边走到小街上，重重地关上了门。

哈利刚才不知道他们身在何处，此刻在一根孤零零的蜡烛摇曳的微光下，他看见了猪头酒吧那破烂肮脏、散着锯末的吧台。他们跑到柜台后面，又穿过一扇门，那里有一道摇摇晃晃的木头楼梯，他们尽快爬了上去。楼梯顶上是客厅，铺着破旧的地毯，还有个小小的壁炉，壁炉上方挂着一幅很大的油画，画上是一个金发的姑娘茫然而温柔地望着屋内。

下面的街道上传来喊叫声。他们仍然披着隐形衣，悄悄走到满是污垢的窗前向下张望。他们的救命恩人——这时哈利认出他是猪头酒吧的老板——是唯一没戴兜帽的人。

"怎么啦？"他朝一个戴兜帽的面孔吼道，"怎么啦？你们敢把摄魂怪弄到我的小街上来，我就要召守护神来对付它们！我不能让它们靠近我，我跟你们说过的，绝对不能！"

"那不是你的守护神！"一个食死徒说，"那是一头牡鹿，是波特的！"

"牡鹿！"酒店老板大吼一声，抽出魔杖，"牡鹿！你这个白痴——呼神护卫！"

他的杖尖冒出一个长着犄角的大家伙：它埋着脑袋冲向大街，消失不见了。

"我看见的不是这个——"那个食死徒说，但不像刚才那么肯定了。

"有人违反了宵禁，你听见声音了，"他的一个同伙对酒吧老板说，"有人违反规定跑到了街上——"

"如果我想把猫放出去，我自然要放，去你妈的什么宵禁！"

"是你触响了啸叫咒？"

"是我又怎么样？要把我押到阿兹卡班去吗？就因为我把鼻子探出了自己的家门而杀死我吗？好吧，想这么做，你们尽管动手吧！不过为你们考虑，我奉劝你们不要去摁你们的黑魔小标记把他召来。他来了只看见我和我的老猫，肯定不会高兴的，是不是？"

"你就别替我们操心了，"一个食死徒说，"还是考虑考虑你自己吧，违反宵禁！"

"如果我的酒吧关门了，你们这帮人上哪儿去倒卖魔药和毒品呢？你们的小副业怎么办呢？"

第28章　丢失的镜子

"你胆敢威胁——？"

"我向来守口如瓶，你们就是为了这个来的，是不是？"

"我还是认为我看见了一头牡鹿守护神！"第一个食死徒大喊。

"牡鹿？"酒吧老板吼道，"那是只山羊，白痴！"

"好了好了，我们弄错了。"第二个食死徒说，"再敢违反宵禁，我们就不会这么客气了！"

食死徒们转身返回到大街上。赫敏放心地舒了口气，从隐形衣下面钻了出来，坐在一张摇摇晃晃的椅子上。哈利把窗帘拉严了，把隐形衣从自己和罗恩身上脱下来。他们听见酒吧老板在下面闩上酒吧的门，走上了楼梯。

哈利的注意力被壁炉台上的一个东西吸引住了：一面长方形的小镜子支在台上，就在那个姑娘肖像的下面。

酒吧老板进了房间。

"你们这些该死的傻瓜，"他粗暴地说，挨个儿看看他们三个，"你们是怎么想的，竟然跑到这儿来了？"

"谢谢你，"哈利说，"真不知该怎么感谢你。你救了我们的命。"

酒吧老板气哼哼地嘟囔着。哈利走上前去，抬头端详着他的脸，努力透过一缕缕金属丝般的灰色头发和胡须看清他的模样。他戴着眼镜，在脏兮兮的镜片后面，一双蓝色的眼睛明亮、锐利。

"我在镜子里看见的就是你的眼睛。"

房间里一片寂静。哈利和酒吧老板互相对视着。

"多比是你派来的。"

酒吧老板点点头，左右张望着寻找那个小精灵。

"我以为他会和你在一起。你把他留在哪儿了？"

"他死了，"哈利说，"贝拉特里克斯·莱斯特兰奇杀死了他。"

酒吧老板的脸上毫无表情。过了片刻，他说："这消息让我很难过。我喜欢那个小精灵。"

他转过身，不再看他们三个，兀自用魔杖把一盏盏灯点亮了。

"你是阿不福思。"哈利对着他的后背说。

他不置可否，弯腰去点炉火。

"你是怎么弄到这个的？"哈利问，一边走到小天狼星的镜子跟前，它跟将近两年前被哈利打碎的那面镜子是一对。

"大约一年前从蒙顿格斯手里买的。"阿不福思说，"阿不思跟我讲过。我一直在密切注意你。"

罗恩吃惊得喘不过气来。

"那头银色的牝鹿！"他激动地说，"也是你吗？"

"你在说什么呀？"阿不福思问。

"有人派了一头牝鹿守护神来找我们！"

"这种脑子，可以去当食死徒了，小子。我不是刚证实我的守护神是只山羊吗？"

"噢，"罗恩说，"是啊……唉，我饿了！"他的肚子突然咕噜咕噜叫起来，他便像是替自己辩护似的说。

"我有吃的。"阿不福思说。他走出房间，片刻之后又回来了，拿来了一大块面包、几片奶酪和一壶蜂蜜酒，放在炉火前的一张小桌上。三个人狼吞虎咽地又吃又喝，房间里一时安静下来，只有炉火的噼啪声、高脚酒杯的碰撞声，以及咀嚼食物的声音。

"好了，"阿不福思说，这时他们已经吃饱喝足，哈利和罗恩昏昏欲睡地瘫坐在椅子上，"需要想个最好的办法把你们从这里

第28章　丢失的镜子

转移出去。夜里不行，你们刚才也听见了，如果有人夜里在户外活动会怎么样：触响啸叫咒，他们就会像护树罗锅扑向狐媚子蛋一样扑向你们。我恐怕不能第二次再用山羊去冒充牡鹿了。等到天亮吧，宵禁解除后，你们可以重新穿上隐形衣，步行出发。赶快离开霍格莫德，到大山里去，在那里可以幻影移形，说不定还会看见海格。自从他们想要抓他，他就和格洛普一起躲在了一个山洞里。"

"我们不离开，"哈利说，"我们需要进入霍格沃茨。"

"别犯傻，孩子。"阿不福思说。

"我们必须去。"哈利说。

"你们必须做的，"阿不福思向前探着身子说，"是尽量远远地离开这儿。"

"你不了解。时间不多了，我们必须进入城堡。邓布利多——我是说你哥哥——想要我们——"

火光照在阿不福思的眼镜上，满是污垢的镜片突然变成不透明的纯白色，哈利想起了巨蜘蛛阿拉戈克的那双瞎眼。

"我哥哥阿不思想要许多东西，"阿不福思说，"在他贯彻他的宏伟计划时，人们经常受到伤害。波特，你快离开这所学校，如果可能的话，离开这个国家。忘记我的哥哥和他那些巧妙的计划吧。他去了一个这些都伤害不了他的地方，你并不欠他任何东西。"

"你不了解。"哈利又说。

"哦，是吗？"阿不福思小声说，"你认为我不了解我自己的哥哥？你认为你比我还要了解阿不思？"

"我不是那个意思，"哈利说，疲惫再加上酒足饭饱，他的脑袋显得有些迟钝，"是……他留给了我一项任务。"

"哦，是吗？"阿不福思说，"一桩美差，是吗？令人愉快？

简单易行？一个资历不够的小巫师不用勉为其难就能完成的事情？"

罗恩不自然地冷笑一声。赫敏看上去有些紧张。

"我——事情不容易，不容易，"哈利说，"但我非做不可——"

"'非做不可'？为什么'非做不可'？他已经死了，不是吗？"阿不福思粗暴地说，"别想这事了，孩子，免得你也步他的后尘！保住你的命吧！"

"我不能。"

"为什么？"

"我——"哈利觉得无言以对，他没法解释，便转守为攻，"可是你也在战斗呀，你是凤凰社成员——"

"现在不是了，"阿不福思说，"凤凰社完了，神秘人赢了，大势已去，那些假装不承认这些的人是在欺骗自己。波特，你待在这里永远不会安全，他急不可待地想抓住你。所以，到国外去吧，躲藏起来吧，保全自己的性命吧。最好把这两个也带上，"他用大拇指点了点罗恩和赫敏，"他们只要活着就有危险，现在大家都知道他们跟你一起做事。"

"我不能离开，"哈利说，"我有任务——"

"交给别人！"

"不能，必须是我，邓布利多解释得很清楚——"

"哦，是吗？那么，他把一切都告诉你了吗，他对你开诚布公了吗？"

哈利多么想说"是的"，然而不知怎么，这个简单的词就是不肯来到他的嘴边。阿不福思似乎知道他在想什么。

"我了解我的哥哥，波特。他在我母亲的膝头就学会了保密。秘密和谎言，我们就是这样成长起来的，而阿不思……他天生如此。"

第 28 章　丢失的镜子

老人的目光转向壁炉台上的那幅少女画像。此刻哈利已经把周围打量清楚了，知道这是房间里唯一的一幅画。这里没有阿不思·邓布利多和别人的照片。

"邓布利多先生，"赫敏有点胆怯地说，"这是你的妹妹？阿利安娜？"

"对，"阿不福思简短地说，"读了丽塔·斯基特写的东西，是吗，小姑娘？"

即使在红红的火光映照下，也能看出赫敏的脸红了。

"埃非亚斯·多吉向我们提到过她。"哈利说，想替赫敏解围。

"那个老傻瓜，"阿不福思低声说，又喝了一大口蜂蜜酒，"他认为我哥哥每一个毛孔都放射出阳光，哼，许多人都那么想，看样子，你们三个也不例外。"

哈利没有说话。他不想说出几个月来困扰心头的对邓布利多的怀疑和犹豫。他为多比掘墓时就做出了选择，他已经决定沿着阿不思·邓布利多指点的危险、曲折的道路继续前行，虽然邓布利多没有把他需要知道的事情都告诉他，但他只有深信不疑。他不愿意再去怀疑，他不想听到任何会使他偏离目标的东西。哈利碰到了阿不福思的目光，跟他哥哥的目光惊人地相似：都是明亮的蓝眼睛，都像在透视被审视的对象。哈利觉得阿不福思知道他在想什么，并因此而看不起他。

"邓布利多教授关心哈利，非常关心。"赫敏低声说。

"哦，是吗？"阿不福思说，"真是可笑，有多少我哥哥非常关心的人最后下场可悲，他当初还不如不管他们呢。"

"什么意思？"赫敏屏住呼吸问。

"不关你的事。"阿不福思说。

"但是这句话真的说得很重！"赫敏说，"你——你说的是你妹妹吗？"

阿不福思狠狠地瞪着她，嘴唇嚅动着，像是在咀嚼他忍住不说的话。然后，他突然打开了话匣子。

"我妹妹六岁时，遭到三个麻瓜男孩的袭击。他们透过后花园的树篱看见她在变魔法。她还是个孩子，还不能收放自如，那个年纪的巫师都不能。我猜，那些男孩是被眼前的情景吓着了。他们从树篱中挤了进来，我妹妹没法告诉他们魔法是怎么变的，他们就失去控制，想阻止小怪物再变魔法。"

火光里，赫敏的眼睛睁得大大的，罗恩看上去有点不舒服。阿不福思站了起来，和阿不思一样高大，因为愤怒，因为剧烈的痛苦，他突然显得很可怕。

"他们做的事情把她毁了，她再也没有恢复正常。她不愿意使用魔法，但又没法摆脱。魔法转入了她的内心，把她逼疯了，在她不能控制的时候，魔法就会在她身上发作。她有时候又古怪又危险，但大多数时候很可爱，怯生生的，对人没有伤害。

"我父亲去找那几个混蛋算账，"阿不福思说，"把他们教训了一顿，结果被关进了阿兹卡班。他从来没说他为什么那么做，如果魔法部知道了阿利安娜的状况，她将被终身囚禁在圣芒戈医院里。他们会把她看作是对《国际保密法》的一个严重威胁，因为她精神错乱，在无法控制的时候她内在的魔法就会爆发出来。

"我们必须保证她的安全，并把她隐藏起来。我们搬了家，谎称她病了，我母亲负责照料她，尽量使她平静、快乐。

"她最喜欢我，"阿不福思说，他说这话的时候，似乎一个邋遢的男生正在透过阿不福思满脸的皱纹和纠结的胡子朝外窥视，"而不是阿不思。阿不思在家时总待在楼上自己的卧室里，读他的书，数他的奖状，跟'当时最有名的魔法大师'通信，"阿不福

第28章 丢失的镜子

思讥笑地说,"他根本不愿意为她操心。她最喜欢我。我母亲没法让她吃饭时,我能哄她吃下去;她脾气发作时,我能让她平静下来;她安静时,经常帮我一起喂羊。

"后来,她十四岁了……唉,当时我不在,"阿不福思说,"如果我在,就会让她平静下来。她脾气又发作了,我母亲已不像以前那么年轻,结果……那是个意外,阿利安娜没法控制自己,我母亲被杀死了。"

哈利感到一种强烈的同情和抵触情绪,他不想再听了。可是阿不福思还在继续往下说,哈利心想老人不知多长时间没有说过这件事了,也许他从来就没对人说起过。

"这样,阿不思和小多吉一起周游世界的计划就破灭了。他们俩回来参加了我母亲的葬礼,然后多吉独自出发了,阿不思作为一家之长留了下来。呸!"

阿不福思朝火里啐了一口。

"我对他说,我愿意照顾妹妹,我不在乎上学的事,我可以待在家里自学。他却说我必须完成学业,他会留下来接替我母亲。这对于精英先生来说是有点失落的。照顾一个半疯的妹妹,每隔一天就要阻止她把房子炸飞,这可没人给他发奖。不过最初几个星期他做得挺好……后来那个人来了。"

这时,阿不福思脸上露出了一种十分危险的神情。

"格林德沃。终于,我哥哥有了个谈话的对手,有了个跟他一样聪明、有才华的人。照顾阿利安娜就成了第二位的了,他们整天都在酝酿建立新巫师秩序的计划,寻找圣器,做他们非常感兴趣的所有事情。为了宏伟的计划,为了整个巫师界的利益,一个小姑娘受到忽视又有什么关系?阿不思在为更伟大的利益工作呢!

"几个星期后,我受够了,真是受够了。那时我快要回霍格沃茨了，于是我告诉他们，告诉他们两个，面对面地，就像我现在对着你一样。"阿不福思低头看着哈利，不难想象他十几岁时的模样，精瘦结实，满腔怒火，和自己的哥哥对质。"我告诉他，你最好趁早放弃。你不能转移她，她的状态不行，你不能带她一起走，去你打算去的地方，发表你那些聪明的讲话，给自己煽动起一批追随者。他不爱听。"阿不福思说，火光照在他的镜片上，暂时遮住了他的眼睛，镜片上又是白光一片，"格林德沃听了很不高兴，他生气了，说我是个愚蠢的小男孩，想当他和我那出色的哥哥的绊脚石……还说难道我不明白，一旦他们改变了世界，让巫师们不再躲躲藏藏，让麻瓜们安分守己，我那可怜的妹妹就再也不用东躲西藏了。

"我们争论起来……我抽出我的魔杖，他也抽出了他的，我中了钻心咒，是我哥哥最好的朋友下的手——阿不思试图阻止他。于是我们三个展开了决斗，一道道闪光和一声声巨响刺激了我妹妹，她无法承受——"

阿不福思的脸上突然没了血色，仿佛受了致命的创伤。

"——我猜她是想来帮忙，但她不清楚自己在做什么，我不知道究竟是我们中间谁干的，谁都有可能——她死了。"

说到最后一句，他声音哽咽了，扑通跌坐在最近的那把椅子上。赫敏满脸泪水，罗恩的脸色几乎和阿不福思的一样苍白。哈利只感到一阵难受：他希望自己没有听见，希望能把这件事从脑子里洗掉。

"我……我很抱歉。"赫敏小声说。

"没了，"阿不福思哑着嗓子说，"永远没了。"

他用袖口擦擦鼻子，清了清嗓子。

"当然啦，格林德沃逃跑了。他在自己国内已经有了点前科，可不希望把阿利安娜的账也算在他头上。阿不思解脱了，

第 28 章　丢失的镜子

不是吗？摆脱了妹妹这个负担，可以无牵无挂地去做最伟大的巫师——"

"他从来没有解脱。"哈利说。

"你说什么？"阿不福思说。

"从来没有。"哈利说，"你哥哥死去的那天夜里喝了一种毒药，变得精神错乱。他开始喊叫，向一个不在场的人发出恳求：'别伤害他们，求求你……冲我来吧。'"

罗恩和赫敏都吃惊地看着哈利。他从来没有跟他们讲过在湖心小岛的具体细节。他和邓布利多回到霍格沃茨后发生的事情，使那一幕显得毫不重要了。

"他以为自己回到了从前，跟你和格林德沃在一起，我知道是这样。"哈利说，想起了邓布利多带着呜咽的恳求，"他以为自己正眼看着格林德沃伤害你和阿利安娜……这对他来说太痛苦了，如果当时你看见他，就不会说他已经解脱。"

阿不福思出神地盯着自己骨节突出、布满青筋的手。过了良久，他说："波特，你怎么能够确定，我哥哥更感兴趣的不是更伟大的利益而是你呢？你怎么能确定你不像我的小妹妹一样是可有可无的呢？"

似乎有锋利的冰碴刺中了哈利的心。

"我不相信。邓布利多是爱哈利的。"赫敏说。

"那他为什么不叫哈利躲藏起来？"阿不福思反驳道，"为什么不叫哈利好好地照顾自己，保全性命？"

"因为，"哈利抢在赫敏前面回答，"有时候必须考虑比自身安全更多的东西！有时候必须考虑更伟大的利益！这是战争！"

"你才十七岁，孩子！"

"我成人了，我要继续战斗，即使你已经放弃！"

"谁说我放弃了？"

"'凤凰社完了，'"哈利重复着他的话，"'神秘人赢了，大势已去，那些假装不承认这些的人是在欺骗自己。'"

"我没有说我愿意这样，但这是事实！"

"不，不是。"哈利说，"你哥哥知道怎么干掉神秘人，他把情况告诉了我。我要继续下去，直到成功——或者死去。别以为我不知道最后可能会是什么结局。早在几年前我就知道了。"

哈利等待着阿不福思的讥笑或者反驳，但他没有，他只是阴沉着脸。

"我们需要进入霍格沃茨，"哈利又说道，"如果你不能帮忙，我们就等到天亮，自己想办法，不再麻烦你。如果你能帮忙——现在正好可以说出来。"

阿不福思仍然一动不动地坐在椅子上，怔怔地盯着哈利，那双眼睛像极了他哥哥的。最后，他清清嗓子，站了起来，绕过小桌子，走向阿利安娜的肖像。

"你知道该怎么做。"他说。

那少女微微一笑，转身走远了，她不像平常肖像里的人那样消失在相框旁边，而似乎是顺着画在她身后的一条长长的隧道走去。他们注视着她纤弱的身影越走越远，最后被黑暗吞没。

"呃——这是怎么——？"罗恩想问个究竟。

"现在只有一条路能进去。"阿不福思说，"你们必须知道，整个学校从来没有这样严防死守过。据我得到的消息，他们已经把所有古老的秘密通道的两头都堵死了，围墙边都是摄魂怪，校内固定有人巡逻。斯内普独掌大权，卡罗兄妹当他的左膀右臂，你就是进了学校，又能有什么作为呢……唉，那是你自己的事了，对吗？你说你已经做好赴死的准备。"

"可是……"赫敏皱眉望着阿利安娜的画像，说道。

第28章　丢失的镜子

　　一个小白点在画中的隧道尽头出现了，阿利安娜朝他们走了回来，越来越近，越来越大。但她身边还有一个人，个子比她高，走路一瘸一拐的，满脸的兴奋。他的头发比哈利以前见过的任何时候都长，脸上似乎划了几道口子，衣服也被撕扯得不像样子。两个人影越来越大，最后他们的脑袋和肩膀占满了整个肖像。这时，墙上的肖像如同一扇小门一样打开了，露出一条真正的隧道的入口。真正的纳威·隆巴顿从隧道里爬出来，头发长得出奇，满脸伤痕，长袍被扯烂了。他狂喜地大吼一声，从壁炉台上跳了下来，嚷道："我知道你会来！我早就知道，哈利！"

第29章

失踪的冠冕

"纳威——真是——怎么会——？"

纳威又看见了罗恩和赫敏，欣喜若狂地尖叫着，也挨个儿把他们抱了抱。哈利越看纳威，越觉得他的模样惨不忍睹：一只眼睛肿了，又青又紫，脸上有许多深深的伤口，整个人蓬头垢面，说明他的日子过得很糟糕。不过，他伤痕累累的脸上洋溢着喜悦。他放开赫敏，又说道："我知道你们会来！一直对西莫说这是迟早的事！"

"纳威，你这是怎么啦？"

"什么？这个？"纳威摇摇脑袋，没把自己的伤当回事，"没什么，西莫比我还惨呢。你们会看到的。我们现在就走吧？哦，"他转向阿不福思，"阿不，可能还有两个人要过来。"

"还有两个？"阿不福思凶巴巴地说，"你说什么，隆巴顿，还有两个？外面在宵禁，整个村子都布了啸叫咒！"

"我知道，所以他们会直接幻影显形到酒吧里。"纳威说，"来了就让他们从通道过去，好吗？多谢了。"

纳威把手伸给赫敏，扶她爬上壁炉台，钻进了隧道。罗恩跟了上去，纳威紧随其后。

第29章 失踪的冠冕

哈利对阿不福思说:"真不知道怎么感谢你,你救了我们的命,两次。"

"好好照顾他们吧,"阿不福思粗声粗气地说,"我恐怕救不了他们三次。"

哈利爬到壁炉台上,穿过了阿利安娜肖像后面的那个洞。洞的那边是光滑的石头台阶,似乎这条通道已经存在了许多年。墙壁上挂着黄铜灯,泥土地面被踩得平平实实。他们走在通道里,影子投在墙壁上,像扇子一样摇摆着。

"这通道有多长时间了?"罗恩边走边问,"活点地图上没有吧,哈利? 我原来以为只有七条通道进出学校呢。"

"开学前他们就把那些通道全封死了,"纳威说,"入口施了魔咒,出口有食死徒和摄魂怪把守,现在根本不可能从那里进出了。"他开始倒退着走,笑容满面地细细端详他们。"别管那些事啦……是真的吗? 你们真的闯进了古灵阁? 真的骑着火龙逃走了? 事情都传开了,大家都在说,泰瑞·布特吃饭时在礼堂里大声嚷嚷这事儿,被卡罗兄妹打了一顿!"

"对,是真的。"哈利说。

纳威高兴地笑了起来。

"后来你们把那条火龙怎么样了?"

"在野外放掉了,"罗恩说,"赫敏一心想把它当宠物养着——"

"不许夸张,罗恩——"

"可是你们在做什么呢? 人们都说你在四处逃窜,哈利,但我认为不会。我想你肯定在做什么事情。"

"你说得对。"哈利说,"快跟我们说说霍格沃茨吧,纳威,我们什么消息都没有。"

"学校……唉,它现在已经不像霍格沃茨了。"纳威说着,脸上的笑容隐去了,"你们知道卡罗兄妹吗?"

"就是在这里教书的那两个食死徒？"

"他们不光教书，"纳威说，"纪律也归他们管。这两个卡罗，最喜欢惩罚学生。"

"像乌姆里奇一样？"

"哪里，乌姆里奇跟他们一比，还算是温和的。如果我们做了错事，别的老师都得把我们交给他们俩。不过，老师们只要能躲得过去就不这么做。看得出来，他们也像我们一样恨那两个人。

"阿米库斯，那个男的，教以前的那门黑魔法防御术课，现在其实就是赤裸裸的黑魔法了。要我们在那些被关禁闭的人身上练习钻心咒——"

"什么？"

哈利、罗恩和赫敏异口同声的惊叫在整个通道里回荡。

"是啊，"纳威说，"我这个伤就是这么来的。"他指指面颊上一道特别深的伤口，"我不肯做。不过有些人兴趣倒挺大，克拉布和高尔可喜欢了。这大概是他们第一次在什么事情上冒了尖儿。

"阿莱克托，阿米库斯的妹妹，教麻瓜研究课，这现在是每个人的必修课了。我们都得听她说，麻瓜就像动物一样，又脏又蠢，对巫师凶恶残暴，逼得巫师四处躲藏，她还说现在正常秩序得到了重新建立。这道伤口，"他指指脸上的另一条口子，"是我问她和她哥哥手上沾了多少麻瓜鲜血时留下的。"

"天哪，纳威，"罗恩说，"说话放肆也要分时间地点呀。"

"你没听到她说话，"纳威说，"不然你也受不了。关键是，有人站出来跟他们对抗是有用的，这使大家看到了希望。哈利，当初你这么做的时候我就注意到了。"

"可他们这是在拿你磨刀呀。"罗恩说。他们从一盏灯下走过

第29章 失踪的冠冕

时,灯光照得纳威的伤口更加触目惊心,罗恩看了不禁一哆嗦。

纳威耸了耸肩膀。

"没关系。他们舍不得糟蹋太多纯血统巫师的血,所以只在我们说话放肆时稍稍折磨我们一下,不会真要我们的命。"

哈利不知道到底哪一个更糟糕,是纳威所说的事情,还是他说这些事情时那副无所谓的口吻。

"真正有危险的,是那些有亲戚朋友在外面惹了麻烦的同学,他们会被当成人质。老谢诺·洛夫古德在《唱唱反调》上说话太坦率,他们就在卢娜回去过圣诞节时把她从火车上抓走了。"

"纳威,卢娜没事儿,我们看见她了——"

"是啊,我知道,她给我送了个信儿。"

纳威从口袋里掏出一枚金币,哈利认出是邓布利多军用来互相传递消息的那种假加隆。

"这玩意儿太棒了。"纳威笑嘻嘻地对赫敏说,"卡罗兄妹一直没发现我们是用什么方式联系的,简直都要气疯了。那会儿我们经常半夜溜出去,在墙上涂写邓布利多军仍在招募新兵之类的话。斯内普恨死了。"

"那会儿?"哈利注意到他用的是过去时,问道。

"唉,后来形势越来越严峻了,"纳威说,"圣诞节时失去了卢娜,金妮复活节后再没回来,而当时我们三个相当于是领头的。卡罗兄妹似乎知道许多事情都是我在后面策划,开始狠狠地惩罚我,后来迈克尔·科纳去释放一个被他们锁住的一年级新生时不幸被发现,他们把他折磨得可惨了。这把许多人都吓跑了。"

"真不敢相信。"罗恩低声嘟囔道,这时通道开始变成上坡。

"是啊,我不能要求别人经受迈克尔的那种遭遇,所以就放弃了那些危险的做法。但我们仍在战斗,做一些地下工作,直到两个星期前。那时他们大概断定只有一个办法能让我收敛，就去找我奶奶了。"

"什么？"哈利、罗恩和赫敏同时问道。

"是啊。"纳威说，通道的坡度很陡，他说话微微带喘，"哼，可以看得出他们的想法。绑架孩子让亲属循规蹈矩，这一招一直很灵，我就猜到他们早晚会把这招儿反过来用。问题是，"他面对着他们，哈利惊讶地看到他竟然满脸笑容，"他们太不自量力了。奶奶，一个不起眼的老女巫，独自一人过活，他们大概以为用不着派个特别厉害的人去。结果，"纳威大笑起来，"德力士这会儿还在圣芒戈医院躺着呢，奶奶逃走了。她给我捎了封信，"他用手拍拍长袍胸前的口袋，"告诉我说她为我骄傲，还说我不愧是我父母的儿子，叫我坚持下去。"

"真了不起。"罗恩说。

"是啊。"纳威高兴地说，"问题是，他们意识到威胁不了我，就决定霍格沃茨可以不再有我这个人。我不知道他们是打算杀死我还是把我送到阿兹卡班，不管怎么样，我知道我应该消失了。"

"可是，"罗恩似乎完全被弄糊涂了，说，"我们——我们不是正往霍格沃茨去吗？"

"当然，"纳威说，"你会明白的。我们到了。"

他们拐过一个弯，前面就是通道的尽头。又是一道短短的石头台阶通向一扇门，跟阿利安娜肖像后面的那扇门一模一样。纳威推开门，爬了进去。哈利也跟了过去，只听纳威朝一些看不见的人喊道："快看谁来了！我怎么跟你们说的？"

哈利一钻进通道那头的房间，就听见好几个人尖叫、高喊起来——

"哈利！"

第29章 失踪的冠冕

"是波特,是**波特**!"

"罗恩!"

"赫敏!"

五颜六色的帷帐,一盏盏灯,还有许多张脸,看得哈利眼花缭乱。接着,他、罗恩和赫敏就被大约二十多个人团团围住了。那些人搂抱他们,跟他们握手,捶他们的后背,揉他们的头发,就好像他们刚赢了一场魁地奇决赛。

"好了,好了,安静点儿!"纳威喊道,人群退去,哈利这才看清周围的情况。

哈利根本不认识这个房间。它大极了,看上去像一座特别考究的树屋,又像一艘大船的船舱。不同颜色的吊床吊在天花板上,吊在环绕着没有窗户的深色镶木墙壁的楼厅上,墙上挂满了各种鲜艳的挂毯,哈利看见了格兰芬多的金色狮子,在深红的底子上分外醒目,还有赫奇帕奇的黑獾,底色是黄的,以及拉文克劳的青铜老鹰,被蓝色衬托着,唯独不见斯莱特林的银色和绿色。房间里有塞得满满当当的书架,墙上靠着几把飞天扫帚,墙角还有一台大大的木头收音机。

"我们这是在哪儿?"

"有求必应屋呀,这还用问!"纳威说,"它超水平发挥了,是不是?当时卡罗兄妹在追我,我知道要找到藏身之处只有一个机会:还好,我终于进了门,发现了这里!当然啦,我刚来的时候这里可不是这样的,要小得多,而且只有一个吊床,只有格兰芬多的帷帐。后来随着越来越多的D.A.成员加入进来,它就拓展开了。"

"卡罗兄妹进不来吗?"哈利张望着寻找房门,问道。

"进不来。"西莫·斐尼甘说,他说话时哈利才认出他来。西莫的脸肿了,伤痕累累。"真是个理想的藏身之处,只要我们有一个人在这里，他们就进不来，门打不开。多亏了纳威。他真正知道如何利用这个房间。你得向它索要你真正需要的东西——比如，'我不希望卡罗兄妹的追随者能够进来'——它就会为你办到！不过你必须保证把漏洞堵上！纳威最拿手！"

"其实很简单。"纳威谦虚地说，"当时我在这里躲了一天半，饿得实在受不了，希望能有点吃的，结果通向猪头酒吧的通道就在那时候打开了。我穿过通道，遇到了阿不福思。从那以后，他一直在给我们提供食物，不知为什么，这房子居然做不到这一点。"

"是啊，食物是'甘普基本变形法则'的五大例外之一。"罗恩的话使大家吃惊不小。

"我们在这里躲了将近两个星期。"西莫说，"每当我们需要的时候，它就会变出更多的吊床，后来女生也开始加入，它还冒出了一间挺不错的盥洗室呢——"

"——因为女生很想洗洗涮涮，没错。"拉文德·布朗接着说，哈利这才注意到她。哈利仔细望望周围，认出了许多张熟悉的面孔。佩蒂尔孪生姐妹都在，还有泰瑞·布特、厄尼·麦克米兰、安东尼·戈德斯坦和迈克尔·科纳。

"快说说你们在干些什么吧。"厄尼说，"外面传闻很多，我们一直靠波特瞭望站跟踪你的最新消息。"他指指收音机，"你们没有真的闯进古灵阁吧？"

"闯进去了！"纳威说，"那条火龙也是真的！"

一阵掌声，几声欢呼，罗恩鞠了一躬。

"你们去那儿找什么？"西莫急切地问。

没等他们三个有谁打岔来回避这个问题，哈利就感到闪电形伤疤一阵突如其来的剧烈灼痛。他赶紧转过身，背对着那些好奇而兴奋的面孔。有求必应屋突然消失了，他站在一座破败

第29章 失踪的冠冕

的石屋里,脚边腐烂的地板被扯开了,一只挖出来的金盒子放在洞边,盖子开着,里面是空的,伏地魔愤怒的叫声在他脑海里震荡。

他使出全部的力气,从伏地魔的思维中挣脱出来,重新回到了有求必应屋,微微摇晃着站在那里,脸上汗如雨下,罗恩在一旁扶着他。

"你还好吗,哈利?"是纳威在说话,"想坐下来吗?我猜你是累了,对吗——?"

"不。"哈利说。他看着罗恩和赫敏,试图无声地告诉他们伏地魔刚才又发现他的一个魂器不见了。剩下的时间不多了:如果伏地魔选择下一步就来霍格沃茨,他们就会错过机会。

"我们要走了。"他说,两个同伴的表情告诉他,他们已经心领神会。

"那我们怎么做呢,哈利?"西莫问,"计划是什么?"

"计划?"哈利重复了一遍。他用全部的意志力量阻止自己再次陷入伏地魔的暴怒:伤疤仍然火烧火燎地疼。"是这样,我们——罗恩、赫敏和我——需要做一件事,然后我们就离开这里。"

不再有人大笑或尖叫了。纳威显得很困惑。

"你说什么,'离开这里'?"

"我们这次不能久留,"哈利一边说,一边揉着伤疤缓解疼痛,"有一件重要的事需要我们去做——"

"什么事?"

"我——我不能告诉你们。"

听了这话,人们纷纷小声嘟囔起来,纳威的眉头皱在了一起。

"为什么不能告诉我们?是跟抗击神秘人有关的事,

对吗?"

"嗯,是啊——"

"那我们可以帮助你呀。"

邓布利多军的其他成员也都点头称是,有的摩拳擦掌,有的表情严肃,有两个还从椅子上站了起来,表达了他们想立刻采取行动的愿望。

"你们不了解,"在最近几个小时里,哈利似乎把这句话说了许多遍,"我们——我们不能说。我们必须——独立完成。"

"为什么?"纳威问。

"因为……"哈利急不可耐地想开始寻找失踪的魂器,或至少跟罗恩和赫敏单独谈谈从何处着手搜寻,但他发现自己很难集中思想。伤疤仍然火辣辣地疼。"邓布利多留给我们三个人一项任务,"他小心地斟词酌句,"我们不能告诉——我是说,他希望我们去完成,就我们三个人。"

"我们是他的军队,"纳威说,"邓布利多的军队。我们都是一起的,而且你们三个不在的时候,我们一直保留着这个组织——"

"伙计,我们也不是去野餐了呀。"罗恩说。

"我没那么说,但我不明白你们为什么不能信任我们。这房间里的每个人都一直在战斗,他们被逼到了这里,因为卡罗兄妹在追捕他们。事实证明,这里的每个人都是忠实于邓布利多——忠实于你的。"

"是这样……"哈利开了个头,但不知道该怎么往下说,不过没关系了,隧道的门在他身后打开了。

"我们接到你的消息了,纳威!嘿,你们三个,我就知道你们肯定在这儿!"

是卢娜和迪安。西莫欣喜若狂地大喊一声,冲过去拥抱他

第29章 失踪的冠冕

最好的朋友。

"嘿,大家好!"卢娜高兴地说,"噢,回来真是太好了!"

"卢娜,"哈利心烦意乱地说,"你来这里做什么?你是怎么——?"

"是我叫她来的,"纳威说着,举起那枚假加隆,"我向她和金妮保证过,你们一露面就通知她们。我们都以为你们回来就意味着造反,意味着推翻斯内普和卡罗兄妹。"

"当然是这样,"卢娜神采飞扬地说,"对吗,哈利?我们要把他们赶出霍格沃茨,对吗?"

"听着,"哈利说,心头越来越紧张,"对不起,但我们回来不是为了这个。我们必须做一件事,然后——"

"然后就离开,把我们留在这水深火热之中?"迈克尔·科纳质问。

"不!"罗恩说,"我们要做的事情最终会给大家带来好处,是关于怎样除掉神秘人——"

"那让我们帮忙呀!"纳威生气地说,"我们也想尽自己的一份力!"

身后又传来动静,哈利转身一看,心脏似乎停止了跳动:金妮正从墙上的洞口爬进来,后面紧跟着弗雷德、乔治和李·乔丹。金妮朝哈利绽开一个灿烂的微笑,哈利这才感觉到——也许以前从未充分认识到——金妮有多么美丽,但他从没像现在这样不乐意看见她。

"阿不福思有点冒火了,"弗雷德说,一边举起手回应几个人的大声问候,"他想睡觉,他的酒吧变成火车站了。"

哈利的嘴张得老大。哈利以前的女朋友秋·张出现在李·乔丹的身后,朝他嫣然一笑。

"我接到了消息。"秋·张举起她那枚假加隆说,然后走过去坐在迈克尔·科纳身边。

"快说吧，哈利，计划是什么？"乔治问。

"没有什么计划。"哈利说，这么多人突然出现仍使他感到晕头转向，而额头的伤疤还是火辣辣地剧痛，他一时有些应付不过来。

"边干边定计划，对吗？ 我最喜欢这样。"弗雷德说。

"你必须阻止他们！"哈利对纳威说，"你把他们都叫回来做什么？ 这是愚蠢的——"

"我们要战斗，不是吗？"迪安说着，把他那枚假加隆掏了出来，"消息说哈利回来了，我们要开始战斗！ 不过我得弄到一根魔杖——"

"你没有魔杖——？"西莫奇怪地问。

罗恩突然转向哈利。

"为什么不能让他们帮忙？"

"什么？"

"他们可以帮忙，"罗恩压低了声音，除了站在他和哈利中间的赫敏，谁也听不见他说话，"我们不知道那东西在哪儿，又必须赶快找到它。我们用不着说那是魂器。"

哈利的目光从罗恩移向了赫敏，她喃喃地说："我认为罗恩说得对。我们连要找什么东西都不知道，我们需要他们。"看到哈利还在迟疑，她又说："你用不着每件事都一个人去做，哈利。"

哈利在飞快地思索，伤疤仍在刺痛，脑袋又像是要裂开似的。邓布利多警告过他，魂器的事除了罗恩和赫敏谁也不能说。*秘密和谎言，我们就是这样成长起来的，而阿不思……他天生如此……莫非他正在变成邓布利多，把秘密紧紧地锁在自己心里，不敢信任别人？* 可是邓布利多信任过斯内普，结果又怎

第29章 失踪的冠冕

样呢？导致了高塔顶上的谋杀……

"好吧。"他轻声对两个同伴说,"听我说。"他对房间里所有的人宣布,嘈杂声立刻平息下来,正在给周围人说笑话的弗雷德和乔治也不作声了,一个个都显得警觉而兴奋。

"我们需要找到一件东西,"哈利说,"一件——一件能够帮助我们推翻神秘人的东西。就在霍格沃茨,但不知道具体在什么地方。它可能是属于拉文克劳的。有没有人听说过这样一件东西?有没有人碰到过,比如,上面带着拉文克劳老鹰标志的东西?"

他满怀希望地看着那一小群拉文克劳的学生,从帕德玛、迈克尔、泰瑞,到秋·张,不料却是坐在金妮椅子扶手上的卢娜做出了回答。

"对了,她那失踪的冠冕。我跟你说过的,记得吗,哈利?拉文克劳失踪的冠冕?我爸爸想复制来着。"

"对,可是那失踪的冠冕,"迈克尔·科纳翻着眼睛说,"已经失踪了呀,卢娜。这似乎才是关键呢。"

"它是什么时候失踪的?"哈利问。

"听说是许多世纪以前。"秋·张说,哈利的心往下一沉,"弗立维教授说冠冕是跟拉文克劳本人一起消失的。人们找过,可是,"她求援地看了看她的拉文克劳同学,"谁也没有发现一点线索,是不是?"

他们都点了点头。

"对不起,什么是冠冕呀?"罗恩问。

"就是一种王冠。"泰瑞·布特说,"据说拉文克劳的冠冕具有魔法特性,能增加佩戴者的智慧。"

"对,我爸爸的骚扰虻虹吸管——"

哈利打断了卢娜的话。

"你们谁也没见过类似的东西吗?"

他们又都摇了摇头。哈利看看罗恩和赫敏,在两人脸上看到了跟他同样的失望。一件失踪了这么久的东西,看样子又没有任何线索,似乎不太可能是那个藏在城堡里的魂器……然而,没等他提出新的问题,秋·张又说话了。

"如果你想看看冠冕是什么样子的,我可以带你上我们的公共休息室去指给你看,好吗,哈利? 拉文克劳的塑像上戴着它呢。"

哈利的伤疤又开始烧灼:一时间,有求必应屋在他面前浮动起来,他看见漆黑的大地在他身下飞掠而过,感觉到巨蛇盘绕在他的肩头。伏地魔又在飞了,是飞向地下湖泊,还是飞向这里——霍格沃茨城堡,他不知道,但不管怎样,他们的时间不多了。

"他在路上。"哈利小声对罗恩和赫敏说。他扫了一眼秋·张,又转过来对着他们俩。"听我说,我知道这不算什么线索,但还是想去看看这座塑像,至少可以弄清冠冕是什么样子。你们在这里等我,要保证那一件的安全——你们知道。"

秋·张已经站起来了,但金妮很不客气地说:"不用,卢娜会带哈利去的,对吗,卢娜?"

"噢,对,我很乐意。"卢娜高兴地说,秋·张重新坐了下去,显得很失望。

"我们怎么出去?"哈利问纳威。

"就在这儿。"

他把哈利和卢娜领到一个墙角,一个小碗柜通向一道很陡的楼梯。

"它每天都通向不同的地方,所以一直没被他们发现。"他说,"唯一的麻烦是你永远不知道最后会从什么地方出来。小心

第29章 失踪的冠冕

点儿,哈利,他们夜里总在走廊上巡逻。"

"没问题,"哈利说,"待会儿见。"

他和卢娜匆匆走上楼梯,楼梯很长,映着火把的光,经常会有出其不意的拐弯。最后,他们像是来到了一堵结实的墙前。

"钻进来。"哈利对卢娜说,一边抽出隐形衣披在两人身上。他轻轻推了推墙。

墙立刻融化了,他们闪身来到外面。哈利朝后看了一眼,发现墙又封死了。他们站在一道昏暗的走廊里,哈利拉着卢娜退到阴影里,从脖子上挂的皮袋里摸索着掏出活点地图,凑在鼻子跟前仔细搜寻,终于找到了他和卢娜的那两个小点。

"我们在六楼。"他小声说,一边注视着费尔奇在前面那道走廊上越走越远,"来,这边走。"

他们蹑手蹑脚地走开了。

哈利以前曾经多次在城堡夜游,但他的心从没跳得这么剧烈过,他深知自己这次行动关系重大,必须做到万无一失。哈利和卢娜走过地板上的一方方月光,经过一套套铠甲——轻轻的脚步声震得那些头盔嘎嘎作响,转过一个个弯——天知道那后面会躲藏着什么。每当光线稍亮一点,他们就查看一下活点地图,有两次还停下脚步让一个幽灵通过,以免引起他的注意。哈利时刻提防着遇到障碍,他最担心的是皮皮鬼,每走一步都竖起耳朵,倾听有没有那个恶作剧精灵走近的最轻微的声响。

"这边走,哈利。"卢娜轻声说,拉着哈利的衣袖把他拖向一道旋转楼梯。

他们转着令人头晕目眩的小圈往上走。哈利以前没有来过这上面。最后他们来到一扇门前。门上没有把手,也没有钥匙孔,只有一块上了年头的光光的木板,上面有个鹰状的青铜门环。

卢娜伸出一只苍白的手,这只手在半空中移动,没有胳膊和身体与之相连，显得十分怪异。她敲了一下门，在一片寂静中，哈利觉得这声音简直就像炮弹炸响。鹰嘴立刻张开了，但没有发出鸟叫，而是用一个温柔的、音乐般的声音说："凤凰和火，先有哪一个？"

"嗯……你说呢，哈利？"卢娜若有所思地说。

"什么？不只是口令？"

"哦，是的，必须回答一个问题。"卢娜说。

"如果答错了呢？"

"那就只好等着别人来答对了，"卢娜说，"这样可以学到知识，明白吗？"

"明白……问题是，我们可等不起别人呀，卢娜。"

"对，我懂你的意思。"卢娜认真地说，"好吧，我想答案是一个循环，没有起点。"

"有道理。"那声音说完，门就开了。

空无一人的拉文克劳公共休息室是一间很大的圆形屋子，比哈利在霍格沃茨看见的所有房间都更显空灵。墙上开着一扇扇雅致的拱形窗户，挂着蓝色和青铜色的丝绸：白天，拉文克劳的同学可以看见周围的群山，风景优美。天花板是穹顶的，上面绘着星星，下面深蓝色的地毯上也布满星星。房间里有桌椅、书架，门对面的壁龛里立着一尊高高的白色大理石塑像。

哈利认出这就是罗伊纳·拉文克劳，因为他在卢娜家看到过那座半身石像。塑像旁边是一扇门，他猜是通向上面的宿舍的。他大步走到大理石塑像跟前，那女人似乎在望着他，脸上带着若有似无的揶揄的微笑，美丽，却有些令人生畏。她的头顶上有一个用大理石复制的精致圆环，有点像芙蓉在婚礼上戴的那种头饰。圆环上刻着细小的文字。哈利从隐形衣下面钻出来，爬到拉文克劳塑像的底座上去读那些文字。

第29章 失踪的冠冕

"过人的聪明才智是人类最大的财富。"

"会让你变成穷光蛋,傻瓜!"一个声音尖笑着说。

哈利猛一转身,从底座上滑下来摔在了地上,他面前站着削肩膀的阿莱克托·卡罗。就在哈利举起魔杖的一刹那,她用短粗的食指按住了烙在她小臂上的骷髅和蛇。

第30章

西弗勒斯·斯内普被赶跑

阿莱克托的手指一碰到黑魔标记，哈利的伤疤就如着了火一般剧痛起来，群星密布的房间从他眼前消失了。他站在悬崖下一块突出的岩石上，周围海浪汹涌，内心一阵狂喜——他们抓住了那男孩。

砰的一声巨响，哈利又回到他置身的地方，他茫然地举起魔杖，可是面前的女巫已经向前扑倒。她重重地摔倒在地，震得书柜的玻璃叮当作响。

"我以前只在D.A.训练时练习过昏迷咒，"卢娜饶有兴趣地说，"没想到会发出这么大的声音。"

果然，天花板开始颤抖。通向宿舍的门后面传来越来越响的奔跑声：卢娜的咒语惊醒了睡在上面的拉文克劳学生。

"卢娜，你在哪儿？我需要钻到隐形衣下面！"

卢娜的脚突然出现了，哈利赶紧跑到她身边。她刚把隐形衣披到两人身上，门就开了，一群穿着睡衣的拉文克劳学生拥进了公共休息室。他们看见阿莱克托不省人事地躺在地上，都倒抽了一口冷气，发出惊讶的尖叫。慢慢地，他们蹭过去围在她身边，看着这头随时都会醒来、向他们发起进攻的猛兽。然

第30章　西弗勒斯·斯内普被赶跑

后，一个勇敢的一年级新生冲过去用大脚趾顶了顶她的屁股。

"我想她可能死了！"他高兴地喊了起来。

"哦，看，"卢娜看见拉文克劳的同学们把阿莱克托团团围住，开心地小声说，"他们多高兴呀！"

"是啊……太棒了……"

哈利闭上眼睛，伤疤突突地跳疼，他主动地再次陷入了伏地魔的思想……他行走在通往第一个山洞的地道里……他决定先检查了挂坠盒再过来……那也不会要多长时间……

公共休息室门外传来敲门声，拉文克劳的同学们都怔住了。哈利听见门外的鹰形门环又发出那音乐般的温柔声音："消失的东西去了哪儿？"

"不知道！你给我闭嘴！"一个粗鲁的声音吼道，哈利知道是阿莱克托的哥哥——阿米库斯。"阿莱克托？阿莱克托？你在吗？你抓住他了吗？快开门！"

拉文克劳的同学们都吓坏了，聚在一起窃窃私语。随即，突如其来地传来一连串巨响，好像有人在朝门开枪。

"**阿莱克托！**如果他来了，我们却没有抓住波特——你想遭到跟马尔福一家同样的下场吗？**快回答我！**"阿米库斯大声咆哮着，一边拼命推搡着门，可是门没有开。拉文克劳的同学们纷纷后退，最害怕的几个开始匆匆跑回楼上的卧室。哈利犹豫着是不是应该把门炸开，击昏阿米库斯，不让他再做别的。就在这时，门外又响起一个极为熟悉的声音。

"请问你在做什么呢，卡罗教授？"

"我想——穿过——这扇该死的——门！"阿米库斯喊道，"去把弗立维叫来！叫他来开门，快！"

"但你妹妹不是在里面吗？"麦格教授问，"今天晚上早些时候，弗立维不是在你的紧急请求下放你妹妹进去了吗？或许她可以替你开门？你就用不着把半个城堡的人都吵醒了。"

"她不应声儿，你这个老娘们！你给我把门打开！快！快打开！"

"没问题，如果你愿意这样。"麦格教授说，声音里透着可怕的寒意。只听门环轻轻响了一下，那个音乐般的声音又问道："消失的东西去了哪儿？"

"化为虚无，也就是说，化为万物。"麦格教授回答。

"说得好。"鹰形门环说，门一下子打开了。

阿米库斯挥舞着魔杖冲进门来，落在后面的几个拉文克劳同学仓皇地朝楼梯奔去。阿米库斯和他妹妹一样是个驼背，长着一张苍白的面团般的脸和一双小绿豆眼。这双眼睛立刻看见了瘫在地板上一动不动的阿莱克托。他发出一声愤怒和惊恐的喊叫。

"他们干了什么？这帮小崽子！"他嚷道，"我要给他们念钻心咒，让他们告诉我是谁干的——黑魔王会怎么说呢？"阿米库斯站在他妹妹跟前，用拳头砸着自己的脑门，尖声大叫，"我们没有抓到那小子，他们竟然把我妹妹给杀了！"

"她只是被击昏了，"麦格教授蹲下身查看了阿莱克托一番，不耐烦地说，"她不会有什么事的。"

"呸，她的麻烦大了！"阿米库斯咆哮道，"被黑魔王抓住她就完了！她竟然把他给召来了，我感到我的标记烧起来了，黑魔王还以为我们抓住了波特呢！"

"'抓住了波特'？"麦格教授警觉地说，"你说什么，'抓住了波特'？"

"他告诉我们波特可能会闯进拉文克劳塔楼，要我们一抓住波特就把他召来！"

"哈利·波特为什么要闯进拉文克劳塔楼？波特是我们学

第30章　西弗勒斯·斯内普被赶跑

院的！"

在麦格教授疑惑和愤怒的声音里，哈利听出了一丝骄傲的口气，他内心立刻涌起对米勒娃·麦格的爱戴。

"他就告诉我们波特会来这里！"卡罗说，"我哪知道是怎么回事？"

麦格教授站起身，锐利的眼睛在房间里扫视着，目光两次从哈利和卢娜站的地方扫过。

"我们可以推到那些毛孩子身上，"阿米库斯说，那张胖猪脸突然变得狡猾起来，"对呀，就这么做。我们就说阿莱克托遭到毛孩子的偷袭，就是住在上面的那些毛孩子，"他抬头看向宿舍的位置，望着布满星星的天花板，"我们就说是他们逼着她按了标记，让黑魔王得到了假情报……他可以惩罚他们。多几个毛孩子少几个毛孩子又有什么差别？"

"这是事实与谎言、勇气与懦弱之间的差别！"麦格教授脸色变白了，说道，"总之，看来这是你和你妹妹不能理解的一种差别。但有一点我必须说明白：绝不能把你们的许多愚蠢行为嫁祸到霍格沃茨的学生身上。我不允许。"

"你说什么？"

阿米库斯向前逼近，一副咄咄逼人的样子，他的脸离麦格教授只差几寸。麦格教授没有退缩，而是以一种鄙夷的目光看着他，就好像他是沾在马桶圈上的令人恶心的东西。

"这可不是你允许不允许的事，米勒娃·麦格。你的日子结束了。现在是我们在这儿掌权，你必须支持我，不然你吃不了兜着走。"

他朝麦格教授脸上啐了一口。

哈利一把扯掉身上的隐形衣，举起魔杖说道："你不该这样做！"

就在阿米库斯转过身来的一刹那,哈利大喊一声:"钻心剜骨!"

食死徒一下子悬了起来,像个落水者一样在空中扭动翻转,痛苦地扑打、号叫。随着哗啦一声巨响和碎玻璃溅落的声音,他砸在一个书架的门上,然后不省人事地摔倒在地。

"我明白贝拉特里克斯的意思了,"哈利说,血液在脑子里涌动,轰轰作响,"你需要真正下得了狠心才行。"

"波特!"麦格教授抓住自己的胸口,小声说道,"波特——你在这儿!真——怎么会——?"她努力使自己镇静下来,"波特,这太愚蠢了!"

"他朝你吐唾沫。"哈利说。

"波特,我——你真是——真是见义勇为——但你难道没有想到——?"

"噢,我知道。"哈利安慰她道。不知怎的,她的紧张倒让他镇定了下来。"麦格教授,伏地魔要来了。"

"怎么,现在可以说这个名字了?"卢娜兴趣盎然地问,一把扯掉了隐形衣。看到又出现一个在逃的学生,麦格教授再也承受不住了,她跟跟跄跄地后退几步,跌坐在近旁的一把椅子上,紧紧地揪住她那旧格子呢晨衣的领口。

"我想,我们叫他什么已经没有多大关系了,"哈利对卢娜说,"他已经知道我在哪儿了。"

在哈利脑海里某个遥远的角落——那个角落连接着烧灼、暴怒的伤疤,他看见伏地魔坐着阴森可怖的绿船,在漆黑的湖面上飞快地掠行……他很快就要到达石盆所在的小岛了……

"你必须逃走,"麦格教授轻声说,"快,波特,越快越好!"

"我不能,"哈利说,"我还有一件事情要做。教授,你知道拉文克劳的冠冕在哪儿吗?"

第30章　西弗勒斯·斯内普被赶跑

"拉——拉文克劳的冠冕？我怎么会知道——不是失踪好多个世纪了吗？"她微微直起些身子，"波特，你进入这座城堡真是愚蠢，太愚蠢了——"

"我必须这么做，"哈利说，"教授，有一件东西藏在这里，我要把它找到，可能是那个冠冕——要是我能跟弗立维教授说说——"

突然传来动静和碎玻璃的碰撞声：阿米库斯醒过来了。没等哈利或卢娜做出反应，麦格教授忽地站起，用魔杖指着那个摇摇晃晃的食死徒，说了声："魂魄出窍。"

阿米库斯爬起来走到他妹妹身边，捡起她的魔杖，老老实实地拖着脚步走到麦格教授面前，连同自己的魔杖一起递了过来，然后在地板上阿莱克托的身边躺下了。麦格教授又一挥魔杖，凭空变出一根银光闪烁的绳子，像蛇一般绕过卡罗兄妹，把他们俩结结实实地捆在了一起。

"波特，"麦格教授对卡罗兄妹的处境完全不予理会，又把脸转向哈利说，"如果那个连名字都不能提的人真的知道你在这里——"

她的话还没说完，一阵剧痛般的怒火冲上哈利的头顶，使他的伤疤如同着了火一样。刹那间，他低头看见一只石盆，里面的药水已经变清，他看到药水下面的金挂坠盒不见了——

"波特，你没事吧？"一个声音说，哈利回过神来：他正抓住卢娜的肩膀稳住身子。

"时间不多了，伏地魔越来越近了。教授，我是在按照邓布利多的吩咐行动，我必须找到他要我找的东西！不过当我在城堡里搜寻的时候，必须把同学们都疏散出去——伏地魔要的是我，但他是不会介意多杀几个人的，尤其现在——"尤其现在他已经知道我在偷袭魂器了，哈利在脑子里说完了这句话。

"你在按照邓布利多的吩咐行动？"麦格教授重复了一句，脸上慢慢露出惊异的神情，然后直直地站了起来。

"你搜寻这件——这件东西的时候，我们会抵挡那个连名字都不能提的人，保护学校的安全。"

"有可能吗？"

"我认为有，"麦格教授淡淡地说，"你知道，我们教师都很擅长魔法。如果大家全力以赴，我相信肯定能把他拖住一段时间。当然啦，必须对斯内普教授采取一点行动——"

"让我——"

"——如果黑魔头就在门口，霍格沃茨要被围攻，确实需要把无辜者尽可能地转移出去。飞路网受到了监视，学校里又不能幻影移形——"

"有一条路。"哈利立刻说道，他仔细讲了通向猪头酒吧的那条通道。

"波特，我们说的是成百上千个学生——"

"我知道，教授，但如果伏地魔和食死徒都把注意力放在学校边上，他们不会关心有谁从猪头酒吧幻影移形的。"

"这倒有点道理。"麦格教授表示赞同。她用魔杖一指卡罗兄妹，一张银色的网立刻落到两人被捆绑的身体上，把他们兜起来吊到了半空，像两只巨大而丑陋的海底生物一样悬挂在蓝底缀金的天花板下。"走吧，我们必须叫醒其他院长。你最好把那隐形衣穿上。"

她大步朝门口走去，一边举起魔杖，杖尖蹿出三只银色的猫，它们的眼睛周围都有眼镜形状的斑纹。三个守护神敏捷地往前跑去，只见旋转楼梯上洒满了银光，麦格教授、哈利和卢娜匆匆奔下楼。

他们跑过一道道走廊，守护神一个个离开了。麦格教授的

第30章　西弗勒斯·斯内普被赶跑

格子呢晨衣在地板上沙沙作响，隐形衣下的哈利和卢娜小跑着跟在后面。

又下了两层楼，突然多了一个人轻轻的脚步声。是哈利先听到的，他的伤疤仍在刺痛。他在脖子上的皮袋里摸索活点地图，可没等他掏出来，麦格教授似乎也发现了有人。她停住脚步，举起魔杖准备战斗，一边问道："谁在那儿？"

"是我。"一个低沉的声音说。

从一套铠甲后面，走出了西弗勒斯·斯内普。

哈利一看见他，心里就冒出仇恨的怒火。哈利只记得斯内普罪大恶极，几乎忘记了他的具体模样，忘记了他油腻腻的黑发像窗帘一样耷拉在枯瘦的面孔周围，忘记了他那双黑眼睛有着怎样冷酷无情的目光。他没穿睡衣，而是穿着平常的黑色斗篷，手里也举着魔杖准备战斗。

"卡罗兄妹呢？"他轻声问。

"大概在你叫他们去的地方吧，西弗勒斯。"麦格教授说。

斯内普走近前来，目光从麦格教授周围迅速掠过，似乎知道哈利就在那里。哈利也举起了魔杖，随时准备出击。

"我有种感觉，"斯内普说，"阿莱克托抓到了一个闯入者。"

"真的吗？"麦格教授说，"这种感觉从何而来？"

斯内普微微活动了一下左臂，那里的皮肤上烙着黑魔标记。

"哦，当然，"麦格教授说，"我忘记了，你们食死徒有自己的秘密联系方式。"

斯内普假装没有听见麦格教授的话，目光仍然在她周围的空气里搜寻，同时一点点地向她逼近，而看他的神情，仿佛并没发觉自己在这么做。

"我记得今天夜里不该是你在走廊里巡逻，米勒娃。"

"你有意见？"

"我只是奇怪,这么晚了,是什么让你从床上爬起来的?"

"我好像听到了动静。"麦格教授说。

"真的吗?似乎到处都很安静呀。"

斯内普直视着她的眼睛。

"你看见哈利·波特了吗,米勒娃?如果你看见了,我必须强调——"

麦格教授出手之快,简直令哈利难以相信。她的魔杖在空中嗖嗖挥砍,哈利一时以为斯内普肯定会神志不清地瘫倒在地,不料他的铁甲咒实在太敏捷,震得麦格失去了平衡。她朝墙上的一支火把挥舞着魔杖,火把立刻从支架上飞了出来。正准备给斯内普念咒的哈利只好赶紧把卢娜拖到一边,躲避落下来的火焰。火焰变成一个火环,占满整个走廊,像绳套一样朝斯内普飞去——

接着它不再是火,而是一条巨大的黑蛇,麦格把它炸成了黑烟。几秒钟内,黑烟变形、凝固,成为密密麻麻的匕首追了过去。斯内普只好把那套铠甲挡在身前,一把把匕首插在铠甲的护胸上,当当不绝——

"米勒娃!"一个尖细的声音说,哈利一边仍替卢娜遮挡着穿梭的魔咒,一边回头看去,只见弗立维和斯普劳特教授穿着睡衣从走廊里匆匆跑来,身材臃肿的斯拉格霍恩教授气喘吁吁地跟在后面。

"住手!"弗立维举着魔杖尖叫,"不许你再在霍格沃茨杀人!"

弗立维的魔咒击中了斯内普当作盾牌的铠甲,哗啦一声,铠甲变活了。斯内普拼命挣脱把他死死挤压住的铁臂,并把铠甲朝袭击他的人飞掷过去。哈利和卢娜赶紧闪身扑倒,铠甲撞在墙上,成为碎片。等哈利再抬头看时,斯内普正在拼命逃跑,

第30章　西弗勒斯·斯内普被赶跑

麦格、弗立维和斯普劳特都嗵嗵地追了上去。斯内普飞快地跑进一间教室，片刻之后，哈利听见麦格大喊："懦夫！**懦夫！**"

"怎么啦？怎么啦？"卢娜问。

哈利把她从地上拉了起来，两人把隐形衣拖在身后，顺着走廊奔进那个空荡荡的教室，麦格、弗立维和斯普劳特教授都站在一扇打碎的窗户前。

"他跳下去了。"哈利和卢娜冲进教室时，麦格教授说。

"你是说他死了？"哈利三步并作两步奔到窗口，没有理睬弗立维和斯普劳特看到他突然出现时发出的惊愕的喊叫。

"不，他没有死，"麦格教授愤愤地说，"他不像邓布利多，他手里还拿着魔杖……而且，他似乎从他主子那里学了几手。"

哈利看见远处有一个很大的、蝙蝠般的身影，正穿过黑暗朝围墙飞去，他不由得心生恐惧。

身后传来重重的脚步声和呼哧呼哧的喘气声：斯拉格霍恩追了过来。

"哈利！"他气喘吁吁地说，按摩着鲜绿色丝绸睡衣下的肥大胸脯，"我亲爱的孩子……多么令人意外……米勒娃，请解释一下……西弗勒斯……怎么……？"

"我们的校长暂时休息了。"麦格教授指着窗户上那个斯内普形状的大洞说道。

"教授！"哈利双手捂着额头大喊一声。他看见布满阴尸的湖水在他身下掠过，感觉到阴森可怖的绿船轻轻撞在地下湖的岸边，伏地魔杀气腾腾地从船上跳下来——

"教授，我们必须封锁学校，他这就来了！"

"很好。那个连名字都不能提的人来了。"麦格教授对另外几个教师说。斯普劳特和弗立维倒抽了一口冷气，斯拉格霍恩低低呻吟了一声。"波特按照邓布利多的吩咐，在城堡里有工作要做。我们必须尽力提供各种掩护,让波特完成他要做的事情。"

"你肯定知道,不管我们做什么,都不可能把神秘人长久地挡在门外,是不是?"弗立维尖着嗓子说。

"但我们可以把他牵制住。"斯普劳特教授说。

"谢谢你,波莫娜。"麦格教授说,两位女巫严肃地交换了一个会意的目光,"我建议在学校周围设立基本的警戒,然后把学生召集起来,在大礼堂会合。大多数学生都必须疏散出去,但若有成年的学生愿意留下来作战,我认为应该给他们这个机会。"

"同意。"斯普劳特教授说着已朝门口匆匆走去,"二十分钟后,我带着我院的学生在大礼堂跟你们碰头。"

她小跑着远去了,他们听见她嘴里念念有词:"毒触手,魔鬼网,疙瘩藤的荚果……对,我倒要看看食死徒怎么对付这些。"

"我可以从这里着手。"弗立维说,他虽然看不到外面,但用魔杖指着打碎的玻璃窗外,低声念起了十分复杂的咒语。哈利听到了一种古怪的呼呼声,似乎弗立维把风的力量释放到了学校场地上。

"教授,"哈利走到小个子的魔咒课教师面前,说道,"教授,很抱歉打断你,但事情很重要。你知道拉文克劳的冠冕在哪儿吗?"

"……超强盔甲护身——拉文克劳的冠冕?"弗立维用尖细的嗓音说,"多一点智慧总不会有错,波特,但我认为在这种形势下恐怕用处不大!"

"我只是问——你知道它在哪儿吗?你见过它吗?"

"见过它?在活着的人的记忆中谁也没见过它!早就失踪了,孩子!"

第30章 西弗勒斯·斯内普被赶跑

哈利感到了一种绝望和紧张。那么,魂器到底是什么呢?

"菲利乌斯,我们在大礼堂里跟你和拉文克劳的学生会合!"麦格教授说完,示意哈利和卢娜跟她一起走。

他们刚走到门口,斯拉格霍恩吭哧吭哧地说话了。

"哎呀,"他喘着气说,苍白的脸上汗涔涔的,海象胡须微微发颤,"真是够乱的!我可不知道这么做是不是明智,米勒娃。他肯定有办法闯进来的,谁想阻拦他,肯定会非常危险——"

"我也希望你和斯莱特林的学生二十分钟后到大礼堂集合。"麦格教授说,"如果你愿意和你的学生一起离开,我们不会阻拦。但如果你们有谁想破坏抵抗活动,或在城堡内部拿起武器跟我们对抗,那么,霍拉斯,我们将决一死战。"

"米勒娃!"斯拉格霍恩惊骇地说。

"斯莱特林学院应该决定为谁效忠了。"麦格教授打断了他,"去把你的学生叫醒吧,霍拉斯。"

哈利没有留下来看斯拉格霍恩支支吾吾,他和卢娜跟着麦格教授冲了出去。麦格教授在走廊中央站好位置,举起魔杖。

"石礅——哦,看在老天的分上,费尔奇,现在别——"

年迈的管理员蹒跚地出现了,嘴里大喊:"学生下床啦!学生跑到走廊里来啦!"

"他们应该这样,你这白痴!"麦格喊道,"快去做一些有用的事情!去把皮皮鬼找来!"

"皮——皮皮鬼?"费尔奇结结巴巴地说,似乎从没听说过这个名字。

"对,皮皮鬼,你这个傻瓜,皮皮鬼!二十多年来你不是一直在抱怨他吗?去把他找来,快!"

费尔奇显然觉得麦格教授失去了理智,但他还是耸着肩膀,蹒跚地走开了,嘴里不出声地嘟囔着。

"好了——石磴出动！"麦格教授大喊一声。

说时迟那时快，整个走廊上的塑像和铠甲都从底座上跳了下来，哈利听见楼上楼下传来轰隆轰隆的撞击声，知道它们在整个城堡的同伴都采取了同样的行动。

"霍格沃茨受到威胁！"麦格教授高声说道，"守住边界，保卫我们，为学校尽你们的义务！"

随着一片碰撞声和呐喊声，一群活动的塑像步伐沉重地走过哈利身边，有的稍小一些，有的比真人还大，还有一些是动物。那些铿铿作响的铠甲挥舞着宝剑和带链子的狼牙球。

"好了，波特，"麦格说，"你和洛夫古德小姐最好回去找你们的朋友，把他们带到大礼堂来——我去叫醒格兰芬多的其他学生。"

他们在下一个楼梯口分手了，哈利和卢娜向有求必应屋的秘密入口跑去，路上遇到了一群群的学生，大多数都在睡衣外面套着旅行斗篷，由教师和级长护送着赶往大礼堂。

"刚才那是波特！"

"哈利·波特！"

"是他，我敢发誓，我刚才看见他了！"

可是哈利没有回头，一路来到了有求必应屋的入口。哈利往施了魔法的墙上一靠，墙立刻分开让他们进去了，他和卢娜匆匆奔下很陡的楼梯。

"怎么——？"

看到屋子里面，哈利大吃一惊，滑下了几级楼梯。屋里挤满了人，比他刚才在这里时还要拥挤得多。金斯莱和卢平正抬头看着他，还有奥利弗·伍德、凯蒂·贝尔、安吉利娜·约翰逊和艾丽娅·斯平内特、比尔和芙蓉，以及韦斯莱夫妇。

"哈利，怎么回事？"卢平在楼梯下迎住哈利，问道。

第30章　西弗勒斯·斯内普被赶跑

"伏地魔要来了，学校要封锁——斯内普逃命去了——你们在这里做什么？你们怎么知道的？"

"我们给邓布利多军的其他人发了消息，"弗雷德解释说，"谁都不愿意错过这份乐趣，哈利。然后D.A.又通知了凤凰社，就跟滚雪球似的越滚越大。"

"先干什么，哈利？"乔治喊道，"情况怎么样？"

"他们在疏散小一点的学生，大家都到大礼堂集合，听候安排，"哈利说，"我们准备战斗。"

吼叫声排山倒海，人们朝楼梯脚下涌来。哈利紧贴在墙上，让他们从他身边跑过，有凤凰社和邓布利多军的成员，还有哈利以前的魁地奇球队的队员，他们都抽出了魔杖，朝城堡主楼冲去。

"走吧，卢娜。"迪安走过时伸出手喊道。卢娜握住他的手，跟他上了楼梯。

人群渐渐稀少，只有一小伙人还留在下面的有求必应屋里，哈利走了过去。韦斯莱夫人正在跟金妮争吵，周围站着卢平、弗雷德、乔治、比尔和芙蓉。

"你还不够年龄！"哈利走近时，韦斯莱夫人正冲着女儿喊道，"我不允许！男孩子可以，但你，必须回家！"

"我不！"

金妮头发一甩，把胳膊从母亲手里挣脱出来。

"我是邓布利多军的——"

"——那是一个少年团伙！"

"一个准备同神秘人较量的少年团伙，别人谁有胆量这么做！"弗雷德说。

"她才十六岁！"韦斯莱夫人大声说，"她还太小！你们俩是怎么想的，竟然把她带来——"

弗雷德和乔治显出有点羞愧的样子。

"妈妈说得对，金妮，"比尔温和地说，"你不能这么做。不到年龄的人都必须离开，这是对的。"

"我不能回家！"金妮喊道，眼里闪着愤怒的泪光，"我们全家都在这儿，我不能独自在那边等着，什么也不知道——"

她的目光第一次与哈利相遇。她恳求地望着哈利，可是哈利摇了摇头，她气愤地回过头去。

"好吧，"她望着通向猪头酒吧的通道入口，说道，"我现在就告别，以后——"

忽听一阵窸窸窣窣，然后是扑通一声，又有一个人从通道里爬了出来，身体摇晃几下，摔倒了。然后，他爬起来坐到近旁的椅子上，透过歪斜的角质架眼镜望望周围，说道："我来晚了吗？已经开始了吗？我刚知道，就——就——"

珀西结结巴巴地说不下去了。他显然没有料到会碰见这么多亲人。长时间的惊愕，最后芙蓉转向卢平，用明显试图打破僵局的口吻说道："对了——小泰迪怎么样啊？"

卢平惊讶地朝她眨眨眼睛。韦斯莱一家的沉默正在凝固，像冰一样。

"我——哦，对了——他很好！"卢平大声说，"是的，唐克斯陪着他——在她母亲家。"

珀西和韦斯莱家的其他人仍然在那里对视、僵持。

"看，我带了照片来！"卢平喊道，从上衣里面抽出一张照片给芙蓉和哈利看，照片上是一个长着一簇青绿色头发的小宝宝，正冲着镜头挥动胖胖的小拳头。

"我是个傻瓜！"珀西吼了起来，声音真大，吓得卢平差点把照片掉在地上，"我是个白痴，我是个爱虚荣的笨蛋，我是个——是个——"

第30章 西弗勒斯·斯内普被赶跑

"是个只爱魔法部、跟亲人脱离关系、野心勃勃的混蛋。"弗雷德说。

珀西咽了口唾沫。

"对,没错!"

"行了,不可能说得比这更清楚了。"弗雷德说着,把手伸给了珀西。

韦斯莱夫人哭了起来,她跑上前,把弗雷德推到一边,把珀西拉到怀里紧紧地搂住。珀西拍着母亲的后背,眼睛望着父亲。

"对不起,爸爸。"珀西说。

韦斯莱先生快速地眨眨眼睛,然后也冲过去搂抱住自己的儿子。

"你是怎么明白过来的,珀西?"乔治问。

"已经有一阵子了,"珀西说着,把旅行斗篷的一角伸到眼镜后面擦了擦眼泪,"但我必须想办法逃出来,这在部里可不容易,他们一直在把反叛者抓去坐牢。后来我总算跟阿不福思联系上了,他十分钟前向我透露了霍格沃茨要全力抵抗,所以我就来了。"

"是啊,我们确实希望级长在这样的关键时候能起表率作用。"乔治说,惟妙惟肖地模仿着珀西那副十足的假正经派头,"我们赶紧上楼战斗吧,不然所有像样的食死徒都被抓住了。"

"这么说,我现在可以叫你嫂子了?"珀西说着,跟芙蓉握了握手,两人和比尔、弗雷德和乔治一起朝楼梯冲去。

"金妮!"韦斯莱夫人大吼一声。

金妮趁着全家人和解的工夫,也试图偷偷溜上楼去。

"莫丽,你看这样如何,"卢平说,"不妨就让金妮留在这里,这样她至少能在现场,知道事情的进展,但又不在战斗的中心,怎么样?"

"我——"

"这个办法不错。"韦斯莱先生坚决地说,"金妮,你就留在这间屋里,听见了吗?"

金妮似乎不大喜欢这个主意,但在父亲异常严厉的目光下,她只好点了点头。韦斯莱夫妇和卢平也朝楼梯口冲去。

"罗恩呢?"哈利问,"赫敏呢?"

"肯定已经去大礼堂了。"韦斯莱先生扭头喊道。

"我路上没看见他们呀。"哈利说。

"他们好像说是去盥洗室,"金妮说,"就在你离开后不久。"

"盥洗室?"

哈利大步穿过房间,走到有求必应屋边上一扇敞开的门前,察看了一下那边的盥洗室。里面没人。

"你确定他们说的是盥洗——?"

就在这时,他的伤疤突然烧灼起来,有求必应屋消失了,他的目光掠过高高的铸铁大门——两边是顶上有带翼野猪的石柱,掠过漆黑的场地,望向那灯火通明的城堡。纳吉尼懒散地耷拉在他的肩头。他内心充满了大开杀戒前的冷酷和决绝。

第31章

霍格沃茨的战斗

大礼堂里那被施了魔法的天花板黑蒙蒙的,闪烁着点点星光,下面的四张长桌旁坐着衣冠不整、头发蓬乱的学生,有的披着旅行斗篷,有的穿着晨衣。这里那里不时闪过校内那些幽灵的乳白色身影。无论是死人还是活人,每双眼睛都盯着麦格教授,她正站在礼堂前高高的讲台上对大家讲话,身后站着留下来的教师们,包括银鬃马人费伦泽,还有赶来参加战斗的凤凰社成员。

"……疏散工作由费尔奇先生和庞弗雷女士负责监督。级长听到我的命令后,组织你们学院的学生,负责将他们井然有序地送到疏散地点。"

许多学生都是一副吓呆了的样子。不过,当哈利贴着墙根移动,在格兰芬多桌旁寻找罗恩和赫敏时,厄尼·麦克米兰从赫奇帕奇桌旁站起来大声喊道:"如果我们想留下来参加战斗呢?"

他的话赢得了一些人的喝彩。

"如果够年龄,可以留下。"麦格教授说。

"我们的东西呢?"拉文克劳桌旁的一位女生大声问道,"我们的箱子，还有猫头鹰呢？"

"来不及收拾财物了，"麦格教授说，"最重要的是把你们从这里安全地转移出去。"

"斯内普教授呢？"斯莱特林桌旁的一位女生喊了起来。

"用一句通俗的话来说，他溜了。"麦格教授说，格兰芬多、赫奇帕奇和拉文克劳桌旁爆发出一片欢呼。

哈利顺着格兰芬多的桌子往前走，仍在寻找罗恩和赫敏。他走动时，许多人朝他这边转过脸来，他身后响起一片窃窃私语声。

"我们已经在城堡周围布下防御，"麦格教授说，"但不可能守住很长时间，除非我们不断加固这种防御。因此，我要求你们必须迅速而沉着地行动，听级长的——"

突然，另一个声音响彻了大礼堂，把她的话淹没了。那声音高亢、冷酷、清晰，说不清从什么地方传来，似乎是墙壁本身发出来的。这声音就像它曾经指挥过的蛇怪一样，仿佛也在那里沉睡了好几个世纪。

"我知道你们在准备抵抗。"学生们中间发出尖叫，有些人搂作一团，惊恐地四处张望，寻找声音发出的地方。"你们的努力是没有用的。你们不是我的对手。我不想杀死你们。我对霍格沃茨的教师十分尊敬。我不想让巫师流血。"

大礼堂里一片寂静，这寂静压迫着人们的耳膜，这寂静如此巨大，大得似乎整个礼堂都盛载不下。

"把哈利·波特交出来，"伏地魔的声音说，"你们谁也不会受伤。把哈利·波特交出来，我会让学校安然无恙。把哈利·波特交出来，你们会得到奖赏。

"我等到午夜。"

寂静再次把他们全部吞没。每个人都转过脑袋，每双眼睛

第31章 霍格沃茨的战斗

似乎都找到了哈利,千百道目光死死地盯着他,使他动弹不得。然后,斯莱特林桌旁站起一个身影,哈利认出是潘西·帕金森,只见她举起颤抖的胳膊尖叫道:"他在那儿!波特在那儿!快把他抓住!"

哈利还没来得及说话,同学们已经采取行动。他面前的格兰芬多学生站了起来,不是面对哈利,而是面对斯莱特林。接着赫奇帕奇学生也纷纷起立,拉文克劳学生几乎在同时也采取了同样的行动。他们全都背对哈利,他们全都面朝潘西,哈利百感交集,既敬畏又感动。他看见四面八方都有魔杖被抽出来,有从斗篷底下,有从袖子里面。

"谢谢你,帕金森小姐,"麦格教授清楚而干脆地说,"你和费尔奇先生一起先离开礼堂。你们学院的其他同学也可以跟上。"

哈利听见了板凳的碰撞摩擦声,斯莱特林们纷纷从礼堂另一边离开了。

"拉文克劳,跟上!"麦格教授大声说。

四张桌子渐渐地空了。斯莱特林桌旁空无一人;而拉文克劳鱼贯而出时,一些年纪较大的同学坐着没动;赫奇帕奇留下来的就更多了;格兰芬多更是有一半的同学都待在座位上。麦格教授只好从讲台上下来,强行驱赶不到年龄的学生。

"绝对不行,克里维,快走!还有你,珀克斯!"

哈利匆匆走向坐在格兰芬多桌旁的韦斯莱一家。

"罗恩和赫敏呢?"

"你还没有找到——?"韦斯莱先生很担忧地问。

他的话没有说完,因为金斯莱已经走到讲台上,向留下来的人发表讲话。

"到午夜只有半个小时了,我们需要迅速行动!霍格沃茨教师和凤凰社成员联合拟定了一个作战方案。弗立维、斯普劳特和麦格教授分别带领战斗队登上三个最高的塔楼——拉文克劳塔、天文塔和格兰芬多塔——那里视野开阔，位置有利，便于施魔法。莱姆斯，"他指指卢平，"亚瑟，"他指指坐在格兰芬多桌旁的韦斯莱先生，"和我带领队伍进入场地。我们需要有人组织把守进入学校的各个通道入口——"

"听着像是我们的活儿。"弗雷德指指他自己和乔治大声说，金斯莱点头同意。

"好了，领队的到上面来，我们分一下队伍！"

"波特，"麦格教授说着匆匆向他走来，这时同学们都朝讲台拥去，推推搡搡地抢位置，接受指令，"你不是要寻找什么东西吗？"

"什么？噢，"哈利说，"噢，对了！"

他几乎忘记了魂器，几乎忘记了作战的目的是让他能够寻找魂器。罗恩和赫敏的离奇失踪暂时赶跑了他脑子里所有的其他念头。

"那就去吧，波特，快去吧！"

"行——好的——"

他从大礼堂里跑了出去，感觉到后面有许多双眼睛跟着他。门厅里仍然挤着正在疏散的学生。哈利被他们挟裹着上了大理石楼梯，到了顶上他立刻顺着一条空荡荡的走廊跑去。恐慌和紧张使他的思绪混乱不清。他试着平静下来，集中思想考虑怎么找到魂器，可是思想像关在玻璃罩里的黄蜂一样，疯狂而徒劳地嗡嗡乱飞。没有罗恩和赫敏在旁相助，他似乎理不清自己的思路。他放慢脚步，在空无一人的过道中间停了下来，坐在一个塑像离开后留下的底座上，从脖子上的皮袋里掏出活点地图。他在地图上怎么也找不到罗恩和赫敏的名字，不过，它们

第 31 章　霍格沃茨的战斗

可能藏在那片拥向有求必应屋的密密麻麻的小点当中了。他把地图收了起来，用两只手捂住脸，闭上眼睛，努力集中思绪……

伏地魔认为我会去拉文克劳塔。

没错，这是一个可靠的事实，就从这里开始吧。伏地魔派阿莱克托·卡罗驻守在拉文克劳公共休息室，这只能有一个解释：伏地魔担心哈利已经知道他的魂器跟那个学院有关。

可是，唯一能跟拉文克劳联系在一起的似乎只有失踪的冠冕……魂器怎么可能是冠冕呢？伏地魔是斯莱特林的学生，怎么可能找到拉文克劳多少代人都没见过的冠冕呢？是谁告诉他上哪儿去寻找的呢？活着的人记忆中谁也没有见过那个冠冕呀。

活着的人记忆中……

哈利用手捂着的眼睛突然睁开了。他从底座上一跃而起，顺着原路往回跑，追逐他的最后一个希望。回到大理石楼梯时，成百上千的人朝有求必应屋进发的声音越来越响。大家纷纷推搡着，级长们大声喊着指令，努力分辨自己学院的学生。哈利看见扎卡赖斯·史密斯为了抢到队伍前面而把一年级新生撞得东倒西歪。随处可见年纪较小的学生在哭鼻子，年纪较大的学生焦急地呼唤朋友或兄弟姐妹……

哈利看见一个乳白色的身影在下面的门厅里飘然而过，他赶紧在喧闹声中扯足嗓子大喊起来。

"尼克！**尼克**！我有话对你说！"

他在拥挤的人流中拼命往下挤，终于到了楼梯脚下，格兰芬多塔楼的幽灵——差点没头的尼克正站在那里等他。

"哈利！我亲爱的孩子！"

尼克用双手攥住哈利的两只手，哈利立刻觉得双手像是插进了冰水里。

"尼克，你一定得帮帮我。拉文克劳塔楼的幽灵是谁？"

差点没头的尼克显得又吃惊又有点儿生气。

"是格雷女士,这还用问。但如果你需要幽灵为你服务——?"

"必须是她——你知道她在哪儿吗?"

"让我看看……"

尼克东张张西望望,在人头攒动的学生中间寻找,他的脑袋在轮状皱领上微微摇晃。

"她在那儿,哈利,那个长头发的年轻女人。"

哈利循着尼克透明的手指所指的方向望去,看见一个身材修长的幽灵。她发现哈利在看她,便扬起眉毛,然后转身飘然穿墙而去。

哈利追了过去,冲进那道走廊的门,看见她在通道尽头,仍然幽幽地越飘越远。

"喂——等等——回来!"

她总算停了下来,悬在离地几英寸高的地方。哈利猜想她长得很美,长发齐腰,长袍及地,但她同时又显得很傲慢,目中无人。待走近一些,哈利认出自己曾几次在走廊里碰见过这个幽灵,但一次也没跟她说过话。

"你是格雷女士?"

她点点头,没有说话。

"是拉文克劳塔楼的幽灵?"

"不错。"

她的口气一点也不热情。

"求求你,我需要帮助。我需要你把失踪的冠冕的情况都告诉我。"

她的嘴唇扭曲成一个冷笑。

"恐怕,"她说着转身要离开,"我帮不了你。"

"**等等!**"

第 31 章　霍格沃茨的战斗

哈利并没打算叫嚷，但愤怒和紧张几乎把他压垮了。幽灵在他面前悬着不动，他着急地看看表：离午夜只有一刻钟了。

"事情很紧急，"哈利焦躁地说，"如果那个冠冕在霍格沃茨，我必须找到它，马上。"

"你不是第一个垂涎冠冕的学生，"她轻蔑地说，"一代一代的学生都缠着我——"

"这不是为了得到好分数！"哈利朝她嚷道，"是为了伏地魔——打败伏地魔——难道你对这个不感兴趣？"

她不会脸红，但透明的面颊似乎变得不那么透明了，回答时声音里透着激动："我当然——你怎么敢说——？"

"那就快帮助我吧！"

她不像刚才那么镇静了。

"这——这问题不是——"她结结巴巴地说，"我母亲的冠冕——"

"你母亲的？"

她似乎对自己感到很恼火。

"我活着的时候，"她生硬地说，"是海莲娜·拉文克劳。"

"你是她的女儿？那你肯定知道冠冕的下落！"

"虽然冠冕赐予人智慧，"她说，显然想使自己重新镇静下来，"但我怀疑它不会帮助你打败那个自称是黑——"

"我不是跟你说了吗，我感兴趣的不是自己戴它！"哈利激烈地说，"没时间解释了——如果你关心霍格沃茨，如果你希望看到伏地魔完蛋，就必须把你知道的关于冠冕的事情都告诉我！"

她还是不动声色，在空中飘飘荡荡，低头望着哈利。一种绝望的情绪把哈利淹没了。她如果知道一些情况，肯定早就告诉弗立维或邓布利多了，他们想必问过她同样的问题。哈利摇了摇头，正转身要走，她却低声说话了。

"我从我母亲那里偷走了冠冕。"

"你——你做了什么？"

"我偷了冠冕，"海莲娜·拉文克劳又轻声说了一遍，"我想让自己比母亲更聪明，更有名望。我带着冠冕逃走了。"

哈利不知道自己怎么赢得了她的信任，他没有问，只是仔细地听她往下说："他们说，我母亲始终没有承认冠冕不见了，她一直假装冠冕还在。她甚至对霍格沃茨的另外几个创办人也隐瞒了她的损失，隐瞒了我可怕的背叛。

"后来我母亲病了——病得很重。虽然我做了不孝不义的事，她仍然迫切地想再见我一面。她派了一个男人来找我，那人爱了我很久，但我拒绝了他。我母亲知道那人不找到我是不肯罢休的。"

哈利等着。她深深吸了口气，把脑袋往后一仰。

"他找到了我藏身的森林。我不肯跟他回去，他就暴怒起来。巴罗一向是个脾气暴躁的人。他恨我拒绝了他，嫉妒我的自由，就把我给刺死了。"

"巴罗？你是说——？"

"血人巴罗，是的。"格雷女士说着撩起斗篷，露出雪白的胸脯上一道黑色的伤口，"他醒过神来后，痛悔莫及，拿起他索取了我性命的武器，自杀了。这么多世纪过去了，他为了悔罪，至今还戴着镣铐……他是活该。"她愤愤地加了一句。

"那么……那么冠冕呢？"

"当时我听见巴罗在森林里跌跌撞撞地向我走来，就把冠冕藏了起来，后来一直留在那里。藏在一棵空心树里。"

"一棵空心树？"哈利追问道，"什么树？在哪儿？"

"在阿尔巴尼亚的一座森林里。一个荒凉的地方，我以为我

第 31 章 霍格沃茨的战斗

母亲鞭长莫及。"

"阿尔巴尼亚。"哈利重复道,奇迹般地从一片混乱中理清了思绪,他现在明白她为什么把没有告诉邓布利多和弗立维的事情告诉他了,"你已经跟人讲过这个故事,对吗?跟另一个学生?"

她闭上眼睛,点了点头。

"我……我不知道……他……很会讨人喜欢。他似乎……似乎善解人意……有同情心……"

没错,哈利想,海莲娜·拉文克劳想要霸占她无权获得的宝物的欲望,汤姆·里德尔当然能够理解。

"唉,被里德尔花言巧语骗去东西的,可不止你一个人。"哈利嘟囔道,"需要的时候,他可以使自己变得很迷人……"

这么说,伏地魔从格雷女士那里套出了失踪的冠冕的下落。他去了那座遥远的森林,把藏着的冠冕取了回来,那时他大概离开霍格沃茨不久,还没有开始在博金-博克商店工作。

多年以后,当伏地魔需要一个地方潜伏下来,不受打扰地度过漫长的十年时,那些荒凉偏僻的阿尔巴尼亚森林不正是他理想的避难所吗?

可是,冠冕一旦成为他宝贵的魂器,就不会留在那棵卑微的树里了……不,冠冕已被秘密送回它真正的家,伏地魔肯定把它放在了那里——

"——他来申请工作的那天夜里!"哈利终于理清了思路。

"你说什么?"

"他来请求邓布利多让他教书的那天晚上,把冠冕藏在了城堡里!"哈利说,把想法大声说出来使推理变得更清晰了,"他上楼或下楼到邓布利多的办公室去时,肯定顺路把冠冕藏了起来!但他仍然想争取到那份工作——那样他就有机会把格兰芬多的宝剑也偷到手了——谢谢你，太感谢了！"

哈利转身离去，只留下幽灵飘飘悠悠地浮荡在那里，一脸迷惑。哈利转弯返回门厅时看了看表：离午夜还差五分钟了，他虽然弄清了最后一个魂器是什么，但它究竟藏在哪里，他仍然一无所知……

多少代学生都没能找到冠冕，这就说明它不在拉文克劳塔楼里——但不在那里，又在哪里呢？汤姆·里德尔在霍格沃茨城堡里找到了怎样的秘密场所，并且相信那个地方永远不为人知呢？

哈利一边拼命思索，一边又拐过一个弯，但他在这条新的走廊里没走几步，就听到哗啦一声巨响，左边的窗户突然爆开。他赶紧跳到一边，一个庞然大物从窗户外飞了进来，撞在对面的墙上。紧接着又见一个毛茸茸的大东西从这庞然大物身上挣脱出来，低声吠叫着朝哈利扑来。

"海格！"哈利大吼一声，拼命摆脱猎狗牙牙的殷勤，那个胡子拉碴的庞然大物费力地站了起来，"怎么——？"

"哈利，你在这儿！你在这儿！"

海格弯下腰匆匆抱了一下哈利，几乎勒断了他的肋骨，然后又跑回打碎的窗户前。

"好孩子，格洛普！"他对着窗户上的窟窿喊道，"待会儿见，乖孩子！"

在海格身后漆黑的夜色中，哈利看见远处突然射出几道强光，又听见一声古怪的、哀恸的尖叫。他低头看了看表：正是午夜。战斗开始了。

"天哪，哈利，"海格喘着气说，"这就来了，是不？开战了？"

"海格，你从哪儿来的？"

"我们在上面山洞里听见了神秘人的声音，"海格神色严峻地

第 31 章 霍格沃茨的战斗

说,"那声音传得真远,是不?'午夜之前你们必须把波特交出来。'我就知道你肯定在这儿,就知道发生了什么事。下来,牙牙。所以我们就来参战了,我和格洛普还有牙牙。格洛普驮着我和牙牙,从森林里突破了学校的边界。我叫他在城堡里把我放下来,结果他就把我从窗口塞了进来,真有他的!其实我不是那个意思,可——罗恩和赫敏呢?"

"嘿,"哈利说,"可真让你问着了。走吧。"

他们一起在走廊上匆匆往前走,牙牙蹦蹦跳跳地跟在旁边。哈利听见四下的走廊里响声杂沓:奔跑声,喊叫声。他透过窗户看见漆黑的场地上闪烁着一道道强光。

"我们去哪儿?"海格气喘吁吁地问,他脚步沉重地跟着哈利,震得地板都在颤抖。

"我也不知道。"哈利说着,又盲目地拐了个弯,"但罗恩和赫敏肯定在这附近的什么地方。"

前面的通道里已经躺着战场上的第一批伤亡者:平时看守教工休息室入口的两个滴水嘴石兽,已被从另一扇破窗户射进来的恶咒击中,变得四分五裂,残片在地板上有气无力地蠕动着。哈利从一个与身体分家的脑袋上一跃而过时,它虚弱地呻吟道:"哦,别管我……就让我躺在这儿,自生自灭吧……"

那张丑陋的石脸使哈利突然想起了谢诺菲留斯家那尊罗伊纳·拉文克劳的大理石半身像,戴着那个可笑的头饰——接着又想起拉文克劳塔楼里的那尊塑像,白色的鬈发上戴着石头冠冕……

跑到通道尽头时,他又想起第三尊石像:一个丑陋的老男巫,哈利亲手给他脑袋上戴了一个旧发套和一个破烂的冠冕。哈利突然打了一个激灵,就像受了火焰威士忌的刺激,差点跌倒在地。

他终于知道了，知道魂器在什么地方等着他……

汤姆·里德尔一向独来独往，不相信任何人，他是那么傲慢，大概以为他——只有他一个人——了解霍格沃茨城堡里隐藏的最深的秘密。邓布利多和弗立维这些模范学生无疑从不涉足那个特殊的场所，然而哈利，在校时曾经光顾常人没去过的地方——终于，有了一个唯独他和伏地魔知道而邓布利多从未发现的秘密——

斯普劳特教授把他从沉思中惊醒，她脚步重重地走了过去，后面跟着纳威和六七个其他同学，都戴着耳套，手里拎着像是大型的盆栽植物。

"曼德拉草！"纳威一边跑，一边扭头对哈利喊道，"准备把它们抛出墙去——让他们尝尝滋味！"

现在哈利知道该往哪儿去了。他撒腿就跑，海格和牙牙跟在后面。他们经过一幅又一幅肖像，画中人也跟着他们一起跑，那些戴轮状皱领、穿马裤、套铠甲、披斗篷的男女巫师，乱纷纷地挤进别人的相框，大声通报着城堡别处的消息。他们跑到这条走廊的尽头时，整个城堡都在颤抖，一只巨大的花瓶突然爆裂，从底座炸碎了，于是哈利知道此刻控制城堡的是另一种魔法，比教师和凤凰社成员的咒语要邪恶得多。

"没关系，牙牙——没关系！"海格大声喊道，可是破碎的瓷片像榴霰弹一样在空中飞溅，吓得大猎狗惊慌逃窜。海格嗵嗵嗵地跑去追它，留下了哈利一个人。

他举着魔杖，稳住脚步穿过一条条颤抖的通道，一个肖像中人——小个子骑士卡多根爵士，陪在哈利身旁从一幅肖像冲进另一幅肖像，大声喊着一些鼓励的话，一直跑了整整一条走廊。他的铠甲铿锵作响，那匹肥胖的小矮马小跑着跟在后面。

"吹牛大王、混蛋、流氓、无赖，把他们赶出去，哈利·波

第31章 霍格沃茨的战斗

特,把他们打退!"

哈利快速拐过一个弯,发现弗雷德和一小伙学生,包括李·乔丹和汉娜·艾博,站在另一个空底座旁边,那上面的雕像原来掩藏着一个秘密通道。这些人都拿着魔杖,聚在隐蔽的洞口倾听动静。

"这个夜晚真过瘾!"弗雷德喊道。城堡又震颤起来,哈利既兴奋又害怕地冲了过去。他在另一条走廊里奔跑时,到处都是猫头鹰在飞,洛丽丝夫人嘶嘶叫着用爪子去拍打,无疑是想把它们赶回合适的地方……

"波特!"

阿不福思·邓布利多挡在了前面的走廊上,手里举着魔杖。

"几百个孩子闹纷纷地穿过我的酒吧,波特!"

"我知道,我们在疏散,"哈利说,"伏地魔——"

"——在进攻,因为他们没有把你交出去,我知道。"阿不福思说,"我不是聋子,整个霍格莫德村都听见了他的话。难道你们谁都没想到留下几个斯莱特林当人质吗?刚才被安全疏散的就有食死徒的孩子。把他们留在这里岂不更高明一些?"

"那也挡不住伏地魔,"哈利说,"而且你哥哥绝不会这么做。"

阿不福思不满地嘟囔着,大步朝另一个方向走远了。

你哥哥绝不会这么做……没错,正是这样,哈利一边想一边继续往前跑。邓布利多维护了斯内普那么长时间,他绝不会把学生扣作人质……

哈利脚步打滑地拐过最后一个弯,顿时既放心又恼火地喊了起来。他看见他们了,罗恩和赫敏,两人怀里都抱着又大又弯、黄乎乎、脏兮兮的东西,罗恩胳膊底下还夹着一把扫帚。

"你们俩到底上哪儿去了?"哈利喊道。

"密室。"罗恩说。

"密——什么？"哈利说着，在他们面前摇摇晃晃地刹住脚步。

"是罗恩，都是罗恩的主意！"赫敏激动得气喘吁吁，"真是绝妙，不是吗？你走了以后，我就对罗恩说，即使找到了另一个魂器，又怎么毁掉它呢？那个金杯还没能毁掉呢！于是他就想起来了！蛇怪！"

"什么——？"

"除掉魂器的东西。"罗恩简单地说。

哈利的目光落在罗恩和赫敏怀里抱的那些东西上，才发现是从一个死去的蛇怪头上掰下来的弯曲的巨牙。

"你们怎么进去的呢？"哈利把目光从巨牙挪到罗恩身上，问道，"需要说蛇佬腔呀！"

"他说了！"赫敏小声说，"说给他听听，罗恩！"

罗恩发出一种难听的、窒息般的嘶嘶声。

"你打开挂坠盒时就这么说的。"他带点歉意地对哈利说，"我试了几次才说对，不过，"他谦虚地耸了耸肩，"我们总算进去了。"

"他真神！"赫敏说，"太神了！"

"所以……"哈利努力跟上他们的思路，"所以……"

"所以我们又干掉了一个魂器。"罗恩说着，从外衣里掏出赫奇帕奇金杯的残片，"是赫敏刺的，觉得应该由她来，她还没享受过这份乐趣呢。"

"你太有才了！"哈利喊道。

"没什么。"罗恩说，不过看上去对自己还是挺满意的，"你怎么样？"

他话音未落，他们的头顶上突然响起爆炸声。三人抬头看

第 31 章 霍格沃茨的战斗

去,灰尘从天花板上纷纷撒落,接着远处传来一声喊叫。

"我知道冠冕是什么样子了,也知道它在哪儿。"哈利快速地说,"他把它藏在了我藏那本旧魔药课本的地方,好多世纪的人都把东西藏在那儿。他以为只有他一个人才能找到。走吧。"

墙壁又在颤抖,哈利领着两个同伴穿过隐蔽的入口,下楼来到有求必应屋。里面空荡荡的,只有三个女人:金妮、唐克斯,和一位头戴一顶虫蛀的帽子的老女巫,哈利一眼认出是纳威的奶奶。

"啊,波特,"她脆嘣嘣地说,似乎一直在等着他,"你可以跟我们说说情况了。"

"大家都好吗?"金妮和唐克斯同时问道。

"据我们所知还行。"哈利说,"通往猪头酒吧的通道里还有人吗?"

哈利知道,如果还有人在有求必应屋里面,它就不能变形。

"我是最后一个过来的,"隆巴顿夫人说,"我把它封上了。我想,现在阿不福思已经离开酒吧,再让通道敞着就不妥当了。你看见我孙子了吗?"

"他在战斗呢。"哈利说。

"那是当然。"老太太自豪地说,"请原谅,我得去帮他。"

随后,她以惊人的速度奔向了石阶。

哈利看着唐克斯。

"你不是在你母亲家里陪着小泰迪吗?"

"我受不了蒙在鼓里的滋味 ——"唐克斯显得很痛苦,"我母亲会照顾他的 —— 你看见莱姆斯了吗?"

"他要领一支队伍去场地作战 ——"

唐克斯二话没说就跑了。

"金妮,"哈利说,"对不起,我们需要你也离开一下。就一会儿,然后你可以再进来。"

金妮似乎正巴不得离开她的庇护所呢。

"然后你可以再进来!"哈利看见金妮跟着唐克斯跑上石阶,忙冲着她的背影喊道,"你一定要再进来!"

"等等!"罗恩突然说道,"我们把谁给忘记了!"

"谁?"赫敏问。

"家养小精灵,他们都在下面的厨房里,不是吗?"

"你是说应该让他们参加战斗?"哈利问。

"不,"罗恩严肃地说,"我是说应该叫他们赶紧逃走。我们不想再出现更多的多比,对吗? 不能要求他们为我们去死——"

哗啦啦,赫敏怀里的蛇怪牙齿纷纷落在地上。她奔向罗恩,一把搂紧他的脖子,吻住他的嘴唇。罗恩丢掉手里的蛇牙和扫帚,以火热的激情做出回应,把赫敏抱得双脚离地。

"这时间合适吗?"哈利底气不足地说,罗恩和赫敏却搂得更紧了,在那里相拥着微微摇晃,哈利提高了声音,"喂!这里正打仗呢!"

罗恩和赫敏猛地松开,但胳膊还搂着对方。

"我知道,伙计,"罗恩说,他的模样就像被一个游走球砸中了后脑勺,"机不可失,时不再来嘛,对吧?"

"这事先放一放吧,魂器怎么办?"哈利大声说,"你们能不能——能不能先忍一忍,等我们找到冠冕再说?"

"噢——好的——对不起——"罗恩说,然后开始和赫敏捡起蛇怪的牙齿,两个人的脸都红红的。

三个人回到楼上的走廊里,才发现就在刚才进入有求必应屋的几分钟内,城堡里的局势严重恶化:墙壁和天花板抖得更厉害了,空气里灰尘弥漫。哈利透过近旁的窗户看见一道道绿光和红光在城堡脚下很近的地方飞射,他知道食死徒肯定很快就

第31章 霍格沃茨的战斗

要冲进来了。哈利往下望去，巨人格洛普漫无目的地走过，一边甩着一个像是从房顶上拽下来的滴水嘴石兽，一边不高兴地吼叫着。

"但愿他能踩倒几个人！"罗恩说，旁边又传来几声惨叫。

"只要不是我们自己人就行！"一个声音说，哈利一扭头，看见金妮和唐克斯都已拔出魔杖，站在旁边缺了几块玻璃的窗户前。就在他注视她们的当儿，金妮朝下面一群搏斗的人发了个恶咒，打得很准。

"好姑娘！"尘土中一个身影朝他们跑过来吼道，哈利又看见了阿不福思，他灰色的头发四下飘舞，领着一小群学生匆匆而过，"看样子他们要攻破北面的墙垛，他们也带了巨人！"

"你看见莱姆斯了吗？"唐克斯冲着他的背影大声问。

"刚才他在和多洛霍夫决斗，"阿不福思喊道，"后来就没看见他了！"

"唐克斯，"金妮说，"唐克斯，我相信他没事的——"

可是唐克斯已经在飞扬的尘土中跑去追赶阿不福思了。

金妮无奈地转过身，看着哈利、罗恩和赫敏。

"他们不会有事的。"哈利说，但也知道这句话空洞无力，"金妮，我们过一会儿就回来，你要远离危险，注意安全——走吧！"他对罗恩、赫敏说，三个人跑回那面墙，墙后面就是有求必应屋，正等着执行进入者的吩咐。

我需要那个藏东西的地方，哈利在脑海里恳求道，当他们第三次跑过时，门出现了。

他们跨过门槛，把门关上，战斗的喧闹声立刻就听不见了，四下里一片寂静。这地方有教堂那么大，周围的景物看着像一座城市，那些林立的高墙，是由成千上万个早已不在人世的学生所藏的东西组成的。

"他从来不知道任何人都能进来？"罗恩说，声音在寂静中回响。

"他以为只有他能进来，"哈利说，"也该他倒霉，我那时碰巧要藏东西……这边走，"他又说，"我想就在这里……"

他经过巨怪标本，又经过德拉科·马尔福去年试图修理却造成了悲惨后果的那个消失柜，然后他迟疑了，打量着垃圾堆之间的通道，不记得接下来该往哪儿走……

"冠冕飞来。"赫敏焦急地大喊一声，可是并没有东西朝他们飞来。这房间似乎也像古灵阁的地下金库一样，不肯轻易把它收藏的东西交出来。

"我们分头寻找吧，"哈利对两个同伴说，"找一个戴发套和头冠的老头儿的半身石像！它放在一个大柜子上，肯定就在这附近的什么地方……"

他们顺着邻近的几条通道迅速跑开。哈利听见两个同伴的脚步声在高高耸立的垃圾堆间回响，瓶子、帽子、箱子、椅子、书本、武器、扫帚、球棒……

"就在这附近的什么地方，"哈利喃喃自语，"就在……就在……"

他在迷宫里越走越深，寻找着上次进这个房间看见过的东西，耳边响着自己粗重的呼吸声。突然，他的灵魂似乎颤抖起来：有了，就在前面。那个表面起泡的旧柜子，他曾把那本旧魔药课本藏在了里面，而在柜子的顶上，正是那个布满麻点的男巫半身像，头上戴着灰扑扑的旧发套，还有一个古旧褪色的王冠一样的东西。

虽然还差十来步，哈利已把手伸了出去，可是突然他身后有个声音说道："站住，波特。"

哈利脚下打着滑停了下来，转身一看，克拉布和高尔并肩

第31章 霍格沃茨的战斗

站在他身后,都用魔杖指着他。在两张讥讽的面孔之间狭小的空当里,他看见了德拉科·马尔福。

"你拿的是我的魔杖,波特。"马尔福说,他自己手里的魔杖从克拉布和高尔之间的空隙里指着哈利。

"已经不是了,"哈利喘着气说,一边攥紧手里的山楂木魔杖,"谁赢的归谁,马尔福。是什么人把自己的魔杖借给了你?"

"我母亲。"德拉科说。

哈利笑了起来,其实这情形并没有什么可笑的。他已经听不见罗恩和赫敏的声音,他们大概跑到远处去寻找冠冕了。

"你们三个怎么没跟伏地魔在一起?"哈利问。

"我们想得到奖赏。"克拉布说,对于这么一个大块头来说,他的声音轻柔得令人吃惊。哈利以前几乎没有听他说过话。克拉布像个将要得到一大袋糖果的小孩一样天真地笑着。"我们留下来了,波特。我们决定不走了,决定把你带去见他。"

"想得真妙。"哈利假装夸奖他。他简直不敢相信马尔福、克拉布和高尔将会使他功亏一篑。他开始慢慢地、一点一点地向后挪动,魂器就在那里,歪戴在半身像的脑袋上。只要开战前他能用手把它抓住……

"你们是怎么进来的?"他问,想转移他们的注意力。

"去年一年我几乎都住在藏宝屋里。"马尔福用尖厉的声音说,"我知道怎么进来。"

"我们刚才就躲在外面的走廊里。"高尔嘟嘟囔囔地说,"我们现在会施幻身咒啦!结果,"他绽开一个傻乎乎的笑容,"你突然在我们面前冒了出来,说要找一个冠帽!什么是冠帽?"

"哈利?"罗恩的声音突然从哈利右侧墙的另一边传来,"你在跟人说话吗?"

说时迟那时快,克拉布突然用魔杖一指那堆五十英尺高的垃圾墙——都是破旧的家具、箱子、课本、校袍，以及无法辨认的其他杂物，大喊一声："应声落地！"

垃圾墙开始摇晃，然后倒塌在罗恩所在的隔壁通道里。

"罗恩！"哈利喊道，赫敏在看不见的地方发出尖叫，摇摆不定的垃圾墙的另一边有数不清的东西稀里哗啦落到地上。哈利用魔杖指着墙大叫："咒立停！"垃圾墙不再摇晃了。

"别！"克拉布还想再念一遍那个咒语，马尔福大喊一声拽住他的胳膊，"如果你把这屋子毁了，那个什么冠冕就会被埋掉！"

"那有什么关系？"克拉布说着，使劲挣脱了马尔福，"黑魔王要的是波特，谁在乎一个破帽子？"

"波特到这儿来是为了找它，"马尔福勉强掩饰着对头脑迟钝的同伙的不耐烦，说道，"那肯定意味着——"

"'肯定意味着'？"克拉布带着不加掩饰的凶狠转向马尔福，"谁管你是怎么想的，我再也不听你发号施令了，德拉科。你和你爹都完蛋了。"

"哈利？"罗恩又在垃圾墙的另一边喊道，"怎么回事？"

"哈利？"克拉布学着他的腔调说，"怎么回事——不，波特！钻心剜骨！"

哈利已经冲过去拿那头冠，克拉布的咒语没有击中他，却击中了石像。石像立刻飞到空中，冠冕被抛了起来，然后随着石像落在一大堆杂物里，看不见了。

"**住手！**"马尔福冲克拉布大喊，声音在巨大的房间里回响，"黑魔王想要抓活的——"

"那又怎么样？我又没有要他的命！"克拉布嚷道，使劲挣脱马尔福拉着他的胳膊，"要是能把他干掉也好，反正黑魔王是要他死，有什么两样——？"

第 31 章　霍格沃茨的战斗

一道耀眼的红光从哈利身旁几寸的地方射过：是赫敏在他身后的拐弯处跑来，冲着克拉布的脑袋发了个昏迷咒。马尔福赶紧把克拉布拉到一边，咒语没有击中。

"是那个泥巴种！阿瓦达索命！"

哈利看见赫敏倒地躲闪。克拉布竟然起了杀心，哈利的怒火腾地冒起来，脑子里忘记了一切。他朝克拉布发了个昏迷咒，克拉布赶紧闪身躲避，把马尔福手里的魔杖撞掉了。魔杖滚到堆积如山的旧家具和破箱子下面不见了。

"别杀死他！**别杀死他！**"马尔福朝同时瞄准哈利的克拉布和高尔嚷道，他们俩略一迟疑，这对哈利来说已经够了。

"除你武器！"

高尔的魔杖从手里飞了出去，消失在他身旁的杂物堆里，高尔傻乎乎地原地跳了跳，想把魔杖找回来。马尔福蹿起来躲过赫敏的第二个昏迷咒。罗恩突然出现在通道尽头，对准克拉布发了个全身束缚咒，但偏了一点没有击中。

克拉布迅速转身，又叫了一声："阿瓦达索命！"罗恩纵身一跳，躲过了那道绿光。赫敏冲上前，边跑边用昏迷咒击中了高尔，没有魔杖的马尔福缩在一个三条腿的大衣柜后面。

"它就在这里！"哈利指着旧头冠落入的那堆垃圾对赫敏喊道，"把它找出来，我去帮罗——"

"**哈利！**"赫敏大叫一声。

哈利身后突然传来呼啸、奔涌的声音，刹那间他有了一种不祥的预感。他一转身，看见罗恩和克拉布顺着通道没命地奔了过来。

"喜欢烫的吧，废物？"克拉布边跑边吼。

但是克拉布似乎无法控制自己做的事情。熊熊的烈焰追着他们，吞噬着垃圾墙的边缘，火舌所到之处都变成了灰烬。

"清水如泉!"哈利大叫,但是杖尖喷出的水柱立刻在空气中蒸发了。

"快跑!"

马尔福抓住被击昏的高尔,拖着他一起逃去,此刻已神色惊慌的克拉布跑在了最前面。哈利、罗恩和赫敏跟着他飞奔,大火追在他们身后。这不是一般的火,克拉布施了一个哈利不知道的魔咒。他们拐了个弯,火立刻追了上来,就好像这些火焰是有生命有感觉的,决意要把他们烧死。这时候,火焰开始变形,变成一大群由火组成的野兽:火蛇、客迈拉和火龙,它们腾起来,落下去,又腾起来,多少个世纪积累的破烂垃圾被抛在空中,掉进它们长着獠牙的嘴里,落在它们长着利爪的脚上,最后被地狱般的烈火吞没。

马尔福、克拉布和高尔不见了,哈利、罗恩和赫敏突然停下脚步:那些火兽把他们围在中间,越逼越近,爪子、尖角和尾巴啪啪甩动,热浪像墙壁一样围住他们。

"怎么办?"赫敏在火焰震耳欲聋的怒吼中尖叫着问,"怎么办哪?"

"给!"

哈利从最近的垃圾堆上抓过两把看着很沉重的扫帚,扔了一把给罗恩。罗恩拉过赫敏坐在他身后,哈利骑上第二把扫帚,用脚使劲踢了几下地面,飞到空中,离一只张嘴要咬他们的喷火巨鸟的利喙只差几英尺。浓烟和热浪令人窒息,在他们下面,邪恶的大火吞噬着多少代被追查的学生的非法物品,吞噬着千百个违禁试验的罪恶成果,吞噬着数不清的人藏在这个房间里的秘密。哈利四处都看不见马尔福、克拉布和高尔的影子。他在那些贪婪凶恶的火兽上方尽量飞得很低,寻找他们,但是除了火看不见别的:这样的死法太惨了……他绝不希望……

第31章 霍格沃茨的战斗

"哈利，我们出去吧，我们出去吧！"罗恩吼道，但是在黑黑的浓烟中根本看不见门在哪里。

就在这时，在可怕的混乱中，在吞噬一切的火焰的轰鸣中，哈利听见了一个人微弱的惨叫声。

"太——太——危险了——！"罗恩嚷道，可是哈利还在空中盘旋。浓烟弥漫中，他的眼镜多少对眼睛起了些保护作用。他掠过下面熊熊的火阵，寻找生命的迹象，寻找没被烧成焦炭的一只胳膊、一张脸……

他看见了，马尔福搂住不省人事的高尔，在烧焦的桌子堆成的摇摇欲坠的高塔上。哈利俯冲下去，马尔福看见他过来，赶紧举起一只胳膊，但哈利刚一抓住就知道没有用。高尔太重，马尔福的手上都是汗，立刻就从哈利手中滑脱了——

"**如果我们被他们拖死，我就杀了你，哈利！**"罗恩的声音吼道。就在一个巨大的喷火客迈拉扑过来时，他和赫敏把高尔拖到了他们的扫帚上，然后打着转儿、起伏不定地再次飞到空中，与此同时，马尔福爬到了哈利身后。

"门，往门那儿飞，门！"马尔福在哈利的耳边叫道。哈利加快速度，跟着罗恩、赫敏和高尔穿过令人窒息的滚滚黑烟。在他们周围，最后几件没被烈焰烧毁的东西，被邪恶的火中怪兽们欢庆地抛向了空中：杯子、盾牌、一串闪亮的项链，还有一个古旧而褪色的王冠——

"你干什么？你干什么？门在那边！"马尔福尖叫道，但是哈利突然一个急转弯，俯冲下去。闪闪发光的冠冕似乎在以慢动作降落，它翻转着，慢慢地落向一条巨蛇大张着的嘴里。在这千钧一发之际，哈利得手了，用手腕套住了它——

巨蛇朝他扑来，哈利又一转身飞向空中，朝着他祈祷有门开着的地方飞去。罗恩、赫敏和高尔不见了，马尔福一边尖叫，一边紧紧抓住哈利，把哈利抓得生疼。接着，哈利在浓烟中看见墙上有一块长方形的东西，便调整扫帚对准它冲去。片刻之后，新鲜的空气灌进了他的肺里，他们撞在了外面走廊的墙上。

马尔福从扫帚上摔了下去，脸朝下趴在地上，喘气，咳嗽，连连干呕。哈利翻了个身坐起来：有求必应屋的门消失了，罗恩和赫敏坐在地板上喘着粗气，旁边的高尔仍然神志不清。

"克——克拉布，"马尔福刚能说话，就哽噎着说，"克——克拉布……"

"他死了。"罗恩毫不客气地说。

沉默，只听见喘气和咳嗽声。接着一连串砰砰的巨响，震得整个城堡都在颤抖，一支由透明的人影组成的浩浩荡荡的队伍，骑着马飞奔而过，他们的脑袋夹在胳膊底下，还在杀气腾腾地呐喊着。无头猎手队经过后，哈利摇摇晃晃地站起来，打量着四周：战斗还在进行。除了那些撤退的幽灵在尖叫，他还听到更多的喊叫声。他的内心恐慌极了。

"金妮在哪儿？"他突然说道，"她刚才在这儿，她应该回到有求必应屋的。"

"天哪，在那场大火之后，你以为那屋子还管用吗？"罗恩问，但他也站了起来，一边揉着胸口一边左右张望，"我们分头找找——？"

"不。"赫敏说着也站起身。马尔福和高尔还是无力地瘫在走廊的地板上，两人都没了魔杖。"我们不要分开。我们走吧——哈利，你胳膊上是什么？"

"什么？噢，对了——"

他把冠冕从手腕上褪下来举在手里。冠冕还是滚烫的，上面沾满黑色的烟灰，但他仔细看时，勉强辨认出了上面刻着的细小的文字：

第31章 霍格沃茨的战斗

过人的聪明才智是人类最大的财富。

一种血一般的、乌黑黏稠的东西,似乎正从冠冕里渗透出来。突然,哈利感到冠冕在剧烈地振动,然后在他手里裂成了碎片。它裂开时,哈利隐约听见了极其微弱、极其遥远的痛苦的惨叫,不是从城堡或场地传来,而是从他手指间那个刚刚碎裂的东西里发出来的。

"肯定是厉火!"赫敏眼睛盯着那些碎片,带着哭腔说。

"你说什么?"

"厉火——邪恶的火——可以毁灭魂器的物质之一,但我一辈子也没胆量使用它,太危险了。克拉布怎么知道——?"

"肯定是从卡罗兄妹那里学来的。"哈利神色严峻地说。

"真可惜,他没有专心听他们讲怎么把火熄灭。"罗恩说,他的头发跟赫敏的一样被烤焦了,脸上黑乎乎的,"要不是他一心想杀死我们,我倒会为他的死感到难过呢。"

"可是你想没想到?"赫敏小声说,"这就是说,如果我们能把那条蛇——"

她的话没有说完,因为尖叫声、呐喊声,还有分明的格斗声响彻了整个走廊。哈利环顾四周,心里不禁一沉:食死徒已经攻进了霍格沃茨。弗雷德和珀西后退着出现了,两人都在跟戴兜帽的蒙面大汉决斗。

哈利、罗恩和赫敏跑上前去相助,一道道强光射向四面八方,跟珀西格斗的那个人快速后退,他的兜帽滑落了,他们看见他高高的额头和杂色的头发。

"你好,部长!"珀西大喊一声,冲着辛克尼斯干脆利落地发了个恶咒。辛克尼斯丢掉魔杖,用手抓住长袍的胸口处,显然难受极了。"我说过我要辞职的吧？"珀西补充了一句。

"你在说笑话，珀西！"弗雷德喊道，跟他搏斗的那个食死徒在三个昏迷咒的重击下瘫倒了。辛克尼斯倒在地上，全身冒出许多小钉子，好像正在变成一种海胆。弗雷德高兴地看着珀西。

"你真是在说笑话，珀西……我好像很久没听你说笑话了，自从你——"

空气突然爆炸了。他们刚才聚拢在一起，哈利、罗恩、赫敏、弗雷德、珀西，还有他们脚边的两个食死徒，一个中了昏迷咒，一个中了变形咒。接着，在危险似乎暂未来临的一瞬间，世界被撕裂了。哈利觉得自己飞到了空中，只能死死地抓住那根细细的木棍——他唯一的武器，并用双臂护住脑袋。他听见了同伴们的大喊和惨叫，却无法知道他们到底怎么样了——

然后，世界渐渐化为疼痛和一片模糊：他半个身子都被废墟埋住了，走廊刚才遭到了可怕的袭击。寒冷的空气告诉他，城堡的一侧被炸飞了，面颊上湿热、黏稠的感觉告诉他，他正在大量流血。接着，他听见一声令他揪心的惨叫，那叫声里所表达的痛苦，绝不是火焰或咒语能够引起的。哈利摇摇晃晃地站起身，心头极度恐惧，比他这一天，也许是这一辈子的任何时候都要恐惧……

赫敏从废墟中挣扎着站起来，三个红头发的人聚在墙壁被炸飞的地方。哈利抓住赫敏的手，两人跌跌撞撞地走过碎石头和碎木片。

"不——不——不！"有人在大喊，"不！弗雷德！不！"

珀西摇晃着他的弟弟；罗恩跪在他们身边；弗雷德的两只眼睛空洞地瞪着，脸上还留着最后的一丝笑容。

第 32 章

老 魔 杖

世界终结了,为什么战斗还没有停止,城堡没有陷入恐怖的沉寂,还有人没有放下武器?哈利的思想如自由落体一般坠落,失控地旋转着,不能理解这桩不可思议的事情,弗雷德·韦斯莱不可能死,哈利所有的感官肯定都在欺骗他——

这时,一具身体从外墙上被炸开的豁口处坠下,许多咒语噼里啪啦地从黑暗中朝他们射来,击中了他们脑袋后面的墙壁。

"蹲下!"哈利大喊,又一批咒语从夜空飞来。他和罗恩同时抓住赫敏把她拖倒在地,可是珀西伏在弗雷德的遗体上,挡住弟弟不让他再受伤害。哈利嚷道:"珀西,走吧,我们必须离开!"但珀西只是摇头。

"珀西!"哈利看见罗恩脸上的污泥被泪水冲出了两道沟,看见罗恩抓住哥哥的肩膀使劲地拽,可是珀西不肯动弹,"珀西,你为他做不了什么!我们要去——"

赫敏失声尖叫,哈利一转身,明白了她尖叫的原因。一只像小汽车那么大的巨蜘蛛正从墙上的大豁口爬进来:阿拉戈克的一位后代也参加了战斗。

罗恩和哈利同时大喊，两个咒语撞在一起，那个怪物被打退了，它的腿可怕地抽动着，消失在黑暗中。

"它带来了同伙！"哈利大声对其他人说。他透过墙上被咒语炸出的窟窿朝城堡外望去，又有许多巨蜘蛛从墙壁外侧爬上来。一定是食死徒闯入禁林，把它们放了出来。哈利朝它们连连发射昏迷咒，领头的蜘蛛被打倒了，摔在它的同伙身上，它们一起翻滚着掉下城堡，消失了。接着，又有咒语从哈利头顶上掠过，离得真近哪，他感到魔咒的力量把他的头发都吹动了。

"快走，**快**！"

他把赫敏推上前，让她和罗恩一起走，自己俯身拽住弗雷德的胳肢窝。珀西明白了哈利的意图，便不再紧贴在遗体上，也出手相助。他们猫腰躲避着从场地上射来的魔咒，一起拖着弗雷德离开了危险地带。

"这儿。"哈利说，他们把弗雷德放在本来有一套铠甲的壁龛里。哈利不敢再多看弗雷德一眼，在确保遗体藏好以后，他便跟着罗恩和赫敏跑开了。马尔福和高尔不见了，走廊尽头灰尘弥漫，散落着被击碎的石块，窗户上的玻璃早就没有了。哈利看见走廊尽头有许多人奔来奔去，不知是敌是友。转过一个弯，珀西像公牛一样大吼一声："**卢克伍德！**"就冲一个正在追赶两个学生的高个子男巫奔了过去。

"哈利，在这里！"赫敏尖叫道。

她刚才把罗恩拖到了一幅挂毯后面，两人似乎扭在一起。哈利一时没明白过来，以为他们俩又在拥抱，接着看见赫敏在拼命阻拦罗恩，不让他跑去追珀西。

"听我说——**听我说，罗恩！**"

"我要去帮忙——我要去杀食死徒——"

他的脸扭曲了，满是黑烟和泥灰，愤怒和悲痛使他浑身

第 32 章　老魔杖

发抖。

"罗恩，只有我们能够结束这一切！求求你——罗恩——我们需要找到那条蛇，我们必须杀死那条蛇！"赫敏说。

可是哈利理解罗恩的感受。寻找另一个魂器不可能带来复仇的快感。他也想投入战斗，去惩罚他们，惩罚那些杀死弗雷德的人，他还想找到韦斯莱家的其他人，最重要的是弄清，百分之百地弄清金妮没有被——然而他不允许那个念头在脑海里成形——

"我们要战斗！"赫敏说，"我们必须战斗，才能接近那条蛇！但现在千万不能忘记我们应该做的事——事情！只有我们才能结束这一切！"

她也在哭，一边说一边用撕裂、烧焦的衣袖擦着脸，但她仍然紧紧抓着罗恩，做着深呼吸平静自己的情绪。她转身望着哈利。

"你需要弄清伏地魔在哪儿，他会把蛇带在身边的，对吗？快，哈利——到他脑子里去看看！"

为什么如此容易？是因为几小时来伤疤一直在灼痛，渴望向他展示伏地魔的思想？哈利听从赫敏的吩咐闭上了眼睛，立刻，战斗的呐喊声、撞击声，以及各种杂乱刺耳的声音都似乎被淹没了，变得若有若无。他仿佛站在离它们非常非常遥远的地方……

他站在一个破败却又异常熟悉的房间中央，周围的墙纸都剥落了，窗户都用木板封死，只留了一扇。城堡里攻击的声音隐约而遥远。透过那唯一没有封死的窗户，他可以看见远处城堡所在的地方射出道道光亮，可是房间里却黑乎乎的，只点着一盏油灯。

他手指间转动着一根魔杖，眼睛注视着它，心里却想着城堡里的那个房间，那个只有他自己发现的秘密房间。那个房间像密室一样，必须是特别聪明、机灵、好奇的人才能发现……他相信那男孩不会找到冠冕……尽管邓布利多的牵线木偶要比他原先料想的厉害得多……厉害得多……

"主人。"一个绝望而沙哑的声音说。他转过身，卢修斯·马尔福坐在最黑暗的角落里，一身破衣烂衫，脸上留着上次他在男孩逃跑后受到惩罚的痕迹，一只眼睛肿着，还不能睁开。"主人……求求您……我儿子……"

"卢修斯，如果你儿子死了，可不能怪我。他没有像其他斯莱特林一样过来投靠我。也许他决定去帮助哈利·波特了？"

"不——不可能。"马尔福小声说。

"最好没有。"

"主人，您就——您就不担心波特会死在别人手里吗？"马尔福声音颤抖地问，"如果……请您原谅……如果您下令结束战斗，亲——亲自到城堡里去找他，是不是更稳妥些？"

"别跟我来这套，卢修斯。你希望战斗停止，你就可以弄清你儿子的下落了。我用不着去寻找波特。不出今夜，波特就会上门来找我。"

伏地魔的目光又一次落在手里的魔杖上。这魔杖让他困惑……而让伏地魔大人困惑的东西必须重新安排……

"去把斯内普叫来。"

"斯内普，主——主人？"

"斯内普。快。我需要他。有件事要他为我——效力。去吧。"

卢修斯心惊胆战，跌跌绊绊地走过黑暗的房间，离开了。伏地魔仍站在那里，转动着手指间的魔杖，眼睛也盯着它。

"只有这个办法了，纳吉尼。"他轻声说，转过目光，看着

第32章 老魔杖

那条粗粗的大蛇。大蛇现在悬在半空中，在伏地魔为它设置的魔法保护空间里优雅地扭动着，那是一个星光闪闪的透明球体，既像一个闪光的笼子又像一个水箱。

哈利猛抽一口冷气，把思绪拉了回来，睁开眼睛，他的耳朵里立刻充满了战斗的尖叫声、呐喊声、撞击声和轰响声。

"他在尖叫棚屋。大蛇在他身边，蛇的周围好像有一层魔法保护。伏地魔刚派卢修斯·马尔福去找斯内普了。"

"伏地魔在尖叫棚屋？"赫敏气愤地说，"他没有——他甚至没有参加战斗？"

"他认为自己不用战斗，"哈利说，"他认为我会主动送上门去。"

"可是凭什么？"

"他知道我在寻找魂器——他把纳吉尼留在身边——显然我必须去找他才能接近那东西——"

"对，"罗恩说着挺起了胸脯，"所以你不能去，他正希望你去，盼着你去呢。你留在这里照顾赫敏，我去把那条——"

哈利打断了罗恩。

"你们俩留在这里，我穿着隐形衣去，很快就回来，只等我——"

"不，"赫敏说，"最妥当的办法还是我穿着隐形衣去——"

"你想都别想。"罗恩冲她吼道。

赫敏刚说了半句"罗恩，我也有能力——"就见他们所在的楼梯顶上的挂毯突然被撕开了。

"波特！"

两个蒙面食死徒站在那里，但没等他们举起魔杖，赫敏就大喊了一声："滑道平平！"

脚下的楼梯突然变成了平滑的斜道，赫敏、哈利和罗恩立刻往下冲去，速度太快了，根本刹不住，食死徒的昏迷咒高高地从他们头顶上掠过。他们飞速穿过楼梯底部隐藏的挂毯，在地上打了好几个滚，撞到对面的墙上。

"幻形石板！"赫敏用魔杖指着挂毯大叫，随着嘭嘭两声难听的巨响，挂毯变成了石头，追他们的两个食死徒撞在上面不省人事。

"往后退！"罗恩大喊，他和哈利、赫敏把身子贴在一扇门上，一大堆桌子轰隆隆地跑过，麦格教授在一旁飞奔着指挥它们，似乎没有发现他们三个。她头发散了下来，面颊上有一道伤口。他们听见她转过弯后大声叫道："冲啊！"

"哈利，你穿上隐形衣，"赫敏说，"别管我们——"

可是哈利把隐形衣披在三个人身上，虽然他们个头大了，但是空气里满是灰尘、碎落的石头以及一道道咒语的闪光，他估计没人会看见他们没有身体的脚。

他们又跑下一道楼梯，发现这里的走廊上都是格斗者。蒙面和没有蒙面的食死徒在跟师生们搏斗，两边的肖像里挤满了人，都嚷嚷着出主意，给他们鼓劲。迪安为自己赢得了一根魔杖，正面对面地跟多洛霍夫拼杀，帕瓦蒂在对付特拉弗斯。哈利、罗恩和赫敏立刻举起魔杖想投入战斗，可是那些格斗者不停地穿梭移动，如果发射咒语，很可能会伤到自己人。他们站在那里，随时准备找机会出击，这时突然传来"嘀嘀嘀嘀！"的大叫。哈利抬头一看，皮皮鬼从他们头顶上飞过，一边把疙瘩藤的荚果朝食死徒扔去，食死徒的脑袋立刻淹没在许多胖毛虫般蠕动的绿疙瘩里。

"哎哟！"

一把疙瘩扔到了披着隐形衣的罗恩脑袋上，罗恩想把它抖掉，那黏糊糊的绿色根茎荒唐地悬在半空。

第32章 老魔杖

"这里有个隐身人!"一个蒙面食死徒指着喊道。

迪安充分利用食死徒分神的一刹那,用一个昏迷咒把他击倒了。多洛霍夫试图报复,帕瓦蒂给了他一个全身束缚咒。

"我们走!" 哈利大喊一声,他和罗恩、赫敏用隐形衣紧紧裹住身体,埋着脑袋,从格斗者们中间朝着通向门厅的大理石楼梯顶冲去,脚踩在疙瘩藤的黏液里直打滑。

"我是德拉科·马尔福,我是德拉科,我是你们一边的!"

德拉科在上面的楼梯平台上央求一个蒙面食死徒。他们三个跑过时,哈利把食死徒击昏了。马尔福高兴地转脸寻找他的救命恩人,罗恩从隐形衣下给了他一拳。马尔福仰面摔倒在食死徒身上,嘴里流血,神情十分困惑。

"这是今晚我们第二次救你小命了,你这个两面三刀的混蛋!"罗恩嚷道。

楼梯上、门厅里挤满了格斗者,哈利放眼看去,到处都是食死徒。靠近前门的亚克斯利正在跟弗立维搏斗。就在他们身边,一个蒙面食死徒在跟金斯莱较量。学生们四下奔跑,有的抱着、拖着受伤的朋友。哈利朝蒙面食死徒发了一个昏迷咒,没有击中他,却差点击中了纳威。纳威甩着一大堆毒触手不知从什么地方钻了出来,毒触手高兴地盘到离它最近的那个食死徒身上,开始把他缠绕起来。

哈利、罗恩和赫敏冲下大理石楼梯,左边突然传来玻璃砸碎的声音,记录学院分数的斯莱特林沙漏被打碎了,里面的绿宝石撒得到处都是,奔跑的人们脚底打滑,摇摇晃晃。他们跑到底楼时,两具人体从上面的楼厅上掉了下来,一个灰色的身影——哈利以为是一只动物,四脚着地跑过大厅,对准掉下来的一个人咬了下去。

"不!"赫敏尖叫道,她的魔杖发出震耳欲聋的一声炸响,芬里尔·格雷伯克从拉文德·布朗微微悸动的身体旁被击退了，撞到大理石扶栏上，挣扎着站起身来。接着，一道耀眼的白光一闪，一声爆裂的脆响，一只水晶球落在他的头顶上，他立刻瘫倒在地，再也不动弹了。

"我这儿还有呢！"特里劳妮教授从上面的扶栏上叫道，"还有谁想要！给——"

她就像网球的发球员一样，又从袋子里掏出一只巨大的水晶球，并在空中挥舞着魔杖，让球飞速穿过门厅，破窗而出。就在这时，沉重的木头大门被撞开了，又一批巨蜘蛛闯进了门厅。

空气里充斥着惊恐的尖叫，那些战斗者，不管是食死徒还是霍格沃茨师生，纷纷四下逃窜，一道道红光、绿光射到逼上前来的怪物们中间。它们发着抖，用后腿站立起来，比刚才更吓人了。

"我们怎么出去呢？"罗恩在一片尖叫声中大喊，哈利和赫敏还没来得及回答，就被撞到了一边。海格轰隆轰隆地跑下楼梯，挥舞着他那把粉红色的花伞。

"别伤害它们，别伤害它们！"他嚷道。

"海格，不！"

哈利忘记了一切，他从隐形衣下冲了出去，弯腰躲避着那些把整个门厅都照亮了的魔咒。

"海格，回来！"

他朝海格跑去，但没等跑到一半，那一幕就在他眼前发生了：海格消失在蜘蛛群里。面对强大的咒语攻势，密密麻麻、臭烘烘的大蜘蛛纷纷后退，杂沓混乱，海格被埋在它们中间不见了踪影。

"海格！"

第32章　老魔杖

哈利听见有人在叫自己的名字，不知是敌是友，但他只顾冲下前门的台阶，冲到黑黢黢的场地上。大蜘蛛们带着它们的猎物浩浩荡荡地离开了，他根本看不见海格的影子。

"**海格！**"

他隐约分辨出蜘蛛群里有一条硕大的胳膊在挥动，正要追过去，却被一只巨大无比的脚挡住了去路。这只脚从黑暗中踏过来，震得土地都在颤抖。哈利抬头望去，一个巨人站在他面前，足有二十英尺高，脑袋隐在阴影里，只有树干般的、汗毛森森的小腿被城堡门内透出的灯光照着。巨人动作残暴而流畅，把一只大拳头猛地杵进楼上的一扇窗户，玻璃碎片雨点般落在哈利身上，迫使他退回到门口。

"哦，天——！"赫敏尖叫，她和罗恩追上哈利，抬头注视着正想从楼上窗户里往外抓人的巨人。

"**别！**"罗恩大喊一声，抓住赫敏举起魔杖的手，"别把他击昏，他会压塌半个城堡——"

"**海格？**"

格洛普摇摇晃晃地从城堡一角拐了过来。哈利这才发现格洛普实际上是个小个子巨人。那个想把楼上的人捏碎的庞然大物扭过头来，发出一声吼叫。他重重地朝他的矮个儿同类走去，石头台阶在他的脚下颤抖，格洛普的歪嘴张开了，露出黄兮兮的、半块砖那么大的牙齿，然后两个巨人像狮子一般狂野地朝对方扑去。

"**快跑！**"哈利大吼一声。两个巨人扭作一团，黑夜里充斥着可怕的喊叫声和重击声。哈利抓住赫敏的手奔下台阶，冲进场地里，罗恩殿后。哈利仍没有放弃寻找和拯救海格的希望，他飞快地朝禁林跑去，可是刚跑到一半，他们又被迫停住了。

周围的空气冻结了，哈利喘不过气来，胸膛里的空气好像凝固了一般。黑夜中有东西在移动，无数旋转着的浓黑身影，排山倒海似的朝城堡涌去，它们的脸被兜帽遮住了，它们的呼吸咔啦啦响……

罗恩和赫敏聚拢在哈利身边，后面作战的声音突然变得喑哑、低沉了，一种只有摄魂怪才能带来的死寂正在穿透黑夜压下来……

"快，哈利！"赫敏的声音像是从很远的地方传来，"守护神，哈利，快！"

哈利举起魔杖，可是一种灰暗的绝望在他心头扩散开来：弗雷德死了，海格肯定奄奄一息或已经毙命，还有多少人丢了性命他不知道，哈利觉得似乎他的灵魂已经离他而去……

"**哈利，快呀！**"赫敏在尖叫。

一百个摄魂怪轻快无声地飘了过来，一路哐吸着，逼近哈利的绝望，这对它们来说如同预示着一顿美餐……

哈利看见罗恩的狸犬跃入空中，微弱地闪了闪就不见了。他又看见赫敏的水獭在空中扭动，接着也消失了。他自己的魔杖在手里颤抖，他几乎巴不得自己赶快忘掉一切，坠入虚无，没有思想，没有感觉……

就在这时，一只银兔、一头公猪和一只狐狸从哈利、罗恩和赫敏的头顶飞过。面对这些逼近的灵物，摄魂怪纷纷后退。又有三个人从黑暗中出现了，站在他们身边，伸手举着魔杖，继续给守护神施魔法：是卢娜、厄尼和西莫。

"很好。"卢娜鼓励地说，就好像他们回到了有求必应屋，只是在做 D.A. 的魔咒练习，"很好，哈利……快，想点高兴的事儿……"

"高兴的事儿？"他声音嘶哑地说。

"我们还在这儿，"卢娜轻声说，"我们还在战斗。好

第32章 老魔杖

了,快……"

一朵银色的火花喷了出来,接着是一道摇摆不定的光,哈利付出了前所未有的努力。终于,牡鹿从他的杖尖涌了出来。它甩开蹄子朝前奔去,这下子摄魂怪真的溃逃了,夜晚顿时又变得温暖起来,但他耳朵里却灌满了打斗的声音。

"太谢谢你们了,"罗恩声音颤抖地对卢娜、厄尼和西莫说,"你们救了——"

随着一声大吼和地震般的颤抖,又一个巨人从禁林那边的黑暗中蹒跚而出,手里挥舞着一根比他们谁的个子都长的棍棒。

"**快跑!**"哈利又大喊一声,别人不用他说,早就四散逃开了。真悬哪,那家伙的大脚紧接着就落在了他们刚才站立的地方。哈利望望四周,罗恩和赫敏都跟着他,但另外三个人已经又回去战斗了。

"我们快躲开!"罗恩嚷道。这时巨人又在挥舞棍棒,吼声在夜色中、在场地上空回荡,场地上一道道红光和绿光继续把黑暗照亮。

"打人柳,"哈利说,"快走!"

他似乎把一些思绪封存在脑子里,塞进了一个暂时不能去看的狭小空间,对弗雷德和海格的牵念,对所有他爱的、散落在城堡内外的人们的担心……都必须等一等,因为他们必须快跑,必须去接近那条蛇,接近伏地魔,因为就像赫敏说的,只有这样才能结束这一切——

他拼命狂奔,几乎觉得自己能把死亡甩在后面。他不去理会周围黑暗中射过的一道道亮光,不去理会像大海一样阵阵冲刷的湖水声,也不去理会禁林里传出的吱吱嘎嘎的声响——虽然夜里并没有风。他们奔过似乎本身也在崛起反抗的场地,哈利这辈子从来没有跑得这么快过。然后,他第一个看见了那棵大树，那棵甩打着鞭子般的枝条、保护着树根底下的秘密的打人柳。

哈利上气不接下气地慢下脚步，避开打人柳嗖嗖抽打的枝条，在黑暗中仔细望着粗粗的树干，想看到老树皮上那个能使大树平静下来的节疤。罗恩和赫敏也赶了上来，赫敏喘得连话都说不出来了。

"我们——我们怎么进去呢？"罗恩喘着气说，"我能——能看见那地方——如果我们——还带着克鲁克山——"

"克鲁克山？"赫敏气喘吁吁地说，弯腰揪着自己的胸口，"你到底是不是巫师呀？"

"哦——是呀——对了——"

罗恩环顾四周，然后用魔杖指着地上的一根树枝，说道："羽加迪姆 勒维奥萨！"树枝一下子从地上飞了起来，像被风吹着一样在空中旋转，然后嗖地穿过打人柳的那些凶险的枝条，直朝树干冲去。它捅了捅树根附近的某个地方，顿时，扭曲抽打的柳树便安静下来。

"漂亮！"赫敏喘着气说。

"等等。"

在那短暂的一瞬间，哈利迟疑了。空气里充斥着战斗的轰鸣和撞击声。伏地魔希望他这么做，希望他自己送上门来……他是不是在把罗恩和赫敏带入一个陷阱？

接着，现实似乎把他包围了，残酷而清楚：前面只有一条路，就是杀死那条蛇，而蛇是跟伏地魔在一起的，伏地魔就在这条隧道的尽头……

"哈利，我们来了，快进去吧！"罗恩说着，把他往前推了一把。

哈利扭动着身子爬进隐在树根底下的泥土隧道。这里比他

第32章 老魔杖

们上次进来时狭窄逼仄多了。隧道的顶很低,差不多四年前他们就不得不弯着身子,现在只能匍匐前进。哈利在最前面,他点亮魔杖,随时提防会遇到障碍,不料一路都很顺利。他们不出声地往前爬。哈利盯着他手里攥着的魔杖发出的那点摇摆不定的亮光。

终于,隧道开始向上升,哈利看见前面有一道狭长的亮光。赫敏拽了拽他的脚脖子。

"隐形衣!"她小声说,"把隐形衣穿上!"

哈利在身后摸索着,赫敏将那件滑溜溜的衣服塞进他没拿魔杖的手里。哈利费劲地把衣服披在身上,低声说了句"诺克斯",熄灭了魔杖的亮光,然后继续手脚并用地往前爬,尽量不发出一点声响。他绷紧了所有的神经,知道随时都可能被人发现,随时都可能听到一个冰冷而清晰的声音,看到一道耀眼的绿光。

接着,他听见从前面的房间里传来了说话声,但隧道尽头的豁口被一个旧箱子似的东西堵住了,使说话声听上去有点发闷。哈利尽量屏住呼吸,一点点地挪到豁口处,透过箱子和洞壁间的狭小缝隙望过去。

那边的屋子里光线昏暗,但他还是看见了纳吉尼。大蛇安全地待在那个飘浮在半空的星光闪闪的魔法保护球里,像在水底下一样扭动、盘绕。哈利还看见一张桌子的边缘,有一只苍白的、手指修长的手在摆弄一根魔杖。接着,斯内普说话了,哈利的心猛地一跳。斯内普距哈利蜷身躲藏的地方只有几寸。

"…… 主人,他们的抵抗正在瓦解 ——"

"—— 这里面并没有你的功劳。"伏地魔用他高亢、清晰的声音说,"西弗勒斯,你虽然是个高明的巫师,但我认为你现在已经没有什么用了。我们还差一点儿就要成功了 …… 还差一点儿。"

"让我去找那个男孩。让我把波特给您带来。我知道我能找到他,主人。求求您。"

斯内普从缝隙前走过,哈利往后退了一点儿,眼睛仍盯在纳吉尼身上,心里在想有没有魔咒能够击穿大蛇周围的保护层,但一个也想不出来。他不敢轻举妄动,一旦失败,就会暴露他的位置……

伏地魔站了起来。哈利可以看见他了,看见他那双红眼睛,那张扁扁的、蛇一般的脸,还有他在昏暗中闪烁的苍白肤色。

"我有个难题,西弗勒斯。"伏地魔轻声说。

"主人?"斯内普说。

伏地魔举起老魔杖,细致优雅地捏在指间,像捏着一根指挥棒。

"它为什么对我不管用呢,西弗勒斯?"

静默中,哈利仿佛能听见大蛇盘绕、伸展时发出的咝咝声,或者是伏地魔那在空气中萦绕不去的咝咝叹息声。

"主——主人?"斯内普茫然地说,"我不明白。您——您用这根魔杖施出了高超非凡的魔法吧。"

"不,"伏地魔说,"我只施出了我平常的魔法。我是高超非凡的,但这根魔杖……不。它没有显示出它应该显示的奇迹。这根魔杖和我多年前从奥利凡德手里买的那根魔杖相比,我感觉不到有什么差别。"

伏地魔的语气是平静的、若有所思的,但哈利的伤疤又开始突突地跳疼。随着额头上的疼痛一点点地加剧,他感觉到伏地魔内心的怒火逐步升级了。

"没有差别。"伏地魔又说了一遍。

斯内普没有说话。哈利看不见他的脸,不知道斯内普是不

第 32 章　老魔杖

是感觉到了危险，正在搜肠刮肚地寻找合适的话来使主人消除疑虑。

伏地魔开始在屋子里走来走去。哈利有几秒钟看不见他，只听见他一边踱步一边仍然用那种不紧不慢的声音说话，与此同时，哈利的疼痛和怒火还在不断加剧。

"我苦苦地想了很长时间，西弗勒斯……你知道我为什么把你从战场上叫回来吗？"

一时间，哈利看见了斯内普的侧影，斯内普的眼睛正盯着魔法笼子里盘绕的大蛇。

"不知道，主人，但我请求您让我回去，让我找到波特。"

"你说话很像卢修斯，你们谁都不如我了解波特。用不着去找。波特自己会送上门来的。我知道他的弱点，他的一个很大的缺陷。他不愿意看着别人在他周围被击倒，况且又知道这一切都是因他而发生。他会不惜一切代价去阻止。他会来的。"

"可是，主人，他可能会被别人失手杀死——"

"我给我那些食死徒的指令非常明确。活捉波特。杀死他的朋友——越多越好——但不许取他的性命。

"但是，西弗勒斯，我想要谈的是你，而不是哈利·波特。你曾经对我很有价值，很有价值。"

"主人知道我甘愿为您效力。可是——让我去找那个男孩吧，主人。让我把他带来见您。我知道我能——"

"我跟你说了，不行！"伏地魔说，在他又转过身来时，哈利看见了他眼睛里闪烁的红光，听见了他的斗篷沙沙作响，就像蛇在地上爬行。哈利还从灼痛的伤疤感觉到伏地魔的不耐烦。"西弗勒斯，我目前关心的是，当我最终面对那个男孩时会怎么样！"

"主人，那当然不可能有问题——？"

"——有问题,西弗勒斯,有问题。"

伏地魔停住脚步,哈利又能清楚地看见他了,只见他用苍白的手指捋着老魔杖,眼睛盯着斯内普。

"为什么我用的两根魔杖面对哈利·波特时都不管用呢?"

"我——我回答不上来,主人。"

"是吗?"

强烈的怒火像钉子一样刺进哈利的脑袋,他把拳头塞进嘴里,免得自己疼得叫出声来。他闭上眼睛,突然他变成了伏地魔,正盯着斯内普那张惨白的脸。

"我的那根紫杉木魔杖对我百依百顺,西弗勒斯,可就是没能杀死哈利·波特。两次都失败了。奥利凡德在酷刑之下告诉了我孪生杖芯的事,叫我使用别人的魔杖。我这么做了,可是,卢修斯的魔杖一遇到波特的魔杖就成了碎片。"

"我——我也不明白,主人。"

斯内普此刻没有看着伏地魔。他那双黑眼睛仍然盯着在保护球里盘绕扭动的大蛇。

"我寻找到第三根魔杖,西弗勒斯。老魔杖,命运杖,死亡棒。我从它的前任主人那里把它拿来了。我从阿不思·邓布利多的坟墓里把它拿来了。"

现在斯内普看着伏地魔了,斯内普的脸如同一张死人面具,像大理石一样惨白、凝固。他开口说话时令人大吃一惊,没想到那双空洞的眼睛后面居然是个活人。

"主人——让我去找那个男孩——"

"整个漫漫长夜,眼看到了胜利的边缘,我却坐在这里,"伏地魔说,声音几近耳语,"想啊,想啊,为什么老魔杖不肯发挥它的本领,不肯像传说中那样为它的合法主人创造奇迹……现在我似乎有了答案。"

第32章 老魔杖

斯内普没有说话。

"也许你已经知道了？你毕竟是个聪明人，西弗勒斯。你一直是个忠心耿耿的好仆人，我为必须发生的事情感到遗憾。"

"主人——"

"老魔杖不能好好地为我效力，西弗勒斯，因为我不是它真正的主人。老魔杖属于杀死它前任主人的那位巫师。是你杀死了阿不思·邓布利多。只要你活着，西弗勒斯，老魔杖就不可能真正属于我。"

"主人！"斯内普抗议道，一边举起了魔杖。

"不可能有别的办法，"伏地魔说，"我必须征服这根魔杖，西弗勒斯。征服这根魔杖，就最终征服了波特。"

伏地魔用老魔杖猛击了一下空气。斯内普毫发未伤，刹那间，他似乎以为自己暂时被豁免了。接着，伏地魔的意图就清楚了。大蛇的笼子在空中翻滚，斯内普只发出一声尖叫，笼子就把他的脑袋和肩膀罩住，伏地魔用蛇佬腔说话了。

"杀。"

一声可怕的惨叫，哈利看见斯内普脸上仅有的一点儿血色也消失了，蛇的尖牙扎进了他的脖子。他无力地推开那带魔法的笼子，膝头一软倒在地上，脸色煞白，黑黑的眼睛睁得老大。

"我很遗憾。"伏地魔冷冷地说。

他转过身，内心里没有悲哀，也没有悔恨。有了绝对听从他命令的魔杖，他现在应该离开这个棚屋，去收拾局面了。他用魔杖指着星光闪闪的蛇笼，笼子飘升起来，离开了斯内普。斯内普身子一歪倒在地上，鲜血从他脖子里的伤口喷涌而出。伏地魔快速离开了屋子，没有再回头看一眼，那条关在大保护球里的巨蛇也随他飘浮而去。

哈利又回到隧道，回到他自己的思想里，他睁开了眼睛。

他为了不让自己喊出声来，把手指的关节都咬出血了。此刻他透过箱子和洞壁间的狭小缝隙窥视，看见一只穿黑靴子的脚在地板上颤抖。

"哈利！"赫敏在他身后喘着气叫道，但他已将魔杖指向挡住视线的箱子。箱子悬起了一英寸，悄没声儿地飘到旁边。哈利蹑手蹑脚地爬进了那个屋子。

他不知道自己为什么要这么做，为什么要走近那个垂死的人。当他看见斯内普那张煞白的脸，看见那些手指在努力堵住脖子上喷血的伤口时，他不知道自己是何感受。哈利脱掉隐形衣，低头望着这个他仇恨的男人。斯内普睁得大大的黑眼睛看见了哈利，他挣扎着想说话。哈利俯下身，斯内普抓住哈利长袍的前襟，把他拉近自己。

斯内普的喉咙里发出呼哧呼哧、咯啦咯啦的可怕声音。

"拿……去……拿……去……"

斯内普身上流出来的不仅是血。一种银蓝色的、既不是气体也不是液体的东西，从他嘴里、耳朵里和眼睛里冒出来。哈利明白这是什么，但不知道该怎么做——

一只凭空变出的细颈瓶被赫敏塞进了他颤抖的手里。哈利用魔杖把银色物质捞取到瓶子里。瓶子满了，斯内普的血似乎也已流尽，他抓住哈利长袍的手无力地松开了。

"看……着……我……"他轻声说。

绿眼睛盯着黑眼睛，但一秒钟后，那一双黑眸深处的什么东西似乎消失了，它们变得茫然、呆滞而空洞。抓住哈利的那只手垂落在地上，斯内普不动了。

第 33 章

"王子"的故事

哈利久久地跪在斯内普身边，呆呆地凝望着他。突然，一个似乎近在咫尺的高亢、冷酷的声音开始说话了，哈利惊跳起来，手里紧紧攥着瓶子，以为伏地魔又返回了屋里。

伏地魔的声音在墙壁和地板间回响，哈利这才意识到他是在对霍格沃茨及周围的所有地区说话。霍格莫德村的居民和城堡里仍在战斗的人们都能清楚地听见他的声音，如同他就站在他们身边，他的呼吸就喷在他们脖子后面，他一出手就能让他们毙命。

"你们进行了勇敢的抵抗，"那个高亢、冷酷的声音说，"伏地魔大人知道如何欣赏勇气。

"但是你们蒙受了沉重的损失。如果继续抵抗，你们一个接一个都会死去。我不希望发生这样的事情。巫师的血，每流一滴都是一种损失和浪费。

"伏地魔大人是仁慈的。我命令我的队伍撤退，立即撤退。

"给你们一个小时，体面地安置死者，治疗伤员。

"哈利·波特，现在我直接对你说话。你听任你的朋友为你赴死，而不是挺身出来面对我。我将在禁林里等候一个小时。

如果一小时后你没有来找我，没有主动投降，那么战斗还将继续。这次，我将亲自上阵，哈利·波特，我将找到你，我将惩罚每一个试图窝藏你的男人、女人和孩子，一个也不放过。一个小时。"

罗恩和赫敏都看着哈利拼命摇头。

"别听他的。"罗恩说。

"没关系的，"赫敏激动地说，"我们——我们回城堡去吧。如果他去了禁林，我们需要重新考虑一个计划——"

她扫了一眼斯内普的尸体，便匆匆朝隧道入口走去，罗恩也跟了过来。哈利收起隐形衣，又低头看着斯内普。他说不清内心的感受，只是为斯内普的这种死法，以及他丧命的原因而感到震惊……

他们在隧道里往外爬，谁也没有说话，哈利不知道罗恩和赫敏是不是也像他一样，脑子里仍然回响着伏地魔的声音。

你听任你的朋友为你赴死，而不是挺身出来面对我。我将在禁林里等候一个小时……一个小时……

城堡前的草地上散落着一个个小包裹似的东西。离天亮大约只有一个小时了，但四下里还是漆黑一片。他们三个急急忙忙跑向石阶。一根小船那么大的长木头横在他们面前，格洛普和刚才袭击他的那个巨人都不见了踪影。

城堡里异常寂静，此刻既看不见亮光闪烁，也听不见撞击声、尖叫声和呐喊声。空无一人的门厅里，石板上血迹斑斑，绿宝石仍然散落在地，还有破碎的大理石和劈裂的木头；一部分扶栏被炸飞了。

"人都到哪儿去了？"赫敏轻声说。

罗恩领头朝大礼堂走去。哈利在门口停住了。

学院桌子不见了，礼堂里挤满了人。幸存者三五成群地站

第 33 章 "王子"的故事

着,互相搂抱在一起。伤员都集中在台子上,庞弗雷女士和一群助手在给他们治疗。费伦泽也受伤了,一侧身体大量出血,他已经站立不住,躺在那里瑟瑟发抖。

死者在礼堂中央躺成一排。哈利看不见弗雷德的遗体,因为他的家人把他团团围住了。乔治跪在弗雷德脑袋边,韦斯莱夫人浑身颤抖地伏在弗雷德胸上,韦斯莱先生抚摸着她的头发,泪流满面。

罗恩和赫敏没有对哈利说一句话就走开了。哈利看见赫敏走到金妮面前抱了抱她,金妮的脸肿着,满是污垢。罗恩走到比尔、芙蓉和珀西身边,珀西搂住了罗恩的肩膀。就在金妮和赫敏靠近家里其他人时,哈利看清了躺在弗雷德身边的两具遗体:莱姆斯和唐克斯,脸色苍白,一动不动,但看上去很宁静,似乎在施了魔法的漆黑的天花板下安详地睡着了。

哈利跟跟跄跄地后退着离开了门口,礼堂似乎在飞去,越缩越小。他透不过气来。他没有勇气再去看其他遗体,再去弄清还有谁为他而死。他不敢去见韦斯莱一家,不敢看他们的眼睛,如果他一开始就主动投降,弗雷德也许就不会死……

他转身顺着大理石楼梯往上跑。卢平、唐克斯……他多么希望自己没有感觉……多么希望能把他的心、他的五脏六腑都扯出来,这些东西都在他的体内尖叫……

城堡里空无一人,就连幽灵似乎也加入了礼堂里哀悼的人群。哈利不停地往前跑,手里紧紧攥着装满斯内普最后思想的水晶瓶,一直跑到校长办公室外的滴水嘴石兽跟前才放慢脚步。

"口令?"

"邓布利多!"哈利不假思索地喊道,因为他心里最想见的人就是邓布利多。令他吃惊的是,石兽竟然滑到一边,露出了后面的螺旋形楼梯。

哈利冲进圆形办公室，发现这里已经有了变化。墙上挂的肖像都空了。那些男女校长没有一个留在这里。他们似乎都溜走了，顺着城堡墙壁上排列的图画冲到了前面，想看清事态的发展。

哈利绝望地看了一眼挂在校长座椅后面的邓布利多的空肖像，然后转过身来。石头冥想盆还和往常一样放在柜子里。哈利把盆口刻有如尼文符号的大石盆搬到桌上，将斯内普的记忆倒了进去。逃到别人的思想里去也是一种解脱……即使是斯内普留给他的，也不可能比他自己的思绪更糟。记忆在旋转，银白色，形状奇异，哈利不再迟疑，抱着一种不管不顾、彻底放弃的心理，一头扎了进去，似乎这能缓解他内心刀割般的痛苦。

他头朝前落进了阳光里，双脚踏在温暖的土地上。他直起身子，发现自己是在一个几乎没有人的游乐场上。一个大大的烟囱赫然耸立在远处的天际。两个女孩在荡秋千，一个瘦瘦的男孩躲在灌木丛后面注视着她们。男孩的黑头发很长，身上的衣服极不协调，倒像是故意穿成这个样子的：一条过短的牛仔裤，一件又大又长、像是大人穿的破旧外衣，还有一件怪模怪样的孕妇服似的衬衫。

哈利走近男孩身边。斯内普看上去约莫九到十岁，脸色灰黄，个头矮小，体格精瘦。注视着那个较小的女孩在秋千上荡得比她姐姐越来越高，他瘦瘦的脸上露出了不加掩饰的渴慕。

"莉莉，别这样！"较大的女孩尖叫道。

可是，小女孩在秋千荡到最高处时松开手飞到了空中，真的是在飞，欢声大笑着扑向天空。她并没有重重地摔在游乐场的柏油地上，而是像杂技演员一样在空中滑翔，停留了很长时间，最后十分轻盈地落在地上。

"妈妈叫你别这么做！"

第33章 "王子"的故事

佩妮让鞋跟擦地停住秋千，发出尖厉刺耳的摩擦声，然后她又跳了起来，双手叉腰。

"妈妈说不许你这样，莉莉！"

"可是我没事儿，"莉莉说，还在咯咯笑着，"佩妮，看看这个。看我的本事。"

佩妮看了看四周，空荡荡的游乐场里只有她们俩，当然还有斯内普，不过女孩们并不知道。莉莉从斯内普藏身的灌木丛里捡起一朵枯落的花。佩妮走了上来，看上去既好奇又不满，内心十分矛盾。莉莉等佩妮走近可以看清了，就把手摊开来，花瓣在她手心里不停地一开一合，就像某种古怪的、多层的牡蛎。

"别这样！"佩妮尖叫道。

"我又没把你怎么样。"莉莉说，不过她还是把花捏成一团扔到了地上。

"这不对。"佩妮说，但她的目光追随着落地的花，并久久地停在上面，"你是怎么做的？"她又问，声音里透着掩饰不住的渴望。

"这不是很清楚的事吗？"斯内普再也克制不住，从灌木丛后面跳了出来。佩妮尖叫一声，转身向秋千跑去，莉莉显然也吓了一跳，但待在原地没动。斯内普似乎后悔自己贸然出现，他看着莉莉，灰黄的面颊上泛起淡淡的红晕。

"什么很清楚？"莉莉问。

斯内普显得又紧张又激动。他看看远处在秋千旁徘徊的佩妮，压低声音说道："我知道你是什么人。"

"什么意思？"

"你是……你是个女巫。"斯内普轻声说。

莉莉像是受了侮辱。

"对别人说这种话是很不礼貌的!"

她转过身,仰着脸大步朝她姐姐走去。

"不!"斯内普说。他的脸已经变得通红,哈利不明白他为什么不脱掉那件可笑的超大外衣,除非是因为他不想露出下面的孕妇服。他甩着袖子去追两个女孩,那滑稽的模样活像蝙蝠,活像他成年后的样子。

姐妹俩以同样不满的目光审视着他,两人都抓着一根秋千柱子,好像那是捉人游戏中的安全地带。

"你就是,"斯内普对莉莉说,"你就是个女巫。我观察你有一阵子了。这没有什么不好的。我妈妈就是女巫,我是男巫。"

佩妮的笑声像冷水一样。

"男巫!"她尖叫一声。刚才这男孩的突然出现使她受惊不小,现在她恢复了镇静,勇气又回来了,"我知道你是谁。你是斯内普家的那个男孩!他们住在河边的蜘蛛尾巷。"她告诉莉莉,语气明显表示她认为那是个下三烂的地方,"你为什么要偷看我们?"

"我没偷看。"斯内普说,他又激动又不安,在明亮的阳光下头发显得很脏,"我才不愿意偷看你呢,"他轻蔑地接着说,"你是个麻瓜。"

佩妮显然不明白这个词的意思,但她绝不会听不懂他的语气。

"莉莉,快,我们走吧!"她尖声说。莉莉立刻听从姐姐的话动身离开了,但眼睛还瞪着斯内普。斯内普站在那里,注视着她们俩大步穿过游乐场的门,此刻只有哈利在一旁看着他。哈利看出了斯内普内心的痛苦和失望,他明白斯内普筹划这一刻有一段时间了,没想到一切都乱了套……

眼前的情景消失了,没等哈利反应过来,周围完全变了样。

第33章 "王子"的故事

他现在是在一片小树林里。他看见一条阳光下的小河在树丛间流过，波光粼粼，树荫洒下一片墨绿色的清凉。两个孩子盘着腿，面对面地坐在地上。斯内普已经脱去了外衣，在半明半暗的光线里，那件古怪的孕妇服显得不那么刺眼了。

"……如果你在校外施魔法，魔法部就会惩罚你，你会收到信的。"

"可是我在校外施过魔法呀！"

"我们没关系。我们还没有魔杖呢。小孩子控制不住自己，他们不管。一旦到了十一岁，"他煞有介事地点点头，"他们开始训练你，那时你就得小心点儿了。"

两人沉默了一会儿。莉莉捡起地上的一根树枝，在空中快速地旋转，哈利知道她在想象树枝后面飘出火星。然后她扔掉树枝，探身冲着男孩说道："这是真的，对吗？不是开玩笑？佩妮说你在骗我。佩妮说根本就没有什么霍格沃茨。这是真的，对吗？"

"对我们来说是真的，"斯内普说，"对她来说不是。我们会收到信的，你和我。"

"真的？"莉莉轻声问。

"千真万确。"斯内普说，他虽然头发参差不齐，衣服稀奇古怪，但坐在莉莉面前却显得别有一番气派，对自己的前途充满信心。

"信真的是由猫头鹰送来？"莉莉小声问。

"一般来说是这样，"斯内普说，"但你是麻瓜出身，所以学校会派人来向你父母解释一下。"

"麻瓜出身会有什么不同吗？"

斯内普迟疑着，他的黑眼睛在绿荫下显得很热切，看着莉莉那张苍白的脸和深红色的头发。

"不会,"他说,"不会有什么不同。"

"太好了。"莉莉说,松了口气。显然她一直在为此担心。

"你会变许多魔法,"斯内普说,"我看见了。我一直在看你……"

他的声音越来越轻。莉莉没有听他说,而是四肢伸开躺在铺满绿叶的地上,望着头顶茂密的树叶。斯内普渴慕地望着她,就像在游乐场上望着她时一样。

"你家里的事情怎么样啦?"莉莉问。

斯内普微微蹙起了眉头。

"还好。"他说。

"他们不吵了?"

"噢,还吵,"斯内普说,一边抓起一把叶子,把它们撕碎,但显然并没有意识到自己在做什么,"但不会太久了,我就要走了。"

"你爸爸不喜欢魔法?"

"他什么都不太喜欢。"斯内普说。

"西弗勒斯?"

听到她叫自己的名字,斯内普的嘴角掠过一丝笑意。

"嗯?"

"再跟我说说摄魂怪的事。"

"你打听它们干什么?"

"如果我在校外使用魔法——"

"不会为了这个把你交给摄魂怪的!摄魂怪是专门对付那些真正干了坏事的人。它们看守巫师监狱——阿兹卡班。你不会进阿兹卡班的,你这么——"

他的脸又红了,撕碎了更多的树叶。就在这时,哈利身后传来沙沙的声音,他转身一看,佩妮躲在一棵树后,脚下没有

第33章 "王子"的故事

站稳。

"佩妮!"莉莉说,声音里透着惊讶和欢迎,可是斯内普跳了起来。

"现在是谁在偷看?"他嚷道,"你想干吗?"

佩妮被发现后惊慌失措,几乎喘不过气来。哈利看出她在绞尽脑汁想说几句伤人的话。

"你倒说说你穿的那是什么?"她指着斯内普的胸口说,"你妈妈的衣服?"

咔嚓一声,佩妮头顶上一根树枝突然落了下来。莉莉尖叫一声,树枝砸中了佩妮的肩膀,她踉跄着后退几步,哭了起来。

"佩妮!"

可是佩妮跑开了。莉莉朝斯内普发火了。

"是你干的吗?"

"不是。"斯内普显得既不服又害怕。

"就是你!"莉莉从他面前后退,"就是你!你伤着她了!"

"不——我没有!"

然而莉莉不相信他的谎话。她气冲冲地看了他最后一眼,就跑出小树林,追她姐姐去了,斯内普显得痛苦而困惑……

场景转换。哈利环顾四周,他是在 $9\frac{3}{4}$ 站台上,斯内普站在他旁边,微微弓着身子,紧挨着一个跟他长得很像的脸色灰黄、神情阴沉的瘦女人。斯内普正盯着不远处的一家四口。两个女孩离开她们的父母站着。莉莉似乎在央求她的姐姐。哈利凑过去听。

"……我很难过,佩妮,我很难过!你听我说——"她抓过姐姐的手紧紧地握住,佩妮则拼命想挣脱,"也许我一到那儿——不,听我说,佩妮!也许我一到那儿,就能找到邓布利多教授,说服他改变主意!"

"我才 —— 不想 —— 去呢！"佩妮说，使劲想把手从妹妹手里抽出来，"你以为我愿意到某个荒唐的城堡里去，学着做一个 —— 一个 ——"

她浅色的眼睛扫视着站台，望着猫在主人怀里喵喵叫；望着猫头鹰在笼子里扑打翅膀，互相高叫；望着那些学生 —— 有的已穿上黑色的长袍，他们在把行李搬上深红色的蒸汽机车，或是在分别一个暑假后高兴地大声与同学打着招呼。

"—— 你以为我想成为一个 —— 一个怪物？"

佩妮终于把手抽走了，莉莉眼睛里满是泪水。

"我不是怪物，"莉莉说，"这么说真难听。"

"那就是你要去的地方，"佩妮来劲地说，"一个专门给怪物办的学校。你和那个姓斯内普的男孩……怪胎，你们俩都是怪胎。幸好把你们跟普通人隔开了，那是为了我们的安全。"

莉莉朝父母那边瞟了一眼，他们正带着由衷的喜悦看着站台上的情景，尽情地饱览这一幕。莉莉又回过头来看着姐姐，压低声音，语气变得很激烈。

"你给校长写信求他收下你时，可没认为这是一所怪物学校。"

佩妮的脸变得通红。

"求？我没求！"

"我看见他的回信了，写得很委婉。"

"你不应该偷看 ——"佩妮轻声说，"那是我的隐私 —— 你怎么可以 ——？"

莉莉朝站在近旁的斯内普瞥了一眼，这一眼泄漏了秘密。佩妮倒抽了一口冷气。

"那个男孩发现的！你和那个男孩偷偷溜进了我的房间！"

"不是 —— 不是偷偷溜进去 ——"现在是莉莉在辩解了，

第33章 "王子"的故事

"西弗勒斯看见了一信封,他不相信麻瓜也能跟霍格沃茨取得联系,就是这样!他说邮政系统里肯定安插了巫师,他们关照了一下——"

"看来巫师到处乱管闲事!"佩妮说,刚才通红的脸现在变得煞白,"怪物!"她朝妹妹啐了一口,猛一转身,向父母跑去……

场景又消失了。斯内普在霍格沃茨特快列车的过道里匆匆往前走,列车哐当哐当地在乡野间穿行。他已经换上了校袍,这大概是他第一次有机会脱掉那身难看的麻瓜衣服。终于,他在一间包厢外停住脚步,包厢里一群吵吵闹闹的男孩正在聊天。莉莉蜷身坐在窗边角落里的一个座位上,脸贴着玻璃窗。

斯内普拉开包厢的门,坐在了莉莉对面。莉莉看了他一眼,又回过头望着窗外。她一直在哭。

"我不想跟你说话。"她声音哽咽地说。

"为什么?"

"佩妮恨——恨我,因为我们看了邓布利多的那封信。"

"那又怎么样?"

她非常嫌恶地白了他一眼。

"她是我姐姐!"

"她不过是个——"他赶紧闭了嘴。莉莉只顾忙着偷偷擦眼泪,没有听见他的话。

"可是我们出发了!"他说,声音里带着无法抑制的喜悦,"没错!我们出发去霍格沃茨了!"

莉莉点点头,擦擦眼睛,忍不住露出了一丝笑容。

"你最好进斯莱特林。"斯内普说,看到莉莉高兴了一点儿,他觉得很受鼓舞。

"斯莱特林?"

坐在包厢里的一个男孩听到这个词转过头来。他本来对莉莉和斯内普没有表示出丝毫兴趣。哈利刚才把注意力全集中在窗边的两个人身上，此刻才看见了自己的父亲：他像斯内普一样身材瘦弱，头发乌黑，但一看就知道从小备受呵护，甚至很受宠爱，这显然是斯内普极度缺乏的。

"谁想去斯莱特林？要是我的话可能会退学，你呢？"詹姆问悠闲地坐在对面座位上的男孩。哈利心头一跳，认出那是小天狼星。小天狼星没有笑。

"我们全家都是斯莱特林的。"他说。

"天哪，"詹姆说，"我还觉得你挺好的呢！"

小天狼星咧嘴笑了笑。

"说不定我会打破传统。如果让你选择，你想去哪儿？"

詹姆举起一把无形的宝剑。

"格兰芬多，那里有埋藏在心底的勇敢！像我爸爸一样。"

斯内普轻蔑地哼了一声，詹姆转头看着他。

"怎么，你有意见？"

"没有，"斯内普说，但他傲慢的讥笑却表露了相反的意思，"如果你情愿肌肉发达而不是头脑发达——"

"那么你希望去哪儿？看样子你两样都不发达。"小天狼星突然插嘴道。

詹姆大声笑了起来。莉莉挺直身子，绯红了脸，厌恶地看看詹姆，又看看小天狼星。

"走吧，西弗勒斯，我们另外找一间包厢。"

"哦哦哦哦……"

詹姆和小天狼星模仿着莉莉高傲的声音，斯内普走过时詹姆还伸腿绊了他一下。

"回见，鼻涕精！"一个声音喊道，包厢的门重重地关

第33章 "王子"的故事

上了……

场景再次消失……

哈利站在斯内普身后,面对烛光映照下的几张学院长桌,桌旁是一张张兴奋的面孔。这时,麦格教授说道:"莉莉·伊万斯!"

他注视着自己的母亲迈着颤抖的双腿走上前去,在摇摇晃晃的凳子上坐下来。麦格教授把分院帽罩在她脑袋上,帽子接触到她深红色的头发还不到一秒钟,就喊道:"格兰芬多!"

哈利听见斯内普发出一声轻轻的叹息。莉莉脱下帽子还给了麦格教授,匆匆朝热烈欢呼的格兰芬多同学们走去,但她回头看了一眼斯内普,脸上露出一丝无奈的苦笑。哈利看见小天狼星在板凳上挪了挪,给她腾出了地方。莉莉看了他一眼,似乎认出他就是火车上的那个人,立刻抱起双臂,坚定地转过身背朝着他。

点名还在继续。哈利看到卢平、小矮星和他父亲都到了格兰芬多桌旁,跟莉莉和小天狼星坐在一起。最后,只有十几个学生还没有分院,麦格教授喊到了斯内普。

哈利和他一起走到凳子旁,看着他把帽子戴在脑袋上。"斯莱特林!"分院帽喊道。

西弗勒斯·斯内普走向礼堂的另一边,离莉莉越来越远。斯莱特林同学在那里朝他欢呼,卢修斯·马尔福胸前戴着闪闪发亮的级长徽章,拍了拍在他身边坐下的斯内普……

场景变换……

莉莉和斯内普走在城堡的院子里,显然是在吵架。哈利紧走几步,追上去偷听。等到他追近时,才发现他们俩都高了许多。似乎自分院之后已经过去了好几年。

"……以为我们应该是朋友?"斯内普在说话,"最好的朋友？"

"是这样啊，西弗，但我不喜欢跟你一起鬼混的那几个人！对不起，可是我讨厌埃弗里和穆尔塞伯！穆尔塞伯！你看出他有哪点好啊，西弗？鬼鬼祟祟的！你知道他那天想对玛丽·麦克唐纳做什么吗？"

莉莉走到一根柱子前靠了上去，抬头望着那张灰黄的瘦脸。

"那不算什么，"斯内普说，"开个玩笑而已，没什么——"

"那是黑魔法，如果你觉得那很好玩——"

"可波特和他那些朋友干的勾当呢？"斯内普质问道，血又涌到脸上，他似乎无法控制怨恨的情绪。

"波特有什么勾当？"莉莉说。

"他们晚上溜出去。那个卢平有些怪异。他总是出去，去哪儿呢？"

"他病了，"莉莉说，"他们说他病了——"

"每个月满月的时候？"斯内普说。

"我知道你的想法。"莉莉说，口气很冷，"奇怪了，你为什么对他们那么上心？你为什么关心他们在夜里做什么？"

"我只是想让你看到他们并不像大家认为的那样优秀。"

在他专注的凝视下，莉莉的脸红了。

"但他们没有使用黑魔法呀，"她降低了声音，"而且你真是忘恩负义。我听说了那天夜里的事情。你从打人柳下偷偷溜进了那条隧道，是詹姆·波特救了你，逃脱了那下面的——"

斯内普整张脸都扭曲变形了，气急败坏地说："救我？救我？你以为他是英雄？他是为了救他自己，还有他的朋友！你可不能——我不让你——"

"让我？让我？"

莉莉那双明亮的绿眼睛眯成了缝，斯内普立刻退缩了。

第33章 "王子"的故事

"我不是那个意思——我只是不想看到别人把你当傻瓜——他喜欢你，詹姆·波特喜欢你！"这句话似乎是勉强从他嘴里拽出来的，"他可不是……大家都以为……了不起的魁地奇球明星——"痛苦和反感使得斯内普语无伦次，莉莉的眉毛在额头上越扬越高。

"我知道詹姆·波特是个自以为是的自大狂，"莉莉打断了斯内普，"这点不需要你告诉我。但穆尔塞伯和埃弗里的所谓幽默是邪恶的。邪恶的，西弗。我不明白你怎么能跟他们交朋友。"

哈利怀疑斯内普是否听见了莉莉对穆尔塞伯和埃弗里的批评。莉莉指责詹姆·波特的话一出口，他整个身体就放松了。当他们转身走开时，斯内普的脚步重又变得轻快起来……

场景消失了……

哈利注视着斯内普参加完黑魔法防御术课的O.W.L.考试后离开了礼堂，注视着他悠闲地走出城堡，漫无目的地逛到那棵山毛榉树附近，詹姆、小天狼星、卢平和小矮星正一起坐在树下。但哈利这次没有靠近他们，因为他知道詹姆把西弗勒斯吊在空中百般奚落之后发生了什么事情。他知道他们做了什么，说了什么，再听一遍不会使他快乐。他注视着，莉莉走到那伙人中间去替斯内普辩护。他远远地听见斯内普恼羞成怒地冲她喊出了那个不可原谅的词："泥巴种。"

场景变换……

"对不起。"

"我没兴趣。"

"对不起！"

"别白费口舌了。"

时间是晚上，莉莉穿着晨衣，抱着双臂站在格兰芬多塔楼入口处的胖夫人肖像前面。

"玛丽说你扬言要睡在这里我才出来的。"

"是啊,你要是不出来,我就要睡在这里。我绝不是故意叫你泥巴种的,我只是——"

"只是说漏了嘴?"莉莉的声音里没有半点同情,"太晚了。这么多年来我一直在找借口原谅你。我的朋友都不能理解我为什么还跟你说话。你和你那些亲爱的食死徒朋友——你看,你甚至都不否认!你甚至都不否认那就是你们的目标!你迫不及待地想成为神秘人的手下,对吗?"

他的嘴巴张了张,没有说话,又闭上了。

"我不能再装下去了,你选择了你的路,我选择了我的。"

"不——听我说,我不是故意——"

"——叫我泥巴种?但是你管我这类出身的人都叫泥巴种,西弗勒斯。我又有什么不同呢?"

他挣扎着还想说点什么,但莉莉轻蔑地看了他一眼,转身从肖像洞口爬了回去……

走廊消失了,这次场景变换的时间长了一些。哈利似乎飞过了许多变幻的形状和色彩,最后周围的景物才固定下来。他站在黑暗中一个荒凉、寒冷的山顶上,风嗖嗖地刮过几棵没有叶子的枯树。成年的斯内普气喘吁吁地原地转过身子,手里紧紧地捏着魔杖,似乎在等什么人或什么东西……他的恐惧也感染了哈利,虽然哈利知道自己不可能受到伤害。他纳闷斯内普在等什么呢,不禁也转过头去——

突然,空中闪过一道刺眼的、之字形的白光,哈利以为是闪电,但斯内普扑通跪倒在地,魔杖从手里飞了出去。

"别杀我!"

"那不是我的意图。"

风在树枝间呜呜作响,淹没了邓布利多刚才幻影显形的声

第33章 "王子"的故事

音。他站在斯内普的面前,长袍在风里飘摆,魔杖的光从下面照着他的脸。

"怎么样,西弗勒斯? 伏地魔大人有什么口信给我?"

"没有 —— 没有口信 —— 我是为自己来的!"

斯内普绞着双手,看上去有点心神错乱,乌黑纷乱的头发在脑袋周围飘舞。

"我 —— 我带来了一个警报 —— 不,一个请求 —— 求求您 ——"

邓布利多一挥魔杖。虽然周围的枝叶仍在晚风里飞舞,但在他和斯内普面对面站立的地方,却是一片寂静。

"一个食死徒能对我有何请求?"

"那个 —— 那个预言 …… 那个预测 …… 特里劳尼 ……"

"啊,是了,"邓布利多说,"你向伏地魔传达了多少?"

"一切 —— 我听到的一切!"斯内普说,"所以 —— 正因为那个 —— 他认为指的是莉莉·伊万斯!"

"预言没有说是女人,"邓布利多说,"说的是一个七月底出生的男孩 ——"

"您明白我的意思! 他认为指的是莉莉的儿子,他要找到莉莉 —— 把他们全部杀掉 ——"

"既然莉莉对你这么重要,"邓布利多说,"伏地魔肯定会免她一死吧? 你就不能求求他饶了那位母亲,拿儿子作为交换?"

"我 —— 我求过他 ——"

"你令我厌恶。"邓布利多说,哈利从没听过邓布利多以这么轻蔑的口吻说话。斯内普似乎畏缩了一下。"那么,你就不关心她丈夫和孩子的死活? 他们尽可以死,只要你能得到你想要的?"

斯内普什么也没说,只是抬头看着邓布利多。

"那就把他们都藏起来，"他嘶哑着声音说，"保证她——他们的——安全。求求您。"

"那你给我什么作为回报呢，西弗勒斯？"

"作为——回报？"斯内普张口结舌地看着邓布利多，哈利以为他会抗议，但良久之后，他说，"什么都行。"

山顶消失了，哈利站在邓布利多的办公室里，什么东西在发出可怕的声音，像某种受伤的动物。斯内普颓然坐在椅子上，身体前倾。邓布利多站在他面前，神色严峻。过了片刻，斯内普抬起脸，自从荒野山顶的一幕之后，他仿佛度过了一百年的苦难岁月。

"我以为……你会……保证她的……安全……"

"她和詹姆错误地信任了别人，"邓布利多说，"就像你，西弗勒斯。你不是也曾指望伏地魔会饶她一命吗？"

斯内普的呼吸虚弱无力。

"她儿子活下来了。"邓布利多说。

斯内普猛地晃了一下脑袋，像在赶走一只讨厌的苍蝇。

"她儿子还活着，眼睛和他妈妈的一样，一模一样。我想，你肯定记得莉莉·伊万斯的眼睛，它们的形状和颜色，对吗？"

"**不要！**"斯内普吼道，"没了……死了……"

"这是悔恨吗，西弗勒斯？"

"我希望……我希望死的是我……"

"那对任何人又有什么用呢？"邓布利多冷冷地说，"如果你爱莉莉·伊万斯，如果你真心地爱她，那你面前的道路很清楚。"

斯内普眼前似乎隔着一层痛苦的迷雾，邓布利多的话仿佛过了很长时间才传到他的耳朵里。

"您——您说什么？"

"你知道她是怎么死的，为什么死的。别让她白白牺牲。帮

第33章 "王子"的故事

助我保护莉莉的儿子。"

"他不需要保护。黑魔王走了——"

"——黑魔王还会回来,到那时候,哈利·波特将会面临可怕的危险。"

静默良久,斯内普慢慢控制住自己,呼吸自如了。最后他说道:"很好。很好。可是千万——千万别说出去,邓布利多!只能你知我知!您起誓!我受不了……特别是波特的儿子……我要您起誓!"

"要我起誓,西弗勒斯,永远不把你最好的一面透露出去?"邓布利多低头看着斯内普那张激动而又痛苦的脸,叹息着说,"如果你坚持……"

办公室消失了,紧接着又重新浮现。斯内普在邓布利多面前踱来踱去。

"——跟他父亲一样平庸、傲慢,专爱违反纪律,喜欢出风头,吸引别人注意,放肆无礼——"

"你看到的是你预想会看到的东西,西弗勒斯。"邓布利多在看一本《今日变形术》,头也不抬地说,"别的老师都说那男孩谦虚、随和,天资也不错。我个人也发现他是个讨人喜欢的孩子。"

邓布利多翻过一页,仍然头也不抬地说:"注意奇洛,好吗?"

色彩旋转,周围的一切都变得昏暗了,斯内普和邓布利多隔开一点儿站在门厅里。圣诞舞会上的最后一批人从他们身边走过,回去睡觉了。

"怎么样?"邓布利多轻声问。

"卡卡洛夫的标记也变黑了。他很紧张,担心会受惩罚。你知道黑魔王倒台后卡卡洛夫给了魔法部很多帮助。"斯内普侧眼看着邓布利多那长着弯鼻子的侧影,"他打算,如果标记灼痛起来,他就逃跑。"

"是吗?"邓布利多轻声说,这时芙蓉·德拉库尔和罗杰·戴维斯咯咯地笑着从操场进来了,"你也很想跟他一起去?"

"不,"斯内普说,一双黑眼睛盯着芙蓉和罗杰远去的背影,"我不是那样的胆小鬼。"

"对,"邓布利多赞同道,"到目前为止,你比伊戈尔·卡卡洛夫要勇敢得多。知道吗,我有时觉得我们的分类太草率了……"

他走开了,斯内普独自垂头丧气……

这一次,哈利还是站在校长办公室里。时间是晚上,邓布利多无力地歪在桌后宝座般的椅子上,看上去神志不清。他的右手在一侧耷拉着,被烧焦了,黑乎乎的。斯内普低声念着咒语,将魔杖对准那只手腕,左手把一杯浓浓的金色药液灌进了邓布利多的嘴里。过了片刻,邓布利多的眼皮抖动了几下,睁开了。

"你为什么,"斯内普劈头就问,"为什么要戴上那枚戒指?它上面有魔咒,你肯定知道。为什么还要碰它?"

马沃罗·冈特的戒指放在邓布利多面前的桌子上,已经破裂,旁边是格兰芬多的宝剑。

邓布利多做了个鬼脸。

"我……我做了傻事。诱惑太大了……"

"什么诱惑?"

邓布利多没有回答。

"你能够回到这里已是个奇迹!"斯内普怒气冲冲地说,"那枚戒指上有特别强大的魔咒,我们最多希望能把它遏制住。我已经把魔咒暂时囚禁在一只手里——"

邓布利多举起那只焦黑、无用的手,仔细端详着,就像面

第33章 "王子"的故事

对一个非常有趣的收藏品。

"你干得很出色,西弗勒斯。你认为我还有多少时间?"

邓布利多的语气轻松随意,如同在询问天气预报。斯内普迟疑了一下,说道:"我说不好,大概一年。没有办法永远遏制这样的魔咒。它最终总会扩散,这种魔咒会随着时间的推移不断加强。"

邓布利多露出了微笑。他只剩下不到一年的时间了,这消息对他来说似乎无足轻重。

"我很幸运,非常幸运,有你在我身边,西弗勒斯。"

"如果你早点儿把我叫来,我或许能多采取些措施,为你争取更多的时间!"斯内普恼怒地说,他低头看着破碎的戒指和那把宝剑,"你以为摧毁戒指就能破除魔咒?"

"差不多吧……我肯定是昏了头了……"邓布利多说,他吃力地在椅子上坐直身子,"也好,这样就使事情变得更简单了。"

斯内普似乎完全被弄糊涂了。邓布利多笑了笑。

"我指的是伏地魔围绕我制订的计划。他计划让马尔福家那个可怜的男孩杀死我。"

斯内普在哈利经常坐的椅子上坐了下来,隔着桌子面对邓布利多。哈利看出他还想再谈谈邓布利多那只被魔咒伤害的手,但对方举起焦手,委婉地表示不愿意继续谈论这个话题。斯内普皱着眉头说:"黑魔王没指望德拉科能够得手。这只是为了惩罚卢修斯最近的失败。让德拉科的父母眼看着儿子失手,然后付出代价,这对他们来说是钝刀子割肉。"

"总之,这男孩像我一样被明确地判了死刑。"邓布利多说,"我以为,一旦德拉科失手,接替这项工作的自然是你啰?"

短暂的沉默。

"我想，黑魔王是这么设计的。"

"伏地魔是否预见在不久的将来，他在霍格沃茨将不再需要密探？"

"他相信学校很快就会被他控制，是的。"

"如果学校真的落到他手里，"邓布利多说，好像是临时想到插了一句，"我要你起誓你会尽全部的力量保护霍格沃茨的学生，行吗？"

斯内普僵硬地点了点头。

"很好。那么，你首先需要弄清德拉科打算干什么。一个惊慌失措的少年不仅对他自己危险，对别人也很危险。向他提供帮助和指导，他应该会接受，他喜欢你——"

"——他父亲失宠之后，他就不那么喜欢我了。德拉科怨恨我，认为我夺走了卢修斯的位置。"

"没关系，试试吧。比起我自己来，我更关心的是那男孩采取的行动计划的意外受害者。当然啦，如果要把他从伏地魔的暴怒中解救出来，最终只有一个办法。"

斯内普扬起眉毛，用讽刺的口吻问道："你打算让他把你杀死？"

"当然不是。必须由你杀死我。"

长久的沉默，屋里只有一种奇怪的咔啦啦的声音。凤凰福克斯在啃一小块墨鱼骨头。

"你希望我现在就动手吗？"斯内普问，语气里透着浓浓的讽刺，"还是你需要一点儿时间构思一下墓志铭？"

"哦，暂时还不用，"邓布利多微笑着说，"我想，那一刻该来的时候总会来的。从今晚的事情来看，"他指指自己焦枯的手，"我们可以肯定它将在一年之内发生。"

"既然你不在乎死，"斯内普粗暴地说，"为什么不让德拉科

第33章 "王子"的故事

得手呢？"

"那个男孩的灵魂还没被完全糟蹋，"邓布利多说，"我不愿意因为我的缘故把它弄得四分五裂。"

"那么我的灵魂呢，邓布利多？我的呢？"

"只有你才知道，帮助一个老人免于痛苦和耻辱会不会伤害你的灵魂。"邓布利多说，"西弗勒斯，我请求你为我完成这件大事，因为死亡对于我来说是铁板钉钉的事，就像查德里火炮队将在今年的联赛中垫底一样。说句实话，我倒愿意没有痛苦地迅速结束生命，而不愿意拖拖拉拉，死得很狼狈，比如，把格雷伯克牵扯进来——我听说伏地魔把他也招进去了？或者落到亲爱的贝拉特里克斯手里，她喜欢把食物玩够了再吃。"

他的语气很轻松，但那双蓝眼睛却犀利地望着斯内普，就像从前经常望着哈利一样，似乎能真切地看见他们所谈论的灵魂。最后，斯内普轻轻地点了点头。

邓布利多好像满意了。

"谢谢你，西弗勒斯……"

办公室消失了，暮色中，斯内普和邓布利多一起在冷清清的城堡操场上漫步。

"这些晚上你和波特两人关在屋里做什么呢？"斯内普突然问道。

邓布利多显得很疲惫。

"怎么？你不是想再让他关禁闭吧，西弗勒斯？过不了多久，这男孩关禁闭的时间会比他自由的时间还多。"

"他简直是他父亲的翻版——"

"相貌上也许是这样，但他骨子里更像他的母亲。我和哈利待在一起，是因为我有事情要跟他商量，我必须给他一些信息，不然就来不及了。"

"信息,"斯内普说,"你信任他……却不信任我。"

"这不是信任不信任的问题。你我都知道,我的时间有限。我必须给那男孩足够的信息,让他去完成需要完成的事情。"

"那为什么我不能得到同样的信息?"

"我不想把我所有的秘密都装在一个篮子里,特别是一个许多时间都挂在伏地魔胳膊上的篮子。"

"我是按你的吩咐做的!"

"你做得非常出色。不要以为我低估了你时时所处的危险,西弗勒斯。只把看似有价值的情报告诉伏地魔,而把最重要的信息留在心底,这项工作我只能交给你。"

"可是你却更信赖一个连大脑封闭术都不会的小男孩,他的魔法很平庸,而且可以直接连接黑魔王的思想!"

"伏地魔害怕那种连接,"邓布利多说,"不久以前,他稍稍领略了一番分享哈利的思想对他来说意味着什么。他从未体验过那样的痛苦。他再也不会试图控制哈利了,我可以肯定,至少不是用那种方式。"

"我不明白。"

"伏地魔的灵魂如此残缺不全,它受不了接近哈利那样的灵魂,就像舌头粘在冰冻的钢上,皮肉接触火焰——"

"灵魂?我们谈的是思想!"

"在哈利和伏地魔的问题上,这两者是一回事。"

邓布利多环顾四周,确保除了他们俩之外没有别人。他们现在到了禁林附近,但周围没有一个人影。

"西弗勒斯,在你杀死我之后——"

"你什么都不肯告诉我,却还指望我帮你那个小忙!"斯内普低吼道,瘦瘦的脸上闪着真正的怒气,"你觉得许多事情都理所当然,邓布利多!说不定我改变主意了呢!"

第33章 "王子"的故事

"你发过誓的,西弗勒斯。说到你为我效力的事,我记得你答应过要密切关注我们那位年轻的斯莱特林朋友,对吗?"

斯内普显得恼怒而不服气。邓布利多叹息了一声。

"今晚十一点到我办公室来,西弗勒斯,你就不会抱怨我不信任你了……"

他们回到了邓布利多的办公室,窗外漆黑一片,福克斯安安静静地待着,斯内普坐在那里一动不动,邓布利多一边说话,一边在他周围走来走去。

"不到最后关头,不到绝对必要的时候,千万不能让哈利知道,不然他怎么有力量去做他必须要做的事情呢?"

"他必须要做什么?"

"那是哈利和我之间的事。现在,西弗勒斯,请你听仔细了。到了某个时候——在我死后——不要反驳,不要插嘴!到了某个时候,伏地魔似乎会为他那条大蛇的生命担心。"

"为纳吉尼担心?"斯内普显得很惊愕。

"不错。如果到了某个时候,伏地魔不再派那条大蛇去执行命令,而是让它守在身边,用魔法把它保护起来,到了那时,我想就可以告诉哈利了。"

"告诉他什么?"

邓布利多深深吸了口气,闭上了眼睛。

"告诉他,在伏地魔试图杀死他的那天夜里,当莉莉用自己的生命挡在他们之间时,那个杀戮咒反弹到伏地魔身上,伏地魔灵魂的一个碎片被炸飞了,附着在坍塌的房子里唯一活着的灵魂上。伏地魔的一部分活在哈利体内,使哈利有了与蛇对话的能力,并可以连接伏地魔的思想,这一直令他百思不得其解。只要那个灵魂碎片没被伏地魔惦记,还依附在哈利身上,受到哈利的保护,伏地魔就不可能死。"

哈利似乎是在一条长长隧道的尽头注视着邓布利多和斯内普，他们离他那么遥远，他们的说话声在他耳朵里发出奇怪的回音。

"那么那男孩……那男孩必须死去？"斯内普很平静地问。

"而且必须由伏地魔亲自动手，西弗勒斯。那是非常重要的。"

又是长时间的沉默。然后斯内普说："我还以为……这么多年来……我还以为我们是在保护他，为了她，为了莉莉。"

"我们保护他，是因为必须调教他，培养他，让他磨炼自己的能力，"邓布利多说，仍然紧闭着眼睛，"与此同时，他们之间的连接也变得越来越强，像一种寄生的生命。有时我觉得他好像自己也有所察觉。如果我真的了解他，我认为他会把一切安排妥当，这样当他毅然赴死时，就意味着伏地魔的真正完结。"

邓布利多睁开了眼睛，斯内普神色惊恐。

"你让他活着，只是为了他能在适当的时候赴死？"

"别大惊失色，西弗勒斯。你目睹了多少男男女女的死？"

"最近，死的都是那些我无力相救的人。"斯内普说，然后他站了起来，"你利用了我。"

"什么意思？"

"我为你做密探，为你编造谎言，为你冒着致命的危险。这一切据你说都是为了保证莉莉·波特儿子的安全。现在你却告诉我，你养着他就像养着一头待杀的猪——"

"多么感人哪，西弗勒斯，"邓布利多严肃地说，"难道你真的开始关心那个男孩了？"

"关心他？"斯内普叫了起来，"呼神护卫！"

他的杖尖蹦出了那头银色的牝鹿。它落在地板上，轻轻一跃就到了办公室那头，飞出了窗外。邓布利多注视着它远去，

第33章 "王子"的故事

注视着它的银光消失,然后转脸望着斯内普,此时他眼里已盈满泪水。

"这么长时间了还是这样?"

"一直是这样。"斯内普说。

场景转换。现在,哈利看见斯内普在跟办公桌后的邓布利多肖像说话。

"你必须把哈利离开他姨妈姨父家的确切日期告诉伏地魔,"邓布利多说,"伏地魔认为你消息非常灵通,你不这么做会引起他的怀疑。不过,你必须把利用替身的主意灌输给别人——我想那样应该能够保证哈利的安全。试着对蒙顿格斯·弗莱奇用混淆咒。还有,西弗勒斯,如果你不得不参加追逐,一定要表现得令人信服……我指望你继续取得伏地魔的信任,时间越长越好,不然,霍格沃茨就会任由卡罗兄妹摆布……"

现在,斯内普正在一家陌生的酒馆里与蒙顿格斯交头接耳,蒙顿格斯满脸的茫然、迷惑,斯内普皱着眉头,全神贯注。

"你要向凤凰社提出建议,"斯内普低声说道,"让他们使用替身。复方汤剂。几个一模一样的波特。只有这个办法才管用。你要忘记这个建议是我提的。要当成你自己的主意提出来。明白吗?"

"明白。"蒙顿格斯喃喃地说,两眼呆滞无神……

现在,哈利伴着骑扫帚的斯内普,在晴朗的黑夜中飞行。身边还有其他戴兜帽的食死徒,前面是卢平,还有一个由乔治扮成的哈利……一个食死徒冲到斯内普前面,举起魔杖对准了卢平的后背——

"神锋无影!"斯内普大喊一声。

魔咒本来瞄准的是食死徒拿魔杖的手,不料却击中了乔治——

接着,斯内普跪在小天狼星的旧卧室里。他读着莉莉写的那封旧信,泪水从鹰钩鼻的鼻尖流淌下来。信的第二页只有几句话:

> 会和盖勒特·格林德沃交朋友。我个人认为,她脑子有点糊涂了!
>
> 无限爱意
> 莉莉

斯内普拿起这页留有莉莉签名和爱意的信纸,塞进了长袍里。然后他把手里的照片一撕两半,留下莉莉欢笑的一半,把詹姆和哈利的一半扔在了五斗橱下……

现在,斯内普又站在校长的书房里,菲尼亚斯·奈杰勒斯匆匆闯进了自己的肖像。

"校长!他们在迪安森林里扎营!那个泥巴种——"

"不许说那个词!"

"——那个姓格兰杰的女孩打开包时说了地名,我听见了!"

"好,很好!"校长座椅后面的邓布利多肖像大声说,"现在,西弗勒斯,拿上宝剑吧!别忘了必须在有需要和有勇气的条件下才能拿它——千万别让他知道是你拿去的!万一伏地魔读取哈利的思想,看到你在帮他——"

"我知道。"斯内普简单地说。他凑近邓布利多的肖像,把它往外一拉。肖像打开了,露出藏在后面的一个洞,斯内普从里面拿出了格兰芬多的宝剑。

"你还是不肯告诉我为什么把宝剑交给波特这么重要,是

第33章 "王子"的故事

吗？"斯内普说着，把一件旅行斗篷披在长袍外面。

"是的，确实如此，"邓布利多肖像说，"他会知道拿它派什么用场。西弗勒斯，千万小心，乔治·韦斯莱发生意外之后，他们对你的出现不会表示友好——"

斯内普在门边转过身。

"不用担心，邓布利多，"他冷冷地说，"我自有安排……"

斯内普离开了房间。哈利慢慢地从冥想盆里升了上来。片刻之后，他躺在校长办公室的地毯上，就好像斯内普刚刚把房门关上。

第 34 章

又见禁林

终于,真相大白。哈利躺在办公室的地上,脸贴着脏兮兮的地毯。他曾经以为,他能在这里学习到胜利的秘诀。哈利终于明白他是不能幸存的。他的任务就是平静地走向死神张开的怀抱。在这条路上,他要斩除伏地魔与生命的最后联系。这样,当他最终冲过去直面伏地魔,并且不用魔杖保护自己时,结局才会干净彻底,早在戈德里克山谷就该完成的工作才会真正结束:谁也活不下来,谁也不能幸存。

他感觉到心脏在胸腔里剧烈地跳动。多么奇怪啊,他怀着对死亡的恐惧,然而他的心脏却跳得格外有力,勇敢地维持着他的生命。可是它不得不停止,而且很快就得停止。它跳动的次数不会太多了。当他站起身,最后一次穿越城堡,走过场地,进入禁林,这期间心脏还能跳多少次呢?

他躺在地板上,恐惧潮水般袭来,葬礼的鼓声在他内心咚咚敲响。死会疼吗? 多少次他以为死到临头而又侥幸逃脱,却从未真正考虑过死亡本身。他对活的愿望总是比对死的恐惧强烈得多。但现在他没有想到要逃跑,要摆脱伏地魔的魔爪。他知道,一切都结束了,剩下来的只有一件事:死。

第34章 又见禁林

如果他在最后一次离开女贞路4号的那个夏夜死去该有多好，但高贵的凤凰羽毛魔杖救了他！如果他能像海德薇那样死去该有多好，在不知不觉间突然毙命！或者，如果他能为了救自己心爱的人，奋不顾身地挡在魔杖前……此刻他甚至嫉妒父母的死了。这样冷静从容地走向自己的毁灭实在需要一种不同的勇气。他感到手指在微微颤抖，但他努力控制着，虽然并没有人能看见，墙上的肖像都是空的。

慢慢地，很慢很慢地，他坐了起来，这时他比以前任何时候都更真切地感觉到自己活着，更清楚地意识到自己有生命的躯体。他以前怎么从未认识到自己是个多么了不起的奇迹：头脑，神经，还有跳动的心脏？一切都将离去……至少，他将离这一切而去。他的呼吸缓慢、深重，嘴和喉咙都十分干燥，但眼睛也是干的。

邓布利多的欺骗实在不算什么。当然是有一个更大的计划，只是哈利太愚蠢，没有看到。他现在总算明白了。他一直想当然地从不怀疑邓布利多希望他活着。现在他知道了，他生命的长短始终是由消灭所有魂器需要多少时间而决定的。邓布利多把消灭魂器的任务交给了他，他也就顺从地继续削弱那些不仅连接着伏地魔的生命、也连接着他自己生命的纽带！多么简洁，多么干脆，别再浪费更多的生命，把这危险的任务交给一个注定该死的男孩，他的死不会是一种灾难，而是对伏地魔的又一次打击。

邓布利多知道哈利不会逃避，知道他会一直走到最后，尽管那是他的终结，因为邓布利多曾经努力了解过哈利，不是吗？伏地魔知道，邓布利多也知道，哈利一旦发现自己有力量阻止，就不会听任别人为他去死。弗雷德、卢平和唐克斯的遗体躺在礼堂里的情景，又挤进了哈利的脑海，令他一时简直透不过气来：死神迫不及待了……

但是邓布利多把他估计得过高了。他失败了，那条蛇还活着。即使哈利被杀死了，仍有一个魂器把伏地魔绑在尘世间。当然，那意味着别人与之交战会容易一些。谁会做这件事呢，他猜想着……罗恩和赫敏肯定知道需要做什么……因此邓布利多才希望他把秘密透露给他们俩……这样，如果他提早一点实现了他真正的宿命，他们可以继续下去……

像雨点打在冰冷的窗户上，这些思绪纷乱地砸在那个硬邦邦的、不可否认的事实上，事实就是他必须死。*我必须死。*事情必须结束。

罗恩和赫敏似乎在很远很远的地方，在某个遥远的国度。他觉得自己跟他们分开很久了。不要告别，也不要解释，他已经拿定了主意。这是一段他们不能结伴同行的旅途，他们俩会想方设法阻止他，那只会浪费宝贵的时间。他低头看了看十七岁生日得到的那块有些旧了的金表。伏地魔规定他投降的时间已经过去了近半个小时。

哈利站了起来，心像一只疯狂的小鸟，猛烈地撞击着他的胸肋。也许它知道时间已经不多，也许它决定在结束之前完成一生的跳动。哈利没有回头再看一眼，关上了办公室的门。

城堡里空荡荡的。他独自大步行走，感觉像个幽灵，仿佛自己已经死了。那些相框里的肖像仍然空着，整个学校是一片诡异的死寂，似乎所有剩下来的生命都集中在了大礼堂，死者和哀悼者都挤在那里。

哈利把隐形衣披在身上，走下一层层楼，最后顺着大理石楼梯来到门厅。也许，他内心某个小小的角落里希望有人感觉到他，看见他，阻拦他，但是隐形衣一如既往地完美、纹丝不漏，他很轻松地走到了门口。

第34章 又见禁林

突然,纳威差点撞在他身上。纳威和另一个人正合力从场地上搬进一具尸体。哈利低头一看,心头又像是挨了一击:科林·克里维。他还不够年龄,肯定是像马尔福、克拉布和高尔那样偷偷溜回来的。死去的他显得那么幼小。

"听我说,纳威,我一个人搬得动他。"奥利弗·伍德说着,像消防队员那样把科林扛在肩膀上走进了礼堂。

纳威在门框上靠了一会儿,用手背擦了擦额头的汗。他看上去就像一个老人。然后他又走下台阶,到黑暗中去寻找别的尸体。

哈利最后看了一眼礼堂的入口。人们走来走去,互相安慰,喝东西,跪在死者身边,但他看不见一个他所爱的人,没有赫敏、罗恩、金妮和韦斯莱家的其他人,也没有卢娜。他觉得愿意用剩下来的所有时间换取看他们最后一眼,可是,如果那样的话,他是不是还有毅力把目光移开呢? 还是这样更好。

他走下台阶,来到外面的黑夜里。差不多凌晨四点了,死一般寂静的场地似乎也屏住了呼吸,等着看他是否会做他必须要做的事情。

哈利朝俯身查看另一具尸体的纳威走去。

"纳威。"

"天哪,哈利,你差点把我吓死!"

哈利已经脱掉了隐形衣。这个念头是突然冒出来的,因为他希望确保万无一失。

"你一个人要上哪儿去?"纳威怀疑地问。

"这也是计划的一部分,"哈利说,"我要去做一件事。听我说——纳威——"

"哈利!"纳威突然神色惊恐,说道,"哈利,你该不是想把自己交出去吧?"

"不,"哈利语气随意地说了一个谎,"当然不是……是别的事情。但我可能要失踪一段时间。纳威,你知道伏地魔的蛇吧?他有一条特别大的蛇……叫作纳吉尼……"

"知道,听说过……怎么啦?"

"必须把它杀死。罗恩和赫敏知道,但万一他们——"

这种可能性太可怕了,他一时喘不上气来,无法继续往下说。但他重新振作起来:这是至关重要的,他必须像邓布利多那样保持头脑冷静,确保有人替补,有另外的人把任务执行下去。邓布利多死的时候知道仍有三个人了解魂器的事,现在纳威将取代哈利,这样仍有三个人熟知内情。

"万一他们——很忙——而你又有机会——"

"把蛇杀死?"

"把蛇杀死。"哈利强调了一遍。

"好的,哈利。你没事吧?"

"我很好。谢谢你,纳威。"

哈利刚转身要走,纳威抓住了他的手腕。

"我们都会坚持战斗的,哈利。你知道吗?"

"知道,我——"

窒息的感觉使后半句话哽在喉咙里,他说不下去了。纳威似乎并没有察觉哈利的异样。他拍拍哈利的肩膀,松开他,走去寻找别的尸体了。

哈利把隐形衣重新披在身上,继续往前走。不远处有人在动,在弯腰查看一个趴在地上的人影。相距几步的时候,哈利认出那是金妮。

他猛地停住脚步。金妮俯身安慰一个低声呼喊妈妈的女孩。

"没事了,"金妮说,"不要紧的。我们这就把你抱进去。"

"可是我想回家,"女孩低声说,"我不想再战斗了!"

第34章 又见禁林

"我知道,"金妮说着,声音哽咽了,"会过去的。"

一波波寒意掠过哈利的皮肤。他想对着黑夜大喊,他想让金妮知道他在这里,他想让金妮知道他要去哪儿。他想被人阻拦,被拽回去,被送回家……

然而,他现在就在家里。霍格沃茨是他所知道的第一个家,最好的家。他、伏地魔和斯内普这些被遗弃的男孩,都在这里找到了家……

金妮此刻跪在那个受伤的女孩身边,抓住她的手。哈利以极大的毅力强迫自己往前走。他仿佛看见金妮在他经过时四下看了看,不知她是否感觉到有人在旁边走过,但哈利没有说话,也没有回头。

海格的小屋在黑暗中浮现了。没有灯光,也听不见牙牙在门口抓挠、吠叫着表示欢迎的声音。曾经那么多次来看望海格,炉火上闪闪发亮的铜壶,岩皮饼,巨蟒螬,还有海格那张硕大的、胡子拉碴的脸,罗恩吐出鼻涕虫,赫敏帮助海格拯救诺伯……

哈利继续往前走,现在他已经来到森林边缘。他停下了脚步。

一群摄魂怪在树丛间游荡,他感觉到了它们的寒意,不知道自己能不能安全地通过。他已经没有力量召唤守护神了。他再也控制不住自己颤抖的身体。看来,死亡并非那么容易。他呼吸的每一秒钟,青草的芳香,凉风拂过面颊的感觉,都是那么宝贵。想到别人还有许多许多年的光阴可以挥霍,时间多得简直无以打发,而他,每一秒钟都那么难以割舍。他认为自己无法再往前走了,同时又知道必须往前走。这场漫长的游戏结束了,金色飞贼已经抓住,应该离开空中了……

飞贼。他无力的手指在脖子上挂的皮袋里摸索了一会儿,把它掏了出来。

我在结束时打开。

哈利低头盯着飞贼,呼吸急促而粗重。现在他希望时间过得越慢越好,时间却仿佛加快了速度,他好像是不假思索,便一下子豁然开朗。这就是结束。是时候了。

他把金色的金属表面贴在唇上,轻声说道:"我要死了。"

金属壳裂开了。哈利垂下颤抖的手,在隐形衣下举起德拉科的魔杖,轻声说了一句:"荧光闪烁。"

裂为两半的飞贼中,正是那块中间有一道锯齿状裂缝的黑石头。复活石上的裂缝沿着代表老魔杖的标志直贯而下,而代表隐形衣和石头的三角和圆形依然清晰可辨。

哈利又一次顿悟了。让死者复活已经不重要了,因为他就要成为他们中间的一员。其实,不是他在把他们叫来,而是他们在把他叫去。

他闭上眼睛,把石头在手里转了三次。

他知道有结果了,因为他听见周围传来了轻微的动静,像是一些柔弱的身体在森林外围树枝散落的泥土上移动脚步。他睁开眼睛,环顾四周。

他看出他们既不是幽灵,也不是有血有肉的活人。他们更像是很久以前从日记里逃出来的那个里德尔,如同几乎变成实体的记忆。他们不像活人的身体那么实在,却比幽灵真实得多。他们朝他走来,每张脸上都带着那样慈爱的笑容。

詹姆和哈利一样高,穿着死去时的那身衣服,头发乱糟糟的,眼镜戴得有点儿歪,就像韦斯莱先生。

小天狼星高大英俊,比哈利当初见到的活着的时候年轻得多。他步履轻松地慢慢走来,手插在口袋里,脸上笑容绽放。

卢平也年轻一些,不像后来那么邋遢,头发也更黑更密。回到这个熟悉的地方,回到青春年少时曾多次游荡的环境里,

第34章 又见禁林

他显得很高兴。

莉莉是他们中间笑得最开心的。她把长长的秀发捋到脑后，走近哈利身边，那双与哈利一模一样的绿眼睛，如饥似渴地端详着哈利的脸，仿佛永远也看不够。

"你真勇敢。"

哈利说不出话来。他尽情地打量母亲，似乎愿意永远站在这里看着她，他觉得这样就够了。

"你还差一点儿，"詹姆说，"已经很接近了。我们……真为你骄傲。"

"疼吗？"

这个孩子气的问题脱口而出，哈利想要止住已来不及了。

"死吗？一点儿不疼，"小天狼星说，"比进入梦乡还要快，还要容易。"

"他会速战速决的，他希望赶紧结束。"卢平说。

"我不希望你们死，"哈利说，话是不由自主冒出来的，"你们每个人。我很难过——"

这话更多是对卢平说的，他恳求他的原谅。

"——你刚刚有了儿子……莱姆斯，我很难过——"

"我也很难过，"卢平说，"很难过我再也不能继续了解他……但是他会知道我为什么而死，我希望他能理解。我是为了创造一个更好的世界，让他生活得更加快乐。"

一阵寒冷的微风似乎从森林中间吹来，撩动了哈利额上的头发。他知道他们不会叫他前进，他必须自己做出决定。

"你们会陪着我？"

"直到最后。"詹姆说。

"他们看不见你们？"哈利问。

"我们是你的一部分，"小天狼星说，"别人都看不见。"

哈利看着母亲。

"待在我身边。"他轻声说。

他动身了。摄魂怪的寒意没有征服他，他和亲人们一起穿越了那股寒意，他们就如同他的守护神。他们一起大步穿过茂密杂乱、盘根错节的古老的树丛。黑暗中，哈利把隐形衣紧紧地裹在身上，一步步往禁林深处走去。他不知道伏地魔究竟在哪里，但相信一定会找到他。詹姆、小天狼星、卢平和莉莉在他身边悄无声息地走着，他们的陪伴给了他勇气，也是他能够一步接一步往前迈进的动因。

他的身体和思想似乎奇怪地分离了，意识没有发出指令，肢体自动运行，就好像他只是这具他即将离开的身体的乘客，而不是驾驭者。他此刻觉得，比起城堡里那些活着的人，这些陪他一起在禁林里行走的逝者更加真实得多，罗恩、赫敏、金妮和其他所有的人倒如同幽灵，而他正跟跟跄跄、一步一滑地走向生命的终结，走向伏地魔……

砰的一声，接着传来低语声。附近还有别的生命在活动。哈利在隐形衣下停住脚步，左右张望，侧耳倾听，母亲、父亲、卢平和小天狼星也停下了。

"那儿有人，"近旁一个粗哑的嗓子低声说，"他有一件隐形衣，会不会就是——？"

旁边一棵树后闪出两个人影。他们的魔杖在闪光，哈利看见亚克斯利和多洛霍夫瞪眼瞅着黑暗中，正对着哈利、他的父母、小天狼星和卢平所站的地方。显然他们什么也看不见。

"肯定听到动静了，"亚克斯利说，"是动物吧，你说呢？"

"那个蠢货海格在这儿养了一大群废物。"多洛霍夫扭头看看说。

亚克斯利低头看了看表。

第34章　又见禁林

"时间差不多了。波特的一小时到了,他不会来了。"

"他还以为他肯定会来呢!他会不高兴的。"

"还是回去吧,"亚克斯利说,"看看下面是什么计划。"

他和多洛霍夫转身朝禁林深处走去,哈利跟了上去,知道他们会把他领到他想去的地方。他朝旁边看了一眼,母亲笑眯眯地看着他,父亲鼓励地点点头。

刚走了几分钟,哈利看见前面有亮光,亚克斯利和多洛霍夫走到了一片空地上,哈利知道可怕的阿拉戈克就曾生活在这里。它那张巨网还残留在那里,但它所繁殖的那群后代已被食死徒赶去为他们战斗了。

空地中央燃着一堆篝火,摇曳的火光照着一群沉默不语、神色警觉的食死徒。有的仍然蒙着面、戴着兜帽,有的则露出了面孔。两个巨人坐在外围,给周遭投下巨大的阴影,他们的脸像岩石刻的一样冷酷、粗糙。哈利看见芬里尔鬼鬼祟祟地在啃他的长指甲,金发大块头罗尔轻轻擦着流血的嘴唇。他看见卢修斯·马尔福一副垂头丧气、战战兢兢的样子,纳西莎的两眼深陷,里面满是惊恐。

每一双眼睛都盯着伏地魔。他垂头站在那里,两只苍白的手交握着面前的老魔杖,仿佛是在祈祷,或者在默默地数数。哈利仍然站在空地边缘,荒诞地想到一个在捉迷藏游戏中数数的孩子。在伏地魔的脑袋后面,巨蛇纳吉尼仍然浮在它那闪闪发亮、如同一个巨型光环的魔法笼子里,不停地旋转、盘绕。

多洛霍夫和亚克斯利走到那群人中间,伏地魔抬起头来。

"没有他的影子,主人。"多洛霍夫说。

伏地魔的表情没有变化。火光里,那双红眼睛似乎在燃烧。他把老魔杖放在修长的手指间慢慢地抽动。

"主人——"

是贝拉特里克斯在说话。她坐在离伏地魔最近的地方，头发散乱，脸上有一点血迹，身上并未受伤。

伏地魔举起一只手让她别作声，她便不再说话，一双眼睛狂热而崇拜地盯着伏地魔。

"我原以为他会来，"伏地魔看着跳动的火苗，用他高亢、清楚的声音说，"我原指望他会来。"

没有人说话。他们似乎都像哈利一样害怕，哈利的心脏使劲撞击着他的肋骨，似乎决意要逃脱这具他准备抛弃的身体。他用汗湿的双手脱掉隐形衣，把它和魔杖一起塞进长袍底下。他不希望受到诱惑，出手反击。

"看来……我是错了。"伏地魔说。

"你没有错。"

哈利聚集起全部的力量把声音放到最大，他不想让别人听出他害怕。复活石从麻木的手指间滑落，他迈步走进了火光，眼角的余光看见他的父母、小天狼星和卢平都消失了。在这一刻，他觉得除了伏地魔，别人都不再重要。只有他们两个。

这幻觉转瞬即逝。食死徒全部站了起来，巨人发出吼叫，四周一片喊叫声和吃惊的喘气声，甚至还有大笑声。伏地魔僵立在那里，但那双红眼睛看见了哈利，注视着哈利一步步朝他走近，他们之间只有那堆篝火。

接着一个声音喊道——

"**哈利！不！**"

哈利转身一看，海格被五花大绑地捆在近旁的一棵树上，绝望地挣扎着，庞大的身体晃得头顶上的树枝摇摆不停。

"**不！不！哈利，你想——？**"

"**闭嘴！**"罗尔大喊一声，挥了一下魔杖，海格不作声了。

贝拉特里克斯早已一跃而起，她急切地看看伏地魔，又看

第34章 又见禁林

看哈利，胸口剧烈地起伏着。周围还在动的唯有火焰和那条蛇，蛇在伏地魔脑袋后面的闪光笼子里不停地盘绕又松展。

哈利可以感觉到胸口的魔杖，但他没有伸手去取。他知道蛇被保护得太严密了，即使他用魔杖瞄准了纳吉尼，也会先被五十个魔咒击中。伏地魔和哈利仍然互相对视着，然后伏地魔把脑袋微微偏到一边，打量着站在他面前的这个男孩，没有嘴唇的嘴巴扭动着，露出一个古怪而阴郁的笑容。

"哈利·波特，"他说，声音很轻，像是一簇嘶嘶迸溅的火焰，"大难不死的男孩。"

食死徒们谁也没动，他们都在等待，一切都在等待。海格在挣扎，贝拉特里克斯在喘息，哈利却无端地想到了金妮，想到了她光彩照人的模样，还有她的双唇贴在自己唇上的感觉——

伏地魔已经举起魔杖。他的脑袋仍然偏向一边，像一个好奇的孩子，想知道如果他继续的话会发生什么。哈利直视着那双红眼睛，希望那一刻立即到来，越快越好，趁自己还能够站立，还没有失去控制，还没有暴露出恐惧——

哈利看见那张嘴在动，绿光一闪，一切都消失了。

第35章

国王十字车站

哈利面朝下躺着，聆听着一片寂静。他完全是一个人。没有人在看他。周围没有别人。他不能十分确定自己是不是在这里。

过了很长时间，又也许根本没过一会儿，他意识到自己肯定存在，肯定不只是脱离了肉体的思绪，因为他躺在，绝对是躺在，某个东西的表面。因此他是有触觉的，而他身下的那个东西也是存在的。

刚得出这个结论，哈利几乎立刻意识到自己浑身赤裸。他相信这里只有他一个人，便不觉得难为情，只是有点儿好奇。他有触觉，便想知道是不是还有视觉，他试着睁了睁眼，发现自己还有眼睛。

他躺在明亮的薄雾里，但跟他以前见过的雾不一样。不是周围的景物都笼罩在云雾般的蒸气中，而是这些云雾般的蒸气还没有形成周围的景物。他所躺的地面似乎是白色的，不热也不冷，只是一种存在，一个平坦、空旷的所在。

他坐了起来，身体好像没有受伤。他摸摸脸，眼镜没有了。

一种声音，从周围未成形的虚无中传到了他的耳朵里：某

第35章 国王十字车站

个东西不断拍打、摆动和挣扎发出的细小的撞击声。这声音令人心生怜悯，同时又有些粗鄙猥琐。他有一种很不舒服的感觉，似乎在偷听什么隐秘而可耻的事情。

这个时候，他才希望自己穿着衣服。

这个念头刚在脑海里形成，不远处就出现了一件长袍。他拿过来穿在身上：长袍柔软、干净，暖呼呼的。多么奇特，它就那样出现了，他刚冒出这个念头……

他站了起来，环顾四周。他是在一间很大的有求必应屋里吗？他越看越发现可看的东西很多。一个巨大的圆形玻璃屋顶，在他头顶高处的阳光里闪闪发亮。也许这是个宫殿。四下里一片静谧凝滞，只有那古怪的撞击声和呜咽声，从近旁的薄雾中传来……

哈利在原地慢慢转身，周围的景物似乎在眼前幻化出来。一大片辽阔的空间，明亮、洁净，一个比大礼堂大得多的大厅，上面是那个明净的玻璃圆顶。大厅里空空的，只有他一个人，除了——

他缩了一下。他看见了那个发出声音的东西。那东西的形状是个光身子的小孩，蜷缩在地上，红红的皮肤很粗糙，看着像被剥了一层皮，瑟瑟发抖地躺在一个座位下面，被人丢弃了，被人胡乱地塞在那里，正在挣扎着呼吸。

哈利很害怕。那东西虽然娇小、羸弱，还受了伤，他却不愿意靠近它。不过他还是一点点地挪了过去，随时准备抽身而退。很快，他就近到能碰到它了，但他没有勇气这么做。他觉得自己像个懦夫。他应该去安慰它，可是那东西令他反感。

"你帮不了。"

哈利猛地转过身，阿不思·邓布利多正朝他走来，他腰板挺直，脚步轻快，穿着一件飘逸的深蓝色长袍。

"哈利。"他张开怀抱，两只手都白白的，完好无损，"你这个出色的孩子。你这个勇敢的、勇敢的男子汉。我们走一走吧。"

邓布利多大步离开了躺在那里呜咽的、被剥去一层皮的小孩，哈利晕头晕脑地跟了上去。邓布利多领头走向两把椅子，它们在高高的、闪闪发亮的屋顶下放着，和他们有一段距离，哈利先前没有发现。邓布利多在一把椅子上坐下，哈利坐在了另一把椅子上，呆呆地望着老校长的脸。邓布利多长长的银白色的头发和胡子，半月形眼镜后面那双犀利的蓝眼睛，那个弯鼻子：一切都和他记忆中的一样，然而……

"可是你死了呀。"哈利说。

"是啊。"邓布利多淡淡地说。

"那么……我也死了？"

"呵，"邓布利多脸上的笑意更明显了，"这倒是个问题，对吗？总的来说，亲爱的孩子，我认为没有。"

两人对视着，老人仍然笑眯眯的。

"没有？"哈利问。

"没有。"邓布利多说。

"可是……"哈利本能地用手去摸那道闪电形伤疤。伤疤似乎不在了。"可是我应该已经死了——我没有抵抗！我就打算让他杀死我！"

"我想，就因为这个，"邓布利多说，"才使整个事情有了变化。"

快乐像光、像火一样，从邓布利多身上散发出来。哈利从没见过老人这样纯粹、这样明显地快慰。

"说详细些吧。"哈利说。

"其实你已经知道了。"邓布利多说。他旋弄着两个大拇指。

"我让他杀死我，"哈利说，"不是吗？"

第35章　国王十字车站

"是的，"邓布利多点点头，"接着说！"

"这样，他在我体内的那部分灵魂……"

邓布利多的头点得更起劲了，脸上带着鼓励的笑容，他催哈利继续往下说。

"……它消失了？"

"对！"邓布利多说，"是的，他把它给毁了。你的灵魂完整了，完全属于你自己了，哈利。"

"可是……"

哈利扭头看了看那边椅子下面发抖的受伤的小生命。

"那是什么，教授？"

"是我们都无能为力的一种东西。"邓布利多说。

"可是，如果伏地魔用了杀戮咒，"哈利又问，"这次又没人替我去死——我怎么可能还活着呢？"

"我认为你是知道的，"邓布利多说，"回想一下，想想他因为无知、贪婪和残酷所做的事情。"

哈利思索着。他让目光掠过周围的景物。如果他们坐的地方真是一座宫殿，那也是一座奇怪的宫殿，到处摆放着一些成排的椅子，竖着一些栏杆。但除了他、邓布利多和椅子底下那个发育不良的生命外，没有别的生灵。接着，毫不费力地，答案轻松地涌到了他的唇边。

"他取了我的血。"哈利说。

"完全正确！"邓布利多说，"他取了你的血，用它重新塑造他的血肉之躯！你的血在他血管里流淌，哈利，莉莉的咒语存在于你们俩体内！只要他不死，你的生命也不会终止！"

"只要他活着……我就活着？可是我以为……我以为是倒过来的！我以为我们俩都必须死掉，不是吗？或者，这实际上是一码事？"

身后那个痛苦的生命不断呜咽、碰撞，哈利心神不宁，又扭头看了一眼。

"你真的认为我们不能做点什么吗？"

"无济于事。"

"那就再……详细说说。"哈利说，邓布利多笑了。

"哈利，你是第七个魂器，是他无意间制造的。他把自己的灵魂弄得极不稳定，当他犯下那些可怕的罪行——谋杀你的父母并试图杀害一个孩子时，他的灵魂就分裂了。但是，从那屋里逃脱的比他自己知道的还少。他不仅留下了自己的身体，他自己的一部分还附着在你——那个遭毒手却大难不死的孩子身上。

"可悲啊，他始终一知半解，哈利！伏地魔对于他不看重的东西，从不花功夫去理解。关于家养小精灵和童话传说，关于爱、忠诚和纯洁，伏地魔一无所知。一无所知。其实它们都具有一种比他更加强大的力量，一种超越任何魔法的力量，但他始终没有领会这个事实。

"他取了你的血，相信这会使他变得强大。他摄取了一小部分你母亲为你而死时留下的咒语。他的身体使你母亲的牺牲护符不会消亡，只要那个咒语还存在，你就不会死，伏地魔对自己的最后一线希望也就不会消失。"

邓布利多笑眯眯地看着哈利，哈利只是呆呆地瞪着他。

"你早就知道？你一直——都知道？"

"我猜的。但我的猜测一般都差不到哪儿去。"邓布利多愉快地说，然后他们默默地坐了似乎许久，身后的那个生命还在呜咽、颤抖。

"还有，"哈利说，"还有呢。为什么我的魔杖击败了他借来的那根魔杖？"

第35章 国王十字车站

"至于那个,我也不能肯定。"

"那就猜一猜吧。"哈利说,邓布利多朗声笑了起来。

"你必须明白的是,哈利,你和伏地魔共同游历了迄今无人知晓、无人涉足的魔法领域。我认为事情经过是下面这样的,它没有先例,我想也没有一个魔杖制作人能够预知或向伏地魔解释。

"你已经知道了,伏地魔在恢复人形时,无意中使你们之间的联系增加了一倍。当时,他灵魂的一部分仍然附着在你身上,而他为了增强自己的力量,又将你母亲牺牲护符的一部分摄入了他的体内。他如果明白那种牺牲护符的可怕力量,也许就不敢触碰你的鲜血……不过呢,他要能够明白这点,就不可能是伏地魔了,也就不会去杀人了。

"伏地魔加强了这种双重联系,把你们俩的命运紧紧地缠绕在一起,比历史上任何两个巫师间的联系都要紧密,然后他用一根与你的魔杖同芯的魔杖来攻击你。于是,我们都知道,非常奇怪的事情发生了。两根魔杖芯的反应出乎伏地魔的预料,他根本不知道你的杖芯跟他的是孪生的。

"那天夜里,他比你更害怕,哈利。你已经承认,甚至欣然接受了死亡的可能,这是伏地魔怎么也做不到的。你的勇气赢了,你的魔杖打败了他的。在这同时,这两根魔杖之间发生了一些事情,反映出两个主人之间的关系。

"我相信,那天夜里你的魔杖吸收了伏地魔那根魔杖的一些力量和品质,也就是说,它包含了伏地魔本人的一点儿东西。所以,他追你时,你的魔杖认出了他,认出了这个既是同源又是死敌的人,它就把伏地魔自己的一些魔法回吐到他身上,这些魔法比卢修斯魔杖的力量要强大得多。现在,你那根魔杖的力量中既有你过人的勇气,又有伏地魔本人的致命法力,相比之下，卢修斯·马尔福那根可怜的小木棍还有什么戏呢？"

"既然我的魔杖这么厉害，赫敏又怎么能把它折断呢？"哈利问。

"我亲爱的孩子，它的惊人效果只是针对伏地魔的，因为他极为草率地篡改了最深奥的魔法规则。只有针对他的时候，那根魔杖才表现得异常强势。其他时候，它只是跟别的魔杖一样……不过确实是根好魔杖，这我相信。"邓布利多和蔼地说。

哈利坐在那里想了很长时间，或者只有几秒钟。在这里，对时间这类东西很难有把握。

"他用你的魔杖杀死了我。"

"他用我的魔杖没能杀死你，"邓布利多纠正哈利说，"我想我们可以一致认为你没有死——不过当然啦，"他赶紧补充道，似乎担心自己有些失礼，"我没有低估你的痛苦，我知道肯定很严重。"

"可是我现在感觉好极了，"哈利低头看着自己洁净无瑕的双手，说道，"我们究竟是在哪儿呢？"

"嘿，我正打算问你呢，"邓布利多说着，向四周看了看，"你说我们是在哪儿？"

在邓布利多问这话之前，哈利还不知道，此刻，他却发现自己有了答案。

"看样子，"哈利慢悠悠地说，"像是国王十字车站，可是要干净和空旷许多，而且我看不见火车。"

"国王十字车站！"邓布利多笑出声来，"我的天哪，真的吗？"

"那你认为我们是在哪儿呢？"哈利有点不服气地说。

"我亲爱的孩子，我不知道。就像人们说的，你是当事人哪。"

第35章 国王十字车站

哈利不明白这是什么意思。邓布利多变得令人恼火了。哈利瞪着他,这才想起一个比他们在什么地方要紧得多的问题。

"死亡圣器。"说完,他很高兴地看到邓布利多脸上的笑容消失了。

"啊,是的。"他说,甚至显得有点儿苦恼。

"怎么了?"

这是哈利遇见邓布利多后第一次看到他不像个老人,很不像。在那一瞬间,他就像个做坏事被人抓住的小男孩。

"你能原谅我吗?"他说,"你能原谅我不信任你?不告诉你?哈利,我只是担心你会像我一样失败。我只是害怕你会跟我犯同样的错误。我恳求你的原谅,哈利。这段时间以来,我已经知道你比我优秀。"

"你在说些什么呀?"哈利问,邓布利多的语气,还有他眼里突然涌出的泪水都令他吃惊。

"圣器,圣器,"邓布利多喃喃地说,"一个绝望者的梦啊!"

"可它们是真的!"

"真的,而且危险,是愚蠢者的诱饵,"邓布利多说,"我就是这样一个愚蠢者。但你已经知道了,是不是?我不再有秘密瞒着你。你知道了。"

"知道什么?"

邓布利多把整个身体转过来对着哈利,明亮的蓝眼睛里仍然泪光闪烁。

"死亡的征服者,哈利,死神的主人!最终,我是不是比伏地魔好?"

"那当然啦,"哈利说,"当然——你怎么会这么问?你只要能够避免就从不杀生!"

"对,对,"邓布利多说,就像个寻求安慰的孩子,"可是我

611

也曾寻找过征服死亡的办法,哈利。"

"跟他不一样。"哈利说。他曾对邓布利多满怀怨恨,此刻却坐在这里,坐在高高的穹顶下,针对邓布利多的自责替他辩护,多么奇怪的事情啊,"圣器,不是魂器。"

"圣器,"邓布利多喃喃地说,"不是魂器。一点儿不错。"

一阵静默。他们身后的那个生命还在呜咽,但哈利没再扭头去看它。

"格林德沃也曾寻找过它们?"他问。

邓布利多闭了闭眼睛,点点头。

"首先就是这件事使我们走到一起的,"他轻声说,"两个聪明、狂妄的少年,怀着同样的痴迷。我相信你已经猜到了,他是为了伊格诺图斯·佩弗利尔的坟墓才到戈德里克山谷去的。他想调查第三个兄弟死去的地方。"

"那么,这是真的?"哈利问,"所有这些?佩弗利尔兄弟——?"

"——就是故事里的三兄弟,"邓布利多点点头说,"没错,我想是的。至于他们是不是在偏僻的小路上遭遇了死神……我认为更有可能的是佩弗利尔兄弟都是很强大、很危险的巫师,成功地制造了这些威力无比的器物。在我看来,这些圣器属于死神的故事像是围绕这些发明而出现的某种传说。

"隐形衣,你现在已经知道了,很久以来代代相传,父亲传给儿子,母亲传给女儿,一直传到伊格诺图斯的最后一位活着的后裔,他和伊格诺图斯一样,出生在戈德里克山谷的村庄里。"

邓布利多笑微微地看着哈利。

"我?"

"你。我知道你已经猜到了你父母死去那天夜里隐形衣为什么在我手里。就在当时的几天前,詹姆把它拿给我看。怪不

第35章　国王十字车站

得他在学校里有那些违纪行为却能不被人发现呢！我简直不敢相信自己的眼睛，就提出借回去研究研究。那时，我早已放弃了同时拥有全部圣器的梦想，但我抵挡不住，忍不住要仔细看看……这件隐形衣跟我以前见过的都不一样，非常古老，每一方面都很完美……后来你父亲死了，我终于拥有了两件圣器，完全属于我自己！"

他的语气变得极为痛苦。

"不过，隐形衣不会帮助他们幸存下来。"哈利赶紧说道，"伏地魔知道我爸爸妈妈在哪儿，隐形衣不可能让他们抵御魔咒。"

"不错，"邓布利多叹息道，"不错。"

哈利等待着，可是邓布利多没有说话，于是哈利提示他。

"就是说，在你看到隐形衣时，你已经放弃了寻找圣器？"

"是啊。"邓布利多无力地说，他似乎在强迫自己面对哈利的目光，"你知道发生了什么事。你知道。你不可能比我更轻视我自己。"

"我没有轻视你——"

"那你应该轻视我。"邓布利多说，他深深吸了口气，"你知道我妹妹身体不好的秘密，知道那些麻瓜做的事情，知道我妹妹变成了什么样子。你知道我可怜的父亲为了给我妹妹报仇，付出了代价，惨死在阿兹卡班。你知道我母亲为了照顾阿利安娜舍弃了自己的生命。

"当时我怨恨这一切，哈利。"

邓布利多的讲述坦率而冷漠。此刻他的目光掠过哈利的头顶，望向远处。

"我有天分，我很优秀。我想逃走。我想出类拔萃。我想光彩夺目。"

"不要误会，"他继续说，痛苦浮现在他的脸上，使他又显得苍老了，"我爱他们，我爱我的父母，我爱我的弟弟妹妹，但我是自私的，哈利，比你这个非常无私的人可以想象的还要自私。

"因此，母亲去世后，我要负责照顾一个残疾的妹妹和一个任性的弟弟，我满怀怨恨和痛苦地返回村庄。我认为自己被困住了，虚度光阴！后来，不用说，他来了……"

邓布利多再次直视着哈利的眼睛。

"格林德沃。你无法想象他的思想是怎样吸引了我，激励了我。麻瓜被迫臣服，我们巫师扬眉吐气。格林德沃和我就是这场革命的光荣的年轻领袖。

"哦，我有过一点儿顾虑，但我用空洞的话语安慰我的良知。一切都是为了更伟大的利益，所造成的任何伤害都能给巫师界带来一百倍的好处。我内心深处是否知道盖勒特·格林德沃是怎样一个人呢？我想我是知道的，但我睁只眼闭只眼。只要我们的计划能够实现，我所有的梦想都会成真。

"而我们计划的核心，就是死亡圣器！它们令他多么痴迷，令我们两个人多么痴迷啊！永不会输的魔杖，能使我们获得权力的武器！复活石——对他来说意味着阴尸大军，尽管我假装并不知道！对我来说，我承认，它意味着我父母起死回生，减轻我肩负的所有责任。

"还有隐形衣……不知怎么，我们始终没怎么谈论隐形衣，哈利。我们俩不用隐形衣就能把自己隐藏得很好。当然啦，隐形衣的真正魔力在于它不仅可以保护和遮蔽主人，还可以用来保护和遮蔽别人。当时我想，如果我们能找到它，或许可以用它来隐藏阿利安娜，不过我们对隐形衣的兴趣主要在于它是三要素之一，根据传说，同时拥有三样东西的人便是死亡的真正征服者，我们理解这意思就是'不可战胜'。

第35章 国王十字车站

"不可战胜的死亡征服者,格林德沃和邓布利多!两个月如痴如醉,满脑子残酷的梦想,忽视了我仅剩的两个家人。

"后来……你知道发生了什么事。现实以我那位性格粗暴、没有文化,但却优秀得多的弟弟的面貌出现了。还有那些我不愿意听他冲我叫嚷的实话。我不想听说我被一个虚弱的、很不稳定的妹妹拖累着,不能前去寻找圣器。

"争吵上升为决斗。格林德沃失去了控制。他性格里的那种东西——我其实一直有所感觉,却总是假装没发现的那种东西,突然可怕地爆发出来。阿利安娜……在我母亲那么精心呵护和照料之后……倒在地上死了。"

邓布利多轻轻吸了口气,开始动情地哭了起来。哈利伸出手,还好,他发现自己能碰到对方。他紧紧地抓住邓布利多的胳膊,老人慢慢地控制住了自己。

"后来,格林德沃逃跑了,这是除了我谁都能料到的。他消失了,带着他争权夺利的计划,他虐待麻瓜的阴谋,还有他寻找死亡圣器的梦想,而我曾经在这些梦想上鼓励和帮助过他。他逃走了,我留下来埋葬我的妹妹,学着在负罪感和极度悲伤中打发日子,那是我耻辱的代价。

"许多年过去了。我听到了一些关于他的传言。据说他弄到了一根威力无比的魔杖。那个时候,魔法部部长的职位摆在我的面前,不止一次,而是多次。我当然拒绝了。我已经知道不能把权力交给我。"

"可是你会比福吉和斯克林杰要好,好得多!"哈利大声说。

"是吗?"邓布利多语气沉重地说,"我可没有这么肯定。我年轻气盛时候的表现就证明了权力是我的弱点、我的诱惑。说来奇怪,哈利,也许最适合掌握权力的是那些从不钻营权术的人,就像你一样,被迫担任领袖的角色,在情势所逼之下穿上战袍，结果自己很惊讶地发现居然穿得很好。

"而我待在霍格沃茨更安全些，我认为我是个好教师——"

"你是最好的——"

"——你很善良，哈利。在我忙于培养年轻巫师的时候，格林德沃召集了一支军队。人们说他怕我，也许是吧，但我认为我更怕他。"

"哦，不是怕死，"邓布利多回答哈利询问的目光，"不是怕他用魔法对我的加害。我知道我们势均力敌，或许我还略胜一筹。我害怕的是真相。你明白吗，我一直不知道在那场可怕的混战中，究竟是谁发了那个杀死我妹妹的咒语。你大概会说我是懦夫，你是对的。哈利，我从心底里最害怕的是得知是我造成了她的死亡，不仅由于我的狂傲和愚蠢，而且还是我朝她发出了那致命的一击。

"我想他是知道的，我想他知道我害怕什么。我拖延着不见他，直到最后，我再不露面就太可耻了。人们在惨死，他似乎不可阻挡，我必须尽我的力量。

"唉，后来的事情你都知道了。决斗我胜利了。我赢得了那根魔杖。"

又是沉默。哈利没有问邓布利多有没有弄清是谁击毙了阿利安娜。他不希望知道，更不希望邓布利多不得不告诉他。他终于知道了邓布利多面对厄里斯魔镜时会看见什么，知道了邓布利多为什么那样理解魔镜对哈利的吸引力。

他们默默地坐了很久，身后那个生命的呜咽声几乎不再使哈利分神了。

最后，哈利说："格林德沃试图阻止伏地魔追寻那根魔杖。他撒谎了，你知道，谎称他从没得到过它。"

邓布利多点点头，垂眼望着膝头，泪水仍然在他的弯鼻子

第35章 国王十字车站

上闪闪发亮。

"听说他晚年独自被关在纽蒙迦德牢房里时流露出了悔恨。我希望这是真的。我希望他能感受到他的所作所为是多么恐怖和可耻。也许,他对伏地魔撒谎就是想弥补……想阻止伏地魔拿到圣器……"

"……或者不让他闯进你的坟墓?"哈利插言道,邓布利多擦了擦眼睛。

又是短暂的沉默,然后哈利说:"你试着用过复活石。"

邓布利多点了点头。

"那么多年之后,我终于发现它埋在冈特家的荒宅里——这是我最渴望得到的圣器,不过年轻时我要它是因为别的原因——我昏了头,哈利。我忘记了它已经是一个魂器,忘记了那戒指上肯定带着魔咒。我把它拿起来,把它戴在了手上,那一瞬间,我以为自己就要见到阿利安娜、我的母亲、我的父亲,告诉他们我心里有多么多么悔恨……

"我真是个傻瓜,哈利。那么多年之后,我竟然毫无长进。我根本不配同时拥有全部的死亡圣器,这已是多次得到证实的,而这是最后一次证明。"

"为什么?"哈利说,"那是很自然的呀!你想再次见到他们,那有什么不对呢?"

"也许一百万人中间有一人可以同时拥有全部圣器,哈利。我只适合拥有其中最微不足道、最没有特色的。我适合拥有老魔杖,而且不能夸耀它,也不能用它杀人。我可以驯服它,使用它,因为我拿它不是为了索取,而是为了拯救别人。

"而隐形衣,我拿它完全出于无聊的好奇心,所以它对我不可能像对你那样管用,你是它真正的主人。对那块石头,我是想把那些长眠者硬拽回来,而不是像你那样,让它帮助自己实现自我牺牲。你才真正有资格拥有圣器。"

邓布利多拍拍哈利的手,哈利抬头看着老人,脸上露出了笑容。他忍不住。现在他还怎么可能生邓布利多的气呢?

"你为什么要把事情搞得这么复杂?"

邓布利多的笑容在颤抖。

"我恐怕是想用格兰杰小姐来牵制你,哈利。我担心你发热的头脑会支配你善良的心。我很害怕,如果你一下子面对关于那些诱惑物的真相,你会像我一样在错误的时候、为了错误的理由攫取圣器。在你拿到它们时,我希望你能安全地拥有它们。你才是死亡的真正征服者,因为真正的征服者绝不会试图逃离死神。他会欣然接受必死的命运,并知道活人的世界里有着比死亡更加糟糕得多的事情。"

"伏地魔始终不知道圣器吗?"

"我认为是的,因为他没有认出复活石,而是把它变成了一个魂器。不过,即使他知道圣器,哈利,除了第一件,他恐怕对别的都不感兴趣。他会认为自己不需要隐形衣,至于复活石,他想唤回哪位死者呢? 他惧怕死者。他不懂得爱。"

"那你料到他会寻找那根魔杖?"

"自从你的魔杖在小汉格顿的墓地里击败了伏地魔的,我就相信他会这么做。起初,他担心你是凭着出色的技艺征服了他。后来他绑架了奥利凡德,发现了孪生杖芯的存在。他以为这就说明了一切。可是,借来的魔杖依然不是你的对手!伏地魔没有问问自己,你身上有什么素质使你的魔杖变得这么强大,你具备什么他所没有的天赋,而是想当然地去找那根魔杖,那根传说中打遍天下无敌手的魔杖。他对老魔杖有强烈的执念,如同他对你的执念一样。他相信老魔杖会消除他最后的弱点,使他变得真正不可战胜。可怜的西弗勒斯……"

第35章 国王十字车站

"你安排斯内普把你杀死,那么你是打算让他得到老魔杖的,是吗?"

"我承认我有这样的意图,"邓布利多说,"然而事与愿违啊,是不是?"

"是啊,"哈利说,"在这一点上没有实现。"

他们身后的生命在抽动、呻吟,哈利和邓布利多一言不发地坐了很长时间,比前几次沉默的时间还要长。最后,就像雪花轻轻飘落一样,哈利慢慢意识到接下来会发生什么了。

"我必须回去,是吗?"

"这由你决定。"

"我可以选择?"

"是的。"邓布利多微笑地看着他,"你说我们在国王十字车站,不是吗? 我想,如果你决定不再回去,你可以……比如说……登上一列火车。"

"它会把我带到哪儿呢?"

"往前。"邓布利多简单地说。

又是沉默。

"伏地魔拿到了老魔杖。"

"不错。伏地魔拿着老魔杖。"

"但你希望我回去?"

"我想,"邓布利多说,"如果你选择回去,有可能他就永远完蛋了。我不能保证。但我知道,哈利,你没有他那么害怕回到这里。"

哈利又看了一眼远处椅子底下阴影里那个颤抖、抽泣的红兮兮的东西。

"不要怜悯死者,哈利。怜悯活人,最重要的是,怜悯那些生活中没有爱的人。你回去可以保证少一些灵魂遭到残害,少一些家庭妻离子散。如果你觉得这是个很有价值的目标,那我们就暂时告别吧。"

哈利点点头,叹了口气。离开这个地方不会像步入禁林那样艰难,但这里温暖、宁静、明亮,而他知道他要回去面对痛苦,面对丧失更多亲人的恐惧。他站起身,邓布利多也站了起来,他们久久地凝视着对方。

"告诉我最后一点,"哈利说,"这是真事吗?还是发生在我脑子里的事?"

邓布利多笑微微地看着他,虽然明亮的薄雾再次降落,使他的身影变得模糊,但他的声音却那样响亮有力地传到了哈利耳朵里。

"当然是发生在你脑子里的事,哈利,但为什么那就意味着不是真的呢?"

第 36 章

百密一疏

他又面朝下躺在地上,禁林的气味扑鼻而来。他感觉到了面颊下面冰冷、坚硬的土地,感觉到落地时被撞歪的眼镜角扎着他的太阳穴。身上没有一处不疼,杀戮咒击中的地方就像被铁拳打伤了一样。他没有动弹,完全保持落地时的姿势,左臂以很别扭的角度向外拐着,嘴巴张得大大的。

他以为会听见胜利的欢呼,听见他们庆祝他的死,然而空气里满是匆匆的脚步声、交头接耳的说话声和急切的低语声。

"主人……主人……"

是贝拉特里克斯的声音,她就像在对一个恋人说话。哈利不敢睁眼,只让自己的其他感官探究眼下的处境。他知道他的魔杖仍塞在长袍底下,因为他感觉到它梗在胸口和地面之间。肚皮那儿有一种软绵绵的感觉,说明隐形衣还在,藏得好好的。

"主人……"

"没问题。"伏地魔的声音说。

更多的脚步声:几个人从同一个地点往后退去。哈利急于看到是怎么回事,便把眼睛微微睁开了一道细缝。

伏地魔似乎正从地上站起来。好几个食死徒匆匆从他面前逃开，回到空地周围的人群里。只有贝拉特里克斯留在后面，跪倒在伏地魔身边。

哈利又闭上了眼睛，思索着他看到的情景。食死徒刚才聚集在似乎摔倒的伏地魔身边。伏地魔用杀戮咒击中哈利的同时一定发生了什么。难道伏地魔也晕了过去？看来是这样。他们俩都昏迷了很短的时间，现在又都苏醒过来……

"主人，让我——"

"我不需要帮助。"伏地魔冷冷地说，哈利虽然看不见，却想象得出贝拉特里克斯缩回了要去搀扶的手，"那个男孩……他死了吗？"

空地上一片肃静。没有人走近哈利，但他感觉到所有的目光都集中在他身上。这些目光似乎把他牢牢地钉在了地面，他真害怕他的手指或眼皮会抖动。

"你，"伏地魔说，接着是砰的一响和一声短促的惨叫，"去查看一下。告诉我他死了没有。"

哈利不知道伏地魔派谁来核实。他只能躺在那里等待接受检查，心脏不听话地怦怦狂跳，不过他同时注意到——虽然这并不能给他带来多少安慰——伏地魔不敢贸然接近他，伏地魔怀疑计划出了差错……

一双手，一双哈利没想到会这么柔软的手，摸了摸哈利的脸，翻开他的眼皮，又伸进衬衫下面探摸他的胸口，试了试他的心跳。哈利可以听见女人急促的呼吸声，感到她的长发拂在脸上痒痒的。他知道女人能感觉到他的生命一下下撞击着他的肋骨。

"德拉科还活着吗？他在城堡里吗？"

这耳语声勉强能够听到。女人的嘴唇离他的耳朵只有一寸，她把脑袋埋得很低，长长的头发挡住了他的脸，使周围的人看

第36章 百密一疏

不见。

"是的。"他用微弱的声音回答。

他感到胸口的那只手抓紧了,指甲掐痛了他。接着手缩了回去。她坐直了身体。

"他死了!"纳西莎·马尔福大声对周围的人说。

他们这才嚷嚷起来,这才开始欢呼、跺脚,哈利隔着眼皮看见一道道红光和银光射入空中欢庆胜利。

他躺在地上继续装死,但心里明白。纳西莎知道只有一个办法能让她进入霍格沃茨,找到儿子,那就是跟着占领军一起进去。她不再关心伏地魔是不是胜利。

"看到了吗?"伏地魔在一片喧闹中尖声说道,"哈利·波特死在了我的手里,现在没有一个活人能够威胁我了! 看着! 钻心剜骨!"

哈利早就知道会有这一着,知道伏地魔不会让他清清爽爽地躺在密林的地上,必要百般羞辱他以证明自己的胜利。哈利的身体被升到了半空,他用全部的毅力让自己保持软弱无力的样子,以为会很痛,然而并没有。他被一次、两次、三次抛向空中,眼镜掉了,他感到长袍底下的魔杖滑到了一边,但他一直让身体显得软绵绵的毫无生气。他最后一次落到地上时,空地上响彻着讥诮声和狂笑声。

"现在,"伏地魔说,"我们到城堡去,让他们看看他们的英雄变成了什么样子。谁来搬尸体? 不 —— 等等 ——"

又是一阵哄笑,过了片刻,哈利感到身下的地面在颤抖。

"你抱着他,"伏地魔说,"他在你怀里比较显眼、好看,是不是? 海格,把你的小朋友抱起来。还有眼镜 —— 给他戴上眼镜 —— 必须让人能认出他来 ——"

有人把哈利的眼镜杵到他的脸上,动作故意很粗暴,可是把他托到空中的那双大手却格外温柔。在海格摇篮一般的怀抱里，哈利可以感觉到海格剧烈啜泣时双臂在颤抖，大颗大颗的泪珠溅在他身上，哈利不敢用动作或语言向海格表示一切并没有结束。

"快走。"伏地魔说，海格跌跌撞撞地往前走，在茂密的树丛间穿行着离开禁林。树枝钩着哈利的头发和长袍，他一动不动地躺着，嘴巴无力地张着，眼睛闭得紧紧的。黑暗中，食死徒们聚集在周围，海格闭着眼睛大声哭泣，谁也没有仔细看看哈利·波特露在外面的脖颈上是否有脉搏在跳动……

两个巨人磕磕碰碰地走在食死徒后面，哈利可以听见他们走过时树木吱吱嘎嘎地断裂和倒地的声音。他们发出的声音太大了，鸟儿尖叫着飞向空中，就连食死徒们的讥笑声也被淹没了。胜利的队伍继续朝空旷的场地前进，过了一会儿，哈利透过紧闭的眼皮感到黑暗逐渐变亮了，知道树木开始变得稀疏。

"贝恩！"

海格突然大吼一声，惊得哈利差点儿睁开了眼睛。"现在满意了吧，嗯，你们不抵抗，你们这群胆小的驽马，嗯？你们高兴了吧？哈利·波特——死—死了……"

海格说不下去了，又伤心地哭了起来。哈利不知道有多少马人在观看他们这支队伍，他不敢睁开眼睛。有几个食死徒在行进时大声辱骂着身后的马人。又过了片刻，哈利感到空气变得新鲜了，知道已经到了禁林边缘。

"停下。"

哈利猜想海格肯定是被迫服从了伏地魔的命令，因为他的身子打了个趔趄。一股寒意把他们笼罩，哈利听见了在森林外围巡逻的摄魂怪们刺耳的呼吸声。它们再也不能拿他怎么样了。他还活着的事实如一团火在他心头燃烧，是一个避邪的法宝，

第36章 百密一疏

似乎父亲的牡鹿一直在他心中守护着他。

有人从哈利近旁走过，哈利知道正是伏地魔本人，因为他紧接着就说话了，声音被魔法放大了多倍，响彻整个场地，震得哈利的鼓膜生疼。

"哈利·波特死了。他逃跑时被杀死了，在你们为了他舍弃生命的时候，他却只顾自己逃命。我们把他的尸体带给你们，以证明你们的英雄确实死了。

"我们赢了。你们抵抗者的人数折损了一半。我的食死徒现在数量比你们多，大难不死的男孩完蛋了。再也不得有战争。有谁负隅顽抗，不论男人、女人和孩子，格杀勿论，其家人也统统处死。现在，走出城堡，跪在我的面前吧，你们会得到赦免。你们的父母、儿女、兄弟姐妹也会被宽恕，继续活下去，你们和我一起进入我们将要共同建立的新世界。"

场地上、城堡里一片寂静。伏地魔离得太近了，哈利不敢再睁开眼睛。

"过来。"伏地魔说，哈利听见他往前走去，海格被迫跟上。哈利这才把眼睛睁开一条小缝，看见伏地魔大步走在他们前面，大蛇纳吉尼已经离开它的魔法笼子，正缠绕在伏地魔的肩膀上。可是，哈利不可能抽出藏在长袍下的魔杖，那样肯定会被食死徒们发现，他们就在两边，穿行在逐渐明亮起来的黑夜里……

"哈利，"海格抽抽搭搭地说，"哦，哈利……哈利……"

哈利又把眼睛紧紧闭上了。他知道他们正在走近城堡，他竖起耳朵，在食死徒的狂欢声和重重的脚步声中，分辨着城堡里的人传出的动静。

"停下。"

食死徒们都停住了。哈利听见他们面对学校敞开的大门一字散开。他虽然闭着眼睛，也能隐约感觉到红光，那一定是门厅里透出的灯光。他等待着。那些他曾经为之赴死的人,随时都会看见他如同死了一样躺在海格的怀里。

"不!"

这尖叫声太可怕了,因为他从来没想到、做梦也没想到麦格教授能发出这样的声音。他听见近旁另一个女人高声大笑,知道是贝拉特里克斯为麦格的绝望而幸灾乐祸。他又眯着眼睛看了一下,只见敞开的门口挤满了人,战斗中幸存的人都来到门前的台阶上面对征服者,目睹哈利死亡的事实。他看见伏地魔站在他前面一点儿的地方,用一根苍白的手指抚摸着纳吉尼的头。哈利又把眼睛闭上了。

"不!"

"不!"

"哈利! 哈利!"

罗恩、赫敏和金妮的声音比麦格的更加凄厉。哈利真想冲他们大喊,但他还是强迫自己沉默地躺着。他们的喊声就像引爆器一样,幸存者们应声而起,扯着嗓子大声咒骂那些食死徒,最后——

"**安静!**"伏地魔喊道,只听砰的一声,一道强光一闪,他们都被迫沉默了,"结束了! 海格,把他放在我的脚下,他只配待在这儿!"

哈利感觉到自己被放到了草地上。

"看见了吗?"伏地魔说,哈利感到他在自己身边大步地来回走动,"哈利·波特死了! 你们这些被蒙蔽的人,现在明白了吧? 他根本什么都不是,只是一个依赖别人为他牺牲的小男孩!"

"他打败了你!"罗恩喊道,魔咒被打破了,霍格沃茨的保卫者们又咆哮、叫嚷起来。一秒钟后,更加惊天动地的一声巨

第 36 章　百密一疏

响，他们又哑然失声。

"他是在试图逃出场地的时候被杀死的，"伏地魔说，似乎因说谎而沾沾自喜，"在试图自己逃命的时候被杀死——"

可是伏地魔没能把话说完，哈利听见了扭打声、喊叫声，接着又是砰的一声，一道闪光，痛苦的呻吟。他把眼睛睁开一点点缝隙。原来有人挣脱人群朝伏地魔冲了过来。哈利看见那个人影被解除了武器，重重地倒在地上，伏地魔哈哈大笑地把挑战者的魔杖扔到一边。

"这是谁呀？"他用轻轻的、蛇一般的咝咝声说，"谁主动以身试法，让大家看到战败后继续反抗会有什么下场？"

贝拉特里克斯高兴地笑了起来。

"是纳威·隆巴顿，主人！就是那个给卡罗兄妹制造了很多麻烦的男孩！那对傲罗夫妇的儿子，记得吗？"

"啊，是了，我想起来了。"伏地魔低头看着纳威说。纳威赤手空拳、毫无掩护地挣扎着爬起身，站在幸存者和食死徒之间的空地上。"但你是个纯血统巫师，对吗，我勇敢的孩子？"伏地魔问纳威，纳威面对他站着，两只空手攥成了拳头。

"是又怎么样？"纳威大声说。

"你表现出了勇气和决心，而且出身高贵。你会成为一个难能可贵的食死徒。我们需要你这样的人，纳威·隆巴顿。"

"除非地狱结冰我才会跟你走。"纳威说，"邓布利多军！"他大喊一声，人群里立刻响起激昂的回应，对此伏地魔的无声无息咒似乎也不起作用了。

"很好。"伏地魔说，哈利听出他圆滑的声音里包含着比最残酷的咒语更大的危险，"如果那是你的选择，隆巴顿，我们只好按原计划办了。让它，"他轻声说，"落到你的头上。"

仍然隔着眼睫毛，哈利看见伏地魔挥了一下魔杖。几秒钟后，从城堡被砸烂的一扇窗户里飞出一个怪鸟般的东西。它从昏暗的光线中飞来，落在伏地魔手里。伏地魔抓住这个发霉物件的尖头抖了抖，它便空荡荡、烂糟糟地耷拉下来：是分院帽。

"霍格沃茨学校再也不需要分院，"伏地魔说，"再也不会分成好几个学院了。我高贵的祖先——萨拉查·斯莱特林的徽章、盾牌和旗帜，对大家来说就已足够，是不是，纳威·隆巴顿？"

他用魔杖指着纳威，纳威立刻变得僵硬，一动不动。然后伏地魔把帽子硬戴在纳威头上，帽檐滑到了纳威的眼睛下面。城堡前注视着这一幕的人群出现了骚动，食死徒齐刷刷地举起魔杖，不让霍格沃茨的反抗者靠近。

"纳威将要向大家演示，那些愚蠢地继续反抗我的人会有什么下场。"伏地魔说着一挥魔杖，分院帽立刻燃起了火焰。

喊叫声划破了拂晓的天空，纳威身上着了火，却被钉在原地，动弹不得。哈利再也不能忍受了，他必须行动——

接着，许多事情在同时发生。

他们听见远处学校界墙那儿传来骚动，似乎千百个人浩浩荡荡地翻过视线外的围墙，高声呐喊着朝城堡冲来。与此同时，格洛普摇摇摆摆地从城堡一侧拐了过来，嘴里喊着："**海格！**"伏地魔的那些巨人吼叫着发出回应。他们像雄象一样冲向格洛普，震得大地发抖。接着是马蹄声、拉弓声，转眼间，利箭纷纷射向食死徒中间。他们吃惊地大叫，乱了阵脚。哈利从长袍里抽出隐形衣披在身上，腾地从地上跃起，这时纳威也能动了。

纳威身子一挺，一下子挣脱了全身束缚咒，着火的帽子滑落了。他从里面抽出一个银色的东西，柄上闪闪发光，镶着红宝石——

在蜂拥而来的人群的吼叫声中，在巨人们的厮杀声中，在蜂拥的马人的蹄踏声中，银色宝剑砍下的声音没有人能听见，

第36章　百密一疏

但似乎吸引了每一双眼睛。一剑下去，纳威就把大蛇的头砍掉了，蛇头旋转着高高飞入天空，在门厅洒出的灯光中闪亮。伏地魔张嘴发出愤怒的喊叫，但没有人听得见，接着，轰隆一声，蛇身重重地落在他的脚下——

哈利藏在隐形衣下，没等伏地魔举起魔杖，就在他和纳威之间施了个铁甲咒。然后，在呐喊声、吼叫声和打斗的巨人们沉重的脚步声中，海格的叫喊声盖过了一切。

"哈利！"海格喊道，"哈利——哈利在哪儿？"

整个场面一片混乱。马人冲锋陷阵，把食死徒追得四散奔逃，每个人都在逃避巨人的践踏，不知从哪里来的增援力量声势浩大，越逼越近。哈利看见带翅膀的庞然大物夜骐和鹰头马身有翼兽巴克比克在伏地魔的巨人头顶盘旋，在抓他们的眼睛，格洛普则对他们饱以老拳。这时所有的巫师，霍格沃茨的保卫者也好，伏地魔的食死徒也好，都被迫退回了城堡。哈利只要看到食死徒就发射恶咒和魔咒，他们瘫倒在地，却不知道是什么人或什么动物袭击了自己，接着他们的身体就被撤退的人群踏在脚下。

哈利仍藏在隐形衣下，被人群推挤着进了门厅。他在寻找伏地魔，接着看见伏地魔在房间那头，仍在大声指挥部下，一边退进大礼堂，一边挥舞着魔杖把魔咒射向四面八方。哈利又施了几个铁甲咒，险些被伏地魔击中的西莫·斐尼甘和汉娜·艾博匆匆从他身边跑进大礼堂，加入那里已经如火如荼的战斗。

这时，又有更多更多的人拥上前门的台阶，哈利看见查理·韦斯莱追上仍穿着鲜绿色睡衣的霍拉斯·斯拉格霍恩。他们身后似乎跟着所有留下来战斗的霍格沃茨学生的亲友，还有霍格莫德村的店老板和房主。随着一阵激烈的马蹄声，马人贝恩、罗南和玛格瑞冲进了礼堂，与此同时，哈利身后通向厨房的门被炸得脱开了铰链。

霍格沃茨的家养小精灵浩浩荡荡地涌进了门厅，尖叫着挥舞餐刀和切肉刀，走在最前面的是胸前挂着雷古勒斯·布莱克的挂坠盒的克利切，即使在这样的喧闹中，他那牛蛙般的声音仍然清晰可闻："战斗！战斗！为我的主人、家养小精灵的捍卫者而战斗！以勇敢的雷古勒斯的名义，抵抗黑魔王！战斗！"

他们对准食死徒的脚脖子和腿肚子又砍又刺，一张张小脸上燃烧着仇恨。哈利不管朝哪里望去，看见的都是食死徒被大批小精灵压得直不起腰，被咒语制得服服帖帖，有的被刺伤了腿，正从伤口里往外拔箭，还有的在拼命逃跑，却被蜂拥而来的小精灵淹没了。

但战斗还没有结束。哈利从格斗者中间奔过，从那些被制服但还在挣扎的人们中间奔过，冲进了大礼堂。

伏地魔处于战斗的中心，他左右开弓地朝周围的所有人出击。哈利没法瞄准，只能仍在隐形衣的掩护下一点点往前逼近。礼堂里的人越来越多，只要能走得动的，都拼命往里面挤。

哈利看见亚克斯利被乔治和李·乔丹合力击倒在地，看见多洛霍夫在弗立维手里惨叫一声瘫倒，看见沃尔顿·麦克尼尔被海格扔到礼堂那头，砰地撞到石墙，不省人事地滑到了地上。他还看见罗恩和纳威打败了芬里尔·格雷伯克，阿不福思击昏了卢克伍德，亚瑟和珀西把辛克尼斯撂倒了，而卢修斯和纳西莎·马尔福在人群中跑来跑去，根本没有参加战斗，只是大声地呼唤着他们的儿子。

伏地魔正同时与麦格、斯拉格霍恩和金斯莱格斗，他的脸上是残忍的恨意，他们三人在他周围穿梭、躲避，却不能结果他的性命——

距伏地魔五十米开外，贝拉特里克斯也战得正酣，像她的

第36章　百密一疏

主人一样同时对付着三个人：赫敏、金妮和卢娜。她们都使出了全身解数，但贝拉特里克斯与她们势均力敌。突然，一个杀戮咒差点击中了金妮，真悬，再偏一寸金妮就死了。哈利的注意力被吸引了过去——

他改变方向，暂时放开了伏地魔，直朝贝拉特里克斯冲去，但没跑几步就被撞到了一边。

"不许碰我女儿，你这母狗！"

韦斯莱夫人一边跑一边甩掉斗篷，腾出两只胳膊，贝拉特里克斯原地一个转身，看见这位新的挑战者，粗声大笑起来。

"闪开！"韦斯莱夫人冲三个姑娘喊道，接着魔杖一挥，开始战斗。哈利又惊恐又开心地看着莫丽·韦斯莱的魔杖旋舞劈杀，贝拉特里克斯·莱斯特兰奇脸上的笑容开始消退，变成了咆哮。两根魔杖嗖嗖地射出亮光，女巫们脚边的地板变得滚烫、开裂。两个女人在决一死战。

"不！"韦斯莱夫人看到几个学生冲上前来相助，大声喊道，"回去！回去！她是我的！"

此时，几百个人站在墙边，观看着这两场决斗：伏地魔与他的三个对手，贝拉特里克斯与莫丽。哈利无形地站在那里左右为难，又想出手袭击，又想保护自己人，没有把握是否会伤害无辜。

"我把你杀了，你的孩子们怎么办呢？"贝拉特里克斯奚落道，她像她的主人一样疯狂，跳着脚躲避莫丽嗖嗖发过来的魔咒，"妈咪跟弗雷德同样下场可怎么办呢？"

"再也——不许——你——碰——我们的——孩子！"韦斯莱夫人叫道。

贝拉特里克斯哈哈大笑，那笑声酣畅淋漓，和当年她的堂弟小天狼星后退着穿过帷幔摔下去时她的笑声一模一样。哈利突然就知道接下来会是什么了。

莫丽的魔咒从贝拉特里克斯前伸的手臂下飞过去，击中了她的胸口，正好是心脏的位置。

贝拉特里克斯得意的笑容凝固了，眼珠子似乎突了出来。就在那一瞬间，她知道发生了什么事，接着便倒在地上。周围的人群一片喧哗，伏地魔尖声咆哮。

哈利觉得自己的转身像是慢动作，他看见麦格、金斯莱和斯拉格霍恩都被炸飞了，在空中扑打、翻腾，伏地魔看到他最后的、也是最忠实的助手被打倒，怒气像炸弹一样爆炸了。伏地魔举起魔杖对准了莫丽·韦斯莱。

"盔甲护身！"哈利大吼一声，铁甲咒立刻横贯在礼堂中央，伏地魔环顾四周寻找是谁在发咒。哈利终于脱掉了隐形衣。

惊愕的叫声、欢呼声、"哈利！""**他还活着！**"的喊声在四面响起，紧接着又是一片鸦雀无声。伏地魔和哈利互相对视，同时开始面对面地绕圈子，人们揪起了心，礼堂里突然变得死一般的沉寂。

"我不希望任何人出手相助，"哈利大声说，在绝对的寂静中，他的声音像号声一样传得很远，"必须是这样，必须是我。"

伏地魔嘴里发出嘶嘶的声音。

"波特说的不是真话，"他说，一双红眼睛睁得大大的，"那不是他的做派，对吗？波特，你今天又想把谁当作盾牌呢？"

"没有谁，"哈利干脆利落地说，"魂器没有了。只有你和我。两人不能都活着，只有一个生存下来，我们中间的一个人将会永远离开……"

"我们中间的一个人？"伏地魔讥笑道，他整个身体紧绷，一双红眼睛瞪着，像一条准备进攻的蛇，"你认为会是你吗，你这个有邓布利多在后面牵线而偶然幸存的男孩？"

第36章 百密一疏

"我母亲为救我而死,这是偶然吗?"哈利问。两个人仍然在侧身移动,绕着圈子,始终保持同样的距离。对哈利来说,除了伏地魔,其他面孔都不存在了。"在那片坟地里我决定反抗,也是偶然?今晚我没有抵抗仍然活了下来,重新回来战斗,也是偶然?"

"偶然!"伏地魔叫道,但仍然没有出击。周围的人群凝固不动,如同被石化了一般,礼堂里有好几百人,似乎只有他们俩在呼吸。"偶然,运气,还有就是你动不动藏到大人身后哭鼻子,听任我为了你而杀死他们!"

"今晚你别想再杀死任何人了,"哈利说,他们绕着圈子,盯着对方的眼睛,绿眼睛对红眼睛,"你再也别想杀死他们任何一个,再也别想。明白吗?为了阻止你伤害这些人,我准备了去死——"

"但是你没有!"

"——我下了决心,这是关键。我做了我母亲做的事情。你再也伤害不了他们。难道你没有发现你射向他们的魔咒都没有了约束力?你折磨不了他们,你伤害不了他们。你从来不会从你的错误里吸取教训,是不是,里德尔?"

"你竟敢——"

"是的,我敢,"哈利说,"我知道的事情你不知道,汤姆·里德尔。我知道许多重要的事情你不知道。你想不想听听,以免再犯一个大错?"

伏地魔没有说话,默默地转着圈子。哈利知道他被暂时迷惑住了,不敢轻易动手,担心哈利万一真的知道某个致命的秘密……

"又是爱?"伏地魔说,那张蛇脸上满是嘲讽,"邓布利多的法宝,爱,他声称能征服死亡,却没能阻止他从塔楼上坠落,像个旧蜡像一样摔得支离破碎！爱，没有阻止我把你那泥巴种母亲像蟑螂一样碾死，波特——这次似乎没有一个人会因为爱你而挺身而出，挡住我的咒语。那么，我一出手，你怎么可能不死呢？"

"只有一点。"哈利说，两人仍然在面对面地转圈、相持，中间隔开他们的只有那最后的秘密。

"如果这次救你的不是爱，"伏地魔说，"那你准是相信自己掌握了我所没有的魔法，或拥有一件比我的更厉害的武器？"

"二者兼而有之。"哈利说。他看见那张蛇脸上闪过一丝惊慌，但转瞬即逝。伏地魔大笑起来，这笑声比他的喊叫声更加可怕：冷酷而疯狂，在寂静的礼堂里回荡。

"你以为你会的魔法比我还多？"他说，"比我——伏地魔大人还多？我施过的魔法，邓布利多连做梦都没有想到过！"

"哦，他想到过，"哈利说，"但他比你知道的更多，没有去干你干的那些事情。"

"你是说他软弱！"伏地魔尖叫着说，"他软弱，没有胆量，他软弱，不敢拿走本该属于他的——现在将属于我了！"

"不，他比你聪明，"哈利说，"是个更优秀的巫师，更优秀的男人。"

"我把阿不思·邓布利多弄死了！"

"你以为是这样，"哈利说，"可是你错了。"

围观的人群里第一次骚动起来，墙边的几百个人同时吸了一口气。

"邓布利多死了！"伏地魔把这句话狠狠地掷向哈利，就好像它能给哈利带来无法忍受的痛苦，"他的尸体正在这座城堡荒地上的大理石坟墓里腐烂，我看见了，波特，他再也不会回来了！"

第36章　百密一疏

"是的，邓布利多死了，"哈利平静地说，"但并不是你安排的。他自己选择了死亡的方式，在死前几个月就选择了，他和那个你以为是你仆从的人共同安排好了一切。"

"多么幼稚可笑的梦话！"伏地魔说，但他仍然没有出击，那双红眼睛死死地盯着哈利的眼睛。

"西弗勒斯·斯内普不是你的人，"哈利说，"斯内普是邓布利多的人，早在你开始追捕我母亲那时候起，他就是邓布利多的人。你一直没有发现，因为那种事情你不能理解。你从来没见过斯内普召出守护神吧，里德尔？"

伏地魔没有回答。他们继续对峙着转圈，像两匹随时准备把对方撕成碎片的狼。

"斯内普的守护神是一头牝鹿，"哈利说，"和我母亲的一样，因为他几乎爱了我母亲一辈子，从他们孩提时代就开始了。其实你应该发现的，"他看到伏地魔的鼻孔突然张开了，又说道，"他请求你饶我母亲一命，是不是？"

"他渴望得到她，仅此而已，"伏地魔冷笑着说，"但她死后，斯内普也承认世上还有其他女人，血统更纯，更配得上他——"

"他当然会跟你这么说，"哈利说，"但从你威胁到我母亲的那时候起，他就是邓布利多的密探了，后来一直在反对你！邓布利多已经奄奄一息时，斯内普才结束了他的生命。"

"那不重要！"伏地魔尖叫道，他全神贯注地听着哈利说的每一个字，这时突然发出一串疯狂的大笑，"斯内普是我的人还是邓布利多的人，他们想在我的路上设置什么小小的绊脚石，统统都不重要！我摧毁了他们，就像摧毁你的母亲——斯内普所谓的真爱一样！哦，不过这倒说明了问题，波特，但你是不会懂的！

"邓布利多阻挠我得到老魔杖！他想让斯内普成为老魔杖的

真正主人！但是我抢在了你的前面，小毛孩儿——没等你下手，我就拿到了魔杖，没等你醒过味来，我就明白了真相。三小时前我杀死了西弗勒斯·斯内普，现在，老魔杖、死亡棒、命运杖真正属于我了！邓布利多的最后一个计划泡汤了，哈利·波特！"

"对，没错，"哈利说，"你说得对。但是在你动手杀我之前，我建议你想一想你的所作所为……好好想一想，试着做一些忏悔，里德尔……"

"这话是什么意思？"

哈利对伏地魔说的所有的话，包括揭露真相的话和冷嘲热讽的话，没有一句让伏地魔这样震惊。哈利看见他的瞳孔缩成了两条窄窄的细缝，看见他眼睛周围的皮肤变白了。

"这是你最后的机会，"哈利说，"你仅有的机会……我见过你不忏悔的下场……勇敢点……试一试……试着做些忏悔……"

"你竟敢——？"伏地魔又说。

"是的，我敢，"哈利说，"因为邓布利多最后的计划根本没有误伤到我，却对你造成损害了，里德尔。"

伏地魔握着老魔杖的手在颤抖，哈利紧紧地攥住德拉科的魔杖。他知道那一刻就要来临了。

"那根魔杖仍然不会完全听你的指挥，因为你杀错了人。西弗勒斯·斯内普根本不是老魔杖的真正主人。他根本没有打败邓布利多。"

"他杀死了——"

"你没听我说吗？斯内普根本没有打败邓布利多！邓布利多的死是他们共同策划的！邓布利多计划不败而死，成为魔杖的最后一位真正主人！如果一切都按计划进行，魔杖的力量应

第36章　百密一疏

该随他消亡，因为没有人从他手里赢得魔杖！"

"可是，波特，邓布利多等于把魔杖给了我！"伏地魔的声音因恶意的快感而颤抖，"我把魔杖从它最后一位主人的坟墓里偷了出来！我违背它最后一位主人的意愿把它拿了出来！它的力量属于我！"

"你还是没听明白吗，里德尔？拥有魔杖是不够的！拿着它，使用它，并不能让它真正成为你的。你没听见奥利凡德的话吗？魔杖选择巫师⋯⋯邓布利多没死之前，老魔杖就认了一位新主人，而那个人连摸都没有摸过它。新主人违背邓布利多的意愿除去了他手中的魔杖，他根本不知道自己做了什么，不知道世界上最厉害的魔杖已经愿意为他效忠⋯⋯"

伏地魔的胸脯在激烈地起伏，哈利可以感觉到咒语冲了上来，感觉到咒语在指向他面门的魔杖里聚集力量。

"老魔杖的真正主人是德拉科·马尔福。"

伏地魔的脸上露出茫然的惊愕，但转瞬即逝。

"可那有什么关系呢？"他轻声说，"即使你说得对，波特，对你我来说又有什么关系？你不再拿着那根凤凰羽毛魔杖：我们只凭技艺决斗⋯⋯等我杀了你，再去对付德拉科·马尔福⋯⋯"

"可是你来不及了，"哈利说，"你错过了机会。我抢先了一步。几个星期前我打败了德拉科，这根魔杖是我从他手里夺来的。"

哈利抖了抖山楂木魔杖，感觉到礼堂里所有的目光都盯在它上面。

"所以，最后的结果是这样，对吗？"哈利小声说，"你手里的魔杖是否知道他最后一位主人已被解除了武器？如果它知道⋯⋯现在我才是老魔杖的真正主人。"

突然，头顶上的魔法天空爆出一道金红色的光，小半轮耀眼的太阳出现在离他们最近的窗台上。阳光同时照到他们两人脸上，伏地魔的脸顿时火红一片。哈利听见伏地魔高亢的声音在尖叫，而他也同时举起了德拉科的魔杖，朝天空喊出了他最热切的希望：

"阿瓦达索命！"

"除你武器！"

砰的一声，如炮弹炸响，在他们反复踩踏的圆圈正中央，射出了金色的火焰，那便是咒语相撞的地方。哈利看见伏地魔的绿光碰到了他自己的魔咒，看见老魔杖飞到了空中，在初升的太阳里逆着光，像纳吉尼的脑袋一样在魔法天花板下旋转，打着旋儿飞向它不愿杀死的主人——这位主人终于要完全拥有它了。哈利以找球手精湛的技巧，用空着的那只手抓住飞来的魔杖，只见伏地魔踉跄后退，双臂张开，通红的眼睛里细长的瞳孔往上翻。汤姆·里德尔倒在地上，像凡人一样死去，他的尸体瘫软而干枯，苍白的手里空无一物，那张蛇脸空洞而茫然。伏地魔死了，被他自己的咒语反弹回去杀死了。哈利站在那里，手里攥着两根魔杖，低头看着对手的躯壳。

一瞬间令人战栗的寂静，人们惊恐地怔住了。随即，哈利周围爆发出排山倒海般的喧哗，喊叫声、欢呼声、咆哮声震天动地。初升太阳的强烈光芒照在窗户上，人们喊叫着向他扑来，最先赶到的是罗恩和赫敏，他们的胳膊把他紧紧地抱住了，他们不知所云的叫嚷几乎把他的耳朵震聋了。接着，金妮、纳威和卢娜也来了，还有韦斯莱一家和海格、金斯莱、麦格、弗立维和斯普劳特。每个人都在大喊，哈利一个字也听不清，也分不出是谁的手在拽他、拉他，拼命想拥抱到他身体的一部分。几百个人在往前挤，谁都想摸摸这位大难不死的男孩，正是因为

第36章　百密一疏

他，噩梦才终于结束了——

太阳在霍格沃茨上空冉冉升起，大礼堂里洋溢着生命和光明。人们尽情表达着哀悼和欢庆、悲伤和喜悦的情感，哈利是其中不可缺少的一部分。人人都希望哈利和他们在一起，他是他们的领袖和象征，是他们的救星和向导，似乎谁也没有想到他一夜没有合眼，没有想到他渴望和其中几个人单独待着。他必须和死难者的家属说说话，抓住他们的手，目睹他们的泪水，接受他们的感谢，聆听早晨四面八方传来的消息：全国被施了夺魂咒的人逐渐恢复了正常，食死徒们有的逃跑有的被抓，与此同时，阿兹卡班的无辜囚犯得到了释放，金斯莱·沙克尔被任命为魔法部临时部长……

他们把伏地魔的尸体搬到礼堂外的一个房间里，远离弗雷德、唐克斯、卢平、科林·克里维和另外五十个为了抵抗他而死去的人。麦格把学院桌放回了原处，可是谁也没按学院入座：大家都乱糟糟地挤在一起，老师和学生，幽灵和家长，马人和家养小精灵。费伦泽躺在墙角养伤，格洛普从一扇被打烂的窗户往里窥视，有人把食物扔进他大笑的嘴里。过了一会儿，精疲力竭的哈利发现自己挨着卢娜坐在一张板凳上。

"如果是我，会希望得到一些清静。"卢娜说。

"我也巴不得呢。"哈利回答。

"我来转移他们的注意力。"她说，"你披上隐形衣。"

没等哈利来得及说话，她就指着窗外叫道："哟，快看，一只泡泡鼻涕怪！"听见的人都扭过头去看，哈利赶紧把隐形衣披在身上，站了起来。

好了，他可以不受打扰地在礼堂里走动了。他看见金妮和他隔着两张桌子，坐在那里，脑袋靠在她母亲的肩膀上。以后有的是时间跟她说话，说许多个小时、许多天，甚至许多年。

他看见纳威在吃东西,盘子旁边放着格兰芬多的宝剑,周围是一群狂热的崇拜者。哈利走在桌子之间的通道里,看见马尔福一家三口搂作一团,似乎不知道自己是否应该待在那里,但没有一个人注意他们。哈利看见到处都是家人团聚的场面。终于,他看见了他最渴望在一起的两个人。

"是我,"他在他们俩中间伏下身子,低声说,"你们跟我来好吗?"

他们立刻站了起来,于是,他、罗恩、赫敏一起离开了大礼堂。大理石楼梯缺了好多块,一部分栏杆不见了,每走几步就会碰到碎石和血迹。

在远处什么地方,他们听见皮皮鬼忽地飞过走廊,唱着一首他自己编的欢庆胜利的歌:

> 我们获全胜,波特是功臣,
> 伏地魔完蛋,大家尽狂欢!

"这场面真使人感到宏大和悲壮,是不是?"罗恩说着推开一扇门,让哈利和赫敏通过。

喜悦会来的,哈利知道,但此刻疲惫抑制了快乐的心情,而且每走几步,失去弗雷德、卢平、唐克斯的痛苦就像肉体的伤口一样锐痛。百感交集之中,他感到如释重负,只渴望好好睡一觉。但他首先需要向罗恩和赫敏解释一下,这么长时间以来,他们一直忠心地陪伴他,现在应该知道真相了。他把在冥想盆里看到的和在禁林里发生的事情原原本本说了一遍,两个同伴还没来得及表达震惊和诧异,他们就到地方了。刚才一路往这里走,但谁也没有提到这个目的地。

自从哈利上次来过之后,看守校长办公室入口的滴水嘴石

第36章 百密一疏

兽已被撞到一边。它歪在那里,看上去有点被打晕了,哈利不知道它还能不能分辨口令。

"我们可以上去吗?"他问石兽。

"请便。"石兽哼哼着说。

他们从它身上爬过,登上像自动扶梯一样缓慢上升的螺旋形石梯。到了顶上,哈利把门推开了。

他刚瞥见冥想盆还像他上次离开时那样放在桌上,突然一阵震耳欲聋的声音惊得他失声大叫,以为遭遇了魔咒,或是食死徒卷土重来了,或是伏地魔死而复生了——

原来是欢呼声。周围的墙上,霍格沃茨历届男女校长全体起立,对着哈利鼓掌,他们有的在挥帽子,有的在挥假发,在相框间冲来冲去,互相紧紧地握手。他们在画里的椅子上又蹲又跳,戴丽丝·德文特毫不掩饰地哭着,德克斯特·福斯科使劲地挥动他的助听筒,菲尼亚斯·奈杰勒斯用他高亢的尖声大喊:"请注意斯莱特林学院也起了作用!别忘记我们的贡献!"

可是,哈利的眼睛只看着校长座椅后面那幅最大的肖像:眼泪从半月形镜片后面流进长长的银白色胡须里,那张脸上流露出的骄傲和感激像凤凰的歌声一样,使哈利的内心充满慰藉。

最后,哈利举起两只手,所有的肖像都恭敬地沉默下来,擦擦眼睛,面带微笑,热切地等着他开口。但他的话是对着邓布利多说的,而且斟词酌句格外仔细。他虽然精疲力竭,两眼模糊,但必须再努一把力,寻求最后一个忠告。

"藏在金色飞贼里的那个东西,"他说道,"我掉在禁林里了。不知道具体掉在哪里,但我不想再去找它了。你同意吗?"

"我亲爱的孩子,我同意。"邓布利多说,其他肖像都显出困惑和好奇的神情,"这是一个很有智慧和勇气的决定,但是你会这样做,我并不觉得意外。有没有别人知道它掉在哪儿?"

"没有。"哈利说,邓布利多满意地点点头。

"不过我想留着伊格诺图斯的礼物。"哈利说,邓布利多笑了。

"当然可以,哈利,它永远是你的,直到你把它再传下去!"

"还有这个。"

哈利举起老魔杖,罗恩和赫敏看着它,眼里满是敬畏,哈利尽管睡眠不足,头重脚轻,但还是意识到并且不喜欢他们的这种神情。

"我不想要它。"哈利说。

"什么?"罗恩大声说,"你脑子有病啊?"

"我知道它很强大,"哈利疲倦地说,"但我拿着自己的魔杖更开心。所以……"

他在脖子上挂的皮袋里摸索,抽出了那根断成两截、仅由细细的凤凰羽毛连接着的冬青木魔杖。赫敏曾说它损害太严重,不可能修复了。他知道如果下面这招还不管用,就彻底没救了。

他把断了的魔杖放在校长办公桌上,用老魔杖的杖尖碰了碰它,说了声:"恢复如初。"

魔杖重新接上时,杖尖迸出红色的火星。哈利知道他成功了。他拿起冬青木和凤凰尾羽魔杖,手指间突然感到一股暖意,似乎魔杖和手正为它们的团聚而欣喜。

"我要把老魔杖放回它原来的地方,"他对邓布利多说,邓布利多带着无限的爱意和赞赏注视着他,"就让它一直留在那里。如果我像伊格诺图斯一样正常死亡,它的力量就毁灭了,是不是?前一位主人永远不会再被打败。老魔杖也就终结了。"

邓布利多点点头。他们相视而笑。

"你真想这样?"罗恩说。他看着老魔杖,声音里还有一丝淡淡的渴望。

第36章 百密一疏

"我认为哈利是对的。"赫敏轻声说。

"这根魔杖带来的麻烦超过了它的价值,"哈利说,"而且,说句实话,"他转身离开了那些肖像,心里只想着格兰芬多塔楼上等待着他的那张四柱床,他不知道克利切是不是会给他送一块三明治,"我这辈子的麻烦已经够多了。"

尾声

十九年后

这一年的秋天似乎一下子就到了。九月一日的早晨像苹果一样脆生生、金灿灿的。小小的一家人在车声中轻快地穿过马路，走向庞大的、被熏黑的火车站，汽车的尾气和行人呼出的水汽像蛛网一样闪闪发光，飘在清凉的空气中。两只大笼子在父母推的行李车顶上格格作响，笼子里的猫头鹰不满地叫着。红头发小女孩抓着爸爸的胳膊，泪汪汪地跟在两个哥哥后面。

"不用多久，你也会去的。"哈利对她说。

"两年呢，"莉莉吸着鼻子，"我现在就想去！"

一家人穿过人流朝第9和第10站台之间的隔墙走去，旅客们好奇地盯着猫头鹰。喧闹声中，阿不思的嗓音从前面飘到了哈利的耳边，两个儿子继续着在车里就开始的争论。

"我不会！我不会进斯莱特林！"

"詹姆，别闹了！"金妮说。

"我只是说他也许会，"詹姆笑嘻嘻地看着弟弟说，"这又没错，他也许会进斯莱特——"

詹姆看到妈妈的目光，不说话了。波特一家五口走近了隔

尾声　十九年后

墙。詹姆略带骄傲地回头瞥了弟弟一眼,接过妈妈手里的推车飞跑起来,转眼就消失了。

"你们会给我写信的,是吗?"阿不思趁哥哥不在的这一刻工夫,赶紧问爸爸妈妈。

"每天都写,如果你愿意的话。"金妮答道。

"不要每天,"阿不思马上说,"詹姆说大多数人差不多一个月才收到一封家信。"

"我们去年一星期给詹姆写三回呢。"金妮说。

"他跟你说的霍格沃茨的事不可全信,"哈利插言,"你哥哥爱开玩笑。"

他们一同推着第二辆小车往前跑,逐渐加速。快到隔墙时,阿不思畏缩了一下,但没有发生碰撞,一家人都来到了 $9\frac{3}{4}$ 站台上。站台被深红色的霍格沃茨特快列车喷出的大量白色雾气笼罩着,模糊的人影在雾气中涌动,詹姆已经看不见了。

"他们在哪儿?"一行人沿着站台一路往前走,阿不思边走边望着雾中从身边经过的人影,焦急地问。

"会找到的。"金妮安慰道。

但蒸汽太浓了,很难看清人们的面孔。看不见人的说话声听起来异常响亮。哈利好像听到珀西在高声谈论飞天扫帚管理问题,他庆幸可以不用停下来打招呼了……

"我想那就是他们,阿尔[①]。"金妮突然说。

雾气里显出了四个人,站在最后一节车厢旁。哈利、金妮、莉莉和阿不思走到近前,才看清了他们的面孔。

"嘿。"阿不思说,似乎大大松了一口气。

罗丝笑盈盈地看着他,已经穿上了崭新的霍格沃茨校袍。

[①] 阿尔为阿不思的昵称。

"停车挺顺利吧?"罗恩问哈利,"我也是。赫敏不相信我能通过麻瓜驾驶考试,是不是啊,赫敏? 她还以为我不得不对考官使混淆咒呢。"

"我可没有,"赫敏说,"我对你完全放心。"

"其实,我是使了混淆咒。"罗恩帮着把阿不思的箱子和猫头鹰搬上列车时,对哈利耳语道,"我只不过是忘了看后视镜,说实在的,我用超感咒也是一样的。"

回到站台上,只见莉莉和罗丝的弟弟雨果在热烈地讨论将来他们进霍格沃茨后会被分到哪个学院。

"如果你不进格兰芬多,我们就解除你的继承权。"罗恩说,"不过别有压力。"

"罗恩!"

莉莉和雨果笑了,但阿不思和罗丝神情严肃。

"他不是当真的。"赫敏和金妮说,但罗恩的注意力已经转移了。看到哈利的目光,他把头向五十米外微微一点。此刻蒸汽消散了一些,三个轮廓分明的人影站在飘浮的雾气中。

"看那是谁。"

德拉科·马尔福跟他的太太和儿子站在一起,黑上衣一直扣到喉咙口。他的脑门有点秃了,衬得下巴更尖。那男孩是德拉科的翻版,就像阿不思是哈利的翻版一样。德拉科发现哈利、罗恩、赫敏和金妮在看他,冷淡地点了点头就转过身去了。

"那就是小斯科皮。"罗恩悄声说,"每次考试都一定要超过他,罗丝。感谢上帝,你继承了你妈妈的脑子。"

"罗恩,拜托,"赫敏一半严厉、一半想笑地说,"不要让他们还没上学就成了对头!"

"你说得对,对不起。"罗恩说,但又忍不住加了一句,"不过别跟他走得太近,罗丝。你要是嫁给了一个纯血统,爷爷一

尾声 十九年后

辈子也不会原谅你。"

"嘿!"

詹姆钻了出来,已经卸下行李、猫头鹰和推车,并显然有一肚子新闻要讲。

"泰迪在那边,"他气喘吁吁地说,指指身后云雾般翻滚的蒸汽中,"刚才碰到了!你猜他在干什么?亲吻维克托娃!"

他抬头望着大人,显然为他们的无动于衷而失望。

"我们的泰迪!泰迪·卢平!在亲吻我们的维克托娃!我们的表姐!我问泰迪他在干什么——"

"你打搅了他们?"金妮说,"你真像罗恩——"

"——泰迪说他是来送维克托娃的!然后就叫我走开。他在亲吻她!"詹姆又说,像担心自己没说明白。

"哦,如果他们结婚多好!"莉莉兴奋地说,"这样泰迪就能真正成为咱家的人了!"

"他已经差不多一星期来吃四次饭了,"哈利说,"我们为什么不干脆请他住到我们家来呢?"

"对啊!"詹姆热烈地说,"我不介意跟阿尔合住——泰迪可以住我的房间!"

"不行,"哈利坚决地说,"你和阿尔不能住在一个房间,除非我想让房子被毁掉。"

他看了看那块曾经属于费比安·普威特的破旧手表。

"快十一点了,你们上车吧。"

"别忘了跟纳威说我们爱他!"金妮拥抱詹姆时说。

"妈妈!我不能对教授说爱!"

"可你认识纳威——"

詹姆翻了翻眼睛。

"在校外是认识,可在学校里,他是隆巴顿教授,不是吗?

我不能走进草药课堂去跟他说爱……"

他为妈妈的愚蠢而摇头，同时朝阿不思的方向踢了一脚，发泄自己的情绪。

"回头见，阿尔。注意看夜骐。"

"它们不是隐形的吗？你说过它们是隐形的！"

但詹姆只是笑着，允许妈妈吻了他，给了爸爸一个匆匆的拥抱，跳上正在迅速挤满乘客的列车，挥了挥手，就沿着过道跑开找他的朋友去了。

"不用害怕夜骐，"哈利对阿不思说，"它们很温柔，一点儿也不可怕。再说，你们也不会坐马车进学校，要坐船的。"

金妮亲吻着阿不思跟他道别。

"圣诞节见。"

"再见，阿尔，"哈利在儿子拥抱他时说，"别忘了海格请你下星期五去喝茶。别招惹皮皮鬼。别跟人决斗——在你没学会怎么决斗之前。还有，别让詹姆把你逗急了。"

"要是我进了斯莱特林呢？"

这句悄悄话是说给爸爸一个人听的，哈利知道，只有别离时刻才会迫使阿不思泄露这份恐惧有多么强烈与发自内心。

哈利蹲了下来，使阿不思的脸比自己的略高一点儿。在哈利的三个子女中，唯有阿不思继承了莉莉的眼睛。

"阿不思·西弗勒斯，"哈利轻声说，只有父子俩和金妮能听到，此时金妮体贴地假装朝已经上车的罗丝挥手，"你的名字中含有霍格沃茨两位校长的名字。其中一个就是斯莱特林的，而他可能是我见过的最勇敢的人。"

"可是如果——"

"——那么斯莱特林学院就会得到一名优秀的学生，是不是？我们觉得这不重要，阿尔。但如果你很在意的话，你可以选择要格兰芬多不要斯莱特林。分院帽会考虑你的选择的。"

"真的?"

"我就是这样的。"哈利说。

这一点哈利以前从没对孩子们说过,他看到了阿不思脸上现出的惊奇。但深红色列车的车厢开始关闭了,家长们模糊的身影拥上前去,给孩子们最后一刻的亲吻和叮咛。阿不思跳上列车,金妮帮他把门关上。学生们从最近的窗口探出身来,车上车下许多面孔似乎都转向了哈利。

"他们干吗都盯着看啊?"阿不思问,他和罗丝扭头看着其他学生。

"别为这个烦神。"罗恩说,"是我,我特别有名。"

阿不思、罗丝、雨果和莉莉都笑了起来。列车移动了,哈利跟着往前走,望着儿子那瘦小的、已经兴奋得发光的面庞。哈利一直在微笑,挥手,尽管这像一种小小的伤逝,看着儿子渐行渐远……

最后一丝蒸汽消散在秋日的空气中,火车转弯了,哈利挥别的手还举在空中。

"他没事的。"金妮小声说。

哈利看着她,放下手,无意中触到了额头上闪电形的伤疤。

"我知道。"

伤疤已经十九年没有疼过了,一切太平。

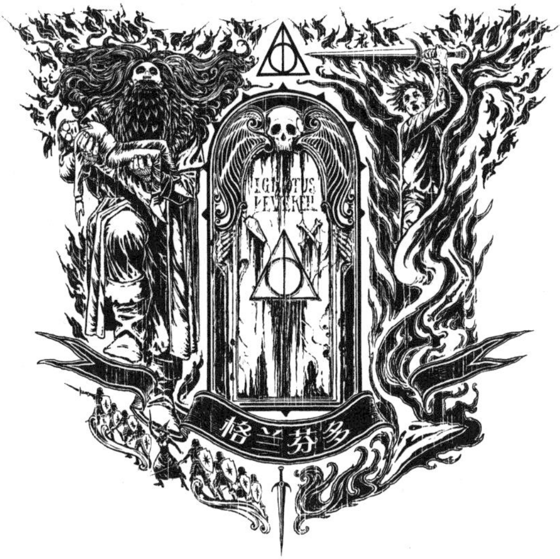
格兰芬多

格兰芬多

◆ 一份测试题 ◆

格兰芬多以他们坚定不移的勇气和决心而闻名,哪怕面对最艰巨的挑战,他们也从不退缩。这个学院曾诞生过几位有史以来最勇敢、最著名的男女巫师,做做这份测试题,看看你对这个学院有多少了解吧。

1. 妖精们声称格兰芬多宝剑被偷。是从谁那里被偷的?
   a. 戈努克一世
   b. 莱格纳克一世
   c. 纳格诺克一世

2. 在霍格沃茨大战中,麦格教授用了什么咒语来保护学校?
   a. 超强盔甲护身
   b. 石礅出动
   c. 统统加护

3. 哈利一年级时,差点没头的尼克说他有多久没吃东西了?
   a. 将近五百年
   b. 差不多两个世纪
   c. 从上一个万圣节之后

4. 哈利在霍格沃茨的第二个圣诞节，弗雷德·韦斯莱给他哥哥珀西的级长徽章施了魔法，让上面的字变成了什么？
   a. 蠢瓜
   b. 傻瓜
   c. 笨瓜

5. 哈利三年级时，小天狼星布莱克袭击了胖夫人的肖像，吓得她逃离了岗位。她最后是在哪里被找到的？
   a. 一幅阿盖尔郡地图里
   b. 卡多根爵士及其小矮马的画像里
   c. 她的朋友维奥莱特的肖像里

6. 哈利一年级时，分院帽说格兰芬多学生具备哪些品质？
   a. 勇气、胆识和决心
   b. 胆识、气魄和侠义
   c. 侠义、忠诚和勇气

7. 哈利三年级时，莱姆斯·卢平在黑魔法防御术课上演示的第一个咒语是瓦迪瓦西。他用它来对付什么？
   a. 博格特
   b. 摄魂怪
   c. 皮皮鬼

8. 阿不思·邓布利多第一次见到黑巫师盖勒特·格林德沃是在哪里？
   a. 德姆斯特朗魔法学校
   b. 戈德里克山谷

c.格里戈维奇的魔杖店

9.海格从哪里弄来了三头狗路威?
   a.玩纸牌赢的
   b.在酒馆从一个人手里买的
   c.从神奇动物商店购得

10.哈利·波特后来用霍格沃茨哪两位教授的名字给他的二儿子取名?
   a.邓布利多和斯内普
   b.斯内普和卢平
   c.卢平和邓布利多

     翻到本书最后一页,寻找正确答案。

男女勇士

◆格兰芬多◆

哈利、罗恩和赫敏为了甩掉身后紧跟的食死徒不断转移，开始了摧毁伏地魔剩余魂器的艰险任务。这次行动将前所未有地考验这三位格兰芬多的勇气和友谊，他们将做出许多大胆的行为——首先是勇敢地闯入魔法部的中心，从现任麻瓜出身登记委员会主任多洛雷斯·乌姆里奇的脖子上抢走斯莱特林的挂坠盒。

三人闹翻之后，激愤难耐的罗恩在黑夜中狂奔而去，后来是邓布利多的熄灯器指引他返回了迪安森林。在那里，他跳入冰冻的湖中，救起差点被挂坠盒魂器勒死的哈利，证明了自己的勇气。哈利坚持认为，应该由罗恩用刚找回的格兰芬多宝剑摧毁被诅咒的挂坠盒。汤姆·里德尔的眼睛从挂坠盒里向外瞪视，魂器吐出了罗恩内心最深的恐惧——"一直最不受宠爱""总是屈居第二""永远相形见绌"……他不愧是真正的格兰芬多，一剑劈碎了挂坠盒，在杀死魂器的同时也杀死了他内心深处的恶魔。

漫长而艰辛的旅途还在继续，他们在旷野乡间露营，用赫敏的防御咒来保护自己。拜访谢诺菲留斯·洛夫古德之后，哈利踏上了寻找死亡圣器的道路，并意识到伏地魔正在追寻

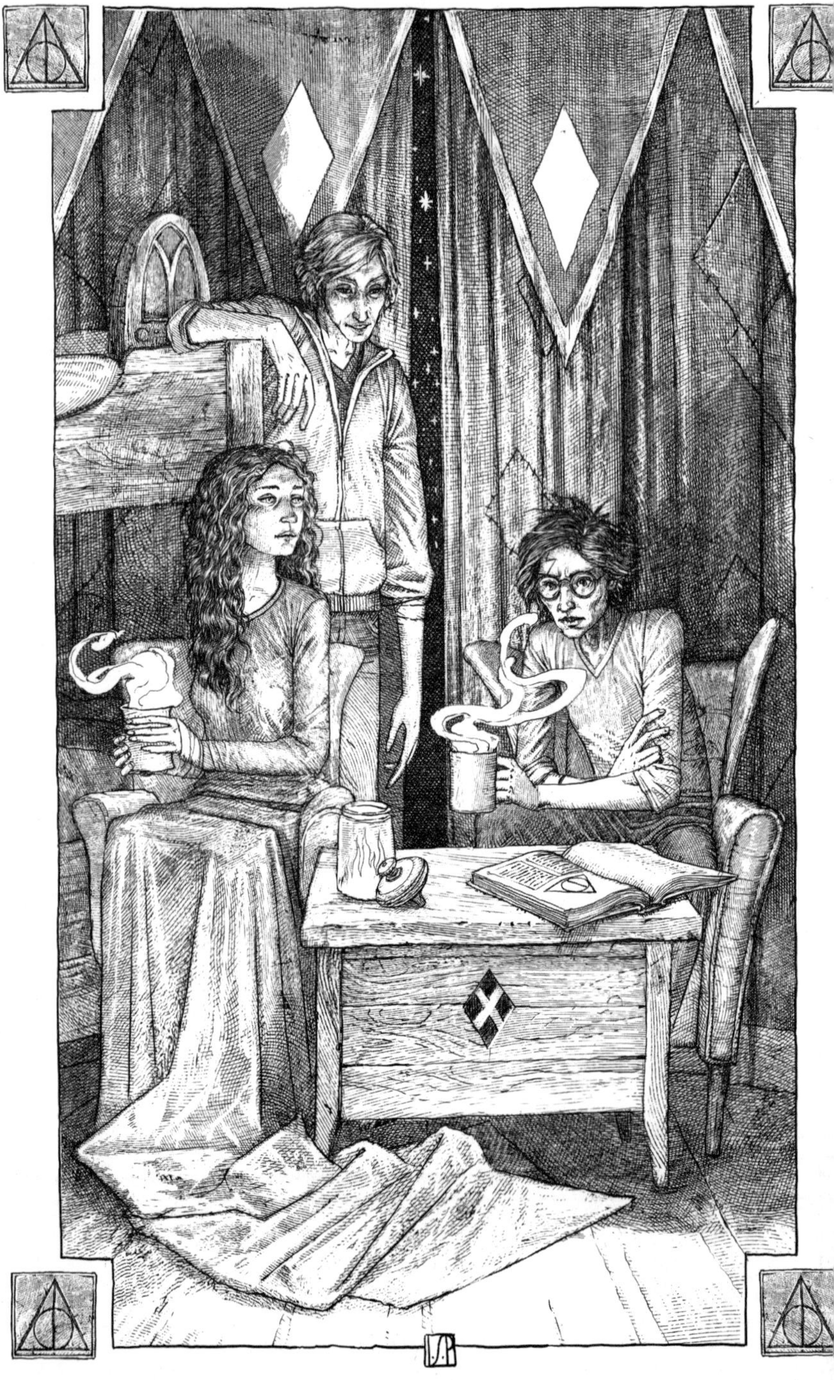

传说中的老魔杖。当他们被一群搜捕队员抓住，监禁在马尔福庄园的地牢里时，他们再次惊险地死里逃生，是家养小精灵多比——格兰芬多学院勇敢的朋友——献出自己的生命，将哈利·波特带到了安全的地方。

当霍格沃茨面临近在眼前的敌人时，麦格教授以钢铁般的意志动员整个学校参战——包括那些塑像和铠甲。邓布利多军的成员们从有求必应屋的藏身处走了出来，其他勇敢的格兰芬多学生和凤凰社成员也加入了他们的行列，大家决心为正义而战。队伍里也有韦斯莱一家的身影，其中包括幡然悔悟的珀西。家人的和解喜忧参半，因为弗雷德是第一批在战斗中倒下的人之一。痛失爱子之后，莫丽·韦斯莱在一场激烈的决斗中杀死了贝拉特里克斯·莱斯特兰奇，这一时刻充分体现了格兰芬多的英雄气概。英勇的格兰芬多在战斗中展现了自己的本色，为了彻底推翻伏地魔和他的黑魔法信条，他们甘愿献出自己宝贵的生命。

练习并多测试题的答案

1. b, 2. b, 3. a, 4. c, 5. a, 6. b, 7. c, 8. b, 9. b, 10. a